马宇龙 著

云归楼

浙江文艺出版社
Zhejiang Literature & Art Publishing House

目 录

001 ·················· 第 一 章
026 ·················· 第 二 章
055 ·················· 第 三 章
083 ·················· 第 四 章
105 ·················· 第 五 章
133 ·················· 第 六 章
157 ·················· 第 七 章
184 ·················· 第 八 章
210 ·················· 第 九 章
236 ·················· 第 十 章
262 ·················· 第十一章
291 ·················· 第十二章
320 ·················· 第十三章
352 ·················· 第十四章
381 ·················· 第十五章
401 ·················· 第十六章

第十七章 ······ 423

第十八章 ······ 438

第十九章 ······ 457

第二十章 ······ 471

尾　声 ······ 484

所谓的抑郁或心理疾病,不能简单视为患病者的个人问题,它归根到底是一个社会问题。

——作者题记

白云深，白云深，
高楼结在云中心。
楼中之人白云友，
日日醉卧梨花阴。

——〔明〕顾德辉《白云楼歌三叠》

第一章

1

我觉得我已经死了。

我曾经无数次预想过死亡,以及因无数次预想死亡而感受到灭顶般的恐惧。想想看,活生生的一个我,突然从这个世界上消失了,从此不会再在大地上走来走去,也不会给你再说这说那。我不知道,那时候我还能抬头看见明灿灿的太阳吗?我还能看见市政府大门上庄严的国徽和迎风飘扬的旗帜吗?我还能看见大街上扎眼的五颜六色的裙子吗?我的声音还能穿过小小的话筒响在挤满一堂的男男女女的耳边吗?……

那时候我会是谁呢?我在哪里?一个叫邝天穷的人曾经来到这个世界上,曾经干过一些轰轰烈烈的事,曾经干过一些爱恨情仇的事,曾经把生命当作一场赌注,但是,他不知道他要赌给谁?他不在了,大家的视线里再也没有邝天穷这么一个人,世界该会是怎样的一副样子?有些事可以凭经验感知,可以屡次尝试,而似乎只有死亡不能,死亡会让一度活跃的思维和记忆终结。没有人不惧怕死亡,我不相信所谓视死如归的说法。想到死的那一刻,无名的恐惧顿时会紧紧捏住我的心。

此时此刻,死亡真的要来到吗?我分明感到死亡已经带着霉味、带着腥味甚至带着咸涩味缓缓向我走来,也许这就是人们常说的死神，它没有面目，没有具体的形象，更多的时候就像是一团黑烟，或者是一团红云，带着冷风，夹着冰凉的雨滴，那种超级强大的吸力还在百里之外就已经让我魂飞魄散、脚跟不稳。

我觉得死亡已经近在咫尺。

每当我坠入假想的死亡的恐惧中，我就觉得我的身体变得空飘，面色变得怪异，我就会听到女儿邝欢在耳边问我：爸爸，你怎么了？好怕人！

这时候，我常常会把邝欢的头拉进我的怀里。我在孩子的眸子里看到了我蜡黄的脸色，我的眼泪突然不由自主滚落下来。我在心里默念：孩子，这个世界……你能走下去吗？我不该让你来到这个世界，你是那么单纯、高尚、纤尘不染，可是孩子，你该如何应对这个世界？

我其实还没有死。

但是我知道我离死已经不远了，死亡的气息已经如滚滚热浪扑面而来，让我几乎要窒息掉。也许每一个人都曾想过他死亡的方式，每一个人来到这个世界上的方式千篇一律，但是死亡却是千奇百怪，有的死得美丽安详，有的死得丑陋恐怖，有的死得心满意足，有的死得绝望扭曲，有的蓄谋而死，有的意外而亡……

一个朋友，和我喝酒，喝得酣畅淋漓，我们两人完全进入了忘我的境界，大醉而归。第二天就传来他死去的消息，说是脚步不稳，从自家的楼梯上摔下来脑袋着地，瞬间开花，脑浆四溅……一个邻居，岁尾年首参加单位春节团拜会，酒足饭饱之后入池游泳，一头栽下去就再也没有醒来，捞起时，脸色青肿，腹部胀大……一个同事，携情人回家，半夜云雨之后，被刚刚恩爱过的情人连砍五十刀，脑袋如马蜂窝一般，脖颈仅留一根指头粗的血肉相连……一个熟人，赶路开飞车，与一大货车相撞，人被挤成肉饼，一颗头颅飞向天外……我的母亲，一个坚强冷硬了一辈子的普通女人，硬是让一个小小的肿瘤夺去了生命……我的小弟弟天尽，在他六岁的时候失足从三楼上跌下，小小的身躯成为一摊血肉……我的初恋陈小婷，被逼无奈投湖自尽，怀有身孕的身体被水洗得像莲藕一样白……

还有好多好多，我所看到过的死亡场景，一个个地轮流在我眼前上演。每一次在医院的太平间参加亡者的悼念会，我都忍不住想，如果有这么一天，我躺在这里，我还能看到前来悼念我的人吗？我在一大堆脑袋里没有看见我十分想见的人，我会失落、伤心甚至心存怨恨吗？我会因此于子夜时分出现在他们的床边吗？

这个傍晚很美好，夜幕把它巨大的翅膀斜挂在巨大的楼角上，就完全遮住了一半的世界，把一半留给我，另一半留给你们大家。

有这样美好的傍晚必定预示着有一个美好的夜晚，曾经，我是那么讨厌夜晚，它漫长而又黑暗，像是一个漫长的没有尽头的隧道，让我窒息、急躁，我常常把数不清的这样的黑夜全部塞在我睁大的眼睛里，希望它来淹没我的双眼，淹没我的清醒。

这下好了，今天的黑夜将不再属于我，我正在大厦遮蔽的阴影里以自由落体的方式急急忙忙赶赴死亡。

2

天穷。

谁叫我？是她。除了好洁不会有别人了，我是她的课题，是她最有信心的课题。

而现在,她却要眼睁睁看着我这个课题毁于一旦,她的呼唤有别于以往任何一次的呼唤,苍凉、绝望还有些撕扯的破碎感。一直以来,她唤我的声音永远回响在我的耳畔,那么淡定,那么幽静,当我感到胸闷、急躁不安、无法自在呼吸的时候,这声音就会响起。

天穷。

我只要拨出一个号码,不用发出任何声音,这个低唤就会从很远的地方,透过电波,穿过我的耳膜,像甜丝丝的溪流一样,注入我的心田。我会闭上眼睛,等待全身的肌肉缓缓松弛下来。

好洁。我让你失望了,对不起。

我无法想象好洁面对我的离去,该是怎样的破碎表情?我们也曾在一起无数遍讨论过死亡,但是死亡在她的口中就像是说起任意一个普通的事件一样,轻描淡写,就像说起早上了吃了什么饭,下午街心花园里又遇见那个遛狗的白头老人一样自然而然。

因为好洁坚持不懈地相信,我是不会与这个词有关的,六年了,她把六年的时光花在了我的身上。我将成就她博士毕业以来的第一份荣誉。

六年前,我因为睡眠不好,就开始了和戴欣嫚不停争吵的日子。因为睡不着,我就养成了在深夜翻书的习惯,戴欣嫚最不能容忍的是在她睡觉的时候周围会有一些哪怕很轻微的响动或者哪怕很细微的灯光。第一次发生争吵,铺天盖地,轰轰烈烈,五岁的邝欢第一次被吓得瑟瑟发抖,争吵的结果是我永远离开了那张大床。

我清楚记得,那次大吵不久,一次去省城开会的路上,我突然感到胸闷、呼吸困难，有一股气郁结在胸部和腹部，满满地、生生地疼，继而开始头晕、恶心。师傅小李子吓坏了，起初以为车开得快，有些晕车，中间停了几趟车，让我休息会儿，喝了瓶农夫山泉。我知道这与晕车无关，最近一段时间，莫名烦躁，而且失眠加重。小李子诚惶诚恐，好不容易把我拉到省城第一医院。

排队、挂号，中国所有医院里该有的一切程序全部走完，小李子跑得气喘吁吁，做生化全套、动态心电图、X光、胃镜、脑电图，甚至连CT和核磁共振都做了，除了儿科和妇科没去，别的都跑遍了。第三天去看结果，那些片子、数据均显示一切正常。

我感觉我的心脏明明在暗自哆嗦啊，我有些奇怪，难道今天的一切不适都是做梦？那个戴眼镜的中年大夫面对我的质疑，从牙缝里挤出半句话：精神病吧？小李子火气大，攥起拳头，刚要变脸，就被我一把拉扯在了一边。我说，这不是在韩阳市，这是省城。我后来才知道，大夫并无恶意，他的意思是我这属于神经官能症，体虚。出了医院，很奇怪，一切不良的感觉一下子全部没了，难道真被这大夫言准，精神出了问题？

与好洁意外相遇就是那次去省城。

后来我一直想，也许我遇不到好洁，我就不会成为一个病人，相反而言，好洁遇不到我，她也就不会由一个心理学博士成为一个很好的心理科医生。世界上的事情常常就是这样，谁遇到谁，谁就变成对方的对应物。

我和好洁互为对应物。

那个中午，我突然感觉很烦躁，站也不是，坐也不是，打开电视，也嫌闹得慌。刚刚装修过的王冠大厦到处都在散发着化学的味道，我怀疑自己中了甲醛的毒。还是出去吧，出去透透气,也许就好了。

我出门,进了电梯,下楼,来到街上。

街上人永远是那么多,车永远是那么多。楼永远是那么高,我的职业病根深蒂固,好像这辈子都改不了了,在西北大学建筑系学了四年,一直梦想着用自己的手为每一个美丽的城市创造一个好的建筑。记得在大学里,教授一直说,好建筑有四个原则:简洁、和谐、秩序、个性。优秀的建筑对提升城市形象、培养市民精神有着无可比拟的作用。

而这座我所熟悉的省会城市,不断出现一些花里胡哨的建筑,不断地建,不断地拆,一些老城区的建筑物更是"见缝插针",不留余地,重复建设,浪费资源。我记得教授还在课堂上告诉我们说,城市是一部永远不会完成的交响乐,我们每个人都要以高度的历史责任感去谱写城市交响乐中的新篇章。

然而这种使命似乎于我越来越遥远,青年时期的理想也许只能成为一个梦。如今的城市不能说不繁华,不能说不欣欣向荣,但是随意规划建筑的高楼大厦把人们逼到了更加萎缩、困顿的境地,走在这样的人群中,我的呼吸无法自由,我的情绪无法高涨。

我很讨厌这种情形,我甚至厌恶自己为什么要挤在这种热闹里,给这个本来就乱成一团糟的世界再添乱。于是我的心情一下子又掉进了深渊,比起刚出门的烦躁来有过之而无不及,我的额头上都冒出细细的汗珠来。

就在这时候,好洁迎面向我走来,本来那条路上步行的人就不太多,所以我的目光直接领受到她目光里的清澈。她是在看我,分明是在看我,毫不掩饰,毫不避讳。想来很奇怪,第一眼看见好洁,我就感觉亲切和温暖。

是好洁先说的话,我能认识你吗?

我从不在街上跟陌生人搭讪,也很少见女人在大街上主动跟男人搭讪,当然那种不时在昏暗灯光里随时出现的站街女除外。我面前的这个女人一身斯文,气质高雅不俗,显然不是那类除外者。

我没有说话,仔细打量着她。

又是好洁说,请别介意,我没有别的意思,只是有话想跟你聊聊,去那边的紫炫咖啡店吧,我请客。

我认识你吗?我讷讷着,不像是给她说,而是像在问自己。我不由自主跟着她走进了这家小小的像是专门在等我们的紫炫咖啡店。

若有若无的音乐,是葫芦丝。我感觉我走进了一种故事,后来的事实证明,好洁就是这个故事的女主人公。

我叫好洁。心理学博士,刚从澳洲回来。

你好,我叫邝天穷,政府公务员,来省城出差。

两杯咖啡,一杯卡布奇诺,一杯蓝山,冒着袅袅热气。

幽暗的淡蓝色灯光下,她的脸庞柔和而宁静。我从未见过这么宁静的表情。我被这种表情所深深吸引。后来当我和她已经很熟悉了的时候,我一再讲给她我当时奇异的感受,我的母亲过世好多年了,我很少能想起她。人常说,慈母严父。但是对于我而言,却是慈父严母,母亲的严厉让我从小看见母亲就会浑身发抖,因为母亲很少对我们笑,一张冰冷的面孔让人不寒而栗。我对母亲的怕似乎与生俱来,没来由地不能接近,不能接近也便感受不到母爱的柔软与温暖。

母亲过世这么多年,我却很少想起她,她给了我生命,却没有给我多少爱。我还罢了,我的大弟弟邝天昊从小就与母亲水火不容,要不是母亲后来病逝,否则绝对是唤不回他心底那份亲情的。邝天昊读高一的时候跟人打群架,用一把砍刀削掉了一个社会青年的三根手指。邝天昊逃亡在外，是母亲一个电话骗他回来，把他送进了监狱。自始至终，母亲没有流一滴泪。

我记得我给好洁说，你让我想起了我的母亲。

好洁一笑，很是慈祥。我可没有孩子，那就把你当我的孩子吧。

后来我知道，虽然好洁只长我三岁，但是和她在一起，我就不自觉变小，变得温顺，像一个孩子蜷缩进母亲的怀抱里。

别说话，让我猜猜。好洁专注地看着我，是那种很职业化的眼神，然后她说，你入睡困难，入眠晚，睡眠浅，醒得早，而且会做噩梦。

我惊出了一身冷汗。

好洁莞尔一笑，实不相瞒，我刚从卫生局出来，我今天跑了几家单位，办好了所有手续，"好洁心理慰疗中心"就要挂牌了，你已成为我第一个顾客。

你的意思我是你第一个病人？我对"顾客"这个词进行了纠正。

可以这么说，因为这个世界上大多数人都是有着这样或那样的心理疾患。不管你承认不承认，事实就是这样。当城市里的人越来越多，我们面临的健康风险也就越来越大，要知道，城市居民过多的环境压力是造成大脑活动过激的直接原因，同时也是许多心理问题产生的根源。拥挤的公共交通、繁忙的人行道、高耸的建筑物都是造成环境压力的罪魁祸首。

你要好好休息。你的工作压力有点大。

我对好洁已不知不觉失去了心理防范，我叹了口气，我真的该休息了。

沙，握不住它，不如扬了它。你说呢？

我似乎是梦游一般，不知不觉地，就被好洁拉进了一类需要疗救的特殊人群……

3

我真的该休息了。

我还记得当时我对好洁说的话,我甚至能看见自己说那句话时的表情——忧伤、落寞。

我真的该休息了。从省城回来的路上,小李子突然说,邝主任,缓下来也好,这些年,看你黑明昼夜地熬,我都看不下去了,人是肉做的,不是铁打的啊。

我把头靠在座椅的后背上,宽大的丰田越野在翻浆的搓板路上,也不显怎么颠簸,难怪这些年,大院里的轿车全部换成了高排量的丰田越野车。小李子的话让我有些心神不宁,现在这种人事变动的消息像流行感冒,传播是最快的了,当事人还蒙在鼓里,外边已经传得沸沸扬扬、有鼻子有眼了。

其实小李子这样的话,我在一周以前就听到了,尽管这样,我还是明知故问,到哪儿缓去呀?你听谁说的?

小李子还是聪明,毕竟在市委开了七八年车,头脑灵光,听我这么问,反倒把问题抛给了我。说实在的,邝主任,现在空缺的好几个位子,市委机要局长、市委机关工会主席、宣传部副部长,你觉得哪个划得来去呢?

这不是你我操心的事。

我显然有点不高兴,不想再继续这样的话题。小李子也便知趣地不再说话,专心开他的车了。

当时,正是二十三岁的好年华,我从一家设计院招考到市委机关当秘书，由一名普通秘书干到秘书科副科长、科长，再到现在的市委办公室副主任，那是付出了多少心血与不眠的日日夜夜才换来的啊。

至于我要缓下来的说法不知道从何说起，这种话一般不会空穴来风，我开始闭上眼，认真梳理近几个月经历的细枝末节。

有一次，在市委周学亮书记的私人接待宴会上，我喝了两盅酒，感叹一句，周书记呀，写同志们写了十多年，还没有多少机会让我讲同志们，却已经落得个失眠落发痔疮疼啊！周书记哈哈一笑，小邝啊，工会马主席要退休了，我看你去接替他比较合适，让你好好给职工们讲讲同志们。市委组织部乔玉川部长也在座，他马上接口说，虽然升了正处，但是邝主任才三十来岁，正是干事的年龄，不能去不能去。于是一阵随声附和的哈哈笑。

还有一次，下午上班，我发现办公室几乎没有一个人了，问值班的小陶秘书，他说，你不知道啊，今天黄秘书长父亲八十大寿，人都去祝寿了。我想想今早我一直在办公室，怎么就不知道这事？第二天，问起其他人员，大家异口同声，说看到我闭门草拟市委周书记在全市干部作风整顿大会上的讲话，就没打扰，我是忙人啊。我觉得心里不是滋味，随后几次与黄腾云秘书长碰面，他都要说，邝主任忙啊，太辛苦了，要注意休息。

大家一致认为，我太忙太辛苦，要休息！

回到韩阳市的第二天，我担心的事情终于发生了，周学亮书记找干部谈话，我是其中之一。

小邝啊，到办公室多少年了？哦，十年啊，俗话说，十年的媳妇熬成婆，当副主任也就有四五年吧，四五年就提拔正处，也不多见，主要考虑你这些年工作勤奋，任劳任怨，才破格提拔你担任机关工会主席。对了，记得你上次说过，你患有严重失眠，老黄也多次提出要照顾你，我想，工会主席这个位置很适合你呀，到新的岗位一定要好好干，同时也要注意身体，这些年你身体透支严重，要争取把它补回来。

一个厚大的手掌重重地拍在了我的肩膀上，我明显感到了一股被向门外推的力量。

我知道，工会的老马主席一两年了都没来上班，我知道就是来了，也没多少事情，无非一年举办一次职工运动会，慰问一次老职工，都是些软任务，干了没人说好，不干也没人说不好。

回到办公室，我马上得到了一个新的消息：位次排在我后面的市委办公室副主任王向春要到市委组织部担任副部长。

听到这个消息，我不由得气冲顶门，一推桌子，站了起来，一把将刚拟好的一份材料撕成了碎片。看着纸张的碎屑在地上哭泣，我内心有了一种异常荒凉的感觉⋯⋯

在市委办公室十来年，前后给三任书记写材料，每次会议前，人家在宾馆推杯换盏，我在灯下熬夜奋笔，有时候一个讲话，三四十页，废稿要堆一尺多高。近几年电脑和网络普及后，年轻人习惯利用粘贴复制炮制讲话稿，很少有人再动脑子了，只有我被大家嘲笑着还坚持多年用笔的习惯，我始终觉得电脑和网络会把人的思考力降低，事实也是这样，自从有了网络，好多人写出的材料千人一面、人云亦云，毫无创新和特色。为了带一些新人，我常常抽调几个年轻人，组成一个写作班子，由一个人主笔，其他人坐在旁边苦思冥想，发挥集体智慧，一句话一句话地写；我要求大家力求不用旧词，使每一次的讲话稿都有新词，有新鲜感。我的这种办法得到了领导的赞赏，却也引起手下的不少抱怨，他们说，人家都粘贴复制，为啥咱就要另搞一套？有时候为一句话，熬半个多小时，简直要把人逼疯了。

每天我都要仰望两次市委办公大楼，早上来上班望一次，下午走时回望一次，两次看到的大楼都不一样。早上来时大楼清晰，棱角分明，稳稳当当，只是猛一看，有些血色，刚开始以为是晨曦染上的，后来才知道是我眼睛里的血丝。一段时间，因为熬夜，眼睛一直处于充血状态，看什么都布满了血色。而下午的回望，主要是为了体会我的身体状态，在文字里埋头几个小时，常常上班来，泡一杯茶，到下班才发现一口未喝却早已凉透。出了楼门，院子里的一切都是模糊和晃动的，这时候我就要下意识地去回望办公大楼，这时候的大楼不再清晰，不再有棱角，也不再那么稳当，而是模糊不定，漂移浮动。

出了大门，我掏出手机，想打一个电话，却突然不知道该打给谁？号码簿里那么多活生生的人，而这时候却没有一个人能够去说话。突然，随着号码簿的翻动，好洁的名字出现了，我看到一张安详的面孔浮现在手机屏上。

大拇指一动，好洁就来了：

你好，天穹。

这就是信息社会，很远的人突然会变得很近，把耳朵贴近电话，你仿佛都能听见对方的鼻息。

你好，好洁。我听你话，我真的要休息了。

呵呵，听起来好像有怨气？这可不好，记着我说过的话，沙，握不住它，不如扬了它。记住，你不仅要听，还要继续听我的话，这对你好。一周之内，你来一趟吧，我必须见你，我真的替你担心。

口气不容置疑。我挂掉电话，好洁的声音依然回响于耳边，这个女人有一种神秘的、巨大的力量，看来我不得不成为她的病人。后来我一直想，多年里对她的某种心理依赖是不是就是因为自己内心的虚弱？

这个晚上，我再次失眠。在市委办公室这么多年的点点滴滴，全部涌现在眼前，我想到每一个人，想到了王向春。王向春，这个小我三岁的年轻人，是在我当秘书科长的时候调进来的。我成为市委办公室副主任的时候他还是后勤事务科副科长，因为科长调走了，他履行着科长的职责。两年后，机关竞争上岗，他顺势而上当了后勤事务科科长，前年年初才突然提拔为市委办副主任，分管后勤事务。

对于王向春，我打心眼里瞧不上，第一次见他，我就感觉他华而不实，嘴尖皮厚，不是个干事的材料。我一贯有个被人称道的缺点，就是不善于逢场作戏，喜怒形于色，好恶显于言，所以在和王向春共事的这段日子，我的脸上明显写着：我不看好你。

我不看好人家，自有人看好，不然他不会升得这么快，我知道黄秘书长就对他很是看重，走一步都带着他。现在，王向春终于走上了市委组织部副部长这个显赫的位子。王向春！王向春！我在心里一面不停地叫着他的名字，一面给自己说，管他去，你当你的部长，我当我的主席，但是头脑却不听话，这个该死的王向春还是硬生生地往我的大脑里钻。

我开始了我惯常的做法，盯着天花板四边的贴角线开始数上面的花纹，我知道那是九百九十七个，因为我已经数了不知多少遍，只有数这些花纹我才能让自己不去想该死的王向春，我才能不知不觉地睡去。我十分感谢装修工，给我的屋顶贴上有花纹的石膏角线；我也感谢那些花纹，是它们，让我依然活在这个世界上。

近几日,我明显感觉我已经病得不轻了,除了失眠加重外,经常疲乏无力、胸闷、口干、手脚发凉。

我这是怎么了?我邝天穷难道因为一个正常的工作变动就被打击成这样?怎么会?我的性格中秉承了母亲那种不屈不挠的基因,这么多年,一路拼杀,从不退缩,怎么会因为这么一点小挫折变成这样?这要是让人知道,该会怎么看我?我分明看到大家都在用一种异样的眼光看着我,看得我的毛孔里都渗出了细细的汗。

我一遍遍在心里安慰自己:没有的事,大家都在忙自己的事,哪有闲心管你?但是,我这种不良状态的确像魔鬼一样折磨着我,让我不能安生。不能再这样继续下去了,不能,我要好起来,尽快好起来,我要让大家看见一个依然神采飞扬、踌躇满志的邝天穷,而不是一个面容枯槁、一蹶不振的邝天穷。

沙,握不住它,不如扬了它。

是好洁的声音。

4

车子驶出天逸大道的时候,小李子才从包里掏出一个精美的方盒子,递给我。

我一眼看到盒子上被咬掉的月牙形苹果图案,然后看到一个手机图片。苹果手机。这么高档?

给你的。小李子说,这是最新款式,六千多块呢。

给我的?谁给我的?

临出门时，王主任叫我去了，说，邝主任要高升离开办公室了，以后在一起的机会不多了，出门好好伺候着，这部手机你交给他，算我个人一点心意，我看他那部手机也太旧了；另外，我准备了一箱典藏韩阳醇酒，你装到车上，邝主任出去招待个人啥的，用得着。

我十分意外，盯着小李子瞅。小李子看我盯着他，就讪讪地说，王主任知道你的脾气，害怕你不要，千叮咛万叮咛，一定要我上路了再给你。

我意外的不是王向春先斩后奏，而是王向春的这种做事方式。我忽然明白了他能这么快提升的原因所在，要是换作是我已经明确要高升市委组织部，比我资格老的他却明升暗降，我是无论如何想不起给他送东西、替他操心出门招待人用酒的问题。有人说，有些人天生是干事的，而有些人天生是做官的。看来我天生是那种干事的人，而王向春天生是那种做官的人。

既然是天生，你就不能抱怨谁了，跟谁都可以过不去，但千万不能跟命过不去。这样想着，我就把那部价格昂贵的苹果手机从盒子里掏出来，把玩着。

这次出来前我跟大家说，去趟省城检查下身体，看看病。几乎每个人都点点头，然后意味深长地看我一眼。我的确是应好洁的邀请，去检查身体的。这个社会很奇怪，你说真话偏偏没人相信，随便撒个谎，反倒大家会觉得是真的。假如早上我跟大家说，上次跟省委胡秘书长汇报的那个信息资源共享的信息化项目有点眉目了，我要专程去跑一趟，我相信一定没人会表示质疑。主要问题在于，在这个节骨眼上，我要去看病，大家肯定首先想到，那分明是我对于组织安排有情绪装病嘛。

我想到这里不由摇摇头，在市委大院十多年时间，其中的奥妙与玄机我是深有感触的，病不能随便得啊，一定要得在时候上。

　　车子下了高速，驶进省城，在我的指引下，直接开到了位于省政府对面的飞雪大厦前。车子停到这座五十层大厦前面的停车场上，我下了车，对小李子说，你去驻省办登记个房间休息去，别管我，我要用车会给你打电话的。

　　我进了大厅，乘电梯直奔二十八层。

　　好洁心理慰疗中心就位于二十八层，这是她告诉我的。出了电梯口，我一眼看见了好洁。她正站在电梯出口等我。

　　好洁今天穿了一身奶油色职业套装，发髻也高高盘起，显得成熟、素雅而又超然脱俗，我不由多看了她几眼。

　　跟着她穿过走廊没几步，我的眼前突然出现了一片奇观：一座壮观的假山石，造型奇特，石缝里长出一棵棵蔓状的绿草，水声潺潺，从石头上流下来，汇聚到石头下的池子里，池子里有红黄黑白和杂色的金鱼自由自在地游来游去，不时冒着水泡。假山的旁边则是一棵棵绿树，枝叶硕大，枝繁叶茂，一派翠绿……

　　好洁始终微笑着，带着我默默穿过树林，我就看到了一个爬满青藤的圆形月亮门，上面写着一行弧形的红色童话体汉字，很萌：好洁心理慰疗中心。

　　这是在钢筋水泥楼上吗？我问微笑着的好洁。

　　是啊，你不是刚从电梯上来的吗？难道不相信自己？说着好洁把我带进了一间同样被绿色点缀的房子。这里是她刚装修好的工作室，里间有一个小门，显而易见是休息室。

　　我被让到一个圆形的沙发上，她说，一直想在郊外找个依山傍水的院落，却一直找不到，后一想，小隐隐于山，大隐隐于市，于是，我就隐到这里了。怎么样？感觉不错吧？

　　简直是太神奇了！我不由脱口而出。

真喜欢,今晚就住这儿吧。好洁一句话让我吃惊不小,我怀疑我是听错了,住这儿?

是啊,我就住这儿,今晚你就住这儿吧。

不,不,那怎么行?我的脸有些发烫,一定是潮红了。我没想到她会提出这样的要求。就像最初在大街上跟我搭讪一样,这种明目张胆的邀请同样让我大跌眼镜。

你看你,还怕我吃了你?我能看出你昨夜睡眠很糟糕,今夜我要让你睡一个好觉。进来吧!

我被好洁拉进了里间的卧室。卧室很小,但却有着很温馨的氛围,只有一张床,床头柜子上开着一盆水仙花,发出淡淡的香气。她随手拧开了床头的音响,淡淡的音乐随即响起,接着一个若有若无的女声轻哼着一首英文歌曲,声音舒缓却富有张力,和声伴唱,轻声,混音,纵横交错,丝丝缕缕,纠缠成一曲绕指柔。

这首歌叫 *The Book of Secrets*(《神秘之书》),是加拿大女歌手 Loreena McKennitt 演唱的,Loreena 常年游历海外,因为旅游航海失去了亲人而开始改变了自己的音乐风格,在以往的内容上加重了凯尔特元素和民族音乐的质朴,优雅而丰富的内涵,让人难以忘怀。你听,Loreena 的声音,在激情中可以听到理性的克制,清醒却又内敛,从不刻意煽情,却更有感染心灵的力量。

好洁全部沉浸在这歌声里,一脸的深邃、沉凝。

它之所以打动你,多半是契合了你的生活经历吧?

天穷,你说的很对。漂泊海外的这些年,爱过,痛过,伤过,快乐过,孤单过,每当夜深人静的时候,插上耳机,沉溺于 Loreena 的声音,我常常会泪流满面。

这座楼的窗户封闭得奇好,城市的喧闹与外面的任何声息都不复存在，有的只是流水淙淙，音乐舒缓。

慢慢地，我就像是进入了梦游，完全在她的指引下躺了下去，那张柔软的床一下子热情地接纳了我的身体。

我的眼睛空洞地大睁着。有一双山泉一样清澈、深邃的眼睛掉进了我的眼睛，于是我的眼睛不再空洞，不再干涩。我感到了一股清凉，宛若一滴滴眼液，顺着眼睛流进去，瞬间流灌我的周身。

好洁坐在床头边那个很萌的绿色小沙发上，满眼清凉地盯着我。

这个夜晚没有你的单位，没有你的家庭，没有你的孩子，只有你自己，听，这音乐像不像流水，在流水声中，给我讲讲你的童年吧，讲讲你的母亲，因为我记得你曾经给我说过，我让你想起了你的母亲。

天穷，我的孩子。

真的像是母亲在叫我。

我的周身突然变得柔软，我像是躺在温润的泥土里，鼻子里全是泥土和青苗的气息，头顶的蓝天上漂浮一丝丝白云，远处的山坡上还有羊群在移动。

我是回到了邝湾子吗？那个久违的小山村。那里的天永远是瓦蓝瓦蓝的，那里的空气永远是清香清香的，那里的水永远是澄澈澄澈的，那里的孩子永远是笑声清脆的，就连那里的睡眠都是深沉深沉的。

这时候，我闻到了一股奇异的味道。

是母亲的乳房，垂落在我的脸上，我把嘴巴凑过去，一下子就含住了一只乳头。

邝湾子是向坡公社的一个生产队，而这个生产队的队长就是我的母亲岳兰。她是邝湾最大的官。没当队长的时候人们叫她兰子，当了队长后就叫她岳队长。岳队长去过大寨，是农业学大寨的先进分子，也是全公社第一个女拖拉机手。

我在她肚子里的时候，她就领着社员修梯田，我来到这个世界上之后，她还是没黑没明地领着社员修梯田。我一直搞不懂，那么大的山，那么多的土，挖来挖去就真的很好玩吗？

也许那些土远比父亲邝野和我这个嗷嗷待哺的小崽子意义重大。父亲邝野是个"臭老九"，因为喜欢摇头晃脑地到处给人讲"四书五经"，就被英雄的革命小将们打跛了一条腿。我是难产来到这个世界上的，虽然不合时宜，但是对于这个家庭却有着非比寻常的意义。我就像是一枚又酸又甜又有些苦涩的果子，让父亲尝尽了苦头，也品出了几多酸甜。

因为母亲岳兰的作用，父亲最终回到了学校重返讲台，他一边教书一边手忙脚乱地带我，常常一大早狼狈不堪地赶到学校，除了满头滚落的汗珠，就是满身我的屎尿。

学校很小，却很美丽。一条终年清澈的小青河流出山谷，山谷深处有一孔窑洞，冬暖夏凉，书声琅琅。那就是父亲的教室。窑洞前是一簇翠竹，就像是学校的围墙。

这里起初是我的摇篮，后来是我的乐园。

父亲去这里上课，常常会把我和书一起放在土坯砌成的宽大的讲桌上。在父亲摇头晃脑讲课的时候，我一般很少哭泣，我像是能听懂父亲优美的诵书声。全班十来个学生，最大是四年级的，也有三年级的，最小是二年级的，父亲教他们读书认字，他们帮着父亲带我。

所以当我意外闯进这个迷茫世界的时候，我就和背有些弓、腿有点跛的父亲相依为命。母亲岳兰宁肯把那些鼓胀的奶水挤掉，洒在她钟爱的土地上，也不肯留一滴来喂养我。父亲教的一个叫邝长贵的学生把他家的奶羊拉到学校，挤奶喂我。竹林掩映的美丽学校哺育了我，我在麦秸扎满的土坯讲桌上慢慢长大。

我一直怀疑母亲生我的动机不纯。在母亲去世之后，年迈的父亲慢慢地讲给我一些陈年的往事，我才明白了他们那代人复杂的情感和坎坷的运命。

结果还真让我猜疑到了，我的出生原来挽救了一场将要破灭的婚姻。

我的母亲岳兰在我四岁的时候生下了我的大弟弟邝天昊，那时候她已经不再修梯田了，梯田果然把她修成了正果，她由一个生产队长成了公社里的干部。在我模糊的记忆里，她的头抬得更加高昂，对我和父亲说话更加颐指气使。邝天昊的出生，似乎多少改变了她的性情，至少她能够抱着天昊，给他喂奶吃。每当这时候，我就会抱着她的双腿，眼睛直勾勾地盯着她的奶头。

原来不只是羊有那么迷人的乳房，人也有啊。我不知道抱着那样一对乳房，尽情地吮吸它该是怎样一种享受？

也许对于母亲和弟弟天昊的仇恨就产生于看到母亲哺乳弟弟的那一刻。

天穷。

我听到一个声音，不是母亲。

是好洁。我的脸突然发烫，明明她小西装的套装里穿着雪白的衬衣，我却在睁眼的那一瞬间，十分清晰地看到好洁胸前那一对洁白触目的乳房。一种清凉的感觉让我一眨眼间，一切都已不复存在，只有她那双望着我的眼睛，慈爱，怜惜，一如双亲。

我的脸通红发烫。强烈的羞耻感袭击着我，为什么我会忽然看到她的双乳？是梦中母亲的乳房再现人间吗？可是这是个我不熟悉的女人，她与我的母亲毫无瓜葛啊？人和人的际遇常常会偏离生活逻辑的轨道，妤洁，她怎么会突然从大街上的人群中走向我呢？那么多的人，她为什么就要选择认识我呢？我嘴唇发烫，嘴里喃喃，妤洁，你是上天派来拯救我的天使吗？是感动还是某种神性赐予的突然降临，我的眼泪竟然滚滚而下。

上大学二年级的那个夏天，我接到了父亲的电报：母亲去了。当我看到母亲的时候她的身体已经冰凉，就像一枚鲜果被我们被世事被命运的蝼蚁们一口一口地噬空。她脸上的表情似乎和往日没有什么两样，平板如常。在我的记忆里母亲没有过笑容，她严厉的眼神一直让我望而畏惧。而如今，母亲已是声息皆无。在她弥留的时候，只有被她痛斥了一辈子的父亲守在她的身边，我省城求学，邝天昊异地服刑，邝天尽幼年夭亡。父亲说，他几次要叫我回来，母亲坚决阻拦，说她不想让我看到她的惨象，等咽了气吧。尽管那时候母亲已经没有一丝力气，却还要硬撑着，即使去上厕所，都要自己扶着墙一步步挪去，总不肯让别人帮助。母亲病卧床榻之后，仍然没有放弃自己的主宰地位，她向父亲拜托了身后的三件事：第一，她一旦病危不要抢救，让她平静离世；第二，她死后第二天就烧掉，不起坟，不立碑，骨灰撒向梯田；第三，不要通知任何人，不要花圈，不要挽幛，不要任何形式的悼念。

对于儿女，母亲也向父亲提出了要求。我当时一无所知，后来才慢慢知道，她对儿女的未来曾有过充分的考虑，她的意愿，要父亲通过他的手拼了老命地去实现。也许这就是我的母亲对孩子有别于一般母亲的爱。

母亲对我人生的规划在父亲的努力下，终于实现了，至少说是实现了一半,那就是:让天穷从政,一定要当官,当大官。

这就是我的母亲,死后多少年里一直在设计着我的人生道路,让我按照她的意愿一步步走到今天。母亲哪,一个让人怕让人恨又让人无法不爱的人哪。

幸运的是,我能在母亲去世第二天为她清洗身体。

窗外的阳光不经意地溜进了屋子,跳过她稀疏的头发,她的胸脯,然后停落在我的脸上、我的眼睛里。这个生我的女人有着一副洁白的身体,年届五十的她皮肤却还有着意想不到的弹性。抚摸母亲的身体,我有一种异样的感觉,有句老话说:你是娘身上掉下来的肉。我,就是面前这个女人身上掉下来的吗?我们的肉体本来是连在一起的吗?可是这么多年,我们为什么离得这么远?我第一次双手握住了母亲的乳房,第一次把一张变形的淌满泪花的脸贴在了它的上面,虽然它已经没有温度,但是我依然感觉到它的美好和神圣。

父亲严格遵守了母亲的遗嘱,火化了母亲,一一打发掉前来吊唁的亲朋好友。处理完母亲的后事,父亲眼圈红红地说,天穷,原谅你的母亲,她是爱你的。

在山体与山体的对峙里,在一棵树与另一棵树的守望里,母亲变成了一个虚无。多年里我一直能记得父亲从那个地方挖出来的那些新土。习惯了童年在土里滚爬的我,对于泥土再熟悉不过,但是那么新鲜甚至略微带着几许体温的泥土却深深地留在了我的记忆里。不知多少年以来,我们脚下的泥土翻了又翻,犁了又犁,耕了又耕,经过了多少次的开掘和填埋。而父亲从那里挖出来的土却新鲜得像从一片处女地里出来的一样,从不曾被人触动。更为让人讶然的是,父亲高扬的镢头随着阳光的洒落不断跳动起若干白色亮亮的东西。父亲以为是骨殖,当他捡起来拿在手里对着太阳看时,不由大声惊叹了一句,像是海贝呢。是吗？我凑过去，分明看到了父亲手里的贝壳。莫非很久很久以前，这里曾是一片汪洋大海？这是真正的沧海桑田呢，如今它将经过母亲的骨灰，让已然虚无的母亲一下子变成了真实的存在。父亲捧起那些新鲜的土，阳光下蛋黄一样的颜色里洒满了父亲滚烫的热泪。母亲变得很轻盈，缓缓地落入了泥土的深处。我们知道，不久那里将再次生出草芽，一簇簇一团团地长大，荆花、野菊花和狗尾花再次盛开，蝶飞鸟鸣，一切还原到本来的样子，这里发生的一切似乎只是一个长长的梦境。母亲岳兰头枕青山，长眠于此，而她脚下的那一块空地，将是我安息的所在，母亲啊，我必将回到你这里，但是你却再也不能到我这里来了。

在我的弟弟天尽夭亡之后，我再一次体验了一个人的逝去，也体验了当她逝去后我没有在她身边看她最后一眼的遗憾。人去了，我才知道我爱她，她也爱我，可是因为种种原因没能使得我的世界在她的世界终结的那一刻情感相互交融。面对母亲身体的那一刻，我心如刀割。

一个人的童年经历会影响他的一生。天穷，那些年，你心中积累的负向的东西太多了，这些东西一直沉淀在你心里，到后来，又有一些新的负向东西加入进去，于是会有今天一时无从入手的感觉，就像你手里有好多问题，不知道该先去解决哪一个，于是你就摊着手，继续看问题越积累越多。

是的，好洁，你是对的，的确有一段时间，我像是活在暗日里，像是躲避着某些阴影的追杀一样。晚上做噩梦，在深夜的时候看到小孩子的脸，没有眼睛的脸。看到有人从楼上掉下来，止不住地幻想，觉得孤立无援，所有的人都站在另一方，所能做的只有孤注一掷。

好洁用她的手指拭去我脸上的泪珠……天穷,其实你已经得到了,虽然得到的很晚,只是在时间和空间上不平衡而已,让这种不平衡平衡起来,你就没事了。好好睡会儿,你需要睡眠……

不知过了多久,我进入了梦乡。一段时间以来我一直被噩梦困扰,很久没有做这样轻松的梦了。醒来的时候,一缕阳光已经洒满蓝色的窗帘,洒在我的床头。我躺在床上,透过薄薄的眼皮看太阳,金黄金黄,暖洋洋的,红的黄的色彩闪烁着,流动着,组成一幅幅令人陶醉的图案。

在有节奏感的音乐伴奏下,Loreena还在向我们平静地叙述:海面碧波无垠,一望无际,在海天之间,海鸥在嬉戏,游轮惬意航行,温暖而幸福。忽然,天边乌云翻滚,海浪汹涌拍击,游轮剧烈颠簸。一个巨浪打来,船舷边的亲人一个踉跄,瞬间被海浪吞噬。只是一瞬间,万劫不复,消失了踪影。

生命如此短暂,面对灏灏大自然,我们束手无策,面对纷繁世事,我们至少还可以一拼,就算拼上身家性命。每个生命走过的过程多像是一部神秘大书,谁的手指翻动它,都会因此触动而心灵震颤、荡气回肠。此时此刻,好洁在翻阅我,熟读我,直到我溘然入睡。

我开始服用了一种药:阿普唑仑。

好洁说,它是抗焦虑的安眠药,晚上临睡前半小时服一片,入睡难的状况会有所改善的。

我惯常的生活中多了一种必备的程序,就像从小父亲教给我的,睡前一定要刷牙。那时候不明白,老要问,我会在睡梦里吃东西吗?父亲说,含着清洁的气息睡觉,睡得香啊。父亲养成了我睡前刷牙的习惯,好洁又给了我一个习惯:睡前吃药。

我知道这一定会成为一个习惯,因为人过四十,身体就开始像是一辆赶了长路的老车,满身零件老化、松动,不走下坡路都不由你了。

每次睡前拿起药,我就想起妤洁,想起她安详的面容,不徐不缓的腔调,以及她并未亲见却又那么熟悉的美丽胸乳……

我吞咽下药,马上感到它的药效就来了。

第二章

1

死亡,你在张开怀抱迎接我吗?

当我的衣襟、我的头发在风里飘舞的时候,我觉得一种从未有过的神清气爽的感觉醍醐灌顶。

死后方知万事空。其实死真的会解脱,那些用尽一生拼命追求的、那些像抽刀断水一般割舍不下的、那些悲悲欢欢、那些恩恩怨怨,一切的一切都变得毫无意义,甚而有几分滑稽可笑。

但是这样的话没有人能听到,即便在各式各样的遗书里一再地语重心长,也没几个人会真正听取。活着的意义也许就是不断地攫取,不断以各种各样的追求方式加速奔赴死亡的进程。所以,死不过是另一种生的方式,这也许就是人们经常说的所谓永生。

但为什么当我面对死亡时,不由自主地还是感到害怕,感到无助呢?或许,死亡是会将一切都带走的过程,它不仅将这个人带走了,而且将他周围所有的牵挂与思念也全都带走了。可是,带走是带到哪里去呢?是不是一个足够远的地方,让我们无法寻找,牵挂和思念也无处安放直至被回收删除?

我自由地飞行,身体变得特别轻盈。我飞出了窗口,飞向天空。我在空中飞呀飞呀，不知飞了多久，没有痛苦，没有烦恼，好像生命的意义就在于飞翔本身，不管飞高飞低，只要尽情地飞，都充满了愉悦。

市委的任命文件放在了我的桌子上：市委决定，任命邝天穷同志为市委机关工会主席，请按工会章程依法进行任职程序。

我如惯常提起笔，要在文件上签署，但却不知道该写什么。往日办公室小唐每天都会抱来两大夹子文件，有些是急件、密件，但大多都是平常件，有普通的周知性的，有需要拟文办理的，也有请示解决问题的，等等吧。一般我都会签上同意、批转某某执行，或是建议上办公会议研究，请某某尽快办理等等。而这份文件是人事任命方面的，也就是个周知性的，我不能写"同意"，自然也不能写"不同意"。但是要签署的，这将是我在市委办公室工作期间签署的最后一份文件了。

传阅。

我提笔写下了两个字，然后如常写上"邝天穷"三个字。写完，我凝视了一会儿自己的名字。我突然感觉这次我的名字签得和以往有些不太一样。哪里不一样呢？我翻出了以往签署的文件，自己对照了一下。这次的字体好像变得有些生涩。难道一个简单的签字又一次暴露了我心内的隐秘？

我坐在椅子上，把头靠在后背上，闭目养了会儿神。

再度睁开眼看那文件，其实没有什么太大的不同，再说，谁会在意这个呢。

放下文件，我开始整理屋子，收拾东西。我把柜子里、抽屉里那些文件、书籍、各种酒店的餐巾纸、打火机之类全部堆在茶几上、沙发上，不用的扔在一边，有用的整理在一起，放进一个准备好的纸箱子里。

这么多年待在这间办公室里，自己早已与它不可分割，浑然一体了。这里到处都是自己的痕迹，甚至连屋角旮旯里，也有自己用梳子梳下来的头发。我清楚记得，自己的第一缕落发就是在这里落下的。我的头发一直很好，这得之于母亲的基因，母亲四十九岁去世时，仍然是满头乌发，没有发现一根白发。我却在三十六岁的时候落下了第一缕头发。

看看，我整理出的东西，多一半都是垃圾，有用的不过一小撮而已，我可怜的头发这么多年就是牺牲于这么多的垃圾上。唉，我的可怜的头发呀，你竟不能死得其所，你原来死得毫无价值。

我把桌子抽屉拉出来，腾出里面的小物件，我看到一大堆名片散乱在里面。每次出门参加各种公务活动，在办公室接待各色人等，都会收到形形色色的人送上的名片，我知道，这些东西一般都没有用处，好多接过来根本不会去看第二眼。想到要联系某人，也会通过其他方式去获取他们的联系方式，而绝不会在抽屉里去翻他们的名片。可以说，在我的意识里面，它们基本可以算作是不存在的。

既然不存在，它们也就是垃圾了。我把这些名片稍做整理，丢在了那堆垃圾里。然而，在我把名片盒扔过去的瞬间，有一张名片很不听话，从那装着一沓名片的小盒子里跳了出来，赫然落在了地板中央。我过去想捡起来让它回归原位。弯腰捡拾的当儿，我看到了上面的名号：省建设厅常务副厅长庞俊杰。

庞俊杰？

一张很有棱角的面孔立即浮现在我的眼前。庞俊杰最初是西北大学建筑系的系主任，我的大学导师。那时候在大学里他是为数不多几个赏识我的导师之一，我的毕业论文《中国城市建设的败笔简析》得到了他的高度推介。毕业的时候，庞俊杰要我留校任教，可是我的父亲邝野死活不同意。当时我并不知道母亲的遗托，只以为父亲年事渐高，身边孤单，需要我陪伴而已。

庞俊杰老师虽然十分遗憾，但也感念于我的一片孝心，放我回了原籍韩阳市。当年我分配到了韩阳市建筑规划设计院。那年年底，庞俊杰就调任西北建筑学院当了副院长。

在父亲的一再动员和不停地催促下，我参加了市委办公室工作人员的招考，进入市委办公室第三年，我从报纸上看到我的老师、四十九岁的庞俊杰被提拔到省建设厅任常务副厅长，之后我就一直关注着他的情况，再次见他是在我刚刚被提拔为市委办公室副主任不久。那次，庞俊杰来韩阳市检查工作，当时省建设厅刘厅长刚刚退居二线，庞俊杰以常务副厅长的身份全面主持厅里工作，我正好参与草拟市委周书记给庞俊杰的工作汇报。

检查工作的过程我是没有资格参与的，接待工作也不是我所分管，所以那次庞俊杰在韩阳的活动，我是没有条件介入的。等工作结束，吃罢晚饭，市委、市政府的几位领导把庞俊杰亲自送到宾馆房间离去后，我才鼓足勇气敲开了他的房门。

没有想到的是，庞俊杰虽然今非昔比，身处要职，却依然一如从前那样和蔼可亲。他一见到我，就满脸欢喜地叫出了我的名字：邝天穷，来之前我还念叨你呢。

我有些受宠若惊。屁股决定面孔，这是一般的规律，坐在了什么位置上，就要拿出一副跟这个位置相符合的面孔，说一些和这个位置相吻合的话，不然，你就会成为另类，被打入另册，乃至最终失去这个位置。庞俊杰坐在了厅长的位置上，对我却还是一副老师对学生的和蔼面孔，这不能不让我感动不已。

这次见面非常愉快。庞俊杰非常关切地问了我的情况，当然说的更多的是当年我们在学院做师生的事,他的记忆力非常好。看来那些往事不仅仅是我,也是他一生中最美好的时光了。难能可贵的是,他还说起了我的毕业论文,他甚至能说起这篇文章的核心内容和重点段落。

一个小时的时光很快就过去了。很美好很愉快的时光。这张名片就是那次他给我的,他浑厚的声音让我久难忘记:天穹啊,你是个难得的人才,有什么需要我的,随时跟我联系。

三年了,我再也没有见过他。但是我知道他主持建设厅工作已经三年多了,厅长的位置一直空缺着。人事上的事情很复杂,大小都一样,无论在哪个层次上,都有着各自难言的苦衷。作为被他一直器重的学生,我从心里希望他能尽快扶正,以他渊博的学识和人品大展宏图、造福百姓。

我拾起了这张名片,在手里摩挲了下,顺手塞进了衣服兜里。

这时候,门被敲响,是秘书小陶。

小陶叫陶清波,是去年参加全省公务员考试进来的,小伙子很机敏,至少比我刚进来那会儿要聪明得多。就像我刚进来时,那些老前辈说我的话:对这些娃娃们不敢怠慢的,以后的吃喝拉撒都要在他们脸上看呢,就连将来有一天去了土骨堆搞个葬礼都要靠他们张罗呢。

邝主任,在收拾东西? 需要我帮着干点什么吗?

是啊,这文一发,就不能再赖着了,早点搬过去。也没啥东西,这都收拾好了。这两个箱子是带走的,别的呢,你看着处理一下,都是些不用的文件。不过,一定要就地销毁,打为纸浆,别流出去呀。

邝主任,你放心,这点保密意识我有,还好,你没调多远,也就是从三楼升到了七楼,以后有啥不懂的,材料上需要请教的，找您也方便。

陶清波说着，就抱起了一只箱子。这时候，办公室的其他人都过来帮忙了，七手八脚地帮我把东西搬到了位于七楼的机关工会主席的办公室。

机关工会只有四名工作人员，而且都是些老弱病残。原工会马主席长期有病，不来上班已经一年，这次已改任为调研员了，虽然占着机关编制，但是更是不会来上班了。还有一个女的叫曹红莲，四十多岁，工人身份，最早是市委办的打字员，敲了十几年铅字打字机，铅字打字机退下去后，她也就跟着没事情做了，就调到了机关工会管账。再就是老张和老肖了，两人都过了五十五岁，都在外边搞点小生意，生意是他们的主业，单位的公事对于他们来说反倒成了副业。

我的东西拿到原马主席的办公室门口时，门还锁着。陶清波拿出手机给曹红莲打电话：曹姐，邝主席已经到了，你赶紧把钥匙拿来啊。

我被让进隔壁的党史研究室，坐了会儿，我听到一串钥匙丁零当啷响，接着有个高喉咙大嗓：哎呀，这把我跑坏了，我刚挤上公交车，听说新苑超市搞活动，我要去捡点便宜货的，一个电话就把我催来了。

我坐着没动，听到陶清波问曹红莲：马主席把东西搬走了吗？

那个高喉咙的曹红莲说，也没啥东西，他的东西他早就拿走了，前天叫我去他家取了屋门钥匙。

我听到他们一起把摞在窗台上的我的箱子搬了进去。

我坐在党史研究室翻报纸，小陶进来了，邝主任，门开了，东西都拿进去了。我站起来，走进我的新办公室。一进门，我就被屋子里的景象打垮了，地上垃圾遍地，纸屑、旧信封、用过的签字笔、墨水瓶随处可见，屋角接地板的墙壁上，有一摊墨水污迹，显然是一只墨水瓶甩过去砸碎的产物。一对沙发、桌椅完全被尘土所覆盖，沙发边上一只痰盂，痰迹斑斑，十分恶心。一盆君子兰，早就干枯而死，其状甚惨。

陶清波皱着眉头数落曹红莲。我说曹姐，你看你，新主席上任了，你连房间都没打扫，啥态度嘛。

不好意思，不好意思，邝主席，你先慢慢收拾着，我要去新苑超市抢购东西了。

曹红莲看都没看陶清波，扔下一句话，把钥匙丢在桌上，就拧着屁股下楼去了。

陶清波还要喊，我拦住了。算了，别叫了，她是啥人我清楚，这类人混了半辈子，没有指望升官发财，也就只有她的小日子了。往往，机关能干的总有干不完的活，不能干的总是没有活干。少干或不干的人，往往不犯或少犯错误，给领导的印象往往比较好，年底测评时往往票数较高，生活相安无事。这就是无奈的现实。

邝主任，您先在旁边办公室坐坐，我们给您打扫卫生。

我没说好，也没说不用，更没说谢谢，我的心里一时五味杂陈。我就这样离开了苦苦奋斗十年的市委办公室，来到了这么一个不被人待见的地方吗？

我下了办公楼，来到院子里。正值秋天，秋风凛冽，落叶遍地，中心花园里的黄菊花一朵朵在风中窸窣，一股冷意灌进了我的衣领，瞬间流贯我的全身，我不由打了个寒噤。

我迈着凝滞的步子向前走了几步，看到两辆崭新的丰田越野鱼贯而入，停到了不远处的停车坪上，我闪进了旁边的楼檐玻璃门。市发改委的郭耀光主任晾着一颗秃头，夹着一个公文包，从最前面的车上下来，向楼门走来。

我躲在旁边,看到他急匆匆地上楼去了。我知道他肯定是去市委周书记那里了。这个老家伙,做了十几年发改委主任,谁的账都不买,就跟周学亮走得近,道行很深,让人捉摸不透。

郭耀光像大多数官员一样,还在兴致勃勃地经营着自己的仕途,我却要在那样的环境里去聊度余生吗?我站了一会儿,不知道该去哪里。这里突然就没我的容身之处了吗?人情,突然就变得很淡。是否我太清高太深沉?想起了一句话:他们热闹地活着,而我只是远远地看着,此起彼伏的热闹,像是隔着一片海。那种孤寂,只有我自己体味。

十多年的机关经历突然间就成了一页白纸,我觉得自己的胸口一阵阵发堵,呼吸立时就变得不畅起来……

2

敲开父亲邝野的门,父亲已经将饭菜端到了桌子上。

昨天你弟弟来了,这些牛肉、烧鸡都是他带来的,你走的时候带些回去让欢欢吃。

父亲的头发愈加花白了,那条跛腿走起路来更显打弯了。从小到大一直是父亲带我,如今我已人近中年,自立门户,他依然还在为我操着心。

想到这里,我的鼻子不由一阵发酸。

母亲去世后,父亲省吃俭用,一边上班一边利用周末做家教挣钱,供我完成了四年大学学业。我分配到韩阳市工作,父亲还一直在周原县向坡乡中学里教书,直到五十九岁退休。我要接他到韩阳城里来,他死活不肯。最后我带了全家去动员,特别是经过他最喜欢的孙女欢欢的百般乞求,他才答应跟我们来到了城里。

起初,父亲跟我们一家住在一起,后来因为生活习惯的差异,加之父亲一辈子为人师,总爱说教,常常把家当成他的三尺讲台,希望大家都要听他的,按照他的要求去做。戴欣嫚嘴上不说,时间久了就受不了,不免吊个脸子。我夹在中间左右不是,很难做人。父亲心里明白,就主动提出要搬出去。戴欣嫚当然尽力挽留,我和欢欢自然也是坚决阻拦不让搬。但是父亲的倔强无人能敌,我们三个加起来也拗不过他一个。我知道父亲是怕我为难,也不愿意看到我的家庭因为他变得不和睦。父亲深知母亲的坏脾气从小就影响了我们兄弟的童年,家庭环境对一个人的成长太重要了,欢欢还小,他不能让第三代像我当年一样生活在一个很不轻松的环境中。父亲执意要搬走,我只好给他租了一套小单元。父亲闲来无事,就在家里带一些学生教书法,倒也生活充实,心情愉快。

爸,王姨呢,今天没来啊?父亲搬出去后,为了照顾父亲生活,我给他请了个保姆王阿姨。但是今天不见王阿姨的影子,一直是父亲在忙乎着做饭。

我早说了不要保姆的,我还能干得动,不是你想象的那么没用,昨天我让她回去了,她也不容易,男人下岗了,在外边打零工,家里一双孩子也需要照顾。再说,现在的饭都是成品加工,简单得很,哪像你小时候,啥都要从锅里出来。

父亲一辈子善良,总是替别人考虑。他很执拗,好不容易做通工作雇来的王姨,还是被他私自打发了。

餐桌前,我和父亲相对而坐。父亲把一块鸡腿夹到我碗里,说,天穷,好好吃,看你脸色不太好,身体要紧,你的事,天昊都给我说了,没啥大不了,怎么说也是个正处级了。古人说,学而优则仕,你这孩子,还不到四十岁,能干到这个份上,大家都知道那是一步一步干出来的。说句实在话,这样的变化也算很正常的事,用平常心对待吧。当初一心动员你参加市里干部招考,心里也没底,没想到你顺利考上,而且几年后就升了副科长、科长,现今又升到了重要位置上,一个处级干部,那在咱周原县可就是县长啊。当时我就想,其进锐者,其退速,退是肯定的。其实有今天这样的结果,算是最好的了。天穷哪,你才多大?路还长着,士不可以不弘毅,任重而道远。

父亲平素言语不多,但是讲道理那是一套一套。他的话说得很有道理,而且入心入肺、直逼要害。这除了因为他是一个读书人,更为重要的是因为他十分了解我。就算今天我已经过了四十岁,在他眼里还是小时候的样子,受了委屈的时候,就像一个挨打的小牛犊,拱在他的怀里,不吃不喝。这么多年,父亲在一手推着我前进的同时,也在时刻关注着我的进退,担忧着我的未来。当我高高在上、人之乎也的时候,我常常误以为我已经可以独自前行而不需要他了,岂不知父亲一直在我的身边默默祈福,暗自用力。若不是这次的工作变化,我根本意识不到这一点。

我咬了一口父亲夹过来的鸡腿,想起父亲说,这是弟弟天昊拿来的。天昊虽然少不更事,喜欢惹是生非,但是对父亲还是很孝敬的。近几年我工作忙了,他甚至比我做的还要多。父亲说,今天天昊来过,给他讲了我工作调整的事,看来远在江湖的邝天昊消息也很灵通,也关心起了庙堂之高的事,对韩阳官员的起伏升迁竟也留意起来了。

弟弟邝天昊出狱之后,一直在社会上晃悠,后来经父亲介绍,跟着父亲的一个学生、周原县的包工头子周朝天干。周朝天初中毕业就跟人干工程,几年后,自己拉了一帮人组建了个工队,搞得红红火火,几乎拿下了周原大大小小的工程,一个小工队也便发展成了现在的朝天建筑公司。和一些暴发户不同的是,周朝天发达不忘本,回报社会,尊师重教,投资教育,相继在两个村里修建了希望小学,赢得了较好的社会声誉,也当上了周原县政协委员。而且,他对当年的班主任、我的父亲邝野十分尊敬。年年春节他都要大摆筵席请老师们吃饭,每次都把他的班主任邝野摆在主席位置。这让当了一辈子教师的父亲感到很荣光很满足,逢人就说,师者,所以传道授业解惑也,斯文有幸,斯文有幸啊。

当父亲欲言又止地将邝天昊的事说给周朝天的时候,周朝天一拍胸脯,邝老师您放心,天昊兄弟就跟我了,我亏待不了他。

周朝天没说大话,也许与天昊的胆子大和讲江湖义气有关吧,天昊的确很受他的器重。周朝天的公司随着国家大力推进城镇化建设、到处大拆大建的发展形势不断发展壮大起来,不仅在周原炙手可热,而且把手伸到了周边县市,当然近水楼台的是韩阳市。于是,颇受信任的邝天昊就成了朝天建筑公司在韩阳的总代理。

这个世界的确很疯狂,我大学毕业工作了好几年也买不起一套一百平方米的楼房,私家车根本就没有列入家庭采购计划。而他,邝天昊,一个高中都没有读完的刑满释放人员,却在短短几年时间里就有车有房有头衔了。

兄弟间的关系有时候十分微妙,特别是我们这种比较特殊家庭里的兄弟。邝天昊幼年时期在母亲怀抱里如痴如醉享受母乳的那一幕多少年里一直在我脑海里挥之不去。人家在吃奶,我眼巴巴地在一旁嗷嗷待哺,口舌生津,一奶同胞所享受的待遇是如此不同,怨恨、嫉妒、仇视,多少年一直积累在我日渐长大的心房。所以，从小学到中学，我和天昊经常吵架，有几次还动手打了起来，结果都是以我的失败而告终。也许是我的屡战屡败膨胀了他对于打架胜利的快感，他不再和我较量，或者说不屑与我计较，从此一路打出门去不断寻找新的对手，并一一击败他们。

于是，总有左邻右舍的爸爸妈妈带着鼻青脸肿的孩子找上门来，这时候我就十分快意地看着父母又赔笑脸又掏钱地打发人家。后来，我经过死读苦读的拼命学习，考上周原县中学去读了高中，从此逃避了家，吃住在学校，很少回邝湾，与邝天昊这个冤家暂时分开了。但是没想到两年之后，邝天昊也考进了周原县中学，不是冤家不聚首，我们弟兄俩又不可避免地到了一起。

应该说，邝天昊很聪明，在向坡乡中学上初中的时候，尽管一直逃课，但是成绩依然很好，如果不是周原县里那股社会风气的影响，邝天昊也应该能考个不错的大学。

那时候，电子表、喇叭裤、台湾校园歌曲和习武之风席卷内地，让一批躁动不安的青少年蠢蠢欲动，偏远的周原县也没能例外。邝天昊进了周原县中学，如鱼得水，很快成了周原县有名的大哥。每周的学校大会上，都会被校长点名。我作为邝大哥的哥哥，也因此来头不小而分外引人瞩目。

在向坡乡，天昊还有母亲棍棒交加的管束，惹不了大事。而进了县城后，母亲对他真的是鞭长莫及，想管也管不到了，后来的悲剧也便不可避免地发生。

记得那是个夏日的黄昏，晚自习刚上不久，教室外就传来一些杂沓的脚步和乱纷纷的叫嚷声，接着我们听到有人在大喊：打群架了！打群架了！随之，杂沓的脚步向操场方向而去。

我们再也坐不住了，一下子涌出教室，一口气直奔操场。

操场上已经挤满了学生，我们看不到前面的情况，只听见有铁器撞击的声响和不断高涨的尖叫。不大工夫，我就听见有人喊：杀人了，杀人了！我的脑子里嗡地响了一声。

这时候，警笛响起，派出所的人荷枪实弹地赶来了。围观的学生一哄而散，警察手里拎着哐啷响的手铐，举着警棍冲了上去。很快，有十几个留着长发的青年戴着手铐从我们面前经过，被推上了警车。在他们中间，我没有看到弟弟邝天昊。

后来我才知道，这场械斗源于高一年级的一个女孩子孟雪。孟雪是周原中学的文艺骨干，在全县中学生文艺汇演中自编演出了舞蹈《青春舞曲》，八个青春少女穿着黑皮短裤，亮着一双光腿，随着音乐的节拍，全身扭动，让全县人民张口结舌。孟雪就在前排的最中间，她的动作最到位，表情最投入。于是，全校乃至全县人都记下了孟雪这个名字。家长们无不痛骂：臭不要脸，简直伤风败俗。我们也跟着起哄，跟着乱骂，但是骂和骂是不一样的，我们嘴上在骂，心里却都萌动着一种说不出的激动和亢奋。孟雪用她开放的舞蹈，抒发了我们苦闷压抑的内心，她是我们那个青春时代的代言人。

孟雪的演出，使她成了周原的明星人物。俗话说，人怕出名猪怕壮，孟雪由此走进了一个人的心里。他就是待业青年常宽。常宽在周原县是个惹不起的主儿，惹不起不是因为他有多大能耐，而是因为他的背后有一个当县财税局副局长的老子。常宽看了孟雪的演出后，就惦记上了这个让他梦牵魂绕的妞。他开始经常守候在孟雪上学的路上，看见孟雪一过来，就嬉皮笑脸地上前搭讪。孟雪并不搭理他，一见他过来，就远远走开，走进同学中间去。常宽并不甘心，一度尾随孟雪到了学校，伺机上前套近乎。

然而，事情并不那么简单，孟雪的班长同样也对孟雪有意，但是他却跟常宽不同,只是暗恋却无所作为,当他看到常宽的死缠硬磨之后,积郁在心中的爱慕变成了妒火,但慑于常宽的势力,也只能敢怒而不敢言。最终,他不得不求助于外援,找到了周原中学的老大——我的弟弟邝天昊。邝天昊一听说,立时就跳了起来,张口大骂:胆大包天!竟敢到学校里来耍流氓,看我怎么修理他。于是,在孟雪教室背后,邝天昊跟常宽进行了一场巅峰对决。自小娇生惯养、身体单薄的常宽哪里是身高一米八、肩宽、膀圆的邝天昊的对手,常宽被打翻在地,连连告饶,发誓今后再不纠缠孟雪。

没想到第二天的晚饭后,不甘心认输的常宽卷土重来,他召集了七八个社会青年,手执棍棒冲进了学校,扬言要报仇雪恨,给邝天昊点颜色瞧瞧。作为周原中学老大的邝天昊,平日里晚自习过后都要在操场上练拳脚,他的追随者们都一个个跟在他的屁股后面,腿绑沙袋练鲤鱼打挺、白鹤亮翅,一棵棵白杨树被击打得皮开肉绽、血迹斑斑。如今听说常宽来学校闹事,他们纷纷摩拳擦掌,大有养兵千日用兵一时之势,要与常宽等人一决高下。

于是,一场混战在所难免,邝天昊像一只猛虎手拿一把砍刀冲在前面,如入无人之境,追随者们在后面赤手空拳尾随而上,短兵相接,打成一片。不一时常宽的人手中的棍棒便被砍得四处乱飞。他们气势减弱,纷纷退去。混乱中,常宽左手的中指、食指和无名指被齐齐砍断,血流如注。

警笛响起的时候,邝天昊反应迅捷,越墙逃走。

警察去了向坡我们家里,找到了父母亲,父亲邝野深感养子不良,羞愧难当,始终低头不语。当干部的母亲显得十分冷静,她干脆利落地对警察说,谁都有孩子,他伤了人他就要伏法,他一定会回来的,他一回来我就把他给你们绑去。

母亲预想得没错，逃亡在外的天昊终因饥寒交迫不得不求助于家里，一个长途电话打给了母亲。母亲在电话里说，你回来吧，我和你爸已经给了常家不少钱，常家说不追究你了，没事了。邝天昊将信将疑，连问：妈，是真的吗？真的吗？母亲语气相当肯定，是真的，你要是担心，你可以回来看看，妈给你些钱，给你转学到外地去。

俗话说，虎毒不食子，邝天昊相信了，但是，他做梦也没有想到，他钻进了亲娘和警察合谋的圈套，他一进家门就被埋伏在家里的警察扭住抓走了。

那年正逢严打，加上常宽父亲施压，我的弟弟邝天昊被以流氓罪和故意伤害罪两罪并罚判处有期徒刑十年。一个刚满十八岁的孩子开始了他长达十年的铁窗生涯。

在这件事上，我和母亲保持了高度的思想统一，有这样的结果都是邝天昊咎由自取。所以在他服刑期间的前几年，我和母亲从来没有去探望过他一次，每次都是父亲一人独自去独自回。直到母亲临终，她对父亲说，我打小就看出，天昊这孩子太横，要让他尝点苦头，给他冷静下来的时间让他自己去想明白。书是没读出来，但是这娃娃脑子好，有胆也有识，以后出来了你帮着给找个挣钱的营生干吧。

母亲去世后，我陪着父亲去监狱看了弟弟一次。邝天昊的精神状态竟然十分好，比我预想的要好得多，远不是我想的那副形容憔悴、萎靡不振的样子。那次他看到我自然也十分意外，而且长这么大第一次叫了我"哥哥"。管教告诉我们，天昊手脚勤快、劳动积极肯干，各方面表现得很突出，如果不出意外，减刑是没有问题的。

父亲对他说，你妈去世了。我看到弟弟的眼圈红了，他鼻翼抖动了几下说，我对不起妈妈，从小就不省事，从来没让妈妈省心过,如今妈妈就这么去了,连我的一句"对不起"都听不到了。

孩子,别怨你妈妈,她是爱你的。

像对我当年一样,爸爸邝野鼻音重重地说了一句同样的话。

听着这句熟悉的话,我的眼前不由出现了母亲离世后那一脸安详的表情。在我们兄弟内心的记忆深处,冲突那么激烈,伤害是那么深刻,影响是那么恒久。在我们的传统文化中,为尊者讳、为亲者讳已铸造成基础美德,我们这些普通人哪里敢触动这约定俗成的民间规则,但是也不能直视社会、历史、疾患对母亲精神世界造成的灾害性病变,我们只有在内心深处与自己抵抗,与母亲抵抗。后来我才知道我目前承受的就是当初母亲所独自承受着的孤独、迷惘、抑郁。没有人比母亲更了解我们兄弟了。俗话说,三岁看大,母亲对于弟弟的定位是何其准确,在那个经商为人所不齿的年代,母亲的话虽然不是很明确,但是分明已经给弟弟指出了一条道路:经商。

如今再看弟弟邝天昊的发展,我不得不深深佩服母亲的高瞻远瞩和深谋远虑。

我回到自己家里,已经是晚上了。

女儿邝欢在自己屋子里做作业,她每天都有做不完的作业。戴欣嫚在书房上网,她每天也有上不完的网。

我呢,回到家,就看看电视,然后看书,一直到深夜。

这就是这个家庭惯常的模式。

生活一旦过成了模式,就该是一件极其乏味的事情了,闭上眼或者明天还没有来临,就已经知道正要发生什么或者明天一天的生活状态了。这样的生活还有什么意义呢?

我从小就对婚姻没有过什么向往。母亲和父亲那种针尖对麦芒、离不了又斗不停的关系让我们难以理解的同时,又深深畏惧。在中学,乃至大学里,周围的同学开始情窦渐开,这样那样的情事时有耳闻,而我,却始终怀揣着一颗敏感、畏惧又羞怯的心,对每一个走近我的女生,我都会呼吸短促、满面通红乃至心跳加快,只有匆匆逃掉的份儿。

无法想象,我的大学生活只有绿叶青翠,而无桃花灿烂。我把全部精力都用在学业上,年年都拿奖学金,当大家都开始学跳交谊舞的时候,我常常一个人躲在宿舍看书写日记。单调的大学生活很快就结束了,大学里没我的爱情,却有我的荣耀,我是我们班唯一一个被选中可以留校的人。虽然最后没有留成,我也感到十分慰藉,这是学校和教授对我四年大学最好的奖励和肯定,那么多歧视的眼光里增添了少有的嫉妒和羡慕。

当我把学校决定要我留校的消息告诉父亲后,很快收到了父亲一封长达八页的家书,用小楷毛笔写的,引经据典,文采飞扬,中心意思是故乡养育了我,我必须学成归乡,报效桑梓。在我内心,我把父亲信中的故乡与他本人联系在了一起。幼年时的舐犊之情,多年的相依为命,让我深深理解父亲的孤独与落寞。自从母亲走后,父亲变得更加沉默,常常一个人坐着发呆,就像一座深沉的山。我也开始明白,父母亲是有着深厚的感情的。我渴望回到父亲身边,踏实地和父亲生活在一起。

恩师庞俊杰没能留住我,美丽的大学校园也没能留住我,都市再繁华,条件再优越,都无法让我割舍曾经让我爬着长大的父亲的土讲台,还有邝湾那只喂养了我的美丽的奶羊,身后的深情牵引让我听从了父亲的话,毅然决然地回到了韩阳。

在市劳动人事局报到很顺利,根据所学专业和学校的毕业鉴定,凭借大学里年年得奖学金受表彰的光荣履历,我被直接分配到了韩阳市建设规划设计院。

果戈理说，当歌曲和传说已经缄默的时候，建筑还在说话。学为所用，从此我开始了我深爱的城市建筑规划设计工作，梦想着韩阳乃至周原还有好多的城市在我的手里变得美丽，让它们成为大地上最为璀璨的明珠。那时候，我一直在心里对自己说，我要成为韩阳的梁思成。

父亲实现了他的第一步计划，心愿得遂，自然欢天喜地。之后的几年，父亲虽然退休了，但是人却一直不闲，他先是不断地托人给我物色对象，后来又开始联系他所有的学生，四处走动，多方打探，寻找调我进政府机关的各种机会。凡是在韩阳市他所认识的所有人几乎都找遍了，我呢，在父亲的引领下，见了不少的姑娘。想想看，戴欣嫚应该是我见的第八个女孩子。当初之所以看准她，除了她的美貌之外，更多因为她性格温和。

我对性格温和的女孩子从小就有一种偏爱。戴欣嫚的出现，让我觉得她就是我要找的那种。而她也对我有一种难得的好感。交往了半年时间，我们就确定了关系。说是半年，其实也没几次见面机会，当时她在一家大型国企工作，因为企业前身是军工厂，驻地偏僻，在位于离城三十公里的山沟里。所以，见面不是很方便。当年年底，在父亲的催促下，我们举行了婚礼。新家就安在设计院提供的单身宿舍里。

婚后最初那几年，我们如胶似漆，好得跟一个人似的，我们都觉得这辈子找到了自己的最爱，那几年的天空一直很蓝，那几年桃花灿烂。戴欣嫚每周回来一次，每周我都眼巴巴地等着周末的到来，周日多半天我们几乎全部是在床上度过的，没有时间做饭吃，没有时间逛街购物，也没有时间约同学朋友玩，周六晚上激情四射地上床，一直到周日下午还下不来。用设计院同事的话说，我们的床怕都经不住折腾早散架了。

如果说体会到爱情和婚姻的甜蜜，也就是那几年。我们都感觉我们活在天堂里。

一年后,女儿出生,那是一个欢天喜地的日子,我们希望一辈子都是欢乐相伴,所以我们给女儿取名邝欢,谐音就是狂欢。戴欣嫚休产假的日子,是婚后以来我们一家在一起最快乐的时光。一家人围着一个孩子转,那是真正的天伦之乐啊。初为人父,我才知道一个人对子女的爱是与生俱来、毫无理由的。由此我更加深刻地理解了父亲乃至母亲的所作所为和良苦用心。

然而生活却不是简单的一加一,生活永远占领着绝对领导的位置,当无数的傻子高呼着自己控制了生活,掌握了命运,却没有留意到,生活在更高的苍穹上,正露出讥笑的嘲讽的面孔。女儿三岁的时候,我终于在父亲的动员下抓住了市委机关考试录用的大好机遇,没费什么周折地考进了市委办公室。新的环境、新的领域、新的人事,一切都在重新开始。从此我的生活和工作重心发生了转移,戴欣嫚和邝欢不再是我的中心。市委领导的眼睛和非常讲程序的工作成了我的用心所在。

戴欣嫚仍旧在三十公里之外上班,我一个人带孩子,打理家务,应付工作,忙乱得焦头烂额,好端端的日子被我过得一团糟。想想看,父亲当年拉扯我该是何等情形?难道也是这般苦不堪言?屡次的迟到,让当时的秘书长很恼火,我非常无奈,只好很苦恼地给他讲了我的家庭情况,秘书长更加生气,说,这点破事,咋不早给我说?调城里不就得了。说吧,想去什么单位?我觉得来得太突然,又觉得只要能调市里,啥单位还不一样。正是因为当时我的态度如此,才为以后的家庭矛盾酿下了祸端。

很快,秘书长出面协调,并向分管组织的市委副书记做了汇报,副书记抓起电话,打了几个电话,戴欣嫚就由三十公里之外的国企调到了市总工会的职工俱乐部。

没想到事情这么快，当我拿到调令的时候，戴欣嫚还蒙在鼓里。婚后的第一次吵架就不可避免地发生了。虽然戴欣嫚也梦想回到我和孩子的身边，但作为企业技术骨干的她，同样渴望有自己喜爱的事业。工会俱乐部是什么单位，全是老头老太扎堆的地方。

蔫驴踢死人。我所欣赏的那种温和性格的人一旦发怒简直无异于山崩海啸，这让我有些招架不住。但事已至此，调动手续不能拖着不办，给好心的领导也不好交差，弄不好还会惹怒市委副书记，彻底毁了我的前途，枉费了我多年辛勤付出。我只得自己去了人事局、工会、财政局把她的手续全部办好。当我交给她劝说她尽快去上班时，没想到戴欣嫚再次火冒三丈。

当时的国企还正是红火的时候，戴欣嫚每月的工资、奖金、福利加在一起一个人顶我两个人的月薪，这样一调动，她的工资就转到了市财政上，因为没有职务，只能按照一般办事员的工资标准走，这样一来，她每月的工资比我的工资就少了一百多元。对于我们这个清贫的家庭来说，这当然是个很实际的问题，我只想着怎么让她回家来，而没有过多地考虑这些事，我清楚记得当时我们开始冷战前的一些对话：

欣嫚，只要我们在一起，钱算得了什么？

是，钱不算什么，可是孩子在一天天长大。你我难道一辈子挤在这间破瓦房里吗？

工资年年在涨，房子会有的。

工资涨幅能比得过房价涨幅吗？靠你的那点工资怕是连一个卫生间都买不下。你知道吗？明年我们厂要给职工在韩阳市修福利住宅楼，自己只掏三万元，你说我是脑子进水了，调到这么个破单位！我图什么？

我无语。

这无语从此伴随了我好多年。真的像戴欣嫚说的,我们在买这套房子的时候,四处贷款,负债累累,一分钱都恨不得掰两半花,只有这时候我才知道她原来的那份工资是多么重要。

房子是住上了,家却显得空落了。

有时候会怀念设计院那间木椽青瓦、纸糊顶棚的宿舍。彼此呕点小气,想眼不见心不烦都没地儿去。就是怄气,一到晚上,屋顶上老鼠的狂欢会让她忘掉一切缩进我的怀里。如今,百米见方的空间,安全感有了,空间感也有了,距离感随之也有了。我葬送了戴欣嫚的事业,她的记恨在心里生根了。这时候我才发现面对婚姻我是手足无措的,她的怨恨与疙瘩我没有积极去化解而是消极回避,致使婚姻步入了一种恶性循环的怪圈。

我先进了邝欢的房间,她正在灯下埋头认真地做着作业,满本子画的都是几何图形。我俯下身把脸偎在她的脸蛋上,她抬起头冲我笑了一下。我自幼缺少母亲的关爱,深切知道父母亲在孩子的成长中起着十分重要的作用,所以女儿一出生就被我宠爱着。好在邝欢从小学到初中一直对学习很上心,从不贪玩,这让我少操了很多心。这孩子一门心思在功课上,外面发生的一切都似乎与她无关。

出了孩子的屋子,我走向了书房。我站在书房门口,静静站了一会儿,我看见戴欣嫚正在专注地上网,不时有QQ叫的声音脆脆地响。自从我到市委办工作以来,用她的话说,以单位为家了,几乎天天加班,中午、晚上不见人影,平时想不起往家里打电话,打一个电话回来,肯定是要说不回家吃饭了。我们俩因她工作的变动而产生的裂痕不仅没有及时得到修复,反而愈裂愈大。反躬自省,当初还真是我的不是,也许在我思想上本来就没把她的工作当回事，归根到底还是封建传统思想作祟，认为女人嘛，只要能守在家里，能有充足的时间照顾丈夫孩子，啥样的工作都行啊，我忽视了她的感受，也从实际考虑得太少。

仔细想想，自己并不了解妻子戴欣嫚，她其实是个不甘平淡和寂寞的人。她在工会俱乐部没干几年，就提出要和过去的一个姐们联合开个美容院。当时我刚提拔为市委办公室副主任，势头正健，干部任用条例规定，领导干部家属是不能经商办企业的，尤其是我刚刚进入领导干部的行列，况且她也是国家工作人员，也是干部纪律所不允许的。

自然，这样的话戴欣嫚是不爱听的，不仅不爱听，还新怨旧恨一起爆发，河东狮吼，跟我大吵大闹了一回。从此，这个家就变得剑拔弩张，积怨重重。

不知道从何时起我开始失眠的，人是躺在床上，但思绪却满屋子乱飞，抓也抓不住，身体翻来覆去像是烙饼子，长夜漫漫，苦等天明。戴欣嫚睡眠很轻，一有风吹草动就会醒来，醒来就会很气愤，抓起一个袜子就往我嘴里塞。如此三番，不能忍受，她就自己抱了被子去了书房，从此三间卧室，一家人每人各处一间，各干各的事，互不干扰，互不过问。生活就无端变成了这副样子。很多人说婚姻是爱情的坟墓，但是能够入土为安的爱情总比暴尸街头要好，值得安慰的是，我们的爱情已经入土为安了，一个"安"字也许就是真实婚姻的状态了，不争不吵，不闻不问，相安无事，共度余生。

我在书房门口站了好一会儿，戴欣嫚才看到。她用一双奇怪的眼睛盯着我看。我自己也感觉到我今天的确很奇怪。因为每次晚上回来，我都会摁开电视，让电视开着，自己去洗澡，之后任意调几个台，看看新闻，瞅好几个半截拉叽的肥皂电视剧，然后刷牙、吃药，上床去看书。我从不去书房看她在干什么，不用看我也知道她是在聊天。

而今天我的意外出现，不仅让她很吃惊，我自己也吃了一惊。看到戴欣嫚在看我，我径自走了过去，她有些慌乱，迅速最小化了电脑显示屏上正在打开的聊天对话框。

欣嫚，对不起。都是我不好。我说出这样的话，连我自己都觉得完全不像我。

你，你怎么了？出什么事了吗？戴欣嫚怔了怔，那样子分明在怀疑自己的耳朵，她已经完全被我的状态弄得不知所措。

我伸出手去捧住了妻子的脸，那张脸分明是打了晚霜，上了淡淡的晚妆的。那原本很熟悉的面孔此刻却变得如此陌生，是的，我已经很久很久没有这样近距离地端详她了。她圆圆的眼睛里有惊恐也有不易察觉的隐隐的迷离。正是因了这潜藏眼底的迷离，让我的体内忽然涌起一股热乎乎的激流，我有些狂躁，有些不能自已，我觉得人与动物其实就差那么一步，此刻，我就是动物，不折不扣的动物，我把她推到了书房的床上，一把扯开了她的睡衣……

欣嫚，欣嫚，对不起，对不起，我不该自作主张，我不该把你调进老太太扎堆的单位，我也不该阻止你出去干自己喜欢的事，我更不该把你和孩子抛在脑后，全身心扑在单位……

天穹，天穹，你还记得你多久没给我了吗？你真的就不想吗？你还记得我们刚结婚吗？那时候我们拼命地做爱，恨不得把一年的爱都做完，爱，真的是越做越爱，不做就没了，天穹，我们的爱哪去了？

我的唇上沾上了滚烫的泪水。

身体下她柔软的身体在微微地发抖，我的心里突然很痛很痛，我吻着她的额、她的眼睛、她的唇，反复地说，欣嫚，这下好了，单位有我没我都一样了，我属于这个家了，我们可以好好地在一起，好好地生活，好好地培养我们的欢欢，自由是人生最大的乐趣，欣嫚，从此我自由了！

戴欣嫚在床上发出痛苦又欢快的声音，我咬住了她的嘴唇。此时，电脑上的QQ仍然在不停地叫……

戴欣嫚睡着了，呼吸甜美而均匀。

我静静地瞅了她一会儿，替她盖好被子，小心下了床。有人问，幸福是什么？此刻，我想说，幸福就是我看着你睡着，替你盖好被子。此刻，我真的感到了人活于世的幸福，能为一个人盖一下被子，不是很幸福很奢侈的事吗？

离开卧室的当儿，我看到电脑上的光依然在亮着，原来电脑还开着。我坐到电脑桌旁，看到电脑右下角那个白肚子、红围巾的小企鹅还在不停地闪烁，我点开来，一个叫"雪飘飘"的人正在不停地发送消息：在吗？咋啦？为什么不说话？我等你呢，等得花儿都谢了？？……我一摁开关关掉了电脑。

回到卧室，我却跟往常一样依旧难以入睡。刚才的一幕简直像是梦境，此刻回想，我竟然有了一种偷了别人老婆的感觉，真奇怪，明明是自己明媒正娶的妻子，却为什么会有这样的感觉呢？认真一想，主要是很久以来在我的意识里，有老婆跟没有老婆没多大差别，我似乎早就成了一个十足的单身汉。所以，刚才的一幕，不仅让我对自己陌生，也让戴欣嫚又惊又惧，我性格中的那种上天造就的冥顽与不会顺势下坡其实是我生活和事业中的大忌，因为这个毛病我吃了不少亏，伤害了不少人。就算是跟自己的母亲吧，尽管从根子上有着少年阴影的记恨，但是我们多少年未能冰释的原因又何尝不是因为我自己这个毛病造成的呢。

但是，这些让我自责让我痛苦的毛病，能改掉吗？一个人最大的悲哀不是看不到自己的弱点，而是看到了却无能为力。人生最大的痛苦也莫过于与自己搏斗。我躺在床上，胡乱想着，越想越清醒，越想越睡不着，当初把戴欣嫚调到工会俱乐部，觉得那是一个女人最理想的工作，结果殊途同归，我竟然也走进了这个性质的单位，从事了这样的行当，我以自身的体会去理解妻子，我方才明白她当初的心里是什么感受。要知道，她曾经也是厂里技术骨干啊，技术人员不讲职务，但是讲技术，戴欣嫚那时的失意就是我今天的失意啊。

不去想了，从今以后，面朝大海，春暖花开，骑马劈柴，周游世界，做一个幸福的人吧。我使劲合上眼睛，却突然想起，今晚睡前没有吃药，岂止是吃药呢，连牙齿也没有去刷，看来有些程式性的内容也是可以忽略的。

今天，我打破了生活固有的规律。

天不亮我就起来了，起来第一件事就是去厨房给孩子做早餐。原本我是一个很模范的男人，记得在设计院的时候，每天都是我第一个起来，给孩子热牛奶，熬稀饭，忙得兴致勃勃，乐得屁颠屁颠，没少赚取戴欣嫚十分夸张的热吻。只是后来在市委办公室，经常性地加班、熬夜，生活失去了规律，虽然醒来也不愿离开舒服的被窝，总要挨到上班的那个点上。后来因为失眠，一夜睡不着，却往往会在天亮的时候会迷糊着。韩阳人习惯早上吃牛肉拉面，就是宾馆里的早餐也会带牛肉拉面和羊肉泡馍，市委门口有一家拉面馆，每天早上吃面的人队子都排到了街上。和市委机关的好多人一样，我每天的早餐几乎全部在那里打发。

今天我完全不必去单位。想起那间办公室，想起曹红莲，甚至想起陶清波，我心里添堵。早餐摆到了桌子上，邝欢早已起床,开始洗脸的时候,她自己定好的闹铃才经久不息地响起来。其实就算这时候起床还是很早,邝欢总是担心迟到,她是一个事事求完美的孩子,这一点继承了我。我知道,事事求完美必然会很累,正是因为我的这事事求完美,才让我比别人付出得更多,背负得更多,最终失去得更多。

叫邝欢来吃饭,她显得意外又惊喜。

欢欢,以后爸爸每天给你做早餐好吗?

那你,不写材料了吗?为什么呢?你不写材料,市委书记拿什么讲呢?

这是我以前跟孩子讲过的,没想到她全记下了。我抚摸着她的头发,笑了,写材料的不是爸爸一个,就像你们班里,作文好的也不只你一个一样。

邝欢点点头,埋头吃饭,一会儿,她抬起头说,爸爸,我们班主任今天穿了件羽绒服,超拉风,让我妈妈给你也买件吧。

我的心里涌起一股暖流,对于"拉风"这个词,虽然我不是很明白,但是我知道肯定有潇洒的意思在里面。这个世界日新月异,新词潮句层出不穷,而引领这些语言潮流的都是80后乃至90后,他们把持着现代语言的走向,始终走在时代的前列,在这一方面,我们这一代人显然已经跟不上形势了。

孩子走了,背着书包去学校了。我目送她下楼去,却突然感到百无聊赖起来。

戴欣嫚起床的时候,已经八点钟了,她在这个特殊的清晨醒来,猛不丁看见我,分明表现出一种不习惯。我看着她蓬乱着头发、趿拉着鞋子去洗手间,碰到我的目光,她的脸上竟然有了一丝羞怯与难为情。

等她洗漱完毕,我喊她来餐厅吃饭。对于昨晚的事我们俩仿佛都觉得像是不真实的，我们甚至怀疑它是否真实发生过。戴欣嫚吃完，就去对镜化妆，这些必备的功课结束也就差不多九点了，背着包临出门，她说，走的时候记住把电关掉，门锁好，窗户关好。我知道平日里这些都是她在做，今天她先于我出门，她觉得有必要提醒我。戴欣嫚其实是一个很会过日子的女人，就冲这一点，我该是幸福的。

然而这些都不必要，因为今天我不打算出门。

我刷完碗，仔细地整理了屋子，认真地擦洗了地板。我做这一切的时候是愉快的，是轻松的，有的人会抱怨做不完的家务活，其实家务是最真实生活的一部分，没有了家务，家庭也就没有了生气与活力，也就少了可以表达熨帖心情的途径。擦洗完地板，我就一直在书房整理书籍，我把它们全部拿下来，然后按照类别分门别类地重新上架。久没有动它们，乱插乱放，找一本要花费好多时间，因为有一个爱读书、藏书的父亲，从小我就喜欢看书、买书，一部《红楼梦》，都是我读初中时打着手电筒在被窝里读完的。上了大学，我经常泡在图书馆里，不管什么书，凡是喜欢的就读。近几年，网络普及，很少有人能完整地看完一本书了。我也是，虽然买书成为一种习惯，但是看书的时间是越来越少了，要不是因为失眠，怕是书上的尘土都该覆盖所有的文字了。

但是近一个时期，我发现自己有了一种怪毛病，不看书则已，一旦拿起一本书，就像在学校里一样，不自觉强迫自己非得要从书里获得一些什么，接受并记住一些对方的理论和观点，这样也便常常把轻松愉快的阅读享受变成了知识的硬性灌输，于是，看书的过程也便一直处在了很紧张的状态之中。一本书看下来，有时候会觉得心情疲惫、压抑，久而久之还产生了眼睛疼、头疼、恶心的症状。

今天在家，我不准备看书，只翻书、整理书。

一天就这样过去，第二天一切照旧，早餐后，洗碗、清理抽油烟机、刷马桶、洗衣服……之后，我开始坐下来翻出整箱子的笔记本，大的小的，红的蓝的，他们都是我二十年来记的日记。我开始整理它们，回忆过去，整理昨日心情。我从小不大与人交往，一直觉得孤单无助。缺少了人与人的交流，就学会了在日记里与自己对话，没想到一天天写来，这习惯竟然保持了二十多年。后来调到市委工作，为了和大家融为一体，我努力学习别人，学着和人更好地共处，学着敞开心扉去跟大家交流。应该说，市委工作的经历改变了我的整个心态，我慢慢放弃了写日记，觉得长期写日记的习惯虽然让我学会了随时总结自己，寻找差距，思考问题，宣泄情感，但是同时也让我变得不合群，自闭而清高，于是我放弃了保持了二十五年的记日记的习惯，为的是能成为跟大家一样的人。

现在重新翻开这些纸张都有些泛黄的日记，回忆过往的岁月，觉得真是一件很美好的事情。

我正沉浸在以往的人和事中，忽然有人敲响了我家的门。打开门来，原来是楼下的邻居王小四。

王小四是个很热心的家庭妇女，我们搬来时她已经住在我楼下了，装修的时候，她十分热心地给我们提供房子的信息，借拖把、笤帚、铁锤什么的。王小四男人姓田，我们就叫他老田，在一家房地产公司工作，很少见面。遇到楼里物业方面的啥事，王小四总会跑来跟戴欣嫚商量，两个人看上去处得很好，但是今天她上门是什么事呢？

邝先生，你还真在啊？你家小戴给你打不通电话，打我这了，让我告诉你给她回个电话。

我点头谢过，回身开了手机。

没想到，手机刚一开，一个电话就打了进来：天穷，我以为你死掉了呢？干吗关机啊？害得我电话都打到嫂子那了。好不容易等到你解放了，咱俩可以好好喝一顿了，干吗当宅男啊，真是的！

话筒里的声音像一串连珠炮，哒哒哒地震得我耳根都疼。一听这声音，我就知道不是别人，是同学加画家人称钱疯子的钱前。

第三章

1

作家史铁生说,其实,死,不过是活着的时候的一种想法。其实所有的困境,包括死,都是借助于你自己的这种恐慌来伤害你的。活着的人对于死亡,都有一些惊人的语录。事实上,他们都无法体会与死亡临界的生命体验。此刻,我正在路上,冷风嗖嗖,背面是生,前面是死,我的体重就这样迫使我赶赴一场关于死亡的约会。

邝天尽就是这样死的吗?

像我一样,从楼上坠下来,懵懵懂懂,还没有来得及思考,没有来得及说"不",就已魂飞天外。一个六岁的孩子,生命才刚刚起步,就把自己交付给了大地。

近些年,不知道为什么,我不止一次能梦见小弟弟邝天尽。天尽出生的时候,全家人欢天喜地,他的到来给从不绽放笑容的母亲带来了微笑,从天尽的身上,我看到了母亲的另一面:柔情、深情、细言细语。父亲邝野说,无穷无尽,希望邝家子孙满堂,代代相传,无穷无尽。在那个物资极度匮乏的年代,本应是添一个人就少一个馒头的困顿与苦涩,而天尽的到来却洗刷走了这种苦涩,给予我们更多的欢乐与超于物质的精神慰藉。

小弟弟邝天尽的夭亡曾让我产生无数次的幻觉，我一度错误地以为弟弟是在跟我玩藏猫猫，也许他正藏身在我伸手可触的地方暗笑；我又错误地以为弟弟是一口气逃离了村子，想看看外面的世界，不小心迷路，正像一只无头的苍蝇和我一样纠结于一种寻找；我还错误地以为弟弟并没有死去，只是我做了一个噩梦，而梦往往都是反的。这些感觉非常真实地不停在我脑中回荡，可是我明知道这些的确是错觉，但潜意识里却有一种无形的力量逼着我去相信这些错觉。

邝天尽简直就是一个天使。他不到一岁就会微笑，六年来，他很少大声啼哭，无论熟人、生人谁抱上都会用一只小手拨弄你的头发，显出一副非常友好的样子。而且，天尽是大家公认的天才，四岁的时候，父亲已经教他认识了好多汉字，父亲觉得这孩子是一块读书的料，就在他的身上多投入了精力，还差两个月才满五岁的他，就被父亲送进了小学，果然，一年级的课程他只用了半个学期就学完了，而且每次考试都是满分。到了二年级，他不仅熟练运用加减乘除，而且《归园田居》倒背如流。在学校里，老师同学都很喜欢他，大家都愿意和他玩。他在很小的时候就表出现这样巨大的亲和力，不能不让人感到惊讶。

那时候我正读初中，向坡中学和他的小学基本就在一个院子里，中间就隔了一道玉米秸秆做成的栅栏。所以，我和上二年级的邝天尽几乎就是在一个学校里。虽然每天上学、放学都是我牵着他的手，一路去，一路回，但是课间里我还是要从玉米秸秆的栅栏里钻过去，看看他。

课间十分钟，大家常常围着看他在操场上滚铁环。那铁环是父亲当初给我用一根粗钢筋做的，我玩过后，天昊玩，天昊玩腻了，就成了天尽的专利。他学得很快，刚开始爱玩得不得了，就连上学的路上都是滚着铁环走，一路上铁环哗啦哗啦地响着，即使凹凸的路面和水坑也不能阻挡。热闹的课间十分钟是天尽的舞台，他和孩子们一起跑着、笑着、闹着，笑声、铁环声，响成一片。

二年级第一学期，学校搞建修，拆了栅栏墙，中学小学合并要建一幢楼，这在那时候可是一件惊天的大事啊。因为那时候就是周原县城都没有几座像样的楼房。向坡乡中学教学楼是全县学校中的第二幢楼，第一幢是周原县中学去年刚建成的教师宿办楼。两幢楼房都是由周原县建筑工程队建设，砖混结构，里面看像是窑洞，顶子是拱形的。

年底的时候，楼房主体就形成了。然而，一件开天辟地的事情却成了我们家的伤心所在。那天放学后，谁也没有注意邝天尽是什么时候爬到楼顶子上去了。后来同学说，天尽一直给他们说，那上面有鸟叫，要是能捉住玩该多好啊。

天尽是怎么掉下来的，没有人看到，当我们发现他的时候，他已经趴在楼下面的破烂砖头堆上血肉模糊了。大家七手八脚地把他送到医院，就直接进了太平间。

母亲先是哭，继而大骂，骂父亲、骂学校，继而骂我。父亲瘦小的身体缩在屋子的一角，哆嗦个不停。已经上四年级的邝天昊一股热血涌上头顶，他直接冲进了校长家，把校长的鼻子打得流了血。

天尽就这样悄悄离开了我们，他如花的笑容和活泼的样子我们再也看不见了，按照乡俗，未成年不能进入祖坟，只能找一张席子卷了埋在庄稼地里。

来年开春，向坡中学的教学楼落成了，周原县政府在那里举行了隆重的奠基仪式。听着震天的鞭炮声和锣鼓声，胡子黑黑的父亲再也禁不住了,他蹲下身子纵声大哭,哭声压过了鞭炮声和锣鼓声。之后的多少年,父亲邝野都没有搬进这幢楼里来办公,他一直守在那间漏雨走风的土坯房里,直到和土坯房一起使命完成,回家休息。

也许母亲的胃癌就是那时候遭遇内伤而慢慢形成的,她的刚强让我佩服,其实她很早已经明显感觉腹部疼痛、泛酸、烧心了,可她就是跟谁也不说,一直在自己心里硬扛着。就是这硬扛才耽误了治疗,当我们发现她日渐消瘦却有些浮肿时,可恶的癌细胞已经扩散转移了。

我觉得生命就像是一片叶子,太轻了,寒霜来临之际,萧萧的秋风,就是一道紧似一道的催命符,催促它快快谢幕。我在下坠的疾风中,努力屏住呼吸,大张着的嘴奋力呼吸,耳朵被空气摩擦得疼痛无比,此刻,这个世界只有疾风,此外,一无所有。

天尽,我的好弟弟,你在那边还好吗?此刻你能看见我正在向你飞来吗?你是为了一只小鸟而攀上那座半成品楼的吗?你是不是也喜欢飞翔?最终你是变成了一只鸟,翱翔在高高的天穹。现在我也变成了一只鸟,正在天空寻找你的翅膀。

2

钱前,我高中同学,身高一米五五,喜欢留长发,抽雪茄,喝烈酒,美院毕业后先在工艺厂上班,后来调到了韩阳市群艺馆。我到韩阳上班后最初的那几年,我们经常厮混在一起,一起下馆子，喝酒，唱歌。

我喜欢钱前的性格，爽朗、率性，天不怕地不怕，在高中就有钱疯子的绰号。和钱前在一起，我就是不开心也能开怀大笑。真正和钱前疏远是在我有了戴欣嫚之后，钱前说，我是典型的重色轻友。我也不想，可是我不能不重色轻友，因为戴欣嫚给了我从来没有过的生命体验。我甚至在心内深处后悔在大学里为什么不桃花灿烂一次？婚前的周末是属于我和钱疯子的，而婚后的周末则属于我和戴欣嫚，钱疯子只能在正常上班时间见缝插针地和我聚一次了。

那样的日子平淡却有滋有味，最快乐的事是我和钱疯子背着画夹去天逸山上采风。天逸山是韩阳一座佛教名山，山上有不少传说故事，山腰有一座法轮寺，有个虚云大师，一年四季，香火旺盛，外地来人总要上山烧香，求卦问卜，据说，尤其问仕途很管用，私底下天逸山常被官员们称之为地下组织部。我和钱疯子都无心于此，登高问僧，无非所为感天地广漠、想人生无常，念菩提润物，钱疯子啥都不信，唯独对佛法比较上心，跟你神侃几句，就会冒出佛说什么什么的，细一听，还是很有几分禅理的。记得有一晚，我们一时兴起，住在了山顶上的禅院里，头顶漫天星星，临泉烹茶，洗心静虑，听和尚讲法，深悟佛言祖语，洞开心扉。

这样快乐自在的日子在我调进市委办公室后就再也没有了，代之而来的是如山的材料和成堆的文件。尤其刚开始的一两年，很尴尬，我连个简单的请示和报告都分不清，更不用说什么会议纪要、领导讲话和典型发言材料了。我是学理科出身，虽然自认为读过不少书，文章也写得文通字顺，但是写公文材料对于我还真是大姑娘上花轿头一回啊。那时候电脑刚刚开始用于办公，网络还没有普及，为了尽快适应工作，我大量收集阅读前人写的一些文件、汇报、发言,从模仿学习开始,一次一次地给自己找差距。我的不甘示弱终于让我在短短几年内成为秘书科的笔杆子,主笔完成了许多大型的公文材料,最终以有目共睹的工作业绩和严格要求自己的良好形象被提拔重用,成为市委办公室的中坚力量。

当然,这一切都是以牺牲掉自我空间为代价的,最初是怕不能立足而废寝忘食,接着是因为离不开而大展身手,后来则是为了回报组织的重用栽培而全力付出。为此,钱疯子曾经无情痛斥我:你邝天穷牛气什么,你充其量不过就是人家豢养的一条狗,开始为当不上狗而使劲叫,以表现自己能叫,后来做了狗,更加叫得凶,以实际行动为主人添威,感恩主人让自己变成了狗。话虽恶毒,却精辟深刻,入木三分,我嘴里回骂,心里还是感叹这家伙骂得真有水平。

我和钱疯子见面越来越少,也许除了没有太多时间的原因以外,更为深层次的原因还是在内心深处忌讳于钱疯子的桀骜不驯、言语放肆。这种人是圈子里最不受待见的,圈子自有它的游戏规则,任何一个违背这种游戏规则的人都会被无情淘汰或扼杀掉。所以,与钱疯子的逐步疏远也就不可避免。

然而,最近一段时间钱疯子却对我显得极其重要,他真诚地陪我打发掉了一些孤苦落寞的日子。自从钱疯子通过戴欣嫚的手机找到我后,就天天叫我出去玩。

一到下午,钱疯子就呼我去他的画室喝茶,两杯清茶,一席清谈,兴味盎然。钱疯子对喝茶很讲究,他有好多茶壶,一壶一茶,从不乱用,而且对养壶之法颇得精髓,他一边跟我品茶,一边给我讲茶、讲壶、讲喝茶的境界,他会从茶讲到禅,认为茶道要能与禅理、禅机相结合,那才是喝茶的最高境界。之后话题很快又会转为《金刚经》和南怀瑾。他津津乐道,当然中间也免不了炫耀他的画，他说，好多人写诗词，都是人云亦云，互相跟风，并作诗讽刺说，跟屁诗人放屁多，猪屎狗尿也能屙。诗、酒、画、佛是他生活的全部。在他的这种声若洪钟、眉飞色舞的神侃里，时间过得飞快，就像从前坐在办公室一样，不知不觉一个下午就过去了。到了吃饭时间，钱疯子就打起了电话，订饭。他活得很潇洒，一些上点档次的酒店都挂着他义赠的画，他可以在这些酒店随意消费而不用掏银子，也许在韩阳，只有他钱前才有这么大的面子。

在酒店，钱疯子的面子之大果然得到了验证。老板对他喜欢坐哪个房间，爱喝什么酒，爱点什么菜了如指掌，所以，当我们一到，老板就把一切都安顿好了，就等人一到依次上盘盘碟碟了。钱疯子喝酒爱用大杯，一口就是二两，几杯酒下肚，就开始骂人骂社会，以往听到他这些话，我就很忌讳，很反感，机关人最忌讳真言，因此大多不敢吐露真言，总担心说多了会孤立自己，成为他人设防的对象。因而侃天的原则便是：说古不说今，说外不说中，说远不说近。但是现在听到他这样酣畅淋漓地大骂，我竟然也觉得从来没有过的快意，于是跟着他猛灌一口酒，顺着他的话也开始骂不绝口了。

说起喝酒，也与我的工作经历息息相关。记得第一次喝酒是在大学毕业那年，大家要分别了，就组织了一场酒会。离别前的伤感因酒而变得更加浓烈，我本不是个善于表达的人，几杯酒下肚也跟大家情深意长，勾肩搭背的。那夜我第一次酒醉，半夜醒来吐得满床都是，第二天一天都不想吃东西，跟生了一场大病似的。毕业参加工作后，喝酒我也就只跟钱疯子喝，他知道我酒量不行，也不强迫，不过跟着他喝酒，也锻炼了不少。我潜移默化，喝酒的技术与酒量也和为人处世一样有了很大的进步。环境对一个人的改变是最直接的。

跟钱疯子义愤填膺地喝酒,是多么一件快意的事啊,一瓶酒喝完,钱疯子又拧开了一瓶,没咋觉得,第二瓶又见了底。酒足饭饱后,钱疯子扯着飘飘然的我,出了酒店,说,走吧,我带你去个地方,保你爽。

有人说,猿猴变成人需要一个漫长的过程,而人变成猿猴只需一瓶酒,此刻,我和钱疯子已经变成了两只猴子,跳跃、腾挪在夜晚的森林里。

在韩阳市待了十八年,我怎么就不知道韩阳市的夜生活呢?钱疯子带我去了一家洗头房。红光幽幽,夜灯暧昧,我听人说,这样的洗头房一夜之间遍布韩阳的每一个背街小巷,男人们常去多半不是为了洗头,私底下的隐秘心知肚明。如果不是喝飘了,我是不会跟钱疯子来这种地方的。

进了一家叫盈盈的洗头房,我就觉得头有些晕,钱疯子一屁股坐在了洗头台上,嚷道:妹子,头疼,来,好好给哥按按。我歪在沙发上有些迷糊,这时候我看到一个熟悉的身影从里面的窄窄楼梯上下来,我一下子认出来,那人不是别人,是我的老领导,市委秘书长黄腾云。

我急忙把头偏向一边,我看到他穿过大厅,走到门口,从兜里拿出一副墨镜架在了鼻梁上。呵呵,漆黑的夜晚戴墨镜,那岂不是前途一片黑暗?

天穹,不洗啊?可舒服了。

不洗,陪你吧,在家里不一样洗?

家里?哈哈,家里也能干洗?也有专业洗发师给你按摩?有这份服务?你要是不洗,上楼去吧,楼上的服务不错。放心,我请客,账我来结。

哪里都不去,瞌睡得要死,你快点吧,我等不住就先回了。我连连打着哈欠,奇怪,今夜我怎么尝到瞌睡的味道了,也许是酒精的作用吧。

这时候,给钱疯子洗头的那个矮个子、胖乎乎的妹子的手机响了,她接上了电话,通话的声音在安静的屋子里十分响亮,我知道,知道,月底我就回来了,什么啊,我娘在向坡,当然要回趟向坡的……

我一下子睡意全无,我看到钱疯子也抻直了脖子。

听那姑娘的口音分明是周原县的,而且她的电话里提到了向坡。

妹子,你是周原人?

是啊,先生,你咋知道?你也是周原的吗?

我不是,周原那块我熟啊,所以一听就知道,以前我也来,咋没见过你呢?

我刚来一个月,母亲病了,没钱看病,村里的姐姐就介绍我来韩阳打工挣钱了。

钱疯子没了兴致,三两下结束了洗头,付了钱,就拉着我出了洗头房,边走边说,这世界小得再不能问下去了,你信不信,再问下去她不是姓邝,就是姓周或者姓王了。

周原县向坡乡有三大姓,邝、周和王,虽然不同的姓,但论起来大多都是远近不同的亲戚,钱疯子的匆匆离去是正确的选择,如果不是小老乡的出现,他会去楼上和黄腾云一样去享受特殊服务吗?真是可笑,所谓的专业洗头师,不过是刚从农村来城里不到一个月的乡下妹。

钱疯子知道我在想什么,连连说,不去了,再也不去了,改日我们洗脚吧。

这么快,一下子就从头顶滑到脚底了。后来,钱疯子还真带我去了洗脚中心,去了KTV,去了各种会所。无一例外,在那里我都瞅见了不少熟悉身影。我在心里暗想着,涌上一股苍凉感,以往我们都在一起工作,看上去干着同样的事,说着同样的话,而实质上,我们却并不一样。

一样的事干着,那是眼睛看到的,一样的话说着,真假却是有区别的。我突然为自己从前的那份傻感到悲哀起来,也许这就是我突然从他们那个群体里出来,而和钱疯子这样的人混迹一处的深层次原因了。

3

转眼秋去冬来,路边的树上最后一片叶子虽然不舍但却是万分无奈地告别枝头,飘坠在地上,很快零落成泥了。

这个冬天特别地冷。

刚刚立冬,气温就骤然降低,人们一时竟不能适应,纷纷穿起了厚厚的冬衣。市委要求,机关工会要尽快召开职工大会,完成换届选举工作,年底了,老职工的两节慰问工作马上也要开展了。

我正在着手提出职工会议筹备方案,却意外得到一个消息:省建设厅常务副厅长庞俊杰要来韩阳任市委书记。这消息还是省建设厅一个大学同学高力强打电话告诉我的,紧接着韩阳也有人在纷纷传言了。

很快这个消息就得到了证实,没有几天,全市领导干部大会就在市委礼堂召开了。省委副书记主持会议,省委常委、组织部部长宣读了省委的决定,周学亮同志不再担任韩阳市委书记、市人大常委会主任职务,调回省里,另有任用,由庞俊杰同志任韩阳市委书记。会上,周学亮满含深情地总结了自己在韩阳市六年的工作经历,由市长到市委书记,对韩阳这方热土充满了眷恋,对韩阳四百万父老乡亲充满了感激与留恋。我听着听着就暗自发笑,这个真情告白几乎全部挪用了上届市委书记离开时的讲话材料,那是出自我手的。

接下来,庞俊杰做了表态发言,他的发言简明扼要,干净利落,体现着他一贯的作风。最后,省委副书记对新的市委班子提出了几点要求,无非就是要服从组织决定,搞好班子团结,齐心协力,攻坚破难,把韩阳的经济建设推上一个新的台阶。

市委班子的突然变化,导致了韩阳政治上层的一系列骚动与不安。每个人原来打好的小算盘现在都不得不全部归零、重新敲打了。我对于恩师庞俊杰的到来,同样感到十分突然,虽然我事先得到了消息,但还是没能及时反应过来。同学的意思是,我应当立即去省城专程去拜访一次庞厅长。他虽然知道,以我的性格是做不出这一举动的,但还是好心地提醒了我,我在心里计划了好久,蠢蠢欲动了好久,但终究还是没有付诸行动。

庞俊杰上任以后,我想无论如何我该去看看他了,他不仅是我的老师,更重要的是他曾经对我给予厚爱。他那次来韩阳检查工作时跟我谈话的情形至今历历在目。

正这样想着,我接到了曹红莲的电话:邝主席啊,你在家吗?刚才市委办公室小陶通知,新来的庞书记找你呢。

又被动了。这就是我,思想的巨人,行动的矮子,无法改变的我。

我匆匆赶到市委,庞俊杰还在老书记周学亮原来的那间办公室里。我敲开门,庞书记正坐在办公桌前看一张图,看到我,站起来,笑着说,天穷啊,当年在大学留你不住,今天我可是搀着你到韩阳来了。

我激动不已，紧紧握住了庞俊杰的手，连声音都有些抖动：庞老师，太好了，您能来，是韩阳的福分，也是我的福分。

庞俊杰笑了，摆了摆手说，错喽，不是福分，是缘分，大学的缘分，韩阳的缘分哪。

几句玩笑话恰到好处地缓和了气氛，消解了我的局促与不安。我暂时忽略了他就是新任的韩阳市委书记庞俊杰，脑海里当年导师的形象和眼前的他完全重合了。我坐到宽大的沙发上，才发现他的桌上展开的是一幅韩阳城市规划建设图，看到我留意到他桌上的图，他也便开宗明义，跟我聊起了我们的专业：建筑。话题还是从我当年大学的毕业论文说起的：天穹哪，当年你的毕业论文中有些观点至今看来都不算过时，就眼下来看，毫无疑问，城市化是方向，也是工业化、现代化、文明化的标志，可以说，城市建设的一头子连着发展，一头子系着民生，你是西大建筑系的高才生，我很想听听你对韩阳这座城市的看法。的确，过去，我们在城市建设上有许多误区，我看主要是缺乏一种准确定位，从而导致了规划的无序，我们都是学这个、搞这个的，我主政韩阳，从此也和你一样，与韩阳这座城市脱不了干系了，所以，把它建设好是我们的职责，也是我们的使命，看看周边市州的城市建设，我们明显是落后多了，今天叫你来，是想听一听你这个专家的意见，有什么想法，尽管说。

我从他恳切的目光中看到了真诚，也受到了极大的鼓舞，我在心里面稍微整理了下思路，也便侃侃而谈了：庞老师，既然您这么信任我，我就班门弄斧了。您或许已经有所了解，韩阳应该算是一座古城，唐朝的时候是吐蕃的地盘，唐王朝抗击吐蕃，筑城安民，到了北宋时期建了州，明朝皇子在韩阳受封为韩王，这也就是这里被称为韩阳的缘故。自古以来韩阳就是个战略要地，兵家必争，也是西北少数民族与中原汉族贸易往来的码头之一。近几年，随着改革开放的深入，以及国家扶持西部地区政策的出台，韩阳的城市建设取得了长足的进步，韩阳城的面貌也是日新月异。虽然相比发达地区还有一定差距，但是作为一个老城，经过拓城和庞大的旧城改造，今昔对比，今天的韩阳还算是不错的。

庞俊杰听我说，不停地点着头，嗯嗯，这些情况这两天他们给我的资料里我也基本有了一些了解。

说完，他用手势示意我继续说下去，我也便毫无顾忌地放胆直言了：不能回避，韩阳城市建设的确还有很多问题，大家都能看得见，这里面有人为历史的原因，也有客观因素，关键的一点，我始终认为城市建设应该杜绝千城一面，应该找准城市的文脉，彰显特色个性。北京有故宫，上海有外滩，杭州有西湖，都是这些城市的灵魂，就像在巴黎，埃菲尔铁塔、巴黎圣母院、卢浮宫是法国历史的缩影，在迪拜，帆船酒店是国家的象征，在悉尼，歌剧院是澳大利亚的标志一样，它们都有让人喜欢的理由和内涵。我想，要建设好韩阳，就要找准他的独特之处和城市核心价值魅力。

对对，你说得很好，天穷哪，改革开放以来，我国的城镇化进程不断加快，大规模的城镇建设使我国好多城市面貌发生了巨大变化，但是随之而来的问题是一窝蜂走时尚、流行的路子，你学我，我学你，没有了个性，也没了文化感和区域性，就像你说的，放眼望去，千城一面哪。

庞老师，这些年，站在一个旁观者的角度，从一个建筑者的眼光看，我觉得我们城市的定位也罢，规划也罢，建设也罢，应该多点科学化的论证，少些拍脑袋决定，多征求各方面意见，少些长官意识和行政干预。实事求是地看，近年来，我们政府没少在城市建设上花功夫，没少想法子，也没少投钱，但是效果呢，一直不佳，这里一个主要的原因，我看呢，还是对城市的规划设计缺乏系统科学的指导，谁来当政都是各唱各的调，各吹各的号，对空间环境没有有效引导和控制，更新改造也一直沿用头疼医头、脚疼医脚的老办法，一时间赶时髦，互相模仿，出现了许多花里胡哨的建筑，过几年，又建了拆、拆了建，对于那些老城区的建筑物更是"见缝插针"，不留余地，重复建设，耗费资源。我记得您在大学里曾给我们讲过，一幢建筑称之为建筑，而两幢建筑在一起就成了城市景观。现在很多地方都强调城市建设要以人为本，以创造一个环境优美的生态城为根本理念，但在实际操作中，往往因城市空间的限制而只是停留在纸上。所以，我觉得呢，城市总体规划设计一定要和城市发展步伐合拍，具体到城市建筑之间，必须要留有空间。说到底，城市的现代化，是人的现代化，有序、文化、生活设施的配置齐全，是城市环境舒缓、优美、富有吸引力的基本要求，这样的城市，才适于我们人类生活，才真正称得上现代化。

天穷哪，看来这些年你没少思考问题，今后在韩阳的城市建设上，你要助我一臂之力啊。从周边城市竞相发展的态势来看，与我们相邻的几个城市，近几年在推进规模扩张、完善服务功能、培育产业集群、打造竞争优势等方面成效明显，变化巨大，值得我们认真学习借鉴，也给我们形成了很大的压力。实践证明，城市形象已成为一个地方招商引资的名片，是最直观、最现实的投资环境，加快城市建设时不我待。天穷，你今天的话对我下一步找准突破口，尽快出成绩很有启发，随后，我要开展一系列调研工作，把各方面情况吃透，争取尽快开展工作，毛主席说得好啊，没有调查研究，就没有发言权。

这一席话，竟然谈了三四个小时，不觉都到了吃下午饭的时候。庞俊杰的亲切与谦虚,让我一时间忘记了他市委书记的身份。回到单位,我一个人坐着,发了好一会儿愣,仔细回顾我的滔滔不绝,突然觉得自己是不是太书生气了?这样一想,就有些为自己不知天高地厚而心生悔意。庞俊杰能坐到市委书记的位置,根据我有限的从政经历来判断,他必定已经远远不是我昔日的那个庞老师了,那么,他到底对我是怎么想的呢?今后,我将该如何对待他,他又该怎样对待我呢?不过从他的口气和神情中,我还是隐隐感觉到了一些什么。

4

生生死死,草青草黄。

岁月一往无前,无论幸福还是悲伤,都会渐渐成为过往,没有人能挽留住时光匆匆的脚步。转眼又一年就要结束了,韩阳的政治舞台也将拉开新的一幕,上演新的场景。

我一如往常整理好办公室准备回家的时候,手机响了,是市委组织部副部长王向春。

邝兄,忙完了吗?给嫂子说一声,甭回去了,北大街那块新开了一家火锅店,听说不错,年终了,请你一起坐坐,好久没跟你聊聊了。

我犹豫了几秒钟,答应了。无法圆通便是孤独。在市委办公室的时候,王向春虽然一向不被我看好,但是毕竟在一起共过事,而且都是同时离开市委办公室的,更为重要的是,接他电话的这部苹果手机,还是我调离时他给我买的,人心都是肉长的,再怎么不待见,这情还是要领的。

这家叫老灶的火锅店果然人流如潮，热火朝天。韩阳这地方很奇怪，每当新开一家饭店，无一例外都是生意火爆，几年之后，能保持当初火爆的也便所剩无几，所谓各领风骚一半年。

王向春没叫别人，就我俩。一间小包间，幽静精致，隔开了外边的喧闹。

邝兄，我是在你手上提起来的，也算是我的老领导了，在这个辞旧迎新的日子里，这第一杯酒，我得首先感谢邝兄多年里对小弟的提携，来，干杯！

这个圈子里有认祖归宗的说法，谁是谁引进门的，谁是谁手上起来的，都应该属于一脉或一宗，关于这一点王向春拿捏得很到位，在这个圈子里，他永远都是熟手。所谓无酒不成席，菜和羊肉卷刚下进滚沸的锅里，王向春就满上了我俩桌前的玻璃酒杯。

瞧您说的，老领导那是不敢当，老同事而已，不管咋说，在办公室一起干的日子，也是挺让人难忘的，毕竟那是我们流汗出力的地方。

我端起酒杯，和他碰了一下，仰脖喝干，并习惯性将杯底朝天，以示诚意。

放下酒杯，火锅里的美味已经散发出浓烈的香气。王向春很熟练地把一块乌鸡肉夹到了碗里，可以吃了，尝尝味道，闻起来还不错。放下筷子，他又忙着给我斟酒。不愧是在市委办公室搞过接待的，这饭桌上的细致周到我是怎么学也学不会的。

嗯，不错不错，这火锅的香其实就在配料上，这老灶火锅不愧是老字号啊。你也吃。

我们吃了一会儿，都感觉味道挺不错，大冬天吃火锅，真是一种享受呢。王向春又端起了酒杯，邝兄，咱边吃边喝，这第二杯，我敬你，希望邝兄以后要一如既往地给小弟成长多多关心，小弟以后就仰仗兄长了。

王向春的话让我有些噎，他分明是话里有话，也许这就是今天这一顿饭的真实意图了。以后的事实证明，王向春之精明，不能不让人折服。

向春部长，你这是哪儿的话？这话应该我给你说，所以这第二杯酒应该我敬你才对。组织部部长，那可是手握生杀予夺之大权哪。

我端起酒杯，跟他碰了一下。王向春哈哈一笑，副部长，副部长，再怎么您是一把手，我是个副职而已，既然兄长这么说，今后我们兄弟可要互通有无，彼此关照了。

放下酒杯，王向春漫不经心地说，新官上任三把火，庞书记已经就干部问题多次约见乔玉川部长，我估计春节前后就会有一次大的调整。据说，庞书记认为，韩阳的干部搭配、年龄结构、知识结构都有问题，尤其市上部门，普遍年龄偏大，观念落后。所以，这对于我们来说，应该是个不错的信号。

王向春的话让我心里一动，庞俊杰那张亲切的面孔又一次浮现在我眼前，这位一贯赏识我的老师，他会垂青于我吗？人们都说，多跑多送，提拔重用，不跑不送，原地不动，难道我要撕下脸皮，揣着信封，去给自己的恩师说，我想当县长，求你帮帮忙。这打死我也是做不出来的。

不安分的王向春显然不满足他这个副部长的位子，他的野心大得很啊，真是什么都敢想。我们一起提拔也不过半年时间，新位置屁股还没坐热呢，凭什么再变动？

我这人你是知道的，容易满足，一个毫无背景也没靠山的人，能走到这一步，祖上已经烧了高香了，不敢再有奢望。

酒到酣处，我和王向春的话就多了起来。

邝兄，一切都在不断变化之中，只要动一个棋子，全局就活了,咱兄弟可是老关系了,跟小弟透个底,人都说,庞书记是你大学老师,此言不虚吧。

我看到王向春的眼睛里透出狡黠的光,而且,庞书记来韩阳不久,就召见了你,没错吧?

我端起酒杯,跟他碰了一下,笑而不答。世界上很多事情,问明白了,只是让自己和别人一起不自在。但是我的脸上竟然也不由自主呈现出一种优越感来,我想控制自己,但是这优越感却怎么也压不下去,因为,这优越感在这样的时局中显得非常有价值。

一瓶酒喝完,火锅里的汤也熬得见了底,王向春一再说没吃好,对不住啊,改日一定另外安排。他喊来了服务员,买了单,把衣架子上我的外衣接给我,从兜里掏出一张卡,塞到我手里,说,过新年了,没啥送你,金山购物中心的金卡,跟家人好好过个年。

金山购物中心隶属金山房地产开发有限公司,老总金大中,是韩阳房地产界的龙头老大,金山购物中心也可以算作全市最大、最奢华的购物中心了。

我连连推辞,王向春却一只手把我的手紧紧握住,另一只手在我的手背轻轻拍了拍。

出了门,一阵寒气袭来,我不由得打了一个冷战……

好洁把一碗粥端到了我跟前,暗红色的碗,浅绿色的勺子,很舒服的搭配。正午的阳光从绿色的窗子里射进来,这碗粥就显得晶莹剔透。

这叫养心安神粥,我专门给你做的,你尝尝。我注视着那张安详的脸,慢慢把它和母亲的脸庞重合在了一起。安详,是这个世界上最珍贵的东西,有人说,安详之所以能够应对社会危机,是出于对人,特别是现代人最大痛苦的体认。

我拿起勺子,轻轻搅了搅,然后舀了一大勺,送进嘴里,香香、甜甜,满嘴生香。

不错,真的很好吃,我尝到了百合味,谢谢你。

不只百合,好东西还多着呢,你看,莲子、龙眼肉、百合,把它们和大米放在一起来煮,可以养心安神,对于治疗抑郁症、失眠等都是有一定效果的。你记下了,回去也可以自己去中药店抓这几样东西熬着吃。

近来我明显感觉失眠的症状有所减轻,有时候觉得自己跟正常人完全没有什么两样了,所以妤洁一再打电话问情况,我都说好了。

只是那天看电视,无意看到《艺术人生》。著名节目主持人崔永元在那期节目里向观众毫不掩饰地说,他患重度抑郁症已有两年时间,一直无法痊愈,非常痛苦。

我以前常看崔永元的节目,很喜欢他的主持风格,所以听他自己这样说,感到很不能理解,那个留在我印象里风趣、诙谐的小崔,怎么就有了那么严重的抑郁症呢?我听他在电视里这样坦白自己:出名后,感觉身上责任重大,每天睡不着觉,到了早上八点,看到太阳冉冉升起,别人都开始上班,自己却躺在床上无法入睡,非常煎熬,常常想,为什么要对自己这么苛刻,为什么还要坚持?

看着看着,我就变得有些恍惚,有些惧怕,虽然第一次见妤洁,她就暗示我可能有抑郁的倾向,但是我根本无法接受。我怎么可能有抑郁症,我没什么可抑郁的,所有认识我的人都知道我是个很向上、很乐观的人,很少抱怨,对这个社会也充满了热情与希望,我这种人要是有抑郁症,那天底下还有好人吗?

这样想着，我就给好洁打了电话，你的意思是我是你的抑郁症病人？

电话那头，好洁没有说话。沉默有的时候真会让人惊心动魄。她不说话，我却听到了我的心跳。

我继续说，我只是简单的失眠而已，你为什么非要把我往抑郁上扯呢？

你最好来趟省城吧，我需要当面跟你谈。

尽管我觉得近来正处在小心翼翼的高兴中，起床前已不再有头痛、四肢乏力的症状，也没有胸闷气短、脉搏过缓的感觉了，看上去一切都很正常，但是名嘴崔永元的话让我的心理上多了一层阴影，越去想，便越加忐忑不安起来。

每次见到好洁，很奇怪，我都有一种莫名的安全感。

这至少说明自己长期一直处在一种不安全的状态中，这种状态能叫健康吗？我有点怀疑是好洁让我变成了她的病人。为什么看见她我会全身松弛、精神垂落，有种萎靡欲睡的感觉呢？

天穹，我告诉你一件事，你也许不会相信，我也曾是个抑郁症患者。那些年，一个人漂泊在海外，没有知心的朋友，孤苦无依。那一年，我邂逅了一个台湾人，异国他乡遇到同胞，自然分外开心，我们交往了一段时间，我就深深爱上了他，我觉得他宽容、隐忍、善良，而且英俊潇洒。他是我二十八年来第一个爱上的男人，一个深爱的男人，我把所有一切都寄托在他的身上。但是，我做梦也没有想到，两年后的一个早上，他突然消失了，消失得连一点痕迹都没有，而且我这些年在外面刷碗、抄稿件积攒的所有积蓄都被他拿走了。我伤心欲绝，一年里，四处寻找，多方打探，找遍了他所有了关系，几乎跑遍了整个澳洲，就是没有一点消息。我不相信一个口口声声说爱我到死的男人会突然人间蒸发。这么残酷无情，还是个人吗？

好洁，怎么会这样？然后你就病了吗？我想起她所喜爱的那首英文歌曲 The Mummers' Dance 以及它的演唱者，那个常年游历海外的女子加拿大女子 Loreena McKennitt，她用高调轻颤的歌声，交替演绎平静的叙述与悲伤情怀，倾诉着自我的内心剧变。她和好洁，在那一刻遥相牵手，灵魂契合。

是的，天穹，抑郁症困扰了我五年，前三年症状并不明显，后来病情加剧，每天都会早醒。为了配合治疗抑郁症，我离开了那个伤心的环境，毅然回国，坚持服用抗抑郁症药物、锻炼、移情、远足，两年后，渐渐恢复了健康。

好洁，那我，真的是？

天穹，其实没有必要回避这个，我可以给你做个心理测试，但是我认为那完全没有必要，按照我多年的经验和自身的体会，你的确是患了抑郁症。你属于情感性精神障碍抑郁症，这种抑郁症有典型的三低症状：讲不清原因的情绪不好、思维迟钝、动作减少。如果三低症状持续两周以上，就可以确诊。

我垂下头，内心一片黑暗，此刻我觉得连世界都有些倾斜。

天穹，我是过来人，你必须去面对，只有面对，才能战胜，一个没有勇气去面对的人，怎么能谈得上战胜它呢？你看了崔永元的节目，就像他说的，心理的疾病，原因非常复杂，现代社会人们的精神压力大，抑郁症已成为常见的精神疾病，目前全球得抑郁症的人达 3.4 亿，相当于整个人类的十六分之一，抑郁病发病率是百分之十，也就是说，每十个人中就有一人受影响。我们正处在一场抑郁症传染期当中，我国目前有两千六百万抑郁症患者。预计过不了几年，抑郁症将成为世界第一号心理杀手，人类第二大健康杀手，成为劫夺人类灵魂的蓝色病毒。它会在无声无息中侵蚀着我们的心理，并影响我们的正常工作和生活。抑郁症与遗传、与童年的成长环境，更重要的是与社会密切相关，抑郁病人一般都由于过度敏感而易于接受暗示，往往会将一切外来的信息统统归结为社会对他的蔑视。其实，得抑郁症的人大多都是些天才，像海明威、贝多芬、川端康成、亚伯拉罕·林肯、温斯顿·丘吉尔、阮玲玉、张国荣、徐迟、三毛等等，很多很多的天才。

原来是这样啊，没有人不寂寞，没有人不抑郁啊。

是啊，天穷，我记得有一句话这样说，抑郁是一个人的狂欢，狂欢，是一群人的抑郁。有我在你身边，我会陪你一同走过黑暗，迎接黎明。

抑郁，已经无可辩驳地成了我的亲密朋友……

初冬的栖云山，层林尽染，美丽如画。

妤洁说，不去想那些了，心理暗示也是很可怕的，抑郁能奈我何？走，我带你去玩，栖云山看红叶。

栖云山位于省城周边的县城，离省城四十五公里。说走就走，妤洁叫了一辆出租车，拉着我钻进车里，直奔栖云山。随着车窗外绿色的渐渐增多，树木似乎更加鲜活，空气也更加清新了。妤洁牵着我的手一路登山，缓石阶盘旋而上，沿途的松树高大挺立，有上百年树龄的，也有只长了两三年小枝的；有三人合抱的，有两人合抱的，也有手臂粗的小树。妤洁指着一棵看上去大约有三百年的松树说，人生不过几十年，太过短暂，这几十年我们都活得那么辛苦，你说这树活了几百年，那是需要多大的勇气和胆识啊。

我抚摸着老树沧桑的树皮，顺着妤洁的思路也感叹起来，是啊，三百年要遭遇什么，雷电、洪水、地震……对于这棵树，我简直要顶礼膜拜了。

初冬季节，黄叶渐落，形态各异的红叶在秋风中竞相舞蹈。远远望去，漫山红遍。特别是秋霜打过之后，红叶愈显艳丽，就算是落在了地上，也不忘展示它最后的灿烂。我说，几十年的生命，转瞬即逝，真的要像这红叶一样，尽可能地展现大美与夺目。逝者逝矣，我们都要好好地、有价值、有尊严地活着。好洁，回国了，就把一切丢在海外吧，不必为旧的伤悲去浪费新的眼泪，祖国和亲人会给你崭新的生活和美好的未来。

攀到山巅，居高临下，极目望去，山峦叠翠，青烟朦胧，就像是一幅巨大的水墨画，庄重而肃穆，自然而层次分明。我不禁感慨，曾日月之几何，江山不可复识矣。

看到好洁若有所思，我问，能问你个问题吗？

好洁点点头，问吧，我估计你要问什么。我有些好奇，便接口道，那你说我要问什么。

爱情。问我的爱情。

我愕然。还真让你猜对了，我就是想问，这辈子你还会去寻找自己的爱情吗？

不会了，一个人也挺好的。再说，这个年龄了，找个小伙子不现实，找个老头不甘心，还是别自寻烦恼吧，就算有烦恼，也把烦恼留给我一个人，不要带给别人的好。

我很敬佩她，经历了那么多，还能有一种足以感染别人的安详，说明她的内心此刻是多么宁静。

回来的路上，车窗外的树木迅速向后飞去，迅即消失在眼角。渐渐地，栖云山离我们远去，道路两旁的树木也渐渐失去了那种活力。进入城市，我们也可以看到树木，也可以看到常青树、落叶松，但是在有人有车有高楼的地方，再美的景色都会让人烦躁，景色的美丽度也会大打折扣……城市的景色之于风景区的景色，就好比人脱离了尘世、动物脱离了群体，总是孤独而冷漠的，让人不容易亲近。开发商们建造了一大批没有花园的"花园别墅"、密不透风的混凝土森林式的"都市广场"。因为政绩容易看见，所以建市民广场、种草不种树这种短平快的面子工程则是各地市长们乐此不疲的事。这就是我看到的省城，和大多数城市一样，好大喜功的官员、利欲熏心的开发商和弱智的设计师们对城市的破坏大有竞相比赛之势。这绝不仅仅是一个专业问题，对城市的挑剔和批判体现的是人们对高质量生活的追求，同时更是每一个公民的权利。

假如庞俊杰在场，不知道对于我的这一番见解，该会作何评价？

要吃晚饭了，好洁建议，你看你省城有熟悉的朋友吗，叫来一起吃饭吧，两个人多没意思。我摇摇头，算了吧，没啥坐的。

你看你，典型的交往烦躁、怕见人、不合群，刚才我们一起在山上，你还是那么情绪高涨，怎么才下山一会儿，你就消极避世起来？

我有些自惭，好洁说得对，我内心深处是怕人多、怕热闹的。现在各大酒店的豪华包间里都盛行那种坐一二十，甚至三四十人的巨型餐桌，每次我一坐上去，就会感到头晕目眩。有人晕车晕船晕飞机，而我晕桌子，也许这就是我的专利吧。

好洁说完，我也觉得要努力改变自己，学会顺势而为，不能过于偏执。于是，我拿出手机来翻名片，我把这也作为她对我采取的治疗方式的一部分。翻了几个，我突然想起一个人：高力强，省建设厅的同学高力强，对了，前一向他还给我打电话了。

我很快拨通了他的电话。相比较，高力强要比我表现出异乎寻常的热情和兴奋，看来我真是病了。他在电话里显得急不可耐，问了具体方位，就说，二十分钟内立马赶到。

真是个守信的人。十几分钟他就赶来了，要知道省城堵车是很严重的，而且这时候正是下班高峰期。

高力强，大学同学，省建设厅规划处副处长。

好洁，好洁心理慰疗中心主任，心理学博士，好朋友。

两人握过手之后，他就开始热情地问这问那，好洁始终在一旁静静地听着，不时给我俩小盘子里夹一两个菜，茶杯里续一次水。

大学毕业这么多年，我们还是第一次见面。和在学校里相比，高力强明显发福了，中年的体态已经显山露水、不可阻挡了，就是那副急性子却一点儿也没变。而用他的话说，我可是没怎么大变，就是看上去有些疲惫。

聊过近几年的各自情况，说过离得比较近的一些同学之后，我们的话题就自然谈到了共同的领导、大学老师庞俊杰。

庞厅长这人属于那种学者型领导，善于研究和分析问题，他重视知识，当然也欣赏有才华、有能力的人，在省厅期间，好几次学术会议上，他都提到了你，可见你给他留下的印象有多深。所以，听说他调任韩阳，我就马上给你打了电话，建议你去拜访拜访他。

谢谢你，老同学，你知道我这人，最不善此道，再说，贸然行事，也怕老师对我有看法。

天穹，你如今不比在设计院，入了仕途，就要给自己架桥铺路，创造良好的干事创业环境，不管咋说，有这么大的官在前面罩着，对你来说总是个大好事。而且，庞厅长是个干事的人，他的政绩意识很强，工作节奏快，谋划工作很超前，思维有跳跃性，有时候会打破常规开展工作，刚开始的时候大家都跟不上他的思维和节奏。特别是他主持工作期间，他抓管理的硬度、抓业务的精细、抓干部的力度都得到了充分的展示，松散、疲沓惯了的我们一度很不能适应，现在好不容易适应了，他却又调走了。

嗯，这符合他在学校当导师时的性格。韩阳的工作并不好干，不比一个部门，目前全市经济结构以农业为主，工业经济总量不足，经济增长方式转变缓慢，农业基础脆弱，财政困难，属于典型的吃饭财政，发展缺乏必要的动力和后劲，积重难返，要打开局面很不容易啊。

为官一任，造福一方。只要有这样的出发点和落脚点，我想局面会打开的，他一定会赢得韩阳人民的信赖的。

关于庞俊杰突然调任韩阳的事，我悄悄向高力强打听，他回答得含糊其词，但是我基本听懂了，那就是庞俊杰当初面临两个选择，直接接任建设厅厅长和下派市州。接任厅长近水楼台，顺水推舟的事，但是下市州竞争相当激烈，因为市州任几年市委书记，不出意外就有升任副省长的可能，而建设厅长上台阶的希望比较小，加之庞俊杰出身学院，缺乏基层工作经历。所以，庞俊杰提出要求要下去锻炼，听高力强的意思，起初省委的考虑是让他下去当市长，后来为什么直接任书记，高力强说得很隐晦，好像是之前庞俊杰去了一趟北京某国家部委，找了他的一个什么同学，给省委书记说了话。

同学情谊，靠得住，关键时候就出手。高大处长苟富贵毋相忘哦。我拍了拍高力强的肩膀，打趣着。

高力强笑，没问题，等我当了省长，你就是韩阳市长。

这时候，好洁在一旁插话道，你们俩啊，一口一个韩阳的，还真把这里当韩阳了。

好主任，我希望我们同学将来也能当上韩阳市委书记呢。

那就为未来的韩阳市委书记邝天穷同志碰杯。

同学在一起，总是很亲热，总是有说不完的话，气氛也相对是很轻松的。快吃完的时候，高力强跟我说了一件事，我也觉得对于庞俊杰来说可能很棘手。

那就是我的老单位韩阳市规划设计院转企改制的事。那一年，按照国家改企转制、政企分开、调整结构、扶优扶强的有关政策，韩阳市规划设计院由原来的事业单位改为股份制企业，后来又进行了资产重组，实现了民营化。

这事我知道，好像还有一些善后工作正在进行之中。韩阳市委、市政府很重视，而且把设计院的改制作为全市改革的典型在抓呢。

天穹，我要给你说的就是这个典型，这也是我们省厅抓的试点，确切说，是庞厅长在全省建筑设计系统树立的一面改革红旗。我想给你说的是，近来，设计院职工联名上访的事件接二连三，说什么韩阳市规划设计院民营后，董事会成员一夜暴富，大批职工失业，内退或者买断工龄，只有二三成的职工能在改制后的建筑设计有限公司上班，但工资待遇很低，生活很困难。

高力强的话让我想起有几个以前老同事来市委找过我，说过类似的问题，他们说，改制之后，大约百分之八十的人都买断工龄，其余内退。内退职工每月领取四百元的内退工资，买断工龄的职工，领取数额可怜的一点经济补偿金，就加入了失业大军。当时的改制工作还没有结束，我只能从国家政策的角度给予解释，并让他们多配合改革，还说，改革改制总是为了发展嘛。

如今看来，被媒体和舆论大肆宣传的市建筑规划设计院的成功转型改制，的确还存在着很大的隐患啊。

高力强说，所以我给你讲，有机会你可以给庞厅长吹吹风，不要因为这个事影响了他刚刚起步的政治前途。群众利益无小事，事情一旦闹大，对他、对韩阳都不好。

返回韩阳的路上，我回顾在韩阳市委办公室工作时所了解的关于韩阳方方面面工作和人事的点点滴滴，想着庞俊杰跨越了市长直接任了市委书记的非常之举，突然感觉到恩师庞俊杰已经面临着一场异常残酷艰辛的博弈……

第四章

1

活着和死亡的距离是什么呢?

难道就是一座五十层楼的距离?生命之短暂,原来就是五十层楼的长度,一年一层,也就五十岁。

用这层楼来衡量,我的生命还不足五十年。

秋叶飘尽,天气渐渐冷了,就像渐渐凉下来的身体一样。我飘飘摇摇,不知道已经过去了几层楼。早知道今天,我为什么不能把它设计成六十层、七十层甚至八十层呢?我为什么要那么强烈地反对建筑高层,甚至不惜冒着对抗上级的风险?为什么?

冷风吹过来,我不禁打了一个寒战。哦,我感觉到了冷,所以,我还是活着的。

如今,人之将死,我才知道,我是屈服于那些过往的,我并且敬畏它们,因为由于这些过往,才有现在的我。或许我不完美,但是我会更加圆滑。

楼啊楼,你是我的时光,在有我的空间里。

好消息是王向春传递的。

第一个告诉你好消息的人会在今后的日子里与你走得很近,

并有可能成为你的铁血同盟。后来的事实逐步证明了这一点。

一进入腊月门,韩阳的大街小巷里已经充满了年味、鞭炮、对联、各式各样包装精美的礼品盒已经从店面里摆到了街边,小商小贩们早早地圈定了自己的势力范围。春节,永远是中国人狂吃狂喝狂买狂欢的节日,一年一度的春节,几家团圆几家愁,让人欢喜让人忧。

市委机关工会换届大会筹备早已万事俱备,只是市委一直拖着迟迟不上会研究,慰问老职工的工作都已经进行得差不多了。我似乎开始适应这种散淡、毫无压力的工作了,睡眠也在一点点地好起来。我几乎都要忘记什么狗屁抑郁症了。

这时候,王向春的一个电话如一枚石子,在我已经趋于平静的心里再一次激起了千层浪:

邝兄,祝贺你,你要调市建设局任局长了。

不知道是他过于激动,还是移动信号的问题,手机里他的声音里拌和着一阵阵嗞啦啦的电流声。我像是没听明白,讷讷地问道,谁?谁当建设局长?

你呀,还能有谁?好了,不跟你说了,你不是不知道,没上会前,这一切都还属于保密的范畴,我这是明知故犯、顶风作案呢,你就准备好茅台吧。

电话挂断了。话筒里沉寂了,但是他的声音并没有消失,依然在耳边嗡嗡地响,十分真切。一时间,我的眼前出现了庞书记那张棱角分明的脸庞,出现了他看我的眼神,还有那表情中不意流露出的偏爱。原来他叫我谈话并不是简单的聊天,也并不是单纯要从我这里了解韩阳的现状,那是他为我出的考题啊,现在看来,我是通过了考试,并且取得了不错的成绩。

很快,市委庞书记就主持召开了市委常委会议,研究了干部问题。就在这次会议上,我被任命为市建设局党组书记,提名局长。

于是关于三十七岁的我被重用的消息马上成了街头巷尾热议的话题。这对于大多数政界人来说，无疑是一个始料不及的事件，就像我对自己的估价一样，刚刚提拔正处半年，新岗位屁股还没坐热，凭什么？

第二天，王向春就夹着我的任命文件到我办公室来了。他满面春风，简直像是他自己的大好事一样。一进门，他就说，茅台呢？这文件上的红印可是我亲自盖上去的，邝兄的任命文件，我要亲自督办印发呢。

我看出他是真诚的，他的兴奋也是发自内心的，我不由有些感动起来。我接过文件，看到大红文件赫然写着：任命邝天穷同志市建设局党组书记。我说，人大例会不是刚刚开过，正式任命局长，还得过人大这一关呢。

王向春说，市建设局原任局长张万山调到市人大经济委员会任主任了，也是要履行程序，上人大常委会的例会的。看来，人大要任命，也得到春节过后了。这个春节，你就迎着鞭炮焰火和全国人民举国同庆吧！

2

春节法定假日前，我又一次开始收拾办公室，整理东西。都是正常的工作变动，一次与一次却大不一样。尽管上次是提拔升了正处，这次不过平级调动而已，但是给我的感觉却恰恰相反。此次整理办公室，是内紧外松式的。在人们看来，我毫无急不可耐、匆忙上任的样子，尽量保持办公室外观的原貌。

事实上,该留的,该带走的,我都整理得一清二楚,说走,立马就能离开。而上次,那是不得不走,不能不走,主动权不在自己手里。

当然,这种不同只是我内心的感受,属于隐秘和独享的范畴,然而紧接着的不同就显而易见了。那就是来自新单位那边的反应。市委文件发出的第二天,我就接待了一个算认识的陌生人。他叫边晓云,是市建设局的副局长。说是认识,是因为会场上经常见,他年龄在五十岁左右,给我的直接印象是不修边幅,说起话来方言口语非常重,咬字不清,不像一个机关干部,有点像是一个村干部;说是陌生,是因为与他没有更深的接触,只是认识而已,其爱好、性情、交往等等都一无所知。跟他一起来的还有一个跟我年龄相仿的人,边晓云说,是市建设局的办公室主任李文斐。李文斐因为跟我以前同属于办公室序列,工作来往见过几次,但也仅仅知道这么个人,却把他的名字与人一直没对上号。今天算是第一次对上号了。

我请他们坐下,泡了两杯茶,尽量做到和颜悦色。想想看,一个国家公职人员,他在职期间的一天至少九个小时都是在机关单位度过,家里除了两顿饭就是睡一觉,若是事务繁杂的岗位,一日三餐在家里吃的机会也并不多。所以,机关同事在一个公职人员的生活中占有绝对重要的位置,况且我接待的这两个人还是我即将赴任的新单位的新下级。

邝局长,张局长早就在家没上班,雍局长呢也有病请假,我和小李过来请示下你,你那边的办公室我们都收拾好了。这两天可以搬吗?

听这话我心里有些别扭,张万山跟我同时调动的,他要走,也得等我过去吧。就算他不理事了,雍阳是二把手,不管咋样,边晓云应该是受张万山或者雍阳的安排过来的,但是听边晓云话里的意思，分明他自作主张嘛。

这样不好吧，边局长，万山同志的局长还没有免掉，我也没有正式任命，市委对于建设局的班子也没有宣布，我怎么能马上就过去呢，你这不是让我违反组织程序吗？

我其实是针对他坏了规矩而言，要是个聪明人应该一点就透，而这个边晓云却是硬不开窍，他对于我的话外话毫无反应，仍旧在坚持着他的来意。邝局长，这不就剩下一个程序了吗？迟搬晚搬还不一样，搬过去，我们汇报工作也方便，不是？

我苦笑了一下，看来对于他这样的人，必须放下顾虑不给面子直截了当，于是我直言不讳地说，边局长，你应该知道，机关办事一般有个原则，什么原则呢？那就是有规定按规定办，没规定按规矩办，没规矩按领导指示办。你一个三把手，在一把手和二把手都在任的情况下来接我上任，我可不可以理解为是你的个人行为呢？

这下边晓云的脸发红了，他搓着手说，邝局长，不是，不是，可能我只想着局里好多事耽搁不下，就来请你，考虑不周，考虑不周，你多担待。

我依然微笑，也不乏谦虚，边局长，你也是个老同志了，又是建设局的元老，今后我在局里工作，还得向你多学习，多请教，但是，今天的事，我得提醒你，干行政，你得按规则出牌，也就是我们常说的程序，即使是屁大的事，你也得按照程序走，不按程序走，一旦误事，你就要栽跟头，走到了程序，即使是误了事，板子也不会打到自己身上。

边晓云的脸上已经挂不住了，他不好意思再坐下去，冲李文斐挤挤眼，说，邝局长，那我就先走了。

送走边晓云和李文斐，我摇了摇头，心说这个边晓云，怎么说呢，说他笨吧，他能想到第一个来投门子，说他聪明吧，他竟然能做出这等有违常规的事来，聪明反被聪明误。由此可以推断，边晓云应该是这样一个人，有比较强烈的求进向上和把工作干好的主观愿望，只是缺乏必备的智慧和处事技巧，难成大事。这样的人可以很好地使用而永不会成为事业的绊脚石。

由边晓云的事引发，我开始琢磨市建设局的班子组成，俗话说，班子不硬，班长费劲。市建设局的班子是什么样一个班子呢？我便就我零星知道的，一个个梳理起班子成员来。因为从前在市建设局的下属事业单位市规划设计院工作过，后来又在市委办公室干，所以建设系统的人员大多不算陌生。张万山就不用说了，五十七岁，调人大过渡一两年也就退下来了。副局长除了今天这个边晓云，还有刚才边晓云提到的二把手雍阳。雍阳比边晓云年轻，也就大我三四岁吧，这个人经常来市委找原市委书记周学亮，按说，一个副局长，是没有资格直接给市委书记汇报工作的，但是雍阳是个例外，似乎颇受周书记器重，外界一度传言，张万山调走，雍阳将是市建设局长的不二人选。回想雍阳过去的言谈举止，我想，如果庞俊杰不来，或者周学亮晚走几天，那今天红头文件上任命的就是雍阳而不是我邝天穷了。

边晓云、雍阳之外，还有一个副局长秦素梅，是我的老上级，原市建筑规划设计院副院长。规划设计院改制为建设设计有限公司后，她就调回了局里，先是纪检组长，去年转任为党组成员、副局长。秦素梅是个业务干部，专业很强，但是行政能力一般化，加之也已过了五十岁，有些推天度日了。这几个人中间，只有雍阳很可能是我最头疼的人。此人最早在县上干过副县长、组织部部长，后又在市建设局待了七八年，既有基层从政经历，又有行业优势，在阅历上明显高我一筹，加之此次当局长受挫，必定心存怨恨，视我为最大政敌。

人虽未至,心其实已经进入那个环境了,其实客观地说,边晓云的话并没有错,市委党组书记的任命就已经预示着我是市建设局的最高长官了,我在内心也已经把自己摆进了这个位置。之所以对边晓云那样,不过是做给张万山看,而做给张万山看,最终是做给建设局干部职工看。

我要就位,一定要在市委宣布之后,即便省略这个程序不宣布,起码也要二把手雍阳带领班子全体成员来接我。从边晓云今天的举动,我已经看到了张万山、雍阳和边晓云之间的复杂关系。

这个春节过得极不平常。

确切地说,是很不平静。从腊月二十七开始,家里的门就不断被人敲响,来访者接二连三。这在我工作以来度过的十几个春节中是从来没有过的。

3

春节前夕第一个来拜访我的,不是别人,是我的弟弟邝天昊一家。我能为天昊来我家做客感到非常高兴。虽然自从母亲去世后,我去监狱探望过他之后,我们僵化的兄弟关系开始慢慢解冻,但是一直以来,我们之间还是像隔着什么,要完全走近、达到亲密无间的程度还是很难。近年来,父亲一直不停地周旋于我俩之间,他就像是一副润滑剂,不停地润滑着涩滞的螺丝。我深深理解,年龄越来越大的父亲,最希望看到的就是身边的两个儿子和睦相处、相亲相爱,在意外来临时,能够互相支撑，紧紧地抱成一团，合力抵挡外界的风风雨雨。

　　俗话说，一母生九子，九子各不同。也许是我和弟弟性格、爱好甚至为人处世方式迥异的缘故吧，这么多年，我们宁肯与其他人称兄道弟、热烈似火，也不会与自己的亲兄弟坐下来聊会儿家长里短。这的确是一件悲哀的事。

　　但是今天邝天昊的到来，却让我有些不是滋味。不是不愿意见他，而是因为我的身份的变化，使我明显感到每一个试图接近我的人身上都是揣了不同的武器，也包括一奶同胞的兄弟。在好多人看来，我这样的想法完全是一种神经过敏的表现，但是，设身处地地看，邝天昊除了是我的弟弟，更为重要的是周原朝天建筑集团公司驻韩阳办事处的经理，从事着与建筑有关的营生。他早不来晚不来，偏偏这时候来，多少让我心存顾忌。我马上意识到，这时候的亲情就不再是亲情，而演变成了最有力的武器。

　　邝天昊高大的身体晃进我屋里的时候，我都感到我的屋顶有些低了，现在的人装修房子都喜欢吊顶，本来好多楼房都偷工减料，层高有所缩水，一旦吊了屋顶，便会感觉十分压抑。我的屋顶不低，是近一米八的天昊进来，在我视觉上感觉屋顶低了。他虽是我的弟弟，但是他的个头却比我要高出三厘米，我一直把这归于他自小得惠于母亲母乳喂养的结果。

　　大冬天的，邝天昊穿了件蓝色的牛仔裤，一件圆领T恤上只套了件藏青西装，显得十分干练洒脱。

　　他带着妻子孟雪和五岁的儿子邝克刚。

　　孟雪，我是从高中时就认识的，是周原县中学天昊一级的同学。当年邝天昊就是为了她而打群架致人残疾被判刑入狱的。要说是单纯为了她也不是，天昊不是为争夺女人而跟人大打出手，主要还是因为江湖义气，路见不平拔刀相助。说起来，孟雪真是个有情有义的女子，邝天昊服刑期间，连我都没去探望，孟雪每月都去，她以自己的柔情和悉心关爱支撑邝天昊度过了八年煎熬的劳改日子。我听高中同学说，邝天昊入狱后，县财税局的常副局长找过她，说要是她跟他们家常宽好了，他可以保证孟雪高中毕业后参加县里的招工，进财税局工作，诱人的条件没有能打动孟雪，自以为能够呼风唤雨的常副局长遭到了孟雪的断然拒绝。

邝天昊入狱后，孟雪上了两年高中，考进了韩阳农业学校，三年后她从农业学校毕业，由于她的母亲在银行工作，就以银行子女的身份招进了周原农业银行。不论是在学校上学，还是后来在银行上班，她都一直坚持给邝天昊写信，给他织毛衣，每月都会不远千里去探望他，鼓励他好好改造，并且郑重告诉邝天昊，等他回来以后要和他结婚成家。尽管她那也在银行当职员的母亲苦苦相劝、百般劝阻，亲人朋友无一支持，她都是义无反顾，毅然决然，声称邝天昊不回来，她绝不谈婚论嫁。

当时我听到别人说起，就打心眼里敬佩这个孟雪。看似柔弱的女子，却有着意想不到的坚强，她能够顶着种种压力不离不弃，爱其所爱，真是太难得了。我为邝天昊感到欣慰，也对我这位弟弟增添了不少好感。孟雪在周原农业银行上了三年班，邝天昊就出狱了。二十六岁的邝天昊和二十四岁的孟雪喜结良缘。父亲在我结婚的时候，没有给戴欣嫚买任何金银首饰，却给孟雪买了一条金项链。我知道，孟雪对邝天昊的付出，那是多少金银都换不来的。这个小小的项链包含着邝家对孟雪深深的感激之情。

今天再次看见孟雪，我觉得她还是那么漂亮，虽然少了当初的清纯，但又添了几分成熟母亲的风韵。邝天昊本事也不小，自从做了朝天公司在韩阳的部门经理，他就通过农行韩阳分行把孟雪调到了韩阳市所在地逸城区支行。

邝天昊坐在客厅跟我拉着家常。戴欣嫚不等孟雪屁股坐稳当，就把孟雪叫到了卧室，不用问，她又在不失时机宣传她的女子美容馆了。戴欣嫚的女子美容馆已经开业三个月了，她一碰到熟人，就牢牢抓住对方，不停地宣传她的美容业务，不管对方是什么人都竭力拉生意，像是个搞传销的。这种做法我很不苟同，我觉得这样做生意只能适得其反。我要是个女人我都会觉得厌烦而远避，生意哪是这么做的？但是，自从几次吵闹之后，我们的关系变得很僵，夫妻感情就这样越吵越淡了。一段时间，我基本不管她的事，她呢，也不太过问我的事，两人唯一的话题除了吃饭，也就是女儿邝欢了。

邝天昊坐在沙发上抽烟，跟我说着父亲的事。他说，父亲已经自作主张把阿姨辞退了，一日三餐都是自己做，早上熬面糊，下午馒头或者一碗面条，虽然我们不忍，但是他自己倒觉得挺惬意的。我几次和孟雪去接他来我家里住，父亲都不肯。我叹了口气说，你是知道的，在咱们小时候那些日子，父亲不就一直是一身面粉吗？炒菜、烙馍、擀面、炖肉，啥都能做，做啥都很香。我们兄弟几乎都是吃父亲做的饭长大成人的。

天昊说，是啊，如今到了我们伺候他，轮到他享福的时候，他却还要坚持自己动手给自己做饭。

我说，他要是愿意去你那，当初也不会从这搬出去。

哥，我这次来，除了带小雪和刚刚给你拜个早年，主要是来请你，我在金山酒店订了一桌年夜饭，我希望我们两家人能和父亲一起过个热闹、团圆的除夕。

还是天昊想得周到，这么多年，大年三十，父亲不是在我这，就是在他那，要么就一个人待在他自己的楼房里。我有些惭愧，小时候看到父亲弓着背，拖着一只跛腿，不停给我做这做那，我就暗暗想，一定要好好读书，考大学，让父亲过好日子。如今大学都毕业了，日子也越来越好了，可是父亲还在过着和从前一样的日子。

我来买单吧。我说。天昊笑了，你如今位置显赫，还是别给人留话柄。再说，咱爸，谁买还不一样？

什么话？在市委我位置就不显赫，出去部门当个局长就位置显赫了？你们这都什么观念？我话一说完，自己都觉得自己有点打官腔了。

果然，邝天昊用嘴角冷笑了下，说，你们当官的事我不懂，这几年，我一直在和建设局打交道，人的情况大致有个了解，给你说说，没准对你有用，三把手副局长边晓云为人忠厚，比较务实，值得信赖。副局长雍阳那人黑着呢，胆大心狠，张万山那么老辣的人都拿他没办法。

邝天昊说的也正是我担心的。雍阳其人的确不好掌控啊。不过也只能等任职以后再静观其变，实在不行，只能汇报庞书记组织调整他了。当然这是最坏的打算。风水轮流转，留一步让三分，不仅给别人留一条活路，也可不着痕迹地拓宽你的人际资源。诸多的经验教训告诉我们，这是职场中不断锻造自己护身符的有效手段，能不得罪的人还是尽量少得罪。

腊月三十的上午，我家里又迎来了一个不速之客。

一个不到三十的小伙子，他自我介绍说，他是市建设局的财务科长卞新生。小卞没太说话，只说来认认门，给新局长拜个年，年轻人，学着工作，以后还请局长多提携云云。

正好，就建设局领导班子情况，我不妨探探口风：小卞啊，你觉得局班子还团结吗？

团结，团结，是一个团结务实的班子。

呵呵，下一句还是我替你说吧，也是一个有战斗力的班子。

邝局长，我一个下级，不好对上级领导评头论足，对不？再说，我只用心做好手头的具体事，他们团结不团结，我也不大去关注。

那我换个问题，你自己觉得，张万山局长人咋样？我指的是领导能力，当然包括抓班子带队伍和推动工作的能力两个方面了。

不错，不错，张局长经历丰富，关心职工，干了不少事，这都是大家公认的。

那，雍局长呢？他怎么样？

雍局长工作力度大，敢下硬手，尤其善于处理各种急难险重的问题，是个干事创业的人。

我不再追问了，只是点点头。心里想，他简直就是在应对组织部的考察小组，再问下去也不会有什么实质性的内容。看来这年轻人年纪不大，头脑很清楚，言语之间，分寸、火候把握得恰到好处，很懂得行政之道。不过言辞之间，我还是听出了些什么，什么叫工作力度大，敢下硬手，这是一个副职的所作所为吗？

很奇怪，仅仅见了第一面，而且对于他的言行我并不很认可，可我还是对这个卞新生产生了一种莫名的好感。我们一直说，在工作和用人上，不能掺杂个人感情，不能感情用事，但是人就是个感情动物，不受感情左右可能吗？机关人事和社会、家庭中一样，谁和谁相处好，那是要看是否有机缘，性情是否相投？看着是不是顺眼？这个卞新生，就这么很简单地入了我的法眼。

4

节日的金山大酒店金碧辉煌,流光溢彩,的确就像是一座金山。金山大酒店和金山购物中心一样都是韩阳金山房地产开发有限公司的产业。

金山的老总金大中,在韩阳是个响当当的人物。和其他的地产商不同,别人吃地皮饭,他吃楼盘,各取所需,互不相犯。他拿来的地皮虽然是天价,但最终都要转嫁到房价上去,别人掌控地皮的价格,金大中却操纵着整个韩阳楼市的价格。他说涨,谁也不敢跌。

但是我从来没有见过金大中的庐山真面目。人人几乎每天都可以听到他的名字,但是真正见过他的人几乎没有。据说,金大中深居简出,不参加一切公务活动,不在电视网络上露脸,不在任何酒店用餐,也不出入各种娱乐场所,只用一只鼠标决胜千里,指挥着千军万马,掌控着整个集团的发展。人们都称金大中为"隐形手",意思是这只手无处不在,但是却无形无踪。

我们进了十分宽敞的豪华包间,父亲被我们恭请到主席位置上。我和戴欣嫚、邝天昊、孟雪以及两个孩子邝欢和邝克刚两家六口,分别在两侧排开,排到最后,父亲邝野的对面,就是邝欢和她的弟弟邝克刚坐在了一起。

窗外挂满的红灯笼映红了天地,鞭炮声此起彼落。包间墙壁上的电视《新闻联播》刚刚开始,中央领导正分头奔赴各地和人民群众欢度春节。菜早就点好。凉菜全部上全后,邝天昊说,哥,你今年高升,是我们家的大喜事,你给咱来个开场白吧。

我把头转向父亲,说,爸,你给咱说两句吧,过去我们弟兄听了你那么多堂课，近几年可是很少能听到了。

父亲这个站了一辈子讲台的人，是很珍视他的这份经历的。他端起了酒杯，起身。站起的时候，他一手扶了膝盖，一手卡着后腰，稍微趔趄了一下，再站稳，手有些微微发抖。

天穹、天昊、小戴、小孟，白驹过隙，日月穿梭，尔父已逾古稀，欣看三世同堂，新桃旧符，吐故纳新，幸甚至哉。看新年新气象，新岁新台阶，盼兄弟和睦，夫妻恩爱，子孙茁壮，逝者逝矣，心愿得遂，男儿当自强，得以修身齐家平天下，会当痛饮此杯！

好一个修身齐家平天下！父亲承传母亲遗托，一心要让我学优则仕，飞黄腾达，让天昊聚集财富，富甲一方。母亲沉睡地下十八年，指挥棒依旧在舞动不已，我们也的确沿着她的指挥棒一步步走向事业的顶点。我们端起酒杯，不约而同想起母亲。小时候在邝湾，爷爷奶奶在炕上拥着被子，爸爸妈妈在炕头围着炉子，我和弟弟环绕在周围，穿着花棉袄，静听着岁月的脚步响过除夕，天伦之乐如水一样地弥漫着我们，那种感觉很美好很温馨。大年三十，父亲曾经告诉我们，坐看灯烬落，起看北斗斜，这就叫守岁。过年其实就是上一个轮回的结束，下一个轮回的开始。古人让我们通过过年，了解生命的真相，那就是生命是一个轮回。

父亲有模有样的开场白之后，我们夹菜的夹菜，斟酒的斟酒，温馨和睦，暖意融融。之后，我们这一辈开始轮流给父亲敬酒，自然是我们喝干，父亲随量。酒刚敬完，一个穿着唐装的服务生敲开门，端进来一大个大瓷盆，里面清炖着一只肥硕的甲鱼，后面跟着一个西装男，胸前戴了一朵绢花。

服务生把清炖甲鱼放在了父亲跟前，那个西装男递过来一个名片，彬彬有礼地说，邝老先生，打扰了，我是本店的经理，欢迎您一家来本店用餐，这道菜送您品尝，祝愿您健康长寿，恭祝各位新年大吉，步步高升，财源滚滚，合家幸福，万事如意。

我接过名片一看，是金山酒店总经理海东平。海经理，谢谢你，也祝你生意兴隆，新年大吉，坐下来一起吃吧。

不客气，不客气，顺便告诉一声，这顿饭我们金总吩咐，他来买单，春节来临之际，他恭祝各位万事如意，几位还有什么需要请随时吩咐。

海东平已经躬身出去了，我才反应过来他刚说的话，金总吩咐？他来买单？金大中？

邝天昊看到我在盯着他看，马上解释，这事我一点都不知道啊，这里我很少来，没几个认识的，包括刚才那个海经理，我也是第一次见。

你不觉得奇怪吗？金大中怎么知道我们来，他又怎么知道我们是谁？看来我们今天真是见识了所谓的隐形手。

父亲见状，催促我们说，快出去看看啊，马上去把账结了，不要随便沾人家的。我就要起身，天昊说，你别管，我去看。我觉得父亲说得对，有点不太放心他，就随后跟了出去。

在收银台，我看到天昊正在那交钱，收银台小姐死活不收，一再说，老板吩咐过，账记他名下。我看到天昊把一沓子人民币放台上，又被收银小姐塞过来。

先生，你就不要为难我们了，多收了钱我们就丢饭碗了。特别是收了您的钱。

你说的老板是海经理吗？我问。

是，是我们海经理吩咐的。收银小姐面有难色。

麻烦你能不能让你们海经理来一趟，我有话想问他。

一个收银小姐就迈着碎步去找海经理了。

一会儿，海东平就来了，哎呀，邝先生，有什么需要帮助的吗?

海经理你好,很感谢你周到的服务,我只是不明白,我与金总素昧平生,怎敢接受金总这份大礼呢?

邝先生,你们之间的事,这我还真不知道,金总只是吩咐您的单他来买,可没说为什么,当然,他也不会告诉我为什么。我也没资格知道。

那么,他是怎么告诉你的,给你打电话了?

看您说的,我哪能接到金总的电话?

那是他来过了,亲自吩咐你的?

您就别逗了,邝先生,我就没见过金总,我们下面的人都没见过,你们进去不久,集团的副董事长、副总经理詹得顺打来电话,说邝先生是金总的朋友,让多多关照,并把账记在他的名下。

我的脊背上不由得掠过丝丝凉气,我感觉像是有一双眼睛一直在尾随着我们。这个金大中,真是个厉害的角色啊。看来海东平并不知情,也看得出他根本不知道我们的身份,我不能再在这里纠缠了,这样嚷,难免人多嘴杂,反倒造成负面影响。我跟天昊往包间走,到门口我对天昊说,别告诉爸。

邝天昊会意,点了点头。

那一刻,我忽然觉得我们兄弟俩很亲。

大年初二。我的家被一大帮人挤满了。

沙发上坐不下,就坐沙发扶手、餐桌带的凳子,连茶几上都坐了人,我们一家不得不站在地上。

他们不是别人,全是我的老同事,原市建筑规划设计院的老职工。

为首的是我和戴欣嫚婚姻的介绍人,一个办公室面对面坐了好几年的梁工。我刚从学校毕业那会儿,人生,业务也不熟,梁工没少帮我,生活、入党、婚姻等等啥事都替我操心。我清楚记得,那时候办公室冬天取暖生的是铁皮炉子,大家上班第一件事是生火,然后在火炉上烤馒头,熬茶喝。梁工是个很会生活的人,能蒸各式各样的包子,所以每天早上都要带好多包子来放火炉子上烤,香味很快就弥漫满屋子。我那时候是一个单身汉,跟大家蹭吃蹭喝是家常便饭,所以没少吃梁工烤的香喷喷的包子。在设计院的那段时光虽然清清淡淡,少有波澜,但却是回味无穷。所以,当我接到他的电话,自然很高兴,十分热情地请他们上楼。

没想到门一开,满楼道都是人,让进来,一下子就挤满了我的客厅。一进门,还没坐稳,他们就一个个情绪激昂、义愤填膺,你一言我一语地开始反映问题:

邝局长,你知道,设计工作是一个技术型、专业化的工作,是一个创造型的劳动,在这项工作中人才是第一要素。设计院响应上级的号召,进行了股份制改革,引进自然人股份,变成了控股的合作制企业,紧接着,实行民营化改革,政府竟然让被一个设计院处分的混混左义邦收购设计院,设计院转眼成了他左义邦私人的。报纸、电视到处都在宣传,说设计院顺利实现了民营化改革改制,可是这"顺利"的背后,包含着我们这些人的多少血泪和牺牲啊。

邝局长,一笔名为买断工龄的经济补偿金,仅够当时生活的低廉工资,我们奉献了自己最美好的岁月,就值这几千元最多也就是一两万元?这一笔"安置费",其实就仅仅够我们上交一两年至多两三年的社保金。

邝局长,设计院优良资产被廉价卖掉,得到国企资产的新业主左义邦,正在筹划高价卖掉那块黄金宝地的土地使用权,准备在远郊低价购置土地使用权建设工作基地。

邝局长，我们这些原设计院失业职工，土不啦叽地生活在冷冷清清的原小区里，为孩子上学、看病买药等基本的生活花费愁得睡不着觉。

邝局长，我们的劳动权利被残酷无情地剥夺了，所谓妥善安置职工，是一个弥天大谎。改制之后，有百分之八十的人都买断工龄，其余的内退，内退职工领取每月四百元的内退工资。买断工龄的职工，拿着那点可怜的补偿金，就沦落成了街头擦皮鞋、捡夜总会啤酒瓶子、骑个三轮车贩菜中间的一员。说来你都难以相信，你们是过年呢，我们几个家里过年一天就是吃一顿好一点的饭，所谓好一点，就是煮一顿米饭，炒一锅在蔬菜批发市场拾来的菜帮子。另一顿饭就是全家三口一人吃一个价格为五毛钱的馒头。一夜之间，我们就一下子回到了旧社会。

邝局长，我有幸在改制后的企业上班。他们对待我们哪像咱们那时候，您是知道的，那时候大家常说：设计院把我当人看，我把自己当牛使；设计院把我当牛使，我把自己当人看。而现在设计院成了民营企业后，工资一下子降到了最低不说，劳动时间也大幅度地延长，劳动强度无休止地提高，职工们就像狗一样被任意使唤，想骂就骂，一旦有人申辩论理，就得卷铺盖走人，毫无通融余地。

邝局长，你来了，要给我们做主，张万山这个老滑头，占着茅坑不拉屎，见了我们就锁门，啥问题都不解决。邝局长，咱们是老同事，看在一起共过事的份上，救救我们吧，我们连跳楼的心都有了。

邝局长……

邝局长……

邝局长……

我的头顶盘旋上来数亿只蚊子,嗡嗡叫着,像一团团黑云,压下来,遮蔽住了我头顶的整个天空。

一时间,我的头像是炸开了锅,我甚至都能闻到脑浆的味道。

5

正月十五,一缕和煦的春风姗姗来迟,韩阳市人大常委会第五届第八次会议召开。市人大常委会主任主持会议,副主任、秘书长等出席会议。市长列席会议并作市政府有关人事任免事项提请说明。市人民检察院检察长,市中级人民法院院长等列席了会议。会议通过了有关人事任免事项,我被任命为市建设局局长,张万山任人大常委会经济委员会主任,市人大常委会主任亲自向我颁发了任命书。

面对庄严的国徽,我做了表态发言:

感谢组织对我的信任和厚爱,让我担任建设局局长,城建事业关系千家万户,我将进一步加强学习,勤勉尽责,依法行政,重抓管理,彻底扭转城市无序、滞后、单一局面,力争把韩阳建成休闲度假胜地、发展养生天堂、中国生态基地、西北园林名城……

经过常委会全体组成人员的无记名投票表决,我以全票赞成被任命为韩阳市建设局局长。

韩阳建设大厦是在张万山的前任建设局长、现任市政协副主席手上建成的,算是政府机关办公条件最好的。这座楼一共十层,大概六千多平方米,功能配备还算齐全,除市建设局机关外,楼上办公的还有局属市建管处、市规划局、市人防办、市环境绿化办、市城市管理监察大队等单位。如果这栋建筑没有挂着市建设局的牌子也许不会引起普遍的关注,刚落成的时候,我就觉得土气的蓝宝石加廉价的外墙瓷砖堆砌,造成建筑风格尽失,就像韩阳市区好多千篇一律的建筑物一样。当时我还想,作为韩阳城市建设的排头兵,自己的大本营居然建成这个样子,建设局的人太没面子了吧。但是今天,阴差阳错,我已经成为这幢楼名副其实的主人。

市委对于建设局的领导班子调整宣布大会就是在这里举行的。这天早上,我被市委常委、组织部部长乔玉川、市政府分管城市建设的副市长何光荣带着来到市建设局七楼会议室,召开全体职工大会。市建设局领导班子、市政管理处、城建监察支队、绿化处等下属单位党政一把手、八十多名机关干部职工到场参加会议。

乔玉川部长宣布了市委决定,何市长充分肯定了张万山同志担任市建设局长几年来的工作成绩,介绍了我的基本情况、现实表现及工作业绩,对我提出了希望和要求。我就履行好局长职责表了态。

在会场,有一个人我没看到,却看到了另外一个人。

我没看到的是副局长雍阳,他为什么不出现呢?是偶然巧合不在?还是有意回避呢?

我坐到主席台上,一眼看到了一张熟悉的面孔。

她是原市建筑规划设计院的职工陈小婷。当年,陈小婷不仅仅是我的同事,还跟我谈过些日子恋爱,一起看过两场电影,吃过两顿饭。当时我们俩挺好的,之所以未能走到一起,是因为她爸不同意,主要是嫌我家在农村。她父母亲都是设计院的,她是他们家老五,当时她爸爸虽然已经退休了,但是生活条件非常好,我们家还没有电视,她家已经是彩色的了。每次去她家,我都能感觉到她父亲那种鄙视的眼神。是我提出分的手,我不想一辈子看见那样的眼神。当时陈小婷哭得跟个泪人儿似的,钻在我怀里就是不撒手,惹得我也流了不少眼泪。我记得我们是同一年先后结的婚,想来她的孩子也该和欢欢差不多大了吧。

陈小婷就坐在第四排,正在仰起头看我。时间真快,离开设计院后我们就再没有见过面,十多年了,没想到她调局里了,而且现在我竟然成了她的领导,而且以这样的方式见面,不知道她,还有她父母该会怎么想。世事纷纭,真是不可思议。

会一开完,我就被副局长边晓云、秦素梅和纪检组长郭金鹏、工会主席王得贵迎到了刚刚粉刷一新的办公室。办公室在五楼,三间大小,带卫生间和卧室,空调、电视、鲜花一应俱全。一组黑色皮沙发,一面墙壁的书柜,宽大的老板桌子,真皮转椅,一台崭新的戴尔电脑放在桌上。窗外很开阔,一抬头,就可以看见刚刚新建的一个人工湖,垂柳掩映的湖面已经结冰,正有几个小孩在上面溜冰。

邝局长,您看看,还需要什么吗?我让办公室尽快添置。边晓云跟在后面唯唯诺诺。

很好,很好,暂时不需要。我坐在了椅子上,感受着这种众星捧月的感觉。位置啊位置,位置对于一个人真是太重要了,此时此刻,我成了大家的中心,所有的人都在围绕我转。想想看,岂止是人呢,生命赋予万物以位置。婴儿以啼哭降临人世,向世人宣告这里从此也有了他的一个位置;当鲜花吐露芬芳、小草萌生嫩芽,它们都是在用无声的语言告诉大家它们也拥有了自己的位置……如何守牢自己的位置,夯实自己的位置却不是一件容易的事,你看我坐在了这里,你可知道我内心的负重与忧虑?

边晓云敲门进来，把一摞资料放在我的办公桌上，最上面的是人员花名册，我随手翻了翻，终于忍不住问边晓云，怎么不见雍局长？

雍局长有病请假，说是去省城看病了。

哦。之前边晓云是说过的。这个病看的，真是时候。我突然想起我刚到调到市委机关工会工作去省城看病的事，为什么人一变动工作就会生病呢？

他们都出去后，我起身在宽敞的办公室走了走，在心里说：不管怎样，邝天穷的时代已经来临了。

第五章

1

活着,死亡,活着,死亡。

这个世界对于有意识的事物来说,就是一直在重复着这个循环。我们总是用破旧的东西组成新鲜的事物,比如新生的宝宝,比如刚出炉的热包子,比如一阵抓不住的风,比如分分合合的情感。

我从五十层大厦上掉下来,不是失足,也不是自愿。所以不是跳楼,而是坠落。

在此之前,我一直感觉我会突然不在,没有人会找到我。我想写下一些文字,告诉大家真相,我死于非正常。

此刻我已经处于濒死期,疾风和气流已经使我的心脏开始痉挛,脑干神经中枢深度抑制,意识逐渐模糊起来,我知道它在一点点消失。

邝天穷时代的来临,其实预示着我给自己搭建死亡祭台的日子开始了。

看到雍阳的时候已经是我到建设局任职一月以后了。

上任第二天,到单位后,我掏出钥匙刚要打开办公室的门,一推,门是开着的。我走进去,看到一个瘦小的女孩子正在躬身卖力地擦我的办公桌,抬头看见我进来,紧张得垂下了手。

邝局长,我是办公室的小蔡,负责打扫你的办公室。

我摆摆手,哦,你在办公室具体做什么工作呢?

小蔡从桌子后面转出来,把毛巾拎在手里,小声说,只是搞劳资。我坐下来,打开了饮水机,小蔡赶紧过来要给我泡茶,我阻止了,谢谢,我来吧。小蔡呀,以后早上你就不要来了。

没想到,这句话把小姑娘给吓住了,局长,我是哪里收拾得不干净吗?以前张局长在的时候,都是我打扫的,这工作干了两年多了。

我在市委办公室的时候,除了市委领导和秘书长外,别的人办公室都是自己打扫。而且我觉得我还年轻,第一天上班不到八点,建设局的师傅唐兴旺就等在了我家的楼下,上下班都是车接车送,到了办公室再连地板、桌子都不用擦,茶都有人泡,我哪里还有机会活动活动呢?这样下去我不彻底成了大官僚了?但是,我看得出来,这是建设局留下的老规矩。我突然不让小蔡来,她乃至所有人肯定是以为我对她有意见了。但是,这个规矩我要从此打破了。有些事情是大环境所致,你无能为力。可在自己的小环境里,我完全可以按照自己的意图去努力改变,我想,只要一个个小环境都净化了,整个社会大环境何愁不好?

小蔡,别紧张,我的意思是,打扫卫生这类小事我自己就干了,你尽管把你手头的工作干好,别的事不要管,我会给你们李主任交代的。

小蔡这下算是明白了,她似乎有些不相信似的点了点头,挂好毛巾出门去了。我刚端起茶杯子,办公室的座机电话就响了,原来是雍阳打来的,邝局长,我是雍阳,首先向你表示祝贺!欢迎你的到来,十分抱歉,最近结石病犯了,疼得厉害,在省人民医院做个结石摘除手术,还得在医院缓几天,所以给您告个假，等我出院回来了马上就向你报到。

放下电话，雍阳的面孔在眼前浮现上来。至于他说的是真是假，我已经不关心了。我关心的是，在今后的工作中，他会扮演怎样的一个角色？他会自觉自愿地服从我的领导吗？我隐隐有些担心。

工作局面的尽快打开，靠我一个人单打独斗是不行的，必须要调动起各方面的积极性和主动性，包括雍阳这个老建设。前不久韩阳市委、市政府召开了全市经济工作会议，市委庞书记在会议讲话中，提出了要建设宜居韩阳、适业韩阳的奋斗目标，要把韩阳建设管理成为省上的样板，在全省叫得响、喊得亮。这样的目标预示着今后建设系统将从此进入到加班加点的忙碌中，繁重的工作任务已经责无旁贷地落在了我的肩上，我的脑子里紧绷着一根弦，肩头也开始变得沉甸甸的。我是市直部门最年轻的局长，因为年轻就会被上上下下轻看，要取得大家的认可，只能靠有为了，有为才能有位。

到建设局以来，我明显感到机关干部职工普遍存在消极情绪，工作热情不够高涨，等、靠、观望的思想十分普遍。对于这种现状，我十分焦急，要知道，这样的精神状态断然是难以适应繁重的建设任务的。思想是行动的先导，经过几天的考虑，第一个月，我叫来分管机关的副局长秦素梅，让她提一个方案，在全系统干部职工中深入开展"两查两比"活动，进一步明确各自职责，查每一个人是否存在骄傲自满、故步自封的问题，是否存在推天度日、不思进取的问题，通过两查，比"比职责缺位在哪里？比别人差距在哪里？"在更高的目标、更高的位次上争创一流。在全市建设系统第一次干部职工大会上，我满含深情、充满紧迫感和责任感地讲了两个多小时。

不用问，我的讲话自然是掌声雷动。台下坐满了人，一个个表情相似，但我知道心态必定是各异的，面孔上虽然看不出什么，但眼神会泄露一切。不过今天对于我来说，却是自己人生中的一个里程碑，毕竟第一次面对这么多的听众讲话。为了今天的讲话，我昨夜几乎一夜未合眼，自己亲自列了提纲，哪里要展开阐述，哪里要一带而过，都讲进行了充分的考虑。学生时代，最怕的就是在人前面说话，记得都是高中时候了，我参加班级的演讲比赛，站在台上我憋得满面通红，稿子都烂熟于心了，我却像是被施了魔咒一样，硬是一句话也说不出来，嗓子眼就像是被什么给死死掐住了。最后上了大学，也没多少改变，真正促使我发生变化，还是进了市委机关，那种环境逼得我不得不学会上到台面，走到人前，学会应对各种发言、讲话和汇报。

邝局长，你讲得简直太好了，大家都在讲话，但是层次和水平差别太大了，从一个人的讲话中能看出他的学识、思路和心理素质，还有对工作的熟悉程度，我能听出，你刚来这么短的时间，就已经把情况吃得这么透，把今年的工作安排得清清楚楚，真的很不简单，不愧是学专业的啊。边晓云拍上了马屁。

连边晓云这样不会说话的人都这样说了，我对自己确实有了信心，我相信功夫不负有心人，只要用心，啥事都难不倒的。一个月以来，我加班加点学习、调研、座谈，了解全市城市建设情况，找准工作的突破点，谋划好今年的工作思路。可以说，我是下了功夫的。思路一旦确定好，全年工作就有了抓手。我打算经过党组会议讨论通过之后，向分管何市长、庞书记进行汇报，作为今年工作行动的总纲。

雍阳敲开我的门进来，腋下夹了一条中华烟。

邝局长，我回来了，来向你报到。他把烟扔到我桌上，满面红光，丝毫看不出做了手术的样子。

快坐，这么快就出院了？下周省上有个经验交流会议，我正打算顺便去看看你呢？恢复得怎么样了？

不用，不用，小手术，疼了多年了，一直不想做，最近疼得实在撑不住了，心想，长痛不如短痛，干脆，牙一咬，就做了。他坐下来，取出一盒中华烟，用手指在盒子底上弹了弹，就跳出两根来，把烟盒递到我跟前，让我抽出一支。我摆摆说，谢谢，我不抽烟。

雍阳自己抽出一根，叼上，用一只银色的打火机点燃，说，建设局这单位忙啊，一年四季不得闲，也处在风口浪尖上，随时被领导惦记着。好在你是大院子里出来的，上上下下的路子都通，干起工作来得天独厚。

我是给领导搞下服务的，这抓经济还真是外行，以后还要靠你这个行家里手呢。

哪里哪里，都是一家人就不说两家话了，你尽管放心，今后我一定会给班长抬好轿子的。

说过一些闲话后，雍阳说，邝局长，有个事要给你汇报一下，进士巷步行街项目去年三月挂牌，年底开始拆迁，现在正在扫尾，三月就可以开工建设了，这项工程是去年市政府确定的最大的城建工程之一，也是韩阳城建的亮点工程之一。最初呢，步行街商业广场有两个设计方案，一个是古典风格，一个是现代风格。万山同志当时提出采用古典风格，我觉得古典风格与周边建筑不太协调，建议还是用现代风格比较好。

我知道，不同的方案选择意味着不同的造价成本、不同的工期长短和建筑面积。我没有马上拍板，说，这两天，你来安排时间，我们到现场去看看，坐在办公室谁也说不好。

没想到，下午回家，父亲邝野带着周朝天来了。

原来步行街承建单位是周原朝天建筑公司，周朝天是向坡人，乡里乡亲，又是父亲的学生，虽然很熟悉，但是从未打过交道。一番寒暄后，周朝天抛出他来的目的：希望我将步行街方案确定为现代风格。因为现代风格的设计方案建筑面积大，造价相对较低，且易于销售，对他来说，当然更容易赚钱。

邝局长，这忙帮了，我不会亏待你的。

周朝天说着将一个档案袋放在了沙发上，我明白那是什么。在他走时，赶忙拿起来塞给他，这是你的，别丢下，但是这事我们得从城市建设的全局来考虑，完了要深入现场召开办公会议现场研究，你的想法我也理解，城市的整体形象也要维护，等我们研究了再说，好吗？

父亲邝野说，朝天啊，能帮的尽量帮，帮不了你也别怪天穹，他刚上任，也很难啊。

周朝天走后，我对父亲说，那就是说这步行街是天昊修了？父亲说，对，去年中的标。我说，虽然是去年中的标，但是今年在修，也就是说在我的任上，我的弟弟在干活。这不好啊。

父亲明白了我的意思，说，那我给朝天打个电话，让他交给别人，他的人多着呢。

我知道这样做，邝天昊肯定对我充满了怨气。想起今天雍阳找我谈这事，我就知道周朝天肯定与雍阳接上火了。

这是韩阳市规划建设的第一条步行街，位于韩阳东风街进士巷。

东风街是韩阳城南的一条老街，偶尔可见一些老字号的招牌。进士巷则更显其沧桑感，那些木门的条纹中隐约可以窥见许多浓浓的往事沉淀其中，随意而自然，如同一位老人，将所有的往事都融入额头上那几条深深的皱纹之中。深巷子里有许多古韵犹存的老宅，镇东殿、观音堂、邱氏祠堂是人们精神的依托之地，人们到这儿烧几炷香，许几个愿，与祖先们交流交流，心里就踏实得多。这条巷子在明清时先后出过四个进士，进士巷因此而得名。小巷的人们已记不得这几位进士的面孔了，但人们却留住了这条狭窄的小弄堂。

我带着雍阳、边晓云和市政建设处的毛处长来到进士巷，现场确定步行街的风格选比方案。我看着这曾经辉煌的地方已经成为瓦砾一片，不由在内心发出一声叹息。我知道每一张瓦片中都融入进士的传说，残旧的往事如同残墙碎瓦的点缀。进士们曾经走在这条小巷中，我还能想象出当年进士回乡时的神采飞扬，岁月模糊了有关这个进士的种种传说，这条古巷让进士的英姿定格于巷名之中，如今老宅倒塌，小巷不在，进士巷的门牌与遗迹会在哪里出现呢？

这里属于老城区，往南延伸，还能看见老城墙，进士的老宅虽已败落，但还能看出原先三合院的格局，半截进士牌坊上还能清楚地看见精雕细琢的动物，一块破旧匾挂在头顶的电网上，显得孤单凄楚。看来，东风街的拆迁是个错误的决策，关于步行街规划的方案，张万山是对的，建一个古典式的步行街，才比较符合这里的实际。

我的心里有些沉重，建一个步行街容易，恢复一个古街道难啊。我站在一堆废墟前，让大家发表意见，也许他们看到了我凝重的表情，一时都没有人说话，我瞅了瞅边晓云。边晓云会意说道，这个问题张局长以前就讨论过，算是定了的事，要我说，我觉得还是现代风格好，古典式的建在这里，有点不伦不类。他的话似乎是给别人定了个调子，话音一落，雍阳就开始附和,是啊,这事虽然原来议过,但是我一直觉得不符合实际,城市将来的整体规划是把韩阳建成一座现代化都市,再说我们搞的一些仿古式建筑都毫无特色,缺乏人文内涵。

跟在一边的毛处长一看两个副局长这样说,也随声附和起来。

我觉得这事有些棘手,显然,这件事不是那么简单,一股无形的压力顿时压满了我的全身。我迅速在心里做着决断,看似一个单纯的方案选择,背后涉及的是人事,是利益,是摆不上台面的交易。这是我上任以来的第一次决断,如果怕触及矛盾而听之任之,必然在以后会形成惯性,让我的权威性和工作力度打上折扣。如果力排众议,断然否决,我初来乍到,势必陷于孤立。于是,我想了想说,在进士巷,我看到了祖先给我们留下的一些很珍贵的文化,遗憾的是,像这样的文化正在逐步地消失。选择什么样的风格一定要因地制宜,刚才听了大家的意见,我觉得也有道理,古典风格是一种革新,需要大量细致的修复和还原工作,人工投入多,施工缓慢,工期长,出力不落好。而现代风格则是一种彻底的革命,打破一个旧的,创造一个新的,自然场面宏大,便于机械化推进。至于具体选择哪一种,还需要再做具体的研究分析,我个人觉得之前万山同志的意见值得考虑,他认为要凸显进士巷的历史文化和传统特色,在步行街广场建设一座体现韩阳历史文化和明清建筑风格的牌坊,建立进士图和龟背雕塑,在全街两侧加建具有韩阳历史文化特色的琉璃瓦长廊,统一店铺招牌风格,丰富步行街的文化内涵。不知大家研究过万山局长的创意吗?尽管这个创意里还有些现代性符号植入的弊端,但是基本定位很可取,进士巷是韩阳的一个文化符号,这里的所有建筑风格都应该体现这一文化内涵。这样,既彰显了中华民族独特的科举文化,又能够以城市载体的形式激励后人,传承文脉,使步行街成为具有历史文化、旅游观光、休闲购物和经营特色的文化用品专业街，让古老的街巷焕发出新的活力，为老城区旧街巷的改造探索出一条新路。当然，老街既然已经拆迁，这样呢，就得做一些弥补工作，大家想想看，在步行街的设计上，如果按照突出历史文化背景、延续传统商业文明、凸显韩阳文化特色的规划，重新铺设街内路面，改造排水沟渠，增加消防设施，对全街建筑采用古典式风格粉饰，增设照明灯饰系统，这里将来会是怎样一副样子？能在一个城市里保留一点让外来人记住的东西不是很好吗？

我虽然没有直接表态，但是拉出张万山做挡箭牌，充分肯定一个不在场的人的意见，态度显而易见。我的话让在场每一个人的表情都发生了明显的变化，在他们看来，采取现代风格已经是不争的事实，我作为新任局长，在一个续建项目上没有必要再做大的思路调整。尤其雍阳，他一脸错愕，显然不能接受这样的事实，也丝毫没有想到我会这样表态，因为他不相信，我会坚持根本在他看来毫无坚持必要的观点。说白了，我放弃现代风格，就是残忍断掉自己一奶同胞的弟弟邝天昊的财路。

雍阳正要说什么，忽然一个穿着棉花翻卷的旧军大衣的佝偻老头不知道从哪里冲过来，"扑通"跪在了我的面前，捶胸顿足，天哪，还我房子！

雍阳见状，冲那人大喊，又是你，老家伙，起来，死狗什么，不是钱都给你了吗？还闹什么？

我拦住了雍阳，双手扶起老头，说，你起来，慢慢说，怎么回事啊？你是进士巷的老住户吗？

雍阳说，他姓吴，和儿子住在进士巷的一家民房里，社区多次上门做耐心的说服工作，但在规定时间内，他们拒不搬迁，因为各项法律程序都履行到位了，只好提请逸城区人民法院对他的房屋进行依法征收。征收刚一开始,老吴和他的儿子就爬上屋顶,手舞菜刀,乱扔砖头瓦片,百般阻碍。逸城区拆迁办的小邓生怕闹出人命,就爬上屋顶去做工作,不慎踩上旧瓦,失足跌下,造成锁骨骨折。吴家父子看出了事,一时傻了眼,征收工作以血的代价顺利推开。

谁都有家啊,你们拆的是我们的家,毁的是我们老祖宗的基业啊。吴老头哭得让人心痛。

我问他,没有给你兑付钱吗?应该给你兑付或者解决安置房啊。

钱倒是赔了,才赔了几个子儿啊,说是按去年的房价赔的,但根本买不起一套房,眼下我们全家人没有地方去,在街上睡,这简直就是强盗么,土匪么!

我回过头对一直站在一边默不作声的边晓云说,老边,把这个情况记下,回去摸一下去年的廉租房,想办法给老人家安排一套,不安置好这些拆迁户,下一步的工作怎么开展下去?还有,下去认真摸个底,进士巷改造项目里,像这样的情况还有吗?统一提一个解决方案,千万不要闹出乱子来。

由于拆迁引起的恶性事件层出不穷,如今我当了建设局局长,还要面对很多这类问题,看来这个雷区不得不蹚了。想到此,我的胸中有了几分悲壮潮汐……

2

我走进市政府,直奔分管城建的副市长何光荣的秘书小孙的办公室。

因为曾在市委办公室工作,所以市政府这边的秘书大多数都认识,何光荣以前的秘书干了八九年,上次人员变动提拔了个副主任。小孙是三年前从县上考来的,市政府安排他跟何市长做秘书。小孙一看见我进来,就立马从桌前站了起来。父亲常说,人要互敬,但敬人不必卑尽,卑尽则少骨。在机关这几年,我就是这么做的。

小孙,忙呢?我是干过秘书的,对于秘书的辛苦和苦衷深有体会。

邝局长,您来啦,请坐。

何市长在不在?我找他汇报点事。

您喝水,在我这等会儿,民政局李局长刚进去,不到十分钟。

我坐在了沙发上,小孙把一杯茶放在了我对面。这时候,手机响了,是好洁。

天穹。

你好,我在政府呢。

没打扰吧,我是想问,最近咋样?睡眠,是一切。药一定要按时吃,虽然副作用大。

这个好洁,不是她打电话过来问,我根本就想不起我还有什么抑郁症。

上次从省城回来,我就很听话地开始服用抗抑郁症药帕罗西汀。吃了不到一周,我感觉到我是真的病重了,难以遏制的恶心让胃部不住痉挛,脸上烧得像一团火,站起来,晕眩不已,一喝水就吐。我趴在沙发上,抱着盆子干呕。戴欣嫚吓坏了,说这是怎么了,撕扯我要去医院,我说不用,一会就好。戴欣嫚在上班之余,一直在忙于她的女子生活馆,很少在家里,抑郁症的事,我从来没有跟她讲起过。

我痛苦万状，找出帕罗西汀的说明书看，上面说，服药七天左右，都可能出现症状恶化的现象，不同的人服用，反应不同。第七天，我感觉我简直快要死了，四肢、头颈血管里的血就像煮沸了，烤得皮肤爆裂，难受极了，就把头使劲地在墙壁上撞，撞得疙瘩遍布。我终于不能忍受着这种煎熬，不得不停止了服药。到建设局上班后，我的大脑一直处在高速运转之中，如何很快地打开局面，一直是我反复思考的问题，不再吃药了，那些让我苦不堪言的症状也好像没有了，我甚至怀疑我本来好好的，都是那个该死的帕罗西汀造成的。

本来我都因工作缘故完全忘记了这一切，不想好洁的一个电话，让我的脊背忽然又火辣辣烧起来。

好洁，我好好的，完全不需要吃药。我服从于我的感觉。

天穷，药不能停，我知道会有副作用，但是扛过十天左右就会好的，你一停就会前功尽弃，听话，天穷。

那是副作用？那简直是在要命。好洁，先不跟你说了，我在忙，闲了再说，好不？

我挂掉了电话，心里无端生出一种咬牙切齿的恨。

小孙听到隔壁门响，就手里握住笔出去看，我听到，有人说话，是小孙跟别人说，李局长，你走好。

我站起来，小孙站在门口，说，邝局长，屋里没人了，走吧，小孙把我带到何光荣门口，非常柔和地敲了一下门，听到里面有一浑浊的声音"进来"后，小孙稍一躬身，推开门，市长，建设局邝局长来了。

小孙一侧身，我就进到里面，小孙小心地掩上了门。

何光荣，小个子，黑脸，微胖。起步和我一样，曾担任市委办公室副主任、副秘书长，后下派周原县任县长，我大学毕业那年，他已经是周原县县委书记。在周原，他以拆迁闻名全市，民间人称"何黑子"，意思是铁面无私，心黑手辣。昔日破旧的周原县在他的手里土崩瓦解，今天的周原县城，畅、洁、绿、亮，县城容量扩大了一倍多，这也就是何光荣升任副市长的政绩之一。

天穹是周原人吧？何光荣问我。

是啊，周原向坡乡，我知道您曾经是我的父母官，为周原的建设与发展做出了不少贡献。在何光荣面前，我自然算是官场的小辈，以他的资历和手腕，我实在无法望其项背。

周原人淳朴、善良，我在周原工作期间，深有感触。向坡这几年发展也很快，去年全市小城镇建设观摩会议就是在那里开的，是全市新农村建设的样板。

何光荣滔滔不绝，就像每次在主席台上一样，言无不尽。

终于等到他停下来，我说，何市长，我来汇报一下建设局今年的工作思路、打算以及近期一些工作，听取您的指示。

好好，你说吧。

我把到建设局上任以来开展"两查两比"活动和今年"三抓六推进"的工作思路简明扼要进行了汇报，随后，我就近期工作的进展情况逐一汇报，当我说到进士巷步行街项目时，何光荣插话了。

天穹，我们的工作必须要有延续性，不能谁上来都各搞一套，步行街的项目是去年市长办公会敲定的重点市政工程，关于它的设计方案是已经研究过的，我当时带领万山同志也多次去过现场，当时也下发了纪要，步行街项目方案是现代风格，这是广泛征求了各界人士意见的。

我有些傻眼。原来确定的不是古典风格吗？

何市长，我正是考虑决策的严肃性和延续性，才这样决定的，局里上下都知道，当时是按照古典风格敲定的。

何光荣没再说话，从桌上的一摞文件里抽出一份会议纪要，你看看，这是当时的纪要。你情况还不熟悉，我理解，但是有些情况要及时掌握，做好工作上的前后衔接。

我不知道这究竟是怎么回事。纪要是以韩阳市城市建设指挥部的名义发的，指挥部是前些年市政府为集中开展城市工程建设而成立的一个临时机构，指挥部挂帅的总指挥是一把手市长，何光荣是副总指挥，指挥部设在市建设局，张万山兼任指挥部办公室主任。我到建设局上班以来，为了熟悉情况，近两年来的所有文件都详细翻阅了，为什么唯独没有看到这一份？也从未听到有人说起过有这么一份纪要。

何光荣的那张黑脸有些阴沉，他不容置疑地说，时间过得很快，没几天就进入三月份了，要创造好的条件将步行街项目当作第一要务，早部署，早安排，早调度，拆迁工作要坚持原则，依法依规，和谐、人性化落实到位，要加快手续办理，加快建设进度，加快项目建设步伐，半年的重点工作督查，一定要有形象进度。另外，好多工作，要多听听雍阳同志的意见，他在建设局多年，工作有魄力，是你难得的好帮手啊。

何市长，是我工作不细致，这份纪要我还真没看到，既然市上已经敲定，我就只有抓落实了。

还没走出市政府，我就拨通了边晓云的电话，老边，问你个事。你还记得步行街项目发过一个会议纪要吗？

没有啊，我不知道啊，这个项目一直是雍局长在抓，我印象中没有见过。

车开进建设局，我几乎是小跑着上了楼，我直接去了办公室主任李文斐的办公室，小李，你帮我查下有没这个文件。

我把那份纪要扔在了桌上。

李文斐眼睛有些闪烁，拿起文件看了看，就说，有，有啊，我有印象。

我很意外，真有？

是，有的。

那你给我找来。

你等等，我去内收发那里查查，这个很早了，应该存档了吧。

李文斐出去了，我感觉有些不正常，翻翻纪要，纪要后面的参加人员里有张万山，有雍阳。

等了一会儿，迟迟不见李文斐回来，我有些着急，就准备直接去文档室，刚一出门，李文斐捧着个夹子来了，边走还边在张开的夹子里看，差点与我撞了个满怀。

李文斐看见我，吓得浑身一哆嗦，说话都不利索，局长，局长，文件找到了。

我接过夹子，看到了和我手中一模一样的纪要，上面是李文斐批阅的字样，请张局长、雍局长阅示，日期是发文日期的第三天，而上面却没有张万山和雍阳的签批。

怎么回事？两个局长都没看？

对不起，邝局长，是我工作失职，文档室小胡把文件夹在另一个夹子里给忘记了。不是今天要找，可能还压着。

忘记了？这么重要的文件，就没人过问？办公室就这么管理文件？我仔细看着这份纪要，我忽然发现李文斐的签批墨迹未干，显然是刚写上去的。

我抬起头看他，他马上垂下了头。

这时候，楼道里传来雍阳的声音：干什么吃的？啊？办公室是一个单位的门脸，连一个文件都管不好？要你干什么，马上滚蛋！……

我来到文档室，看到雍阳正脸红脖子粗地训斥小胡，小胡正站在桌子前面,埋着头,一语不发。

行了,行了,雍局长,这事以后再处理,你跟我来一下。我看见小胡抬头看了我一眼,有眼泪在眼睛里打转。

进了我的办公室,我把李文斐给我的文件夹往他面前一递,这份文件,你真没见过?

邝局长,你什么意思?我见了就见了,没见就没见,我为什么要说假话呢?你要是不相信,我可以发誓,我要他妈见了这文件,我就是狗娘养的。

行了,行了,那我问你,这现场办公会议你参加了?

参加了呀,当时意见不一致,我以为就按万山同志的意见执行呢,没想到纪要上是这样定的。你看这事,一个小文件,毁掉一个大工程,办公室该好好整顿了。

难道会议最后,何市长就没有拍板?那你觉得这个会议有意义吗?

邝局长,是这样,会上,张万山局长态度很坚决,说步行街必须要符合南片街道的总体规划,采取古典的建筑风格,保留旧有的历史遗迹和文化。这一点刚开始何市长也是充分肯定了的,后来一个拆迁点出了点事,我向万山同志打了招呼,就提前离会了。后来听万山同志讲,会议上定的是古典风格,你也知道,你一来大家都这么说的,包括我刚从省城看病回来,第一件就是给你这汇报的。我要是知道有这份纪要,我怎么还会那样给你汇报呢?

真是言之凿凿啊。

好了,你先忙去吧,既然有纪要,我们就按纪要办。

雍阳的嘴角露出了一丝不易觉察的笑意,转身离开了。我又一次端详那份李文斐签批过的文件,联想李文斐的那一副神态,我已经完全明白是怎么回事。我忽然感觉我正处在重重包围之中。看似大家对我毕恭毕敬，实质上我仍然处在外围，有一股莫名的势力正在压迫着我。

我拨通了财务科的电话，喂，小卞在吗？

哦，局长，卞科长不在，去财政局办事了，我是陈小婷。

我知道陈小婷是财务科的副科长，但是为了避免尴尬，我来之后，还从未和她单独交谈过。尽管在这个机关，中层人员中，比较熟悉的也就是她了。

哦，是你呀，那你到我这里来一下吧。

不大工夫，陈小婷就敲门进来了。

这么多年不见，陈小婷对于我来说已经变得很陌生了。经历过生活的风雨，以前的那些情愫也都云淡风轻，难起波澜了。她一进来就有些局促，我知道，除了上下级的关系，曾经的恋人关系还在她的心里留着阴影。

我招呼她坐下，先打破沉默，还好吧？好多年都不见了。

她低着头，脸庞微微泛红，她的这种状态让我心里萌动出一种别样的情绪，说风淡云轻也许只是对我而言，她在我面前的那种状态依然在提醒我当初我们第一次见面的样子。

是啊，应该有十二年了，时间真快。

你父亲身体咋样？我记得好像有糖尿病。

是啊，糖尿病几十年了，现在卧床不起也已经有三年了，唉，没啥希望了。

说这话时，她愁容满面，一副疲惫之色，我心有所动，关切地问：我记得你们姊妹五个吧，谁照顾老人呢？长期卧床，身边离不了人啊。

我一个哥哥在云南工作，几年回不了一次，三个姐姐都出嫁了，县上一个，省城一个，还有一个在韩阳，但是婆家那边也离不开，有孩子和老人，哪能一直待在娘家？所以呢，只有我了。你也知道，我父亲从小就最疼我。现在他这样了，我不能不管的。

那你丈夫和孩子呢？我很想知道这个跟我谈了一年恋爱的女人，在嫁了那个大型国企的副厂长之后过得怎么样。我和戴欣嫚结婚后，外界的事很少关心，加之时间不长我就调离了设计院，对陈小婷的情况确实不了解了。

不怕你笑话。婚后，他不常回家，我也听任他自来自去，父亲看的人，我一点感觉都没有，但是他每次来我家都给父亲买好烟好酒，父亲看得上他，我也就稀里糊涂地过。后来别人告诉我，他的车上经常拉一个女的到处跑，当我知道他早就和他们厂的出纳好上时，我什么话也没说，就跟他去离了婚。父亲觉得对不住我，一直托人给我介绍男人，但是我已经心灰意冷，不想再找了，也许这就是我的命。所以，我也没有孩子，一个人好多年了。

原来是这样！难怪秦素梅在我跟前一直表扬她，说陈小婷是上班来单位最早，走得最迟，也经常加班的一个。

也许是她看到了我微蹙的眉头，就淡然一笑，摇摇头转了话头，不说这个了。看到你干得很出色，我很高兴，当市委那天来宣布你就任时，我就在心里想，事实证明，我陈小婷看准的人没有错。事实上，当你考到市委的时候，父亲就开始后悔了，他觉得我这一辈子让他给毁掉了，因此他一直责怪自己。我觉得谁也不怪，都是命。

果然，这句话已经完全表明了她的心愫，我依然在她心里，这么多年还没走出来。在同一个单位偶遇，这种关系有点麻烦。我没有接她的话，只淡淡说了一句，大家都不容易，哪天我去看看你父亲吧，好歹他也算设计院的元老，我的老前辈。

不用，不用，你那么忙的。对了，邝老师还好吧，他的腿怎么样?

那时候我跟陈小婷谈恋爱,几次把她带回家见过我父亲,她对我父亲也很熟。

很好的,现在也在城里,闲了带一帮孩子教毛笔字呢。一直没问你,你是啥时候调来建设局的呢?

三年前,你知道,设计院改制了,我失业了,父亲整日忧心如焚,他拖着病残的身子四处上访,还睡在市政府的大门口整整一天,我拉都拉不回去。后来我就调到局里了。可是我没想到你也会来建设局,世界真是太小了。

这时候,办公室的门被敲响了,进来的是财务科长卞新生。卞新生看见陈小婷在,错愕了一下,说,邝局长,我有点事来汇报一下。

我招呼他坐下,说,我正要找你呢,你不在,我就让小婷来了。是这样,下午局里打算欢送一下老局长张万山,我来都快两个月了,一直忙得把这事给耽搁了。你去看看买个纪念品,既不要太奢华,也不能过于小气,然后订一桌饭,十个人吧。下午饭你俩都参加。

快下班的时候,我驱车去了市人大。

人大真是个好单位啊,一层楼都静悄悄的,我敲响了我的前任,现在是市人大经济委员会主任张万山的办公室门。

敲了几下,没有反应,我听到了隔壁有人说话,于是又去敲了隔壁房间的门。门被人打开,让我十分意外的是,开门的竟然是我同学钱前钱疯子。

哈哈,大局长来了,整天日理万机,连人影都不见,今天咋有空跑到这清水衙门来了?

我看到里面两张桌子拼在一起,铺着画毡,有个人正在那里挥毫作画呢。原来是原文化局的豆局长,在我调离市委办公室那次,他调到市人大,任的是教科文卫委员会主任。

哦,邝主任啊,你好,你好,快来指导一下。

老同志都那样,现在人员职务变动快,他们的思维显然已经跟不上了,所以依然在叫我的旧职务——邝主任。殊不知,一年内,我已经由邝主任变成邝主席,又变成邝局长了。

呵呵,两个大画家是在切磋呢。我走近画案,看到豆主任正舒腕挥毫画梅花呢。我知道那是他的专长,韩阳画山水、花鸟虫鱼的画家不少,但专攻梅花的可不多。从他的用笔和走势,乃至所勾勒线条的境界,我能看出他的心是平静的,多年官场风云早已在他心中淡如薄云了。

疯子,你要向前辈学习呢,你看这才叫画画呢。哪像你,心浮气躁,大笔一挥,满纸是黑墨块,正看反看谁也不知道你画的啥。

豆星亮微微一笑,小钱那是现代派,我也要学习的。早些年,我笔不离手,自从搞了政治,也不知道自己一天都干了些啥,画画都荒了,现在看来,得不偿失啊。人人都说我画的画太死板、缺乏创新,要是能吸收点小钱的风格,也许会有所突破呢。其实,刚才你进来之前,我们就在讨论这个问题,哎,对了,你这大忙人来,有啥事吧?

我是找张万山主任呢,屋里没人,听到你这里热闹,就敲开了你的门,打扰你创作了,不好意思啊。

他呀,刚来人大,不适应,坐不住,估计是回家抱孙子了。你没见,他呀,把个孙娃子爱的,手机里全是给孙子拍的视频,逢人就放出来看,眼睛笑得都让皱纹给吃掉了。

我哈哈大笑起来。我想,做多大的官,总有退下来的一天,如何过渡好这个阶段,还真不容易呢。想想也是,原来的生活状态突然间发生了变故，人际环境、生活环境都有了天上地下的差别，一时不能适应是很正常的。据说几年前有个局长退下来之后，先是在家里发表讲话，最后对着墙讲话，把家里人吓坏了。

这时候，钱疯子说话了，天穷，你升了官，没少回去跟嫂子吹牛吧。

我知道他狗嘴里吐不出象牙，就说，升啥官呢，不还是县处级。

我不跟他们瞎掰了，他们闲，我还有一大堆事呢。于是拨通了张万山的电话，果然，电话里传来小孩啼哭的声音。

我说了我的意思，问他家在哪，我让车去接他。张万山说，要不等会直接去酒店吧。

饭前，我想跟你聊聊呢，方便的话，我让车接你来单位吧。张万山答应了。

出门的时候，钱疯子嚷，老同学，别始乱终弃，失意了想起我，一旦得意就脸上长满狗毛，不记得老同学了。

张万山到单位后，我看到他的羊毛衫上还留着牛奶的渍。忙乎了一辈子，闲下来享受一下儿孙绕膝的天伦之乐，也是一种幸福啊。

市建设局长和人大专门委员会主任虽是一样的级别，但是张万山的办公室却只有狭窄的一间，一张桌子一放，就很拥挤了，所以也就只有一对双人沙发了。

坐下，我直奔主题，老局长，我资历浅，刚接上这大摊子，有些事感到很为难，您经验丰富，当局长多年，所以，免不了要向您请教，还请您给我指点迷津。

你太客气了，建设局涉及面广，牵一发而动全身，的确事情不好干，我觉得你有点太急了，先推着走，看看再说，俗话说得好，欲速则不达。

你的意思我明白，就是说我有点急功近利，我这不是年轻嘛，年轻人的通病。对了，有一件事我想问问，就是进士巷的步行街项目，据我所知，当初您是坚持采用古典风格的。为什么在现场办公会之后变了呢？要知道，我是坚持您的意见的。

张万山的眼睛里掠过一缕惊愕，继而又归于平静，我是坚持古典风格的，说明我们看法比较一致，这也就说明你很孤立，我是顶住了，变了也是你变了啊。

我变了？决定这件事的会议纪要可是在您手上发的啊。我不过是执行者。

不瞒你说，我可从来没见什么会议纪要，也没听说有任何会议裁决步行街的设计方案。我本来的打算，是要邀请专家对两套设计方案进行设计评审的，不是没来得及嘛。我觉得，在项目建设上，要尽量听取专家的意见，避免行政过多干预。好好干吧，工作要推进，政治也要讲啊，要知道，大人物和小人物的区别，就在于前者制定规则，而后者只能遵守规则。

下午欢送张万山的晚宴如期进行。

事先通知参加的人员除了我，还有班子成员副局长雍阳、边晓云、秦素梅，纪检组长郭金鹏、工会主席王得贵和财务科的卞新生、陈小婷。结果我拉着张万山刚刚出了市人大的院子，雍阳就打电话给我，说从前的一位老领导来韩阳了，这位领导对他有知遇之恩，如今退休了，他要不去陪，老领导心里会有想法。所以，让我给张局长解释下，他就不能来参加了。

人已经不来，只在电话里打声招呼，我能说什么呢？我总不能撵过去把他提溜来。张万山笑笑，我知道他不会来。

老局长，平时再怎么着，这时候不来就说不过去了，人和人哪，能在一起共事那是缘分，就算有磕磕碰碰的，也应该没有啥过不去、放不下的个人恩怨。您说呢？

你还不太了解我，我这个人本来就是个不太怎么跟人计较的人，能过得去就行，所以啊，雍阳我也是尽量用，要说刚开始还有所牵制和提防，但是这几年，只要他提出来的意见和要求，我都会考虑的。不瞒你说，原来都说的是他要接替我的，所以后期我几乎撒手不管、听之任之了，我当局长，他干下的工作还不都是我的？我何苦费心费力呢？你别用这种眼神看着我，事干到头，到了我这个年龄你就能理解喽。按说我也是对他挺不错的，我问心无愧，至于他不来，那是他的事，无所谓的。

坐在饭桌上，我就晚宴的主题简单说了几句，就开始吃菜、敬酒，我到局里这一段时间，也能听到一些大家对张万山的评价，大家一致的说法是，张万山能力、水平都有，就是有些老滑头。事实上，就像他自己说的，今年以来局里的大小事其实都是雍阳说了算。不过今天张万山显得很高兴，也放开肚量喝酒，只要大家端过去敬的，他都不折不扣地落实到肚子里了。

酒喝到后场，我有些激动，言辞就活跃起来，对于机关人事藏在心底的那些想法就开始跳出来。我的年轻和缺乏历练的不足在这时候就明显暴露出来，我旗帜鲜明地点到了几个人，张万山打着哈哈，频频与我碰杯，不断岔着我的话头，我意识到了，但还是有些压制不住，就附到张万山耳边小声说，老领导，给您汇报个事，我想换掉办公室主任，您给个主意。没想到张万山把酒杯在桌上重重一放，声腔很大地说，那个不知大小的狗奴才，早就该撸掉了，我是一直在忍啊。好，我举双手赞成。

我的话一下子激起了张万山压抑太久的怒火，老成持重的张万山再也按捺不住了。他的话把在座的大家都吓了一跳，一时都不知道我们在说谁。

看到大家面面相觑的样子，我清醒了许多，就有些后悔。尽管那份会议纪要的事一出，我觉得办公室主任李文斐已经不能用了，换掉他的念头已经在心里产生，但是什么时候换，换谁，都还不确定，今天我贸然将这个话题说在这里，的确是犯了个错误。我不由在内心无限自责，年轻就是没经验的代名词啊，看来要学会成熟老道还需要磨炼。

我看到张万山这么激动，才知道李文斐也没有站到他的队伍里，为了压住这个话题，我对秦素梅说，赶紧给老局长敬酒啊。

秦素梅以前在设计院给我当过几天副院长，也算个老相识。当时副院长一共四个，她排名比较靠后，也没分管到实质性的工作，所以我们打交道不是很深。而且，她在我来局里以后也没主动说起过我是她下属的事。当你还是一缕霞光站在太阳身边，你永远做不到光芒四射，而当你成为太阳的时候，你在内心深处就很忌讳别人提及你还是一缕朝霞的昨天，除非由你自己说起。这样看，秦素梅是聪明的，她很懂得人的心理。但是我知道，设计院改制引起的后遗症始终是悬在我头顶的一把剑，关于改制情况我想秦素梅应该是有一本账的。这一块工作，今后我想依靠她来做。

看着秦素梅正笑语盈盈地给张万山敬完酒，边晓云、郭金鹏、王得贵都过去轮流敬酒，我感觉张万山已经喝得差不多了，就提议大家结束。我知道，这种场面要是再继续下去，难免会出事情。跟像钱疯子这样的朋友、同学在一起，喝多少都无所谓，跟同事下属在一起，一定要把握住局面，酒这东西，可以让领导变成群众，失却身份，也可以让群众变成领导，指手画脚,特别是在我主持的场合,面对不知道自己是谁、变成领导的群众,谁拿他也是没办法的。

酒桌上的时间往往过得很快。一个人要想去浪费时间,要么打扑克搓麻将,要么和最喜欢的人在一起,要么就去喝酒。吃完饭后,我安顿师傅唐兴旺专程去送张万山回家,并让卞新生一路陪上,一再叮嘱他俩一定要把老领导送进家门。

我们坐在酒店的大厅里等车,边晓云、郭金鹏说他们家离此不太远,就步行回家了。陈小婷去结账,我跟秦素梅、王得贵坐在大厅说话。我说,现在人事调动很频繁,谁都不可能在一个单位待一辈子,而且谁也说不好两人还能碰在一起,比如说秦局长吧,多年前我们就在一个单位啊。所以,我们一定要做到以诚待人,团结合作,相互关心。

得贵啊,今天才知道你是万山同志的老部下,没有万山同志,你也提拔不起来啊。这就说明张万山是个很重情义的人。

工会主席王得贵是从林业局科长提拔过来的,原来是张万山从前在乡镇工作时的老下属,这个我也是这次饭桌上才知道的。人人都明白一朝天子一朝臣,因此跟领导走得太近了不行,离得太远也不行。跟得太近了怕站错了队,一旦大树倒掉,大难就会临头。离得太远了,好处永远轮不到,坏事少不了。左也不是,右也不是,此乃机关人员,特别是有一官半职的机关人员挥之不去的烦恼啊。从秦素梅、王得贵甚至边晓云的身上,我明显感到了这一点。边晓云、郭金鹏的先行离去,哪里是家离得近,分明是对我的一种敬而远之。

本来我打算,一年内不调整中层干部的。

但是,由于在欢送张万山的酒桌上,我不慎出言,引起了大家的猜测与不稳定。人事调整是最敏感的事,一旦有些风声了就不可耽搁时日，为稳定考虑，我不得不马上着手进行干部调整。特别是对于办公室主任这么重要的岗位，必须果断进行调整，不然不能整肃风纪，以儆效尤。我深知，这些人可以什么都不顾，但是绝对顾及他的位子。

世界说起来很大，中国人说起来很多，但是每个人迫切需要处理和对付的，其实就是身边周围的那么几个人，相互琢磨的也就那么几个人。我把每个科室的科级干部都在脑子里过了一下，给了自己一个大致的方向。李文斐嘛，是不能用了，给他一个小科室让他面壁思过去。办公室主任人选嘛，我看下新生可以，他春节来我家里初次接触让我感觉很不错，更关键的是在这次张万山的欢送宴会上，我进一步发现了他是个搞办公室工作的料子，所以，坐在办公室是看不出一个人的所长的，这也就是常说的在事中看干部、用干部了解干部的原则吧。

当然，这个意见要变成现实，需要通过组织的名义落地，所以，我必须首先得跟几名党组成员沟通一下。

几乎是没有过多的考虑，我首先选择了副局长秦素梅。这个老成持重的人自始至终保持着一种比较中立的态度，不是在送张万山的宴会上我主动说出她曾是我在设计院的老领导，是没有人知道这一点的。

秦素梅进门后，我直截了当，找你来是想跟你沟通一下意见，关于干部调整的问题。我觉得关于个别干部的问题不能再拖了，步行街项目的事你也许听说了，这分明就是一小部分人在煽风点火，左右局面。

秦素梅说，其实张万山局长在的时候就有局部调整的想法，只是考虑到自己干不了几天了，不愿惹人，就一直拖下来了。你说说看，怎么调整？

我说，我到任时间太短，调整也是个别的，纯粹是工作急需，我初步考虑是想让卞新生来当办公室主任，让李文斐去法制科。你的意见呢？

嗯，我觉得卞新生可以，其实要我说，所谓领导的左右手就是一只助手和一只打手。想管理好一支队伍，关键是把正确的人放在正确的岗位上。他们有的时候是天使雷锋，有的时候是妖魔鬼怪。其实，我们原本都是普通人。李文斐这人呢，平时对我们这些做副职的一直不正眼相看，早该调整了，建议卞新生走后，可以提拔陈小婷同志担任财务科长，她呢，在这里工作多年了，我还是比较了解的。

这个秦素梅，很聪明啊，只有她知道我和她，还有陈小婷曾经在一个单位，也只有她知道我和陈小婷曾经谈过恋爱。好的，陈小婷搞财务也好几年了，从工作的延续性上来讲，她接替卞新生比较合理。

接下来，我又叫了边晓云，把我跟秦素梅沟通的意见谈了一下，他说，对于卞新生和陈小婷的安排我没意见，只是李文斐这些年在办公室也是出了不少力的，法制科谁不知道是个养老科室。

这样吧，下午要开党组会议，你的意见可以在会议上提出来，大家再议。我心里想，边晓云只要能同意办公室换人，就已经不成问题了。

我没有叫雍阳，我不想给他喘息的机会。我知道，关于李文斐的调整他会极力反对。果然，党组会议上，当我提出人员调整方案后，秦素梅、边晓云、郭金鹏基本都表示了同意，雍阳对于这次人员的调整提出了完全不同的意见。

我谈点个人意见，我觉得干部问题必须谨慎，李文斐在办公室这么多年，政务事务一起抓，经常加班加点，好多大型材料，都是他亲自在写，这样对待一个年轻干部，恐怕让干事的人会感到寒心啊。卞新生呢，确实素质不错，但是我认为在办公室工作，不太适合，一呢，他没写过材料，二呢，没有办公室工作经验。这样的人事安排我觉得欠妥，请大家再好好考虑。

边晓云说，我觉得卞新生适合当办公室主任，不过对于李文斐的安排是有些不公允，文斐是有功劳的，我建议可以考虑让他去城乡建设科，城乡建设科的老黄年龄大了，身体又不好，可以解决个主任科员，给个待遇，休息下来。

雍阳孤掌难鸣，难成气候。我感觉到这样的结果还算满意，当然我还是没有过于残忍，适时给了雍阳一个台阶，采纳了边晓云的意见。

我最后拍板：卞新生任办公室主任，李文斐任城乡建设科科长，陈小婷任财务科科长。

第六章

1

也许，只有具有活着的状态的事物才具有死亡的本领。

我就有这样的本领，我正走向死亡。我看到死神俊朗的面庞已经出现了，他让仙子坐着一驾马车来接我。

跟我走，飞起来，你是一只蝴蝶。

声音温柔、甜美，让人神往。

我看到弟弟天尽，母亲岳兰，我还看到了陈小婷，他们在一起，微笑着，像一朵朵鲜花。

那就是我一直试图探究的未知世界吗？

那就是生命的另一面吗，另一面就是大地，本来柔软温润，此刻却坚硬如铁的大地。我知道，我砸在上面，一直自豪为打不垮、灭不掉的我会顷刻间成为碎片，像一块瓦，四处飞溅，那时候我会成为无数个我，散布在空气里，悬挂在你的头顶。

此刻，我就像一架降落的飞机，大地越来越近，死亡越来越近，那些微笑和鲜花也就越来越近。我曾经多少次试探着用我所知道的已知世界与未知世界去交融，我想象着两个世界蹭出火花，想象着会电闪雷鸣，甚至还会暴雨交加。

我发现在交融的过程中，是我，以我身体的方式给了未知世界一个惊喜。

是惊喜，但愿不是惊吓，所以请你接纳我。我也会微笑，也会成为一朵美丽的鲜花。

夜已经很深的时候，我还坐在办公室里，被一大堆材料围困着。卞新生是什么时候进来的，我丝毫没有注意。

邝局长，已经十二点了。

哦，我抬头看他，他的表情是温暖的。卞新生做了办公室主任之后，的确很勤奋，我不走，他就一直待在办公室。我的灯亮着，他的灯必定就会亮着。而且，每天上班，我习惯于早早来单位，但是我发现无论我来多早，都早不过他。

有一次我问，小卞，你怎么来这么早？

他说，孩子上学早，我跟他一起起床，一起出门，他去小学，我去对面的湖边跑一圈，就直接来办公室了。

我点点头，你是个热爱生活的人，这样的人永远充满激情，很好。

卞新生下午一上班，就递进来我安排的一个经验交流材料，提纲是我三天前提供的，没想到他上手很快。雍阳一直说他不会写材料，我想给他创造个机会，让他的这个主任能更好地开展工作。卞新生是个聪明人，他很懂我的意思，看得出材料是下了大功夫的。

卞新生下午上班把材料拿进来的时候，我正在接待信访局的同志，我来时间不长，已经收到市上领导转办的各类信访案件二十多件，涉及廉租房安置、工程招标、设计院改制、供暖供热等各个方面，比较集中和突出的是设计院改制和廉租房安置，尤其是设计院改制已经成为一只烫手的山芋。信访局的杨副局长过来，就是受市委领导指示，来落实批示办理情况的。

卞新生进来，把写好的材料初稿交给我。我把材料放在桌子上,对卞新生说,晚上加班看吧,这会还顾不上。

而这份经验交流材料恰恰是关于设计院改制的。

省政府要于近日召开全省企事业单位改革推进会议暨经验交流会议。会议通知已于一月以前发至市政府,通知要求韩阳市政府就市建设规划设计院的改制成功经验做大会交流发言。市政府何市长批示:请建设局阅,并准备好大会经验交流材料。

最近我一边忙日常事务,一边在考虑这个问题。设计院的改制存在很大的不稳定隐患,可以说成功改制的背后暗藏着刀光剑影。我隐约感觉,这个炸药包正在一点点接近临爆点。在这个时候,去全省交流改制经验,无疑意味着加速炸药爆炸。

我想起省建设厅同学高力强,想起那次在省城吃饭他说的那番话,就给他打了电话:

大处长啊,忙啥呢?

哎呀,邝局长,高升了也不请客啊。

转来转去,还是到了你手底下了,这以后还靠你关照呢?俗话说,上面没人,办事不灵。

哪里哪里,你是一把手,权大得很啊。

我想问个事,这次全省的企业改制推进会,怎么把韩阳设计院改制列成先进典型了呢?你知道,这里面矛盾重重,稳都稳不住,怎敢如此张扬?

这个嘛,的确是厅里推荐的,但是不推荐韩阳设计院,建筑口上也再没有可推荐的,再说,这是庞厅长在的时候抓的改革示范点,如今改革结束了,新厅长也想给老厅长画一个圆满的句号不是?

可是,这对庞书记并不利啊。实话说,现在我接受了经验交流材料的草拟任务,这度真不好把握,过于张扬,势必引起社会骚动,平铺直叙,又没有了典型意义,也起不到经验交流的目的，让其他的地州市笑话。你说，这调子咋定好呢？

我在电话里给高力强说话，脑子里还是春节里来我家反映问题的那一大帮人。我想知道，设计院改制后的成功经验到底是什么？高力强最后说，这事你还是多和庞厅长沟通，事是韩阳的事，也是我们厅里的亮点工作，我们其实是一回事。

我拿着会议通知去了市委，高力强说的对，这件事一定要汇报庞书记。自从离开市委大院，每次进去都觉得有一种奇怪的感觉，人呢，离开一个单位再进去就觉得很艰难，双腿就好像不太听指挥了，有种涩滞的感觉。

我先找到了陶清波，原来那个唯唯诺诺的小陶，这时候已经是庞书记的科级秘书了。陶清波看见我，不像何市长的秘书小孙立马站起来问好、倒水，而是点点头，说，邝局长来了，坐吧。然后就埋头看他的文件了。这个陶清波，不就跟了庞书记吗？有啥了不起，跟领导都是我好几年前干的事了，那时候，我咋就没觉得自己不可一世。想想看，他还是我那会当科长的时候调进来的，对我都是这副公事公办的嘴脸，对于其他人的态度就可想而知了。作为他的老领导，我很想对他这种狐假虎威的毛病进行无情批评，想了想，还是忍住了。我问，庞书记呢，他说，刚开完书记办公会，在屋里呢。我也没再跟陶清波多说话，就径自去敲开了庞书记的门。

天穷啊，很忙吧。

相比较陶清波，庞俊杰很亲切地招呼我。还真应了那句话：阎王好见，小鬼难缠。转眼到建设局半年多了，我来庞书记这儿的机会很少，算起来也就三两次，有些小一点的事电话上就汇报了。我知道，市建设局属于政府部门，我头顶上首先是分管副市长、市长，经常性直接上市委这儿来，那是自己给自己树敌呢。尤其对于我这样一个年轻、资历浅、刚提拔起来的部门领导，各方面就要比别人顾忌得多、考虑得多。所以，半年来经常性在韩阳新闻上看见庞书记的影子，却很少坐在一起面对面说话。

庞书记，我不忙，你才忙呢。今天来是给你汇报一下全省企业改革推进会的事，省上给咱市确定了个经验发言，就是设计院改制工作。

哦，这事我知道，听说韩省长要亲自参加呢。这说明省政府对韩阳市的工作十分肯定嘛。

庞书记，有些情况你可能有所不知，设计院在改制过程中上访事件接二连三，矛盾很尖锐，所以我有些担心。

天穷，改革哪会一帆风顺啊，改革必定要伤害一些人的利益，你看历史上历次改革无不充满着流血牺牲，中央这次对于企业改革是下了硬手的，中央的精神我们必须要旗帜鲜明地贯彻。韩阳设计院的情况，你是最熟悉的，曾经一度陷入困境，入不敷出，人心涣散，人才流失，这才顶着各种压力和风险，对传统的分配、人事等一系列制度进行了大刀阔斧的改革。可以说，设计院的改制是被逼出来的，由于韩阳的特定条件，在市内，受到铁路、煤炭等中省驻韩设计院的竞争，我们拿不到项目，在外，省城、周边，四面夹击，我们又拿不到市里的民用大项目。你记得吧，三年前，一百来人的院，年产值才二百多万元，每年靠政府的补贴过日子。如果不改制，出路在哪里？

我知道庞俊杰对设计院的改制是极力赞成的，所以会说这样的话我也在意料之中。

当然啦，由于改制过程中政策执行不力、别有用心的人钻空子、我们一些工作做得不到位等等多方面的原因吧，致使职工利益得不到保护，造成党群关系紧张，职工生活困难，从而引发一些社会矛盾，所以，天穷，我们既要坚定改革改制的正确选择，又要妥善处理好社会矛盾，同样，在这次会议上，我们既要把韩阳的改革经验不遗余力地推出去，又要维护好职工情绪，做好稳定和安抚工作，这是我给你讲的两个基本原则。"

两个基本原则都让我很头疼。

回到单位，我在准备经验交流材料的提纲之前，电话约见了由韩阳规划设计院改制而来的金太阳建筑设计有限公司总经理左义邦。

左义邦其人，我是早有所闻，他以前是韩阳设计院的助理工程师，也算个技术骨干。因为不甘设计院的清贫，暗地里一直利用院里的关系在外边接私活，后来被院里发现，为了教育本人和警醒别人，给了左义邦一个小小的处分。但是，院里没有料到，因为这个处分，左义邦竟然索性写了份辞职信离开了。我分配到设计院后，他刚刚离开，他人虽然没有见过，但是左义邦这个名字却很熟悉，同事都说，人挪一步活，左义邦给别人打工，发了，都有专车了。听他们说，左义邦好像是去了外省一家设计院。直到四年前，设计院响应国家建设部和省建设厅的号召，顺利进行了第一次股份制改革，引进自然人股份，变设计院为合作制企业，紧接着，根据省建设厅和市建设局的规定，加快推进了民营化改革，左义邦好像从天而降，突然出现在大伙面前，他要收购韩阳国有股权设计院，这在设计院掀起了一场轩然大波。无论大家在感情上是如何不情愿，心理上是如何别扭，左义邦还是掌管了设计院，彻底实现了民营化。

按照我的要求，左义邦是带着他的经验材料来的。

这是我跟左义邦的第一次见面，之前，我们通过几次电话，都是他打来请我坐一坐的。我都一一拒绝了，因为春节期间以梁工为代表的上访者让我感到了金太阳建筑设计有限公司总经理左义邦的饭好吃却难下咽。他说，新局长来了，怎么说要拜见啊，我说，有空来局里吧。但是却一直没见他来。

今天只闻其名、未见其人的左义邦终于来了，但是，他是我请来的。第一次见面，我就感到他是一个自我感觉良好、底气很足的人，一身西装熨得很熨帖，头发也是精心打理过，皮鞋锃亮，说起话来拿腔捏调，让人感觉很不舒服。

左总名副其实啊。我话里有话。

呵呵，局长日理万机，左某难得一见。今日召唤，左某诚惶诚恐，招之即来。

叫你来呢，是全省要召开建筑系统企业改革推进会，大会上，韩阳市政府要介绍设计院改制的成功经验，我是来向你了解一些基本情况，和你聊一聊改制的感受和体会。

左义邦把一份材料放在了我桌上，说，大致内容，这份材料里很详尽，设计院的改革，主要形式是在股权配置上选择了民营化的道路，国有资产完全退出。在岗人员全部入股，六位院核心层成员，占了总股本的20%，36位骨干层成员，占了总股本的79%。在政府的大力支持下，妥善安置了离、退休和提前退休等人员55人，还有些人买断身份后另谋出路去了，现留院工作的不到80人，大多是年轻力壮的技术骨干。改制后不但减轻了院里的经济负担，而且劳动生产率也大幅提高。去年公司产值已经突破六百万。

左义邦说起他的感受和体会，就有点像背书了，看得出，这样的发言他已经进行了无数次，设计院改制过程中呢，我有三点最深切的感受：第一，改制一定要紧紧依靠政府的支持，而且改制后还要争取得到政府在各方面一如既往的支持；第二，对改制的认识，一定要做到上下思想统一，尤其是院领导一定不能太多考虑个人的得失；第三，要妥善处理好院里不同群体尤其是弱势群体的利益问题，这样才能使政府放心，同时也能使改制平稳推进。

那么，脱胎而来的公司在经营上有哪些变化呢？

这两年，公司面对严酷的市场竞争，苦心经营，在经营和管理中形成了一套经验：第一，在充分下放经营权的同时，紧紧地抓住技术质量、财务管理和设计品牌这三大行业发展的关键，统领和推动全公司经济整体协调发展。第二，通过专业细分，拓展业务面。抽出院内建筑经济的技术人直接面对市场承接业务，开辟了新的赢利空间。第三，采用品牌联营的方式，开拓外地市场。我们跳出画地为牢的框框，建立以当地队伍为主的外地分公司，用以拓展外地市场。

我就是根据左义邦提供的基础资料和从与他交谈中掌握的情况大致给卞新生列了一个提纲。

卞新生也是严格按照我的提纲写的，可以说，层次清楚，内容翔实，结构也可以，但是看完后我总觉得高度没上去，依然停留在小小的金太阳建筑设计有限公司层次上，或者说比那稍前进了一点，停留在了建设局的层面上。

小卞啊，不错，材料质量还是很高的，我在市委办一直给部门的材料把关，部门材料中有这个水准的不多。但是作为市政府的一个经验交流材料，这个呢，就显得有点平，有点低，明白我的意思吗，就是说要站得高，看得远，讲得深。

卞新生挠着头，面有难色。

这样吧，这几个地方你再改一改，突出几个意思，一是进一步强调改制的紧迫性，要让人看出改制是救命药，不改就死，改了就活，这里要强调体制的束缚因素。二是强化改制过程中职工的拥护与贡献，突出职工"在改革中谋发展"的强烈愿望。三是在经验里要把省市两级的重视放在首位，特别强调省建设厅在抓示范点方面的主要做法和措施。最后也要适当写上改制并非一帆风顺，但是令人欣慰的是，一系列改制的难题正在化解，一些久拖不决的问题，已有了松动的迹象。

卞新生点点头拿去修改了，我看到电脑上显示时间已经快一点了。我很想磨炼他，让他成为一个各方面都称职的办公室主任。我在网上浏览新闻，突然电话响了，这么晚了，还有人打电话来，我一看，竟然是陈小婷。

邝局长，我父亲快不行了，他想见你。

我心里一惊，不假思索地说，在家吗，我马上来，她说在市第一医院。挂掉电话，我去了卞新生办公室，他一看我，很紧张，说还没改好。我说不急，慢慢改，你给我联系一下唐师傅，我要去趟市第一医院。

2

身披夜色，我匆匆赶到医院，陈小婷正在大门口焦急地等我。我跟她走进了急救室，看见老陈躺在床上，全身插满了管子，心电图显示的曲线正在趋于微弱。

这个我原本是很熟悉的人此时此刻已经瘦得脱了人形，没有我记忆中的一点影子了。灯光下，陈小婷显得脸色蜡黄，她摇摇老陈的身体，说，爸，他来了。

陈叔，你感觉怎么样？

小邝，是你吗？我有事求你，求你，你要答应我，好吗？

陈叔，你说，我答应你。

小邝，我们的设计院完了，完了，几十年的家也完了，也完了，我女儿也完了，完了，小邝，救救设计院，救救我女儿，救救小婷……

老陈的话语十分混沌，说到最后已经不大能听清了。陈小婷把我扯出了病房，她似乎有点担心我能听清他父亲话里的意思，不太希望我继续留在这里。她眼睛肿肿地说，要不你先回去吧，一夜未合眼，天都快亮了，你抓紧再睡会，明天还有工作呢。

看着陈小婷那副像要栽倒的样子，我突然就像看见了十多年前她伏在我的怀里啼哭的样子。我拍拍她的肩，转身默默离开。我感觉到渐渐褪去的夜幕中隐含着人生太多的阴郁与怆然，也隐含着太多人生不可知的悲剧因子。

第二天一上班，陈小婷就打电话来：父亲去了。

没想到，在医院的太平间里，原设计院的买断工龄职工及其家属上百人全部披麻戴孝，把太平间围了个水泄不通，他们并且打出了横幅：逼死老职工，血债要偿还。

我带着雍阳、边晓云、秦素梅赶到那里的时候，陈小婷的哥哥、姐姐、姐夫们正把棺材围成一团，形成人墙，阻挡着异常激动不断涌上来的人们。他们纷纷上前闹嚷嚷地要抬棺材去市委门口静坐。局势已经进入白热化状态，我让边晓云赶紧报告公安部门，并通知信访局派人协助，做好群众的思想稳定工作，以尽快控制混乱局面。

我挤向人群的时候，看到了很多熟悉的面孔，从前容光焕发的他们现在一个个都形容憔悴、衣衫不整。在他们中，我也发现了梁工，梁工正被几个青年推推搡搡着，弄到了队伍的最前面，我认出那几个青年中一个是设计院一名退休副院长的儿子。我拨开人群，走向了放棺材的地方，我看到陈小婷的哥哥惊恐万状地瞅着我。我拍拍他的肩膀，招手让梁工过来。

梁工一脸无奈地从人群里挤出来，我小声问，谁是领头的？找几个代表，我们跟他们谈。

梁工回过身指着那一个青年和他周围的几个中年人，说，就他们几个，听说老陈死了，就一起串联说要讨个说法，说老陈死于病困交加。

我登上了搁置棺材的水泥台，清楚地看到了集会在一起的每一个人的表情，人是集会在一起的，但是他们表情却并不一样，有激昂的，有悲愤的，有落寞的，有无奈的，也有的苦着脸，面无一丝表情，于是我心里有了底。

我一挥手放开嗓子喊道：

各位老同事，叔叔阿姨，兄弟姐妹们，我是韩阳市建设局局长邝天穹，是你们的老战友，我们曾在一起工作、学习、生活，这次我代表市建设局来跟大家谈，如果大家相信我，就请你们选派的代表过来，我们坐下来面对面心平气和地谈，有什么问题就解决什么问题，我解决不了的，我努力向上反映，你们跟我说好吗？要是不相信我，你们就一起上来，把我从这里踢下去，你们抬棺材去市委闹事吧。不过请你们想想这样做的后果，抬尸闹丧、扰乱社会秩序是要承担法律责任的，而且，老陈跟大家一起工作那么多年，就像大家的亲人一样，如今老人家不幸病亡，你们就忍心让他死后也得不到安宁吗？

我看到人群中有人开始骚动，大家开始了交头接耳。这是一个很好的迹象，我像着了火一样的内心也开始降温并逐步平缓下来，我有了更多的信心。我趁热打铁，继续喊道：请大家选出代表来，跟着我，我们去局里面座谈。

这时候，有隐约的警笛声自远处传来，人群中不断开始骚乱，有好些人已经开始脱掉白色的孝衣，扔在地上，悄悄地离开了人群。我知道，老百姓永远是胆小和善良的，不到万不得已,他们是不会冒险集会这样冲动行事的。

我不失时机地说,大家不要慌,警察是医院叫来稳定秩序的,我们毕竟在这里影响了人家的工作环境,你们的问题,我们可以采取其他方式尽快解决,请推举出的代表跟我走,大家尽快散去,我会给你们一个满意的答复。请相信我。

梁工留下了。

那个青年留下了。

一个老头留下了。

一个中年男人留下了。

一个中年女人留下了。

人群终于散去,现场一片狼藉。

韩阳市建设局会议室里烟雾缭绕。

我和边晓云、秦素梅、郭金鹏与五个代表的对话已经进行了八个小时。

我让卞新生给会议室里摆放了水果、香烟和上好的茶叶,并承诺座谈完毕请他们吃饭。一个下午,他们情绪激烈,怒骂与倾诉,揭露与批判,诅咒与报复,悲伤与绝望,各种情绪得以尽情宣泄。我们耐心地听着,秦素梅按照我的要求在认真做着记录。

梁工说,我一直不明白,市上和局里处心积虑地谋划改革,好像就是为了把职工踹掉。建院几十年的利润好歹也有一些,但是领导却一直欺瞒上面说连年亏损、没有项目,银行贷款压得喘不过气,哪有钱添置新设备、改造旧房子,我想问,钱都去哪了?账目敢公开吗?设计院的职工大都是终身制职工,顶替父母安置的比较多,大部分文化素质不高,但是也都在岗位上尽心尽职地干了几十年,为单位付出了将近一生的心血,突然间被通知参加院里的职工会议,说改革方案已经被市政府批准执行,短短几十分钟的会议,领导的一句话,就让这一百多号职工、一百多个家庭陷入水深火热之中。

那个青年说,我父亲是副院长,卖掉设计院的时候刚刚退休一年,他在设计院二十多年,只拿到了四万多元的补偿费,从此断绝了同单位的一切关系,养老保险、医疗保险、失业保险通通要我们自己缴纳。四万多元钱算什么,物价飞涨的今天,全家三年的生活费都不够。我只得到处打工挣钱,养活一大家子人,我都三十岁了,连个媳妇都娶不下。像我父亲这样的大部分中老年职工一下子被踢给社会,哪里能找到适合他们年龄的工作,他们除了做本行什么都不会,无非是帮人看大门什么的,就是看个门还要找关系。

那个中年男人说,暗地里的你们看不见,明里的你们都长着眼睛吧?左义邦接手了设计院,凭什么就坐奥迪车?秦院长你是知道的,以前你们四个院长就一辆切诺基。他左义邦靠什么暴富?今年他又把国家划拨给设计院的地卖了六百万元,被开发商用作商品楼的建设,马上就要动工。邝局长,你知道,就我们住的那些平房子都保不住了,开发商让我们尽快搬迁,往哪里搬迁,是要搬到大街上吗?为什么我们住了几十年的土地,说卖就卖了?

那个青年接上说,我跟你们算一笔配股账,你们就知道左义邦是怎么致富的,保留23%的国有股,为董事长所占,也就是一千多万,职工持股会占20%,外来法人股占35%。这样,他就成了名义上的千万富翁。实质上,我们多方调查了解过,他自己只拿了二百五十万元就拿走了设计院的一切。

那个中年女人说话了,老陈为什么死?难道是简单的疾病吗?陈小婷为什么能调到建设局?就因为他们父女先后都在财务科工作，他们是承受不住压力才死的死，走的走。

那个青年又说话了，我听说你们还要把设计院改革作为先进在省上炫耀，这简直是用我们的血在染你们的红顶子嘛。

中年男人、妇女、梁工一起嚷起来，有没有这回事？要是真是这样，我们要集结起来到省政府去上访！不信就讨不回个说法。

我被满屋子的烟雾弄得头晕目眩，可能是中午没吃饭的缘故，感觉一阵恶心难受。我喝了几口茶，尽量保持一种心平气和的状态，我在内心暗暗劝告自己，这时候一定要做到任它风吹雨打，我自岿然不动。我给他们每人发了一根烟，让他们稍微平静下。然后对他们五人说，你们说了一下午，我也听明白了，就你们反映的问题，我在这里给你们做个小小的归纳，你们听听看有遗漏吗。第一，关于工龄补偿金的问题，我仔细查阅过有关规定，当时执行的标准的确是很低，后来国家提高了标准，但是我们改制在先，提高标准在后，只能按照当初的政策执行，这个问题恐怕难以解决，如果再追加，今后国家每年都提高安置标准，不可能每年都给你们补偿，所以这个政策如此，我们谁都没办法，只能从其他方面，比如困难职工生活补助啊，大病医疗补贴啊等等其他渠道想办法了；第二，关于养老保险、医疗保险、失业保险的问题，公司欠你们的，我会积极协调，尽可能地给你们补齐，需要你们自己缴纳的，你们还是要想办法的。今后在工会方面有困难补助资金的，我会尽量给你们争取；第三，关于住房问题，我会尽快与设计公司联系，督促他们不能强拆，要先安置，再拆迁，起码要在原地新建的商品房中以成本价优先解决拆迁户的住房问题；第四，关于改制中存在的腐败问题，我们不能随便说，要有过硬证据才行。如果真有确凿证据，我欢迎大家可以向任何一级检察机关进行举报。如果我个人在任何方面有腐败行为,我也欢迎大家以任何形式向纪检监察部门反映。

我的答复虽然没有让梁工他们很满意,当然他们自己心里也清楚,一时半会这么复杂的问题不可能一一得到解决,给他们一个皆大欢喜的结果。但是我的真诚显然已经打动了他们,可见长期以来他们缺少的不是施舍,而是真诚。

3

头顶璀璨星光回家,当我爬上楼梯,走到家门口的时候,我突然觉得非常疲惫,连取钥匙开门的力气都没有了。

进了屋,我看见弟弟邝天昊正坐在客厅里吸烟。

哥,怎么才回来?

唉,没办法啊,今天好歹还回来了,昨晚一夜几乎没合眼。现在想干点事真是太难了。

吃了吗?

吃了,陪几个上访的吃的,设计院的旧同事和家属,春节就在家里来过一次,问题不解决,他们还会继续上访的。爸爸那你再去了没?他还好吧?

昨天我去了,身体还行,就是一直念叨你,替你操心呢,你可是好,一人当官,全家操心。人家可都是,一人当官,鸡犬升天呢。

我将头靠在沙发背上,听出了邝天昊话里的意思,我知道他今天来,而且一直等我,绝对不会有什么好事情。从那天东风街进士巷步行街的拆迁现场回来,我其实已经做好了心理准备。

天昊，希望你理解我的难处。

我理解你，谁理解我？我就是搞建修的，好，你不让我修步行街，那就意味着，只要你当建设局长，我就要没活干，没饭吃，不是吗？不知道是你的运气好，还是我的运气差。我怎么会碰到你当这个局长。那张万山当了几年，跟我非亲非故，一直在照顾我，就是那个雍阳，也没少帮我，为什么你的手里就过不去呢？

天昊，正因为我是你哥哥，这事才不能做，就算你通过招标程序中标，也难免授人以柄。

我算是看清楚了，你是怕丢官吧？拿你弟弟一家子的一日三餐保你的乌纱帽呢，可是你又能怎么样？我问你，步行街的方案你扭住了吗？我来不是祈求你的，我是看在你是我哥哥的份上开导你的，告诉你，你左右不了我，我该干的工程会照样干！

天昊，你冷静点，这个世界上，我们一家，除了父亲，我就你一个亲人了，父亲最担心、最牵挂的也就是我们兄弟了，倘若母亲在世……

不要拿母亲说事，母亲希望你当大官，母亲也想让我赚大钱！我知道当初母亲给你断奶，你记恨她，所以今天你给我断奶，这是你心里最真实最隐秘的想法！

天昊！

门被狠狠地摔了一下。

那一声响重重地砸在我的心上，我的胸口一阵闷闷的疼。我知道，依邝天昊的脾气，他跟我是彻底翻脸了。

一个人坐沙发上发了一会儿愣。忽然听到书房里有流行音乐传来，我知道戴欣嫚仍在书房上网。我走过去，站到书房门口，看到戴欣嫚的侧影，岁月洗尽了铅华，只留下了一种恒久的熟悉的亲切感，就像我身体的一部分，有了它是很自然的，离开它不能，虽然我和她已经很少交心，很少有过亲密举动，但是依然牵挂，婚姻之于爱，在于忘掉青春的容颜和虚无的声色浮华，存留下一个灵魂。记得一个故事，男的站在女的对面说，我很想念你。女的说，我不就在你面前吗？男的说，可是我还是想念。其实，我想，男的所想的她原本要比站在他面前的这个她丰富、内涵要大，那个"她"已经超越了面前这个实物而更加美好，并深深融进了他的精神世界。

我站了一会儿，就走进去，我想对于戴欣嫚，我的妻子，我看到的她与我内心的她不一样，如果说从前一样，那么现在就不一样了。或许是，我还停留在对她过去的记忆里。

上网呢？网上很好玩吗？

戴欣嫚抬起头，听出了我话里的意思，说，你看这句话，我觉得不错。我把头凑到显示器上，我看到她正在一个论坛灌水，一个叫水鸟的人，写了这样一句话：人世间最大的寂寞，不是形单影只，也不是举目无亲，而是琴瑟共鸣，却非相和之曲。

我念完，问，水鸟是谁？

戴欣嫚没有回答我，说，这句话是不是很深刻？我点点头，琴瑟共鸣，却非相和之曲，这的确是一种悲哀。

此刻，你是不是也很悲哀？天昊是你唯一的弟弟，你也能做得出来，像你这样的人，我很担心，哪一天你会把我跟欢欢都给卖了。

欣嫚，你怎么会这样想？欢欢，还有你，那是我的命。

天昊和孟雪能从周原到韩阳城里来，那是多么不容易，最近孟雪帮了我不少忙，把他们银行的同事都拉到我的生活馆了，我觉得在这个世界上，亲人之间就该互相照应，连亲人都靠不住，你说还指望谁呢？我就搞不明白，别人家一个个兄弟姐妹好得打不散，你们家就剩你们弟兄俩，打我走进邝家门，你们就一直别别扭扭着。难道真的像天昊所说的，当初你母亲给你断奶，你记恨她，所以今天，你就给他断奶？你的心就这么狠？

欣嫚！别人这样说，你怎么也这样说？你为什么就不能理解我呢？

琴瑟共鸣，却非相和之曲，这也许就是夫妻之间最大的悲哀吧。

不要成天都吊在网上，你知道现实有多复杂？生活有多艰难？工作有多难开展？

我不由得抬高了嗓门，遭到天昊的一通抨击后，满希望戴欣嫚能给我一些安慰，没想到她也推碌碡下坡，要置我于路断人稀之境。世界上有那么多的事情，你以为是为对方着想，而事实上，对方往往会恨你。只是因为，她想要的，不是你付出的。

奇怪的是，戴欣嫚没有站起来大发雷霆，而是点了一下鼠标，从我的文档里打开了一个网页的剪贴件，冷静地说，我知道你工作难开展，因为你在四处树敌，今早韩阳门户网论坛里有人发了个帖子，现在已经被管理员删除了，但是我把它原样剪贴存下来了，因为今天就这个帖子我已经接到四五个电话了。

字体虽然很小，但我还是很清楚地看清了一行字：韩阳市建设局领导与女职工陈某乱搞男女关系，并且利用职务之便，提拔陈某为财务科科长。

我的脑子里"嗡"的一声，太卑鄙了！这是谁干的？目的是什么？

　　是你老情人陈小婷吧？旧情复燃了？我提醒你，别惹火烧身，这个世界上并不是所有女人都可以染。我的女子生活馆就像是一个女子俱乐部，啥样的女人都有，啥样的消息都会知道，尤其是官员的风流韵事，那可是最叫场的谈资。你不考虑我，也该想想你的政治前途。

　　QQ响的声音越来越响亮。

　　已经很晚了，戴欣嫚还在网上，这会不是灌水，是在热聊了。我怎么也睡不着，在床头柜子里四处找药，却是怎么也找不到，于是顺手拿起床头上的一本书《我的抑郁症》。这是美国著名作曲家、剧作家和导演伊丽莎白·斯瓦多写的，好洁推荐给我。拿回来后一直没看，主要是心理上一直在回避。

　　我拿起书，翻开封皮，看到了作者简介和内容提要，伊丽莎白·斯瓦多，以实验音乐剧《逃亡者》闻名于纽约前卫戏剧的舞台，曾三次获得奥比奖，五次获得东尼奖和美国国家基金会艺术终生成就奖等。她在她所钟爱的行当里干得有声有色，但却被严重的抑郁症困扰了三十多年！在与抑郁症这个心理恶魔孤军奋战了许多年之后，她决心寻求帮助——她借笔宣泄，完成了这本精彩、辛酸却别有趣味的一个抑郁症患者的自述！她以独特个性的语言和极富感染力的素描，讲述了一个抑郁症患者如何与这种最常见的疾病做斗争的经历。全书真情流露，又不失幽默风趣，在美国出版后引起轰动，被誉为"一部让人摆脱抑郁的杰作"。

　　以前实在睡不着了，就翻书，事实上，看书更加让人彻夜不眠，最终头疼欲裂。好洁告诉我，常失眠的人一定要注意生活规律，晚上十点左右上床，早上六点起床，睡前不喝刺激性饮料，尽量少在床上看书、打电话、看电视，不要把白天的烦恼带上床。所以我也就不怎么看书了，加之近来失眠的症状有所减轻，我就把床头上的书全部整理到书房了，却不知怎么，这本书却一直压在枕头下面。

书是崔永元做的序言，著名作家王安忆翻译的，后面还有好多名人的推荐语。妤洁推荐给我，自然是觉得它对我有益。可是最近我的精神一直处在高度紧张之中，根本没有看书的心境。工作这么多年，从没遇到这么多的事，上任伊始，给自己定了计划和思路，现在来看，好多根本无法落实，不是有难度，而是没精力，我就像一只陀螺，被别人和一件又一件事情推着转，毫无选择的余地，直到转得晕头转向，才发现时间已过去多半，好多计划还在搁浅。

胡乱想着，我终于稀里糊涂地睡去……

一个全身穿白衣、戴白帽的人凑到了我的床边上，我看到一张脸，扭曲着，狞笑着，他离我那么近，那么近，他的鼻子几乎要碰到我的脸。我看清楚了，虽然扭曲，我还是认出了，梁工，那个多少年坐在我对面的人……天穷，你走了，上天堂了，却把我们扔地狱了，你管不管？

梁工的身影刚刚淡去，忽然又一个高大威猛的人出现了，他的脸我很熟悉，因为他的脸上有我的特征，他也凑近了我，大笑，小时候你就不是我的对手，这次你也赢不了……我的腮帮被他死死地拧住了……

我伸手去抓他的手，他不见了，坐在我床边的又变成了雍阳，他在微笑，他的微笑比仇恨更恐怖。雍阳的牙齿很白，白得阴森，牙齿间吐出的话一样阴冷，你该放手了……

天穷。天穷。

我惊叫一声，睁开眼，是陈小婷？她正端庄地坐在我床边，小小波浪的头发披在肩上。

你怎么了？做噩梦了？

我长出一口气，对面端庄的女人忽然就变成了戴欣嫚。

《我的抑郁症》？你怎么看这书？你没事吧，脸色这么差。

几点了？

快一点了。睡吧，把枕头垫得高点，没有什么的，这种事真真假假，别放在心上，再说贴上去不到五分钟就被网站管理员删除了。

我又怎么能睡得着呢？短暂的睡眠却是这样的恐怖、凶险，不到一个小时那么多人都跑来了，再不醒来，不知还会有谁来凑热闹？我打开手机，翻了翻号码，想起了好洁，不知道她睡了吗？于是编辑了一个短信，发出去。之后便又后悔，这么晚，怎么能打扰？

吱吱，手机响了，打开来，是好洁。

睡不着？把手伸给我。

睡了会，做噩梦了，不敢再睡，特别清醒，就像喝了浓烈的巴西咖啡。

你走投无路，必须接受药物。但是你要知道，药物除了副作用，也是滞后的，可是你别无选择。天穷，别气馁，别沮丧，坚持就是胜利，你要经得起各种起落磨难，别害怕，别着急，做到一无挂虑，则会心神安宁。

4

打开窗户，又是新的一天到来了。我迎着晨光走上了建设大厦。人们都喜欢说,新的一天预示新的希望,而对于我来说,只要没有新的意外,就让我阿弥陀佛了。

到办公室门口,卞新生不知在哪里发现了我,他从他的门里出来,手里拿个文件夹,跟在我身后,随我进了我的办公室。

邝局长,省上的会议通知了,后天报到,会期一天。

我接过夹子,在上面签了个名字,说,材料呢,还没印制吗?

卞新生说,交给何市长秘书小孙了,还没见回话,估计何市长还在看吧,下去我再给小孙打电话问问。

不用了,我待会去市政府何市长那,直接问他。哦,对了,你问一下秦局长,那个信访材料整理好了没,我要用。

坐在桌前,倒了一杯水,我抬头望望窗外,人工湖里碧水微澜,垂柳轻抚湖面,大自然多么美好,而我又能有多少时间去欣赏窗外的美景呢?更多的时候真是"良辰美景虚设",除了开会,我的大多时间都是在这张椅子上坐掉的,不是看材料,就是接待来人,处理公务。桌上的电脑很少有机会打开去用,难怪我会看不到那条冲着我来的帖子呢。

我打开电脑,登陆韩阳门户网,刚点开论坛,门就敲响了,进来的是秦素梅。

邝局长,设计院上访者的材料我整理好了,给你。

我接过材料,很快浏览了一遍,材料整理得很全面,基本把对方反映的问题涉及了,我知道这些问题要全部解决,谈何容易?对于他们反映改制过程中的黑箱交易问题,我觉得事关重大,是要谨慎对待。这些必须要汇报市政府分管领导,单靠一个小小部门是力量不足的,当然也是为了让政府对群众的进一步上访有个充分的思想准备。

我看行,材料再打印一份,我要给何市长去汇报,后天我要去省城开会,这边的稳定问题你要随时注意动向,不能再出任何乱子。不知道谁透露的，这次会议他们竟然也知道了，我一再跟左义邦说，不要四处张扬，典型是典型，但那是在省上讲，在市上，是什么还很难说呢。

秦素梅放下材料，没动，站在桌边看着我。

还有事？

昨天早上网站有个帖子，是关于你……

这个啊，我知道了，不管他，小泥鳅能掀起多大的浪？匿名帖子，一看就是打击报复，诬陷。

你不想知道与谁有关吗？

谁？

你提拔了陈小婷，重用了卞新生，与此同时，又损害了谁的利益？

你是说李文斐？他有这个胆？

他是没这个胆，但是他身后有人有这个胆，他是借力借势整你呢。

我自然知道秦素梅所说的李文斐背后的这个人指的是谁，但是非常时期，班子团结第一，在没有任何真凭实据的情况下，谁也不好说什么。

好了，这个事不要再提了，专心工作吧。"两查两比"活动不要放松，要见人见事，重在解决问题，统一思想，把全部精力统一到当前的重点工作上来。

何光荣在桌子上翻了半天才找到那份大会交流材料。

他显然是没有顾得上看。我坐在旁边，看他一页一页地看，他看了三页，又返回到前面，不时用笔画一两下子。终于看到最后，他抬起头来说，既然是经验介绍材料，改制存在的问题这一块还是不要了吧。说完，他用笔在上面画了一个叉子。

等何光荣改完材料，我把那份设计院买断工龄职工上访所反映问题的材料递了过去，何市长，设计院一个退休老职工死了，那帮买断工龄职工借机上访，扬言要抬着尸体到市委去闹事。

那个职工不是病死的吗？

显然，何光荣完全知道这一事件，他的表情是平静而又漫不经心的。

我说，对，是病死的，他们以此为借口，要求解决他们在补偿金、两金缴纳以及住房等方面的问题。我个人觉得，改制不但是产权制度的改革，更是职工身份制度和相应的保障制度、福利制度的改革，这项改革比单纯的产权改革本身更痛苦，改制后的公司治理转型可能比改制本身更加艰难。这也就是为什么改制完成了，新的矛盾和包袱又产生了的根源所在。所以，金太阳建筑设计有限公司应该自觉担当起解决改制后遗留问题的责任，不能一推了之，让社会和政府给他擦屁股。

我看这样吧，省城开会回来，市政府召开一个专门会议，就全市改制企业的所有遗留问题进行专题研究，出台一些政策，拿出一些钱来，集中解决群众反映强烈、影响社会稳定的突出问题，好让改制完成的民营企业轻装上阵，更好为社会、为全市经济建设做出贡献。

何光荣干脆的表态让我心里踏实了，虽然不能让我完全放心，但是一个态度足以让我可以应对有可能卷土重来的上访者。我终于明白王向春曾经说过的一句话，当官，拖和磨也是一种工作方法，而且是一种比较有效的工作方法。

第七章

1

　　我还在路上，路途好漫长。

　　其实每一个人从出生、长大到衰老，乃至死亡，只是画了一个圆。尽管圆的长度和厚度并不一样，但是无一例外，都是回到了最初的起点。就像有人说，早知道会死，何必要生？然而，不知生焉知死？

　　此刻，我正离天星大厦的天台越来越远。在重力加速度的作用下，我像石头一样摔向地面，速度越来越快，离地面越来越近。我感觉到自己不会用太长的时间就会变成一枚人肉炸弹，惊起韩阳的所有市民。

　　在不断下坠的过程中，我分明感受到我的心脏开始紧缩，身体也不由得抽搐，呼吸也变得急促起来，耳边不断有冷飕飕的风硬硬地钻进七窍，我的耳朵开始变得冷硬，喉咙也不听使唤，一阵阵痉挛起来。

　　痛苦。真正的痛苦来了，也许这是最后的痛苦了。这样的痛苦之后我想一定会有别样精彩。亲人、朋友赞许的目光一点点牵扯我，有母亲岳兰，有弟弟天尽，有下属陈小婷，还有旧同事老陈……我听到他们说，来啊，对，来啊，就这样，不远了，快要到了，我分明听见还有温暖的合唱和声作为背景烘托着他们的声音。

在这种美好的声音的呼唤下,我的痛苦一点点消散,我的七窍、五官、四肢都像不再属于我,编织着五彩霓虹的天地里,有我美丽的灵魂在飘逸。

大地呀,我要来了,请迎接我!

一进入省城,我的"猎豹"就被堵在了丁字路口。

看到我们面前的车辆一辆接一辆地停了下来,身后的汽车也越来越多,司机唐兴旺只好熄灭火,靠在驾驶座上焦急地等待着。我左右看看,马路上,从丁字路口到前面十字路口,大的,小的,长的,短的,高的,矮的,各种各样的车辆已经结成一条长长的五颜六色的车队长龙。

这座在南方人的想象中始终是骑着骆驼上班的西北大城市,如今也变得跟他们那里一样人满为患、车堵成患。日益拥堵的交通状况已成为这座城市的顽疾。这也许就是不断推进的城镇化水平所带来的意外收获。记得某个资料上有数据说:改革开放三十多年来,三亿多农村人口迁移到城市,预计到五年后中国城市化率将达到50%。而城镇户籍人口仅占总人口比例的33%,这就意味着有13%,也就是一亿两千万生活在城镇里的人没有城镇户口,也没有享有城镇居民应有的待遇。

将近一个小时过去了,车子里一盘音乐CD已经轮流唱了两遍,前面的车开始蜗牛似的移动。唐兴旺发动车子,也开始了缓慢的行驶。这时候,坐在后面的卞新生叹了口气说,不堵车的话,进城到西北饭店这点路只要三四分钟就到了,今天堵了五十分钟,还是咱韩阳好啊。

我接上卞新生的话说,其实韩阳再发展下去,和这里一个样。城市建设不是贪大求全,贪高求多,在城市化的发展规划上,更应当充分体现以人为本。更多的时候,我们一直在唱高调,在具体工作中往往只顾眼前。据说,广州的的士司机车上总备有一份报纸以打发塞车时的无聊等待,他们开玩笑说,在广州开车,刹车的技术要比开车的技术好才行,汕头市新区新建了一座立交桥,上面设置了双向红绿灯来控制交通,别说地面阻塞了,连应急的空中疏通也无法自保了。城市中心区道路被建筑挤压而变窄,加上人多车多,铺路赶不上汽车上路的速度。在城市功能区划分不清的现状下,我们还要风雨无阻地忍受永远的塞车,这是一个不停添堵的时代。

车子进入西北饭店,已经到了吃下午饭的时候了。师傅唐兴旺帮我把包提上房间,吞吞吐吐,像有话要说。唐兴旺跟我年龄相当,话少勤快,比起市委的小李子,更显寡言稳重,更多的时候他就像是一架机器,灵敏运转又让你丝毫不用担心和设防。作为领导司机,唐兴旺是非常称职的。而且有一点让我很感动,唐兴旺的父母都在设计院工作,也是我的老同事,他本人部队复员后安排在房产办公室。局里司机紧张,张万山就借调他来局里开车,借调了三个月,张万山发现唐兴旺相当不错,就直接给他办了调动手续,专门给自己开车。设计院改制,唐兴旺父母都提前内退了,老陈死后,经其他人的怂恿,他父母要参与抬尸上访,唐兴旺闻说,专门赶回家做通了父母的工作,并把他们接到了自己家里。这些,唐兴旺从来都没有跟我讲过,都是秦素梅跟我说的。她这样评价唐兴旺,别看小唐是个工人,他的思想境界比一些干部还要高呢。可是今天他这样吞吞吐吐、欲言又止是要说什么呢?

小唐,你好像有事,有事就说吧。咱们在一起的机会最多,彼此也最熟悉和了解,有话不妨直说。

邝局长,这事堵在我心里好长时间了,也不知道该不该跟你说。

什么事，尽管说。

也不是啥大事情，算是个家事吧。我爱人董莉在周原县挂职当副县长，最近听说很有可能组织决定要留在县上任职。我想吧，孩子还小，我又是这个工作性质，家里父母还指望她呢，我知道你跟王部长关系不错，一直想让你找找王部长帮忙说说，让我家董莉还是回她的党校吧。我觉得一个女人当个党校电教中心的主任已经很不错了。

我笑了，你呀，这是好事。你要支持才对，你爱人进步也是你的荣耀。我跟你说，我当初为了老婆工作的事自作主张，带来多年的后遗症，我后悔不已。一般组织用人是不允许讲条件的，尤其是提拔重用的干部，更不能随随便便说不去就不去。

邝局长，我知道，可是我家董莉自己也不想下去，挂职副县长这两年，她已经觉得自己不是那块料。

这样吧，小唐，我可以跟王部长说说，探一下口风，看具体是什么职务，到哪个地步了。如果已经上部务会研究，那就不能再变了，好不好？

好好，邝局长，谢谢你，我就先走了，有事叫我。

唐兴旺走后，我洗了一把脸，就给何光荣市长的秘书小孙拨了电话，问了何市长下榻的房号。

我敲门进去时，金太阳建筑设计有限公司总经理左义邦正在何光荣屋里谈笑风生呢。

天穹啊，你来了，我正跟左总说呢，明天的会议是给他左义邦一个人开呢，可不能便宜了他。

哈哈哈，市长哪里话？这是韩阳的荣誉，我左某能有今日，也是离不开各位领导的扶持和帮助啊。我看这样，明晚我做东，带各位好好玩玩。平日里领导们太辛苦，难得休闲，这是个好机会，也给我个机会让我好好表现一下。

我随声附和了几句，想起了上访者说的话。此刻，这两个人在我面前十分融洽地交谈着。我感到有一种看不见摸不着的东西让他们连成了一体，我在很远的地方，能看见他们，却很难抵达他们。我想起一个词：共同体。多么可怕的共同体啊，我们一直在不断地杜绝防止在各种领域形成各种利益共同体，但是我们又不得不千方百计与大家打成一片。要知道，当大家都成为共同体，不能成为共同体的一员，将会是多么孤单无助。

此刻，我就有些孤单。

全省企事业单位改革推进暨经验交流大会在一阵鼓掌声中开始，又在一阵鼓掌声中结束。省长韩振杰同志出席并做了讲话。按照惯例，我应该在讲话前加上"重要"二字。

会后去餐厅，我遇到了同学高力强。午餐是自助餐，我取了菜跟过去坐在了高力强旁边，跟他边吃边聊。

我很发愁啊，跟大伙表态要解决问题的，经验算是推出去了，可是那些棘手的问题谁来解决？矛盾谁来化解？你们都哈哈大笑，频频鼓掌，笑过之后，鼓掌之后，把尴尬留给我一个人。

我的大局长，你能干一辈子建设局长？有些事非个人能力所为，所以只能看图识字，走一步算一步。你没听人说，一年看，二年干，三年等着换，你就别为这些事犯愁了，老师把你放在这，肯定还是有他下一步的考虑呢。

我苦笑了一下，眼下的事都应付不了，还下一步呢。说句实话，老师打破常规重用了我，我一直担心工作干不好，给老师丢脸，让人觉得他使用的人不行。也许别人是为升迁干着，我好像是为了庞老师，所谓士为知己者死吧。

这个我理解，知识分子的秉性，不管是为了谁，都渴望建功立业，不虚度此生。

正聊着，我手机响了，真是邪了，说谁谁就来，是庞俊杰打来的电话，天穹，会议结束了吧？

庞书记，结束了，很成功。下午办点事，明天就可以回来。

你暂时别回来，我跟光荣市长通了电话，我明天也来省城，我想请省建设厅几个领导吃个饭，坐一坐，你来安排，韩阳的好多事需要省厅来解决。

好，好，时间定在明天下午吗？

是，明天下午六点，我明天一早出发，下午一两点就到了，到时我跟你联系。

我挂了电话，对高力强说，庞书记要请你们几位厅长吃饭，到时你也来吧。

我哪能来？再说路厅长的随从名单里，未必有我啊。我就不陪你老同学了，等你们饭吃完了，我直接去房间看他。他调走后，我还真没见过呢。

高力强的话很对，饭不是随便谁都能吃的，就像左义邦，在韩阳三番五次请我去吃饭，我都推掉了。但是如今到了省城，他要请客，而且何光荣在座，我就再也不能拒绝了。不去，就只能被孤立，去了无论如何，至少在表面上算是与他们打成了一片。

这顿饭气氛热烈，但是对于我来说，却吃得很别扭。我感觉时间很漫长。一般情况下，谁职务大，谁就在饭桌上主持着整个饭局，决定着饭局的开始、结束以及潮起潮落、起承转合。何光荣在上位一坐下，就开始天南地北地神聊。先聊他在周原县工作如何过五关斩六将，自然他的"绝妙一拆"不能不提。

领导的爱好，往往会成为下属的共同爱好，即爱好着领导的爱好，幸福着领导的幸福，快乐着领导的快乐。整个饭桌气氛在何光荣的掌控下,不时发出爽朗的笑声,如果说何光荣是一个演讲者,那么左义邦就是一个啦啦队,他不失时机的吹捧和附和,让气氛变得更加热烈,也让何光荣更加来劲,他眉飞色舞,频频举杯。

我坐在他旁边,一次次应付着他端起酒杯,感觉好生无聊,我想如果没有我们这些观众,他会这样兴致勃勃吗?其实,主角的很多自以为是的毛病都是配角培养出来的,一个失去观众的演员,他是怎么也提不起精神、无心于自己的表演的。

我看了一下表,已经十一点钟了。我的心开始漂移,我觉得生命与灵魂已然在别处。

天穹,喝酒啊,想啥呢?

何光荣突然把我从很远的地方拉了回来,我看到他端着一杯酒,意味深长地看着我。

哦,没,没什么,只是觉得有些累,这两天一直没休息好。

看你,一个不会休息、不会玩的人也是个不会工作的人,因为各种娱乐游戏之中充满了玄机,能应对和把握这些玄机,就必定能处理好工作中的矛盾和问题。我可是深有体会啊。

我点点头,何市长说得对,我要向您学习,既要会工作,也要会娱乐。

碰了一下杯子,何光荣突然说,周原的周朝天你认识吧?

认识,认识,是我同乡,也是我父亲的学生,对我父亲很尊敬,常来看我父亲,是朝天建筑公司的总经理,搞得不错,挺红火的。

看来他真是个有情有义的人哪,朝天不容易,从一个农民工发展成今天这么大的事业,可以想象,那是经历了多少艰难困苦。我在周原县工作的时候,没少帮他,他也很记情。据说,你弟弟邝天昊也在跟他干。俗话说,举贤不避亲,能帮的就尽量多帮一点，帮他们，也是帮助韩阳的发展事业嘛，这是双赢的事，你说呢，天穷？

我终于明白何光荣所谓有情有义的含义了。何光荣曾任周原县县长、县委书记，肯定与周朝天有千丝万缕的联系了。今晚何光荣提到了邝天昊，很明显是冲着步行街的建设来的。我的耳边响起了邝天昊的话：我问你，步行街的方案你扭住了吗？我来不是乞求你的，我是看在你是我哥哥的份上开导你的，告诉你，你左右不了我，我该干的工程照样会干！

令人不快难熬的饭局终于结束了。没想到，左义邦站起来说，各位难得在一起，还是市长说得好啊，不会娱乐与游戏就不会工作，在这个美好的夜晚，我请各位去东方洗浴中心洗浴、唱歌、打麻将，请赏个脸了。

我知道这分明是冲着我来的，果然，我看到何光荣把头转向了我。好啊，左总今天在全省长了脸，烧得不行了，恭敬不如从命，我看咱们也就不推辞了，一起去，给这家伙捧个场吧。

何光荣的话的意思是，我们去吃左义邦的饭，是给他帮忙呢，是送人玫瑰手有余香的事，从这个角度来看，这饭谁不去吃，谁就成了损人利己，真是的，这世界真是搞不懂了。我无力推辞，也无权拒绝，只能随波逐流了。

2

不知道什么时候回到酒店的，反正已经看得见黎明的曙光了。我躺在床上，浑身疼痛，咽喉干涩、头疼欲裂，胃胀得像个水袋子，吃了几粒好洁给的药。原打算今天下午去她那儿，却被何光荣拉去折腾了一晚上。

天亮的时候，我还是没能合住眼。卞新生在外边敲了几趟门，说是吃早餐。我浑身无力，就是爬不起来。我一直在回忆昨晚的事情，我是去洗了澡，之后好像迷糊在洗浴室的沙发床上，何光荣的司机来叫唱歌，我跟着他一路踩着五光十色的地灯装饰的玻璃板，来到一个歌厅，好像已经有三四个光着大腿的女孩子坐那儿了。然后，音乐响起，谁是谁我都看不清了。之后，我就很快陷入一种无意识状态中，好多人和事都好像在大雾之中，若有若无，若隐若现。我隐约记得今早出来时我在东方洗浴中心的大门口看见了邝天昊的奥迪车。

此刻，何光荣和左义邦异样的笑还不断晃动在我的眼前，挥之不去。昨晚，在洗浴中心，难道天昊也在吗？那辆奥迪的确是他的啊，车牌号我记得清清楚楚。

想起这些，我的头像要裂开一样，疼痛难忍。我迫使自己什么也不要想，影星张国荣为什么要跳楼？作家三毛为什么要上吊？此时此刻，我觉得他们走了一条解脱之路，这种炼狱般的煎熬并不是谁都可以承受住的。母亲生了我，却没有交给我一个能大能小、打遍天下的金箍棒，让我始终挣扎在内心与外界的激烈冲突中不能突围。母亲曾经战天斗地，在她热爱的公社书记的岗位上干得兴致勃勃，她是那么热衷于"与天斗，其乐无穷，与地斗，其乐无穷，与人斗，其乐无穷"的革命精神，按照她的理想，远远不是做一个公社书记那么简单，但是她强硬的性格终未能战胜自己体内的病魔，在那么样一个物质匮乏、医疗低下的年代，母亲带着深深的遗憾离开了让她为之牵挂和充满向往的世界。

我常常想，假如在这样一个社会，在这样一个充满冲突与矛盾的社会变革时代，母亲会怎么样？她还能那样游刃有余、兴致勃勃吗？也许，她体内的魔鬼一样会打败她，不是因为物质匮乏，也不是因为医疗条件，而是因为外部世界给予她的伤害，远远超过了她内心的正义力量。正义力量的突围使她的身体一点点形成了病变，她的胃长期靠艰苦奋斗养着，每天早出晚归，晚饭就是一个窝头、一碟腌萝卜条。母亲让我走出向坡，走出周原，干更大的事，做更大的官。我觉得我已经在尽力呀，可是为什么不能一往无前？

我相信，父亲邝野已经越来越看清楚了这一点。面对这样一个纷繁和瞬息万变的时代，他的诸子百家也显得无能为力，父亲一再说，他老了，真的老了。近来，他在我和邝天昊的关系问题上表现出了深深的无奈。

父亲说，人情反复，世路崎岖，行不去处，须知退一步之法，行得去处，务加让三分之功。天昊是你唯一的弟弟，你要帮他，我要是走了，就只有你了。

父亲又说，宁可清贫自乐，不作浊富多忧。天穷，该坚守的一定要坚守，走好第一步，一步顺，步步顺，你就会踏实地走下去。

我迷茫地问父亲，我到底该怎么办？

强撑着满身的疼痛爬起来时，已经十二点了，因为我知道庞俊杰马上就要到了，责任感撑起我的意志力，迫使我站了起来，我的煎熬的内心深处，一遍遍大喊着上个世纪红透全中国的豪言壮语：与天斗，其乐无穷，与地斗，其乐无穷，与人斗，其乐无穷！

中午吃饭时，卞新生说，邝局长，你的脸色很差，要不去医院检查一下吧。我摇摇头，尽量表现出无所谓，没事的，今天还有好多任务，庞书记要来，吃完饭，你马上去金都大厦十二楼预定一桌下午的饭，按十五人准备。我去韩阳办事处等庞书记。

卞新生点点头，又说，你哪里不舒服，要不我去给你买些药。我摇头，你不用管，没事的。昨天酒喝太多，我等会过去在办事处休息休息就好了。

吃完饭，卞新生去了，我给庞俊杰秘书陶清波打了电话，陶清波说，他们还在路上，修路堵车，估计还需要两个小时吧。

我在酒店等司机唐兴旺把卞新生送到金都大厦回来，就直接去了韩阳驻省城办事处。办事处隶属于市政府办公室，副秘书长曹先圣兼任办事处主任，我在市委办公室的时候，就常跟他打交道。曹先圣文化程度不高，经常念错别字，但是人十分聪明，很会和各种各样的人打交道，尤其善于陪领导，很会讨领导的欢心。所以，不管谁当市长，谁当市委书记，都很喜欢他。

我一到办事处，就奔曹先圣的办公室。敲开门，我看到一个人背对着门，正跟曹先圣在屋子里的一张小方桌上下围棋。

曹先圣一看见我，推了推眼镜，忙招呼，哦，邝局长呀，快来，快来！

背对着门的那人扭过头，我一看，不是别人，原来是市委组织部副部长王向春。

呵呵，你老兄也在省城啊。

没想到，你也在。

不知道为什么，我看到他十分高兴。这高兴是真诚的，相信王向春能看得出来。在省城这几日，我感觉四面楚歌，连呼吸器官都像被人给勒住了，呼吸不畅，能看到昔日在一起推心置腹的同僚，我的心情一下子放松了。

输了，输了。曹先圣站起来，王部长就是高，认输，认输。

曹先圣把我俩让到他那宽大的真皮沙发上，泡了两杯上好的金骏眉，邝局长，来得好不如来得巧，我刚得了这金骏眉，你就到了。这茶产于福建,是红茶正山小种的变种,热性,茶味浓郁,除了具有茶的共性外,还可增加肠蠕动。你尝尝。

我接过茶抿了一口,果然清香扑鼻。王向春笑,邝兄啥时候来的省城啊?

前天下午过来,省上有个会议。

哦,我知道,我知道,光荣市长来过,跟你一个会,还有左总。

是,是。向春部长啥时候来的?好久不见了,一天忙啥呢?

我是昨晚上到的,和人事局的杨局长,到这已经九点了,今天准备去省委组织部和人事厅衔接汇报今年咱市里招录"三支一扶"大学生的事,看能不能多争取一些指标回来。

王部长干的都是大好事啊,现在大学生回来都一个个在家待着,你说,家长们哪,孩子上不了学愁得不行,上完学回来没工作更愁。听说,近三年市里回来报到的学生人数都上八千了。

可不是嘛,一年内通过各种方式招录撑死只能解决三四百名学生就业,所以要千方百计想着能多争取一些名额,缓解韩阳的就业压力啊。你邝兄也干的是利国利民的大事呢,安得广厦千万间,大庇天下寒士俱欢颜!

我苦笑了一下,自己都感觉到自己的脸上有了一缕愁苦。

王向春看出来了,说,你啥时候回呢,等我把事办完,咱弟兄好好坐一坐,一天各忙各的,见一面都很不容易。你别说,政府部门一天干大事实事,跟我们党委部门打交道还真不多。

我看了一下表,说,明天回,今天庞书记要来,我在等他。他这会已经在路上了,估计快到了。

一句话,让两个人同时都动起来了。曹先圣马上起身,喊肖主任。一会办事处的肖副主任进来了。曹先圣吩咐道,马上把庞书记那间套房打扫一下，被褥都换上新的，检查一下电路和宽带，再备点新鲜水果，庞书记晚上习惯喝一两杯红酒，把那个法国红酒摆一瓶。收拾好告诉我一声，我去看看。

我的话也让王向春眼睛里突然一亮，庞书记是不是晚上有招待？

我不得不佩服他俩的精明。他们显然已经顾不上跟我聊所谓安得广厦千万间的大事了，一下子都骚动起来。我给庞书记秘书陶清波、我和卞新生、两位司机登记好房间，就给卞新生打了电话。卞新生说，菜已经点好了，我给你念一下，你听一下吧。

金都大厦豪包的饭是省城价格最昂贵的。我在市委的时候，曾陪同接待过一次省委办公厅的领导，对于那里的菜也没尝出好在哪里，所以卞新生给我报的菜名，我根本无法跟具体的实物联系起来。他念完，我说，行吧，你让他们把最有特色最上档次的上了就行。说完菜，我跟他说，去西北饭店把咱们房间退掉，来办事处吧。

在等市委庞书记的间隙，我把王向春扯到他房间，把唐兴旺的事说了，王向春说，人都跑官呢，你倒好，跑不当官呢，部务会议研究过了，今天上午已经提交书记办公会议了。董莉任的是周原县委常委、宣传部部长。

庞俊杰到韩阳驻省城办事处时，已经下午三点钟了。他的车子刚驶进办事处院子，何光荣的车子随后就进来了。

庞俊杰一下车，马上被一大帮子人给围住了，问安的问安，提包的提包，前面开门领路的领路，我走在一旁，跟着一起上了楼。我一直认为，不要把领导当作哥们朋友，和领导之间，没有朋友可言，远之则怨，近之则不恕，疏远领导，招人讨厌，为领导做的太多，他会顾忌你，慢慢地亲极反疏。

进了屋,何光荣说,庞书记一路太辛苦了,休息会吧。

曹先圣说,庞书记看还需要些什么,随时吩咐。

庞俊杰摆摆手,对何光荣说,你,还有天穹,我们三个现在就去建设厅汇报工作。现在时间刚好,他们刚刚上班嘛。路上我给山峰同志打过电话,他今天下午正好在。我们先去拜见他。

我知道路山峰是省建设厅一把手。庞俊杰调离后,路山峰由省交通厅常务副厅长调任省建设厅任厅长,以前和庞俊杰同为常务副厅长,所以一直很熟悉。昨天的经验交流会议上,路山峰就坐在主席台上,还宣读了省政府关于加快企事业单位改革改制工作的实施意见。

到了建设厅,我跟在庞俊杰和何光荣屁股后面,上了楼,找到了办公室的人,把我们带进了路山峰厅长的办公室。

哎呀,俊杰老弟,难得一见啊。

山峰厅长好啊,这位是韩阳市政府分管市长何光荣同志,这位年轻人是我们新提拔的建设局长邝天穹。

一一过去握手。

坐好了,庞俊杰说,此次来,专程向路厅长汇报一下韩阳城市建设工作,有些困难和问题,还需要省厅帮助解决。

建设厅是老弟的老娘家,我也就算是老弟的娘家人了。韩阳的工作我们肯定会非常重视的。昨天省政府的现场会上,韩阳的经验得到了韩省长的充分肯定,今天老弟亲自来,肯定是有困难了,不过你是知道的,咱们的项目都在发改委那边,唯一能做的只能给下面解决点小钱了。

哈哈,路厅长爽快,我到韩阳这段时间,没少考虑韩阳的城市建设问题,您也知道,韩阳跟周边市相比,无论从城市规模还是城市功能来说,都远远滞后,对此,我一直在寻找突破口,一万年太久,只争朝夕哦。今天来呢,想下午请娘家人一起坐坐,好好聊一聊,向您讨教个对策。路厅长看,几位副厅长,还有相关处室领导替我请一下,我们就不单独拜会了。

俊杰老弟客气了,饭就免了吧,你来我这里,我做东才对。

路厅长就不要客气了,天穷已经订好饭,在金都大厦,下午六点我等您。

这顿饭自然是路山峰和庞俊杰左右着整个饭局了,两人相见甚欢,谈笑风生。这时候的何光荣就显得相对静默,不时插上一半句话,也是随声附和。我呢,更是坐到了大圆桌的尾座,与两位大领导遥遥相望了。这顿酒喝得很文明,话也说得很文明,战线拉得不是很长,必要的敬酒也是量力而行,点到为止。

酒到酣处,我清楚地听到庞俊杰拍着路山峰的肩膀说,小弟就算在韩阳干一届也不过五年,五年的发展干些啥能看得见摸得着呢?我的专长和优势都在城市建设这一块,不能改变韩阳的城市面貌,那绝对是我的失职了。就目前的城市建设而言,韩阳要赶上周边的差距,并在全省独树一帜,我看只有规划一座大厦了。不瞒你说,在中小城市,用三四年时间建一座标志性工程,那可是横空出世、绝无仅有啊。

闻此言,我的心里不由一紧,以韩阳的经济水平,建所谓高楼大厦岂不是不切实际、好高骛远?这显然单纯成了政绩工程。这完全不符合一个城市建设专家的思路呀。他来之后,我们就韩阳的建设规划也多次交谈,应该说在这一点上,我俩的观念是完全达成一致的。韩阳的定位是西部不发达中小城市,市委扩大会也已经确定的是一切工作要围绕宜居来做文章,怎么突然要建一座标志性的高楼大厦呢?

我想这也许是两位朋友聚会,酒桌上说的随便话而已吧。

3

蓝天、白云、青草的气息，流水的声音。

造型奇特的假山石，石缝里长出的蔓状的绿草，从石头上流下来的清亮澄澈的水，汇聚到石头下的池子里。池子里红黄黑白和杂色的金鱼自由自在地游来游去，不时冒着水泡。

一棵棵绿树，枝叶硕大，枝繁叶茂，一派翠绿……

我仿佛再一次回到美丽的邛湾了。

飞雪大厦，二十八层，好洁心理慰疗中心，我好久没来。我一直奇怪，五十层的飞雪大厦对面竟然是省政府，两个毫不相干的建筑为什么会遥遥相望。谁这么厉害，竟会让这么一个庞然大物横亘在了省政府机关大楼的面前，让那么多的大领导一出门就被罩在阴影里不见天日。美，从来就是一种整体的和谐，为什么会有那么多的建筑只考虑个体如何出奇制胜，只管自己不管别人，更不谈后来人？构成城市形体的建筑像时装表演各显神通，有的甚至赤身裸体、张牙舞爪。

好在飞雪大厦二十八层闹中取静，大隐于市，走进这里，关上门窗，一切也便被关在外边，与自己无甚瓜葛了。今天走进来，依然感觉一样的清新、一样的天然、一样的安宁。这里，永远给我安详和家的感觉。在这个喧闹城市的一隅，能有我的家，我的灵魂的故乡，是一件多么幸福的事。

我躺在那张床上，我的灵魂永远是那么安妥、熨帖。

望着那张亲切、安详的面孔，我说，最近很艰难，像是在炼狱里。你不能想象，那种感觉，不能说，也说不出。

好洁低低的下巴折射着明亮的柔和的光，她说，持续头疼是紧张、焦虑所致。这个世界，并不是你一个人在受难，不是你一个人在害怕，活着的确很难，但是，坚持下去也许就是你今世的使命，天穹，我们要做世界的光。

做世界的光，多好。我感觉奔涌的血液像是流进了秋天的河床，变得不疾不徐，静水深流，好洁，我一直试着安静下来休息，让整个人退回到旷野去，但是心却收不住，老是在红尘热闹处乱飞，环境越纷繁，心越走得远，万念如野马奔腾，我用尽全力也收不回来，我控制不住，像是身体里有一个恶魔，让我的心肺、躯体不停地爆发。似乎只有对着他们叫嚣，才能让自己喘过气来，于是我感觉很累很疼很苦！

不必呀，天穹，我们都希望自己有着独立的思想，但是往往有着独立思想的人会更痛苦，偏执常常阻碍自己的行为，我们常常不屑走进别人的世界，即便有人进来也会觉得他们不怀好意。归根结底是我们思考得太多，渴望得太多，看似与世无争，内心却无比纠结。其实心走得最远的时候，完全不必倾尽全力控制自己，想发疯就发疯吧。经过专家精确计算后的催眠，压缩在潜意识底层的邝天穹就可以爬出来了。

整整一天，我在精神的旷野里休息、调养、汲取灵露。原来放下一切，我就能真正安静下来。

好洁说，我真担心你，担心的不是你的病，而是你的环境，你该远离尘嚣，好好休养一下了。药物是一方面，环境太重要了。生活，有时候需要一种孤勇，所以学着去享受一个人的快乐。独善吾身，至于天下，远远地看着便好。

今天我真的感觉到我是安歇在水边的青草地，原本干渴焦躁恐惧的心变得平安欢喜。但是越是这样的平稳安静，我越会觉得人生不能虚妄，活着一定要有价值，要有意义，我肩负着使命，不能懈怠。

人生的失落不是贫穷与疾苦，而是没有一颗能够感受的心。如果感到痛苦，那么至少还是活着的。太多的时候，我们走得太快，灵魂没有赶上来，于是我们带着躯壳奔跑在路上。不知道爱，也没有爱的对象。那么宁愿绚烂之后的歇斯底里，也不要不痛不痒地行走着。

好洁为我做了一个心理测试，看看经过一月多的服药之后效果如何，结果显示目前状况为中度强迫症状、中度抑郁和轻度焦虑。她给我加了一片抗焦虑药丁螺环酮，阿普唑仑加量至精神舒适为止，一天一片半的赛乐特照吃。

离开的时候，好洁无奈地叹了口气，她说，不能休养，就一定要记着，吃药，减压，放松，运动。其实对于坚持服药维持治疗不必有什么心理上的顾虑，就像我们每天要吃饭一样，维持治疗可以像一天三餐一样平常，只需定时服用小剂量药物，不断巩固，就像你们建设高楼大厦的地基一样，不断夯实，健康大厦就永不会倒下。

返回省城的途中，我接到一个电话，是副局长雍阳打来的：邝局长，局里出事了。财务科长陈小婷跳湖自尽了！

什么？我在电话里大声喊起来。

今天清晨六点，陈小婷，绑了一块石头，沉入人工湖，经医院抢救无效，已经死亡。

雍阳又详细地陈述了一下事件发生的过程。

我说，陈小婷自杀了。

卞新生、唐兴旺不约而同失声惊叫起来，啊？真的吗？为什么？

我拨通了副局长秦素梅的电话，电话一通，就传来她哽咽的声音，小婷她，唉，为什么要走这一步呢？

我没有说话，默然挂断了电话。一路上，我们三个人谁都没有说话，车里面显得特别沉闷。

我的眼前不断出现陈小婷的样子，那个年代，她穿一件机械服，束两只马尾刷，有一种素雅的美。现在的小青年恋爱，女孩子总是理所当然去花男朋友的钱，而我们那时候，出去吃饭，看电影买票，陈小婷总是不愿意我花一分钱，总是抢着去付钱。她还给我织过一件毛背心，用当时流行的那种马海毛，是我长那么大穿过的最好看的衣服了。印象最深的是我们分手的时候，她死死地抱着我，把头深深埋在我的怀里，伤心的泪水沾满了我的衣襟。

陈小婷为什么会死？难道因为老陈的病故？还是网上关于我跟她的帖子？这些能迫使一个人走向自绝生命的地步？根据平时对她的了解，她不该是这样的人啊。那究竟是为什么呢？

我的耳边突然想起老陈临终前把我叫去给我说的最后的遗言：小邝，我们的设计院完了，完了，几十年的家也完了，也完了，我女儿也完了，完了，小邝，救救设计院，救救我女儿，救救小婷……

带着种种疑问，我们回到了韩阳。

陈小婷躺在医院的太平间里，雍阳、边晓云和秦素梅已经给她搭起了灵堂。她的家人，一个哥哥，三个姐姐，已经在来的路上。

秦素梅悄悄告诉我，医院在实施抢救的过程中，发现陈小婷已经怀孕两个月了。我让大夫不要扩散，人已经走了，就让一切都被带走吧。

我吃了一惊。看到秦素梅异样的眼神，我觉得在她心里想的是不是就和那个帖子说的一样，我跟陈小婷有关系，那孩子是我的。

我有些恼怒，你的意思与我有关？你也相信那帖子？

秦素梅摇摇头，我丝毫不怀疑你，因为我知道这孩子是谁的，而且知道这事的，我想不会是只有我一个人。所以你不必担心与你有牵扯。之所以保密，也是为了事情不要搞得太大，小婷毕竟是独身，她跟我们多年同事，就让她平静无纷扰地上路吧。

陈小婷的哥哥和姐姐都来了，一月之内，先失去了父亲，紧接着，又走了妹妹，悲伤已经摧垮了他们，他们变得神情呆滞。倒是她的大姐一脸怒气，一定要我给个说法，她的妹妹一向坚强乐观，为什么会寻了短见？这其中究竟有什么隐秘？对此，我实在说不出什么，我们整理了陈小婷的办公室，没有发现任何线索，办公室一如既往很整洁。

我们还去了陈小婷的家，一个一室一厅的房子，还是当初在设计院的时候买的韩阳第一批商品房。房子里陈设简单，一眼便知是一个人的空间，门口只有一双拖鞋，餐厅摆着一双红筷子。卞新生说，那时候他们一起工作，她在科里一直是来得最早、走得最晚的一个，成天埋头在一大堆账本里，工作相当细心，是个优秀的财务人员。从她的生活环境能够看出，她是个简单而又认真的人。

我在茶几上看到了一张医院的化验单，陈小婷真的是怀孕了。秦素梅说她知道是谁的，还说不止她一个人知道，看来陈小婷是有男朋友了。但是这间房子里丝毫看不出有男人出入的痕迹，而且现在人已故去，却一直没有一个男人站出来，参与料理她的后事，难道曾经的恩爱缠绵只是一夜承欢吗？

你们也看见，单位、家里丝毫看不出小婷要自杀的迹象，作为她的亲人，你们平时很少去关心她，从来没有真正走进过她的内心，所以突然发生这样的事，一时迷惑不解也很正常。我作为她的领导，平时工作上要求严，生活上关心少，我也有责任。警方已经证实是自杀,一个独身女人,她的情感生活是一种怎样的状况?她工作之外都与什么人交往,我们都不是很了解,一个怀孕的女人,能狠下这样的决心,必定是遭遇情感伤害,万念俱灰,我想一切慢慢会了解清楚的,目前还是尽早入土为安吧。

走在回来的路上,我听到公交站台上两个年轻人在念手机短信:再过几十年,我们来相会,送到火葬场,全部烧成灰,你一堆我一堆,谁也不认识谁,全部送到农村做化肥。

我的眼里一阵酸楚。

爸,我死后,请火化我。
保留好我的骨灰,别建坟。
万一哪一天要建房子,用原本属于我的位置。
给你和妈的晚年做一块最坚硬的地基。

这是钱疯子一幅画《遗书》的题诗。

我刚要下班,钱疯子突然打来电话,大领导,老同学,忙啥呢?我刚画了一幅画,你来看看,指点一下。

好久没见他,每次打电话都在电话里骂我。陈小婷的事弄得我心里很难过,正好和他坐坐,别说,钱疯子疯是疯,却能让人感到快乐。一个能给人带来快乐的人,有什么理由拒绝呢?

钱疯子一直有上好的茶等着我。

几杯茶咽下,钱疯子就迫不及待地搬出了他的画板,一幅醒目的国画展现在我的眼前:初秋季节,一个小男孩的背影,很瘦很远,有点变形。他静坐在一棵树下,树叶扑簌簌地落,他的面前有一些水,很抽象的水,正在潺潺地流。画的上方是一些浓墨点染的红云，燃烧着。

相比较钱疯子以前的画作，这幅画不是很抽象，而且画面感很强，线条虽然有些夸张，但是形象很清楚，尤其那个小男孩的背影清朗、孤单，虽然背向着我们，但是我们似乎能看见他眼里的无助与悲伤。

爸，我死后，请火化我。保留好我的骨灰，别建坟。万一哪一天要建房子，用原本属于我的位置。给你和妈的晚年做一块最坚硬的地基。

太好了，钱疯子，这幅画让人心疼。这是我看到的你画的最好的一幅，是要表达对落叶的留恋，还是对生命的哀婉？

钱疯子自鸣得意，不是别的不好，是别的进入不了你的心灵，或者说是别的与你的灵魂不能接轨。我就知道这画你会喜欢。

诗是你写的？

哪里，你不知道吧，这首诗的作者是个聋哑人，我就是看到这首诗，被打动，决定把它变成一幅画。画中背影的形象包藏着作者的全部，他听不到流水声，却能感受到生命的流逝，他用文字在表达他的疼痛。

你用线条与色彩来表达他的内心，我读出了生命的残缺与生命的渴望，还有切不断的流水和挽留不住的叶片……真好。我终于看出了你的才华……

谢谢，能有让你认可的作品，我也欣慰。宝剑送壮士，红粉送佳人，这画就送给你了。

真的吗？你舍得？

喜欢的东西无价，不喜欢的多少钱都白搭，一般我送画给爱者，卖画给装潢门面者。再说，你高升局长，我一直没向你表示祝贺，这也算贿赂你，看我能沾沾光，告别破瓦房，住上新楼吗？

　　我知道，钱前一直独身，也没有娶妻的打算。他在南山的半山腰租了一个农家小院子，养鸡数只，种菜几畦，过着半隐居的生活。他给自己的房子取名"观小居"，我问何意，他说，你看，我这里居高临下，能看见那些高楼大厦里的小人们跑进蹿出、奔前忙后的身影。我恍然明白，原来是静观小人忙啊。以前我也经常去他的小院子，坐在院子里，对月小酌，独享清静。近几年，韩阳的楼盘火爆，房价日日攀升，好多人每开一家楼盘，就交一家的订金，订一套楼房，房子一年建成，房价已经增值百分之二。可谓，买房者不住房，住房者不买房。钱前常说，让他们玩去，自己玩自己呢。你们不停嚷房价太高，殊不知是他们自己造成的，就像我的画，一旦有人买，价格就不菲，一旦无人问津，标再高价也等于零。

　　我就是喜欢钱前特立独行的状态，任何潮流和风云都奈何不了他。难道疯子不做疯子，要改邪归正，跟芸芸众生一起炒房子了？

　　哈哈，你邝天穷就是当了国家建设部部长我也不凑这个热闹。

　　唉，看来房价问题困扰天下苍生太久啊！

4

　　没有想到，陈小婷怀孕的事在她死后没几天就已经传得沸沸扬扬。

　　这对于一个单位来说，无疑是一件极不光彩的事。更关键的是，陈小婷是建设局的财务科长，自杀前还怀有身孕。

作为我这个"当事人"都已经知道了全部的传言，可见传言之汹汹。通过朋友、同学、同僚、家人等传到我耳朵里的普遍说法是：一说，我与陈小婷不正当关系日久，陈小婷怀了我的孩子，硬逼着我与她结婚，遭到我的拒绝，于是伤心自尽。再一说，建设局局长存在严重经济问题，财务科科长陈小婷顶不住各种压力，投湖自尽。还有一说，陈小婷不慎怀了我的孩子，强烈要求生下来，被我拒绝，她与我在生与不生的问题上发生口角，随后，陈小婷自杀身亡。

不管怎样传言，有一点说得是一模一样的，那就是陈小婷肚子里的孩子是我的。你说我说，人人都这样说，于是连我自己都觉得真的与我有关了。有一句话叫，真理往往掌握在少数人手里。这少数人难道不会被滚滚而来的谎言潮流淹没吗？我知道这些传言并非空穴来风，必定与上次网站的帖子有关系，陈小婷自杀事件似乎正在向人们验证帖子的真实性。

办公室小蔡进来签批文件，我看到她的眼神怪怪的，我说，小蔡，别用那种眼神看我，你还年轻，一定要有自己的判断力，信谣可以，但是不要传谣，信谣只损人，但是传谣会损人损己的。

自从上班第一天我让李文斐取消了小蔡打扫我办公室的安排后，小蔡就很少来我屋子里了。一段时间，我听说她又去给雍阳打扫办公室了。不过，卞新生当了办公室主任后，所有局领导的卫生打扫工作都被取消了。我曾听到雍阳在私底下没少发牢骚，也没少给卞新生找过茬儿，好在卞新生不卑不亢，坚守着办公室制定的条款。

小蔡听我这样说，赶紧解释道：邝局长，大家都说你是好人，我也觉得是。你知道吗，我瞌睡比较多，早上起得一早呢，整整一天头都会疼，以前那些日子每天都要早来打扫卫生，痛苦死了。你来了，彻底解放了我，我感激还来不及呢。至于你说的那些事，我知道与你无关的，我是怕你背了黑锅，自己承受不住。机关里就那么几个女的，谁不了解谁啊。

我听小蔡这么一说，突然觉得陈小婷肯定有好多故事，而且机关上知道的人不少呢。但是我不会去问她，这类婆婆妈妈的事，我不想瞎搅和，也不希望手下人搅和。我冲小蔡摆摆手说，你去吧，别传闲话，今后多把注意力放在工作上。

下午回家坐车上，唐兴旺说，邝局长，现在这人，太黑了，整人不择手段。

我说，人正不怕影子斜，没事，慢慢就过去了。对了，你媳妇最近咋样？

唐兴旺说，不行啊，适应不了，自己一直觉得压力很大。邝局，我也觉得不行，每周回来就进饭店，晚上好不容易回来吧，还在卫生间吐半天，她难受，我也看着可怜。

我说，按理说宣传部部长应该没那么大工作压力吧。敲好边鼓、掌握好舆论方向就行啊。

具体我也说不上，等她回来，我带她去你家拜访，请局长给她支两招。

我一听连连摆手，那可不行，咱们工作性质跟他们不一样，再说了嘛，人家都是常委了，哪轮到我支招啊？

回到家，难免跟戴欣嫚说起陈小婷的事，她说，怀上了就怀上了，干嘛要自杀？两条人命啊。

晚上王向春也关切地打来了电话：老兄，有些事要处理好嘛，影响忒大了点。

第二天去看父亲邝野，他忧心忡忡地说：看来有人唯恐天下不乱。孔子说，德不孤，必有邻。天穹，知者不惑，仁者不忧，勇者不惧，有父亲在，有正义者在，我相信这一切一定会烟消云散的。

受父亲的启发，次日一早，我让卞新生通知全体干部职工，我要给大家讲一堂课，题目就叫《人品、才品与官品》。

在这样的特殊时期，我觉得我不仅要积极面对，而且要理直气壮地站出来，阐述人品、官品在机关中的重要性，有针对性肃清歪风邪气，大谈人品与官品，教育干部职工做好人，当好官。看到大家全部到齐，面对一双双眼睛，我开始了我的讲座。

四书说，修身齐家治国平天下。品行的影响力远比强权的影响力更大，一个人的成功也许有种种原因，但品行不端，最终不得善终。一个人应当从小培养起善良、纯朴、宽容、忍让和真诚的品行。要有一个良好的人品，我觉得应该做到八个方面，那就是敬强、褒愚、安贫、示缺、守岗、忍辱、恕人、弱胜。而一个人的才品应该体现在九个方面，即致察、谋筹、知人、视上、避祸、趋势、攻心、赏罚、机变。一旦为官，就要讲官品，首先是要有识，要懂天道、知明达、知进退、明得失、剔疑心，其次要慎行，按本色做人，按角色办事，按特色定位，要守操、戒骄、节欲……

我的讲话博得了大家的掌声。秦素梅最后说，为了让大家能深入学习，逐步消化，会议结束后，办公室将整理印发讲稿，使之成为全体干部树立良好人品、才品和官品的基本教材。

不管怎样，我相信，谣言不能永远占据上风，乌云遮蔽不住太阳……

进士巷步行街开工典礼在一阵鞭炮声中隆重举行。

站在拱形的彩门前，面对漫天的礼花和震耳欲聋的鞭炮声，我的大脑嗡嗡地响。我知道，关于步行街融入文化元素的设想已经彻底流产，不久的将来，这里将高耸起一些森林一样的金碧辉煌的现代建筑。我看到现场偌大的设计效果图，不由发出了冷笑，整体建筑风格不伦不类，可谓集古今中外建筑之大成，既有象征权利奢华的华表，又有西洋精致的铁艺，既有现代风格的路灯，又有中国传统的雕栏玉砌，整个就是一部浓缩的世界建筑发展史，套用时下流行的网络用语形容就是太"雷人"了，这样的设计可以说是毫不留情地破坏了进士巷的历史风貌。我马上意识到，与我们常见的其他城市一样，韩阳将以加速度的步伐踏入千城一面的行列，从此将没有人知道进士巷的故事，进士们的名字本就湮灭在岁月的烟尘里，今后，连他们的故事都将深深压在玻璃幕墙的建筑底层，永远也没有人能够记起。

我看到副市长何光荣拿一把剪刀剪开了挽着花的红绸子，我看到周朝天十分殷勤地给每一个人发放着纪念品，我还看到副局长雍阳不时和何光荣头凑在一起亲切交谈。

典礼结束后，难免又是一场聚餐，是朝天建筑有限公司做东，我的弟弟邝天昊唱主角。天昊真的跟我成了陌路，他做得出来，因为从小他就那样，从不低头。我正愁如何应付这种场面，正好市委办公室通知，省建设厅来了名副厅长，是庞书记的老同事，庞俊杰将亲自作陪，要我参加。这等天赐良机，十分有力地替我解了围，我长舒一口气匆匆离开了。

第二日清早一上班，收发员送进来一封厚厚的挂号信。

打开了，我大惊失色。

信是陈小婷写给我的。

第八章

1

我看到了陈小婷。

一袭红衣。她在等我。她就像开在大地上的一朵芙蓉花,那么招摇,那么娇媚,那么鲜艳。

我希望我落下来,能掉进那散发着扑鼻香气的花蕊里。

小婷,你多少次伏在我怀里,我静静听着你的心跳叩击着我的心,两颗心就那么彼此相和。紧紧地抱着,那么久,可是我没有俯下身亲吻你。

那次没有,后来也没有。

小婷,我来了,我义无反顾,我横冲直撞,我一往无前,我这样匆匆是来追赶你的吗?你走了,没有跟我说一声,只把所有的话藏在心里。你走了,我却在众人的谈资里和你合而为一。每一个人都会讲你跟我的故事,他们讲得多好啊,生动形象,如临其境,他们讲得津津有味,讲得眉飞色舞,当然更讲得瞳孔放大。

可是这一切你都不知道,以我们为主人公的故事流传了好一段时间,直到全城皆知,最后又被新的爆炸性的故事所取代。

小婷,原希望你的离去永远只留下一个谜团,让我在想象里怀念你。可是,为什么,那样的结局,让我触目惊心?不是我的出现，你也许不会有那样的结局。当然，也就不会是这样一个你。

现在，我来了，很快我就要冲进你的怀里，我希望我们俩会用身体在大地上写下一个忠诚的故事。

我看到了，你的花蕊，我听到了，你的声音，就像我一次次读过的那些文字，你没有用笔写，你用眼泪，用颤抖，用挣扎在写，读来，每一个汉字都疼痛，每一个部首都泣血……

天穹，我走了。

谢谢你，在我最后的日子里出现在我身边，像温暖的阳光，带走我潮湿的阴霾。

恋恋不舍挣扎出你的怀抱，同一年，我们走向各自的婚床。你是幸福的，而我却只能被你的幸福幸福着。爱情像是偶遇的景致，不可求，一求便失了味道。徐志摩先生说，我将在茫茫人海中寻找这一生的伴侣灵魂，得之，我幸，不得，我命。我找到了，但是却得不到。所以，我认命了。

人们都在怀疑，这个世界上是否还存在着非君不嫁、非卿不娶的爱情。我还是相信，但我不奢求。自知没有如此的幸运与魅力，只是不甘心，不甘心那个将我娶进门的男人又用他粗鲁的脚狠狠地揉碎我。从此舍弃婚姻，一个人，在风雨飘摇里顾影自怜。关于爱情，也越来越让我觉得淡漠。

怎么也不会相信，我会为了一块面包丢掉一切，那个你抱过的身体从此陷入肮脏的泥淖。

天穹，那时，父亲睡在市政府的大门上，两条腿肿得裤子都提不上去。倔强的父亲为了让我离开黑洞重重的设计院，放弃了尊严与肉体，以命相搏，换取我未来的平安。

这时候，他出现了，当初我很感激他，是他让父亲结束了那种自我摧残的日子。是他，让我走进了国家机关，摆脱了提心吊胆的生活。也是他，把我带上了他的床。

我是一个自私的人，只想被疼爱，只想如此而已。一个孤独的女人，陷入短暂的被人重视的欣喜中，那种欣喜我无以言表，即使与爱已经无关，可我还是欣喜。

天穹，如果你不出现，如果你不卷入那一场残酷的斗争，我也许一辈子都会在人所不知的角落做他的地下情人。

可是，天穹，你是我爱过的第一个男人。当我知道你开始追究设计院被左义邦贱卖的背后真相时，我就知道你面临极大的危险。设计院贱卖，他作为市政府的主持人，是最大的赢家。那时候，我在设计院财务科，国有资产向私有转化的账务都在我手里，左义邦以许诺我当财务总监的利诱让我跟着他的指挥棒走。后来，我才知道他的指挥棒后面还有更大的指挥棒。

离开了设计院，作为"回报"，我不得不投进了他的怀抱。他在金山丽景有一套别墅，是左义邦送他的。我常和他在那里幽会，他也借出差开会在那里陪我过夜。

真正对他开始厌恶是在你来建设局当了局长后，他一直在我耳边说，这小子不知天高地厚，竟然敢在太岁头上动土，翻我的旧账，我定让他吃不了兜着走。

我想离开他，可是我发现我怀孕了。

今天你去省城开会了，他也去了。走的时候他说，这次要让那邝天穹彻底屈服。我害怕极了，第二天晚上给他打电话说，我父亲给我找下对象了，我要离开，我要嫁人。他在电话里威胁我说，你知道的太多了，你要离开我，除非你去死。

天穷，我知道你斗不过他，我们身边有好多他的人，你一直处在他的围困之中。我想了一夜，我决定离开这个世界，把所有的证据留给你，有了他犯罪的证据，你就能保全你自己。原谅我，我除了死再也没有别的路可走，除了他的逼迫和折磨，还有一个原因就是，我去堕胎时，大夫说我有严重贫血，不能做手术，可是这孩子我又怎么能让他来到这个世界上呢？我是有罪的，我只有和这个罪恶之果一起消亡，这一切阴影才会慢慢从这个世界上消散。天穷，我走了，我要你好好的，我要你的事业蒸蒸日上，我要你的理想最终实现……

一天的时间，我像是走了一年。我喃喃自语，无助而伤怀，我想让你静静聆听。这世上除了父亲，没人会懂我，父亲走了，我就彻底失去了可以倾诉的人，十几年你带给我的美好一直支撑我一路走来，我这辈子都会记得。我曾经是风雨中的一株弱苗，如今已经独自面对暴风骤雨。你的再次出现，为我重新打开一个光亮的世界，所有曾经因为时间而累积的尘土自动纷纷跌落，一切因你而变得简单剔透，并且天真。

天穷，我去了，我的死与任何人无关。你是知道我的，没有你，不会有现在的我。如果不是你的出现，定是没有这样一个一尘不染的我。

小婷绝笔。

我的办公室门被人撬开了。

一早照常来上班，发现门开着，门锁全部被撬掉，实木门的锁孔处被挖掉了一块。

我喊了下新生，他过来一看，惊呆了，马上要报案，被我拦住了。我说,办公室里没有啥值钱的东西,电视、电脑都在,再不会丢什么了,书报杂志肯定没人拿。

我去了卧室,拉开床头柜子抽屉,果然,陈小婷写给我的信以及她寄给我的厚厚的账本没有了。

昨天看完信,我犹豫了很久,想着要不要拿着信直接去找庞俊杰,或者交给纪委,但是却在转眼间又改变了主意。庞俊杰会怎么做?这些证据足够拿下他吗?一旦不能,我何以自处?我打算再好好想想。离开时,想把这信及相关资料带回家,又怕被戴欣嫚看见,于是就锁进了里间床头柜的抽屉里。

当我看到门被撬开的那一瞬间,我就知道发生了什么事。雍阳、边晓云、秦素梅都闻讯赶过来了。我苦笑了一下,说尿脬打人,臊气难闻。雍阳叫来了门卫,询问了半天,门卫说,昨晚他睡着了,啥也没听见。雍阳当场宣布门卫下岗。

邝局长,我看给你换一个防盗门吧。

没必要,这不没丢啥东西嘛。但你说怪不,这贼好烟不拿,电脑不动,却在柜子里乱翻,难道谁书柜里也会放钱?你书柜里放钱吗?

没有,没有,我办公室从来不放现金的。你的意思是,贼在找什么东西?

难道不是吗?费如此大的劲,必定是让他们害怕的东西了。你说会是什么呢?

我看未必,一把手办公室被盗的事情经常发生,按照惯例,钱肯定是放在隐蔽的地方,贼不过是四处乱翻碰运气呢,不承想败兴而归。要是不换防盗门,那就必须要重新换一个新门的。小卞,赶紧找人把邝局长这破门换了。

我在桌前批阅文件,卞新生很快叫来了两个工人,开始叮叮哐哐地换门了。看完积压的文件,我扭转头,就看到了碧波微漾的人工湖，自从陈小婷从那跳下去后，在湖边上玩耍的人明显减少了。因为我的疏忽大意，陈小婷的死一下子变得毫无意义。我一直想，要是她没有贫血，她把那个孩子打掉，她一定不会去走这一条路，杀人者依然逍遥，受害者为什么要选择去死？朗朗乾坤，三尺头上有神明，难道真相永远沉埋湖底吗？小婷，我要做一个勤奋的渔夫，把那些深埋湖底的秘密全部晾晒在阳光下。

我拿起电话，拨通了市委组织部副部长王向春的电话：向春部长，你好，忙啥呢？

哦，邝老兄啊，还不是"三支一扶"考试的事，笔试结束了，正提组织面试的方案呢。

那就不打扰，我问下，乔部长在吗？

刚开完会，在办公室呢。

那好，谢谢，我马上就过来。一会见！

我让卞新生叫了司机唐兴旺，直奔市委大院。

下了车，上市委大楼的时候，遇到办公室好几个熟人，但是此刻大家却都变得很生疏了。因为工作环境不一样，打交道的机会也不多，除了在一些日常性的会议上碰面外，很少有深入交流的机会。

看到市委常委、组织部部长乔玉川，我也有着同样的感觉。从前楼上楼下，彼此熟悉得像一家人，说个啥话也比较随便，玩笑也开，家常话也讲，但是如今见面，真的有了一些恍如隔世的感觉。刚离开市委那会儿，一直想着至少一个月能邀请以前的领导同事喝个小酒，玩个小牌，关系在于不断巩固，不去巩固的老关系，慢慢也就断线了。然而好多事我知道怎么做，只是没去做而已，也许从心底里还是不屑去做吧。加之一直被事务缠着，也不能落实，时间长了，连个问候电话也没有了。所以我常想，一个人的心思只能用在一处，要么干工作，要么跑关系。我全身心地投入工作了，跑关系的事就抛脑后了，那个大胡子的老马说得好，人是各种社会关系的总和，特别是在中国这样一个国情下，失却了社会关系的人，该会是多么寂寞。

天穷同志啊，看上去气色不太好啊，咋了，干得不顺心？乔玉川部长看见我，很关切地问。

乔部长，我来想给你专题汇报一下建设局的班子问题。目前呢，建设局的工作任务相当繁重，中心城市建设面临着大的突破，而目前的领导班子很难适应这样重的工作任务。简单说吧，建设局领导班子还是比较弱，急需加强和必要地调整。

哦，你说说看，雍阳、边晓云、秦素梅同志，还有纪检组长郭什么，这些人都什么情况？

雍阳吧，乔部长你也知道，他的工作经历比我丰富，资历也老，算是个老建设，从前万山同志在的时候，他就有些摆不正位置，在职工中间搞个人圈子。我过去这段时间，实事求是地讲，在配合我开展工作方面还真是有一些问题。建设系统口子大，积累矛盾多，承担工程建设多，所以干部的风险也大，为了确保建设系统每一个干部既能干成事，又要不出事，我建议可以考虑让他去其他部门担任一把手。边晓云同志呢，工作比较勤奋，政治觉悟也高，关键就是缺乏主见，人云亦云，难以独当一面，秦素梅同志工作踏实，敬业，但是工作能力还是弱一些。

天穷哪，人各有所长，各有所短，一个称职的一把手不在于事必躬亲，而在于充分调动成员的积极性，发现他们的长处并着力挖潜，避开他们的缺点并努力纠正，这样才叫人尽其用，才叫抓班子、带队伍嘛。关于建设局班子，你的意见我会充分考虑，在目前这种形势下，建设局的班子是要加强了。

从乔玉川部长那出来，我就去了王向春的办公室。

怎么，找领导撂挑子？王向春笑着。

哪里敢？是给领导汇报一下班子的问题，俗话说，火车跑得快，全靠头来带。现在的这个火车头，不能合力呀。

那个雍阳早就该换掉了，不过我估计谁也拿不掉，上面有人。王向春指了指头顶，略显几分神秘地摇摇头。

看看你，让人羡慕，党委口的事就是好干啊，哪像我，办公室根本就坐不住。

老兄说反了不是？坐着实权部门倒羡慕我这清水衙门，不过可要谨慎啊，去年有一组数据说，全国检察机关共立案侦查建设领域商业贿赂犯罪案件一千八百多件，占同期商业贿赂犯罪案件总数的27%。对了，你们那个女科长到底为什么自杀？

向春，我说了你会相信吗？

说啊，我不相信你，还能相信谁？

算了，不说了，人都去了，说那也没啥意思了，只是世道真的很险恶，好人难做。

看你，最近心烦意乱的，也难怪，干事创业的环境太差了。对了，我给你找个美差干干咋样？

什么意思？你要调动我？

呵呵，我哪有那权力？最近不是抽人参与大学生"三支一扶"招考面试吗，我负责呢，你正好来了，抽你做考官吧，封闭你三天，让你吃好睡好，享享清福。

好啊，真是个美差。谢谢你啊，回头我请客，专门谢你。

2

没有想到，楼下的邻居王小四敲门到我家里来了。当今社会，上门来一般都要预约，除非关系特别亲密的人。那么楼下的邻居王小四，算是哪一类呢？

我很少在家里吃饭，那天难得吃一次，刚放下碗，门铃就响个不停。戴欣嫚冲猫眼里瞅了瞅，就开了门。随即我听到她说，哎呀，小四呀，快进来，快进来。

显然她们很亲密。

王小四提了一个大礼包进来，看来是受了电视广告的影响，今年过节不收礼，收礼只收脑白金。后面还跟了一个高挑个子的女孩子。我跟着戴欣嫚招呼她，快请坐，请坐。戴欣嫚将她俩让到沙发上，就拿了一个苹果开始削。我刚要进书房去，却听到王小四说，邝同志，我是来找你的。

以前王小四一直和戴欣嫚有来往，我以为又是来找戴欣嫚的。找我？找我又是啥事？她并不知道我是建设局局长啊。我回到客厅，坐在了旁边，听她细说。

是这样，邝同志，这个呢，是我们老田的外甥女，叫尹夏，去年师大毕业，在家待了一年。这次参加咱市的"三支一扶"考试，笔试成绩不错，这不下周要面试，我打听到你是考官，求你来帮个忙，这孩子父母亲都在山区种地，为供她上大学还贷了款，这孩子争气，成绩考得不错，但人都说面试没有关系，连门都没有，我求求邝领导了。要是小夏笔试考得太差，我们就死了心了，可是她这回争气，分数考得不错……

我看到那个叫尹夏的女孩子脸红红的，扑扇着一双毛乎乎的眼睛，有些紧张地看着我。很文静的一个女孩子，这样的孩子学习肯定踏实。能想象得出，在学校也是那种中规中矩的学生。

笔试排名怎么样呢？

全市第十一名，比第一名少三点五分。尹夏还是没有说话，王小四代为回答。

那真不错啊，应该没问题，全市招三百名呢，怎么也落不掉你呀。

听说参加面试的要五百名呢，我们这不是担心有关系的把我们这些老百姓挤掉嘛，所以，邝领导，咱们楼上楼下的，还请你多帮帮我，等孩子考上了，我让她全家来好好地感谢你。

没问题，没问题，那么好的成绩，录取笔试成绩要占60%呢，将来成绩都是上网公布，公开透明，怎么能挤掉呢。你放心，我认下她了，要是遇到我这一组，我一定打高分。哦，对了，我用手机给这孩子拍个照片吧，完了传给其他认识的考官，让他们也留意一下。

王小四听说，高兴得嘴都合不拢了，连忙把尹夏一把拉到了我跟前，小夏，你是遇到贵人了，快让邝领导给你拍个照。

尹夏紧紧抿着嘴，正襟危坐，鼓得满脸都是劲。我笑了，你放松些，笑一下。我一连拍了两三张，打开相册让她们看，王小四咧开大嘴笑，太好了，太好了。有邝领导操心，我想这孩子的前途是没问题了。

王小四吃了一个苹果，和戴欣嫚鸡毛蒜皮地聊了半天，就告辞出门。我送她们到楼梯口，把放在客厅沙发边的脑白金提过去，让她们拿走，王小四连连摆手，三步并作两步下楼了。我看到尹夏回头看了我一下，一脸羞涩红晕。她的样子不禁让我感叹，如今的女孩子脸上已经少有这样的内容了，一直以为羞涩已经成为一种过去时，早已被开放的时代饕餮一尽了。久违的羞涩，让我记住了这个叫尹夏的女孩子。

送走她们，戴欣嫚说，欢欢也没几年了，万一考不上个好大学怎么办？

别担心了，不是还有四年吗？到时候也不知道形势咋变呢。再说了，欢欢那是个把学习顶在头上的人，为了学习啥都能放下。你看一天坐饭桌上一句话也没有，成天就是在书桌前写啊算啊的，这样学出来的知识能有用吗？

你可不能给说泄气的话，四年一眨眼就到了，再坚持四年，就解放了。

我看这样坚持四年，大学考上考不上先不说，人都傻掉了。

你才傻掉呢，别人嫌孩子不用功不学习，又打又骂的，你倒好，孩子学习勤奋倒成了错了……

我不再说话，我不知道除了欢欢，我和戴欣嫚还有什么可以说的。我为工作焦头烂额，疲于奔命，她为她的生活馆乐不思蜀，我们唯一的交汇点就是欢欢，而关于欢欢的话题，除了学习，还是学习。

戴欣嫚还要跟我争执，她的手机响了，她接通电话马上一脸笑容，继而又说又笑起来，我都怀疑她还是不是刚才跟我说话的那个戴欣嫚。

我听到电话里好像是孟雪的声音，最近孟雪老是来电话，两人说得时间很长，女人们东拉西扯的，永远找不到通话的主旨，聊了半天，我也听不出个所以然。我疑惑的是，我跟邝天昊形同陌路了，戴欣嫚缘何跟孟雪走得如此之近？

是孟雪？我终于忍不住，破天荒地去问来电者。

是的，我想找她帮忙贷款。戴欣嫚一点不隐讳。

贷款？你贷款做什么？

你从来不过问的，既然问到这，我就告诉你，我准备扩展业务了。顾客越来越多，诉求也多，比如做卵巢保养、水力按摩浴的人就越来越多，我已经跟隔壁的手机店谈好了，他的店面租给我，我要改造。

贷款搞？能收回本钱来吗？

你好好当你的局长吧，这不用你管，亏了不会要你一分钱，赢了我都会拿回家，买房子，买车子，供女儿上大学，读硕士，读博士。你一直认为男人干大事，往往忽略了我们女人，其实我们并不比你们轻松多少，除了工作，也有人际关系，更有繁重琐碎的家务……在生活面前，我们一样觉得好累！所以，换一种生活方式，好好爱惜自己，懂得享受生活，这就是我的生活馆的魅力所在。

戴欣嫚的一番理论的确让我无法回驳。她有一句话常挂在嘴边：爱自己的女人才是最美丽的女人。我想，一个只爱自己的人怎么会去爱别人？

高耸的塔吊，负载着高高建材的卡车来往穿梭，车辆刺耳的喇叭声、搅拌机的轰鸣声、震动棒的突突声此消彼长。这样的现场我再熟悉不过，说它火热也罢，说它有序也罢，一切真实的东西都掩藏在这表象之下。

这是位于韩阳城北的北街社区下沙河居民点保障性住房建设工地。

北街社区是十多年前韩阳城第一次大规模改造时由老城改造而来的，后来的两轮城区改扩建逐渐南拓，北街就显得有些老旧，而位于北街的下沙河，一直以来被城市规划者的大笔屡屡遗漏。北街社区下沙河居民点一度被低矮的瓦房、单面的两层楼房和一些临时搭建的库房、灶房挤满，下雨天就成为一片泥泞之地，而且不远处的一条被称为沙河的排洪沟污水成灾、垃圾如山、出行难、环境卫生差以及治安、消防隐患等诸多问题一直困扰着多年居住在这里的一千多户居民。夜晚,韩阳城区华灯齐放,车流如梭,这里却一片灰暗、沉寂和恐惧,没有路灯、厕所,天黑人都不敢出门,成为韩阳真正的城中村。

三年前,韩阳响应国家和省里大建安居工程的号召,从这里开始了第一批保障性住房的规划征迁工作,按照先建后拆、边建边拆的原则,乱七八糟的破楼烂房逐步被拆除,去年年底,规划中的六幢保障性楼房已有两幢如期竣工,交付使用,今年春节前夕,回迁的老百姓顺利搬入。我记得那是一个雪花纷飞的日子,市政府在这里进行了隆重的入住仪式,拉开了全市安居工程建设的序幕。

包括春节前那次,今天我已经是到建设局任职以来第五次身临下沙河小区了。

这次非同寻常,小区的群众写信给庞俊杰书记,反映才入住半年,新房就已出现墙体裂缝等严重质量问题。我带着质监站站长和城乡建设科科长李文斐来到了下沙河小区。

我走进一号楼,找到了写信人所反映的三单元二楼,一位年逾六十的老人家接待了我。我说,老人家,你们写的信庞书记收到了,书记很重视,派我来处理。老人指着墙上的斑斑裂痕说,春节前刚搬进来时,就发现墙上、屋顶、地面都有裂缝,去找物业,他们说,是天冷冻的。谁知两个月后,却发现房子裂缝越来越多,越来越大。我儿子多次找物业,结果骂了几仗,没人管,没办法,只好给市委庞书记写了一封信,碰运气。

老人家,像你们这种情况的还有吗?老人说,隔壁开出租车的黄师傅家也是。我们敲开黄师傅的家门,黄师傅出车去了,他的妻子在家,她指给我们看墙壁,你看,那么多裂缝,墙皮都开始脱落了。

我看到触目惊心的现实,不由得心痛,市政府刚于春节前夕举行了隆重的入住仪式,这才七月份,就出现这样严重的质量问题,作为建设局,该如何面对老百姓?

我问李文斐,文斐,到项目部里去看看资料,哪家中的标,有资质吗?李文斐带着我走进设在二号楼一楼的项目部,一帮人正在那里光着膀子甩扑克。

谁是负责的?叫你们经理来。

你谁啊?

这是市建设局的邝局长,快点叫你们经理过来。

招牌远比人有用,他们往往忽略人而更在乎招牌,于是纷纷掏电话,不知道谁先打通了,我看到有一个人背过去小声说话,然后捏着电话说,就来就来。

过了一会儿,一个矮胖的汉子进来了,找我?

你是这里的经理吗?我们是市建设局的,你是什么公司?怎么连个项目公示牌都没有?

刚动工的时候有,施工过程中拆掉了。我们是朝天建筑公司的。

朝天建筑公司?你们老板是邝天昊?

不是。

那是谁?

就是我,赵军海。

你不认识邝天昊吗?

不认识。

为什么一号楼刚搬进去半年就出问题了?

当初这两栋楼交房时间晚了,由于任务紧,住户嚷着要进去过年,我们为了赶工期,主体还没干透就抹了水泥,造成入住后房屋返潮,出现墙壁裂缝、掉皮等现象,我们可以保证,房屋主体没有问题。

有没有问题，你说了不算，要看质检和监理单位的质量检测报告。

我憋着一肚子气离开了项目办，又驱车去了建设单位北街社区。

在北街社区，第一个接待我的竟然是尹夏。

小夏？我一时忘记了她姓尹还是姓夏，唐突叫了声小夏。

我知道尹夏面试考试成绩不错，顺利通过了面试，我当时给几个当考官的同僚都发了照片，不知道起没起作用，反正结果是，尹夏考上了。后来，王小四到我家去感谢过我，我没在，听戴欣嫚说，王小四又拿来一瓶五粮液和一条苏烟。

哦，是你呀，你怎么来了？

你分到这上班了？不错啊。

还得感谢你呢，要不是你，我不一定能考上呢。

我看到办公室里摆着四张桌子，角落里搭了一张军用床，床上放着一个芭比娃娃。

你住这儿？我指着那张军用钢丝床。

嗯。没地方去，四处找房子租，找不下合适的。在这里住了一月了。

那多不方便，这里毕竟是办公的地方，再说你一个女孩子。我知道，她所说的找不下合适的肯定是价格太高了，她租不起。哦，对了，你们领导不在吗？我找他有点事。

我带你去吧。他在那边。

尹夏脸蛋红红的，前面带路，把我领到了社区姚主任的办公室。

哎呀，邝局长呀，什么风把你吹来了。姚主任看见我，马上起身从他的办公桌后面转出来，热情地跟我握手。我也是春节前参加下沙河小区入住仪式时才认识他的,就见过那么一次,走在街道碰见也未必能认得出。倒是他眼力好,一下认出我了。

小尹,快给邝局长倒水。

不用不用,我连连摆手,我看到尹夏的脸更红了,她的羞涩总是让人产生几许怜爱。

是这样,我长话短说,有住户给庞书记写信,反映新建保障性住房有质量问题,我刚才去现场查看了,问题的确很严重。

哎呀,人心不足蛇吞象啊,你没见他们原来住的房子那条件,能搬进这么好的楼房应该知足了,还瞎告什么?

姚主任,这话可不对,我们搞安居工程的目的是不仅要老百姓住得好,还要住得放心,住得安全,住进去才半年,墙壁就裂那么大的缝子,怎么交代?我想知道当初招标的情况,我刚去问了,这家建筑公司一看就不是很正规。

唉,邝局长,不瞒你说,这家公司中标是事先有人打招呼的。我也没办法,这家公司本没有资质,借的是朝天公司的资质,所以对外的施工方都是朝天公司。

哦,是这样。你能告诉我是谁打的招呼吗?

这个,我看还是不说了吧。

我给李文斐和质监站站长摆摆手,两人知趣地出去了,尹夏也出去了。

你别有啥顾虑,这次是庞书记责令我查明真相的,不管是谁,都不会姑息。

邝局长,我给你说了,你可千万别说是我说的。下沙河小区安居工程一直是边晓云局长负责,从征迁到建设都是他一手抓,招标前是他直接找的我,说他一个亲戚搞建筑,让我帮忙关照一下。我说报名竞标的公司必须要有资质的。他说,这个你放心。后来,他那个亲戚就拿着朝天建筑公司的资质来竞标了。

那就是说，现在干活的是边晓云的亲戚？

也不是，问题就出在这里，他亲戚没机械，没人力，只挖了个地基坑，就把工程又转包给现在干活的赵军海的兴达公司了。

我明白了，由于利润太低，赵军海就不按施工图纸施工，偷工减料，造成了今天的恶果，对不？

唉。姚主任长叹一声，不再说话。

那么工程又是怎么验收的？监理、质监都是干什么的？你们的监管责任哪去了？

邝局长，这你就要去问边局长了，我有啥办法？你也不想想，他既然能把人招来，就有办法干成活儿，就有办法验收通过。

我出了门，看到尹夏站在门口玩手机。

小夏，站这干什么？

我等你呀。

等我？

嗯，我想请你吃个饭，当面感谢你一下。我一直不知道你在哪里上班，也不好去找你，今天意外碰见了，就想请你吃个饭。

不用了，不用了，是你自己考得好，与我没关系的。哎，对了，你不是在租房子吗，我给你找找看，你刚到韩阳，人生地不熟的。

这话一说出来，连我自己都惊讶了。前面看到她挤在办公室里住，心里就有些不落忍，心底临时冒出帮帮她的想法。待走出她的办公室，一进入工作状态，这事也就忘掉了。这会儿突然看见她，那念头突然又冒出来，而且比之前更加强烈。后来琢磨这事，不可否认，从第一次见到她，她的身上就有一种什么东西在吸引着我。

真的吗？那多不好意思，又要麻烦你。

没事，把你手机号给我，我这会儿还有工作，稍后联系你。

我保存好打出去的尹夏的手机号，坐上了车，回头看到尹夏向我招手。她正站在明耀耀的阳光下，高挑的身材，一身白色的连衣裙，宛如一朵盛开的白莲……回头看看，十几年前，我不也在那样美妙的年龄单纯着？生命真是一种有趣的轮回，我居然在一个清纯的女孩子身上看到年少时宝贵的纯真——那种随生命成长和消耗不得不慢慢远离个体的东西。车子走远了，尹夏的影子还在我眼前晃，吸引我的是什么呢？是那股子逝而不追的青春气息？还是妻子和女儿渐渐走出我的世界，那种空空的亟待填补的母性情怀？我一时理不出个头绪来，只能迫使自己不要胡思乱想。

3

连续几个晚上，边晓云打电话说要到我家里来，我都坚决拒绝了。

结果，没想到，我不让边晓云来我家里，我却去了他家里。卞新生告诉我，边晓云老婆患了尿毒症，换了一次肾，维持了三年多，最近病情恶化，医院已经下了病危通知。

我到了边晓云家，感到非常意外，边晓云一家三口挤在一套七十平方米的老旧楼房里。房间被周围的高楼遮蔽，潮湿阴暗。当了四年建设局副局长的边晓云，连自己的安居工程就没有建设好，这的确让人惊讶。

边晓云的老婆原来在韩阳药材公司上班，后来药材公司改制了，她一直在家，刚调到市建设局下面的房产公司，就查出了尿毒症。为了筹钱换肾，他们卖掉了原来一百平方米的房子，租了个小房子，结果换了肾只维持了三年，就被医生宣判了死刑。

家里一旦有个病人，气氛就变得不一样，似乎连空气都凝滞了，屋子里的一盆吊兰半死不活。难怪边晓云穿的衣服一直是又旧又皱，还隐约可见油斑的痕迹。我曾在班子会上半开玩笑地批评过他，一个局长，不能把自己降低到生产队长的水平上，必要的仪容还是要讲的，公务员礼仪也是一门必修课。现在来看，我是有些官僚了，边晓云一人撑着这个家，不容易啊。

看过面如土色的边晓云老婆，边晓云把我让到弹簧硬硬的沙发上，脸色凝重地长叹了一口气，邝局长，我一直找你，要见你，是有些事想给解释，不是要贿赂你，你想多了。

边局长，你也是个老同志了，那样的事什么后果你该知道，《建筑法》里的规定你又不是不明白，政府及其所属部门不得滥用行政权力限定发包单位将招标发包的建筑工程发包给指定的承包单位，提倡对建筑工程实行总承包，禁止将建筑工程肢解发包。如果我说得不错，这应该是二十三、二十四条里的内容吧，想想看，这是什么性质的问题，你比我更清楚。

邝局长，是，你说的对。我也知道性质严重，但是我也没办法，儿子高中毕业没考上大学，在社会上混了四五年，好不容易有了事干，跟着一个同学组建的工程队干零活，我儿子带着他这个同学找到我，让我给介绍个活，好让儿子赚些钱，补贴家用。我一人挣钱养活一家三口，还有一个病人，实在出于无奈，正好张万山局长为了牵制雍阳，在局党组会议上决定让我负责北街社区保障房建设工作，我就利用职务之便，给负责建设的北街社区姚主任打了招呼。

可是你知道吗，这家工程队是个"三无"工队，根本拿不下这活，最后不是也没干吗？

这个情况是临招标报名时候我才知道的，我儿子又找到我让我想办法，我想事情既然到了这一步，就找了邝天昊，是他帮忙借的资质。所以在步行街的问题上，我态度不是很明朗，我一直觉得邝天昊帮过我，我也要帮他。我儿子他们拿到工程，干不了，五千万的工程，就两千万转包给了赵军海的天达公司。

晓云哪，你的处境我很同情，可是事到这一步，我怕是实在帮不了你了。

邝局长，我对天发誓，我可是一分钱没拿到，我儿子也没有给过我一分钱，这组织上可以去调查。说句实在话，现在的招标哪个不是这样，我在建设系统这么多年，啥事不知道？建筑市场的水深着呢，拿到项目而且要正常施工首先要拿下手握工程发包大权的单位负责人，然后再做通招标负责人及评标专家的工作，得到相关信息，心里有了底，然后找几个陪标的公司去投标，拿到工程，再去做质监等监管单位的工作，才可以组织施工，直至工程验收结束。

晓云，你的意思我明白，你是说这是个普遍现象。但是我觉得作为我们建筑人，就该首先做到打破这种潜规则，至少在自己的分内抵制这种潜规则，为还建筑市场一片净土做出自己的努力。晓云局长，你的态度让我感到欣慰，当前纪委、监察局正在集中开展建设领域不正之风整治活动，你还是配合把问题讲清楚吧。

走出边晓云的房子，我感觉外面的光线有点刺眼，眼睛不由一阵酸涩……

阳光照在窗外树叶上,映出一点一点耀眼的亮光。这个城市正在以匆匆的脚步跟随着时代的步伐,如果只有高楼大厦,城市将是干燥无比的,所以它需要绿色的磨合。绿色不仅带来视觉上的协调,也带来心灵上的宁静,它是城市的润滑剂,让城市少一些粗糙。

我坐在办公室里看完李文斐整理的下沙河小区安居工程的调查报告,感觉眼睛有些酸痛,就扭头望着窗外。在韩阳这个城市生活了这么久,我热爱城市里的每一片绿色,一棵树、一丛花、一块草地,甚至一棵小草,都会让我心有所动,虽然有高楼在提示城市的存在,但绿色却总能带着些野外的气息迎面而来,轻抚人的心灵。

这时候,边晓云敲门进来了。

邝局长,我跟质监站几个工程师去了下沙河小区,鉴定的结果是水泥不合格,钢筋也不达标,我已经下了停工令,让他们提出整改方案,等候处罚。关于我的问题,我写了份检查,提交党组和纪检组审查。

我站起来,在地上走了两步,拍拍边晓云的肩膀,说,我的父亲常跟我讲,人要让人,但让人不必退尽,退尽则路寡。你也不容易,我通过工会给你争取了一点困难补助,钱不多,两万元,你去找王得贵主席,把钱领了。

邝局长,谢谢。我来……来……是告诉你我老婆已经走了。想请一周假。

我的心里咯噔一下,这个边晓云,其实是个很老实的人,我来快两年了,他一次都没有给我说过家里的事,安排的工作不说落实力度和实效有多么出色,倒也是尽心尽力,没有因为家庭困难给局里提过任何要求。

我接过边晓云递过来的检查,心里沉甸甸的。在这个节骨眼上，调查和处理他，于心何忍？

晓云同志，人死不能复生，节哀顺变，快去忙家里的事吧，其他的事你不要管，有什么需要帮忙的，尽管给我说。

边晓云点点头，眼圈红红地出去了。我叫来了卞新生，边局长的爱人去世了，叫几个年轻人，带一辆车，你也去，你们去给帮帮忙，把丧事操办好。哦，对了，我给财务科打个招呼，你去财务上拿三千块钱，交给边局长，就说是局里给解决的抚恤金。

卞新生走了，我才发现李文斐还坐在我办公桌前面的椅子上正看着我。我这才想起我们手头还有工作，我一拍脑袋问，咱们说到哪了？

4

我没有想到，任何人也不会想到，他们一定认为我是疯了。在市委书记庞俊杰的办公室里，我跟庞书记由商讨变成了争论，最后竟然演变成了激烈的争吵。

本来，我是来汇报群众信件反映北街社区安居工程的调查情况的，当然庞俊杰也认真听取了我的汇报，他已经把我的调查报告批转给市纪委，要求按照违纪案件调查处理。

安顿好这件事，庞俊杰突然说，下周一市委、市政府要召开联席会议，就建设韩阳标志性大厦的问题进行专题研究。

他说，我来韩阳已经一年多了，你到建设局也快一年了吧？这一年我想的最多的是让韩阳脱颖而出。最近跑了周边几个市，明显感觉我们韩阳的高楼还是太少了。昨天跟几个常委们议了议，大家一直觉得在我们领导层的思想上普遍存在着封闭保守、见事迟、谋事慢的倾向，这些年城市建设按部就班，东补西拆，钱是花了不少，面貌却没有从根本上得到改善。所以，经过办公会议讨论，市委、市政府决定解放思想，重点规划高楼群地带，也就是在南韩街西路一带，规划建设中央商务区加行政中心，作为韩阳地标性工程。目前这个地段呢，已有几栋高楼，初显都市气息，要是在火车站广场前修建一两栋五十层以上的标志性建筑，开辟一个大广场，韩阳的品位和对外形象将会大大提升，韩阳也将会彻底告别农民城市的架子。

听完庞俊杰的一席话，我十分意外。意外之余，也有些失落。意外的是，这样的思路完全不符合庞俊杰庞老师因地制宜、稳步发展、注重个性的城市建设思想。失落的是，作为他最得意的门生和一手重用起来的部下，在做这样大的决定之前，丝毫没有征求过我的意见。换个角度想，市委、市政府决策与我这个小人物无关，我只负责执行，这没有什么不对。关键的问题是，我不单纯是建设局局长，我是邝天穷，是他的贴心部下。由此来看，我过高地估计了我们的关系，我只是个建设局局长而已。

我容易情绪化的缺陷再一次暴露无遗，我的言行有些失控：庞老师，你的话让我觉得不像你了。记得你一直津津乐道于我大学的毕业论文，说明你对我的观点是赞成的。如果你还记得，我在论文里陈述中国建筑败笔的时候有过这么一段表述，以最新、最高、最现代的建筑作为城市的标志性建筑，是目前中国城市标志性建筑和景观热中的一大误区。标志性建筑的内涵应是城市历史文化的积淀，反映出城市固有的个性风貌，是向外界标志城市独特存在价值的商标和载体，可以存在数百年而不改。可惜绝大多数城市的标志性建筑不能成为其历史文化的载体,或者说它把城市固有的文化消灭之后以新建筑取而代之。新建筑之后还有更新、规模更大、楼层更高、造价更贵的建筑项目,因而标志性建筑也总在易帜。广州七十年代是白云宾馆,九十年代是世界贸易中心、国际大厦,今天是天河体育中心和中信广场。未来五年呢？会是什么？艺术博物馆,奥林匹克体育场,还是广州歌剧院？人说标志性建筑是城市的眼睛,我们的城市太像一个急于追逐所谓的时尚而不惜在自己的眼睛上一再动刀动枪的小姑娘。可惜,单眼皮改成双眼皮,双眼皮改成单眼皮,不是越变越靓,而是越来越没有人样。

我的激动显然在庞俊杰的意料之中,他面带微笑,不急不缓:我当然记得,你还有更精彩的论述,高楼大厦成了中国城市现代化的代名词。据说,中国设计院在浦东设计的高层建筑,其面积使用率比境外设计的低40%。九十年代的上海仅用了五年时间就建成了两千多座高层建筑,其中金茂大厦八十八层,上海环球金融中心四百多米九十四层。西安旧城中原有的建筑以低层为主,市中心钟楼、鼓楼、城楼以及城外大小雁塔等均突出于城市轮廓线上,成为城市的标志性景点,而今市内层出不穷的中高层建筑破坏了传统的城市轮廓线,重要古建筑之间的通视走廊受阻。

我有些迷惑不解,他并没有糊涂,他用我的话来证明他非常清醒,他的决策是冷静做出的。我望着他的眼睛,希望能从中读出些什么,那你为什么还要在韩阳重蹈复辙呢？

天穹,韩阳不是上海,不是广州,也不是西安,正因为它没有一座高层建筑,我们才要成为第一个吃螃蟹者。作为韩阳的建设者,我们有义务打破韩阳这种落后的城市面貌,拉开我们与周边城市的差距。

原来他的态度是如此坚决,我瞬间觉得,他之所以不征求我的意见,就是想"先斩后奏",让我没有再做选择的机会。这样的想法一冒出来,我更加情绪激动,我完全忘记了对面坐的是谁,就像当年在大学学术交流会上一样,我大声疾呼,慷慨陈词:建筑从低层发展到多层、高层、超高层并不是一个必然过程,其原因有人口的增长、地价的提高、经济的发展和技术的进步等,适当兴建几个标志性的高层建筑来展示城市的形象的说法其实是一个误区。高层建筑是现代科技发展的成绩,但高层建筑并不代表城市的发展方向,特别是我们韩阳这种经济不发达地区,很不符合我们的实际情况。

邝天穷,我们的理论一定要指导实践,而不是纸上谈兵,韩阳在城市面貌上最直接的改观就是建设大厦,这就是韩阳的实际。你要认真考虑!

我丝毫不理会庞俊杰语气的变化,继续跟他争执:不对,这是用一种小农经济或者暴发户的眼光来看待所谓的现代化。不客气地说,不符合地方经济发展需求的高楼大厦,在地方官员的心目中与旧社会的牌坊一样,炫耀的成分居多。

邝天穷,你太过分了!

庞俊杰终于拍了桌子。

后来回想,换了谁都会拍桌子。可是我依然不甘心就此罢休,我不能让政治投机因子完全占据他学者的头脑。我的情绪没有因为他的震怒而降到零点,我继续我的劝告:庞书记,我不仅是为韩阳考虑,也是为您考虑,高楼大厦建成的结果会出乎你的意料,他很有可能会成为资源的巨大浪费,后果将是严重的,代价也会很惨痛。说穿了,这是一种错误的政绩观,它会给经济发展带来致命的危害。高楼建设不能抛开现实情况,更不能超越当地经济发展的同步水平,否则高楼建设将不再是纪念碑、里程碑,而有可能成为墓碑。

邝天穹，你给我出去，你太放肆了，你，出去！

我跟市委书记庞俊杰的争吵一下子通过市委大楼传遍了整个韩阳市，人们添油加醋，传得神乎其神，有的说我跟庞书记连连拍桌子，有的说庞书记把茶杯子都摔碎了，还有的甚至说，我跟庞书记已经撕扯在一起，不是秘书及时拉开，都要打起来了。

自然，建设局乃至全建设系统最为关注，广大干部职工议论纷纷，有惊叹的，有怀疑的，有赞扬的，有嘲笑的，也有担忧的。王向春第一时间打来电话，他语重心长地说，天穹老兄啊，你不是小孩了，干吗还那么冲动？冲动是魔鬼啊，我给你说，领导说你再想想，不是他没想好，而是要你别再想了。领导征求你的意见，不是真的要听取你的什么狗屁意见，而是在寻求响应他的人。

大家一致认为，我的政治生命已经到头了。

第九章

1

也许从那天起,我的生命就和这幢大楼不可分割了。

恩师庞俊杰说,大楼就叫天星大厦吧,也许你邝天穷天生就是天星大厦的缔造者,天穷将与天星一起留名青史。

大楼在一天天地长高,我的生命却在一点点地缩短。大楼封顶的那天,就是我生命结束的日子。为着实现我们师生的政治理想,我全身心地投入,在夜以继日地倒排工期,抓进度,其实就是在夜以继日地追赶我的死期。

大学毕业,学成回乡,壮志满怀,我的心底始终响着一个声音:城市是一部永不会完成的交响乐,我要以高度的历史责任感去谱写城市交响乐中的新篇章。

天星大厦就是我的新篇章?是的,每一块砖,每一条钢筋都将写满我的墓志铭。

人人都知道死是必然的,它是一个我们一出生就通报要来访的客人。可是有谁会给自己一个死亡的高度呢?

我夜以继日,用心血把自己抬高五十层,然后从五十层坠落大地,一声永恒的叹息,正从大厦的玻璃幕墙中间的缝隙里透露出来,它是那么轻,那么软,像一缕羽毛,甚至来不及送到你的耳边,就已经无处可寻。

就让我的肉体为天星添砖加瓦吧。

国庆长假,我难得在家。

邝欢补课,戴欣嫚一头扑进她的女子生活馆扩容里,我一个人在家翻阅一些高楼大厦的规划设计资料。假期了,人是在家中,可是我的脑子却是在别处。

不可阻逆,市委、市政府联席会议终于形成了决议,韩阳要建设一座标志性的建筑:天星大厦,也就是CBD加写字楼,总占地一千二百亩,分四个板块,第一个板块是时代广场,占地四百亩,总投资三亿元。第二个板块是天星大厦写字楼,占地一百亩,共五十层,地下三层,地上四十七层,每层五千平方米,投资十亿元。其中设置一个裙楼,为文化博览中心,八层,八万平方米,造价四亿元。第三、第四板块是商业区,共六百亩,建筑面积一百二十亩,总投资三十三亿元。天星大厦形象高度一百九十六米,工程计划工期约三年半,总计投资六十亿元。建成后,将是韩阳周边地区体量最大的标志性建筑。项目规划建设成为集经济、科技、金融、信息、商贸商务、五星级酒店、生态居住于一体,配套齐全、设施完善的现代化经济区,可容纳上万人办公,将为世界五百强、国内五百强和国际金融机构的白领、蓝领和韩阳中小企业客户带来集居住、商业、办公、休闲为一体的都市生活新体验。天星大厦是彰显城市魅力、体现城市特色的超高层建筑,将成为韩阳的新地标。

如此恢宏的规模和巨额的投资,让我的内心充满了恐惧,时至今日,我还陷入在深深的不解中。但是争执归争执,执行还是必须的。后来我才知道,老师跟我一样,有一股来自外界的强大的力量在推动着他,更多时候我们要把真实的自我,包括自己的思想深深地包裹起来。经过多日的冷静和思考,我能做的只有跟随他，全力完成天星大厦的建设任务，用他赋予我的地位回报给他最大的政绩和乐观的未来。虽然我们之间的争吵在全市传得沸沸扬扬，但我跟他依然是师生，依然是上下级。他见了我，还是拍我的肩膀叫天穹，我见了他，还是很尊重，还是叫他老师。似乎一切都没有什么变化，但是我的心里却暗暗涌动着一种深深的刺痛和无限的悲凉。

联席会议之后不久，庞俊杰叫我谈了一次话。这次谈话与以往不同，语重心长，心平气和，分明已经超越了一个市委书记跟他的部下的关系。我想，也许他那些话也只能对我讲。庞俊杰跟我谈了他来韩阳的诸多感受。他说，韩阳这块地方，不得不承认，地方势力还是很严重的，想腾挪开每一步都要耗费九牛二虎之力，抓工业吧，缺乏项目支撑，招商引资成效缓慢，抓农业呢，立地条件差，气候干旱，农民群众满足于小富即安，支柱产业推行难。面对这样的现状，以他的专业，他的长项，只有抓城市建设，短平快，容易出成绩。他何尝不知道这是政绩工程，是短期行为。但是形势所迫，没有办法，现在的干部交流和调动是很频繁的，他不可能在韩阳待多久，要有所作为，就要找准突破口，所以，理想和现实是有差距的。

我看到了庞俊杰鬓上霜染一样的白发，心里猛然一紧。这番话，透露给我一种无奈的情绪，所有的理由都不是理由，真正的理由是说不出来、摆不到台面上的。我垂下了头，十分真诚地向他道歉，庞老师，能原谅你的学生吗？我们都离开了校园，不再是高谈阔论的老师和学生了，我们都要落到地上来，但是我还是希望老师能理解我的用心，你曾经给我讲过，一九五三年，肺病已经很严重的建筑家林徽为了保护北京城和古建筑，在一次会议上，对时任北京市副市长的吴晗金刚怒目，大声谴责：你们把古董拆了，将来要后悔的，即使把它恢复起来，充其量也只是假古董！虽然京城的牌楼早已随着文化浩劫不复存在，但林徽因当日刚正的一席话，永远环绕在我们每一名具有良知血性的中国学者心头。老师，我虽然不是什么专家学者，但也是一个有担当有责任的知识分子。

　　天穷，我是很懂你的，可是你知道吗，一个人书读多了，难免会有书呆子气，我们知识分子从政是被人看不起的，常常会被人笑为迂腐。就像你说的，我们都离开了校园，不再是高谈阔论的老师和学生了，我们都要落到地上来。我离开大学校园走上领导岗位这几年，深有体会，时代在发展，知识在更新，可是有些观念却很难改变，改变不了怎么办？那就要顺应，这几年，为了摆脱自己身上所谓的迂腐气，我是下了不少功夫。天穷，顺势才能前行，说句实在话，我提你到建设局局长的位置上是有私心的。当时常委会上一些常委们嘴上不说，但我能看出他们是有意见的。我之所以力排众议安排你去那里，就是想让你帮助我在韩阳城市建设的战场上大干一番，来实现我们共同的理想。天穷，你还年轻，大厦建成后，我会帮助你下到县上去任要职，基层再磨炼几年，你的前途还是无量的。

　　话已经到了这个份上，我觉得心底暖暖的，除了一再感激，频频点头，我还能再说什么？庞俊杰的剖心剖肺，让我既感动又忧虑。我深深知道，这样的话只能也只有对我讲了。父亲邝野一直教诲我，士为知己者死。的确，我明知这是个错误的决策，却无力去改变，任何识时务的人在这种情形下，都会作出非常明智的选择。我只能执行而别无他途，因为没有庞俊杰，就没有我的今天，在他作出的重大决策上，我不带头执行，那岂不被世人斥为忘恩负义之徒？

　　天星大厦综合体项目可行性研究报告已经经过了韩阳市发改委批复立项，也就是说项目已经进入了实施阶段。于是，在我办公室的墙壁上，在挂着钱前送我的那幅画《遗书》的旁边，又多了一幅规划图，我知道将来还将会多出一幅辉煌的天星大厦综合体成品效果图。

那天，庞俊杰跟我在他的办公室里就南韩街西路火车站广场一带的布局研究讨论了一个多小时。我知道，选址确定后，还要进行深入的地勘工作，要查看土壤、岩石、地下水等等，保证所有指标都安全，确保地基稳固。我在查阅过有关规定后，准备在国庆节之后，发布公告，招标有资质的水文地质勘探专业机构对于已经确定的地域开展地勘工作。

最近我正埋头在一大堆资料里，忙着研究地勘工作的程序以及招标工作有关程序和规定，突然手机响了，很意外，是梁工。

邝局长，我是老梁啊，我在你家小区门口呢，我们几个想来看看你，在家吗？

有事吗？

是这样，邝局长，在您的关心下呢，政府给我们又补了每年五百元的工龄补偿金，而且左义邦也给我们补交了欠下的"两金"，拆迁户的安置房也批下来了。

是吗？好啊，这可是大好事，祝贺你们。

所以，几个人撺掇我，说一定要来谢谢你，我就带几个代表来了。

这是我分内的事，不用谢的，你们还是回去吧，以后有啥困难随时跟我讲。

邝局长，你看，有个老朱，你记得的，他儿子部队复员回来，一直在家里闲着。你上次给操心往市上上报的解决公益性岗位的指标，也下来了，他儿子已经安排到农牧局开车了，他说一定要当面来感谢一下你，说你连他一根烟都没吸过。我劝不走他的。

我一听这样，就说，那好吧，你们来，来坐坐就行，千万别带东西来。

我知道他们不会不带东西来，不带东西肯定不会来。但是那话我还是要说的，有些话看似无用但不能不说。

一会儿，梁工他们来了，果然是大包小包的烟酒、蜂王浆之类。我说，看你们，都很困难，还跟我弄这么多东西来。

没有你啊，我们的问题猴年马月才能解决呢，我们很感激，这些东西也没有个啥，就是用它表达一下感情，你别见怪。

他们是真诚的，这种真诚让我很温暖，我体会到了什么叫赠人玫瑰、手有余香。坐了一会儿，众人要走了，我送其他人出门，让梁工单独留下了。我说，有些事我想跟你聊一聊。

你是不是要问陈小婷的事？

不愧是和我一起共事几年的老同事，我心里想什么他完全知道。我的确是想问陈小婷的事，设计院老职工的问题政府一直拖着不解决，现在为什么一下子解决了？我知道不是市长良心发现，而是陈小婷的事造成的。

邝局长，小婷是个苦命的娃娃。那段时间，社会上风传你跟她不清白，我们都知道，你是在替人背黑锅。她的事，我们多少知道一些。

难道小婷跟某个领导的事是真的？我装作毫不知情，追问梁工。

都是左义邦拉的皮条，刚开始，左义邦一直打小婷的主意，没得逞，就有意介绍给那个领导了。

其实我明白，你们感谢的不应该是我，而应该感谢陈小婷。他们是怕陈小婷的死会惹火烧身，直接牵扯出他们之间的肮脏交易，于是，你们多年的遗留问题解决了，那是他们拿政府的钱堵你们的嘴呢。

这事也不管谁解决的,解决了就好,大家都安生,前段时间把你折腾得够呛,我都看不下去了。左义邦大搞房地产开发,那是故伎重演,大捞特捞呢。

有些事没有证据,还是尽量不要随便说,以免引火烧身啊。

梁工的话让我再次陷入深深的悲哀之中,陈小婷的死,谁是罪魁祸首呢?她活着,因为与那股阴暗势力有扯不清的关系,必然就要成为我的对立面,这是她最不愿意却摆脱不掉的痛苦。我想起她的父亲临终前对我说的话:小邝,救救设计院,救救我女儿,救救小婷……

陈叔叔,对不起,我没有保护好小婷。

我的头突然剧烈地疼起来。

2

尹夏一打开电视,就喊我,快来看,你在电视上。

我捏着块抹布,双手湿湿地走过来,看到电视上正在播放《韩阳新闻》:记者近日到韩阳市建设局采访,和市建设局局长邝天穹进行了交谈,虽然到任仅一年零八个月时间,但是邝天穹已完全进入了角色,对如何履行好自己的职责,搞好韩阳市的城市建设管理工作,这位儒雅的局长有着清晰的思路,而且充满了信心。

记者:在采访您之前,我已经从其他干部职工的话语中对您有了初步的了解,您来局里的时间不长,可同志们都已被您细致入微、严谨高效、求真务实的工作作风所感动,对您十分的钦佩。作为建设局局长,是否感觉身上的担子很重?

我:韩阳市委、市政府对城市建设管理工作特别关注并寄予了厚望,提出了建设宜居适业最佳城市的奋斗目标,加上前任局长已经为我们这座城市的发展打下了良好的基础,不干不行,不实干更不行,不干出一番成绩来无法向市委、市政府和全市人民交代。因此,我们必须增强事业高于一切、责任重于泰山的意识,开拓工作思路,创新工作方法,建设出精品,管理出亮点,队伍树形象,尤其要把各项工作的重心放在抓落实上⋯⋯

别看了,没啥看的,官样话,快擦完了,这屋子一收拾还是蛮亮堂的。

有些人一旦入了心就再也忘不了,有些事看似为别人做,其实是为自己开心。上次答应尹夏为她租房子的事终于兑现了,北街社区不远的一套老户型,六楼,五十多个平方米,带家具、电视、太阳能热水,月租金四百元,半年一交,两千四百元,我替她交了。

今天是个礼拜天,我故作神秘带她来拿钥匙,打扫卫生,搬东西。我的先斩后奏迫使尹夏被动地接受了,她说她每月给我还钱。收拾完卫生,尹夏环顾一下屋子说,唉,啥时候能有我自己的房子呢?我说,你还小啊,一定会有的。尹夏调侃,以前在大学读书,听过人们说北京房价,说是你要是年薪在三百万以上,二环内你爱买哪儿买哪儿。你要是年薪在一百万到三百万之间,二环至四环内你爱买哪儿买哪儿,你要是五十万至一百万之间,四环至六环内你爱买哪儿买哪儿。要是在十万以下,你就给自己挖个坑,爱埋哪儿埋哪儿。恐怕,我连埋哪儿的条件都不具备。我笑了,我也不具备呢。

说笑完,尹夏说,下午就在我这儿吃饭吧,让你尝尝我的手艺。

我也不知道为什么,自从上次在北街社区意外碰见尹夏之后,脑海里老能浮现出她的样子。我知道这很不好,可是她老是会不由自主地出现,而且看见她,我的心里总会有一种很美好很舒服的感觉,这是和从前的陈小婷、后来的戴欣嫚在一起都没有过的感觉。

看看你很上镜呢,电视上的样子,蛮帅。

尹夏歪着头看一眼我,然后又看一下电视上的我,就像不认识似的,弄得我有些不好意思。我拿起遥控器换了一个台,别看了,没啥好看的。

尹夏这才嘟起好看的嘴巴说,好好,不看了,反正你这会就在我身边,你看会儿电视,我去做饭了。

我竟然点点头答应了。这个女孩子是可爱的,可爱得让我无法割舍。

尹夏去厨房了,一会儿又出来了,她弯腰吃吃笑着,做不了,啥菜都没有,连油盐酱醋都没有,要先去采购。

算了,我们还是出去吃吧。

好,我同意,我刚领了工资,虽然不多,但请你吃饭还是可以的。

一家四川小菜馆,一张小方桌。

三色小菜,两碗米饭。

我和尹夏相对而坐,两杯清茶泛着潋滟的清波。尹夏一直不怎么说话,只是微笑着看着我,脸蛋红扑扑的。

我问,你知道我为什么要那么热心地给你租房子吗?

尹夏低下了头,脸上的红晕更显灿烂,她没有说话,只是轻轻地摇了摇头。

羞涩，是你的羞涩。是你的羞涩打动了我。第一次你舅妈带着你来我家，你虽然没有说一句话，但是你却给我留下了深刻的印象，我原以为羞涩在女孩子身上早就绝迹了呢。所以见到你，突然让我有了眼前一亮的感觉，就像一个待在黑屋里太久的人突然出门看见了阳光一样，有点惊喜，也有点炫目。

别说了，你太夸张了。尹夏显然招架不住我的这一番话。她埋下了头，脸一下子红到了脖根上。我也感觉到我的话有些过热了，先是她不好意思，这会儿轮到我了。

短暂的沉默之后，我打发着尴尬的气氛，说，吃菜吧。

尹夏吃饭很是秀气，嚼东西也是很小心。我在各种场合见过各种各样的女孩子，她们无一例外滑过我的眼角，如飘过眼前的缕缕云彩。尹夏的样子却常常无端出现在我眼前，让我心里有说不出的舒服。尽管尹夏没有惊艳的美，甚至极其普通，也没有高贵的气质，甚至像个孤单离群的小鸟，也没有精明的伶俐样，甚至看上去有几分傻气，但是，她却是让我那样放不下，我想也许是尹夏的样子契合了我的审美趋向吧。

其实，其实我是很反感你们这些当官的。尹夏好像是鼓足了勇气，把这句话从心底用气力给抬出来的。

是吗？为什么？

她点点头表示肯定。我爸爸以前当村主任，老有县里和乡里当官的来我家里，他们一来就没好事，老是让我爸逼着村里人种这种那，铲了青苗种果树，挖了果树修房子，再不就是在我家喝酒吃肉。他们一来，我家就要杀鸡宰羊，一喝就是半夜，搞得鸡飞狗跳。

哦，是这样。现在有些地方干群关系的确是很紧张的。市场经济时代，还靠指令来发展产业，我想这是引起干群矛盾激化的最大原因。

所以，所以我舅妈说她们家楼上住着一个大领导，要带我去见，我死活不去。我舅妈好说歹说，又是拉扯又是劝说，说这个邝先生虽然是当官的，但是人多么多么好，为人随和，不摆架子，我拗不过，加之又是为我的事，我这才去你家的。

哦，那你第一次见我，是什么感觉呢，是不是感觉和你老家里常去的那些干部一样呢？

第一次见你吧，也没啥特别的，就是觉得你人挺随和的，不太像个当官的。其实吧，真正对你有好感还是那次你来北街社区，为安居工程的事。我来的时候吧，一号楼刚封顶，二号楼刚在建设中，我参与了安居工程的住户审核和来访群众接待工作，楼房的质量问题从住户口里也知道一些，但我也听大家说，市建设局领导插手工程，工头换了几个，能没有事？原以为你们当官的都是官官相护、互相包庇的，没想到你会亲自来处理，而且动了真格，层层追究，今天又来私访。我发现你跟他们不一样，你是一个特别的官员。

这是尹夏第一次说这么多的话，而且都是在说我。我从她的眼神和神情中看到了敬慕，看到了不意间流露出来的某种情愫。其实，我从给她租房子的事上已经觉察到了，不然她会坚辞不受，也不会让我帮着她打扫卫生，收拾屋子，更不会今天坐在这里和我吃饭聊天。总之，她对我产生了深深的好感。这究竟是好事还是不好的事呢？反正，她让我心里很舒服。尤其刚才听了尹夏的这番话，我的心里涌动起一种温暖的潮汐。最近以来，一直觉得自己硬扛着的一些事压迫得自己喘不过气来，一种独木难支、四面楚歌的疲惫感一直纠缠着我，我甚至觉得这个世界上没有人能懂我，没有人真正理解我。而如今，眼前这个涉世未深的女孩子却给了我莫大的肯定和安慰。

谢谢，谢谢小夏。

为什么要谢我呢？

因为你说我跟他们不一样，我是一个特别的官员。知道吗？这就是我想要的，尽管为了这个，我付出了百倍的努力，承受着莫大的压力，有时候我都觉得自己快承受不住了。

我突然的情绪变化让尹夏有些愕然。显然她无法理解我内心遭遇的一切，显然她单纯的心灵想象不出这个社会有多么残酷，一个人要坚守一点自己的东西是多么艰难。是我在她平静的内心突然激起了波澜。

你，你怎么了？是我不好，惹你不开心。

我摇摇头，尽力控制自己不去给她太多的阴影和压力。小夏，没什么，是我太激动，我觉得有你懂我我很欣慰。

原来我们都有一样共同的东西。

什么？

孤独。

是的，孤独。孤独就是一个人的狂欢。小夏，你知道，下沙河小区安居工程返工、维修方案拿出后，兴达公司赵军海不愿干这无利可图的活，一夜之间，拉着工队跑掉了。老百姓望眼欲穿的安居工程就这么停了。

我知道这事，不是现在又复工了吗，一号楼的墙体处理不是已经结束了吗？二号楼的进度也很快啊，你今天不是都看到了吗？

是，小夏，是一切都在进展，但是你知道现在干活的是谁吗？

不是说就是当初招标的朝天建筑公司吗？

不是招标的，是所用资质的朝天建筑公司，干活的是我的弟弟邝天昊。

哦，原来是你弟弟。看来还是一家人好，关键时候给你解了围,你该高兴才对啊。

小夏,你有所不知。我和我弟弟关系一直很紧张,为了进士巷步行街的项目,我跟他闹翻了。他一直不理我。这次安居工程这事,他是在扇我耳光呢。保障性住房建设项目被房地产商称之为鸡肋,食之无味,弃之可惜。邝天昊不求腰包鼓,图得名声响,他是用保障性住房项目拉大旗作虎皮,积累名望,增强竞标竞争力呢。同时也是要让我知道,我无论怎样待他,他还是站在我这一边,他宁肯贴本,这活也要干,是为我们建设局擦屁股呢。

我觉得是你想多了,他也许仅仅是为了帮你,没有其他的心思,毕竟是兄弟啊。

这让我很为难,小夏,你说,我今后要是一直当着建设局局长,他一直从事建筑,以后在工程方面我再帮不帮他?他这样做是把我进一步推向了两难境地啊。

其实,我觉得你还是太认真,能帮就帮,谁干不是干?只要合理合法。我发现你很在乎别人的说法,在乎别人会很累的。不过,我虽然这样说,换了我自己也一样,我也做不到。嗯,我发现,发现我们有很多很多的相似之处,比如做事过于认真。

我有些惊愕,尹夏的这一番话有些出乎我的意料。她单纯的外表下竟然有着敏锐的洞察力,不管对别人怎样,对我,是用心在读了。我和她,一个四十多岁的男人,和一个二十五岁的小姑娘,会有相似之处吗?如果有,会是什么,仅仅是做事过于认真吗?如果没有,我们为什么会坐在一起,我还能给她吐露我的心迹?

我的确有些搞不清楚自己了。我竟然会跟一个比自己小这么多的女孩子去讲这些。可见,在自己的下意识里,我完全把尹夏当作自己最亲近的人了。

哎，怎么了？我说错了吗？要是我说错了，我收回我的话。

没有呀，我是感动，我也觉得我们相似，在茫茫人海中能遇到一个同类，是一件多么庆幸的事。

你的意思是相见恨晚了？

呵呵，相见恨晚，相见恨晚，就是这个意思，来，我们以茶代酒，为相见恨晚干杯！

饭吃得差不多了，窗外的一缕斜晖照进了屋子里，树上的秋蝉鸣叫声也隐约可闻。我要去结账，尹夏一把拉住了我的胳膊，一对毛茸茸的眼睛里透着坚定，我说了，这账我来付。

果然是个非常认真的人，我就由了她。

出门来，尹夏突然抬头问我，你晚上还有事情吗？我说没呀，咋啦？她停了一会儿，嘟着嘴说，我有一个小小的请求，希望你能满足我。

她的样子让我想起上次在我家给她用手机拍照的情形，什么请求呀，还非得我先答应？

我回到屋子里，也是一个人，好孤单，你也没啥事，而且呢，我发现你最近很不开心，所以呢，小夏想请求大局长请我唱歌，好让你尽快开心起来。

我笑了，那副神情，那副口气，那纤尘不染的目光，给了我无法拒绝的理由。

灯光迷离，色彩斑斓。

一个叫作青苹果的量贩KTV，位于一个超市的地下室。我在市委工作的时候，曾经好几次于酒宴之后来过这种地方，唱歌、喝啤酒，用另一种放纵来驱赶心头的压抑。我不太会唱歌，基本上找不着调子，所以在那种场合，只是习惯了干坐着当陪客。

今天和尹夏两个人来，有些不可思议。

我们进了个小包间，尹夏说，大局长也体验体验基层群众生活吧。我说，能不能以后不这样称呼我。

那我不知道咋叫你呢，邝局长？还是听我舅妈的，叫邝叔？

我一时也跟他一样脸红了，好在包间里灯光迷离，彼此都看不见。

你孩子多大了？是儿子还是姑娘？

今晚的尹夏好像与以往有些不太一样，变得活泼了许多。也许一个人面对不同的环境都有多面性，就像我，一个不会唱歌的人，到了这种场合就会显得局促，显得很别扭。

我女儿十五岁了，马上要成为高中生了。

那一定很漂亮了。十五岁，嗯，我比她大十一岁，十一岁，我可以叫你哥的。

我的胸膛里涌上一股暖流，叫我哥哥的两个人，一个天昊，已经很久都不叫了，也许永远都不会叫了。另一个就是小弟天尽，他正在天堂叫我呢，可惜我听不到。

我的眼睛蓦然有些潮湿。

哥，你怎么了？

没怎么，小夏，我怎么会认识你呢？

怎么了？看你，一点都不像个领导。你唱什么歌，我来点。

我不会唱，你唱吧，我听。

尹夏从沙发上蹦起来，去点歌台开始动作熟练地点歌了。

一会儿，电视画面上出现了一个美丽的荷塘，一个绿衣女子正在采莲，很快字幕打出：《莲的心事》。

尹夏一袭白裙，亭亭而立，手握话筒，冲我回头莞尔一笑，就开始唱：

只为　你转身的一个凝视
我就祈盼了一辈子
只为　你无心的一句承诺
我就成了你的影子

我是你　五百年前种的莲子
每一年　为你花开一次
多少人　赞美过莲的矜持
谁能看懂　莲的心事
我是你　五百年前遗落的莲子
每一年　为你心碎一次

多少人，赞美过莲的矜持，谁能看懂莲的心事。我是你五百年前遗落的莲子，每一年为你心碎一次……恍惚间，我看到尹夏与无边的荷叶融为了一体，她成了一袭白衣的莲女，袅袅婷婷，遗世绝立。

我没有想到这样一个娱乐化的所在，竟然还会有这么美丽的画面和轻柔动听的声音。以往每次来唱歌，不是啤酒飞溅，就是烟雾缭绕，充耳是色子摇动的嘈杂、声嘶力竭的号叫和群魔乱舞的癫狂。

这时候，四周一切是安静的，沙发也没有震动的麻木，空气中流动的是优美舒缓的旋律，眼前是纯洁的小夏，唱着略显忧伤却又深情的歌曲。是的，小夏就是莲儿，是我五百年前遗落的莲子。

我沉浸在对歌曲自以为是的诠释里，歌声已停歇，伴奏滑向低处。莲儿回首，双手将话筒抱在胸前，向我鞠躬，说，谢谢。我恍然而起，走过去，拍起了巴掌。

太好了，很美。

也许是我的眼睛里放射出了过于炽热的光芒，尹夏红着脸将头扭向了一边，她瞅着点歌台，你唱什么，我点给你。

我不会唱啊。还是你唱吧。

不行，你要唱的，随便唱啊，以前学校里老早唱过的也行，比如老师教你的。我就不信你没上过音乐课，没参加过大合唱。

又是非常认真的态度，我不得不抓耳挠腮在记忆之海中拼命打捞了。她坐在点歌台前浏览应接不暇的曲目，我坐在沙发上回溯往事，我终于想起了一首，那是高中时期，音乐老师教过的，还在班级毕业联欢会上唱过。

小夏，有一首歌叫《少年壮志不言愁》，不知道你听过没？我走向点歌台。

我还真很陌生呢，我给你查一下，看有没。

那是，我估计这歌和你年龄差不多呢。

看，这不是，刘欢的歌呀。

尹夏把话筒交给我，热烈欢迎邝天穷大哥闪亮登场，献唱一首《少年壮志不言愁》。

随着字幕打出，我深呼一口气，开始唱：几度风雨几度春秋，少年壮志不言愁……

刘欢披着长发在荧屏上全身耸动，我紧紧握着话筒，随着他的节奏唱下去，慢慢也像是找到了感觉，由高到低，一气呵成，自我感觉还算不错。

尹夏激烈地拍着巴掌，她说，挺好的，挺好的，有刘欢的风格呢。这歌我是听过的，只是不知道歌名而已，很适合你唱的。

因为我的参与，气氛变得融洽而浓烈。我说，我还以为你和我女儿一样,只会喜欢什么周杰伦、潘玮柏之类唱的谁也听不懂的歌呢。

我喜欢抒情的、略带忧伤的歌曲,不过周杰伦的《菊花台》也是不错的。这样吧,我在中学里上过舞蹈班,我给你跳支舞怎么样?

我说好啊,真是幸运呢。

尹夏去点歌台点播了一首《白狐》,放出了原声:

> 我是一只修行千年的狐
> 千年修行　千年孤独
> 夜深人静时　可有人听见我在哭
> 灯火阑珊处　可有人看见我跳舞……

顿时,低沉、幽怨、略带沙哑的歌声响起,眼前的莲儿化成了白色的狐狸,变幻的灯光下,婀娜的身姿翩翩起舞。她的身体柔软、灵动、飘逸,裙裾随腰肢扭动而飞扬,长发随节奏而流动。看得出,她理解了歌曲,因为每一个舞步都诉说衷肠,每一个眼神都满含凄楚,每一次舞动都表达深情:

> 我是一只等待千年的狐
> 千年等待　千年孤独
> 滚滚红尘里　谁又种下了爱的蛊
> 茫茫人海中　谁又喝下了爱的毒
> 我爱你时　你正一贫如洗寒窗苦读
> 离开你时　你正金榜题名洞房花烛
> 能不能为你再跳一支舞
> 我是你千百年前放生的白狐

你看衣袂飘飘　　衣袂飘飘
海誓山盟都化作虚无
能不能为你再跳一支舞
只为你临别时的那一次回顾
你看衣袂飘飘　　衣袂飘飘
天长地久都化作虚无

3

春节的气氛还逗留在大街小巷，机关所有人还没有从慵懒的节日生活里恢复过来，韩阳的又一次非常突然的人事变动激活了大家被酒精、鱼肉和轮番轰炸的电视娱乐节目麻醉了的神经。

这在韩阳建设系统来说，无疑是一件大事。而对于我这个建设局长来说，却是一件非常无奈的事，因为建设局班子的调整结果与我的愿望相去甚远。副局长边晓云的违纪问题市纪委终于做出了结论：插手干预工程招投标，致使工程质量出现严重问题，但本人主动配合调查，态度较好，且情节较轻，无受贿行为，故免于追究刑事责任，给予记大过处分，免去市建设局党组成员、副局长职务。原党组成员、纪检组长郭金鹏免去纪检组长，任副局长。

边晓云的处理结果让我松了一口气，在我任上我不希望任何人出事，况且边晓云并不是那种党性丧尽、贪得无厌的干部。让我无奈的是，这次班子调整，副局长雍阳没有任何变化，依然是建设局的副局长，二把手。让我想不到的是，市委书记庞俊杰的秘书陶清波调到了市建设局任副局长。

不过，差可告慰的是，办公室主任卞新生终于被我推荐起来，提拔为建设局党组成员、纪检组长。这让我稍稍得到了一些安慰。

与此同时，我也得知，周原县委、县政府的班子也有了变化，县委书记调任省委机要局，县长牟占堂升任县委书记，而接任县长的竟然是市委组织部副部长王向春。这个消息带给我的沮丧远远要比建设局班子的调整来得沉重。尽管我与王向春的关系已经变得很铁，但是比我起步晚，又没出多少苦力的他，凭什么就一下子当上了我的家乡周原县的县长？干事与当官毫不相干的理论，再一次被实践证实。

得到消息的那一刻，我有一种去找庞俊杰的冲动，我想去质问他这样的安排是为什么。我忽然明白，经过多年政治锤炼的这位恩师明显已经不是当初的那位庞教授了。看一个领导的喜好最好的办法是看他的用人，这次干部调整，卞新生暂且不说，陶清波、王向春的提拔充分说明了一点，一个领导不仅需要出力流汗、苦干实干的干部，他同样需要嘴勤、腿勤、紧紧相随的人。

一种深深的悲哀刹那间漫上了我的心头。然而，更让我没有想到的是，还有更大的变故在等着我。

一周之后，新提拔干部卞新生和陶清波的公示期结束了，接市委组织部通知，市委领导要给市建设局班子集体谈话。上午九点，我带着雍阳、边晓云、秦素梅、郭金鹏和关得贵、卞新生集体前往市委。没有想到，参加谈话的除了市委常委、组织部长乔玉川，庞俊杰竟也在座，当然陶清波是少不了的。

乔玉川进行了简明扼要的开场白：

最近，由于工作需要，市委按照干部年轻化的要求，对市建设局班子进行了调整和加强，充实了两名新提拔的年轻干部。这主要是因为，今年建设局除了抓好城市建设扩容提质的正常工作外，还将面临一项大的任务——建设天星大厦综合体。市委、市政府联席会议决定成立天星大厦综合体项目建设领导小组，由市委庞书记亲自挂帅任组长、副市长何光荣同志任副组长，领导小组下设指挥部，由建设局的负责同志组成。就具体分工和相关任务落实，下面，请市委庞书记发表指导性意见。

庞俊杰呷了一口茶，扫视了一周，不急不缓地说，市委十分重视建设局的干部问题，这次全市干部的局部调整，动作比较大的就是市建设局，至于原因，上面玉川同志已经讲得很清楚，一句话，主要目的是为了适应工作。今天，召开这样一个会议，既是班子调整后的谈话会议，也是天星大厦综合体项目启动动员会议，下面，就抓好大厦项目建设的前期组织工作，我讲三层意思。第一，要提高思想认识。思想认识是一切工作的先导，只有明确思想，提高认识，才能从根本上为下一步落实工作扫清障碍。关于天星大厦的建设问题，很多同志有不同意见，我个人认为归根到底还是思想不够解放的问题，在这个问题上大家一定要提高思想认识，把思想全部统一到市委、市政府的重大决策上来。第二，要加强组织领导，组建强有力的领导班子。领导小组决定，成立由邝天穷同志为总指挥，郭金鹏、陶清波同志为副指挥的项目建设现场指挥部。在项目建设现场设立专门办公室，建设局日常工作移交副局长雍阳同志主持。指挥部的主要任务是征地拆迁，筹集资金和项目质量与进度的监管。按照项目计划，天星大厦综合体项目由招商引资和政府投资相结合，投资六十亿元，其中时代广场三亿元，为公共建筑，需要市区政府投资，天星大厦写字楼和商业区由市政府、逸城区政府和金山集团投资建设。第三,要搞好组织协调,形成工作合力。大厦项目建设涉及国土、水利、环保、交通等相关部门,下一步,指挥部还要吸纳相关部门人员参与,形成工作合力,推进项目建设顺利进行。希望建设局领导班子成员合作共事,精诚团结,劲往一处使,心往一起想,把韩阳的这座标志性工程早日建成。

让我任天星大厦综合体项目建设总指挥,完全脱离建设局,把建设局的领导权交由雍阳主持,这不能不说是一个意外。我隐约感觉到,自从上次和庞俊杰发生争执后,看似我们之间的关系没有发生什么变化,实质上已经有了一些潜在的隔膜,比如这次指挥部乃至建设局干部的调整与安排,他事先根本没有跟我透露一点信息,更不用说十分信任地征求我的意见了。而王向春此时升迁,我想这也许就是我跟王向春处事方式的不同所导致的不同结果吧。可见,我跟庞俊杰那场影响恶劣的争论最终给我带来了后遗症。也许争论本身没有什么,重要的是我伤了一个领导的面子,对一个中国人来说,生命有多宝贵,面子就有多宝贵。你给足他面子,他就会给足你一切!可如果你伤了他的面子和自尊,他就会对你心有防备,把你推向他的对立面。

这时,庞俊杰的讲话已经到了尾声,他说,大家还有什么意见,可以发表。

我把椅子往前挪了挪,挺直了身子,说,市委对于建设局领导班子的调整与加强,体现了市委对建设局工作的高度重视,我完全拥护。组织决定让我担任天星大厦综合体项目建设指挥部的总指挥,也是对我莫大的信任,我深感责任重大。我决心在市委、市政府的正确领导下,不负众望,抓项目,促进度,求质量,力争如期完成项目建设任务,实现韩阳城市建设的新突破。

坐在对面的庞俊杰注视着我,我不知道此刻他的心里在想什么,他是否觉察到了我对他的不良情绪以及来自心灵深处的一丝怨艾。

这时候,雍阳发言了,非常感谢市委对建设局班子的加强和充实,也感谢市委对于我个人的重托,在这里,我想谈一点个人的想法。我觉得邝局长来自市委机关,有管理机关的丰富经验和非常强的掌管全局的能力,再说本来就是局里的一把手。天星大厦是我市前所未有的大项目,建设这样一个标志性工程对于韩阳来说意义重大,但是对于建设局来说,毕竟是一件单项性的工作,是建设局工作总盘子中的一项,所以,我觉得由一名副局长担任总指挥比较妥当,天穹同志应当主持建设局的工作。申明一点,这个建议事前没有跟天穹同志沟通,纯属个人意见,不妥之处,请各位领导批评。

雍阳此言一出,不仅是我,连庞俊杰、乔玉川都感到非常意外,其实这样的想法,我何尝没有,但是市委书记亲自挂帅,担任项目建设领导小组的组长,这总指挥的担子只能落在我的肩上。要说错,只能说错在上面。其实,这个世界上原本就没有什么绝对的对与错,用绝对的对错衡量事物就是自己错了。雍阳这样说,一方面是阐述一种常规分工,另一方面,说明他很想参与天星的项目建设,他是个不甘寂寞的人。

庞俊杰没有马上表态,他问大家,其他人还有什么意见吗?

我发言说,雍阳同志,请相信市委,也相信自己,这么大的工程在韩阳历史上前所未有,连庞书记都亲自抓了,我哪敢懈怠?能干好这一件事,也算我这个建设局局长没白干啊。另外,我觉得这么大的项目,廉政问题不能忽视,应该让局纪检组参与进来，全程进行监督。

天穹同志说得很对，雍阳同志主持建设局工作市委是放心的，也相信你是能按照建设局的既定思路抓好工作的，至于纪检组参与的问题，我看应该考虑。玉川同志，要不就把郭金鹏留在局里协助雍阳开展工作，调卞新生同志去指挥部吧。

庞俊杰说完，乔玉川点头说，我看行。

那就这样，下去马上下发组织机构文件，移交有关工作，人员尽快到位，迅速开展地面拆迁和清表工作。时不我待啊，前期有些工作可以齐头并进，赢得先机，以免造成以后工作的被动。

会议结束，大家陆续走出会议室，我刚走到门口，听到庞俊杰叫我，天穹，你稍等一下。我回转身，看到他仍然坐在那里没有动。

很快，会议室里就剩下了我俩。

我坐在了庞俊杰的对面。他依然像刚才一样，注视着我，那双熟悉的眼睛里并没有流露出任何异样。

天穹啊，从今天开始，你和我就跟这幢天星大厦捆在一起了，一定要好好干，我相信随着它的建成，我们一定会有所收获的。

庞书记，请恕我直言，我觉得韩阳的工作千头万绪，不仅仅是建设这幢楼啊，还有好多非常重要的工作……

你不要说了，天穹，我知道你的意思，你要说的话也无非和那个雍阳一样，提醒我不该直接挂帅任组长，应该交给政府那边。作为我的学生，我觉得你应该理解我，对于它的重视程度，我已经给你谈过好多次了，我来挂帅，大家才会更加重视，你开展起工作来也更顺手，你怎么这点都想不清楚呢？现在这里只你我二人，有些事你自己领会，这么大的项目是一项非常复杂的工程，既是烫手的山芋，也是一块可口的唐僧肉，你我就要扮演孙悟空的角色，明白吗？

我似乎又感受到了庞俊杰语气里的信任。

好了，不说这个了，上次竞标的省城那家地质水文勘探公司做的地勘情况怎么样？

是这样，工程地质测绘、陆上钻探、综合测井以及包括卵石重塑样大型剪切试验在内的多种室内试验等都告一段落，勘察报告已经出来，满足初步设计阶段要求，近期可组织评审。

哦，那就好，你过去之后，先安营扎寨，然后协调天逸区开始放线，确定征迁范围，同时发布公告，同步进行设计招标。

出了会议室，刚下了楼梯，就被后面人喊住了。

邝兄，走那么急干吗？

我看到王向春正在后面的楼梯上面撵我，他向我不断招着手，示意我返回去。

这两天我准备打电话，祝贺他就要成为周原县长呢，结果还没来得及打电话，他就出现了。我一边回身上楼梯，一边在心里反省自己，我提拔到建设局局长位置上，王向春表现得特别高兴，又是频频联络，又是不断请我吃饭，而我呢，在人家高升之际，竟然连一个电话都没有。自己在人事关系上不活泛、不熟络的缺点再一次暴露无遗。

呵，王县长啊，恭喜恭喜，书记刚压完担子，我这急急忙忙去落实呢。

跟着王向春到了他的办公室，看到他已经把行李卷扎了起来，文件和书籍堆放了一办公桌。

这就下去吗？不给点时间给你饯个行？

下午县上的车子就来了，人代会要选举，下去要先熟悉着。

我两眼一抹黑,邝兄是周原人,周原肯定人事关系多,一定要指点啊。

王向春说话总是能说到恰到好处,让你始终感觉他永远离不了你,毕竟少年得志,他的言谈举止间难免流露出一种春风得意来。

瞧你说的,做了我家乡的父母官,少不了要求你办事呢,到时可要大开绿灯呀。

你放心,咱俩谁跟谁,以后少不了彼此关照。邝兄,给你说句交心话,庞书记人很不错的,知人善任,我觉得你应该多联络才对,有事没事勤走动,多汇报,只有益处,没坏处。他对你还是很爱的。

谢谢关心,你先忙着收拾吧,等你下次回市里,我补着给你送行,最近有点焦头烂额,连个祝贺的电话都没顾上给你打,别怪我啊。

哪里话?欢迎到周原来,我从此也是周原人了,一定要来,来了我以接待市委书记、市长的规格接待你。

告别王向春,心情复杂地坐上车子,手机响了一下,一条短信:干吗呢?

是尹夏。我笑了一下,回道:郁闷呢。

不许郁闷,要你开心。

我合上手机,眼前浮现出一个纯纯的笑脸。

第十章

1

　　一切人生，不论伟大还是平凡，幸福还是不幸，它们的最终结局都不过一死。

　　此刻，伟大还是平凡，幸福还是不幸，都不重要了，我正赶赴一场生死之约。我感到我的心在剧烈膨胀，因为大地正像一面巨大的毯子，向我飞奔而来。我大脑的硬盘开始不断卡壳，心还在，因为它在跳动，像火苗一样经久不息。

　　我在迅速做着决定，是头先着地呢，还是躯体先着地？

　　但是，我知道，心很快就会不在。这一生，我不断听到人们说，他是个好心人。然而，奇怪的是，我看见不少心已遗失在体外的人，仍在追逐、奔跑，仍在疯狂，仍在大笑。仔细一看，只是衣服在奔跑，躯壳在疯狂，面具在笑。

　　正是死亡的召唤，使所有生的事件变得有意义。

　　很好，大地母亲马上就要接纳我的这一颗好心。这块土地，我曾亲眼看过它的地勘报告，十分了解它的构造，细砂、碎块状页岩，承载力足以承负一百多米的大厦。我想，它同样可以承载锻熔了四十三年岁月的生命。

　　在这样的大地上，让我拥抱死亡，让我用一颗淋漓着鲜血的红心来感谢所有生活的给予。

近了,大地,我已经看到了大地上的坟茔,夕阳血样的红,使荒冢有一种凄凉的温暖。

我赶到医院的时候,邝天昊和孟雪已经在那里了。

父亲邝野已经躺在病床上吊着瓶子。

怎么样?医生怎么说?

我俯身到父亲身边,看到父亲闭着眼睛,正在熟睡中。邝天昊没有回答我的问话,倒是孟雪说,没事了,父亲只是血压高,晕倒了,加之腿不灵便,在楼梯上摔了一跤。

我舒了一口气,向孟雪投去感激的目光,小雪,你辛苦了。

刚说完,手机响了,是卞新生。我知道这会他正在指挥部跟天逸区建设局的一起负责工程放线呢,肯定是碰到棘手的事了。

哦,新生啊,我在医院呢,你说。

邝局长,有一家居民阻拦,线放不过去了。

是那家三层楼的住户吗?

是,就是那家。

你先看着处理,我这走不开,老人生病,住院呢。你们尽量多说好话,别激化矛盾。

我挂断电话,心里有些烦乱。规划一出来,拆迁问题马上摆上了桌头,天星大厦综合体项目总占地一千二百亩,其中时代广场四百亩,征地费用就需要两个亿。这两个亿截至目前还只是个数字,广场是公共建筑,属于政府拿钱的范畴,市区财政年年寅吃卯粮,要挤出两个亿,谈何容易。不能怪老百姓不相信政府,一方面的问题是执行标准的不统一,另一方面无法给拆迁户兑现,矛盾全部集中到了基层做具体工作的同志身上。拆迁线内,除了一部分民房,还有八九十亩一家民营饲料公司圈了七八年的土地。在跟饲料公司的多次谈判中,他们一直在按现行地价提要求,区政府在何光荣的指示下,说是为了顾全大局,做了让步,这本无可厚非,问题是涉及普通老百姓的民房,就低到不能再低了。最近一段时间,拆迁进入了白热化,市区两级拆迁办的人每天就是和拆迁户吵架,已经开始升级为肢体冲突了。

最大的阻力来自那幢三层小楼,其他人家面积都不大,是他们以前的老房子,拆了这些,还有别的房子,他们抗拆无非就是能多捞点钱而已,因为这三层小楼,所有的拆迁户抱团取暖了。

看着我愁容满面的样子,邝天昊终于说话了,虽然话里有话:你要是忙就忙去吧,你那都是大事,有我和小雪在这呢。

我拉了个凳子,坐在了病床边上,十分坚定地说,天昊,你和小雪都去休息吧,今晚我陪爸,再大的事我也能搁得下。

我话音未落,手机又响了,一条短信,在哪?尹夏发的。她不常打电话,尤其在下班时间,总是先发一个短信。我知道,她是怕打扰我的生活,她是一个非常懂事的女孩子。

我没有回短信,我不想让天昊看到我心不在焉。这时候,父亲连着咳嗽了几下,醒来了。我觉得他的枕头有点低了,头有些下仰,就伸手把他的枕头稍微往高抬了一抬。这时,我就看到了他枕头旁边放着的两本薄薄的书,拿起来一看,一本《中华人民共和国建筑法》,一本《建设工程招投标政策解答》,我眼睛一酸,叹了口气。

父亲睁开了眼睛。我从他的眼睛里看到了惊喜,显然他是想我了。我俯身轻声问,爸,没事吧,感觉怎么样?

父亲扫视了我们一周,分明是看清了他的两个宝贝儿子,他说,无妨,老毛病了,这个年龄了,血压高很正常。天昊,小刚这孩子一个人在家,我不放心,你和小雪回去吧,有你哥在呢,我正好跟你哥说会话。

我有些惭愧,好久没有跟父亲好好说话了。想来,也不仅仅是忙,主要是自己觉得好多事情有心无力,回天乏术,见了父亲难免要诉说。父亲一直在为我操心,我不想让他为我担心和担负太多。可是,我不见他,不跟他谈工作上的事,他依然在替我操着心,这不,人都住到医院里来了,还在看建筑方面的书。

此时,父亲的脸色看不出一点病相。他就像一泓深水,总给人以宁静。近几年随着世事的经历,我越来越觉得父亲安静的性情给我以清洌纯朴的厚实感,让我不知不觉也安静下来。邝天昊和孟雪走了,我说,爸,天昊在下沙河的活儿干得不错,我都看了,那几幢安居工程都通过验收了。

天穷,我多么希望这话你能当着他的面说啊。记得我给你讲过多次的那个故事吗?说是两兄弟分家了,哥哥嫂嫂跟父母住,弟弟一家自己住。有一年,粮食歉收,弟弟很担心哥哥家里人多粮食不够吃,就半夜里扛着一袋麦子往哥哥家里送,可谁知送来送去,自己家里的麦子却一袋也没少,原来,哥哥也在担心,弟弟刚分家出去,粮食会不会不够吃呢?于是也在半夜里偷偷地给弟弟送粮食……天穷哪,天昊他是不会给你脸上抹黑的,步行街的项目也收尾了,到时你亲自去看吧。

我沉默了半晌,看着父亲恳切的眼神,叹了口气,别过脸去说,爸,我不看了,正好那项目现在是雍阳在抓,我不用管了。我以后工作的重点不在安居工程,也不在中心城市建设,而是承担了更重要的任务。

天穷哪,我知道你近来工作干得很苦,有好多心结堵在你心里。我有时候就想,人与人之间的差异,不是长相身材,不是穿着打扮，更不是你拥有了多少财富。一个人受人拥戴的是他像海洋一样博大的胸怀，像天空一样宽阔的心智，海纳百川，有容则大，这才是人格的无穷魅力。从小看着你长大，我知道，你的弱点就是不能像水一样随器赋形，太与人为善。在这个世界上，有些人靠智斗，别人不易打倒，这样的人心性一般真诚而又柔和，智慧而又善良，对他人宽容，对自己严格，的的确确令那些心怀叵测的人望而生畏。

父亲的眼睛里流露出一种沉淀了多年的沧桑与丰富，这种丰富就是一种无坚不摧的力量。他说，你是知道的，我的腿是被人生生打瘸的，好多人在那样的批斗中不堪痛苦，自绝于世，我觉得，那些想不开去跳井去喝老鼠药的人，都是没脑子的瓜子。咱都是平民百姓，尤其你爹我，一介教书匠，运动不运动，娃娃的书还得念，诗书礼乐，这是老祖宗传下来的，谁也更改不了。再说，你死了又能怎么样，只不过给生产队节省了一份口粮罢了。

我记得，父亲写过一篇回忆"文革"往事的文章，说大队部和村学校的老师联合开批斗会，村上人都参加了，在滋滋燃烧着的大汽灯下，父亲被押着弯腰站在队伍中，一个用牛车挡板做的大木牌挂在了父亲的脖子上，细细的铁丝勒进了他脖子的皮肤里，钻心奇疼。但是对他来说，疼痛不是最重要的，侮辱与尊严的被损害无异于万箭穿心。

虽然跛了一条腿，但是父亲坚强地活了下来，虽然他的笑容一度像阴天的云翳，但是目光一直像他站在讲台上一样，慈祥、自信、坚毅。

医院的夜晚并不安静，不时有水房的开门关门声、偶尔的咳嗽声和小孩的啼哭声穿过空旷的走廊，挤进病房。父亲的病房里有两张床,我躺在靠门口的床上,守护着父亲,尽量不发出声音。

虽然睡眠对于我来说早就成了奢侈品,何况在这样一个特殊的环境里,更不可能进入梦乡了,但是我必须合上眼,一动不动,还要不时发出轻微的鼻息声。我不想惊动旁边的父亲,我一定要他睡一个好觉。

最近的天气,阴晴不定。这个城市是如此单调,重复的生活让一些匆忙的人陷入了一种不易觉察的麻木,也包括我。像我这样生活的人很多,没有人会思考城市与尘世的区别了。有一个陪父亲睡在医院的机会,其实是很值得珍惜的。不知道父亲是否睡着,但是父亲也和我一样一动不动,也是轻合双眼,呼吸均匀。父亲的这种状态我是很熟悉的,记忆里的父亲很少打鼾,他一直觉得自己是个斯文人,就是睡觉也不能有辱斯文。白天在父亲的病床边上,他跟我讲了好多邝天昊的事,我知道他是希望我们弟兄尽快和好。我一直沉默着,有些事情父亲并不知道,作为我唯一的弟弟,天昊就是再怎么对我有气、有怨,我都不会在乎,问题是,我能隐约感觉到,天昊通过雍阳和那个何光荣搅在了一起,一直在暗里跟我较劲。眼下,天星大厦的征地拆迁工作已经全面展开,作为分管领导,何光荣一直在批评我工作没有力度,进度缓慢,有一次在现场,当着那么多的部门领导和下属,他一点情面都不留,直接说,我已经卡了几个时间点,每次你都滞后,你能不能干?不换思想就换人,不能干了让能干的人来干。要知道解决矛盾需要时间,需要上门做耐心细致的工作去化解,为了不影响进度,最近一段时间,我带着大家不分上下班,不分白天晚上,协同拆迁办逐一上门,耐心细致做工作。何光荣不分青红皂白,是有原因的。自己的亲弟弟因为我的原因去接近他,我怎么能原谅?

上小学的时候，有一次，父亲给我讲曹植的七步诗，煮豆燃豆萁，豆在釜中泣……他自己讲着讲着，竟然隐忍不住，满眼的泪光。我懂得他的心思，他不仅仅是替古人忧伤，他是借古说今，因为那时候我老是跟天昊吵架，把家里弄得鸡飞狗跳。如今再次想起那一幕，我替父亲悲哀起来。几十年过去了，我和天昊依然没能握手言欢，难道我们的关系要让父亲死不瞑目吗？

也不知道几点了，窗外隐约的灯光昏黄地照进来，多么熟悉的漫长的夜晚啊。这时候，我看到父亲翻了个身。我坐起来，望着他，我想问他是否要去洗手间，父亲却先开口了，没睡着吧？

我撒谎，睡着了，刚醒。

你骗不了我，从小就骗不了的。父亲揭穿了我的谎言，看不清他脸上的表情，但我能想象出他脸上的得意之色。

知道我没睡着，那他肯定也没睡着。不然，他怎么会知道我睡没睡呢。我说，爸，是不是我吵到你了，让你没休息好？是不是一个人多年睡习惯了，有我在一边不习惯？

我知道你经常失眠，失眠的人全写在脸上。

没事，爸，一直吃药呢，会好的。

近来我一直在想，我听你妈的话，把你从大学里叫回来，让你考公务员，让你当官，这是不是错了？你的压力太大了，我真替你担心啊。

爸，你别担心，是我性格因素中有好多自己克服不了的东西，不过相比从前，我已经渐渐能适应这种状态了。错与不错，都是你们父辈的期望，达则兼济天下，穷则独善其身，你的教导我一直记在心里，等熬过这一段，若实在觉得路走错了，可以辞官教书去呀。你教了一辈子书，不是很充实，很有成就感吗?

我是觉得啊,我年龄大了,思维呀、行动呀,都变得迟钝,也跟不上新形势,我看我是越来越帮不了你了。你一个人在前面左拼右杀的,我就担心呀,一方面,觉得有负你妈所托,另一方面又觉得无力助你。所以我就想着我和你妈当初是不是都错了。

我没有说话。母亲离开我们这么多年,父亲一直在恪守着母亲的遗嘱,一边帮着我,一边帮着弟弟天昊。难道他就没有想过,他自己也有一天天老去、需要别人帮助和照顾的一天?我和天昊,已经到了四十不惑的年龄,未来发展可谓大势已定,起承转合、沉浮错落全在于自我造化与前世修行,没有救世主可以乞求。

天穹,我到了这个年龄,就像一盏风中的油灯,说不定哪天说灭就灭,有一件事压在我心头,一直没告诉你,最近很少见你,也没机会说给你,我今晚想了一夜,觉得应该告诉你,不然被我带进黄土,那就成了永远的谜了。

我有些惊讶。

一直希望你跟天昊能好好的,我看着你们兄弟长大,也希望你们兄弟能够相依为命。可是,如今看,你跟天昊要改变兄弟阋于墙的状况,还是需要时日的。所以,我想给你说一个人,你一定要找到她。

谁?

你的姐姐邝天骄。

王姨送来饭不久,雍阳带着秦素梅和李文斐来医院看望父亲了。

雍阳把一个大花篮放在床头上,关切地询问父亲的病情。

上周，除了我们几个领导，又从机关抽调了几名干部，组建了项目部。办公室的小蔡和司机唐兴旺主动跟我谈，提出要来指挥部，我知道他俩都是冲我来的，我就给卞新生打了招呼，要了他们。随后，我就带着大家把东西搬到了天星大厦指挥部，在指挥部安营扎寨，开始了我与天星大厦相濡以沫的日子。雍阳正式主持了建设局的工作。

父亲在吃饭，雍阳把我拉到了楼道里说，我这次来，除了来看看老爷子，主要是想给你汇报几件事。

我说，局里那么多事，你还来医院看老人，谢谢了。局里的工作就全拜托你了。

雍阳说，别这样说，你还是局党组书记、局长，我不能越俎代庖，大事必须要汇报你的。开党组会，还是要你来主持召开，这点政治头脑我还是有的。所以，我今天来，是想汇报一下有关人事问题，你看哪，卞新生已经提拔了党组成员，再加上已经跟你去了指挥部，这办公室主任应该考虑人选了吧，还有，陈小婷出事后，财务科一直空着科长，也该有人来干哪。

是的，我也在考虑这个问题，你看，建设局机关干部两极分化严重，年龄偏大的都在中层岗位上，中间年龄的很少，再剩下就是刚大学毕业招录进来的公务员。这样，你去趟组织部，把建设局干部情况和缺岗的实际汇报一下，看能不能在县上或者市直其他单位选调几个人。

这倒是个办法，我之后跟素梅和金鹏局长碰个头，然后去抓紧落实。

人选你来定吧，局里统一组织人考察，干部重在教育培养和岗位锻炼，并不是谁天生就能胜任某个岗位的。

雍阳带着秦素梅和李文斐刚走，周朝天就和邝天昊来了。

邝天昊看了我一眼，似乎是故意又似乎是无意，他对父亲邝野说，待会小雪和我嫂子就来了，我们一起出来的，这会小雪带我嫂子去办房产证了。

我搬到指挥部一周来，只回过一次家。

因为欢欢的事，我跟戴欣嫚吵了几句，她瞒着我在元旦放假期间带欢欢去了省城参加了省交大附中高中招生考试，等我知道的时候，成绩单已经拿到手了，欢欢超过了录取分数线三十分。省交大附中是全国重点中学，每年省里的北大、清华生多一半出自这所学校，大学本科升学率是百分之百。所以，全省各地的家长都千方百计送孩子去交大附中读高中。按照欢欢的学习成绩，交大附中应该是能考上，但是我只有这一个女儿，我不想把漫长的三年高中光阴独自留给她一个人，我一直觉得，学习远远不是一个孩子的全部，而且，童年的生活经历告诉我，孩子应该和父母在一起。

于是，因为孩子，我们又不可避免地发生了争吵。

当然，除了孩子要远赴省城读书这件事，更为激怒我的是我的家长地位受到了严重威胁，这么大的事，她们娘儿俩就私自做主，先斩后奏，她们眼里还有我这个家长吗？自然，这场争吵我是理亏的，戴欣嫚说我从来不着家门，很少过问家里的事，孩子的学习也从不过问，成绩出来，只管结果，而从不问这样的成绩是怎么得来的，所以，孩子的问题我没有资格决定。更重要的是，欢欢一心想去交大附中，因为他们班的前八名都去考了，包括她五个人都考上了，这五个同学都要去上。孩子自己的决定我无法阻止，戴欣嫚说的是对的，我没有权利和资格去反对她的选择。

欢欢走了，离开了家，吃在学校，住在学校，每月都不能保证回来一次。家，显得更空荡，也更没有活力了。戴欣嫚的女子生活馆扩容完成,说是孟雪也加盟了,并改了个名字叫雪嫚女子生活馆。据说,还搞了个什么女子美丽生活俱乐部,拥有了一大批 VIP 客户。

但是,邝天昊说小雪带欣嫚去办房产证,去办哪里的房产证呢?看来,我与戴欣嫚已经到了非常陌生的地步。这是一件多么可怕的事啊。

不大工夫,孟雪和戴欣嫚的盈盈笑语就从楼道里传来了,看来戴欣嫚只要离开我都是快乐的。难道那张愤怒的脸只会给我一个人看?

两个快乐的女人进来了,她们拎来了一大包水果,是孟雪先说的话,哎哟,大领导今天也有空了。戴欣嫚看了一眼我,不咸不淡地说,记着常给欢欢打电话,孩子刚去有点不习惯。

我没来得及说话呢,孟雪就接口道,我家刚刚学习要是有欢欢的一半用功就好了,一天只知道上网玩游戏,愁死了。

父亲邝野欠起身,你们那么忙的,还跑一趟,我这已经没事了,大夫说,再有两天就可以出院了。

邝天昊说,爸,出院了住我家去吧,小雪最近休假,正好在家,可以照顾你。

小雪赶紧说,是啊,等出院的时候我来接你。

父亲摆摆手,没事的,家里有你王阿姨,你们都很忙,我是个闲人,哪能给你们添乱?

戴欣嫚把一个红本本交给父亲邝野,你看,这是我们的新家,三室三厅一厨两卫,等装修好了,你就可以直接搬过来住了。

我从父亲手里接过那个房产证,看到是韩园丽景的房子,新开的楼盘,按照时价,这么大面积,最少也在六十万元。戴欣嫚刚扩建了生活馆,她哪里来的那么多钱?

戴欣嫚看了我一眼,她显然明白了我的意思,领导你放心,这房子与你一点关系都没有,影响不了你的仕途,钱也不是偷的,更不是抢的,不烧手。

父亲看出了我的不快,便对戴欣嫚说,小嫚,不是自己的千万别拿,房子再大,躺下身体也不过三尺地儿。

邝天昊这时候说话了,爸,你说什么呢,房子是我的,韩园集团欠我工程款,用房子顶账,小雪不是在生活馆入股了吗,其实没有资金注入,别人用房子作价抵账,我就用房子作价入股,所以,小雪还想凭房子分红呢。

果然与邝天昊有关系。

我的心间顿时涌上一股无名火,我尽量压制自己不生气,我说,我是觉得没必要,欢欢现在一走,家里就剩两人,那么大房子很没有必要,完全是一种资源浪费啊。

戴欣嫚说,孩子才高中,不等于永远不回来,过年、假期,孩子回来总该有个独立的空间吧。爸爸也总不能一直租房子住吧,三室两厅,不是三代人居住最适合的居型吗?

拿父亲来说事,纯属借口,她什么时候主动叫过父亲来家里住呢?我正要发作,周朝天说话了,邝老师,你看看你这俩宝贝儿子,有这计较的必要吗?不都是一家人吗,俗话说,打虎亲兄弟,上阵父子兵,关键时候不都是靠着一家人吗?谁的房,谁的钱,不都是邝家的?不过是从左口袋装进右口袋了呗,你们这样子生分,也不怕我这个旁人笑话?

见笑了,见笑了,邝天昊打着哈哈。

父亲看着我,一脸的无奈。

2

> 爸，我死后，请火化我。
> 保留好我的骨灰，别建坟。
> 万一哪一天要建房子，用原本属于我的位置。
> 给你和妈的晚年做一块最坚硬的地基。

这是位于南韩街西路铁路桥附近的火车站广场，距东边两公里处是汽车西站，无论从火车站还是汽车站出来，扑面而来的就是浓郁的都市气息。以火车站广场为中心，辐射出一幢幢十多层的高楼大厦，成为韩阳市近几年向南发展、集中打造的市政建设新区。

天星大厦综合体项目建设总指挥部就设在新区电力大厦的顶层十六楼上。我站在窗前，眺望着前方，空荡荡的一片土地已经基本腾出，那里将出现一道新景观，分为四大板块、总占地面积达一千二百亩的天星大厦综合体将于年内动工。

这块空荡荡的地，包含着多少辛酸和泪水。一个叫兰子风的人和他的三层楼房，像狂风中的一棵树，挣扎了十来天，最终被连根拔走，荡然无存。天星大厦的楼体和周边附属工程、停车场面积的规划还没有做出来，消息灵通的城中村下河湾村居民已经开始加盖院落房屋，白线落地，拥有三层小楼的兰子风一家就开始有了激烈的反应。

下河湾村是典型的散居户集聚地，多半人因为土地征用而成为半乡半城的打工者。兰子风一家是外来户，因为儿子娶了前任支书家的女儿，而在村里有较高的威望，无疑是这个"抗拆小集体"的主心骨。当拆迁工作组和机械进驻的时候，兰子风的儿子兰海召集一部分年轻人，头缠白布，手持狼牙棒、大刀等自制武器，跃跃欲试，面对这种严峻的态势，大家都很胆怯。我马上召集大家开会，做出指示，先撤出机械，停止行动，随后分成小组，两人一组，包户包闹事成员，先摸底掌握其心态，然后逐一上门做工作，用内部瓦解的办法，一一攻破。工作组用了十天时间，分别走访了参与者，很快，第十一天，当机械再次开进去的时候，除了兰海，其余人纷纷"变节"，无条件接受了区里依原定标准补偿安置房的条件。

兰海看身边无人了，就有些恼羞成怒，他不肯善罢甘休，趁清理拆除建筑垃圾的挖掘机司机吃饭之机，开走挖掘机予以扣押。拆迁工作再次遇到阻碍，区政府不得已动用警力以抢劫财物罪名拘禁了兰海。

兰海的被拘，激化了拆迁组与兰子风的矛盾，本来站在背后保持沉默的他决定破釜沉舟。我得到消息赶到现场时，推土机已经掀翻了兰家三层小楼院子的砖墙，顶在了楼角子上，只要一启动前进，那幢楼立时便会土崩瓦解。兰子风带着子女、侄子以及孙子十九人坐在楼前的大柴堆跟前，痛哭流涕，推土机之所以没有往前强攻，是因为兰子风已经在柴堆上洒满了汽油，他要与小楼共存亡，与推土机同归于尽。

我知道对方的情绪已经处于极端状态，如果贸然强拆，后果不堪设想。区政府已经通知了公安、消防严阵以待，各项预案已经进入实施层面。我了解到之所以这位老人会铤而走险，主要是儿子兰海被抓。拆迁的事再大，大不过人命和稳定。我跟现场主持协调处置工作的分管副区长商议，首先撤回推土机，撤回拆迁人员，其次让公安机关释放兰海，让他们父子团聚。拆迁工作暂时停下来，先做冷处理，随后再从长计议，想办法做通老人的思想工作。副区长面有难色，他一再强调，何市长给的最后期限是明天，拆迁一停，他不好交代。我说，出了人命我们都不好交代,也包括他何光荣。听我的,耽误了时间我负全责,与你无关。

副区长这才下令移开推土机,并电话通知区公安局,释放兰海。下午六点多的时候,兰海回到了下河湾。其他被拆掉的住户一看推土机撤走了,又三三两两围过来要房子,毕竟协议上签的是,让他们自己暂时解决临时安置点,安置房还有一年才能建成交工。不怪他们不支持,关键是我们承诺的拆迁补偿还只是合同上的一个数字,眼下,他们面临的是无家可归的境地,必须要靠投亲走友去寄人篱下,这要是放在我们谁身上,谁也不能接受。与兰子风一家对峙的一触即发的危险算是暂时化解了,但是与广大拆迁户的矛盾又出现了。

市区拆迁办的人都撤走了,把现场的矛盾全部交给了指挥部。卞新生气得大骂,我说,拆迁办的人只管拆迁,你不让拆,人家自然没有留下的必要。面对吧,好在跟大家都是签了协议的,他们签协议都是自觉自愿的,他们没有道理再反复。

我让卞新生负责,带着小蔡他们几个先稳住大家,我直接去找兰子风。我知道兰子风是关键,别人都观望看形势呢,只要这三层小楼拆了,他们也就不闹了。兰子风一家十九口,拆掉三层楼是补偿不了这么大面积的。特别是儿子被警察带走,让老人情绪有些失控。我理解他们的心理,也相信强迫拆迁一定会让他们铤而走险,鱼死网破。

我找到兰子风,诚心邀请他去我办公室详谈。他拧着脖子有几分视死如归地跟着我来到了办公室。

一进门,我刚请他坐下,这个皱纹纵横的老人顿时泪如雨下,说他奋斗了近二十年的才盖好了这幢三层房子。当时,没有钱外请工队,都是自己家人盖房,他们一家老小双手全部磨出了血泡,那是用命挣来的房子啊。

我是这里的总指挥邝天穹，我已经出面协调停止拆迁了，而且，你儿子也回来了。按理，你儿子私动国家财产，是要追究法律责任的，念你们不是有意，只是以此做要挟，我才让公安法外容情，放你儿子回来了。你看你，一大家子人，上有老，下有小，咋能拿性命开玩笑呢？

邝局长，我不明白这社会是咋啦，我修房子没向别人要过一分钱，房子是我们自己的，无论我要多少钱，都换不回我们用命挣来的房子。要么你别拆我的房子，要么你给我钱，这是我们的私有财产，对吗？私有财产受不受保护？你说，我从你家里进去，随便拿东西行不行？你乐意吗？

对，对，老人家，你说的对，当然不行，任何人的私有财产只要是合法所得，都要受法律保护。作为韩阳建设局局长，我有我的工作，有我的责任。今天的事，我真的很抱歉。

我倒了杯水给兰子风。他接过水，情绪明显缓和了，我能看得出他不是个不讲道理的人，一个人的极端行为往往都与一个突发事件有关联，找到症结，对症下药，道理都能听得进去。现在，坐在我的办公室，他已经对我产生了认同感，这是继续交心谈下去的前提，果然，他说，邝局长，能看得出，你是个好心人，你说说看，我当初来这里，满目荒凉，直到火车站建成，老百姓一个两个都来了，楼也一幢幢修起来，我们庆幸自己一下子成了城里人，没想到，城市要发展，发展的结果就是把我们赶出去。

老人家的心情我很理解，政府也没说要把你们赶出去，不是统一规划给你们解决安置房吗，天星大厦综合体项目决定得很仓促，征迁安置工作考虑得不周到这是事实，我们正在做弥补和完善工作……

送走兰子风，看着他悲戚的样子，我陷入在无奈和悲哀之中。我想,一个地方的贫穷或富有,不是靠几条宽阔的街道、几座高楼来衡量的。衡量的标准应该是老百姓的居住质量。

窗户的旁边的墙上,挂着钱疯子的国画《遗书》。……万一哪一天要建房子,用原本属于我的位置,给你和妈的晚年做一块最坚硬的地基。那几行诗早已经烂熟于心,但是每次去读,都会有新的感受,总觉得还有更深的东西深藏画中,沉默的图画是无法把这东西"说"出来的,我努力去想,觉得有好多画外之意冒了出来:人生的大部分时间就像坐着的那个背影,守望一种美丽的流逝……怀念无休止……美好的人生总是如流水,如落英……爱与哀愁……我每次读画,每次就要赞美一回钱疯子。钱前,我是越来越爱他了。

画的旁边,张贴的就是天星大厦综合体的规划图和初步设计的效果图。其中天星大厦写字楼地面共有四十七层,二十四层以上为办公区,九层至二十三层为酒店服务业区域,一层至八层为商业区及配套区域。地下三层,初步设计为停车场及高楼发电机房、电梯机房和中央空调机房等。高楼左侧配建八层高的裙楼,作为文化博览中心。

为了减轻大厦的墙体重量,设计上采用了钢架结构的玻璃幕墙。对此我十分了解,玻璃幕墙会导致墙体保温性能的急剧下降,一般情况下,玻璃幕墙的热损失是典型的砌体填充墙的十倍以上。这意味着为维持房间内合适的温度,需要消耗更多的电能。为了减少热量损失,大厦只能使用双层玻璃面板,并进行玻璃反射涂层。然而,在热效率提高有限的情况下,这又会对邻近建筑物产生很大影响。摩天大楼镜壁反射也会导致周围空气温度提高。此外,玻璃幕墙安全隐患不容忽视,外地一些大厦曾经多次出现因玻璃幕墙破裂或者震碎而引发的事故。在其中一起事故中,大厦四十层玻璃掉落,至少造成大街上五十辆轿车损坏。因此，大厦玻璃幕墙需要定期检查、维护和更换，这项费用相当昂贵。每平方米的玻璃幕墙检查、清洁和维护费用将高达几百元。如果需要更换玻璃，费用将达到上千元。对于近一百多米高的天星大厦，约需花费几十万元。我知道，这将是大厦建成后一个必须面对的实际问题。

拆迁被我自作主张地停了下来，那幢破烂的三层楼孤零零地孑立了一周时间。

这一周，我一听见电话响就头皮发麻，不用看，就知道是副市长何光荣。刚开始接上电话，我还一个劲解释，后来我觉得那简直是一种秀才遇到兵的情形，白费口舌。再接电话，一任他骂得狗血淋头，说我渎职也罢，要免职也罢，我都是一声不吭，装傻充愣。其实我知道，在他心里，巴不得我工作滞后，最好出点啥乱子，从陈小婷给我的遗言里，我知道了他对我的仇恨。也许他做梦都在想着赶紧让我从这个世界上消失。

在我等待兰子风让步的最后日子里，我不再接何光荣的电话，我有一种预感，兰子风一定会妥协。我要让何光荣希望看到的惨状落空。在这样一个人的领导下开展工作，我一直觉得心气不畅，我甚至想，等天星大厦建成，老师能高升，我也就辞官不做，找个私人设计院干干具体事，回到我的专业上去。当然这是后话，目前还是尽快把眼前的难关想方设法渡过去。

一日黄昏时分，我独自走进了那幢破烂的小楼。兰子风看见我的脸色，就明白了八九分。我看见他的脸色，也踏实了许多。这个可怜人，目前正陷入一种窘境里。不只是他，他们家每一个人都陷在一种惶惶不安中，就是把他们的家留下，他们也不再会有往日的安宁与幸福了。兰子风的两个儿子和一个侄子已经各自带着媳妇、孩子离开了韩阳，继续过他们居无定所的流浪日子了，这个团聚的大家庭已经被阴云完全遮蔽了。

邝局长，我知道你也没办法，我不为难你这个好人了，孩子们走的走，跑的跑，我刚开始以命相搏，都是为了孩子。现在孩子们散了，我这把老骨头也无所谓了。你让他们来推房子吧。

我从口袋里掏出一把钥匙放在了兰子风的手里，这是我的旧房子，你先搬进去住吧，人总该有个容身之所。

这是我那一瞬间做出的决定。也许是老人悲戚的状态让我不堪，也许是这把钥匙已经在我的兜里捏出了汗水，钥匙的悲苦遇到了一样悲苦的人，让他们天涯沦落，同病相怜吧。昨天，戴欣嫚已经叫人把家搬空了，她住进了韩园丽景那套豪华的大房子。给我留下一句话，想去就一起动手，把东西搬过去，不想去就一个人住这吧，不勉强。

我知道，戴欣嫚毅然搬走不仅仅是因为她要住好房子。而是因为一件事。拆迁开始之后，我连续十几天没回家，不是有意不回，是没想到时间那么快，事情还堆在那里，十天就过去了。终于好不容易回家洗个澡，却惹出了一件麻烦事。当我从卫生间出来时，戴欣嫚手里正握着我的手机虎视眈眈地看着我。我去拿手机，她躲过了，她说需要我念给你听吗，于是开始念短信：天穹哥，这几天忙吗？窗外是一轮明月，月色旖旎，遥远的你是否也能感受到那份美丽，安好，想念。邝天穹，你本事大了啊，也能骗小姑娘了，告诉我，小夏是谁？我不知道说什么好，我没想到尹夏这时候会来短信。尽管她每天都会发一个短信给我，但是一般都是在上班时间。而且戴欣嫚从前一直不看我手机，就是手机响了，她都会告诉我，而自己从不去看，今天这是怎么了？两个意外同时发生了。

欣嫚，我跟这个小夏什么也没有，你不要多想。

戴欣嫚根本不听我解释，迅速开始走进卧室收拾东西，她手脚麻利地拉出行李箱，几下就把她的衣服、化妆品什么的塞了进去。我知道，不仅仅是因为这个短信，短信不过是个导火索，她要搬家是早就决定的。就这样，她先拿走她的东西，然后打电话叫了美容馆的伙计，拉走了日常生活用品，毅然决然地搬家了。我看着她下楼而去，在地上傻站着发了会呆。这就像是一个梦，多么美好的生活无端被我过成这个样子。为什么我会如此失败？

她走后，我也带了一床被褥，搬进了指挥部，天星大厦成了我的全部。从此，一家三口各居三地，一个完整的家从此变得四分五裂。想起一句话，十字路口，我们分着走，你走我的泪，我走你的恨。

如今，看到白发苍苍的兰子风，一种孤苦无依的感觉弥漫心间，两个无家可归的人在这一瞬间灵魂发生了交融，我突然决定把这套房子借给他们安身。兰子风显然被我这一举动搞愣了。当他确认我是真心实意帮他的时候，老人不由得双膝落地，泪如雨下，邝局长，谢谢你，但是我不能拿这把钥匙，我怎么能住你的房子呢？

当然，他不知道我此刻内心的苍凉与孤苦，我不是雷锋，也不是多么高大的人民公仆，帮助他其实是在帮助我自己。在那一瞬间，他的孤苦就是我的孤苦。我双手扶起兰子风，眼睛湿润地说，老人家，你跟我父亲年龄差不多，我怎么能忍心你流落街头呢？房子给你，也是有私心的，我的工作任务逼着我不得不拆你的房子，我拆了你的房子，你不住我那住谁那呢？再说，我那房子闲着也是闲着，等政府补偿到位了，你有了落脚之处，你再搬出去，有什么不可以呢？

我把钥匙塞到了兰子风手里，干脆，我叫个车帮你搬吧。

3

尘土卷起，遮蔽了半天蓝天。最后一幢小楼终于被推倒了。随后，遍地瓦砾被铲车清理得一干二净。那些还在继续观望的拆迁户们也终于散去，怀揣着征迁协议各自寻安顿之处去了。

八十多亩地突然空荡荡地出现在我的视野里。

我的心也变得空荡荡起来。住在指挥部，我真的以单位为家了，似乎没有了上下班的感觉，反正每天都处在工作状态中。天星大厦综合体项目顺利进行，设计也经过了招标，西北建筑大学设计院中标设计。这次招标严格遵循了《建筑工程设计招标投标管理办法》。我在庞俊杰书记的支持下，顶住了各方压力，杜绝了所谓潜规则的发生，比如设计招标简单地以价格定标的问题，设计单位相互围标、串标的问题，搞虚假招标、内定设计单位的问题以及招投标过程暗箱操作、评审过程以及评审意见不透明的问题等。

我知道，左义邦和他的金太阳建筑设计有限公司没少花气力，除了何光荣，他们连市委副书记、常务副市长等好几位市委常委都搬出来了。好在在这一点上，我和市委书记庞俊杰保持了高度的一致，这时候，我才感觉到了背后有一堵墙的那种踏实的感觉。

为此，庞俊杰说，何光荣为了左义邦甚至三四次面见他，从扶持地方企业发展的角度恳请他帮助金太阳建筑设计有限公司中标。庞俊杰始终以一副公事公办的态度阐明设计环节的重要性，并对规范招标、严格程序、强化招标监督提出了明确要求。同时，左义邦也多次提出要见我，都被我拒绝。他甚至在我下班的路上开着车尾随我，先是利诱，后又威胁，好在前面有庞俊杰，我告诉他，我拿不了事。左义邦说，他会拿下庞俊杰的。招标之前，庞俊杰书记亲自约谈了市招标办、监察局、纪委的同志，他明确指出，任何人在招标过程中一旦出现串标、透露标的等违纪行为，不管他是谁，马上就地免职。

设计招标工作结束后，随即进行了地基施工招标，何光荣和左义邦输得一塌糊涂。我从来没有见过他们如此沮丧，这让我心里感到从来没有过的惬意。长期以来，我一直感到有一股无形的势力在压迫着我，让我不能自由呼吸，现在他们的惨败终于让我有了一种心情舒畅的感觉。

没有想到，我搬到办公室不久，卞新生也把行李搬到了办公室。

每天晚上，电力大厦的十六楼又多了一扇亮灯的窗户。

和卞新生认识这么久，除了工作交往，从未有过更深的交谈，终于，因为寂寞和长夜，在那个夜晚，在指挥部的办公室里我们有了第一次彻夜长谈。

卞新生成了第一个知道我有抑郁症的人。而我，也是第一个知道他离了婚。他说，十年前，他老婆就跟她的领导好上了，领导出门一直明目张胆地带着他的老婆，一去就是好几天，弄得单位里风声四起，卞新生知道后，强咽苦泪，没有骂也没有闹，只是抛出了一张离婚协议，维系十年的婚姻就这样结束了。他说，没有人知道他早已离婚，梦碎了，捡起，努力拼凑，而后又碎，再捡起，拼凑，直到有一天再也拼凑不来。

邝局长，感谢你提携我，在你的手里，我当了办公室主任，随后又升了县处级，在家庭解体的情况下，我的事业有了大发展。我很愿意跟着你干，我看你为了这个项目，连家都搬来了，我想我也没啥牵挂，索性也过来住单位，也好和你有个照应。

小卞，记住一句话，能被人领走的女人本就不是你的女人，你应该感谢那个领导，替你收了她。不过还是谢谢你，你有所不知，失眠折磨了我好多年，两年前，我被确诊为情感性精神障碍抑郁症，一直煎熬在疾病的折磨中，我不是怕这个病，只是惧怕它的反复，我已经控制不了我自己了。抑郁症像是一个圆，从这一点开始，绕了一大圈，再次回到起点。情绪的反复已经超出了我所能控制的状态。

邝局长，我真的不敢相信，在我的印象里，你上进乐观，而且有超乎常人的事业心，怎么会有抑郁症呢？

起初我也不相信，最难受的时候我感觉我死的姿势是抱着头蜷缩在地上，也曾经失控，但是都自己控制住了。现在知道那是抑郁症，当时不知道，只是觉得无名的压力大，然后自己调节。

那一个晚上，我和卞新生谈了他的婚姻，谈了我的抑郁症，最后也谈到了雍阳和边晓云。他告诉我，雍阳出身农民家庭，当过初中教师。后选调进入组织部门工作，成为一名国家干部，此后，雍阳的仕途顺风顺水，从办事员、副科长、科长开始，一路升迁至县上的组织部部长、常委、副县长，十年前县上换届，调回市里任建设局副局长。在建设局这几年，大权独揽，成为建筑行业的黑老大，请他关心的、求他帮忙的人络绎不绝。当年，韩阳市污水处理厂的项目他操纵招标，承包给了他的同学。有人举报他受贿，但是都被他一一化解，据说，雍阳在韩阳拥有住房多达十套。

关于边晓云，他说，边局长其实是个老好人，这次免职有点亏，相比雍阳他可是啥都没捞到。听说，市委安排他去地震局任调研员，他没去，申请离岗，回老家包林场去了。

这对于边晓云来说，其实是个不错的选择。我都想等这楼修成了,我也回周原县向坡乡种地去。

呵呵,邝局长说笑呢,大家都说,天星大厦建成后,领导对你有许诺,你要下到县里当县委书记呢。

这个世界,真是没有不透风的墙啊,两个人的谈话,怎么也能传出来呢?要么是想当然地猜测,要么是庞书记在其他场合有所流露。

有了卞新生,漫长的夜晚也就过得快了。有些郁结需要出口去化解,找到卞新生这样一个出口,我感觉自己的身心多少轻松了一些。

4

六十年代的邝湾,在旧时光里像是一座透明的村庄。

那时候还没有我,我的父亲邝野也还年轻,头发梳得一丝不乱,戴着一副宽黑边近视眼睛,中山装里别着一支钢笔,在邝湾这样一个偏僻的小山村里显得鹤立鸡群。

正是因为他鹤立鸡群的气质,才让从天津来插队的女知青姚清河对父亲暗生情愫。在远天远地的荒野,姚清河从父亲的身上找到了自己存在理由,而惯常在泥土里埋头劳作的父亲从姚清河的身影里也看到了大山外面的美丽。一扇窗为父亲打开,父亲吟唱着"关关雎鸠,在河之洲,窈窕淑女,君子好逑"的句子昂然走向他的爱情。

那时候的青草地很柔软,那时候的玉米秆很茂密,这样的青草地和玉米地就成了父亲和姚清河的天堂。父亲肯定不会笨拙地亲吻,甚至不会说让彼此都热血激荡的话语,但是寂寞无聊的日子里他们却成为彼此的欢悦。

父亲的爱情单调而短暂，当他突然被关进牛棚的时候，胆小的姚清河却逃避了。在父亲饱受煎熬的日子里，他依然怀念着他们俩在一起靠着麦垛看云的日子，父亲靠着这种思念的甜蜜打发着难挨的时光。

父亲的左腿被打跛了，获得了自由的他，却没有了姚清河。

父亲的心门从此上了铁锁，他以为无人能再打开，而母亲，一个号称"铁姑娘"的拖拉机手，硬是一头撞开了父亲的门。

父亲迎娶母亲的那天深夜，悸动和欢乐的新婚希冀却被一阵婴儿的啼哭惊得支离破碎。一个襁褓中的孩子被放在了他们新家的窗台上。

孩子叫"邝天骄"，名字是写在襁褓中一张包中药的麻纸上的，纸上还写着："清河情陷野，女竟不意来。此心若相负，天骄犹可忆。"

好洁，这些故事的片段是那夜父亲邝野在病床上讲给我的。我觉得像是父亲编织的一个故事，与己无关。但是父亲却托付给我一件事：一定要找到姐姐邝天骄。

好洁，我觉得我已经找到了。

父亲的新婚之夜因为邝天骄的出现而变得一塌糊涂。杳无音讯的姚清河突然会出现在父亲烛影摇红的窗前，并以婴孩邝天骄来毁掉父亲一生的幸福。多么残酷，又多么狠毒，父亲一时不知道如何应对这样的局面。

好洁，我母亲的果断与抗击同样出乎意料。一个普通女人，在自己已经于众目睽睽之下成为邝家媳妇的紧要关头，没有选择与父亲撕破脸，她没有大哭大闹惊来四邻，也没有扯着父亲兴师问罪，大出一口恶气。作为大队干部的母亲，聪明地预料到孩子的母亲此刻正在某个角落里偷窥他们的举动。母亲拉着父亲进门,牢牢插了屋门,用棉花蛋塞了耳朵,上床用被子蒙了头。

好洁,孩子的哭声听不见了,父亲说,这就叫掩耳盗铃,他知道这个词语怎么用。第二天鸡叫,父亲一把拉开门,孩子不见了,窗台上什么都没有。母亲说,一场梦而已,醒了就什么都没有了。其实,怎么能没有,母亲开始了对父亲长达一生的折磨。父亲快要支撑不住的时候,我来到了这世界上。母亲弥留之际,把那个麻纸给父亲看,原来新婚第二天窗台上的襁褓没了,纸条在,只是被风吹到了院子里,母亲在扫院子的时候发现了,悄悄地藏起了它,藏了一辈子。母亲捕捉到了父亲深深的伤痛,所以在我们弟兄出生后取名字时,她完全默认了父亲的意思,天骄、天穹、天昊、天尽……

好洁,父亲一生都没有忘记那个夜晚,这也是姚清河良苦用心所在,她要让父亲用一生记住自己的存在。父亲记住了,深藏在心里,须臾没有忘记。母亲病逝前,告诉父亲,让父亲去找姚清河,去认他的女儿。

好洁,这么多年,父亲从未停止对姚清河母女的寻找,他越来越觉得邝天骄就是他的孩子。终于,他有了一些线索,但是他的身体已经不允许他四处奔波了,那个在医院的无眠的夜里,父亲把他四十多年心底缩着的结讲给了我,他希望我能替他找到,他是想在余生能与她相认。

好洁,我其实已经找到了,你知道是谁吗?父亲说天骄姐姐大我三岁,好洁,其实你就是天骄,你就是。

天穹,你病了,这次真的病得厉害了,该好好治疗了。

好洁,好洁,姐姐,亲爱的天骄姐姐。

第十一章

1

火车呼啸而过,铁轨震动的巨大声音让天星大厦发出轰鸣的嗡嗡声响,也许也只有这么高的大厦才能有如此回响。

人自从来到这个世界上,就开始争夺土地,直到把土地掠夺得体无完肤,无立锥之地,便又肆无忌惮地把手伸向了天空。我们赖以生存的环境就是这样日益恶化起来的。

我扑向大地的瞬间,地面似乎有热浪击打上来,远处的广场、草坪全部九十度倾斜,天空与楼檐纵横交错、七零八落,地上的人挂在了天空,天上的云覆盖在了大地上,我不知道是我的世界塌陷了,还是整个世界都塌陷了?

此刻,在我生命将逝之际,我突然有了一种恶毒的想法,我应该与这座天星大厦同归于尽才好,既然这幢大厦已经和我的生命不可分割,那么,为什么我要离去,它却要存在呢?我承认人的本性中有许多劣根性,特别是在生死关头,所谓的崇高伟大都被生命的将逝压扁,变得虚空。

人说,天地留丰碑。丰碑也好,墓碑也罢,那都是身后人的说法而已,我不知道,我这样舍身,是取了"义",还是助推着掠夺世界的手,加速着人类生存世界的恶化?

其实,我并非死得其所。

那一年的一段时期以来,我不是飞在天上就是一直奔波在路上。就像庞俊杰说的,天星大厦诞生了,韩阳的一个政治新星也就诞生了。

三月初,我将有关天星大厦的资料交与西北大学交通所,委托做交通评估,月底交通评估全面完成。

四月初,我将交通评估报告亲自送达韩阳市发改委主任做交通评审,在我的督促下,月底终于完成了评审。随之,指挥部向韩阳市发改委出具同意天星大厦设计方案的文件及附图。随后我又奔赴天津市,与西北大学老师介绍的专家开展天星大厦人防工程的设计。

六月,再赴西北大学,委托西北大学做天星大厦环境评估报告,并将报告送韩阳市环保局报审。

半年过去了,我就这样马不停蹄地跑,项目前期工作还没有全部做完,我已经感觉到有些疲惫了。多亏是市委庞书记在挂帅,不然,上述这么多的手续半年时间是拿不下来的。此外,为了避免更多的干扰,好多设计都是在外地请专家完成。

正是这样长达半年的出差,使我有了寻找当年的女知青姚清河的机会。

父亲说,姚清河的母亲是糖果厂的一名女工,叫吉玉荷。于是我费尽周折找到了天津经贸委,询问昔日糖果厂的情况。我从相关人员那里打听得知原国营糖果厂早就破产,职工流落社会,他们凭借手中掌握的工艺和技术,在各自的老房子里开办了一个个手工小作坊,生产出来的糖果成为了当地的特色食品。可以说,要寻找到糖果厂当年的一个工人,无异于大海捞针。

父亲说，姚清河那时候经常说起她童年一个最好的玩伴李小华。姚清河一直用一种羡慕的口气说，李小华命好，有一个因公牺牲的警察父亲，她才能被优先照顾安排工作，当刑警。父亲骂姚清河，说宁肯不要烈士子女的名份，也要亲人，亲人才是无价之宝。据说姚清河当时哭了，她抹着泪不停地说，受不了了，这地方太苦了。父亲说，换作是他，远离家乡，吃苦受罪，他也一定会像姚清河那样想，不是不顾及亲情，而是现实太残酷。

于是，我走进了天津市公安局。公安局的同志很热情地接待了我，他们打开电脑，在全市警察名录中检索李小华，找出二十一个"李小华"，十一个"李晓华"。根据我提供的原籍情况以及警察子女的特征，终于找到了已经从塘沽区某派出所退休的户籍警李小华。这个体形已显得很臃肿的女民警听说我是从西北来打听姚清河的，就饶有兴致地给我介绍起她跟姚清河交往的一些往事，但是她所说的全部是姚清河插队前的情况，对于姚清河返城后的情况她也是一无所知。

姚清河回到天津以后你再没见过她吗？

没有。那时候，我在刑警队，经常出差，也许她找过我没有找到吧。我听一个同学说，姚清河后来嫁了个外籍华人，出国了。

在李小华这里，我只得到这么一个线索，不过幸运的是，李小华又给我介绍了一个当年和姚清河一起去韩阳插队的男知青幸学文。

通过李小华提供的线索，我又辗转找到了退休在家的报社编辑幸学文。听说我是周原县来的，幸学文非常激动，老花镜后面的眼睛里泛出粼粼波光，他翻箱倒柜找出了不少黑白照片，在那些照片中我还看到了我的父亲邝野。父亲的照片能出现在遥远的津门，不要说幸学文了，我都很是激动。听说我是邝野的儿子，老人仿佛偶遇久别亲人，一把抓住我的手，不住地端详起我。

根本认不出来了，有四十年了吧，那时候呢，你还在讲桌上爬，我们大伙都怀疑这孩子能不能活下去呢。真好，长这么大了，一表人才呢。

幸学文老人开始了他颇具文学化的讲述：

"上山下乡"运动的末期，我和姚清河搭上了这趟末班车。读书无用，造反有理，白卷英雄，在那种形势下我高中毕业，当时的高中毕业生只有一条路，就是上山下乡，插队落户。人们好像已默认了这种命运的安排，一家几个孩子同在农村插队的比比皆是。大家唯一的想法就是早点下去，早点回来。当时我的姐姐和哥哥均已下乡，下面还有一个小我一岁多的妹妹。如果我留城，我妹妹就必须下乡。为了把这宝贵的留城名额让给妹妹，我别无选择地报名下乡了。记得那时候，我到了周原县的向坡村，村上每个生产队都分配有三个天津下乡来的知青，都是清一色二十来岁的青年。我在一队，姚清河在二队，我们的宿舍离得不远，我和你父亲在邝湾小学共事，当老师。就这样，不管我们自己是多么不情愿，但还是走上了下乡插队这条路，而且一去就成了不受农村欢迎的一群人。这种心灵上的打击比艰苦的生活环境更煎熬，为知青生活涂上了悲剧色彩。姚清河是女知青中长得最漂亮的，所以我们有事没事都爱往她跟前凑。我家跟姚清河家离得近，又有很多共同语言，所以我就近水楼台，跟她走得近些。每年临近年关，我和姚清河都要同搭乘一辆牛车去县城汽车站，坐班车去西安火车站，乘火车赶回天津投奔父母过年。

记得有一次，有一个社员捉了条大蛇，截了一段蛇身子，在河里灌上水，挂在二队知青宿舍房角的椽子上。姚清河她们怕得不敢出门，在屋子里待了一上午。后来，你父亲邝野出现了，他把那蛇皮取下来，当着姚清河她们的面挤掉蛇皮里的水，拿给姚清河看。当时我们的工分一年下来只拿到二百来块钱，生活虽然清贫但是精神清高，一时很难和当地人打成一片，自从你父亲见义勇为后，姚清河就跟你父亲走得很近，你父亲邝野也是想尽办法照顾她们，还给她们在村里用石头修了专门的厕所。要知道我们刚去上厕所都在猪圈里，我们倒还好，姚清河她们怎么也进不去，进去了也是吓得尖叫不断。后来，大家都知道，你父亲就和姚清河处对象了。姚清河在中学时参加过文艺宣传队，会拉几下二胡，所以来的时候，她父母特意替她买了把二胡。每当晨曦微露的清晨，或一抹余晖残存的黄昏，你父亲就会陪姚清河坐在田埂旁，听她拉上一曲《赛马》或《二泉映月》，让悠扬的乐曲冲淡浓浓的愁思……渐渐地姚清河就和我疏远了，我曾劝过姚清河，说跟当地人处对象没有好结果，不要自毁前程。但是姚清河很痴情，根本听不进去，最后我说得多了，她倒认为我是吃不到葡萄说葡萄酸，干脆不理我了。

原来姚清河还是个文艺青年，我的眼前不由闪现出父亲坐在姚清河的旁边，凝神听她拉二胡的样子。

老先生，那你知道我父亲跟姚阿姨后来的事吗？

后来，只是听说，姚清河在一个窑洞里产下了一个女婴。整个邝湾都传遍了，人们都叫姚清河破鞋，我们也都讳莫如深，避之唯恐不及。所以，生了孩子之后的姚清河谁也没有见过。听说公社领导向上反映了这个情况，那男的被"法办了"，姚清河就被遣送回天津了。唉，那个年代，人都很单纯，尤其是二十出头的年轻人，啥都不懂，哪像现在。

我听父亲讲，他一直不相信孩子会是他的。那孩子真是我父亲跟姚清河的吗?

那只有你父亲跟姚清河知道了,据我所知,姚清河不是那种随便的女子,就像我前面说的,那时候的我们太单纯,太傻了。

幸老师,那你知道姚清河回到天津以后的情况吗?

不知道,八十年代,我们"插哥""插姐"在天津成立了知青沙龙,还搞过好几次聚会,但是姚清河从来都没有参加过,慢慢地也就从知青圈子里淡出了。后来有一次,听一个同学的孩子说,她好像是改嫁了两次,前一次的男人半路死了,后一次的男人是一个外籍华人,说是她跟着那男人一起出国了。

那,她在邝湾生下的那个孩子呢,哪里去了?

听说那孩子很聪明,也很争气,高中毕业后考上了大学,毕业后也去了澳洲留学,好像还是个什么博士,挺厉害的。

离开的时候,我留下了幸学文的地址和电话,希望有朝一日,能带父亲来天津和他见一面。他们的生命当中,曾走过一个共同的女人,他们的爱情,尽管短暂却十分美好,那个年代,有着他们特殊的人生际遇和难以释怀的青春往事。

那一天,正是赤日炎炎的流火七月,我在省城一家房地产评估有限公司做天星大厦用地评估报告。评估结束后,就可以尽快解决工程建设用地问题。下午吃完饭,我去了好洁心理慰疗中心。

好洁心理慰疗中心已经与旧日大不一样。

我印象里的好洁心理慰疗中心就像是我一个人的天堂。我在那里独享着属于我的心灵鸡汤,这似乎成了自然而然的事。相应的,好洁就像是我一个人的心理医生,我随时去,她都会像专门等我一样,随时为我守候在那里。好洁和她的慰疗中心,早已成了我生命的一部分。所以，这次来到好洁心理慰疗中心，这里的变化让我无法适应，好久不来，这里已经今非昔比，变得门庭若市、人来人往，热闹得像个虔诚教徒集会的场所。

短短几年，抑郁像传染病般传播，好洁的病人也日渐增多，老的少的，男的女的，有文化的没文化的，都扎堆儿抑郁。好洁说，近三年来有抑郁倾向的公务员就诊人数，有上升趋势。她从专业角度分析，鉴于心理疾病的特殊性，抑郁症患者往往隐藏得很深，不易被外人发现，通常患者要经过数月甚至更长的时间来决定是否就诊。当被发现时，一般问题已很严重。这些年自杀率的升高，很可能是病人延误就诊、病情加重的结果。

我虽然一直来这里，但是依然心存不安，就像在韩阳，我害怕有人知道我是一名抑郁症患者，我一再跟卞新生强调，不要给任何人说。所以，来这里，我都像是去完成一场私密的约会，或者像去干一件见不得人的坏事，心里堵满了紧张和不安。对于我来这里的心态，好洁表示理解。她说，你们这个群体都是这样，很多人不会主动来就诊，担心这病影响仕途，也有看病途径不多、担心医院泄露秘密的顾虑。有一个患者，尿频一年多，在京城医院挨个儿看肾病科、泌尿科、中医，都没有作用，结果到这儿依照焦虑症治疗焦虑，用抗抑郁剂，辅以心理治疗，很快康复了。其实，那人真正的病因是，他在工作中得罪了领导，闹了心病。

人们挤满了好洁的慰疗中心，因为病人数量的剧增，中心面积也增加了一倍，好洁不再是一个人，已经有了两名年轻的助手，一个很漂亮的小姑娘，一个很时尚的帅小伙，像是一对金童玉女。他们和室内养眼的陈设、舒缓的音乐共同构成了心理治疗的一部分。我看到玻璃墙上多了一行鲜红的标语：抑郁症跟意志无关，与品行无涉。这句简单的话让前来就诊的人顿时释然,并心存感激。

排着队的人们很安静,很听话,一个个都像乖乖的孩子。好洁呢,这时候分明就是个教主,一个手势、一个叹息都会调动一颗心的沉落与亢起。

我很不习惯这种状态,在我心里,这间温馨的房子早就属于我一个人,或者,属于我和好洁。如今,却被这么多的陌生人占据。我看着她,心底涌上一股莫名的失落和忧郁,我知道这种不良的情绪来源于阴暗的心思。按理,我该欣慰,一群人的抑郁,一个人的狂欢。这句话因一群人的狂欢而有了变化,我不应该再感到寂寞。可是,我总是无法掌握住自己的心理,情绪的瞬间变化常常让我很讨厌自己。

好洁终于看见了我,我一直怀疑她早就发现我,只是装作没有看见罢了。她向我招招手,指指门旁空着的沙发,这种沙发的待遇比起她那张天堂一样的床虽然已经降到了最低,但是还是引来一群人的艳羡。好洁招呼我先坐下,然后就去应付别人了。

好洁依然微笑,依然安详,依然浑然不觉地给一个个病人说这说那,她优美的手势不断变化,这样一个人间的天使不再属于我一个人了。排到楼道里的人在一个个心满意足地离去,原来不只我,好多人都能在这里找到温暖。直到夜幕来临时,好洁才挂出了下班的牌子。

我坐在门口的长椅上没动。人没动,心里在动。

好洁收拾好东西,漫不经心地看了我一眼,天穷,怎么突然想起我了?楼修好了?

我依然是人没动,心里在动。我知道有好一段时间没顾上来,也没怎么联系她。她话里有话。原以为三到六个月就能停药,人就能恢复到正常状态,我一直很讨厌吃那种药,强迫自己去吃,好像不是为了自己,而是为了好洁。而现在断断续续吃药已经快一年了,治了这么久,吃了这么多药,仍然时好时坏的,我简直有些不耐烦了。

走,去吃饭。你肯定是有事了。

最近感觉非常焦虑,失眠在持续。

天穹,很正常,其实来我这里的很多公务员病人都有失眠的症状,多数人都表现为心理压力大、焦虑、失眠。你一定要听我的,按我的计划来做,药物治疗是一方面,更多的是要打开心结,释放出郁结之气,调心甚于调身。

我基本没听她在说什么,我仔细注视她那张越看越亲切的面孔,怔怔地问道:好洁,你母亲姓姚吗?

你说什么呢?

我知道你是谁了,你是我姐姐。

本来啊,我啥时候不是你姐姐的?看你这人,一个楼修得连姐姐都不认了。

好洁把我拉出中心,塞进了一辆出租车,带我去吃上海菜。

好洁说我是得了暗示性妄想症。我也不知道为什么当我得知这个世界上我还有一个同父异母的姐姐时,我有些不知所措了。邝天昊是我再亲不过的亲兄弟,我们俩却成为陌路,也许出于对亲人疏远的无奈和孤寂吧,当我得知这个世界上我还有一个姐姐天骄时,我是那么渴望与她重逢。我甚至把多年里对于母亲的情感亏欠全部寄托在了这个从未谋面的姐姐身上。

天穹,我能感觉到你最近处于情感荒漠期,你太孤单了。我能感觉得到,你家里出了点问题。你其实是个很在乎家庭的人,事业与家庭对你来说,同等重要。我希望你能够改变一下自己,我指的不是改变你的操守,而是改变你的处事方式,抓住一些,放下一些,丢掉一些,留着一些。

好洁。你从来没有告诉过我你的家庭、父母以及个人成长史，是因为你早知道我是你同父异母的弟弟对吗？

我说过了，天穹，这不是真的。这都是你脑子里想出来的。澳洲那么多中国留学生，就是心理学博士也有上百，你凭什么认定是我呢？

感觉，来自一种亲情的感觉。或者说生命体征给予我的心灵感应，见你第一面的时候，你就让我亲切，一种神秘的亲近感一直让我无法解释。你说，我们这么长时间，也一同度过漫长的夜晚，为什么没有发生爱情，却有着一种无邪的难以割舍的爱呢？

世界上的爱有好多种，除了爱情、亲情、友情，应该还有其他，特别是男女之间，我相信那种蓝颜知己的存在。它经受得住风霜雨水洗刷，经得起时间和交往的考验，言语不多，开心不少，不求同船共渡，却心存惦记，是一种发自心底的习惯与牵挂。假如，我还相信爱情，我想我一定会爱上你。

我的眼睛迷茫而空洞。

当然我看不见自己的眼睛，我是从好洁的眼睛里看见的。好洁的再三否认更加让我深信不疑：

好洁，就是邝天骄，我的姐姐。

2

中国的好多中学似乎一模一样。

一样的建筑，一样的布局。格局差不多的楼房，风格毫无二致的教室、参照竞赛场馆设计的学校体育馆，雷同的功能分区等等。还有，墙壁上千篇一律的标语口号。这里走出来的穿着校服的学生怎么能不一模一样呢?

也许出于职业习惯,对于交大附中所处的环境,我一直心存不满。十字转盘处、附中旁边的那一栋板式大楼,无论是摆放位置,还是建筑形态,无论是与周围环境的协调,还是视野和空气的通透程度,都分明是城市建设中的又一个败笔。在学生聚集的地方,高楼如此密集,翅膀没张开就已经折戟沉沙,还能有多少对于美好未来的向往呢?

每次来交大附中看欢欢都很难,简直比去省政府见一次省长还难。这样的学校就像牢笼,实行一月过一个星期天、四周探家一趟的封闭制度,其余任何时间一律不准外出。所谓的封闭,顾名思义就是关起门来蹲禁闭。我不知道这种违背教育政策,从根本上切断学生与社会联系的纽带的做法究竟出于何种考虑?除了造成学生知识面的狭窄、见识的短浅、社会能力不足之外还会有什么进步之处呢?

我见自己的孩子,却要满头大汗地填完一厚沓子表格,等待几十分钟,还要遵守时间规定,控制谈话时长。就是这样的一个学校竟然还有人挤破头似的往里钻,有的不惜托关系找到省政府领导那里,有的准备了十万元用来摆平校长。人说,这是一所把钱顶在了额头上都进不去的学校。

我记得当初为邝欢上这所学校没少跟戴欣嫚发生争执,邝欢入学后,我第一次去看她,对于学校的封闭状态很是反感,回来就跟戴欣嫚论理,孩子本来就内向,很少出去玩,放到这样一个环境里,后果是很可怕的。我说,周朝天刚发迹时,家还在邝湾,他就把孩子送进了韩阳的学校,一直到最后送进省城的学校,一路走来全是封闭。去年高考结束后,周朝天把儿子送回老家,他奶奶带他去麦地里锄草,谁知这孩子灰头土脸、辛辛苦苦地干了一下午全把麦苗当草给拔了。戴欣嫚不以为然地说,你觉得咱家邝欢还有机会锄麦子吗?我说,不是这个意思,你看欢欢写的作文,尽管文辞优美,但是全是凭空想象,笑话百出……这最根本的原因是他们与社会接触得太少了,他们的社会经验太少了,他们的社会能力太差了。我还在说,戴欣嫚早已拧身出门了。

有什么样的学校就有什么样的学生。

封闭式的管理,阻隔了外界的信息,封闭了学生的头脑,久而久之学生一个个都成为井底之蛙,何谈培养德、智、体、美全面发展的人才?充其量只能出几个高分低能者而已。邝欢就是这样的学生。自从进了交大附中,成绩一路飙升,这学期已经进了全级前八强。用老师的话说,再加把劲,北大清华稳操胜券。我没尝到北大清华已然招手的甜蜜,却看到了一个暮气沉沉、寡言少语的邝欢。

我跟邝欢坐在学校门口的一个小餐馆里。校园的喇叭上永远响的是校长大人高声的呵斥与训话,乍一听像个严厉的看守。很久没有见到邝欢,真的很想她,人说孩子是自家的好,在对待自己的孩子上,人人都是自私的,同时也是很无私的。

我跟邝欢说这说那,她却很少跟我说话,我不知道这孩子整天在想什么,难道除了学习就没有其他?我跟她母亲已经分居近一年,这一切好像都与她无关一样,她在我跟前不问戴欣嫚,我知道,在戴欣嫚跟前她肯定也不问我。我让她好好吃饭,她却戴了一个耳机在听音乐,我说,你不说话了,能不能专心吃饭?什么歌曲这么迷人?邝欢没有听我的,反而振振有词地说,是英文歌曲,老师布置的作业,让反复听,完了要抽查。

这时候,我发现邻桌上也有一对母女,母亲瞅着女儿爱意浓浓,女儿却埋了头,拿了一只手机,指头飞快地操作,迅速传递着他们那个年龄特有的语言信息。那灵活的手指让人惊叹。她面前的一碗米饭还像小山一样原封未动。这个学校、这个教育已经极端封闭自我,让孩子们失去了与人交往的能力,这是一件多么可怕的事情。

房子。

我还有属于自己的房子吗?窗外的雨还在下,也许并不大的雨,在楼上却能感觉到大雨淋头的幽深和孤寂。

床头的灯光发出暗黄的光,映照着女孩尹夏姣好的脸庞。那一张熟睡的脸庞是这个世界上最大的安慰和稀世的珍宝。

这一切是真的吗?就在昨晚,我看到一朵白莲照亮了整个夜晚,是那么美丽无比,又是那么惊心动魄。

我开始慢慢想。

还是从戴欣嫚开始想起。昨天,我去了戴欣嫚的新房子,是她叫我去的。房子真的很豪华,我知道现在有多少人把自己塞在富丽堂皇的空间里,以为自己从此有了家。殊不知,他们的灵魂依然暴晒在荒郊野外。戴欣嫚几年前就想换房子,原因很简单:大家都在换。曾经的两三年,她在韩阳这座城市不停地看房子,一幢幢高楼大厦,一个个大玻璃飘窗,露天晒台,错层……在城市里飞旋。我常想,有一座房子,一个自以为很优雅的女人住在里面,并且每天都在擦地,洗衣服,煲汤,然后斜躺在沙发上看肥皂剧,她还可以将自己锁在屋子里好多天,放开胆子睡大觉,一切无所谓开始,也无所谓结束,那么差不多一间房子就能盛下她一生的奢望和忧伤了。她们始终认为,房子比男人靠得住。但是,房子一样会让她们孤独。

我相信,戴欣嫚邀请我去她的新房子,全然出于对奢华生活的腻味和对孤独的惧怕。想想看,一个并不强大的女人身处一个一百六十平方米的空间,听着自己的脚步声和咳嗽的回声,该会是多么恐惧和无助。

戴欣嫚领我走进房子,说,看看我们的房子。我马上纠正,不对,是你的房子,或者别人的房子。

房子很好,要是有点人气就好了。我说。

孩子回来,你回来,就好了。她的声音里有难得的孤单与忧伤。

你培养的清华大学生,怎么能回到韩阳这个破地方呢?我呢,身子卑微,会对不起这奢华的殿堂。欣嫚,你说,为什么这个世界会有那么多人喜欢钓鱼?为什么也会有那么多的鱼喜欢咬钩呢?诱饵再美味,咬钩也会疼啊。

天穷,也许我们真的是没有爱了,才会这样说话。看你的眼睛,我就知道,你看我的眼神不再像从前一样了。

戴欣嫚似乎还有更多的心里话要说给我听,难得她会对我有这么多的话,此刻,我丝毫不怀疑她的真诚,我想,如果有我的一分回头的接纳,一切就会有一个皆大欢喜的结局。然而,生活总是有一些意想不到的偶然事件,也往往会发生一些阴差阳错的意外事故。

戴欣嫚的真情流露被一声又一声顽强的手机铃声搅乱。尽管她挂断了几次,但是对方还是十分执着地重拨过来。戴欣嫚不得不终止了跟我的谈话,接上了电话:在家呢?什么?哦,我忘了,那你等等。她一边接着电话一边将身子移向了阳台。阳台的玻璃是落地的,顺着阳台的玻璃一眼可以望见院子。我顺着戴欣嫚的视线很容易地看到一辆黑色的现代车停在楼下,车门打开,一个戴墨镜的男人边打电话边钻了出来。

戴欣嫚有些慌乱。她显然犯了一个致命的错误,不该在这个时候带我进来。

一个朋友，约好了要去车市看车。戴欣嫚说完，又加了一句，你知道，我不懂车。

我的内心有一阵隐痛。

去吧，忙去吧，你的房梦实现了，车梦看起来也快了，祝你好运。我故作轻松地转身出了门，乘电梯下了楼。

到了楼下，我看到了那辆黑色现代。我尽量迫使自己不要扭头去看那个戴墨镜的男人，我知道我和戴欣嫚将永远没有再续前缘的可能了。

我在那个小酒馆里醉得一塌糊涂。

打了一下午电话，钱疯子都没有来。隐约记得，刚开始坐下的时候，钱疯子在电话里说，北京来了几个画家，他陪着在山上采风，如果回来得早，他一定来。

我一边喝酒一边等他，一瓶快要见底了，我开始骂钱疯子，骂了什么不记得，总之骂得很毒。无论怎么骂，钱疯子终究是没有来。酒被我喝完了，我又要了一瓶，打开来喝了几口就已经人事不省了。

我被老板摇醒的时候，天已经黑了。老板说，你说号码，我给你家里打个电话，让家里人来接你回去吧。我摸了摸口袋，手机还在。我说谁的号码呢？我回哪个家呢？给父亲邝野电话？不能，他老人家年纪大了，腿脚又不好，我怎么能让他雪上加霜呢。给戴欣嫚？不能，也许此刻她正和那个戴墨镜的男人举杯祝贺她崭新锃亮的新车呢。给邝天昊？不能，他会用脚后跟嘲笑我。给邝天骄？更不能了，我连她在哪里都不知道。那么，还有谁呢？卞新生？不能，我不会让任何一个下属看到我的脆弱和沦落。就算有人来接我，我又该去哪里？指挥部里都是下属，所有人都在看着我。

想想老板的话，想想我眼下的孤苦伶仃，我禁不住泪流满面。

哎，你怎么了？你倒是说话啊，我给你叫人，接你回去。

在韩阳生活了这么多年，在我当建设局长这短短几年，经我手建成多少幢、多少户安居工程，到如今却没有我邝天穹的一锥安身之地，这究竟是为什么？

我从口袋里摸出手机，放在桌子上，老板，你别撵我走，留下我，给你当个伙计吧，端盘子、刷碗，我都行的，你留下我吧。

看你，说什么呢，这是欺负我呢。你喝多了，你看这天，快要下雨了。快点告诉我你家在哪儿，我送你吧。

这时候手机响了一下，有短信来。

是不是家里人找你呢？我给你看看。

老板，麻烦了，你看下，不管是谁，你回个电话……电话过去，就没你的事了。

酒馆老板打通了电话。

眼睛睁开，光线柔和，雨水从窗玻璃上滑下来，分离出细小的水珠，简直就是对所有感情的主流和支流的解构。然后，我看到一张年轻的脸晃在我的头顶。

咋啦？喝这么多？

原来是尹夏。鹅蛋形的脸，豌豆角的眼睛，尖而丰满的下巴，很好看的样子。

小夏，我怎么在这？我的外衣呢？是你给我脱掉的吗？我怎么来的？

你的衣服被雨淋湿了，我给你脱了在外边晾着呢。你喝太多了，整个人都软了，我和出租车司机费了好大劲才把你弄上楼的，好些了吗？

我这才慢慢想起事情的前后起因。

谢谢你，小夏，有你，我觉得我在这个世界还不至于太孤单。

近来，我给你短信你很少回过，我知道你在有意躲避我。今天没想到我的一个短信还能让我接你到我这里，我都怀疑是梦呢。

不是躲避你，小夏，我是怕我自己。最近家里发生了好多事，我不想把你扯进来。

怎么了？能告诉我吗？

算了，不说了，都是些婆婆妈妈的琐碎事，说了无益，徒增烦恼。

你不说，我就知道，肯定与我有关系。我记得自从那次那个短信之后，你就再没有主动联系过我，我后来想了想，那次短信你应该在家里。肯定是我惹了麻烦，你告诉我，我去跟嫂子解释。

与你没关系，就是没你，迟早也会有今天的结果。爱情一旦到了婚姻的层面上，是很难经受得住世俗的考验的。

那就不要婚姻，只要爱情。

傻丫头。

她微笑，递过一杯热茶。我接过保温杯，里面是热的花茶，我坐起来，头嗡嗡地响。看见尹夏，人就感到很放松，有她在身边，我有一种家的温暖。在这样一个细雨敲窗的寂寥之夜，有一个人像你的亲人般关心你、惦记你，我还有什么不满足？我长吁一口气，抬眼看看浓重的夜色，没有星星，夜雨淅沥，如情人的私语。一个完美的夜晚，我同时体会到了孤独与不孤独，寂寥与不寂寥，爱与被爱。

原本想离去，此刻却舍不下这奢侈的温馨，整个身体变得异常疲倦。更多的时候，我觉得自己像一只田鼠，活在地下，仿佛是在进行一次永恒的睡眠。我不是单纯的人，我只是没有不单纯，到了这个生命阶段，单纯是一件很难的事。就在这个世人沉睡的时代，众神把我的屋子放回到大地上，让我拥有了自己的栖居之所，于是，我看见了我浑浊的心灵对单纯的向往。我合上了眼睛，渴望在这一场繁华盛宴里睡去。唯愿醒来时，一切都会是新的。

恍惚间，我感到胸口上压了什么，迷蒙中醒来，睁眼，突然一道光亮夺目，我惊叫了一声，翻身坐起来。

尹夏惺忪着一双眼睛望着我。我看到她敞着怀，胸衣不知道哪里去了，露出瘦削的肩胛骨和丰满的胸脯，她的骨头的尖锐和肌肤的质感都是完美迷人的，那一对洁白饱满的乳房像夜晚的月亮，正散发着幽幽的光，几乎要让我的骨头和肌肤瞬间生出青苔。我愣怔着，有些慌乱得无法应对。我仿佛领受到了扑面而来的露珠的清凉，我仿佛嗅到了芳草的香味，我仿佛感觉到了水流声穿越我的身体，我仿佛听到了古老的歌声穿透云层……

小夏，你，你这是……

天穷哥，我真的喜欢你。

小夏，不可以。你是我心目中最圣洁的天使，你是这个世界上最后一朵纯洁的白莲花，你永远是我只可远远欣赏而不可近亵的至美……

尹夏侧身向我，动作轻柔，那微含的双眸，那花蕾般的乳头以及那对乳房走出的美丽曲线一览无余地呈现在我的面前，清新的气息扑到我的脸上。我恍惚觉得她是熟悉的。多年前乡村阡陌上,她背着一捆柴从我身边走过,清凌凌的河边,她把葱白的手臂浸入河中浣衣,此刻,从前的她突然以这样的方式降临,她与生俱来的气质之美和身体之美完全俘虏了我。我张开怀抱紧紧抱住了这美丽的身体。我闭着眼,任我贪婪的嘴巴去找寻她的唇,她的下巴,她白皙的颈,她光滑的肩,她惊世骇俗的胸……

突然有一股热血在全身涌动,一阵心跳撞击我的胸腔,一股热泪冲破我的眼眶。我全身的生命体征突然全部鲜活起来,曾几何时,这具四十年来被病痛、环境折磨的早已黯淡的身体只留下了颓废、忧郁和麻木的冰凉,此刻,这个年轻如花的生命在这样一个夜晚点燃了这簇即将灭失的火苗。她的柔软、温婉,她的怀抱、乳房瞬间成为我的天堂和火把。

小夏,我还活着,我真的还活着。

天穷哥,我要给你我的全部,你来了,我就要开花,开给你。

迷乱的眼神,我纠缠不停的手、唇……

她的手揪住了我的衬衣领,我狂乱的手伸向了她的后腰,她的睡衣松散而零落,她全部的肌肤和血肉正在向我靠近……

我的心跳急剧加速,我的身体剧烈膨胀,我浑身滚烫如火炉。我感到一只软软的舌头探进了我的嘴巴,我挣扎着,咆哮着,突然我一把推开了她的身体。

小夏,不能。对不起。

我一把扯过被子,盖住了尹夏几乎全部裸露的身体。粗粗的呼吸,还在一浪一浪地袭击着我,淹没着我。我把头埋在柔软的枕头中,努力寻找来自外界的哪怕一点点的抵抗。

天穷哥,怎么了?你不爱我?

不,小夏,我爱你,真的很爱,正因为太爱,所以不能,我要你为这个世界守护好自己的香气,谁也没有资格破坏它。包括我。

一声轻轻的叹息,像一滴水掉进水池,溅起小小的涟漪。

天穷哥,你知道我喜欢你什么吗?

什么?我实在想不出我有什么值得你喜欢的,你那么小,一切才刚刚开始,而我的生命已经被残酷的现实折磨得千疮百孔了。

我喜欢你眼里的忧郁。第一次见,我就发现了,我很惊讶,一个官员的眼睛里,还会有这种深沉的忧郁,也许就像你说我的羞涩感一样,我真的很惊喜。

忧郁,抑或是抑郁,竟然能成为别人喜欢自己的理由,太不可思议了。也许这就是尹夏她们这个年龄的女孩与众不同之处吧。

小夏,你这个年龄,正是不知世故的时候,可以心无城府地享受生活赐予的种种美好,而不用费心计较得失,所以一定要好好珍惜自己。我,一个四十多岁的男人,早已经没有了爱一个人的资格,所以不敢轻言爱,爱意味着责任。在我来看,爱就是一种伤害,我不想给你伤害,我只想你一生都快乐幸福。或许你的喜欢太轻率,你其实并不了解我。我给你讲讲我的故事吧,我小时候很苦,刚生下来没母乳可吃,是一只山羊喂养我长大,那只山羊是我的奶妈。我是在父亲泥坯讲桌上爬大的,他的学生都是我的保姆……后来我发奋读书,夜以继日,一心想跳出邝湾,改变自己的命运。后来真的跳出来了,所有的梦想都慢慢地实现了,可是我却一点也不开心,抑郁像一只幽灵多年里一直纠缠着我。我曾设想,我要在我家楼上向下划出一条美丽的曲线,像鸟一样腾空飞翔一次,然后做自由落体运动……

夜雨变得舒缓了，像是要停了，我不知道自己讲了多久，也不知道尹夏是什么时候蜷在我怀里睡着的。那张干净的白里透红的脸看上去像是什么都没有发生过。她在我怀里享受这一刻的宁静和幸福。

我庆幸自己在风暴来临之时，抱紧了内心的大树。

3

天星大厦综合体项目前期工作及场地"三通一平"完成之后，项目工程招标文件同期拟定，招标公告已经发出。招标在即，我们决定采用国际招标的方式选择总承包单位来完成这幢多功能的超高层建筑的建造。

随之，我隐隐感觉到，一些人与事开始暗潮涌动。

在韩阳，或者更广一点的范围，提到工程招标，几乎没有人会相信它的真实性，因为，不合规的招标太常见了，或者投标人之间暗箱操作，或者投标人与中介机构串通作案，或者招标管理机构有关人员一手操纵，更有少数领导授意操控。有的招投标过程中，串标、围标现象不时可以看到，有的公开招标尚未开始，但谁为中标者、谁是"陪绑者"已经清楚。这就是说，工程招投标已经成为完全的戏剧，它程序到位，细节完整，表面上是公平、阳光的形象，而实际上却是彻头彻尾的虚假竞标。

正是因为这样，市委庞俊杰书记才亲自主持召开了天星大厦建设领导小组成员会议，就工程招标工作进行了周密的安排部署，对每一个环节容易产生的问题都提出了防微杜渐的措施。

会后，韩阳建设局根据庞俊杰指示精神，出台了相关政策，完善了评标办法，从招投标的程序上进行了大胆的改革，在取消业主评委，不设标底的同时，取消报名，不再搞资格预审。

天星大厦综合体项目工程招投标成为这项改革的首要实践者。招标公告发出后，按规定时间在韩阳市建设工程交易大厅公开出售招标文件，实行不记名制，谁都可以买，买多少都行。之后，凡响应招标文件要求的施工企业，纷纷前来参加了开标会议。

开标会上，评委首先对投标人进行了响应性资格审查，并当场提出，凡是符合招标文件要求的，不管是谁，都可参加竞标，不受人数的限制。天星大厦综合体项目全部工程分打桩、整个主体结构与给排水的工程总承包及电梯、通风、强弱电、装修装饰及绿化配套设施等四个阶段招标，划分为四个标段，主体工程、安装工程、配套工程和装饰装修工程。第一次招标只进行了前三个阶段的招标。

参加投标的除了中铁公司、西北八建外，还有韩阳的金山集团、朝天集团等九家建筑公司。天星大厦的地下基础施工已由金山集团所属市建一公司承包。整个招标过程显得庄重、严肃，作为建设局局长，我一直以一个局外人的身份参与其中，我很感谢这个局外人的身份，让我避免了许多不必要的麻烦。我知道这平静的湖面下隐藏着许多潜在的暗流，在这个全市最大的项目建设中，副市长何光荣又怎能自甘寂寞？市委书记庞俊杰掌控整个局面，出台的种种措施更多的是针对何光荣。

主持人高声宣布中标结果后，我只能通过每一个人的表情去判断这次招标的真实性。更多的时候，真实与虚假、白与黑往往很难判断，合法与非法常常就在一毫米的擦边之间。当主持人最终宣布金山集团为天星大厦综合体项目工程建设的总承包者之后，大家都表现出一种很自然的表情。根据我最近对于政策的研究，我知道这种结果如果存在不真实性，就只能怀疑背后是否存在围标的行为，也就是说金山集团借用或雇用其他公司出面当枪手参与项目的竞标，以排斥外地竞标者入围，最终无论是哪一家竞标者中标，都是金山集团中标。金山集团有这样的能量。

我没有从任何一家公司代表的脸上看到沮丧的表情。不管结果怎么样，对于我来说都毫无意义，围绕天星大厦综合体项目建设的诸色人等，各自怀揣不同的心思，也许只有我的心目中除了楼只有楼。想起父亲邝野常说的一句话：取法乎上，仅得其中；取法乎中，仅得其下；取乎其下，则无所得矣。意思就是说，如果一开始的期望是一流，最后达到的效果可能只是中流；如果一开始期望的只是中流，最后达到的效果只能是末流；如果期望只是末流，最后可能什么都得不到。

期待已久的天星大厦综合体项目工程开工奠基仪式终于隆重举行了。这是韩阳市一项极其重大的活动，就像过年一样，全市人民都沉浸在一种异常热烈的气氛中。一大早，交警就封闭了南韩街西路的道路。天不亮，我就按照筹备方案组织工作人员开始布置已见雏形的时代广场。早在一个月前，施工现场的挖土方及打降水井工作已经开始，可以说，真正的工程施工已经全面展开。此时，钻机已经被红绸缎完全缠裹，高大的拱形彩门搭建起来，两只大气球升空上天，随风浮动，两条醒目的标语垂下来，上书：打造韩阳第一高楼，建设西部宜居城市。

不到八点钟，我就赶到了市委、人大、政府，把市委书记庞俊杰，市人大常委会主任、市长以及市委常委、秘书长黄腾云，组织部部长乔玉川，副市长何光荣等市上的领导接到典礼现场，并送到了红地毯铺地的主席台上就位。礼仪小姐把胸花用彩色盘子端过来，市建设局年轻的副局长陶清波马上殷勤地接过盘子，逐一给领导们递到手里，他还躬身亲自给庞俊杰戴到了胸前。

九时三十分，灿烂的阳光如流金般撒落在韩阳大地上，整个开工奠基典礼仪式现场被装扮得隆重而喜庆，鲜花锦簇，彩球飞舞，鼓乐齐鸣，韩阳一中、二中、三中的学生以及武警部队和金山集团的员工已经组成了阵容庞大的三色方队，他们手持鲜花，喜气洋洋。韩阳市直部门、单位的班子成员、天逸区的四大班子和市建设系统的全体干部职工、施工工程队近两千多人在台下集会。

随着市委书记庞俊杰一声嘹亮的宣布——天星大厦综合体项目工程开工建设典礼现在开始，四大家主要领导和分管领导走到奠基碑前，为天星大厦综合体工程开工建设培土。此时，礼炮齐鸣，烟花绽放，彩色气球腾空而起，彩纸、彩带漫天飘洒，人群中响起了雷鸣般的掌声和欢呼声。有关人员常规性的讲话结束后，场内欢声笑语，击掌声、爆竹声、锣鼓声、混凝土的浇灌声，依旧响成一片。

当晚的韩阳电视台上全程转播了奠基实况，播音员说，市委书记庞俊杰在讲话中指出：天星大厦综合体项目的开工建设是韩阳政治经济生活中的一件大事，它凝聚了我市领导的心血和全市四百万人民奔向和谐、奔向发展的心声。它的建成，有利于进一步提升韩阳作为区域性商贸中心的地位以及城市的品位和形象，也必将对我市经济和社会发展起到不可估量的推动作用……

一个影响韩阳乃至全省的地标性建筑正在韩阳崛起。当日我的手机接到了无数短信。大家说，全市人民给我过红事呢，我是今天的主角，出尽了风头云云。而只有一个短信与众不同：

电视上找你,终于找到了,一闪而过,记者该死。我笑了笑,心里很温暖。于是回短信:我就是什么也不看也能看见你,你信吗?小夏。

招标、签合同、开工典礼以及到后来的一切工作程序中,我都没有见到金山集团的董事长金大中。只有金山集团的副董事长、副总经理詹得顺出面与我们磋谈。金大中,这个神秘的人物,真的是一只隐形手啊。

4

第二天是个周末,我在指挥部加班,一大早,就接到了周原县长王向春的电话:邝兄啊,喜庆劲儿还没过吧,能见一面沾沾你的喜气吗?

我突然想起王向春调往周原县我曾许诺要为他送行的话,于是马上接口道,大县长回家过周末了?中午我请你吃饭吧。

还是我请吧,要祝贺你的天星呢。

县长大人,你就给我个机会吧,我还指望着退休后回周原种地呢。

好好好,不跟你争了,反正我还没见过你建设局的一滴酒呢。

我叫来了卞新生,让他在金山酒店订好桌。十一点,我和王向春分别赶往目的地。除了几次全市性的会议上彼此远远望见过之外,我与当了县长的王向春已经有大半年没有见面了。猛一见,感觉这王县长和以前的王部长就是不一样了。

县长容光焕发,看来周原的山水很养人哪。

哈哈，邝兄，真是应了那句话，谁不说咱家乡好。你别说，周原的干部、群众真的不错，我很感动呢。

那就好好为周原老百姓多造福吧，让周原人民永远记着你。来，我敬你一杯。

这话怎么听起来像致悼词啊。好，我接受，不过有些感觉还是要说给老兄听听。周原县的领导班子换了几茬，但是一些旧势力还很严重，要推行一项决定，总是很难，总能感觉有一只无形的手还在隐隐约约操控着周原的局势。

你是说，原任的……？

是啊，我们遇到的对手是同一个人，他在周原由县长到书记，在位多年，根深蒂固，提拔重用了一批人，这些人如今依旧簇拥在他的大树下，把持着重要位置，左右着局面。阴影太重了……好了，不说这个了，今天的主题是你的天星大厦，我衷心祝你的天星大厦早日封顶，邝兄早日修成正果，杀回周原来给我当班长。

看来坊间都知道，天星大厦是我的进身之阶，我将随着天星大厦的建设而进退浮沉，大家都这么想，只有我从来没有这样想过。我的心底只有一个强烈的念头：快点完成这项工作，好让我能有一个很好的睡眠。但是，这话要是说给王向春，他只会冷眼笑我，就是说给其他任何人，也会被视为言不由衷。

我跟王向春一言一语地调侃，气氛很是融洽。在韩阳官场，能和我这样推杯换盏、轻松聊天的人真的没有几个，此时此刻，我的心情很舒展。

席间，我想起我的司机唐兴旺多次提到的他的老婆董莉，便向王向春问起她的情况：你们宣传部部长董莉干的咋样啊？小唐一直在我耳边嚷着让她回市上呢。

王向春摇摇头说，才干上不到三年，哪能轻易走？再说宣传部部长回市里能安置个啥好职位呢？不瞒你说，三年了，还没学会当官呢，也许让她当领导真是难为她，这董莉工作很认真，也在卖力干，就是太斯文、太胆小，放不开。

你要她咋放开？

你知道这种圈子就是要打成一片，董莉是县委常委，更应该跟大家很好地融入，你不知道，她工作之外就把自己关屋里，自我封闭，跟谁也不远不近，对谁都不卑不亢的，把自己当玉女呢。

行了，行了，多点理解吧，人家一个女同志也不容易，你就多照顾多担待些，能在一起工作是缘分。

我已经大致了解了董莉的情况，就不想再多说，看来唐兴旺的担忧不是多余的，县上领导对她并不是很认可，之后真该找小唐好好聊聊。

饭吃到一半，王向春又给我说了一件事：有个事给邝兄汇报一下，你看着尽可能给关照下。

啥事？你说。

我们政府办公室有个副主任小严，参加你们局办公室主任的招考，笔试成绩不错，进入考察阶段了，这小严人很不错，为人严谨，文字功底扎实，比较全面，我很希望在我任上，能多推荐周原一些干部进步。我想着让小严自己凭本事去考，所以从报名到笔试，我都没有跟任何人打过招呼，准备等他考上再给你汇报，这不，笔试结束，成绩果然不错，但是我又听说雍阳手上有个人选，所以不得不麻烦邝兄关注一下这个年轻人。

建设局办公室人选采取公开招考的办法是我先提出来的，具体是雍阳在实施，关于报名情况和笔试情况，雍阳先后给我汇报过几次，征求过我的意见，我没有过多过问，只给了他一个原则：注重成绩，多听民意，择优录用。

小严？我好像有个印象，我回去过问一下，看考察情况怎样，这是好事，年轻人都希望有一个施展自己的好平台，这个平台需要你我来搭建啊。

不是过问，一定要录上的。给你选人，我不敢造次，如果你将来发现人有任何问题，你随时可以退还给我。

呵呵，好好，感谢县长给我推荐人才。

来，喝一杯，邝兄在周原的亲朋好友有啥事尽管说话，兄弟一定不遗余力。

周一上班，我拨通了副局长秦素梅的电话，大致说了下这件事，一个小时后，秦素梅赶到了指挥部来见我。

自从搬到指挥部办公，除了召开党组会议或者党组扩大会议外，我很少去局里，但是关于局里的工作我还是了如指掌的，这一切都源于副局长秦素梅的随时沟通和联系。我之所以答应王向春让小严进建设局，是我感觉到人真的很重要。人都说一朝天子一朝臣，作为一个领导，怕就怕被孤立，成为聋子和瞎子，就连指挥部也一样。我去外地出差，卞新生总会随时告诉我一些指挥部的情况，我了解到副局长陶清波经常走动于市委、政府大院，并私下里越级向市委书记庞俊杰汇报一些情况。根据这些动向，我怀疑庞俊杰把陶清波提拔到我身边，是有着他的特殊用意的。由此我想起庞俊杰私底下给我说的话：这么大的项目是一项非常复杂的工程，既是烫手的山芋，也是一块可口的唐僧肉，谁不想着吃一口？你我就要扮演孙悟空的角色，明白吗？

看来在庞俊杰的眼里，我不仅扮演孙悟空的角色，同时也扮演着妖精呢。一个领导干部，一旦处于权力的顶峰，真的会杯弓蛇影，谁都不相信了吗？

秦素梅告诉我，局办公室主任和财务科长的人选已经经过组织部的公开考试各自公示出三名人员，下周局里要组织人员深入六人所在单位进行考察，她正好去周原县，小严在她的考察之列。按照录人规定，考察回来后要上局党组会议进行票决。秦素梅说，她会把小严的考察材料整得与众不同的。

我心里有了底。我突然想到了前段时间天星大厦综合体项目工程的招投标。招标之外的故事莫非与这次机关招考人员如出一辙？

第十二章

1

我已经来不及想得更多。

终于坠落下来。我的身体撞击在异常坚硬的土地上,与大地接触的瞬间我不由自主地弹了起来,我怀疑有救护队早已赶来,让我落在了救生垫上。人之濒死,生的幻想与欲望依然灼灼。

然而我再次落下,大地很硬,头骨碎裂的声音骤然就震破了我的耳膜。

鲜血,不知道从哪里流出来,瞬间淹没了我。

一条腿弯曲,一条腿绷直,两只胳膊平伸,依然是飞翔的姿势,但是我的身体已经不在天空,而是在大地上。生命终于要离开我的躯壳了,尽管有不舍与留恋,尽管有惆怅与缱绻,但是生命终要离去。此刻,我隐约还在,我还能感觉到我的大脑还在工作,它开始飞速地排出其中所有的氧气。我的瞳孔也在一点点地坚硬起来,如一枚玻璃晶体。

我就这样死掉吗?从此再也不会回来了吗?

想起一句话,不知道谁说的:死亡虽是终点,但人生的意义却不会因此湮灭。死亡虽是宿命,但看待死亡的视角却可以让人们获得拯救。

有没有这样的地方，山清水秀？

有的话，是向坡的邝湾吗？我真想去那里报到，可是谁会陪我去呢？

近来感觉非常非常辛苦。不仅仅是天星大厦，似乎还有甚于天星大厦的巨大阴影不断地压迫着我。一个人坐着，眼前总是无端地闪现出这样的画面：我的一只手拼命扒着摩天大楼的天台边缘，全身悬空，眼看着就要掉下去了，但是我一直在坚持，全身酸疼，手臂颤抖，心跳加速。我不知道我还能坚持多久，也不知道何时才能爬上天台，我只有三根指头来支撑全身的重量。

不愿意放手，但是实在不能支撑了，所以又很想很想放手哦。我轮番大叫一个个人的名字：邝野，好洁，尹夏，天骄……

累。倦。不愿意见人。不愿意打电话、接电话，不能集中精神，心中有一座烤炉，烈火不能扯出火苗，只是郁结在炭灰中似燃未燃，一股又一股烟气堵塞着，很快凝滞结成块状。常常这种状态下，元气之神会突然出现，像灵魂挣扎出窍，嗖地蹿到高空中无声地疯吼，是那么理直气壮、君临天下，它冲我怪叫：为什么不疯掉？为什么不去死？不死不疯，我受不了了。白天疲惫难熬，我尽力控制身心，尽量保持一种貌似很正常的状态，去开会，去办公室看望大家，去工地巡查。可是，每当深夜来临，黑暗之魔也就随之而来，它上下跳跃，狰狞嬉笑，一次又一次地撩拨我、折磨我。每个夜晚，别人陷在香甜的睡眠中，而我在算数字：普通多层住宅楼室外门窗如果不包括单元门、防盗门的话应该是它们的面积占建筑面积0.2至0.24，模板面积占建筑面积的2.2左右，室外抹灰面积占建筑面积的0.4左右，室内抹灰面积占建筑面积的3.8……一个抹灰工一天抹灰在三十五平方米，一个砖工一天砌红砖在一千到一千八百块之间,刮大白第一遍每天三百平方米,第二遍每天一百八十平方米,第三遍压光每天九十平方米……筛一方干净沙需1.3方普通沙……

好洁告诉我,不用倾尽全力控制自己,想跑就跑,想闹就闹,想发脾气尽管发脾气,想骂娘就去骂,不要想着自己是个知识分子,也不要想自己还是个政府官员,是个局长。让压缩在潜意识里的邝天穹跑出来吧。就像在电脑网络的虚拟世界中,为所欲为,真实真性,毫无顾忌。

然后,好洁给我镇静剂,我觉得自己苏醒了,开始休养,恢复,回到大家中来。

钱前来电话说,狗官,忙啥呢?我说,一般人只有两个选择,忙着死或是忙着活,我想我有了第三种选择:忙着等死。

钱前一笑,说,别介,走,我带你去天逸山。

这个疯子不知道在哪里弄了辆四处漏风的帆布篷子的北京吉普,拉着我一起上山。要知道,这样老旧的车子已经很少见了。车在路上,钱疯子一边开车一边放开他的大嗓门嚷个不停。他的声音几乎压掉了破烂吉普车所发出的刺耳难听的马达声。车行山间蜿蜒小路,望望车窗外,沿途初冬的景色是那么壮美。爬到山腰,太阳正要落山,西山一片火红,东山火红一片。冬日的天逸山有一种万径人踪灭的孤独。

钱前说,幸福与孤独是两个不同的概念,一个人,他即便是过得很幸福的,也会觉得孤独。一个人在孤独的时候,却也可以是幸福的。此刻,你我都是幸福的。

这么多年,我承担着那么多的来自生活和工作双重的精神压力,童年时期压抑的家庭环境,初中时的被同学排挤,青春期时不断爆发的跟母亲的较劲,曾经灰暗的青春期,仇恨一切,相信只有愤怒和尖锐才能保护自己的心态，也许成了我抑郁的根源。失眠由来已久，我常做梦，经常梦到肮脏的地方、阴间尸体。所以，真是羡慕钱前的快乐，也感激他的快乐熏染着我，想着钱前的话，看看身边的他，真的就感觉幸福像东山被夕阳泼成火海的山峰，在胸中奔涌。深埋心底的那种亘古的孤独感也便不在，只有渐渐隐下山峰的太阳嵌入血管，很温暖。

车子上了山，眼前豁然开朗。但是再要到禅院，去法轮寺，车子就上不去了，非步行不能抵达。钱疯子将车子抛在一片野地里，熄了火，车门也不锁，随意丢弃在那里，挥挥手，带领我沿陡峭的山路向前去。我跟在他身后，看着他无羁无绊的背影。这就是人跟人的不同，世上的大多数人总会为物所累，在不知不觉间便已沦为物的奴隶，劳心役神皆为物困，举目四顾，真正能做到超然物外、灵魂清绝超世的除了钱前我恐怕已经再找不出第二个人了。

法轮寺宁静超然，香烟袅袅，我虽然不信佛，但是从未对寺院失却恭敬之心，在钱前的引导下，我礼拜了菩萨，认识了法轮寺的虚云大师。

这是一位异常清净庄严、面目慈悲的和尚，他的脸上写满了旷世的安详。他说，施主看似阳光，其实心底暗藏阴霾，一直处在杂念纷飞的状态，若离心意者，此身如枯木，是故当调心，心调形自正。施主不适合思虑，要清净心思，调伏心意，尽可能去了知心的奥秘，如果能了解对自我和现象的实执是一切痛苦之源，我们就不会黏附于任何一个人、任何一件事、任何一种情绪和思想，就能从自我和现象的束缚中得到解放。

虚云的话我听明白了，用好洁的说法，就是抑郁症从根本上来说，源于人们对事物的执着。月亮完全从山顶上升起，月光格外皎洁，像一把碎银撒在水波里。钱前在山月下打坐，样子很庄重，全然不似他平日里疯癫的样子。我想起我曾经跟他一起住在禅院听了一夜的诵经，禁不住心里默默地念叨了一句：白驹过隙，弹指一挥，本以为那些记忆里微乎其微的清爽日子已经作罢，谁知道今晚我还会微笑。

钱前眯缝着一对小眼睛，看月亮的眼神有些睥睨，他的双臂托成一个莲花姿势，正好托住了这轮金黄的圆月，我用手机拍下了这个充满禅意的画面。

钱前说，事事不必求佛，佛若不语为智慧，佛若不言为领悟，佛若不理还可以感觉成高深。我一笑，记住了临行前大师的一句话：人心就像一把锋利的斧子，把心灵没用的疤结取掉才可成全如诗的吟唱……

2

我完全把自己置身于一片钢筋水泥的汪洋中。

我开始用倒计时计算天星大厦综合体项目施工的天数，也开始用倒计时来计算"一个人"的日子。地基工程已经完成，并顺利通过了地勘、设计方、施工方、监理等多方的交工验收。目前，地上工程已经开始，天星大厦就像是一棵参天大树，正在我们的精心呵护下茁壮成长。

金山集团的施工能力在天星大厦的施工过程中得到了充分的展示。它在模板体系上，采用可以拆分的钢平台提升外挑脚手架模板，用电脑控制平衡保持垂直提升，把圆形的构筑做上去，速度很快，质量也很好。之前，我考察过广州电视塔和上海的环球金融中心，他们都是用这个模板体系。

一切转入正轨，事情不再那么复杂了，只需按合同约定正常施工。

与我在指挥部朝夕与共的卞新生看我最近精神很差，就十分关切地说，目前施工进展很顺利，你也不用那么操心了，身体比什么都重要，我建议你好好去看看病，正好现在是个空当，有我在这里，你尽管放心去吧，你可不能倒下。

看着卞新生很真诚的眼睛，我说，不是不放心你，只是我担心人力不足，有时忙了，顾不过来。

自从卞新生当上办公室主任，我就发现他是个很踏实的人，虽然思路不多，胆识不足，但是绝对是个踏实、务实、靠得住、信得过的干部。提拔成为局党组成员、纪检组长后，他更加勤勉敬业，并没有因为职务的高升而有任何变化。一般来讲，新上任的领导不管见到谁都是笑容可掬，亲切有加。如果你认为新来的领导平易近人，联系群众，没有架子，那就大错特错了。三天过后，原形毕露，眼睛朝上，目无群众，官腔十足。时间证明卞新生打破了这个所谓的定律，在指挥部期间，他是我的坚强后盾和得力干将，他总能按照我的意图去开展工作。我之所以担心人力不足，主要是不放心陶清波。作为新提拔的年轻干部，陶清波没有我所希望的那种稳重与谦虚，他一开始参加工作就在市委机关，缺乏实践工作的锻炼，好的作风没有学习到，倒是沾染了不少机关毛病，好走上级路线，说得多，干得少，华而不实，自以为是。新官定律在他身上得到了再一次验证，与卞新生形成了鲜明的对比。我在的时候，他可能有所顾忌和收敛，我一旦不在，我担心他会成事不足败事有余。

卞新生明白了我话里的意思，他说，你走后，宣布指挥部的工作由我暂时主持，我会有办法的。下面的同志，像小蔡这几个年轻人还是很听话的，你把责任都分配得很清楚，我只需抓落实和督查就行了，有什么大事或者特殊情况我会直接汇报，请你定夺的。

最近好洁不停地发短信给我："抑郁也许是人类无可逃避的恶魔，但爱、智慧与意志力的伟大力量，可以帮你走出绝望之城。"除了不停发短信，她的电话一个接着一个，她的担心和频繁的电话增加了我的恐惧。好几个无眠之夜，我一直在反复考虑和权衡，最终决定听好洁的，放下一切，休假一段时间。主意拿定，我去了趟市委，找到市委庞俊杰书记，详尽地汇报了天星大厦综合体工程目前的进展情况、下一步的打算和提出的措施，然后简单说了身体情况，提出了请假两个月的要求。

庞俊杰的脸上呈现出担忧之色，他说，天穹哪，看上去你的气色真的很差，我懂你目前心理上所承受的负担，但是越是这样就越要经受住考验。说实话，我的压力不比你小，在最关键的时候，你不能松劲，你要知道，你的背后有多少人在盯着你。

这我明白，庞书记，正是因为这样，我才须臾未敢懈怠，只是近来身体状况真的很差，已经严重影响到我的工作，提出休养，绝对不是逃避，而是为了养好身体，鼓舞斗志，更好地投身工作。

那好，你去吧，但是一定要把工作安排好，人离岗，心不能离岗，希望你早日康复。

一双大手握住了我有些冰凉的手。

离开指挥部前，我召集指挥部全体成员开了一个会议，对人员再次进行了合理分工，就抓质量、抓进度、抓程序提出了更加具体明确的要求。

我说，施工并不是简单的依照图纸按部就班，而是真正意义上的照方抓药。施工过程中的每一步、每一处细节都必须严格按照设计要求执行，具体到材料的规格、质地，以及混凝土的配合比例，都不能打丝毫的折扣，不能出任何差错。一定要把控好建筑用材和施工标准的关口，达到设计的预期效果，每一批进入施工现场的材料都要经过严格的质量审核认定，要查验厂家、商家的相关资质，督促工程人员对每一批次材料进行取样检验，对不符合规定的建筑材料坚决不予使用，关键工序、关键部位要实施旁站监理，从源头上确保建筑本身的质量安全。还有，每隔两层，施工到每个重要节点，地勘、设计单位、施工单位、监理必须报质监站进行质量验收，验收合格后才能继续推进。

我把能想到的问题全部点到了，用卞新生的话说，我好像是不回来了，不就一两个月时间嘛。我想想也是，该放手让大家去干了，我这样的执着和不放心也许恰恰是自己的悲剧所在。

会后，我打起了自己的行李，卞新生帮我收拾好东西，安顿好车辆。他没有问我要去哪里，也从未向其他人讲起，只说邝局长最近太累，身体有点小问题，要休一两个月假，但是他却给司机唐兴旺交待把我安全送到省城。

我想起曾经某个晚上跟卞新生谈心的时候说起过好洁和她的心理慰疗中心。说者无意，听者有心，这个卞新生，真是个有心人。最近好洁一直在跟我频繁联系，她让我去她那里，要专门给我制定一个治疗方案，集中对我进行强制性治疗。作为好洁接手的第一个病人，看起来我对她至关重要。

一个小包，全部的家当。一本书，《我的抑郁症》。手机，卸掉了电池。我斩断了跟这个世界唯一的联系。

经过一个漫长的冬天，人们的视觉已经对身边枯黄、灰黑的色调习以为常，偶尔几场不期而至的雪，也让天地万物感到了几分欣喜，更不用说春天突然降临了。春天来了，这时的人们才领悟到，失去春天，我们对色彩的渴望是多么强烈啊。

省城的春天，几乎难以得见。一个冬天的供暖烧煤，加上本身重工业城市的生产，使得整个省城的建筑都蒙上了一层黑乎乎的煤尘。在街上走一遭，白色的衣领上就会落上一层黑灰。抬头望天，太阳永远是灰黄的，春天即便来临，也是罩在一个巨大的穹炉里。一个人要是长期在这样的地方生活呼吸，不疯掉才是不正常的。不过闭户即是深山，好洁提供给我的空间春意盎然。

穿过宁静的楼道，在没有人告诉我之前，我就认定我们要住的地方是这里了——是空气告诉我的。空气中弥漫着奇异的香气，让我有微微的麻醉和眩晕之感，心的悸动就在这奇特的香味之中，平缓到迟慢。我问，这是什么香？好洁告诉我，这是藏香，能够安抚人的神经。好洁已经为我准备好了一间阔敞的居室：进口防滑地板上精心摆放了不同颜色的鲜花，淡雅素洁，香气溢鼻，窗户上没有"铁窗"式防护栏，但却安装了夹层玻璃，挡住了外界的一切喧闹。室内的中央还有一座假山，一个外形别致的空气加湿器正在冒着丝丝气雾，池水中的各色游鱼欢快戏水，向我们尽情展示生命的激越。屋内陈设的颜色都是精心搭配的，高档的音响、液晶电视、体疗器械、生物反馈仪及其他治疗仪器，证明了这间房子的功能，也让我看到了我将面对的一套完整的治疗模式。

好洁又开始给我用药了。她完全把我列入了抑郁症的重症治疗对象，给我用上了三环类抗抑郁剂：阿米替林和多虑平。阿米替林每天五十到一百毫克，多虑平每晚睡前五十毫克。有时也用苯二氮卓类，或每天三次阿普唑仑。睡前还要服用五毫克安定，或两毫克舒乐安定等。她一定要叮嘱我并亲眼看着我吃下去，这成了她的主要工作。她说，你一直不听我的话，不注意治疗，我真替你担心了，睡眠好转后往往情绪就会改善，要知道精神疾病所造成的负担已经超过心脑血管、糖尿病和恶性肿瘤等疾患。我们国家，只有5%的抑郁症患者能够得到治疗。现在，我不得不把那些西药全部用上，再加以中医配合。

我说，好洁，大不了一死，死其实是最好的解脱。

好洁用一只手握住了我的手，眼睛里充满温情，为什么要轻言放弃？你是男人，要坚强。再说，我还有信心，你还不到那个程度，不然我也不会跟你说这个。患者的自制力非常重要，这取决于患者的素质。我有个病人，病情要比你重得多，长期不就医，但控制得不错，完全是靠毅力。而有一些患者，意识到自己精神上有问题，并且已经被周围人知道，就开始破罐破摔，由着自己的性子发展，这样很容易转成精神分裂。

好洁，还有她的三个助理，说话的语调都是慢慢的，举手投足也是慢慢的，慢，是这里不变的节奏，这一点，分明是在与日新月异的外部世界进行对抗，在现今的社会里，你还能找到一个不是因为拖沓而是有意识缓慢办公的单位或者公司吗？在社会交往中，你还听得到一个如冷泉般天然的说话声音吗？越是经济发达，越是速度快，直到我们目不暇接地整体晕眩了。相反，在这个一切都缓慢的所在，我的精神异乎寻常安宁与警醒了。好洁除了做我的保健医生外，几乎还成了我的厨师，她给我专门做了一个食谱，远志枣仁粥、首乌桑葚粥、山药粥、蒸百合枸杞和枸杞肉丝冬笋，一日三餐搭配，每日保证我要吃一次深海鱼，或煮或炖，美味无比。每日早餐必备全麦面包和低脂牛奶，隔日吃一次鸡肉。

我知道，并不是每一个人都会有这样的待遇，这是好洁专门为我准备的。因此我很感激她，我更加坚定不移地相信好洁就是我的亲姐姐邝天骄，我们的身上流着同一个人的血液。

黄昏，好洁会带我到北山上，坐在半山上看黄河和不远的山。浩渺的黄河上间或有皮筏子漂过，我们的头顶不时会有鸟儿掠过，一抬头，它瞬即便向春芽吐绿的山坳里飞去。每一次上山，都是好洁带领我一路小跑步。她说，人在跑步时，大脑会大量分泌内啡肽，也被称为快乐激素或者年轻激素。它能让人产生欢乐、愉快、满足的感觉，可以帮助人排遣压力和忧郁。有时候好洁还会陪我在山上跳绳。跟我在一起，她永远是青春和快乐的。

好洁说，不管是有抑郁症倾向的人，还是健康的人，都应该多做运动，这样才能远离疾病，远离抑郁症。鸟归巢，人也要休养生息。每年春天，我都要来这里，清晨或者黄昏，为了我的病人我要时刻留住我脸上的阳光和心底的春天，所以每次来这里，我都会有一种特别心安的感觉。听她说完，我轻轻说了一句，就是在这里，我还是发慌，心慌，不知道把心放到哪里去。

隐痛。天穹，你的痛更多的是隐痛，而不是显性的。那是一种刻在内心深处不愿意示人而又长期影响你的东西。你有着很深的飘零感和无根感。我能看出，更多的时候你的笑容显得软弱无力，我知道，那是你内心消耗太多的缘故。

从好洁的脸上，我看到了她对我切入骨髓研究后的一份笃定。

吃药、散步、听音乐、爬山、写一两行日记……这样的日子似乎是安逸的，也是悠闲从容的。当然也撇开了韩阳，撇开了庞俊杰书记和我的天星大厦。一颗心要是渴望离开，必定是对眼前的境遇产生了焦虑、迷茫，或者无奈。但是这样远离了忙碌和疲惫后，突然而至的安静却极易让我陷入一些往日的人和事中。日子像是用崭新的砂纸打磨掉我眼前早已板结了的雾瘴，强迫我想起生命中那些无法忘掉的往事。

3

母亲爱梳两只粗重的长辫子，母亲有这个资本，她的头发好。她在生下小弟邝天尽后，春秋两季一直穿着那件灰卡其布衣裳，冬天常穿一件碎花灯芯绒衣裳，一年四季梳两条长辫子。在公社当干部的母亲，每年年初去周原县城开会，就会换上她唯一的一件天蓝色毛呢衣裳。那是一件高档衣裳，厚实、光滑、平整，交织的经纬线密密实实。父亲说，周原县住的都是居民，吃的国家供应粮，虽然他们的工作不是卖油盐酱醋，就是踩缝纫机、做饭、开车，但是他们是国营的，是正儿八经的城市人。

母亲一直是向坡的大红人，她去过大寨，开过拖拉机，去过北京，见过毛主席，胸膛前戴过大红花，她是向坡人人需仰视的女人。就是这样一个名人却看上了名字上画叉、脖子上吊个大牌子的"臭老九"邝野，这让好多人都匪夷所思。套用现在的一句话，那叫"爱不需要任何理由"。父亲说，对于岳兰，他一直很佩服，是那种对穆桂英挂帅、花木兰替父从军般的敬佩，但是他从未想过自己要娶这样一个女人做妻子。在文化人邝野的心目中，身居闺内、红袖添香的女子才是和他琴瑟相伴的女人，也许恰好姚清河就是那样的小女人。所以，父亲对姚清河是一往情深并充满了无数幻想的。但是，当风暴来临，小树倾倒，只有岳兰这棵大树毅然决然出现并高高挺立替他遮挡住了风雨，当他的腿被造反派生生打跛之后，是母亲让父亲重见天日并再次登上了他心爱的讲台。

父亲在无限感激中体会到来自一个女人爱的力量。然而纵使姚清河始乱终弃，父亲也是原谅她的，他觉得一个弱不禁风的大城市女孩子，那是她唯一能做的选择。

众里寻他千百度。早晨雾湿的树林里，茂密的玉米地里，父亲戴着眼镜往来穿梭，他清瘦干净的身影在秋风和绿树间闪动，他拖拉着他的跛腿四处打听姚清河的消息，几乎走遍了他们在一起走过的小路和田野。他的脸庞和手臂被树梢和凌厉的玉米叶子划得血痕处处。

奇怪的是，没有一个人告诉他姚清河的下落，就连跟她一起从天津来的知青幸学文看见他走近都远远躲开，逮住了，要问，幸学文已经开始摇头。父亲发现他们都在回避着关于姚清河的一切。这让他疑惑不已，他不知道在他身陷牛棚的日子里，在姚清河的身上都发生了些什么。自己本身就是一个被人躲避着的对象，他又能从别人的口中得到些什么呢？倒是母亲，一边任他苦苦寻找，一边不停地说，别再找了，她会把你带入深渊，找到就是祸害。起初父亲以为这话完全出于一个女人天性中的嫉妒，后来他才渐渐明白了这句话。

父亲和知青姚清河之间，有过最真实的爱情，那是一种一个山村青年和一个带着都市气息而又未谙世事的少女之间的互相倾心和爱慕，他们之间有过浪漫的流年时光，有过在一起生活的向往，但是现实已经像河流一样阻隔了他们。文人邝野一度弥漫在"蒹葭苍苍，白露为霜，所谓伊人，在水一方"的愁绪中……

这时候，母亲没有放弃对父亲的关注，她以改造山河的勇气和不懈的追求，终于让父亲从忧郁不快中解脱出来。特别是读过私塾的祖父看到了一些更为深远的事情，他觉得岳兰的进门会成为他们邝家一个闪光的起点。祖父从岳兰的身上看到了生存的概念和未来的希望。

祖父做主，迎娶了母亲岳兰。在此之前，父亲和母亲没有过身体的接触，他甚至没有给母亲举手理一理额前的头发，母亲也没有温柔地拉一拉父亲的手。但是谁也没有想到，他们的婚事却促使姚清河意外现身，同时出现的还有一个孩子。

父亲的婚姻生活从此一团糟。对于姚清河未婚先孕的事，作为公社干部的不是不知道，父亲说，他用一生在感谢着母亲，也甘愿承受母亲的责难和报复。不是母亲，奸污知青的罪名会让他一辈子都抬不起头，像父亲这样一个视尊严胜于生命的人，是不会背着这样的罪名苟活于世的。母亲就像是一把伞，遮住了风雨，也给了父亲温暖。后来我才知道，母亲充分展示了她的手腕，以权谋私，把罪名强加给了一个走资派，本来就面临劳教的走资派又多了一个强奸犯的罪名，他很快被民兵送进了劳改农场。父亲的名誉和性命完整无缺地保住了。她以那样大气又冷峻的方式挽救了他们的新婚之夜，并以组织的名义以一纸公文、一枚红印，果断将姚清河遣送回了原籍天津。时间的筛子能筛掉一切，随着女主人公的消失而留在向坡人口中的那些风言风语也就慢慢地如烟淡去。父亲在母亲的庇护下，开始了他风平浪静的一生。我一直不明白既然母亲知道了姚清河与邝野私通并产下一女，为什么还要主动嫁给他呢？

后来用父亲的话说，因为母亲的强势，好多男子都对她敬而远之，母亲告诉他，虽然她是个粗糙的女子，却天生喜欢文气的男人，还说可能是从小看《白蛇传》戏看的，在她的成长中，她一直把自己当成白娘子，许仙一出来，她就觉得舒服，那时候她就开始做梦，要嫁一个许仙一样温婉的男人。当她第一眼看到邝野，她的眼前就冒出许仙的样子，白娘子为救许仙历经千辛万苦去盗仙草，她岳兰为救一个教书匠，不惜去背负极大的政治风险。父亲讲得很生动，但是我还是不能把母亲跟父亲拉在一起，也许是对母亲心存偏见吧，我觉得父母亲的个性差异太大了。然而，这一切都不重要了。重要的是母亲嫁给父亲，挽救了父亲，之后有了我，有了天昊和天尽，有了一个家庭的诞生和邝氏家族的延续。父亲从自身经历的沉浮中看到了权力的巨大力量，所以当母亲弥留之际，郑重提出了让我入仕途、做大官的人生设想时，父亲跟母亲思想保持了高度的一致，多年来他成为这种思想的忠实追随者，毕生为此呕心沥血。

好洁站在我面前，我就看到了邝天骄。

她的眉眼与我记忆中的邝天尽真像啊。邝天骄的母亲姚清河不同于我的母亲岳兰，我的母亲硬得像一块山石，而姚清河软得就像一滴水。那时的姚清河是一个文艺青年，说话细声细语，拉二胡轻奏慢捻，十八岁正是如梦一样的年龄，有着浪漫的遐想与纤细的情愫，但是因为年少，难免缺乏面对坎坷艰难的勇气和经验。一时不慎的感情投入，酿成了终身的遗恨，姚清河带着青春和爱情的记忆以及一生的伤痛离开了向坡，回到了她的家乡，把一肚子的苦水和无处抛洒的眼泪倾向了她的父母亲。之后的多年她又是经历了怎样的生存压力和心灵折磨呢？姚清河的青春被父亲撕碎，她把失去的一切都寄托在相依为命的邝天骄身上，她要在邝天骄的身上看到自己曾经轻掷的青春时光。

好洁，你与姚清河度过了怎样的艰难岁月，你又是怎么走过青涩，走到今天的？姚清河到底在哪里？这一切你能告诉我吗？父亲让我找你，看得出，他是怀着对姚清河一生歉疚的，作为他的儿子，作为你的弟弟，我一定要知道这一切，我要替我亲爱的父亲画上他生命当中的最后一个圆。

天穷，我说过多少次，我不是邝天骄。你不要去想这些，先把身体养好才是最重要的，等你痊愈了，我帮你一起去找，哪怕就是在天涯海角，我们也一定会找到她的。听我话，好吗？

我就这样陷入在无穷往事的纠结中，好洁拍拍我的脑袋，一如既往地拒绝、劝告。她永远是那么不厌其烦、循循善诱，这让我本能地想起父亲，她和父亲之间难道就没有相似之处？通过分析，我终于发现他们是有着很多相似之处的。他们俩对我都是一样的关切、爱护，充满了极大的耐心。

好洁，跟我回趟韩阳，见见父亲，他一定会知道你究竟是不是邝天骄。也许，姚阿姨根本没有给你讲过你的身世，你一直蒙在鼓里。跟我回到父亲身边，你就会知道所有真相的。

天穷，别胡思乱想，你安静会儿好吗？

好洁还要说什么，那个很阳光的帅小伙廖助理进来了，他说，好主任，有个电话，是找邝先生的。

我一惊，谁会把电话打到这儿呢？我看了看好洁，在这里，我得听她的，电话关掉也是她的意思。她说我的状况与我所处的环境关系极大，在治疗期间，我必须告别过去的环境，静心休养。

好洁也许看出来我眼睛里的渴望，毕竟快一个月了，每个人都有他存身立命的社会关系，特别是我，还肩负更多的人生使命和政治使命。我的背后站着好多人。好洁是理解我的，果然，她对小廖说，带邝先生去办公室吧。

我莫名欣喜，原来我一直不甘寂寞，作为一个男人，我既反感钩心斗角的人事关系，又享受着那种矛盾和冲突被我用智慧解决掉的满足感，江湖的快意恩仇和沙场的金戈铁马一样让我充满神往。走进办公室，我看到白色的听筒搁在桌子上，对方也许此时正紧握着那边的电话，焦急等待我的声音的出现。是谁呢？会有什么事？这个电话究竟会给我带来吉还是带来凶？

我犹豫了片刻，抓起了电话：

喂？

天穷哥！你让我找得好苦！

原来是尹夏。二十多天前，我离开时，只给三个人说过我要去外地休假疗养：我的领导市委书记庞俊杰，父亲邝野，妻子戴欣嫚。对尹夏，我犹豫了再三。自从那个细雨敲窗的夜晚之后，我开始尽量克制自己不去联系她，我知道我也是血肉之躯，我不是柳下惠，我对感情的渴望同样强烈，特别是当我的感情世界越来越沙漠化，尹夏对我来说，无疑是个巨大的诱惑。可是，年龄的悬殊、经历的迥异以及她的单纯与美丽，都成了我回避她的理由，我实在不想看到一朵洁白的莲花误入我这样的泥淖中。

天穷哥，你知道吗，你吓死我了，韩阳上下都传言你被"双规"了。我去了建设局，你们那个雍阳虽然没有明说，但是从他的眼神里我可以读出，他也是这么认为的。但是我不相信，就算所有的人这么说，我也不相信。我坚持认为，就是韩阳所有的政府官员都出了事，天穷哥也不会出事。

我的眼睛有些潮湿。离开韩阳虽然不到一个月，但是我却觉得像是离开了一年之久，我的突然离去竟然在韩阳市引起如此大的波澜？在这样一个什么事都会发生的时代里，面对大家的起哄和推测，一个平凡而又简单的女子却始终如一地站在我这边,坚定不移地信任着我:就是韩阳所有的政府官员都出了事,天穷哥也不会出事。这怎么能不让我感动万千呢?

小夏,谢谢你。那你是怎么找到这里的?

我去了建设局,雍阳阴阳怪气的,那副嘴脸真恶心,随后我又去了指挥部,找到了卞新生。他起初不肯告诉我,我说我是你表妹,我家里有急事情,他不说,我就死赖着不走,最后,他看我铁了心,就只好说了省城的好洁心理慰疗中心。我通过电信局的查号台找到这儿。

唉,小夏,辛苦你了。我没事,你放心,我曾经告诉过你关于我的病,其实我也很矛盾,我应该告诉你才对,小夏,你还小,未来的路还很长,要好好工作,好好生活,有合适的男孩子……

我不要听你说这些,我想告诉你的是,我知道你失眠很久了,最近一段时期我终于感受到失眠的痛苦,整夜整夜合不上眼睛。特别是你的手机打不通、短信也不回的这段日子,我简直就像疯了,每天晚上胡思乱想,都成熊猫眼了。对了,我还给你写了一首诗,叫《失眠》。我读给你听:

> 曾经想,我要成为你的药
> 让你的长夜缩短
> 谁料到,你竟成了我的药
> 让我的长夜更长
> 如今,我们都得了思念的病
> 无药可医,只好相依为命
> 请让我,用一生来陪你失眠
> 一颗心的无助,需要另一颗心的搀扶

4

我的故乡周原县历史悠久,远在商周时期就先后建有一些小小的诸侯国。秦朝开始有了县制,西魏文帝大统元年,置原州县,隋朝大业年间,取西周与原州两地名各一字,方有周原县。周原县名始见于史册,距今已有一千三百多年了。在父亲的熏陶下,我从小我就对周原境内尤其向坡出土的仰韶、齐家文化陶器、磨制石器、骨器等特别感兴趣。父亲告诉我,咱邝湾早在五千年前就已经迈进了人类文明。西周时期,周原青铜文化名噪西北,古墓群内涵丰富,历史跨度从战国、秦到秦汉、唐、宋各代。我曾参观过新建的盛大的周原博物馆,那里文物藏量上千件,其中国家一级品也有近百件。

周原县年轻的县长王向春介绍起周原来头头是道,显然已经成了土生土长的周原人。我离开周原县二十多年,对新周原早已感到很陌生,也很少有人能记起我是周原人。但是自从王向春主政周原后,每年春节期间都专门下帖子邀请韩阳市所有周原籍的县处级干部聚餐一次。因为同根同族而有同乡之亲,出自同一个乡叫同乡,出自同一个县也叫同乡,出于同一个省也叫同乡,在地球上,出自同一个国家理所当然也是同乡。王向春每年下帖子,我必在被邀请之列,于是周原籍的干部慢慢开始了互相之间的走动和联系,大家才知道周原人在韩阳并不在少数。

我终于回到了周原县。

王向春果不食言,在周原宾馆为我开了周原的总统套房,在宾馆最大的豪包设宴接待了我。我来之前并没有通知王向春,在省城待了一个月。尹夏的一个电话,让我感觉到要粉碎人们关于我已被"双规"的谣言,我必须要在韩阳露一下面。加之,好洁对于我的治疗方案中,有一项是隐逸乡村过田间生活。她说,现代人的焦虑成因,一是无家可归,二是找不到回家的路。幸好,你还有邝湾,实际上,乡村居住也是增进健康、治疗疾病的好办法。在和谐安然、清新秀丽的大自然里以自由飞翔的心愫闲步,很快也便融入其中,成为山水田园的一部分。大自然是最好的医疗师,每一个黄昏落日都是一场亲切的告别,每一个黎明晨光都是一次愉快的邀请,面对绿油油的田野,走进旷远博大又包容万物的大自然,即便你忧郁填胸,心塞气闷,也会豁然明亮,郁结冰释,重新找回容光焕发的自我。我给父亲通了电话,他很高兴,极力赞成,他说,明代袁中郎云:湖水可以当药,青山可以健脾,逍遥林莽,奇枕岩壑,便不知省却多少参苓丸子矣。

于是我选择了回到老家周原县向坡乡的邝湾村。

去的时候孤身一人,来的时候却是浩浩荡荡。通知了卞新生后,他亲自带着唐兴旺开车来省城接我。妤洁收拾了行囊,像我当时把指挥部的事托付给卞新生一样,她把中心的工作安顿给小廖,带了一个小厨师邵萍来专门负责我们的一日三餐和我的营养餐。到了韩阳,我们在韩阳宾馆住了一宿,第二天,接了父亲邝野一同赶赴周原县。

王向春是个消息灵通之人,我刚离开韩阳市,他的电话就来了:邝兄,我在周原宾馆恭候大驾啊。

这个电话着实让我意外。我惊问,大县长怎么知晓?他笑道,到我的地盘,我不能这么愚钝吧。

我、父亲、妤洁和卞新生被邀请到周原宾馆豪包大桌子坐下,王向春才告诉我说,你休假后一段时间,我每天都能接到说你出事的电话,说得有鼻子有眼,都煞有介事的,我一律进行了驳斥,你邝天穹什么人,别人不知道,我能不了解?说我王向春出事有人信,说你邝天穹出事没有人会信的。所以,你一回到韩阳，就有人给我报信了，说王县长啊，你说得没错，邝局长回来了，好好的。我就给陶清波挂了电话，他说你今天来周原。

谢谢你了，我这么个小人物，一下子引起那么多人的关注，真是没想到啊。

我把好洁介绍给了王向春，说她是我的主治医生，我是她的医学课题。好洁笑笑向他点头致意。王向春也把他带来作陪的三个人介绍给我们，一个我认识，五十出头，圆脸，胖乎乎的，是周原县城乡建设局局长，还有一个比较瘦削，四十来岁，看上去很面熟，王向春说他是周原县政府办公室主任谢静安，我们在市委办公室的时候他是县政府办的副主任，最后一个三十来岁，不胖不瘦，模样长得很周正，我很陌生。王向春指着这小伙子说，老兄，这个严明光可是你的部下啊，小严，待会可要给顶头上司好好敬酒啊。我还没反应过来，卞新生接口介绍说，邝局长，这就是咱局里招考的办公室主任，最近在办调动手续呢。我恍然，记得我休假前曾就他的事专题召开过党组会议，听取了考察组对考察对象的汇报，研究了任命人选。王向春说得没错，这个严明光是我一手调进来的。我握住了他的手，说，要说老领导，新生组长可是你的老领导啊，老办公室主任了。他们起身过来，分别与我们一一握手问好。

等他们敬完酒，卞新生端了一杯酒站起来说，明光能进入市建设局跟邝局长干，是一大喜事，也是他个人政治生涯中的一个转折点，我提议大家共同举杯向明光表示祝贺，欢迎明光同志来建设局工作。卞新生的提议得到了大家的响应，在座全体起立，举杯，致意，喝酒。这时候王向春说话了，办公室主任好啊，我一直觉得咱们这些局长啊、县长啊，就是猴子，办公室主任就是耍猴的人，他让我们上主席台、上饭桌我们就得上，他让我们坐哪个位置我们就得坐哪个位置，他让我们讲话我们就得讲,他让我们下台子去我们就不能坐着不动。你们说对不对,老谢?小严?

这个形象的比喻惹得大家哄堂大笑,仔细一想,还真这样。说穿了,不是办公室主任在耍猴,是某种规矩与程序在耍猴,办公室主任不过是这种规则的执行者而已。谢静安和严明光涨红了脸,嗫嚅道,哪敢哪敢。笑过之后,我让王向春把周原宾馆房子退掉,因为下午我们几个就赶往向坡了。王向春不肯,执意要留我们在县城住一宿,说下午请我们去鳌湖吃鹿肉。我坚决推辞,我去向坡也是在你的地盘上,一时半会儿也走不了,这不,家父也在,我们肯定还会来县城,来日方长,吃鹿肉也不在这一时半会儿。

王向春也就不再勉强,席间,他热情周到,谢静安、严明光和县建设局长更是殷勤备至,作为下属,他们知道领导的关注点就是他们努力的方向,所以他们一遍遍地起身敬酒。我这段时间是不能喝酒的,好洁已经在饭前跟大家做了说明,但是王向春不行,他说,平日里能喝一斤,这时候即使有特殊情况了,也能喝他个三四两吧。我没办法,只得人人敬酒都要喝一点,但是不再像以前那样仰脖子一饮而尽了,而是小抿一口。敬过一圈酒后,王向春主持开始摇骰子喝酒,这时候我的酒基本都是卞新生给我代喝了,偶尔好洁和严明光也代一两盅。

长达一个月的休养生息之后,我突然又面对了这样熟悉的生活场景,看来我们下午要去邙湾的决定是正确的。这样的暴食暴饮对我的身心没有任何好处。长达两个多小时的宴会终于结束了,一桌丰盛的饭菜所剩大半。当今社会,所谓的吃饭早已失却了吃饭的本意,不知道是生活太好还是饭菜太丰盛了,常常是,还没动筷子,就已经觉得没有胃口了。吃饭不是因为饥饿,而是因为空虚无聊,吃不再是吃,而是为了满足人们的填充感。

我心中的故乡,是一个既能安置人的生,也能安置人的死的地方。乡村提供了这样一个地方,它收留你的身体,让你生于土上,葬于土下。故乡的意义对于每个人来说,就是这样的。当你完结一生,葬在曾经生活的土地之下,和世世代代的祖先在一起,过着比生更久远的日子,这样的地方就是故乡。我的故乡就是向坡的一个小山村——邝湾。

此时,邝湾已经慢慢纳入我的视线,远望它,依偎山脚下,像是簇拥在大树根底下的一丛蘑菇。它留给我的记忆,差不多就是一个孩子对乳母的惦记。

进入村庄,先看到一片新农村,高门大院,几乎是一色的包裹着瓷片的水泥平房或二层小楼房,红色的屋顶,彩色的墙面,每家每户一模一样,整整齐齐,院子里全是水泥地,房子里全部是现代家具。留在记忆里的邝湾已经找不见了。那时候,我生活的邝湾子房子东一家西一户,散漫地分布着,弯弯曲曲的小路贯穿其间。现在那些成片成堆的土坯小灰瓦的大房和厦屋已经找不见了,甚至连村里唯一的祠堂都没有了。军营一样排列整齐的房子,一户和一户没有什么区别,区别的只是邝周王赵。这种僵化的模式全然没有了村庄原有的诗意。

时光的力量是巨大的,它把那些少年的乌发染白,把向坡公社变成向坡乡,把邝湾大队变成邝湾行政村,把一个人努力珍藏的履历,变得墨迹漫漶。邝湾的村主任邝长贵把我们带到了一处废弃不久的院落中,院中青苔遍布,一棵泡桐树枝繁叶茂,翁翁郁郁,老屋的房子在炊烟缭绕下,每一行黧黑的瓦都亮亮的,微微上翘的屋脊,使老屋远远看上去像一只掠翅飞翔的黑鹰。两面围山的庄院在夕阳的余晖中比我想象的多了一层生气。在这样的地方,山便是依靠。父亲说,我从老家搬出来后,咱家的老庄子就荒了,就在前面,墙塌屋斜,荒草淹没的那一块就是。邝长贵说,邝老师嘱咐我你们要住这儿,但这儿早就不住人了,人都从这山脚下搬到了前面的平地上。咱家的人也是,但是却是最后一个搬过去的,搬过去不习惯,又回来住过一段时间,结果因为这里没了人烟,老婆觉得怪凄惶,就又搬回了新农村里,这个院子就一直闲置着,用来储藏粮食和饲料。

身材高挑瘦长的邝长贵是父亲的学生,几十年不见,我完全认不出来了,就是他当年用他家的奶羊喂养我,可以说,我是邝长贵一手带大的。看到邝长贵,我就有着几多亲切。邝长贵接到父亲的电话,就专门找人收拾整理了这里,重砌了锅台,清理了院子,拉煤煨了炕,驱赶了一冬天留下的寒气。邝老师,这里就这么个条件了,不是您硬要住老庄子里,我会在村委会安排条件好的房子。父亲推了推眼镜,眯眼瞅了会远处可见的老房子,说,很好的,有山就好。这段日子我们就住这了,山里的孩子之所以多都憨厚,都是有山的滋养,直到明白山的外面还有另外一个世界的时候,才会明白山外的世界才是他们真正愿意要走下去的世界,于是选择了去当游子,把家乡远远地扔在了梦里。我知道,父亲在表达他游子离乡的酸楚,是啊,我何尝不是,离开这里长达二十年之久,这期间的滋味,没有亲自体验哪有体会。

尽管我们住的房子有点昏暗,连日光灯发出的白光都有点冷,然而,我却喜欢这种昏暗和冷,这里的树木、花草、路径、光线以及周遭的布局就像是一个个气场,我觉得我与这样的气场吻合了。

安顿下来之后,父亲就带着好洁和邵萍去走访了隔壁邻舍和大部分住户,那意思我明白,家里突然来两个莫名其妙的女人,还要一直住下来,这在村里会落下闲话,对邝家的声誉有影响。还是父亲想得周到,我们带着好洁和邵萍一一去见面,光明正大地摆出她们的身份,讲明疗养治病的原委。走了几家,我发现村庄里意外地安静,走进院子,只有人,没有牲口,仔细一看,院子里原本就没有设计牲口生存的空间。农村讲究六畜兴旺,鸡犬之声相闻,那才是乡土文化的重要元素,现在统一规划的新农村却把牲口都赶了出去,人与牲口分离,水泥地上没树没草,屋后没猪没鸡,人们一个个看上去都很落寞。邝长贵还带我们去他家的菜园子,说我们做饭不用去买菜,尽管去他园子里摘,绝对的纯天然。

农历四月十六的月亮皎洁明亮,走访完左邻右舍和一些重点住户,回到院子里,邝长贵就陪着我们坐在院子里说话。邝长贵告诉我们,村里好多青年都出门打工了,家里只有老人和孩子,有些混得差不多的就连孩子也带走了。其实现在的村子里也没有多少人,我们回来他们都很高兴。长贵说现在的农村慢慢也跟城里差不多了,自己过自己的日子,并不关心别人家的事。父亲说,就算这样,也得跟大家见个面,往后吃水、用柴禾啥的,还要麻烦村里人。邝长贵说,老师您说这话就太见外了。父亲给我和好洁说,长贵要不是"文革"停课闹革命,也去向坡乡读高中了,说不定也能考个大学呢。我说,长贵,你现在不是挺好的吗?我给你讲个真实的故事,说是两个同学,一个从小偷鸡摸狗,年年留级,一个品学兼优,年年是三好学生,偷鸡摸狗的一路走来流落社会,从小偷到大抢,最后走进了监狱。品学兼优者一路走去,上大学、进机关、当县长,一路荣耀,最后却因为受贿罪也进了监狱。两个同学相逢于高墙内,偷鸡摸狗者终于找到了心理平衡,他释然道:看你曾经多么荣耀,我曾经多么猥琐,到头来我们不是一样面对铁窗冷壁,穿一样的囚衣,吃一样的饭菜。所以哪,路要靠人走,不在于读不读大学,有没有知识,大学和知识固然重要,但那只是辅助,而不是根本。

长贵说,你是安慰我呢,念下书的人就是不一样。有一点倒是不假,现在不管城市还是农村,日子都好多了,我们不用再饿着肚子了。父亲感叹了一句说,那时候虽然穷点,但是人的心情舒畅,我记得那时候的十五月亮可要比现在圆多了,也亮多了……父亲的讲述让我也渐渐回忆起小时候。小时候我对月亮的记忆里永远贮存着父亲坐在炕头上摇头晃脑读《诗经》的温馨与幸福,今天走进了邝湾,我望着月亮,却有了新的感觉:月亮,它在城市被霓虹淹没,在乡间却流传着千古不变的永恒与久远。

卞新生待了一天,把我们安顿好,就驱车回去了。他说,指挥部的工作他会随时向我汇报,应该说,进展还算顺利,在保证质量的前提下,对工期进行了优化,在工期、质量、安全、环保等各方面强化管理,认真选材,精细施工,目前地下的工程已经验收了,地上的部分也已经有了形象进度。副市长何光荣已经一月督查了两次。

我握住他的手,连说辛苦你了。

刚来头几天,父亲和邝长贵带着我和好洁在村子里转。自然先去的是我家的老庄子。曾经盛满欢笑和贫贱的老院落如今却是荒草萋萋,石阶上爬满了暗绿的苔藓,泥地上长满了齐膝高的荒草,老厦屋早已椽朽瓦裂,一扇大门已经无处寻觅,只留另外一扇半掩着,破烂的窗棂上沾满了浮尘的蛛网。残破,落寞,但昔日的格局还在。我难以置信这座塌陷的大房子就是我们一家人生活的地方,这里出生了我,出生了天昊、天尽,这里留下了我们多少苦涩与欢喜。父亲告诉我，母亲生我的时候难产，是一个省城下放到向坡的女医生用吸筒把我硬生生地拽到这个世界，走后还来电话叮嘱父亲一定要用冷水袋敷平我头顶的水泡。这个女医生接生了我，唯一的回报就是父亲硬塞给她的两个煮熟的鸡蛋。父亲是独子，上面有一个姐姐，十七岁就嫁到了外村，十九岁生孩子大出血离开了这个世界。在老家也就只有父亲的七个堂兄弟和四个堂姊妹了，七个堂兄弟已经去世了三个，四个堂姊妹嫁到外地两个，只有两个在邝湾。这些年，我们与这些亲戚们都很少来往，好多都不太认识。长贵说小小的邝湾出过三个大人物，一个是我，一个是周朝天，还有一个周姓前辈，在北京当过副部长，后来被整死了。我说我不是啥大人物，小得很呢。父亲说，乡里乡亲的，回来了能去就去看看，朝天搞工程富了，没少帮衬大家伙儿，你这些年跟老家里有些疏远，应该走走的。

我明白父亲的意思，他的弦外之音是，我不食人间烟火，就连亲弟弟也很生分。这些年，村里那些旧日的玩伴一直在外省打工，一些熟悉的面孔也随着时间老去、消逝，在我的故乡，除了长贵，其实再无故人。我们在邝长贵的带领下，走到一户开着门的人家门口，长贵说，这是邝全福家。父亲说，天穷，这是你的叔父，我的堂弟家。

我敲了一下门，屋子里没有动静，再敲，就见一个老人颤颤巍巍地从屋子里出来，他看见父亲，没了牙的嘴突然张开了，脸上的表情就像见到多年的亲人一样，他把我们迎进屋子，叫我们坐下，然后把炉子上的热水递给我们，这娃娃是哪个？是穷呢，还是昊？我这眼睛不管用了，分不清。他在指着我，他比父亲小，却看上去好像要比父亲大至少十岁。父亲说，是老大，天穷，你忘了，那时候常在你们家吃饭呢。全福老人显然耳朵不好使,他凑近父亲又问了一遍,是谁?父亲对准他的耳门大声又重复了一遍,全福老人笑了,并用温热的目光久久盯着我,听说娃子当大官了,随他娘随他娘,那时候他娘就是个人物尖尖子呢。父亲问,孩子们呢?全福老人说,一双儿子带着媳妇娃娃都去广州了,挣钱去了。老人说着,不由老泪纵横,他伸了两个指头,两年都没回家了。

全福叔的两个孩子一个在广州,一个在东莞,据说情况还可以,一年能给家里寄个七八千的。离开叔父家,我不由叹了口气,城镇化的发展是逐步地在丧失农村,把农村变得不像农村,土地荒芜,牲畜沉寂,了无生趣。

长贵说,县上和市上都把咱向坡新农村建设当作了典型,经常有外乡甚至外县的来参观取经。我笑了,天下农村都搞成一个模式?长贵还跟我讲了一件有趣的事,规划新农村的时候,怕群众有阻力,乡上还把全乡的阴阳先生都召集起来,集中开会,会后大鱼大肉地招待,并给阴阳们发了红包,统一了思想,明确了认识,极力动员让阴阳全面出动,为全乡新农村规划建设放线定橛。阴阳们积极响应,纷纷赶赴规划施工现场,给群众大讲风水:住宅方圆四面平,地理观此好兴工。不论宫商角徵羽,家豪富贵旺人丁。谁承想,死抗硬磨的老百姓竟一个个放下屠刀立地成佛,纷纷响应政府起来。

我们笑了,其实,阴阳文化也是乡村多少年传下来的建筑文化之一,我上大学期间,学过公选课"建筑与风水",教授说,风水术实际上是集地质地理学、生态学、景观学、建筑学、美学等于一体的综合性、系统性很强的建筑规划设计理论。在建筑行内来说,讲究风水就是讲究人居与环境的关系,从声、光、热三个方面帮助人们找到一个最适合居住的地方。风水的基本取向,与中国数千年"天人合一"的宇宙观和审美观,保持着根本一致。所谓"宅者人之本，人以宅为家。居若安，即家代昌吉；若不安，则门族衰微"。近年来，随着中国房地产业的不断发展，"建筑风水术"再度风生水起，从北京、广州等大城市开始，至中小城市，每逢地产项目选址、店铺开张、置业买房等，请风水师"看风水"已成潮流。

好洁说，是啊，如果你注意观察就会发现，从四合院里出来的人都面色红润，不像在楼里待久了的人会脸色发黄，这就是因为四合院的建造有科学依据，利于长寿。住四合院的人，每天至少有一半时间都能在户外活动，住楼房的人通风很成问题。不说风水利于人发财什么的，一个人健康不能保证，还有什么精力去赚钱呢？

我笑道，我们的工作的确做得好啊，这样有创新的做法的确别具特色，群众的思想工作真是做到家了。

邝长贵这位最基层的干部，知道我是在嘲讽，就解释说，特殊情况下特殊的工作方式，没办法啊，这总比与群众发生冲突要好得多。

我没再说话，心里有一丝隐隐的痛。在遥远的蛮荒年代，史前人类栖身在山洞、树枝棚里，有一种粗野、自然之美，接着，在大地上出现了金字塔、神庙、方间碑，开启了人类建筑几千年的文明。随着基督教的广泛传播，教堂为世界建筑添上了重彩浓墨的一笔。怎么说，建筑都是作为一种大地上的艺术伴随着人类活动和文化形态而存在。作为建筑行业的一员，我眼睁睁看着古老的乡村建筑文化一点点在我们手里湮灭，却无能为力。

好洁看到我眼睛里突然出现的忧郁，她说，天穹，现在是休假时期，不要想与工作有关的事好吗？

我看着她，感叹了一句，美丽的故乡，不再是我儿时记忆里的诗意村庄喽。

第十三章

1

死神突然降临。

我想起一个成语：命悬一线。意即生命濒临十分危险的状态，就像是悬空的一根游丝细线，随时都有断掉的可能。此时，我的生命状态恰恰如此。

大地冰凉，我的心脏逐渐停止了跳动，在一阵短暂的抽搐过后，呼吸从正常的节奏猛然转为急促，连耳朵都很快变冷。我身体内的全部血液也在发生着变化，我的喉咙开始痉挛不已。

人间阳世在徐徐地离我远去，直到成为一个黑点。

我真的死了。巨大的夜幕罩下来，缓缓地遮盖了我。那一瞬间，我没有痛苦，我沉浸在渐渐凝固的血水中，意识一点点地丧失。

弥留之际，我没有看到任何一个人，我知道，没有一个人看到我已经离去。

别了，我的世界。别了，我的亲人，别了，我的朋友。

我真的死了。

记住：别为我哭泣。

邝湾并不清静。

到邝湾没有多久,县长王向春让向坡的书记和乡长给我送来了一箱白酒、一箱红酒和一箱牛肉干。有人来,就要接待,我们留他俩在邝湾吃了一顿饭,书记给邝长贵说,有啥困难,需要啥,随时去乡上找他。

躲在老家,我依然被大家惦记着,我知道大家惦记的不是邝天穷,而是邝局长。乌纱加顶,官威自生。

老朋友王向春对我无微不至,完全出于旧情旧交,但是我却心存担忧。我很不愿意别人知道我在这里养病。从根本上讲,我是不愿意让人知道我有病,而且是抑郁症。王向春知道我有病,但是不知道是什么病,他一直认为我是不会轻松生活,事事都太认真,躲在邝湾,一方面是身有小恙,更重要的是对让雍阳主持建设局这一安排的不满。从他口气中我能听得出来,他觉得我是在闹情绪,是在学姜子牙垂钓,相机而动。随便他怎么看,我就是不想让人知道我是个抑郁症患者。我的抑郁症,连戴欣嫚都不清楚,她只知道我的失眠越来越严重,已经引起其他方面的身体疾患,到了不得不休养的地步。

向坡书记、乡长有了县长的口谕,自然隔几天来问候一下。邝长贵说,以前他们的书记一月都来不了一次。我对此十分歉意,我知道,老百姓对于地方官员是又敬又畏,尤其在最基层,应该是畏大于敬,他们都希望乡上的官员尽量少来。表示歉意的同时,我对邝长贵说,村上还有啥困难要找乡上,你给我说,我让他们解决。

邝长贵摇摇头说,也没有啥困难,就算是有,他们也没办法,你就不用操心了,安心休养。让邝长贵没料到的是,这话被我们身边路过挑水的一个村民周永定听到了,他跟着我们来到了我的住处,原来他是我住这所院子主人的弟弟。

周永定一进来就说,我早就听说市里的大领导回老家来了,平时见不上,有苦莫得诉,今天算是在自己家里见到了。

永定,你要干啥?邝长贵拦他不住,周永定一口气扯开了话匣子:新农村建设已一年多了,每次外地人来参观,都是赞不绝口,当然看起来都很漂亮、很阳光,但是只有村民自己知道,连最基本的污水管网都没有通,雨天停电、内涝,厕所无法使用,道路不通,一到雨天很多人家院落里积水,房子里也灌满水……

长贵哥,这是真的吗?

邝长贵红了脖子,唉,我很惭愧,当初在我的动员和带领下,乡亲以最快的速度完成了搬迁、拆迁,付出了很多心血,现如今却成了烂摊子,我对乡亲都无法交代。

我有些惊讶,真的是有些问题不深入到基层就根本无法掌握真实情况。我说,你们向上反映过吗?

唉,这么大的事,能不反映吗?每次都说资金不足,让村上想办法。你说,村上有什么办法?建学校、修路都需要钱,村上已经被历年的负债压垮了,要是个企业,早都破产好几次了。对了,这些话,我不该给你讲的,你是建设局局长,给你讲,就等于告县上的状。往后我的日子就不好过了。

长贵哥,你别怕,我跟王县长有些交情,这件事我一定要向王县长反映,于公于私都与我有关系。

不知不觉,我又介入了无尽的工作之中,我决定近日面见一次王向春。手机一打开,我就接到了一个人的电话。

没想到,尹夏跑到邝湾来了。

接到尹夏的电话,她说刚下了公交车,就在村口,怎么找你啊。

我大为吃惊,小夏,你怎么跑到这儿来了?

你知道吗，跟你联系上后我都跑到省城找你了，去了好洁心理慰疗中心，才知道你已经回来了。

你别动，站在原地，我马上来接你。

我挂掉电话，尹夏的短消息就发了过来：老天，太蓝！大海，太咸！人生，太难！工作，太烦！和你，有缘！想你，失眠！见你，太远！

我飞奔出门，敲开了邝全福家的门，没等他听明白，我就把上次无意看见的靠在院子角落的那辆锈蚀的飞鸽自行车扛出了门。我骑上车子一溜烟出了村子，向大路口奔去。这破车，全身到处哐啷响，好在车胎还有气，幸好这几年，路修得好，几乎每个村都有了柏油路，也通上了城乡公交车。我骑着链条涩滞的破车子，疾驰在柏油村路上，路两旁桃花、杏花开得正好，一星一点地点染着乡村的三月天，一路驶去，连扑鼻而来的空气中也氤氲着花的清香，我嗅到了姗姗而来的春天的味道。只有在乡村，才能看到这么美丽的春天。

拐过一个湾子，我就远远看见了一个熟悉的身影。尹夏，是她，经常在失眠的夜里出现的身影，此刻，她正站在一棵柳树下，吐绿的枝条垂到了她的肩头上，她高挑身材，上身穿一件粉色的宽松羊毛衫，下身是一件水洗的灰白牛仔裤，一条腿直立，一条腿微微弯曲，整个身体呈现出一种优美的弧度。在这个莺飞草长的春天里，寂静的路口上，柳树、远山、林荫、迤逦而去的长路和女孩尹夏构成了一道绝美的风景。小夏，我说过，你来了，花儿就开了，如今满山桃花盛开，你就来了。这难道是生命和自然的一种默默约定，多美好的相约啊，像一缕风跟着一片云，像一座山冈跟着一脉流水，像一袅炊烟跟着一个村庄……

我放慢了车子的速度，然后小心下车，推着车子向尹夏走去，无奈车子太响了，她很快就发现了我，突然弯腰咯咯地笑。我走到了她的跟前，她还在笑个不停。我说，小夏，笑什么，看到我有那么高兴吗？尹夏这才止住了笑，说，你穿个西装，推这么个生锈的自行车，太可笑了，哪里来的，废铁堆里淘的吧？

一见她，不知道为什么，我能够控制自己刚才有些过于兴奋的情绪了。那种情绪暴露了我的心思，尹夏这个女孩对我是那么重要。此刻，我尽力掩饰自己，拿出一副庄重的表情，没有接她玩笑的话头，反问道，你怎么跑这里来了？不上班了？请假了没？

尹夏的笑容旋即不在，嘴巴也嘟了起来，我可不是你的职工，没必要这么严厉吧。还说呢，要回来，也不跟我说一声，害得我坐了夜班车去了省城，一宿都没合眼，车上还把手机丢了，唉，倒霉的。

我摇摇头，还是忍不住笑了，她的一句话，一个表情，一个举动，都能触动我心底那最柔软的部分，我说，你呀，我说过我没事的，我给你赔个手机吧。

人家担心你嘛，手机吧，就不要了，我在省城已经买下了，你瞧。

尹夏从牛仔裤屁股兜里亮出一个乳白色的大屏手机，晃了晃，听说你在农村，怕你心急，买了个大屏手机，可以看电视，看电影，听音乐，上网。

我不解，你的意思你要在这里一直陪我？

呵呵，陪你咋啦，我愿意。这时候你不是最需要人照顾吗？

别胡说，我要是你单位领导，马上开除你。

难怪建设局职工都不喜欢你，你太没有温情了，我幸亏不是你手下，要是你手下，我可倒了血霉了。我深信，会有一个男人是为受我的折磨而来到这世上的。把你手机拿出来吧。

我说干吗,但是不知道为什么还是乖乖地把手机交给了她,我突然明白我一直躲避尹夏的原因了。我躲避她其实是抵挡内心的自己。说实话,我喜欢这个女孩子。每一个失眠的夜里,脑海里都会不由自主浮现出她的面孔。她的每一个短信、每一个电话都会让我心有所动。但是,我跟她情况不同,我的喜欢只能尽量掩饰和压抑着,她尽管已经明确告诉我说她喜欢我,可是我还是不能说。不仅不能说,而且我要尽量地去远离去逃避。这就让我的内心变得异常苦涩。

我看到她手指灵活地把我的卡装在了她的新手机里,把她的卡换进了我的苹果手机中。然后把崭新的手机交给我。还苹果手机呢,让你拿着真是一种资源浪费,不开流量,不上网,不听音乐,不看电影……你放心吧,你静心休养,我不会赖着你,我明白,你是领导干部,要注意影响的。我走了以后,让它陪着你。里面有我的照片哦,记着想我。

走,上车。我拍拍自行车后座。

去哪?她疑惑地问我。

当然带你去乡上吃饭了,这么远跑来看我,我总不能一顿饭都不管吧。

我想看看你成长的地方,家里吃不行吗?

那哪行?家里那么多人,我忽然不明不白带个女孩子回去,家里怎么看,乡邻怎么看?

好吧,好吧,跟你在一起真不容易。

破烂的自行车行驶在杏花扑鼻的乡村小路上,尹夏坐在后座上,双手搂着我的腰,我好像回到了八九十年代,那是一幅老电影的镜头,就像当时风靡一时的电影《庐山恋》和《人生》。

到了向坡乡街道，正好逢着集市，卖菜的，卖水果的，卖农具的，卖袜子的，把街道堵得推自行车过去都困难。有尹夏在，我故意走得很快，把她落在后面，做出一副两人互不相干的样子。毕竟我的家乡，肯定会有认识我的人，我从内心到行动，都表现得很不自然。原来一个男人生活中有一个女孩子是一件比较累的事。

就近找了一家相对冷清的面馆，我把车子放好，对尹夏说，这乡里不比韩阳，条件有限，只能随便招待你一顿了，吃完了，你赶紧回去。

啊，不能吧，刚来就撵我走，也太无情了吧？尹夏又噘起了嘴巴。

我们进了饭馆，找了个角落位置的桌子坐下来，要了盘凉拌牛肉和炒瓠子，一人一碗肉丝面。我提起茶壶给她倒了一杯茶水，小声说，这地方熟人多，我们在一起不好。你也见到我了，趁还能赶上下午去韩阳的汽车，赶紧回去上班。

我虽然内心里很舍不得她，但还是一再劝阻她。尹夏任我咋说就是不吭声，坐在那里拿着那个新手机不停倒腾。

饭菜摆到了桌子上，我说，小夏，咋啦，不高兴了？你要理解我。

好啦，吃饭吧。尹夏拿起了筷子，吃完我就走了。

我心里有些不忍，她分明是赌气了。我想了想说，要不这样吧，你就是到了县城，不一定能赶上去韩阳的班车。咱们吃完饭在附近走走，然后你去县城，在县里住下，我正好明天要去县政府办事情，我们在县里见吧。

这还差不多。尹夏的脸上终于有了笑容。

忘了告诉你，我参加了今年的公务员考试，报的职位是周原县乡镇，"三支一扶"生服务期满，报考公务员要加十分，所以我的分数上线了。我要回去准备参加面试。

哦,是吗,祝贺你。报的周原县啊,我看看能不能帮一下你,面试竞争也是很激烈的。

谢谢,不用了,我怕别人说我跟你好是有所图,你不知道,我常常想,你要是个普通人该多好。那样,我就会无拘无束地跟你交往了。

尹夏的话既指的是眼下我对她的态度,也指的是今后我们的相处。其实我何尝没有这样想,我想,要是我还是个设计院的小小职工,我也不至于瞻前顾后、顾虑重重。想想看,我与戴欣嫚一路走来,如今已经形同陌路,却不得不继续维系这种虚伪的婚姻。我跟戴欣嫚的关系,尹夏已经知道了,她曾经给我发短信说:失去一个大树,你会得到一片森林,我愿成为一片森林,让你汲取营养也遮挡风雨。虽然尹夏拒绝了我帮她成为公务员的心意,但是她在拒绝我的那一刻,我暗下决心,这事我一定要帮她。父亲一边说要公正无私,为大家而舍小家,但是他也一直在说,乡里乡亲,土里刨一辈子都不容易,能帮的就帮点,也许你一句话、一个电话,就能改变一个苦苦挣扎着的普通人的一生。

近来的病症让我变得很消极,我不知道我这个建设局长还能当多久,我的生命还有多长,帮助别人甚至为挽救他人生命而不惜牺牲的念头不时会蹦出脑海。

尹夏的工作我要帮。

吃完饭,我推着自行车和她出了街道,穿过一个长长的田埂,来到了河边上。她拿起我的手机,说,我给你推荐个电影,叫 *Life in a day*,可不是啥泡沫韩剧,是一部纪录片。

于是,我坐在河堤上,清风拂面,难得惬意。她依偎在我身边,我的鼻息里流动着一种青草的气味,我不知道是旁边庄稼地里的,还是她身上的,那种来自生命本质中的清香是这个世界弥足珍贵的真纯。我们依偎在天地间,阳光下,什么抑郁,什么天星,什么韩阳,都不复存在,四十分钟的时光一心一意地交给了《浮生一日》这部片子。影片内容是很普通很平凡的人的一日生活,由来自世界各地逾八万个片段、共四千五百小时的影片剪辑而成的。两位奥斯卡金像大导演充分展示了他们的鬼斧神工。

看完片子,我有些晕晕的,抬头,日已西斜,光线一点点暗下来,我像是又过了一天。尹夏推荐的这部影片让人思索,主演就是如我一样的芸芸众生,渺小,微不足道却又强大地撑起整个地球。我的一天中,常常是这样:早晨充满希望,步履轻快;上午下午努力工作;晚上万籁俱寂时悲伤地怀疑自己的存在。有时也会倒过来:早上充满压力,步履沉重地去上班;晚上则为自己能坚强地挺过来而感到心情愉快。其实不管一天是悲伤、无聊、痛苦、喜悦,或是充满爱,它们都是如此鲜活地充满我的生命。我的每一天都是独一无二的。

我凝重的表情触动了尹夏,她若有所思地说,天穹哥,生、老、病、死,不管我们的生命有没有意义,都得继续。尽管我们都很累了,那就伸个懒腰后,继续向前蠕动吧。因为我们还是对前方存有一丝希望。

> 只为　你转身的一个凝视
> 我就祈盼了一辈子
> 只为　你无心的一句承诺
> 我就成了你的影子
>
> 幸福　为何总是点到为止

想念就从那一天开始
每天　仰望你紧闭的窗子
无声地呼唤你的名字

我是你　五百年前种的莲子
每一年　为你花开一次
多少人　赞美过莲的矜持
谁能看懂　莲的心事
我是你　五百年前遗落的莲子
每一年　为你心碎一次

在河水淙淙声中，尹夏把头枕在我的膝盖上，闭着眼睛，手机里放出了这首熟悉的歌曲《莲的心事》。自从第一次和尹夏在青苹果KTV听过这首歌，我的耳边常能响起它的旋律，记得绿罗裙，处处怜芳草。每当响起这旋律，我就不由自主地思念她。

时间飞速流走，我们来到大路边上，我把她送上了去往县城的班车。她把脑袋伸出窗外，朝我做了一个鬼脸，说，我等你。我知道她完全明白我心里肯定不舒服，她在逗我开心。看着车子远去，我的心中漫上一股惆怅，回去的路上，我没有骑车，一路推着车子，心事重重。

进了村子，路过邝长贵家的菜园子，我看到好洁和邵萍正在菜园子里摘辣子。菜园子里真丰富啊，辣子、西红柿、豆角、茄子、瓠子、黄瓜、卷心菜……品种多样，长势茂盛。好洁虽然带了邵萍来，其实每顿饭她都亲自上手，连到菜园子里摘菜她都要来。正如她说，难得有机会吃上这么新鲜的蔬菜，她要钻进菜地来，趁机多占便宜，跟这些植物分享一下新鲜的空气。

天穷，咋啦，无精打采的，全福叔说你骑上车子急匆匆出去了，你去哪了？

我，我去了小康屋，看了永定反映的情况，情况真的像他说的，很严重，我打算明天一早去趟县城，找一下王向春县长。好事就要办好，这算啥，出力不讨好的。

我尽力掩饰着自己的低落情绪，放下车子，一头钻进了菜园子，把一只太阳下红得分外艳丽的西红柿摘下来，一口咬得水汁四溅。我边吃边说，好洁，今后的饭让我来做吧，我不能真把自己当病人。

这个夜晚，我再次失眠。

2

周原县城于我而言是陌生的。

我熟悉的是三十年前的县城。当时我在这里读过三年高中，那时记忆中的县城只有一条街道，而且窄小狭长，用当地人的话说，从东走到西只需一袋烟的工夫。建筑多为土木结构的平房，楼房屈指可数。一幢两层的百货大楼建成后，成为县城的聚焦点，每次进去，就让我们觉得如入天堂一般。上了大学后，我就渐渐地和周原县城疏远了，每次回家，一般都不在县城逗留，因为一逗留就要花钱。那时候真穷啊，下了长途汽车，在车站要一碗面，与同学分着吃，把肚子垫一垫能忍受就行。大学毕业后工作分配到设计院，特别是结婚娶妻以后，就很少回周原来了。直到进了市委办公室，有时候跟领导下到县上检查工作，都是车来车去，直达宾馆，并不在街上步行。所以，后来的周原县城对于我只是一个模糊的印象,要说有哪些建筑,是知道的,说哪里怎么走,只有听小车司机的。

现在的周原县城的规模是在原周原县委书记、现任韩阳市副市长何光荣手上形成的。何光荣在任期间,曾在这里进行了大刀阔斧的拆迁,基本是毁灭性地建起了一座新城。在何光荣的施政履历上,最具有广泛影响力的一个举措莫过于他痛下狠手,主持爆破了两个投入使用不足三年的违章建筑:一个是电信大楼,一个是体育馆。这让何光荣一下子成为媒体关注的焦点人物。

好多当事人至今回忆起来,都把这作为一个传奇。最初这个问题的提出几乎没有得到多少人的响应,因为是哪些人在搞违法建设,有人做了这样的总结,有权的、有钱的,还有就是过不下去的。一般地,这三种人都是最碰不得的。在一次专题研究违法建设问题的县委常委会上,何光荣说,在违拆的问题上,如果你干不了或者不想干,我也不为难你,还有人想干,那就让想干的人去干。那次会议使常委中心组形成了一个共同的声音:拆违。如果人们仅仅佩服他敢于作出这样的决策,显然是肤浅的,整个拆违过程中的周密谋划更能体现何光荣铁腕的一面。从拆违的保障到拆违的善后,再到城市的重新规划,可以说是做得环环相扣,滴水不漏,在政府不给违法建设户补偿一分钱的情况下,拆除了百分之九十的违法建筑,包括那幢刚建成三年的八层电信大楼。

如今的周原县城容量扩大了两倍,两个休闲大广场、一座韩阳最大的体育场、一个人造湖公园,都是何光荣大手笔的结果。何光荣在周原跺地有声、一言九鼎那是出了名的。用王向春的话说,周原县的县级干部和一些重要部门的一把手都是何光荣手上提起来的。树大根深,为此原县长、现任县委书记牟占堂每动一个干部都是权衡再三,煞费苦心。

我直接去了县政府,结果王向春去县委开会了,周原县政府办公室主任谢静安接待了我。我在谢静安那里一边喝茶一边等王向春。

快下班的时候,王向春才开完会回来。谢静安把我带到王向春的办公室里,第一眼看王向春,他的脸色有些阴郁。他一看见我首先道歉,邝兄啊,真不好意思。你来周原这么久了,我都没去看看你,这不,你来了,还要你等,对不住啊。

谢静安给我泡了茶,就掩上门出去了。

我说,哪里话,我还要感谢你让乡上领导来看我呢,我们都是吃官饭的,身不由己,尤其你这个大县长更是日理万机,倒是我,不约而来,打扰到你了。

唉,什么日理万机,现在这事情,真是越来越难干了,落实一项决议,各种关口都得过,从提出到落实,是一个艰苦又漫长的过程,你说老百姓能信服咱们吗?王向春这人,跟我打了多年交道,我清楚,他很会周旋行事,对自我和局势的掌控能力都是很强的,不像我,情商不够,极易情绪化。但是,此时他阴郁的脸色和满嘴的牢骚说明他的确是遇到了较为复杂的事,而且显然这复杂的事情与他的班长县委书记牟占堂有关。

别恼火,依你的能力,县委书记迟早就接上了,先顺着走吧!老牟这人我们在市委的时候都了解,县长当了近十年,陪了三任县委书记,好不容易当了书记,年龄也大了,自然跟我们想法不一样,谁都不想得罪,图个皆大欢喜,好全身而退,在市人大政协混个地厅级。

老兄说得没错,我也看得出来,但是堂堂县委书记不能让部门局长左右吧!一个财政局局长,也太狂妄了吧!他以为他是谁?就凭干了十三年财政局局长,摆老资格,那要看给谁摆！县委一纸文件，你屁都不是。

王向春越说越激动，不由得狗血喷头大骂起来。看来他是真恼火了，我劝道，别这样，隔墙有耳，人心难测，还是从长计议的好。

好了，不说了，总有一天，我要让周原翻个天！咱兄弟见面，应当高兴才对，不说这些烦心事了。说，想去哪玩，下午我专门腾出时间来陪你，要不去鳌湖吃鹿肉吧。

不了，我知道你也事多，吃的事咱就改日吧，今天专程来，我是有事相求。

什么话？跟我客气起来了。有事就说。兄弟一定不遗余力。

那我就开门见山，一件事呢，是邝湾小康屋的事，你可能有所不知，群众入住那些样板房都这么久了，配套的管涵、下水、道路还都迟迟跟不上，乡亲们基本生活受到严重影响，怨声载道哪。这件事既是我家乡的事，也是我分内的事，你想想看，好歹那里还出了个建设局局长，人家都说，邝局长连自己老家的房子都修不好，还有脸给全市修房子？

王向春听我说完，脸色又变得难看了，这些情况，我也了解一些，这是个普遍问题，县上乡村两级债务缠身，能修起高标准的小康屋就已经汗尽力竭了，你指望他们再搞好那些配套简直是做梦呢。相对来说，向坡乡情况还好一些，全县一半以上的乡村都有债务，平均债务高达四百万，我掌握向坡乡负债应该在六百万左右，债务最高的乡达到了近千万元，这些债务主要是前几年为完成县里下达给乡的财政任务、大办乡村企业、修路建学校等公益事业和正常的工资、办公经费等多方面贷款形成的。

原来问题这么严重，这些问题不解决，基层干部哪里有工作积极性啊？你说这新农村建设，简单的盖漂亮房子就是新农村了?

天穷兄,实不相瞒,今天在县委开会,其中有一项议程就是讨论通过县政府提出的化解乡村债务、让基层轻装上阵谋发展的意见,其中提出财政局要足额下拨中央对乡镇的转移支付资金,县财政也要对乡镇实行转移支付制度,多管齐下,为基层减负。但是财政局坚持认为县级财政困难,除了保工资外,重点要保证全县的基本建设,因为基本建设才能见政绩,用来偿还债务无异于打水漂。

难怪你那么生气呢?作为政府部门的财政局竟然与政府唱反调,也真是太过分了。我觉得你的思路是对的,屁股决定立场,看你为谁考虑呢,对政府来说,消化债务的确短期内看不见任何效益,但是对老百姓、对发展稳定来说,消化债务是着眼于长远,是轻装上阵啊。

今天的会议上,也不仅仅是这一项议题,还有好多涉及财政的,都让财政局局长一个人唱了,牟占堂这个窝囊书记,占着位子不尽职,让人很无奈。当然我知道,财政局局长背后站着一个人,牟占堂怵的不是小小的财政局局长,而是背后的那个人。

县上的工作看来更加复杂啊,涉及千家万户、方方面面,作为一个地方官员,要取信于民,造福于民,何其难啊。

是啊,不过,这事情我会想办法的,涉及你老兄的事,我会尽力而为,我想是这样,我安排分管这个事情的副县长带领有关部门去向坡专题做一次调研,责成扶贫、建设等单位筹措资金,尽快完善附属配套设施,乡村没钱,我就不信我这个县长还搞不来资金。这事一定给你一个交代,具体的我就不给你说了,到时你看结果吧。你说还有一件什么事?说说看。

王向春知难而上的干脆态度让我有些张不开口了,关于尹夏考公务员的事，我一时不知道怎么说。王向春看出了我欲言又止的窘迫，就笑着说，老兄有啥话尽管说，咱俩用不着遮遮掩掩的。

话既然到了这个份上，我只好说，有个女孩子叫尹夏，是个"三支一扶"人员，报考周原乡镇的公务员，笔试过了，要面试了，看你能不能给帮上忙。

王向春诡秘一笑，邝兄看不出来啊，有小三了。

我马上打断他的话，别瞎说，只是一个普通朋友，因为以前认识，就找到我跟前了，我看她从农村出来也挺不容易的，就答应帮帮她，你千万不要想多了。

嗨，就是有小三也不是啥事。好了，这事我看着办，你知道考试由市上组织，但是我毕竟在组织部干过，又是用人单位，我应该能起上作用，你就放心吧。你把她的姓名、考号、考场，最好还有照片发给我。

我很喜欢王向春这种干练的处事作风，能够看出，在周原的两年时间里，他已经磨炼得很成熟了，基层还是很能锻炼人的。我想，要是王向春当了周原县委书记，一定能打开一个新局面。聊了些闲话后，王向春执意要陪我吃饭，我拒绝不了，就随了他。他给谢静安打了电话，在外面安顿了农家饭。

席间，王向春说，下一周周原县文联要邀请一批画家来县上采风，文联主席来请他一定要陪画家吃个饭。他说他一听陪人吃饭就愁得不得了，在县上，别说工作，就这接待陪人就已经让他头昏脑涨。但是，这些艺术家他还是想陪一陪，周原县不同于其他县，文脉深厚，自古出过不少文人雅士，文化氛围还是很浓厚的，他当了县长后比较重视这一块工作。

这是我没有想到的。在以经济建设为中心的今天，文化只是敲敲边鼓的工作，写一幅字，画一幅画，拍一出戏，出一本书,对全县的经济发展能起什么作用呢,这几乎是所有官员的内心深处的共识。王向春在烦于应酬的情况下连这类事情都要出面,我不得不对其刮目相看了。

王县长,在周原当个文人是有幸的,难得你如此重视文化。

王向春挥手说,重视是真重视,但还有一个原因,就是分管这一块工作的宣传部部长董莉近来有病,长期请假,这不,又请假回家了。

我问,董莉咋啦?

王向春的话让我心里像被蜂蜇了一下。听说是抑郁症,很厉害的,犯病了瞎折腾,前不久,全县的精神文明建设工作受到了市文明委的大会点名批评,董莉回来就在办公室里吞了一次安眠药,震惊全县,洗了一次胃才救回来。你说,这样的素质,怎么能当领导干部呢?承受能力也太差了,还抑郁症呢,我看简直是神经病!

我半晌无语,心里顿时涌上一种深深的自责,当初,唐兴旺托我找我时任组织部副部长的王向春谈,他们家董莉不想当官,只想过平常日子。我还好心劝说来着,如今这事闹的,唉。

我的表情引起了王向春的觉察,他问我,邝兄,咋啦?又心软了?对了,你说过,女同志不容易,我要担待的。

我没有再继续这个让我揪心的话题,反问他:对了,韩阳群艺馆的钱前,人都叫钱疯子的画家你知道吧?

钱疯子?听说过,但没见过,怎么了?

钱前是我同学加朋友,关系一直不错,可以说,在韩阳政界,只有你一个跟我贴心贴肺,在民间,就是这个钱前了。他曾送给我一幅画,就挂在我的办公室里,那幅画内涵很深,当时一见,我就被打动了。后来每次仔细观看,都会品出新的意蕴。我是想知道,这个钱前这次在邀请之列吗?

哦，这样，我还真不知道都邀请了些谁。没事，我现在就打电话问一下县文联主席。

王向春拨通了文联主席的电话，老李啊，我想问下，下周你们邀请来采风的画家里有没有市群艺馆的钱前啊？啊，没有啊，这样，你马上联系，务必把钱前这个画家邀请到。听清了没有？好的，好的，那就这样。

我看着王向春挂断电话，揶揄道，你呀，连文联的事都要干预。我知道钱前一向桀骜不驯，口遮无拦，独来独往，这样的人，群艺馆领导是不会喜欢的。

邝兄你就放心吧，听你介绍，我倒要见识一下这个钱疯子，我会亲自接待，并告诉他你在这里，让他也来你们邝湾采采风，陪陪你。

不得不佩服，王向春是个有心人。我突然意识到，回周原这段日子，我有些孤单，有些思念韩阳了。看来嘴上讲忘却世事，采菊东篱，优哉游哉，其实我还是不甘寂寞的，我的心并没有完全放下来。不然为什么一听到画家要来周原，我就不假思索脱口而出要问钱前呢？

此时此刻，钱前就是韩阳啊。

从县政府出来，我联系上了尹夏，她说，我等不住了，再晚怕赶不上车，已经退了房子往车站走呢。

我在电话里连忙道歉，对不起啊，小夏，跟以前的同事聊得有点多。不过你的事给他说上了。挂掉电话，打了一个出租车，急忙赶到长途汽车站。好在我赶在她前面了，走进汽车站，我有些晕头转向。多年不坐班车，在哪里买票，从哪里进站，我都很糊涂。看来一旦当了领导，大小事都有下面人代劳，慢慢自己就变得失去了基本生活能力。一旦独自面对社会，往往变得手足无措。这是一件多么可怕的事啊。

我有意买了最后一趟班车票,目的就是能和尹夏多待会儿。一样的时间到了我跟她这儿,就永远显得不够用,时间过得飞快。尹夏背着包一走进候车室大门,我就一眼看见她了。在人群中,她显得出众脱俗。我的胸中激荡起一股春潮,久违的感觉,好陌生。

我招呼她过来,我们坐在喧闹的候车室里,在嘈嘈闹闹的人群中,我们多像是一对相依为命的流浪鸟。车站是个将离别的不舍与相逢的喜悦交织起来的地方,悲喜交加的感觉对于我和尹夏一样都有。虽然相隔不远,却仿若相隔千重山,此时一别,怕是再难有这样亲近的机会。看到我情绪低落,尹夏说,天穷哥,你要是觉得累,你可以不干呀,我愿意陪你浪迹天涯。我说,浪迹天涯,那是一个无限美好却永远也实现不了的梦幻。不过,真要是浪迹天涯了,你一定会后悔,人生的缺憾与苦涩无处不在,填补了这个,那个就会来。你还那么年轻,还有好长的路,好多种选择。

不会的,真的不会。至少我们都是认真的。

我没再说话,未来的不确定谁也说不好。也许会,也许真的不会。我相信她的认真,我们的差别在于,爱情可能会成为她的全部,而爱情永远只是我的部分,而且可能是很少的一部分。尹夏终于忍不住问我,那个好洁,很爱你吧?她的这种小小的醋意,让我有几分窃窃的甜蜜,我反问,你看呢?她转头望窗外,半晌说,我觉得是。我想了想说,小夏,跟你说个私房话,我一直觉得她是我失散多年的同父异母的姐姐邝天骄。

什么?尹夏惊奇地瞪大了眼睛。

一言难尽啊。刚开始知道这个我和你一样吃惊。这么多年,我父亲心里一直在记挂着这个女儿,直到今年因病住院,在病床上他才一五一十告诉了我,这个世界上我还有一个姐姐邝天骄,他让我一定找到天骄,他要在有生之年与她团圆。于是,我去了天骄亲生母亲的老家天津找她,结果打听到邝天骄去了澳洲留学读博士了。回来后,联想跟好洁的相识以及她对我的关心体贴,还有她的容貌、年龄、澳洲留学的经历都让我坚信她就是邝天骄。

那她,承认了?

没有,她一直坚决否认。我怀疑她是有意隐瞒,或者说她本身就不明真相。好洁来邝湾一方面是为我治疗,另一方面是我动员她来见见我父亲,让我父亲确认一下,让我父亲当面问下她母亲的情况。

哦,这样,那他们见了面,你父亲问她了没有?

其实,我父亲也没有见过她,要说见也是她刚出生那年见过一次。你想想,四十多年了,当时邝天骄又是个刚出生的婴儿,父亲怎么能认得出来?他不敢确认,也不敢贸然去问,父亲悄悄告诉我说,让好洁在邝湾先熟悉下,毕竟这是她的出生地,一个人与她的出生地应该是有着神秘缘分的,随后他找机会侧面以拉家常的口气打听一下她的家庭情况。

天穷哥,我希望好洁真是你的姐姐呢。我感觉她人很不错的。

那你希望她不是我的啥?

去你的。爱是啥是啥,我才不管呢。

尹夏的情绪突然出奇地好。我自言自语道:人和人啊,真的很奇怪,刚开始的时候,我一直把她当我的母亲看,觉得她身上有着我童年时期母亲身上留下来的那种浓郁的气息,第一眼看到她,我就想起我的母亲,那副神情,那股气息。近来呢,我却一直又感觉她是我的亲姐姐,她的身上流着跟我一样的血液。这念头是那么强烈地折磨着我。

尹夏睁着一双眼睛奇怪地看着我，显然，这样错乱的关系，她有限的生命经历根本无法理解。

时间过得真快，要发车了，车站广播里开始提醒去韩阳的旅客要准备上车了。

上车的时候，尹夏突然扑过来，紧紧拥抱了我。上了车，她在车窗口依依惜别地向我招手，婆婆妈妈地叮咛我好好疗养，按时吃药，多呼吸新鲜空气，早日康复，早日归来。在那一刻，尹夏就像是我的亲人，我心中的排斥瞬间软弱无力，消失殆尽，我是那么心甘情愿被她呵护。人与人的角色定位在一些特殊的时期往往会调个个儿，本应我去呵护她，但是此时她却在用一颗温柔善良、充满爱意的心温暖着我，让我不得不像个孩子似的非常顺从地去听她的话。车开始启动，我挥挥手，嘱咐她一路上小心，回去好好准备，保持良好的精神状态，争取在面试中取得好的成绩。

返回邝湾的路上，我在心里给好洁说，此刻，我一点都不抑郁，小夏，她是我的药。

3

一块普普通通的山坡地，上面覆盖着青草，间生着嫩嫩的苜蓿，绿茵茵的青草一如缓慢悠然的时光，四周弥漫着荒凉。大地变得如此空旷，间或有飞掠的乌鸦在嘶哑、孤独、空灵地鸣叫着，我坚信那是母亲的灵魂。

母亲去世后的四年时间里，我跟随父亲一次次站在这片荒芜的田野上，寻找母亲的踪迹。每次父亲都会像一尊沉默的神，在土坎上坐一会儿，吸一会儿闷烟。

　　这一次，我又来了。来的路上，正逢村西一家新丧，唢呐一遍遍吹奏着时下的流行歌曲，我到母亲安息地的时候，风正把唢呐声一波一波地送来。父亲说，村里和爷爷奶奶同辈的人基本走光了，接下来就轮到他们这一辈了。庄稼一茬一茬一季一季地在土地上生长，我们的身影就这么一辈一辈在这块土地上穿梭着延续，我和我的祖先们都不过是它们的一个魂，我们从这里依次出窍，背负着生活和时光又依次回归了它们，许多年后，我们不过是这块地里相拥相挤的一块泥土，都是这片泥土凝起的一个精灵，都只是这片泥土游移的一个魂啊。面对母亲的安息地，我想起了钱疯子的画上的那几句诗：

　　　　爸，我死后，请火化我。
　　　　保留好我的骨灰，别建坟。
　　　　万一哪一天要建房子，用原本属于我的位置。
　　　　给你和妈的晚年做一块最坚硬的地基。

　　母亲一生没有住过高楼大厦，没有吃过杧果龙眼，没有穿过彩裙套装，没有享受过一天的安宁，但是她却是充实的，她有她的人生理想和足以让别人仰视的生活内容，所以母亲没有遗憾，她的生命赋予了人生诸多意义。父亲常说：人之有苦，为其有欲；若能无欲，苦从何来？是啊，人生识字忧患始，从我们明晓事理的那一天，就开始了漫长的忧患人生。对于我的病，父亲把它归结于思考太多的缘故，他说，世界上最快乐的是傻子，因为他不会思考。这世界上谁是正常人，谁是疯子，谁能说得透？正常人与精神病人之间，只有量的差别而已。

父亲对母亲的怀念总能勾起我少年的回忆，母亲在世时，他们俩彼此只有折磨与伤害。母亲去世后，父亲对母亲只有怀念与追忆。这是一种什么样的感情呢？母亲对父亲的虐待用狗血淋头和枪林弹雨来形容毫不过分，这种残酷的迫害，曾一度让我的内心深处暗生出让母亲早点去死的阴暗心理。那些日子，父亲除了干地里的活儿，做饭洗衣，伺候我们弟兄和牛、鸡、猪外，还要备课，批改作业。家对于母亲来说，只是早晚吃两顿饭、晚上睡一觉的地方而已，而吃两顿饭的时间，是我们家里最灰暗的时光，母亲在饭桌上敲着一双筷子，手指父亲的额头像对待阶级敌人一样恶语相向，有一次好像是为腌咸菜，母亲一把将碗打到了地上，训斥完父亲，又胁迫父亲把掉在地上的面条一根根捡起吃掉。在那样一个饥饿的年代，吃饭竟然成了我最痛苦的事情，一段时间，我都尝不出那酸酸的面条咽下肚子是什么滋味。

想起父母亲的婚姻，我常常难受而且无言，走进婚姻的围城里，我本就没有对自己的家庭抱多少奢望，像我跟戴欣嫚这般一路走来，波澜不惊、无争无吵就已经很好了。多年之后，当我知道父亲和母亲之间曾经有过一个姚清河后，我才能得以从母亲的角度去回想当时的情景，才能去体会母亲那种欲诉不能、欲罢不得、欲哭无泪的复杂心情。母亲那样极端的行为，原来也是一种过于爱、过于在乎的表现。也许正是因为父亲的理解，多年里他才做到了逆来顺受、默默无言。我慢慢相信了父亲的话，在母亲看到父亲的第一眼，她就坚定不移地认为，他就是她心底藏着的那个要找的许仙。世上最说不清最复杂的情感就是爱情，谁为谁一眼心动，谁就为谁背负一生。在父母亲的身上，我看到了爱情的前世今生。

在邝湾的这段日子，我走访了几个老人，向他们询问姚清河当时的情况,他们异口同声都说姚清河是个狐狸精。再问起当年父亲和姚清河的故事,大多人都摇头说记不清、说不上了。邝长贵说,邝老师那时候正是受迫害的对象,难免有人落井下石,难听的话也传了一阵子,说老师伤风败俗,是流氓,当时我不知道什么叫流氓,大人说,男女之间做那种事情就叫流氓。还是你母亲厉害,她连邝湾人的嘴都能管住,她不知道使了什么魔法,慢慢地,人们都不敢说了,知道的不敢说,不知道也不敢捕风捉影、道听途说,后来随着那个走资派罪行的公布,邝老师才彻底洗清了嫌疑。邝老师一直说,没有你母亲,就没有一个志趣高洁、受人爱戴的邝老师。你父亲总是这样评价他的野蛮媳妇、公社干部岳兰。

如今的邝湾小学早已面目全非,一座教学楼巍峨气派,院子里的旗杆高高耸立,五星红旗迎风飘扬。我在邝湾小学的时候,虽然成绩良好,但是性格孤僻,少言寡语,不爱合群,细细回想起来,我的学生时代灰色而无味,没有多少可以回味的人和事。就是到了向坡中学,也还是没有一个朋友,我最怕的就是上课回答问题,明明问题的答案一清二楚,站起来却是半天连一句话也说不出。

我告诉好洁,那时候我特别害怕人。我给她讲多年来一直让我印象深刻的一件事,那是我上初一的时候,有一次去班主任办公室交作业,看到屋子里的铁丝上挂着一只鸟笼,鸟笼里有一只好看的斑鸠,我便用手去摆弄,没有料到,钉在土坯墙上的钉子掉了,细铁丝和鸟笼子一起跌在了地上,鸟笼子开了,斑鸠乘机钻出来,一展翅飞出窗外,跳过几个树枝,眨眼就看不见了。班主任脸色一虎,说,这鸟是我好不容易从山上抓来的,被你放跑了,你赔不了我鸟,我就拔了你的牛牛放笼子里。他说着,一只手伸到我的裤裆里,做出要拔我牛牛的动作。我吓坏了，脸色煞白，那一晚整夜睡不着觉，不停做噩梦，梦见的都是班主任狰狞着脸，提着一把柴刀要割我牛牛的场景。这样的恐惧心理和夜夜噩梦一直延续了一个多月，最后在我的苦苦哀求下，父亲不得不让我转了班，弄得班主任很不好意思，不断向父亲道歉，这事弄的，我是跟孩子玩呢。过了好久，我还是一看见他就脸色蜡黄，浑身颤抖。老师的任何东西都不敢轻易去动。此后，上了十几年学，无论在哪里，在什么学校里，对每一个站在讲台上的老师都很害怕，都不能跟他们走近。所以，大学里庞俊杰的出现以及他对我的欣赏与厚爱，鼓起了我的自信心，我的心情和状态有了很大的改变。

对于父亲来说，学校留给他的记忆同样刻骨铭心。除了小弟弟天尽成为他心上的一块永久的伤疤外，他说在他的记忆里，永远是有那么一批气势汹汹的年轻人，手臂上戴着鲜红的袖章，握着牛皮带，一次又一次将他们这些蓬头垢面的人从牛棚里像牲口一样牵出来，一遍遍把巨大的木牌子挂在他们的领子上，让他们弯腰低头并用牛皮带抽打他们。那种振臂高呼的声音不亚于机枪扫射，至今回想起来，他的头都要条件反射似的深埋下去。

好洁说，一个人的生命之所以有别于其他人的，就是因为不同的人生经历留给他们不同的生命印记。他们或因此变得更加坚强淡定，或因此变得敏感脆弱，这就是人与人个体的不同，生命轨迹的不同。

父亲终于问出了我们都急切想知道的事，小好啊，你的父母身体还好吗？你为了天穹，跑到这穷乡僻壤来，老人放心吗？

好洁的脸上十分自然，她坦然告诉父亲，邝叔，这是我的工作。我的父亲在我十来岁的时候就出车祸去世了，后来我有了养父，养父待我就像亲生的一样，他供我读完中学，又供我上完大学，还把我带到了国外读博士。现在，国内就我一个人，无牵无挂。所以，你也不必考虑那么多，我的心情和你一样，病人就是我的上帝。

哦，你这孩子也不容易，你母亲多大年龄了？你跟母亲姓吗？

邝叔，我知道你要问什么。我是天津人不假，但我真的不是你们要找的邝天骄，你们的心情我完全理解。我父亲叫好志杰，是个中医大夫，"文革"中被下放工厂劳动改造，我上中学的时候，父亲在接送我返回的途中遭遇车祸不幸罹难。我母亲叫叶倩，最早是文工团的演员，后来进了电视台做主持、当导演，我十五岁那年，母亲因为工作原因认识了有海外关系的商人唐凡，后来唐凡就成了我的继父。

好洁的话让我非常失望。父亲再没有说什么，他显然完全相信了好洁的话。但是我却一直觉得这不是真的，所谓的姓好的中医大夫不过是个传说，她的母亲姓叶，究竟是叶还是姚？会拉二胡的姚清河完全可以成为文工团的一员。

好洁关于她自己的家世介绍愈加让我想入非非。正如她所说，我的强迫症已经非常严重了，再不治会很可怕的。

4

钱疯子真的来了。

这让我很是高兴了一阵子。周原县长王向春点名邀请了他，并在周原宾馆隆重接见了他。这在常人看来引以为耀的事，对于钱疯子来说当然毫无意义。让他高兴的是，丢了很久的我原来在周原。

钱前虽然和我一起在周原第一中学读高中，但是他是个寄宿者，不是周原人。只因为初中毕业没考上韩阳一中，才托他在周原工作的姑父找关系在周原上了高中。我们这才有幸成为同学，并"狼狈为奸"一路走来。因为也有三年周原的上学经历，在周原还是有一些同学和朋友的。钱前不像我这么不爱交往，他走到哪里都是酒肉朋友成串。

钱疯子来邝湾是只身一人步行来的，背了个画夹，挂了个柳树拐杖，一路走，一路问，一路沐浴春光，吹着口哨，喝着二锅头，全然一副行脚僧的样子。

钱前闯进门来，把我吓了一跳，随即我们就紧紧拥抱在了一起。他用拳头砸着我的肩胛骨，说，这狗官，学上陶渊明了，上月打你电话不通，我以为你死哪去了，原来是死到这么美的天堂来了。

这段时间，我真的过着悠然南山下的生活，菜园子里侍弄菜蔬，河里捕捞草鱼，跟庄里老人上山下套学着捕捉野兔，回到家把好洁和邵萍推在一边，挽起袖子烤鱼、煮野兔，烟火和香味一起弥漫在老庄子的上空。看到我这副兴致勃勃的样子，好洁非常高兴，她打发邵萍回了省城。难怪钱前一来，就对我们的这种生活羡慕得不得了，玩的是山里的，吃的是山里的，连呼出的气都带着山里的原汁原味。我带着钱前进山涉溪，去听春水流，去嗅杏花香，邝湾的清静与田野的悠远让钱前很是喜欢，他说，我要死这呢。我说，真是要死在这呢，火化我，保留好我的骨灰，别建坟。虽然如此疯话连篇，但是我们特别高兴，特别开心，我们在野地里揪了一大包苜蓿回来煮了凉拌下酒。当晚，我跟他成语接龙喝啤酒，喝得他在月光下舞之蹈之，歌之诵之，活脱脱像是一个跳大神的阴阳先生。

菜残酒尽，钱前要画画了，我在屋子中央替他支起画案。我最喜欢看钱前作画的样子，在这样一个静谧的夜，灯光柔和，激情四射，钱前把宣纸像月光一样铺在画案上，满满地刷上了清水。我看到他用一支水墨大笔来回几笔，黑色顿时神奇地洇开，乌云铺满白纸。接着他手中大笔落入水碗，笔中的余墨在碗里的清水中像烟一样散开，他将一笔极淡的花青又窄又长地抹上去，让阴云之间留下一隙天空，随即另操起一只兼毫的长锋，重墨枯笔，捻动笔管，在乌云压迫下画出一排排翻滚而来的潮汐，笔中的水墨不时飞溅到桌上、手背上，笔杆碰在盆子碟子上叮当有声。

绘画中的钱前是名副其实的疯子。

我很羡慕他那副样子，似乎什么都忘记了，甚至连我都像不存在一样，完全沉浸在自己创造的意境中，那是与现实相对立的一种美好世界，高蹈而绝世。

钱前走了，像风一样，一天里留下的大笑与癫语，都被他带走了。

一幅画——《邝湾的春天》，凝固了一段美好的时光。

钱疯子走后，我就开始永无宁日了。

小小的邝湾也因为我开始变得鸡犬不宁了。不断有人开始来邝湾看我这个有病休养的人，一拨一拨地，应接不暇。先是陶清波带着小蔡一起来。陶清波一进门就怪我看不起他，有病也不告诉他。陶清波的一双圆眼睛滴溜溜地转，这时候的他已经跟刚参加工作在我手底下的那会儿完全是两个人了。除了我知道的关于天星大厦的事，他还告诉了我一些别的事，说是卞新生跟天星大厦现场搞监理的一个女人好上了，而且和老婆离了婚。陶清波的意思我听明白了，他是反映卞新生的问题呢，就是说卞新生在项目工程里有文章。我想，建设单位跟监理是一家，出一口气也很正常，能有什么幕后交易呢？至于离婚，那是他个人的事，谁也无权干涉的。这件事，反倒让我对打小报告的陶清波有了看法。爱耍小聪明的人往往反被聪明误。

陶清波走后，雍阳和郭金鹏又来了。他们给我汇报了韩阳城区供水管道改造的事，说是工程正在进行设计评审，马上要发公告，进行公开招标，问我有什么指示。我说，这些业务方面的工作，你看着办，以后就不要给我汇报了。紧接着，秦素梅、李文斐也来了，指挥部、局机关乃至下属单位的干部职工也接二连三地往邝湾跑，挡都挡不及。我知道，钱前来看我那是真想我，真心实意待我，别的人都是怀揣某种私心，说是看我，实际上是为了自己，觉得大家都来看，自己不来就成了特例，被领导记住没准哪天给个小鞋穿。

我给卞新生挂了电话，本来是想要指责他不替我保密，结果卞新生的话让我无言，他说，邝局长，你去邝湾就邝湾么，还老往县城跑，就是我不说，周原那么多干部，认识你的也不在少数，谁不会说？再说，从周原新招的办公室主任严明光就是个小喇叭。

父亲看出了我的心思，他说，其实他们不来，你也早就待不住了，你看钱前来那天把你高兴成啥了。

好洁叹了口气，最近你的状态让我欣喜，我已经看到了康复的曙光。可是这帮来自韩阳的造访者，是一股反方向的力量，正在竭力把你往从前的环境和状态中拉。我也看出来了，你离不开你的工作、你的岗位，它们已经成了你生命中很重要的部分。

情势所迫，内心悸动，再加上我乐观地以为我的失眠问题逐步减缓，来自身体的各种不适都已经不明显了。抑郁已经不是问题，妤洁的提醒和劝说我已经完全听不进去了。我决意结束两个月的休假时光，开始整理行囊要返回韩阳。

临行前，我把邝长贵叫来，并让他叫来了村民周永定和他的哥哥——我所住这个院子的主人。我当面告诉他们，王县长很重视你们所反映的问题，正在安排各方面开展调查了解，筹措资金，相信很快就能得到解决，以后你们再有什么困难，可以随时来找我。

邝长贵说，实在太感谢了，村上安排了简单的送行饭，请你跟我们村干部一起坐坐，这么大的事都解决了，大家也要表示一下心意。

我一挥手拒绝了，长贵哥，村上负担这么重，咱们就不要再加码了，表示心意的方法很多啊，为什么一定要吃饭呢，再说我也是咱邝湾人，大家的事也是我的事，做这些都是应该的，这不是问题还没有解决嘛，但愿我下次来，大家的日子能过得更好，生活能更幸福。

市上来看我的人都大包小包地带来了不少礼物，琳琅满目，能开一个小超市了。我从中拿了三条烟、一箱牛奶、一箱饮料，递给周永定说，在你们的房子里住了这么久，这些东西你留下，请转告你哥哥，替我谢谢他。

周永定推辞不收，我把东西放在了他脚下，说，租个房子都要付房租呢。然后回头对邝长贵说，最近人来人往，打扰太多，这些礼品你看着分给乡亲和孩子们吧，表示一下我的歉意，算是补偿。

还是卞新生和唐兴旺，带着指挥部的车来邝湾接我。邝长贵领着村干部把我们三人刚送到村口。一辆黑色桑塔纳开过来了，车一停，向坡乡党委书记、乡长从里面钻出来，我瞅瞅邝长贵，知道是他告诉乡上的。我说，连乡上领导都惊动了，书记说，就这么简简单单走了，王县长知道还不收拾我们？我说，他敢？已经打扰大家太多了。书记将两条中华烟硬塞给我，赔个罪，赔个罪。

好不容易送别乡上、村上的干部，我们终于出发了。刚到县城，手机响了，是金山集团的副董事长、副总经理詹得顺的电话，他正要赶来看望我，问是不是在老家邝湾。我说我已经动身，正在返回的路上。我心想，看来不赶紧撤退，是要惹麻烦的。

越野车一路疾驰，直奔韩阳市。车上没有外人，我问起董莉的病情，唐兴旺悲戚地说，唉，越来越严重，睡不着，常做噩梦，梦见死人、尸体什么的，这还罢了，关键是脾气暴躁，动辄骂人，甚至动手打我，打孩子，人是越来越虚弱，头发都开始掉了。

好洁说，人在家吗？到韩阳了，我去看看。

很快就回到了韩阳市。我心急火燎，直抵指挥部。唐兴旺把父亲送回家，就拉着好洁去了他家。

远远地，我就看到了我为之呕心沥血的天星大厦。中心施工工地上塔吊高高耸立，一片繁忙景象，机器的轰鸣和一道道的电弧线演奏着优美的乐章。天星大厦像个正在成长的孩子，已经从当初乳臭未干的样子里显露出尖尖角了。那一瞬间，我胸间的信心之帆一下子就鼓得满满了。

工作着是美丽的。

我到达天星大厦综合体项目部不大工夫，金山副总詹得顺就驱车赶来了。彼此问候过后，詹得顺就向我现场进行了详细汇报：项目施工过程中，大量的材料及人力都是通过三部室内梯运送至各楼层，为了保证运输路径畅通和工期如约完成，项目部采取了垂直运输的措施，即建筑垃圾、材料、人力分梯分时段运输……施工管理上，各个环节层层落实质量和安全检查，做到文明施工，安全防护，消防保卫措施得当，人流物流动线合理高效……

我仔细翻看了卞新生拿来的厚厚的施工记录，认真补签了每一个环节验收单上的负责人把关签字，走访了现场施工人员，与监理人员就有关问题进行了交流探讨，随后，召开指挥部会议，根据目前进展和实际情况重新修订了工期计划，对各专业施工工序，各工序的开始时间、持续时间、完成时间，主要工序与各工序的内在逻辑关系，对总工期有里程碑意义的关键时间节点等，进行合理、科学的计划。同时，广泛征求各方面意见，就进一步加强各个环节和每个细节的管理，分别拿出了材料计划、劳动力计划、资金计划、外加工计划等。

不知道是谁说过这样一句话：伟大的建筑，一如伟大的文学作品，或者诗和音乐，都能说出灵魂深处的精彩故事。如果建筑算是一门艺术的话，那它就是唯一一种是以乐观和信心成就其伟大的艺术种类，建筑以积极乐观的态度和勇气作为出发点，这是建筑同其他艺术在精神实质上最主要的区别。从来没有一件以"悲观"作为精神底色的建筑作品，哪怕是战争或者灾难纪念碑，也都是预示着希望和反省，给人以奋进的力量。

因之，天星大厦给予我的生命是积极和豪迈的，就算是给自己建筑的一座纪念碑，它，同样是胜利的标志。

第十四章

1

嘭！

原以为我掉下来会很重。

结果是轻轻的，耳朵里响了一下。近一个月来，我的耳朵枯萎下去，像一只放久了的木耳，日渐委顿，所有的光泽也一下子像水一样蒸发。我的身体像疾风似的抵达地面，全身骨头生生触击到地砖上。我还是很清楚听见了我落地的声音，沉闷而巨大的声响之后，顿时知觉全失。

这是个普通一日里的黄昏时刻，星期天。一如往常，那些对生活充满了热爱的中老年男女在广场上踏着凤凰传奇的歌曲《荷塘月色》的节奏翩然起舞。渐渐，飘散在时空里的动听的歌声和他们舞动的身影，慢慢地在我的世界里隐去……

第一个发现我的是民工老黄。

老黄不老，四十出头，但是头发如雪一样白，鱼尾纹像刀子划出来的一样深刻。我原以为我的死不会引起任何人的注意，至少在落地的半个小时之内，不会为人所知，因为一百多米的大厦的巨大阴影足以遮挡人们的目光。

但是老黄却亲眼目睹了我落在地上的过程。

我很内疚，老黄因为成为我的第一个目睹者而从此疯癫，此后的日子里,老黄不断地向人们讲述这样一个情形:邝局长哪,我咋就想不到呢,多好的人啊。那天我在建筑垃圾里捡砖头,猛然听见"嘭"的一声巨大的闷响,回过头,发现有个人坠落在十多米远处的路上。我急忙跑过去,看到一个人仰面朝天,满脸是血,头部浸泡在血泊之中,已经断气了。我仔细一看,天哪,这人不是别人,是邝局长啊!我惊叫一声,一屁股坐在了地上。我失声的尖叫惹来了路过的一男一女。

正如老黄所说,吓呆了的他不知道该怎么办,是那过路的一男一女报了警。

我十分真切地听到了警察和老黄的对话。他们确定无疑地在说,他死了。这句话一出来,我立时感觉我的肌体在迅速地衰竭,一步并作两步地走向了极限,就像一条奔涌不止的河流,流啊,流啊,流过险滩,流过岩石,流过草地,最后经过一个悬崖,奔涌而下,瀑布一样一头跌进了大海。这时候,一种从未有过的平和安详令我的灵魂愉悦无比,疼痛是有的,不过似乎只是一闪而过。我发觉自己完完全全悬浮在一个黑暗的维度中。真舒服啊,周身每个毛孔里都散发出舒泰来,这难道就是人们所言的极乐世界吗?

后来各种媒体以这样的文字描述:韩阳市建设局长邝天穷从天星大厦的天台坠楼身亡。坠楼的地点在大厦的西南角。当时空中阴霾云集,天色灰暗。草坪上,围着楼体有一圈矮树。草坪末端,临近大楼的一个旁门,从这个门进去就是西裙楼的一楼。石阶外面,是一堆废弃的建筑垃圾。草坪的中央,有几棵高大的洋槐树。

钱前接到戴欣嫚电话,赶到现场时,天星大厦西侧已被警方封锁了。两辆警车和一辆白色救护车停在不远处。在裙楼外拉起一条黄色警戒带,把围观人群挡在三四十米以外。十几个穿制服的广场保安在维持着秩序。四五个穿着警服的刑警正在勘查现场。从远处望去,我的尸体就躺在裙楼下紧挨着草坪边缘的地上。人是仰着的,看不见我的脸,人们只能望见我仰起的下颌。我的两臂左右摊开着,右腿的西裤裂开了一个大口子,露出了肉。地上有一大摊殷红色的血。据拍照的刑警后来议论说,仔细看去,我的嘴角好像带着奇怪的微笑。

这时候,我听到一些游丝般的奇怪的声音,飘然而至又倏忽而去,很像我睡在好洁慰疗中心的那间绿色小屋子里,头顶飘荡着美妙的乐曲。之后,有人在移动我,慢慢我感觉被拉入一个黑暗的空间,那就像一个没有空气的圆柱体,分明是两个世界的过渡地带,左侧是现世,右侧是异域。

警方是半个小时前赶来的。领头的是逸城区公安分局刑警大队长,一个中等身材、面孔瘦削的汉子,三十四五岁,脚蹬一双白色的旅游鞋。他叫孔小东,伙计们都喊他孔队。因为拆迁案和陈小婷溺水案,我与孔小东比较熟悉了。此时,他的脸色凝重,不断高声训斥着他的伙计们。他们从晚上八点开始封锁现场。因为惨讯还没有传开,所以现场没见到媒体的记者。

一个小胖子刑警在用皮尺测量尸体到裙楼角的距离。还有一个高个儿警察,正俯身用相机从几个角度对着我的尸体拍照,还有人在草坪里寻找着什么。

好多人在为我忙碌,我有些焦灼,使劲在说话,想告诉他们我的处境和感受,但非常遗憾的是,没有一个人能听到我的话。可是我的耳朵却是如此灵敏,眼睛从未有过的明亮,我连一丈之外的一枚螺钉、一只烟蒂都看得清清楚楚,我甚至看到了高个子警察头发间雪片一样的头皮屑,太多了,估计这位人民卫士用脑过度,脑细胞在大量地死亡,我甚至能把一片一片的头屑一一数出来。

尽管我看清楚了一切，听清楚了一切，可是一直没有人理我，我陷入了另一种孤独，亘古的孤独。我一遍遍从自己的身体里出来，又一遍遍地进去，我的这种繁忙辛苦的循环运动无人知晓，更无人理会。一个人的舞蹈，一个人的悲欢，我在孤独中兀自伤感。

2

冰霜开始覆在窗玻璃上、遮住外面的世界的时候，工地上也便开始了整整一个冬天的沉寂。

这种沉寂让我感到压抑和苦闷。作为天星建设指挥部的负责人，我最怕的就是这个时候。一座庞大的黑乎乎的建筑横亘在我的眼前，挡住了一切向往，就像是一棵正常生长的树，突然停滞下来，不知道该往哪里去。天星大厦在我的眼皮子底下像树一样长起来了，站在指挥部的窗户前，由俯视到平视，现在分明已经需要仰视了。墙上的那张工程进度示意图上的红色部分在一段时间内将不再有任何扩大。望着那张示意图，我的内心就有些茫然，我一时不知道未来会怎样，只有机器轰鸣，水泥、预制件一件件地伸向高空，伸向一种非常乐观的明天的时候，我的内心才是充实和饱满的，而当这一切都停滞下来的时候，我的烦躁与不安就开始不停地折磨起我来。

雨季和封冻期是北方的季节特征，是北方农业生产的天赐厚遇，而对于建筑行业来说，却意味着巨大的工期损失。这个冬天来得早，还没进腊月门，第一场雪就无声地落下了，气温骤降，大地一片萧索。

随着指挥部停工令的下发,我知道,该是和往年一样,到了工队放假,民工解散,整理行李纷纷回家的时候,很快这里就是一片沉寂了。工地上,建筑垃圾整齐地堆放,横平竖直的框架上,整齐地摆放着各种工具,用手摸摸承重墙和水泥柱,光滑而不刺手。我一直强调要管理好施工现场,不要看起来狼藉一片、脏乱差,给人从外观上留下野蛮施工的印象。

可是奇怪的是,宣布放假已经三天了,我看到民工们丝毫没有离去的意思,反而越聚越多。那天,我经过工地的时候,远远看到一伙人在工棚门口围着一个白发老者在撕扯,我意识到有不好的事要发生,赶紧叫上下新生和小蔡前往工地现场。

工人们住在板房生活区。我很少到这边来,没想到这里的环境之差大大出乎我的意料。施工现场算是管理住了,没想到民工的生活区是如此模样,一眼可见满地丢弃着炉子里掏出的灰、烂衣服、废钢筋、空酒瓶,还有随地倒掉的菜汤、剩饭。在板房门口的院子里,我看到大约近百人围住了一个袖子棉花掉絮子的老头拉拉扯扯着。看到我过来,他们放下那老头,一下子聚拢过来,操着各自家乡的南腔北调跟我嚷。

我说,先别乱嚷,一个一个说,到底咋回事?他们上下打量了我一下,眼睛里在说我至少比那老头管用。于是,他们开始向我哭诉。

先是一个年过半百的人,他说,我一家三口目前都在这干活,儿子读大学,今年暑假来到工地想挣点学费。他干了一段时间,九月学校开学要去报到,却没拿到工资,别说四千块的学费,就连火车票钱都没有,儿子还在这里守着,大半年过去了,去不成学校。工头一直说给,说放假前一次性给清,这不,放假了,连人影都不见了,留下一个屁事都不顶的老黄应付我们。

接着,一个操着四川口音的媳妇说,我在工地开了家小卖部,我无钱进货,工人又没钱购物,现在小卖部不得不关门。

话音未落,又一个女的插话进来,边说边亮出她的断指,你看,我已经被诊断为十级残疾了,急需钱治疗呢……说着眼泪就顺着脸颊哗哗地淌下来。

这时候,屋子里有人扯住嗓子喊:我不活了,让我死吧。我走到门口,问怎么回事,老黄说,他肚子疼已经五六天了,躺在床上下不来。因没钱到医院检查,只能简单地在肚皮上涂些药膏。

老黄说完,摇摇头,工人工资被拖欠,老板玩"失踪",这是常事,不打工活不成,打工又拿不到钱。他们等了多半年,没给一分钱,要知道,他们后面,是多少个家庭的多少双眼睛:学生娃等着交学费,老人等着看病买药,老伴等着买种子、化肥……老黄说着,一脸苦相地垂下头。

我问老黄,你是哪里人?听口音是本地的。老黄说,我是周原人,自小就在工地上跑。老板走了,手机也关了,我只是个工地上管库房、看材料的,我又不管钱。

原来还是个老乡啊,我心里生出一种本能的亲近,便自我介绍道,我叫邝天穹,也是周原人,大家放心,这事我一定过问到底,你们别为难老黄,他跟你们一样,也是个打工的。

我对旁边的卞新生说,小卞,把他们的用工合同和欠款手续看一下,你统计一下,一共欠了他们多少钱。之后晚上通知各项目部负责人和金山公司詹总,七点钟在指挥部召开紧急会议。

老黄一下子来了精神,回头给大家说,这是邝局长,我们一个县里的,他做得了主,大家再等等。既然人家明确表态负责到底,就请大家耐心等待吧。

我看着大家情绪已经很平稳,满以为老黄的话会让他们散去。不料,他们却像火上又添了一把柴一样,越发情绪激烈起来,他们显然信不过我:他跟黑心老板穿一条裤子,我们要去政府找市长,让市长出面解决。

老黄双手合十,举过头,向他们使劲摇:弟兄们,一定要相信他,他们虽然是一家子,可是公是公,私是私,老板走了,他不在这吗,怕什么?

众人互相看看,终于有人说,就是,他在,咱不怕,只要有人出面。实在不行,咱们找市政府,这年咱过不成,谁也别想过成。

我闻此言,马上说,明天等我消息,最迟后天我给你们一个交代。

众人嘴里嘟囔着一个个地散去,我这才从老黄的口中得知这些工人都是钢筋工,而金山公司把钢筋活儿分出来,分包给了朝天建筑公司,也就是说,他们是邝天昊招来的民工。这也就是老黄所言"他们虽然是一家子"的原因,也就是这些民工为什么不再相信我的原因。

这个天昊,气死我了。

我骂了一句,感觉鬓角突然一阵抽搐,猛然间头疼得厉害。我撑开一只手,按住鬓角,我觉得我的两个鬓角在隐隐地激烈地跳动。一旁的卞新生看在眼里,小声说,邝局,到吃药的时间了。

走吧,回去。我忍住疼痛,想尽快回到指挥部去。近来我的身体状况很糟糕,像这样的头疼已经成了常态,头疼伴着胸部剧烈的压迫感。我在卞新生的陪同下,走进电梯的时候,突然有恶心感。到了屋子里,卞新生给我倒了一杯水,我喝了一口,恶心感再度袭来,没有控制住,一口秽物从喉咙里奔涌而出……

会前，卞新生已经很仔细地把这些民工的欠薪统计了出来，八个月以来，公司应当支付二百二十名工人工资和其他相关材料费共计五百多万元。我刚走进会议室，手机响了，是周原县长王向春，邝兄啊，到哪了？我刚进城，住哪呢，咱住一块吧？有些日子没见了，晚上唠唠。

我在单位啊，正准备开个会，你在哪，我听有汽车喇叭声，车上呢吧？

哎呀，你呀，以为你早就来北京了呢。你是不知道，还是来不了？

北京？不知道，啥事情啊？

我预感到可能有非常重要的事，就一边说一边走出了会议室，王县，到底啥事啊？王向春在电话里毫不客气地训斥我，你这个家伙，就装糊涂吧，明天庞书记儿子结婚，我不信你不知道，好多人都来了。

庞书记儿子结婚？哦，我知道三年前，庞俊杰的儿子从北京一所大学毕业，留在了北京工作，也听说今年要结婚的。可是我真的不知道是明天的婚礼。

我的心里莫名涌起浓重的失落和悲凉，一时心里乱纷纷的，可恶的头疼一波又起。这时，王向春在电话里嚷，你在听吗？看来你真是不来了，我这边堵车厉害，估计找到地方也就半夜了。

我尽量调整自己的情绪，王县，指挥部这边出了点事，我要连夜开会处理，最近忘性大得很，把这事忘得一干二净了。要不，这样，麻烦你给我把礼钱垫上，回来我给你。

放心吧，我挂了，手机快没电了，你就好好修你的楼吧。

返回会议室，人都来得差不多了，金山集团的詹总没来，来了一个女的，姓袁，是公司副总兼财务总监，她给我解释说，詹总今天早上有事，飞北京了。

我的耳边嗡嗡响起王向春的声音：你这个家伙，就装吧，明天庞书记儿子结婚，我不信你不知道，好多人都来了。

卞新生凑近我问，叫不叫邝经理。他指的邝天昊。我坚决地说，她对的是金山集团，我们只冲金山集团说，朝天公司与我们无关。会上，我把今天发生在建筑工地的民工闹事事件向与会人员做了通报，公布了欠薪数额，指出了问题的严重性和可能带来的各种后果，要求各方面特别是乙方金山集团要尽快拿出意见，补发民工工资，防止事态扩大，成为不安定事件，给全市造成恶劣影响。

金山集团袁副总说，我们是严格按照合同付的款，一分钱都没有拖欠，这个有银行的付款凭证为据。

我想说，你们为什么要把工程分包给朝天，话到嘴边又咽了下去。我知道，这种分包虽然违规，但却是一种普遍现象，是建筑市场人人皆知的潜规则，有的甚至层层转包，层层扒皮，造成了大量豆腐渣工程。

但是工程分包有一定隐蔽性，有时候很难界定，金山要干活，肯定要用别人干，这么大的公司同时干着全市好多工程，人力紧张，把工程的一部分交给别的小公司这是人人皆知也是见怪不怪的事。这种层层分包最直接的后果，就是农民工成了大量建筑的实际建造者。好多企业都把工人当包袱甩出去，特别是项目型的工程，有项目的时候把工人招之即来，没有项目的时候就不愿意养人，挥之即去。像今天这些欠薪的民工，一看就是放下锄头就上工地了，没有多少技术可言。

这些话到了嘴边，我不得不调整了角度：袁总，既然你们已经把钢筋活交给了朝天公司，就应该加强管理，督促落实各项协议内容，包括农民工工资支付。我相信，你们把该付的工程款是付给了朝天的。

袁副总表了态，没问题，我一定过问此事。不过我不得不说，工程进展到现在，资金问题将是影响工程建设的最大因素，不要说朝天公司欠薪，我估计今后欠薪将不可避免，我们可以算个大账，天星总投资六十个亿，我们承担的写字楼和商业区就要四十二个亿，目前主体已经进展了多一半，除了收购土地出让变现的十个亿，市区财政的资金迟迟不到位，硬性缺口八个亿。如果资金成问题，不要说进度，停工都有可能。那时候，闹事的不仅仅就是这一百多个钢筋工了。

袁总一席话，说到了我的心痛处。的确，指挥部工作的主要职能就是筹集资金、抓质量、促进度。这一年来，我一直在跑这个事，也给庞俊杰多次汇报，区政府和财政局在调度会上也都分别表态，半年内资金落实到位。现在半年都过去了，仍然没有任何资金落实的迹象。袁总不是危言耸听，巧妇难为无米之炊，这是最让我头疼的问题。

你说得对，不过这是指挥部的事，我们一直在努力，庞书记也多次召开调度会议，安排部署，我相信这个问题最终会得到解决的。目下这一百多个民工的安抚和过年问题是当务之急，最迟后天必须得有个结果。你回去转告詹总，务必督促朝天公司兑付民工工资。

会议在并不是很融洽的气氛中结束。在大厦的建设过程中，詹得顺虽然表面积极，看起来全力以赴，但是我能感觉到，在一些关键问题上，他常常避实就虚，寸利不让，当然我知道，他后面隐藏着神秘的隐形手金大中。詹得顺不过是个执行者。走进屋子里，卞新生跟进来说，邝局，你下午几乎没吃东西，我出去给你弄点吃的吧。我说不用了，没有一点食欲。我双手抱着头，尽量向椅子靠背后仰去。

唉。你这样子太让人担心了，不行给妤姐打个电话吧。我看你最近病情有些恶化。

我摆摆手，把身子直起来，望着这个也很不幸的年轻人，换了话题，坐吧，自己喝水。对了，小肖最近咋没见？小肖是卞新生的对象，和卞新生是在项目建设监理招标会上认识的。小肖在兴发监理公司上班。兴发监理公司中标承担了天星大厦的监理任务后，小肖就是驻工地的代表之一。她性格开朗，风风火火，我时常看见她穿一身蓝色的工装，走高爬低，工地上经常能听见她训斥干活工人的声音，她有一句口头禅：我现在当坏人，是为了以后不当罪人。

卞新生坐在了沙发上，见我问起小肖，表情就有些灰，她母亲病了，请假回老家了，这不跟假期连上了，回来也就年后了吧。邝局，不知为啥，我对女人没信心，觉得她们都目的性太强。

我愣了下，感觉他话里似乎有其他的意思。咋啦，你还这么年轻，就对女人没信心了？

卞新生苦笑了一下，有些恐婚心理吧，你看你跟嫂子，啥事都没有，也成了这种样子。我实在不知道两人的日子该怎么过。

我沉默了。好久都没有妻子戴欣嫚的消息了。她也有了自己的事业，一心扑在她的女子生活馆，而且把孟雪拉了进去，两个人打得火热。邝欢明年就要参加高考了，被学校封闭掉不回家已经近一年了，很快她还会离开韩阳，去寻找属于自己的生活。至此，这个家的使命似乎该完成了，作为家庭成员之一的我，还能干些什么呢？卞新生提到我的家，让我一时想了很多。但是他不知道，我跟他是如此不同，我已经做好了离开的准备，这种绝望感已经持续了好长时间，如果不是这样，我会去挽救、去弥补我的过失。我还是个好丈夫,欣嫚还是我的好妻子。

一时间,我忽然变得很烦躁,这些话在心里面反复转圈子,却一点也不想说出来。

新生,我想一个人待一会儿。

我的胸口闷闷的,四肢异常酸疼。卞新生站起来,对不起,邝局,我不该说那些让你不开心的事,你歇着吧,我先走了,有需要随时叫我。

卞新生出去了。我抱着自己疼痛的头,一头栽倒在床上。这又是一个折腾不停的夜晚,我也说不上到底是身体的哪里在疼,浑身不舒服,每一处关节只要一挨床就难受,眼睛一合上,就是窗外黑乎乎的挂满脚手架的天星大厦。一个月前,好洁就动员我去省城她那里治疗,她说我目前的样子必须接受电疗,她说要给我头部通电,以引起脑部痉挛,虽然很痛苦,但是一定有效果。我说,你告诉我关于我的姐姐天骄的事,我就答应你。可是好洁却什么也不说,只是平淡地说了一句,你这样纠缠这个事,只能让你的病加重,难道这就很重要吗,比你的身体还重要?

3

第二天早上,我给庞俊杰拨了个电话,却没有人接。我预感我的身体已经到了极限,之所以这样撑着,是因为天星大厦,因为庞俊杰。然而,我明显感到庞俊杰对天星大厦的态度有了微妙的变化。这从项目资金的事情就能看出来,他要落实区上和财政资金，难道还有难度吗？不是落不实，而是态度发生了变化。他的一些行为已经和口里说出的话不能完全统一了。

不管庞俊杰怎么样，我在这里一天，就要尽到一天的心，只要我在，民工就要领钱，就要过年。电话没打通，我又拨了省建设厅同学高力强的电话。我想起庞俊杰任职韩阳市委书记前高力强的话，说是本来省委考虑任的是市长，庞俊杰走了一趟北京找了国家部委的某个同学，就直接改任市委书记了。我知道，高力强也高升了，前不久省委组织部的网站上刚刚公示，他被提拔为省建设厅总规划师，副厅级。我想问问他是否去了北京，庞俊杰儿子的婚礼上是不是人很多，是不是韩阳去的官员很多。但是电话响了两声，就断了，奇怪，再拨，依然如此。我刚放下电话纳闷着，电话就响了，我以为是高力强，接上，却是弟弟邝天昊。

天昊，你好。

不好。你说我的局长哥，局长大人，你非得要逼得我公司关门吗？是，金山集团是按合同给我付了款。可是，自从你当了建设局长，我几乎没活干，不说别的，就我去年争取一级总承包资质升级那事，我可是把关系都走遍了，可是到你这里硬是不签字不申报，说什么我资料不实，有你这样的哥哥吗？正因为你，我公司资质低，包活困难，这回你有难处了，找我来了。实话说，那点钱，我全付了这几年四处欠的材料款，我手里没钱开工资。你想，我不清了账，这次活的材料能拿到手吗？材料拿不到手，你的天星我怎么干？

可是你也不能让工人白给你干活啊。世上哪有这个道理，我告诉你，拖欠民工工资、不按合同办事，那可是违法的事。

那你叫人来抓我吧。反正我这公司也开不成了。

电话挂掉了。我一脚踢翻了椅子，骂了一句：王八蛋！我在地上走了五六圈，终于下定决心，拨通了父亲的电话……

父亲在我的动员下，搬到了我的家里。

拆迁户兰子风在我那套旧楼里没住多久，就收拾了破破烂烂的家什搬出去了。他走的时候，泪水濡湿了他那深深的鱼尾纹。他双手颤抖着握住我的手，邝局长，你是个好人，我老汉不能死乞白赖地住你家里呀。在这个冬天的第一场大雪里，兰子风拉着一辆吱吱嘎嘎响的架子车，装着他全部的家当，渐渐远去，消失在迷漫的飞雪中。望着他被雪花覆盖的背影，我的心里泛上一股酸楚，我想起了父亲，他日渐老态的身影，更显跛颠的腿脚，父亲终于不能再做我的依靠而不得不开始依靠我了。我仔细打扫了房子，亲自将父亲接了过来。

父亲跟我在一起，我才知道原来老黄跟父亲是老相识了。老黄的儿子是父亲在向坡中学教的学生。向坡中学当年搞建修，老黄就在工地上干活，邝天尽出了事，他一直责怪自己没有把工地管好，对不起邝老师。人都叫老黄，这时候我才知道老黄并不老，还没有我大，不过常年跑工地，人黑瘦，头发有些白，显得老相些。也难怪，家里的土地因为城市扩建而被征用，他只能靠四处打工养家糊口，三十岁出门，十年了，因为很少回家，儿子都不认他了，连个爹都叫不出来。老黄指望靠自己的血汗钱能供养儿子走出农门，没有想到苍天不佑，高中毕业的儿子也跟他一样走上了四海为家的打工之路。儿子找了个打工妹，结了婚。生了一个女儿，一家三口由北至南，自西向东，工地砌过砖，酒店刷过碗，工厂装过车，街头摆过摊，勉强能填饱一家三口的肚子，老家里的老人和婆娘全靠老黄一个人寄钱回去过活。

父亲说，君天下，生无私。死不厚其子，子民如父母。是父亲出面，才让邝天昊拿出了三百万，按百分之八十兑现了这些滞留民工的工资。但是邝天昊却提出了条件：工人拿到所欠工资百分之八十前必须填写承诺书，承诺"不闹事"，并自愿收取工资的80%。面对这样的条件，工人们虽然气愤难平，但是他们也看到了我的诚意，再加上老黄在中间所起的作用，最后他们还是打起铺盖卷一个个回家过年去了。

老黄回不去，他要守摊子，看场子。父亲有事没事就到他那里去，喝着炭火炉子熬的酽茶，说着家乡的往事，日子就过得飞快。大年三十的时候，父亲还把老黄叫到家里一起过年，热腾腾的暖锅炖肉，二两烧酒，两人追昔抚今，谈兴甚浓。这个冬天，楼寂寞，我不寂寞，父亲也不寂寞，老黄成了我们的伴。

记忆里那场雪好大，覆盖了人世间的一切，消灭了物与物之间的所有差别。雪染白了我的头发，濡湿了我的眼睛，在雪里肆意地大哭一场，也没有人会发现，而我却是欲哭无声、暗自伤痛。

就是这个大雪弥漫的黄昏，我突然接到了一个电话，是郭金鹏，我的副局长。他在电话里说，邝局长，请来一趟月半弯茶社，记住，月晕包间，我有非常重要的事情要当面告诉你。

这多少让我感到意外，因为郭金鹏更多情况下是个被我忽略掉的人。我刚到建设局的时候，郭金鹏是纪检组长，据说是张万山从老单位带过来的人。在我和他最初几年的交往中，他给我的印象是个没啥个性的人，也就是说，谈不上有多不好，也谈不上有多好。倒是后来在毫无征兆的情况下，突然由纪检组长转任为副局长，我才开始对他有所留意。这看似简单的变动背后其实隐含着某种玄机。不过，他当了副局长后，我也搬到了天星大厦综合体项目建设指挥部，跟他正面的接触很少了。

他突然给我打电话是干什么呢？听电话里的口气，带着焦急，难道是建设局那边出了啥事？不对啊，就算出了啥事，有雍阳，也轮不到他找我啊。我满腹狐疑地赶往他说的月半弯茶社。

沿木楼梯上去，在迷离的灯光下，找到了他说的月晕包间。拉开推拉门，进去后，我看到郭金鹏一个人坐在里面吸烟。他看见我并没有起身，只是欠了欠身，招手请我坐下，然后端起酒精茶炉上的玻璃茶壶，给我倒了一杯莲子果茶。

他面无表情，出奇地冷漠。如此近距离地观察他，我觉得我像是走错了房间，面对着一个完全陌生的人。

邝局长最近咋样，还好吧？

他终于说话了，口气里带着这个冬天特有的阴冷。我突然有一种很不好的感觉，他的表情告诉我，这个人没啥好事情。

果然，他马上有了动作，从口袋里掏出一张银行卡，放在茶几上，然后盯着我的眼睛，用右手食指把那张小小的卡片推过来，停在了我面前的杯子旁边。玻璃水杯倒映着那张红色的卡，有些刺目。

郭金鹏眯着眼睛不动神色地说，邝局长，这里是十万元，密码我发你手机上了。开诚布公地说吧，给你抬轿这几年，虽然没有啥功劳，但是也没有给你添乱，你吩咐的事，我都尽力去干了，也没有推三阻四过，这次有个忙，请你帮一下，也就是说一句话的事。你看现在天星大厦的主体也成了，我有个亲戚是做地砖生意的，还望你能行个方便。这点钱算是答谢。

我先是惊讶，继而变得愤怒，作为我的一个副局长，这家伙胆子也太大了。以前我一直觉得他虽然没啥本事，但是人很本分，现在看来我大错特错了，这人竟然公然行贿到班长这里了。

郭金鹏，看来我轻看你了，这事你竟然也做得出来！你未免太无法无天了吧。念咱们共事一场，我不追究你，收起你的卡，好好反省一下自己吧！

我愤怒地要起身离去，不料我的好言相劝却换来了郭金鹏两声冷笑：邝天穷，今天这事你答应也得答应，不答应也得答应。你以为你是什么清白无瑕的官，都是羊就不要装狼了，都是水又何必装纯？

他的这一番话让我更加意外，看来还真来者不善了。我倒要看看他要干什么。

你什么意思？

什么意思？你看看这个，我相信你会明白是什么意思。郭金鹏从皮包里拿出一个掌中宝摄像机。他打开回放，把显示屏幕对准我。

当那画面突然出现时，我的脑袋不由"轰"地响了一声，脑门上顿时涌上来一股热血。随即整个脑袋开始嗡嗡地响，多么卑鄙的一个人！

邝局长，给你两天时间好好想想吧，你是想行个方便呢，还是想让它出现在互联网上或者纪委的办公室里呢？

我不知道我是如何跌跌撞撞从茶社出来的，我又是如何冒着大雪，深一脚浅一脚地走回家的。大雪弥漫，各种画面交织在风雪中。

这一夜，我头疼欲裂，脑海里全部是摄像机里的画面，连时间显示都清清楚楚：一个傍晚，我被尹夏搀扶着进了一个单元房间，我的脸、尹夏的脸都异常清晰地出现在屏幕上。随后，大清早，我衣衫整齐地从单元房里出来，尹夏半掩着门，探出头来向我挥手，我一边整理着衣领，一边回身向门里的尹夏告别……

这都过去两年多了,他是怎么拍到的?又是躲在什么地方拍的?这些,我能说得清吗?说了谁又会相信?孤男寡女,同居一室过了一个夜晚,你说什么都没有发生,怎么可能?

我的耳边不断响着郭金鹏得意的冷笑:邝局长,给你两天时间好好想想吧,你是想行个方便呢,还是想让它出现在互联网上或者纪委的办公室里呢?

4

我的死,惊动了整个韩阳城。

这个日子正好是天星大厦主体工程竣工典礼的当天。天星大厦主体工程的竣工典礼宣告了天星大厦的终结,也宣告了我的终结。当然,竣工典礼我没有出席。第一次,我成为一个局外人。我知道,参加会议的人越多,会议的内容越不重要。

那天上午十点,在欢快的歌舞声和现场拥挤人潮中传来的阵阵喝彩掌声里,天星大厦主体工程竣工盛典正式拉开帷幕。国际巨星陈慧琳现身竣工盛典,现场演唱经典歌曲《不如跳舞》,在群众的欢呼声中将盛典推向了高潮。几乎韩阳所有的人都去了还在整修中的时代广场。现场是一片热闹的海洋。这个世界好多的热闹就像肥皂泡,看起来五光十色,其实里面什么都没有,"噗"地破灭之后,连一丝痕迹都不留。这样的热闹与我无关,好多的热闹都与我无关。我站在空荡荡的电力大厦办公室的窗子里,看到天星大厦中心施工工地上塔吊林立,屋顶施工刚刚结束,施工设备还没来得及撤走。

代表现代文明的是都市,代表都市文明的是大厦。那一幢幢高高耸立的建筑物，全部门窗是封闭的，没有钥匙谁也打不开。想走到阳台上去舒展一下筋骨、跳几下来增加点肺活量都办不到。封闭在里面的人们，仅仅凭借空气调节器来汲取氧气。在这个庞大的建筑物的周围，只有两个通向外界的洞口，一个位于后面的阳台门，紧靠着厕所，厕所后窗上设有一个抽风机，向外排放臭气和臊气。另一个是在曲曲折折的步行楼梯处，接近街道，洞外全是大大小小的汽车，噗噗只放带有汽油味的响屁，入洞口处的废气比氧气还要多。而且，坐在大厦内，灯光夜以继日，日光灯散发的光线总是不经意地一闪一闪。再加上冷气一吹一闪，不到四十岁的人视力无法不减退。眼睛长期疲劳，就要把负担分散给脑神经，脑神经不堪重负，就只有头昏头疼。好洁说，长期待在这样的环境里，人们常常会出现无原因的呕吐、失眠、发烧、心跳等症状。这就是我们亲手建成的掘墓大厦，可怕的大厦。一边我在这里忧心忡忡，另一边庞俊杰在盛典上致辞的声音通过电波传向千家万户：天星大厦按照现代、时尚的公寓式办公楼标准设计，共五十层，层高3.2米，占地一百亩，建筑面积二十五万平方米，形象高度一百九十六米，它的建成将为世界五百强、国内五百强和国际金融机构的白领、蓝领和韩阳中小企业客户带来集居住、商业、办公、休闲为一体的都市生活新体验。天星大厦是彰显城市魅力、体现城市特色的标高性建筑，将成为韩阳的新地标……看着密密麻麻渺小蝼蚁般的人和迎风飞舞的红气球，听着嗡嗡的礼炮声中庞俊杰慷慨的陈词，我的内心燃烧起孤寂的狼烟。我对自己说：丧钟已经敲响，是时候了，一切都要结束了。

　　我在夜幕的笼罩下，心无旁骛走上楼顶天台的时候，市委常委会议室里灯火通明。在这次会议上，我被任命为逸城区区委书记，由雍阳接任市建设局局长。跟天星大厦的草草典礼一样，这个紧急会议不同寻常。通常，所有重要决议，都是在会议结束或者午餐前最后五分钟完成的。这是庞俊杰在给他自己的事业画着圆满的句号。其实这两件事都是毫无意义，甚至可以说是相当滑稽可笑的。

一个连生命都可以放弃的人，官职对他还有意义吗？竣工典礼、区委书记、死亡，这三件事的隐秘联系成为这一年韩城人说不够的话题。

我站在楼顶，冷风习习，远处的火车正在以极快的速度驶来，看不清面目的人们发生着不易觉察地位移。我站在楼上，他们站在楼下，虽然站的位置不同，但我相信我们眼中看到的对方却都是同样大小。

第二日，网络首页密集登出这样的消息：

> 韩阳10月12日讯（记者　某某）据韩阳新闻网消息，昨晚20时，韩阳市建设局党组书记、局长邝天穷同志在刚刚落成主体的天星大厦五十层坠楼身亡，具体原因正在进一步调查中。另据其亲属介绍，邝天穷同志有多年抑郁症病史。

在庞俊杰的亲自过问下，市公安局成立了专案组。因为从事发现场发现了疑似谋杀的线索……在天星的楼顶，有三缕女人的长发、一根带血的木棒、一只烟蒂。法医认真地摆弄了半天我的脑袋，很专业地说，死者头部有重物敲击的痕迹，前胸有指甲的抓痕，并进一步把我的血样放在小小的玻璃片上，让我的生命以凝固的方式呈现出一系列凌乱的符号，然后他肯定地说，木棒上的血迹是死者的血迹。之后，我的指纹又被取到，我感觉我的皮像被轻轻揭开一样，一个人就是一个人，它不同于另外的任何一个人，我真是一个奇妙的存在。他们紧张又忙碌地把一切又呈现在一份鉴定报告上。然而木棒上的部分指纹、烟蒂上的指纹竟然出自不同的人，这让这位从警多年、破获无数大案的孔小东陷入了迷惑之中。

看着他把自己陷入在浓重的烟雾里茶饭不思的样子，我想笑，我甚至想告诉他，没有那么复杂，其实世界上的事情都很简单，就像一加一等于二，它没有第二个答案。之所以变复杂了，那是因为我们永远不在场。可是我嘴张了张，却什么也说不出来。我觉得我说出来了，可是没有人能听得到。

在案情分析会上，孔小东说，现在可以肯定，死者坠楼之前，案发现场至少还有两到三人出现过，其中有一名为女性。这名女性或许就是突破口。

在整个指挥部，在建设局机关，在我的所有社会关系中，没有人会否认，与我关系最密切的女性，除了戴欣嫚还是戴欣嫚。很少有人知道，戴欣嫚跟我关系不密切已经很久很久了。

然而孔小东是对的，他选准了突破口。

他们找到戴欣嫚的时候，她正在医院里。可怜的父亲被我的死击倒了，在医院昏迷了三天被抢救了过来。但是他的心脏依然处在一触即溃的状态。此刻，只有戴欣嫚陪在他的身边。

我听到父亲微弱的声音，先别告诉欢欢。戴欣嫚点着头，之后说，天昊手机不通，几天了。父亲闭上了眼睛，不知道他听见了她的话没有，再也不发一声。今年九月，邝欢如愿考上了北京的电子科技大学，开始了属于她自己的另一种人生。我从来没有规划过她的生活和未来，我相信那句老话：儿孙自有儿孙福。

这时候，孔小东和几名刑警走进了病室。

戴欣嫚跟随他们来到了刑警大队，接受孔小东的询问。

冒昧问一句，你跟死者的关系怎么样？

……说实话，不怎么样，我们分居已经三四年了……我不知道他……他会这样，他不是这样脆弱的人。

那，你们平时经常吵架吗？

不，很少吵。也没机会。

事发当日白天，死者跟你在一起吗？

是。

你对他做了什么？

我有罪，有罪，天穷，天穷，我对不起你！

请你冷静点。

你们吵架了，对吗？而且，你抓伤了他的胸脯。

我们好久都没见面了，他突然回来，到我家里来，突然提出离婚的事，我怀疑他是因为别的女人，就跟他吵起来，没有想到他比我还凶。跟他这么多年，他从来没有这么凶过，我简直都不认识他了。后来，后来因为我的几句话，他一下子像一头激怒的狮子一样，把屋子里的东西砸得满地都是……

几句话，什么话？

这……

戴欣嫚，你一定要如实说，你的丈夫的死充满了谜团，很有可能是谋杀，市委庞书记下了死命令，一定要限期查明真相，将凶手绳之以法。

谋杀？你们怀疑我？

事实没有调查清楚之前，不能轻易下结论，但相关的人员都有重大嫌疑。请你配合我们查明真相，请你告诉我，当时你说了什么，导致死者情绪反常？

我，我，我都是道听途说的，我也没想到那些道听途说的消息对他刺激那么大。

究竟是什么消息？

我对他说，你不要以为你官会越做越大，把我不当回事，你可能还不知道，你的尊师庞俊杰正面临着倒台的境地。我们女子馆里客人都在讲，常务副市长何光荣搜集了庞俊杰的大量证据，说庞俊杰与金大中官商勾结，钱权交易，金大中给庞俊杰在北京购得别墅一套，供庞俊杰儿子结婚用。她们还说，庞俊杰一直不推荐何光荣接任市长，何光荣铁了心，一次次往中纪委寄信件，都是实名揭发。

就这些？

是的，就这些话，我还说，天星大厦作为庞俊杰的政绩工程也将成为他决策失误导致劳民伤财的渎职罪名。他听我说了这些，就发了疯，说我胡说八道，说我善恶不分，黑白颠倒，还一把揪住了我的领子，那样子可怕极了。我撕扯他，抓他，挠他，是为了让他放开我。

后来呢，你跟着他去了天星大厦？

没有，后来，他从我这里拎走了一瓶泸州老窖，我不知道他去了天星大厦。

你确定你没有去天星大厦？

真的没有。

孔小东亮出了透明袋子里的三缕头发，这头发，你认识吗？

我看看，这么长，你看我头发，是卷曲的短发，还有些黄，我已经十多年没有留过长发了。

那你，觉得应该是谁的呢？

我不知道。

冒昧再问一句，你丈夫还有别的女人吗？或者说，还有跟他走得比较近的女人吗？你前面说，他突然提出跟你离婚，你怀疑他有别的女人，你是不是已经知道有这么个人存在？

其他女人，让我想想，其他女人，对了，有个小姑娘经常跟她联系，叫什么尹夏。

尹夏？

是，尹夏。

5

在周原县政府办公室上班的尹夏被叫到了周原宾馆。一见穿着制服的孔小东，尹夏就说，我知道你们是为了邝天穷的死来的。

尹夏考上了周原乡镇的公务员，在乡镇没待两天，在王向春的关照下，就调到了县政府办公室担任文秘。此时，她坐在孔小东的对面，脸色蜡黄，头发凌乱，眼睛浮肿着，看样子好几天没有睡好觉了。她的样子让我很心疼。一个单纯的女子，却因我卷入这场是非之中。

既然你知道我们来的目的，你就谈谈那天的事吧，那天晚上你是不是去过事发现场，也就是天星大厦？

是的，去过。天星大厦竣工典礼，我去了，可是我没看到他。我知道这些年来，他把所有的精力全部给了天星大厦，天星大厦落成典礼，怎么也该是他唱主角，所以，我专门请假从周原来韩阳。天穷的大事也是我的大事，这几年，我一直因为他的悲喜而悲喜，我早就已经和他同喜同愁。可是，整个典礼从开始到结束都没有他。这不应该啊，我预感会出事，不停给他拨打电话，但他的手机一直处于关机状态。

我在焦急中苦等他的消息，我甚至想去找他的妻子戴欣嫚。终于，大约下午九点多的样子，我接到了他的电话，他电话里的声音显得从来没有过的无力、焦灼,而且口齿有些含混,虽然只有一句话"小夏,你来,我想你",但是我已经听出了好多内容。

是他告诉我他在天星大厦天台顶上。

然后你就去了?孔小东很满意尹夏流畅自然的讲述。

是的。我顺着黑乎乎的楼梯一直走上去后,看到他坐在楼顶天台凸起的台子沿上,手里攥着一只酒瓶子,动作举止极为夸张。从我认识他起,我从未见过他这副样子,我吓坏了,抱着他不松手,他嘴里不停地说,小夏,忘了我吧,忘了我吧。我力图劝他回去,他不肯,他说,天星是他的,他要跟天星在一起,老庞不要了,他要。

后来呢?你离开了?

嗯。我真后悔离开。要是知道他会出事,我会一直陪着他。我让他回家,他不肯,一直赶我走,让我赶紧走,还让我赶紧嫁人。我不肯,他就骂我滚,赶紧滚!你们不信的话可以查我手机,里面有一条短信,是我离开不久后他发给我的:静静地站在这个楼顶,看着这个世界,看着来来往往的人群从眼前走过,渐行渐远,有的人离开我们,或者将要离开,以及正在离开,所以请你珍惜身边的人……

现场的那三缕头发也终于找到了主人。但是那根带血的木棒上面除了邝天穷的指纹,还有一个人的,会是谁呢?孔小东再次陷入了深深的迷惑之中。

这时候,技术组从邝天穷手机的通话记录里获得了非常重要的信息,死者在坠楼之前,曾先后给五个人打过电话:好洁、尹夏、邝天昊、郭金鹏和雍阳。来电三次:尹夏一次、戴欣嫚两次。孔小东正准备从几个电话开始入手调查时,市建设局的局长雍阳突然找上门来。

孔队，我是来反映情况的，关于邝局的死。

欢迎你，请讲。

那天晚上，我和发改委的郭主任、教育局的李局长、我们局的陶清波几个人在外面喝酒，当时我接到了邝局的电话。

一起喝酒是在祝贺你升迁一把手局长吧？

贺啥？弟兄们找个由头想喝酒了。因为我做东，不好离开。说实话吧，邝局长虽然高升区委书记，主政一方，但是我发现他并不是很满意，天星大厦竣工典礼，这么大的事，他都不出面，很不给庞书记面子。他这个人就是一根筋，自己想个什么，头破血流都要闯到底。我明白，他对我一直有看法，我们在好多事情上意见是不一致的。但是要说我嫉恨他，刚开始是有。五年时间在一个人的政治生命中是很重要的，毕竟年华易逝，但我从政多年，什么事没经过，这么点挫折我能一直记在心里？要说我们的关系不亲密，我想主要是由于我们性格差异太大的原因吧。

性格？与性格有关系？

当然，现在人们都在讲星座，说穿了其实就是性格，夫妻讲性格和，班子成员也讲性格和不和的问题。

这个问题，我们暂时不研究了，我问你，你是什么时候去见邝天穷的，说说当时的情况。

我来就是说这个的。我接到电话后跟大家说，邝天穷是要走之人，从人情来讲，这面子要给。大家抓紧喝，早点结束，他找我，我一定得去。酒宴结束了，我直奔天星大厦。我去的时候，天色已经很晚。我当时就纳闷，这么晚，这家伙坐楼顶上干什么呢，说有重要的事要跟我说，他能有什么重要的事呢？以前在一起工作，他除了安排工作，很少跟我有过多的交流，这么晚，又是在这么个地方，到底要干什么呢？我一路走一路琢磨个不停。可是我去晚了，顺着楼梯刚走到二楼的时候，我就听到楼下有人大喊：来人啊，来人啊，有人坠楼啦！我本来想折回去下楼去看，却听到上面有一阵急促的脚步声。于是，我就躲进了旁边的屋子里。我看到一个高大的身影从楼梯上下来，急匆匆跑出去了……

谁？你看清楚了吗？

如果我不认识这人，我可能也就认不出是谁，可是这人恰恰我很熟悉。他就是邝天穷的弟弟，邝天昊！

你确定？

我确定。他走后，我上了楼，我看到楼顶空无一人，我站在楼边上往下一望，看到你们的警车已经远远飞驰而来。我吓坏了，心脏猛烈地跳动，我点了一根烟，尽量平静自己的情绪。我点燃火柴的时候，看到了地上带血的木棒。这个邝天昊，也太残忍了！自己的亲哥哥都敢杀。

案情有了重大突破，孔小东马上下了命令，紧急出动警力，兵分两路，自己带一组直奔邝天昊家，副队长带一组赶往朝天公司。

结果两组都扑了空。朝天公司已经关门了，人去楼空，连个看门的都没有。

孔小东找到了邝天昊的妻子孟雪。

你们有什么证据说天昊杀了他哥哥？就因为他坐过牢？坐过牢的人就一辈子是罪犯吗？

面对孟雪的质问，孔小东说，那他为什么逃跑？你一定知道他在哪里。

孟雪说，他跑是躲债去了，朝天公司发不出工资，工人都闹到家里来了。

既然这样，你让他回来，我们需要了解真相，如果你不协助我们找到他，我们会有办法的，我们会以畏罪潜逃的名义通缉他。

当孔小东带人敲开郭金鹏的家门,郭金鹏已经瘫软在地上。两个警察架着他,把他拉上了警车。

在对郭金鹏的审讯中,郭金鹏几次小便失禁,不停地要上厕所。根据他的激烈反应,孔小东把郭金鹏列入了重要嫌疑人。但是经过现场取样比对,郭金鹏没有去过现场的证据。孔小东改变审讯策略,由以前的威逼恐吓变为心理抚慰,经过两天的谈话,郭金鹏终于能正常说话了。

警察同志,我真的没杀邝局长。我是冤枉的。

没有人说你杀了他,我们只是怀疑你跟这桩命案有关联,因为死者坠楼前给你打过一个电话。我们想知道你跟死者通话的内容。

郭金鹏又变得紧张起来,警察同志,他是打过,可是,可是,他的死与我真的没有关系啊。

请你正面回答,死者在电话里跟你说了些什么?

他,他,他在电话里说,说,说你这个无耻小人,你要是胆敢把那个录像公布出来,毁掉一个年轻人的一生,我就是死了做鬼也不会放过你。

录像?什么录像?

我有罪,我有罪,是我逼死了邝局长,我只是吓唬他,让他行个方便的,他咋就真的去死了呢。这个录像是我偷拍他跟他的一个小情人幽会的……

孔小东在郭金鹏办公室里搜出了那台摄像机,证明了他的交代是真实的。郭金鹏被释放了,但他的名声彻底毁了,没有人再愿意跟他来往,他的事业也走向了终点。

三天后,邝天昊投案自首。自称是他失手将哥哥推下了天台，有了他的供述，加上人证、物证俱在，邝天昊很快要以过失杀人罪被提起公诉。

兄弟阋于墙。案情的公布让韩阳人大吃一惊，邝天穷与弟弟邝天昊的故事被大家传得有鼻子有眼，人们甚至追溯到两人儿时因为母亲的偏心结下的恩怨。

之后的日子，孟雪四处奔走，父亲命悬一线。苦的是戴欣嫚和孟雪，一个尽力挽留着老人留在这个并不美丽的世界，一个努力要为自己的丈夫做无罪辩护。

第十五章

1

邝湾,安静得能听得见云朵飘浮的声音。山野间开满了鲜花,我相信那就是母亲的精魂。母亲去世后,没有起坟,没有立碑,她的骨灰撒遍了沟沟壑壑,没有人献祭,却年年野花盛开。寒霜马上要降临了,鲜花依然开放,它是要替躺在这里的人留住最后的春天吗?

我的双膝深深地陷进泥土,我把不再沉重的头颅抵在母亲的坟上,我能感觉到母亲血液的流动,它从泥土的深处汩汩而来,就像大地深处植物的根须在延展,在蠕动。我的内心从来没有过这样的平静,我的身体从来没有过这样的舒坦,那是一种摆脱掉肉体挤压的轻松。

娘。我终于懂了一切,懂了你,懂了当初。

一抹斜阳,穿过我拱起的脊背,泻在这片安静的土地上。不一样的黄昏,定格了这段时空。我带着一头泥土缓缓抬起头的时候,看到母亲洁白的裸体横亘在坟头上。

这是一尊多么熟悉的身体,那熟悉感就像是在昨天,我一寸一寸擦洗着她的肌肤,感受着来自生命源头的神秘。时隔四十年,我终于含住了她的乳头,我把脸深深陷入她的胸乳,乳房给予我的欢悦彻心彻骨。我觉得一股浓烈的清凉的渗入心扉的乳汁顺着我的食管注入我的身体，顷刻间，我有了一种飞翔的感觉。天昊，我尝到了，终于尝到了，别怪我对你的羡慕，对你的嫉妒，对你的恨，这种感觉你有过，我没有。现在我终于有了，有了它，我才开始长大，从一个趴在地上的孩子长成堂堂七尺男儿。

我嘴边留着白色的奶汁，眼神迷离地望着母亲。母亲的嘴角、眼窝里都是微笑，娘，你终于笑了。我在叫你，你听见了吗？我回来了，娘，四十多年，我每天都在赶回来的路上，为的就是吮一口你的乳汁，躺在你身体的一侧，感受一下你怀抱的温暖和安全。

你走的时候，父亲说，孩子，她是爱你的。这句话回响在我耳边四十年。四十年哪，我终于懂得了，娘，你的确是爱我的。

突然，一股硬硬的风打过来，我的眼里卷进一些黄土，母亲突然不见了，那美丽的身体和美丽端庄的乳房都不见了，坟头上花草一瞬间凋零。

天穹，你还不能来。这不是我要的结局，天昊、天骄，他们不是你的敌人，他们永远是你的亲人，永远！

我抬起头，恍然看见一缕浓重的彩色云朵悬挂在山峁上，受那云朵的牵引，我的身体轻飘飘地离开地面，随着空气飘逸而去……

2

是一面镜子吗？

我似乎看到了一星亮光。顺着这星亮光，我渐渐由模糊到清晰，真切地看到了那个躺着的我。那个我，全身的血肉绽成了刨花的模样，所有的骨头全部折裂，内脏不堪巨大的撞击而碎成了沫子。

我竟然就这么轻易地看到了自己的脸，这张被整过容看起来还算平整完好的脸。这么多年，我从来没有如此真切地观察过自己的脸。眉毛像母亲的，虽然沾了湿湿的霜，但饱满的浓黑颜色，分明就是母亲照着她的样子描上去的，难怪我的执拗与认真像极了她。眼睛是闭着的，眼睫毛有些稀疏，一根根都能数得过来。鼻梁很挺，那是父亲的基因，自从可恶的失眠无休止地缠上我之后，我老能看见自己的鼻子在前面晃，像要挡住我的视线。自己被自己绊倒也许就是这种情形，有一段时间我很厌恶它。嘴巴敦厚但有些苍白，上面仅有的一点颜色在慢慢地褪去，有了时光的颜色，它不像母亲的也不像父亲，是我自己的。很小的时候，像谁不像谁的话听过不少，长大后，不再有人说了，那是因为自己与生命的源头越来越远。在自己的风雨里淬炼着，不再像任何人，不再模仿任何人，自以为这就是属于自己的样子，不仅五官、面容，而且行为处事和性情、喜好。

现在，我如此近、如此长久地面对自己，平生第一次能看清自己的全部。人常说，一个人最看不清的就是自己，我相信了。这时候我盯着我自己看，我都不知道我是谁。他又是谁？我希望尽快与他合二为一，回到美丽的邝湾，回到母亲的身边，回到生命之初的地方，可是很奇怪，我只能看着我，却无法融入，我和眼前的这个我像是隔着一块玻璃，只能注视却无法触抚。

想起一部美国电影《人鬼情未了》，男主角刚死后，他从躯壳而出，在另一个空间看人们抢救他的情境。此刻的我就跟他一样，我觉得我还有意念或者精魂存在。据说，有科学家称过刚死的人重量,发现人咽下最后一口气前后几秒钟会少一丁点儿重量,因此他们想象、推断,那就是灵魂的重量。还有研究说,人刚死时,大脑仍有意识,知觉是渐渐消失的,听觉是最后消失的。我搞不清这些消息的准确度有多高,从我自己目前的体验来看,我相信了,我还能看见,还能听见。宇宙是奇妙的,我们尚未认识的东西太多,因为没有认识,就不能随便否认。

反正,此刻,我在看着我自己——回头看,一切都是微不足道的,一切都是转瞬即逝的,我永远是我,生不能改变我,死也不会改变我。

3

"哐当"一声刺耳的声音,地下室的门开了。

天穷,你这个懦夫!你给我站起来,跟我去天逸山看日出去!

光线针尖一样飞进来,阴湿的地下室有些炫目和摇晃。光线后头,一个矮胖子跌撞着进来。他的手里有一个酒瓶子,浓烈的酒味乘机钻满了黑屋子的每一个角落。

天穷,是我,你倒是看我一眼啊!你连我都不认识了吗?认识。钱前,钱疯子,我高中同学。的确,我是很久没有看到他了。这个世界就是这么奇怪,被你忽略的人往往一直记挂着你,你记挂着的,常常想不起你。特别是这时候,作为邝天穷的我已经被所有的手机、文件、表格和头脑彻底删除了。没有了邝天穷,你还是你,他还是他,韩阳照样是韩阳。

不过此刻我还是很感动，钱前说，他已经不再品茶，不再画画，不再谈佛论道，今天来，他是来给我看他的画的。他说，这里有两幅画，一幅与你有关，另一幅也与你有关。我笑，不就与我都有关的两幅画吗？钱前似乎听到了我的话，他说，两幅"与你有关"并不一样，第一幅《邝湾的春天》是你看着我画的，另一幅《散瞳》是我看着你画的，这将是一副绝笔之作，从此钱前不再作画。

我惊愕，疯子，你要学伯牙痛失子期摔琴绝音吗？

然而我看到，钱前的腋下只夹着一幅画。他蹲在我前面，放下酒瓶子，展开画。随着画卷的拉开，蓝天、青草、小鸟……这些熟悉的场景——展现在我眼前。哦，是邝湾的春天。我仿佛看到了当时他挥毫作画的情形，时而水墨大笔飞舞，时而兼毫长锋落笔。钱前说，天穷，你知道吗？这幅《邝湾的春天》拿到北京参展，价钱要到了八十万元。我没卖，带回来了。带回来它也没得安宁。先是组织部部长乔玉川派人请我去，说这幅画他想收藏，作为交换，给我一个市文联副主席兼韩阳书画院院长。我哈哈大笑，十个文联主席都不换。之后是市政府秘书长，说十万元卖给他，要开发票，我说，好，开发票的话一千万。他气得脸都黄了。

钱前边说边快意地笑。真羡慕他，这样的人生才不算虚度。之后，钱前做出了怪异之举。这举动也只有钱前能做得出来，他掏出了打火机，扯起了画的一角。天穷，这画因你而有，本就该属于你。现在我就把它给你了。他打着了打火机，火苗扑闪而起，吞噬了纸上的风景……

疯子！

我大喊了一声，我觉我是连毛孔的劲都使出来了，可是他没听见，他永远也听不见了。他已经点着了画。山水缩成了一团，鸟儿惊飞了，春天一点点被蔓延的火苗舔尽了，不一会儿，浓烟散去，一堆灰烬呈现在眼前。

最好的东西无价。比如你，天穷，我就是有一个亿，你还能回来跟我喝酒吗？

钱前抓起酒瓶猛灌一口，涕泪横流。

我怔怔地瞅着他，像瞅着一个陌生人。我很想上前紧紧搂住他，说一声好哥们，没有必要这样，我此刻的幸福你无法体会。

钱前从怀里掏出一张对折的宣纸，展开来，铺在地上。我看到上面是空白的，什么都没有。宣纸里夹带着一支细细的画笔，笔尖上带着颜料，青蓝。

第二幅与你有关的画《散瞳》就要诞生了，传说仓颉造字的时候，天雨粟，鬼夜泣。如今我作画，不求天下米，只求你说话。

笔墨落处，力透纸背。夜晚的场景，白处是云，蓝处是夜，黑魆魆的楼影，却是个眼睛的模样。是眼在楼外，还是楼在眼外，总之，眼与楼或分或合，或一或二。

最后，钱前掷笔，笔开叉处，一"人"字落在画卷一角。天穷呀，这就是散瞳，它不看内心只关注未来，它不看自我只关注世界。天穷，我们把这一百多斤躯体撂这，原本是为了给自己一个安宁的角落，也许，人从出生开始就背负着博弈、抵抗、挣扎的命运。而心灵的漂泊与惶恐是永久的，也是逃不掉的，所以，真正的安宁在哪里？要我说，它取决于我们的心，心是强大的，你看我，我谁都不靠，谁都不怕，说句不好听的，只有人求我，没有我求人。当然，人跟人不同，来到这个世界的使命不同，你高尚，有他妈狗屁理想。我有酒就行！

不过，天穹，你现在跳出来了，看法应该有些改变了吧？

钱前睡着了。可能是因为酒的缘故，他的鼾声惊鬼泣神，他浓密的胡子上还留着很多酒渍。此刻，我心生无限感动和温暖。在这个冰凉的世界里，只有他来为我守灵。

那幅画上有一幢楼，黑魆魆的。楼外是什么？是眼睛吗？楼是人世间的一场虚无的梦，而楼外的楼才是心中永恒的存在，它承载人生所有的悲喜忧欢，所有的轻与重，以及过去与未来。散瞳，那才是能洞穿一切的眼睛。

夜晚，阒无声息，我的生命中经历过无数个魔鬼一样的夜晚，空洞的眼睛里注满了死水。那是真正的死水，感觉不到时间的流逝，感觉不到生命的快乐和卓越。而今夜，我像游在水中的鱼儿，畅饮着生命的快乐，难道，生命只有在失去时才能体会到他的价值与尊严？

钱前的身体一动，脖子一展，打了个嗝，我听见他嘴里含混地说了句：天穹，我看见你了。真好！

4

我们所期望的未来就是这样吗？

我穿行在人流中。作为一个建设者，我对未来的街道有过无数文字化的论述。它甚至多少次出现在我的梦里，人与街道、人与楼的关系一直是我努力思考的问题。遗憾的是，我的好多见解常常被认为滑稽可笑，一向认同我的恩师庞俊杰都突然间对这个问题变得态度模糊。是我太认真？还是我太书生气？我是那么惧怕历史、故乡、记忆全部变成废墟，惧怕摩天大厦越来越高,电梯越来越快,高速公路更长、更宽,而且是无休无止地更快、更宽、更长、更……这种物质世界的焕然一新几乎波及每一个人,每一个人都被升级换代了,而且正在次第进入新一轮的升级换代。这个未来已经不能被拒绝了,不再是我们奔向它,而是它裹挟着我们呼啸前进——未来的快车已经没有刹车了。

我是追寻着戴欣嫚过来的,目的地是雪嫚女子生活馆。

以前怎么想不起过来看看呢?不怪戴雪嫚对我的态度冷漠,这一切都是源于我对她的态度。我的心里全让工作和天星大厦占据了,根本分不出一点空间来容纳其他,这忽略在她眼里就是无视和冷漠,久而久之,就和她隔膜疏远,无话可说了。我跟着她从家里出来,走进雪嫚女子生活馆。毫不夸张地说,戴欣嫚真的很有这方面的天赋,生活馆避开了繁华的街道,却一点也不僻背,穿过闹市蜇进一个胡同便是店面,闹中取静的环境得天独厚。看门脸的装饰和布置,就让人喜欢,深颜色,浅色调,浓淡相宜,就连上面的字体也透着女性的美好与温婉:美容美体美心情,经典养生护理套餐……

老话说,行行出状元,其实每一行的水都很深,局外人只流连于它的浮光掠影,而永远看不清它的静水深流。我发现我除了城市建筑学外,别的都一无所知,以前还看一些文学书籍,这几年都不知道流行谁的小说,谁比较走红。所谓女子生活馆,真是研究透了女人的生理和心理,不美的要美,美的要更美,不健康的要健康,健康的要保健养生,它融医疗、体育、养生、音乐、形象设计等于一体,从里到外活脱脱一个女性世界的大观园。

我知道,因为我,戴欣嫚已经好长时间没来馆里了。她穿过优雅敞亮的大厅的时候,立在两侧的员工一一躬身,戴姐好、戴姐好。她在一连串问好声里微笑点头走进自己的办公室,把包搁在沙发上,拿起电话,打给孟雪:雪儿,回来了吗?能来一下吗?我有事想跟你说。放下电话,她就望着窗外发呆。

好久了,她一直这样。最近一段日子,她一直待在韩园丽景的三居室里,我都担心她快要待发霉了。我从来没有像现在这样怜惜她。她总是穿着一件旧睡衣,蓬乱着头发,目光呆滞地从这个房间走到那个房间,又从那个房间走到这个房间,不停地在屋子里走来走去,每进到一个房子里,都要站在门口一动不动愣半天。然后悄悄走出来,嘴里含混着:咋就我一个人了呢?

她想不起做饭,也想不起喝水,蒸了一碗米饭,往嘴里扒拉一口,就搁下筷子,呆呆坐在那里,半响都不动。

卞新生把我单位办公室里的东西全部整理打捆拉回了家,交到了戴欣嫚手里。这里,我从不回来,我走了,我的一切却回到了她的身边。只有这时候,我才知道我不是无家可归之人,至少现在证明,我还没有沦落到孤魂野鬼的境地。有了我的这些东西,戴欣嫚才开始从呆滞状态醒过来。

一幅画《遗书》,落款是钱前的名字,她认识那个矮个子、爱乱嚷的画家。画上有几行题诗:

> 爸,我死后,请火化我。
> 保留好我的骨灰,别建坟。
> 万一哪一天要建房子,用原本属于我的位置。
> 给你和妈的晚年做一块最坚硬的地基。

戴欣嫚隐约感觉这幅画上的景物与人全部活了起来,初秋季节,画上那个小男孩的背影很瘦很远,有点变形,有些像她刚认识时的我。"我"静坐在一棵树下,树叶扑簌簌往下落的声音那么清晰,"我"的面前有一些水,很抽象的水,潺潺流动的声音充满她的双耳。画的上方燃烧着一些浓墨点染的红云,红得刺眼。小男孩的背影清朗、孤单,虽然背向着戴欣嫚,但她分明能看见他眼里的无助与悲伤,跟我的眼睛一样,让人心疼。该死的钱疯子,那个时候就画出这么哀伤的画,看似对落叶的留恋,其实是对生命的哀婉。天穹,难怪你这么喜欢它,一直把它挂在你的办公室,我才知道那个背影中蕴藏着太多的东西,不息的流水,生命的流逝,生命经过世俗的疼痛,里面涵盖了你心灵世界的全部,多年来我一直没走进去,你走远了,我才读懂了一些什么……

戴欣嫚动作迟缓地摩挲了一会儿画上的人与物,然后把画放在一边,开始把我那些零零碎碎的物件、数不清的药品,特别是那一摞子笔记本,翻来翻去地看,就像是看一个从不认识的陌生人的东西。这些笔记本记得整整齐齐,有头有尾,内页连一个小小的折痕都找不到,所有的内容里连一个涂改的污点都没有,她觉得奇怪,写这么多难道就写不错?疑惑了很久,她终于从一页的中间发现了奥妙,原来我写错了就将当页全部撕掉,重新再抄一遍,就是撕掉那一页,也不是用手撕,而是用刀片齐齐地划掉。八本学习笔记,五本工作笔记,两本治疗日记,耗费了戴欣嫚两天两夜的时光,她一页一页翻着,长泪不止。

亲爱的天穹,我真的一点都不知你,不懂得你,我不是一个好妻子。你的工作笔记让我看到你对工作是多么认真,哪一天研究了什么,哪一次会议上谁讲了什么,都记得一清二楚,然后都附注有你个人的思考,你的脑子里装满了密密麻麻的石头砖块和水泥,装满了规划和设想。每一天的工作内容都做了详尽地记载,却不是流水账,都有着得失总结与经验归纳。你的学习笔记不照抄报纸,不照抄文件,而是就某一论述结合自己的实际和工作特点,写一些体悟和思考,那些精辟的观点和不回避矛盾、过失的言论让我震惊。天穷,你在我面前突然变得光辉灿烂,魅力无穷。可我,为什么不早点理解你呢?

欣嫚,你这样夸奖我,我都不好意思了,我只不过在尽我的本分。父亲有一句话一直挂在嘴上:达则兼济天下,穷则独善其身。我有兼济天下的平台,我为何不呢?

翻开那些治疗日记,戴欣嫚的心灵受到了前所未有的震撼,为什么会这样,天穷,你都走了这一步,为什么我就一无所知呢?

她抚摸着那一个个字迹,感知着我颤抖的血管和剜心的疼痛:也许大家都会说,谁还没有失落的时候?谁还没有想不开的时候?你这样的时候别人也是有过的。而我,想了很久,之所以决定写日记,不是为了证明我有多么抑郁,比你们常人多么不幸,而只是为了记录一段我人生中不寻常的经历。我看过很多关于抑郁症的文章,有很多都是抑郁症患者自己写的,记录了自己如何战胜它,从抑郁症中走出来。那些文章的作者,一方面是一个个患者,一方面又是一个个积极勇敢的人,面对内心的巨大痛苦,顽强地活着。那种面对抑郁情绪或者绝望情绪时的勇敢与恐惧,并不是一般的人所能理解的。举一个不太恰当的例子,你说正常人能明白精神病的思想吗?肯定是不能的。我每天睁开眼睛的第一种情绪就是很绝望,是一般人想象不出来的那种感觉,只是觉得,去死更容易一些,更轻松一些。

我跳出了那一个个方块字,跟她说:欣嫚,不知从什么时候开始,我害怕每一天的天亮,那是一种揪心的期待,希望今天是个新的开始,可是又害怕它和昨天一样,让人失望。赛乐特,一天一粒,已经吃了十个月了。我想再调整调整就会停药了。心理上调整加吃药,行为上做出改变。之初每天都在坚持,对生活,对家人,对社会全然没有了兴趣,每天盘旋在脑海中的就是死。一点负面的新闻和负面的话都不能听到,每天阴郁,每天都是折磨,生不如死。

欣嫚,知道自己得抑郁症了,可是不敢跟身边的朋友和同事说,也不能跟你说,我看到你沉浸在自己热爱的事中,我不想搅乱你好不容易创出的事业。自从我不顾你的感受也不跟你商量,把你由一名业务骨干变成闲散人员,我就一直陷在自责之中。这几年,我一直反思反省,决定今后一定要尊重你,全力支持你干你所喜欢的事。看到你沉浸在女子生活馆的忙碌里,我不想给你增加任何负担。我决定一个人战胜自己。还有欢欢,我这个当父亲的已经很不称职了,不能再让孩子瞧不起自己……

精神卫生科专家门诊病例摘录

  自某年某月开始,由于工作紧张,开始出现睡眠不好,入睡难,梦多,同时心烦、担心、提心吊胆,经常乏力,胸闷、口干,手脚发凉,头晕头疼,恶心。否认心情不好,但承认焦虑。

感谢好洁,她除了做我的保健医生外,几乎还成为了我的厨师,她给我专门做了一个食谱,现抄录如下,每日坚持:

  远志枣仁粥、首乌桑葚粥、山药粥、蒸百合枸杞和枸杞肉丝冬笋,三餐搭配,多吃深海鱼,或煮或炖。早餐必备全麦面包和低脂牛奶,隔日吃一次鸡肉。

第十五章

戴欣嫚翻到笔记本的最后一页,看见只有短短的三行字,记录日期是我坠楼的当天:我要走了,与任何人无关,这些笔记本成为我曾在这世界上的唯一见证。我希望看到它的人能幸福快乐地活着,老家庄户里的人常说一句话,有病的人走衰运,离他们越远越好。所以,我离开了,你们一定要轻松起来。抱歉,亲爱的,我没有什么放不下,我知道,活人自有活人的办法。我希望我的身体能像母亲一样火化成灰,回到邝湾去,繁殖新的土壤,长出新的花朵。

戴欣嫚从那些密密麻麻的汉字里抬起头来的时候,天色已经暗下来,她觉得眼前有些恍惚,她以另一种方式走进了我的心灵世界,她瞪着眼睛瞅我,是真的看到了我吗?还是觉得不认识我了?欣嫚,我不想把你一个人丢下,我真的很爱你,尤其此刻,从来没有过的爱。我看到她呆呆地站起来,从我的腋下滑过去,木然走向卫生间。

我一步不停地尾随过去。我看到她脱了睡衣,手伸到脊背后面解乳罩。她看上有些吃力,有些笨拙。我觉得,一个为你解开胸衣暗扣的男人,必定将成为你生命中最重要的人。谁去解,解开的那一刻,你就是这个男人的恩人和亲人,彼此除了情,还有恩。恩情始于那一排暗扣,始于那一个小小的动作。此刻,我要去给你解,毫不犹豫地为你一一解开,让所有的恩与所有的情都回来。

接着,她弯腰褪去了粉色的内裤,整个身体全部毫无遮拦地呈现在我的前面。这么多年了,她依然保持着良好的身形,小腹上没有一点赘肉,乳房依然尖尖地挺着。臀在灯光的反射下,圆润而明亮,我手扶门框,痴迷地望着这陌生的属于我的身体……

水珠子飞溅下来,滚落在她光滑的肌肤上。

天穹！是你吗？

她一撩贴在眼睛上的头发，突然望着镜子，惊叫了一声。是我，欣嫚，我在，在你身边。一声揪心的啼哭……是水，还是眼泪，已经分不清了，淹没了她的面孔。

5

孟雪匆匆走进雪嫚女子生活馆时，戴欣嫚坐在办公室，傻傻地望着窗子外边。嫂子，嫂子，没事吧？

哦，雪儿，你来了，啥时候从省城回来的？有希望吗？

早上刚回来。委托了代理律师，律师给我找的法医专家我见到了，他说，不难，法医全面鉴定一下死者额头上的伤，就能找到有说服力的依据。嫂子，你相信哥是死于天昊的意外失手吗？他们不合，经常吵架不假，但是他们两个都是个性很强的人，都喜欢硬扛，就算内心互相接纳了，表面也不会表现出来，毕竟是亲兄弟啊，血浓于水的亲情。

雪儿，我理解你的心情。说实话，他走了，我才觉得欠他的太多了，不了解他的也太多了。要是我们都能走进他的内心，又何止于到今天这样呢？他的病折磨着他，是他自己求解脱的，与天昊没有关系，我相信。他在日记里不断写到死，每隔一页就有一个"死"字。他已经准备了很久了。可是我就不明白，天昊为啥自己不说呢？他应当讲明当时的真实情况，到底是谁棒击天穹，让他坠下楼去，他是现场唯一的见证人。

天昊他，很自责的，他一直说他是有罪的。别的啥也不说。

雪儿，我今天来是有一件事想跟你说，就是韩园丽景的这套房子我想还给你……

嫂子，你说什么呢，你这是什么意思？

雪儿，你听我把话说完。天昊如今这种情况，公司也关门了，你需要钱，不仅自己官司需要，还要面对公司里那些欠账讨债者。我没有别的意思，也不是要撤回你的股份，与这个没关系，这里的盈利该怎么分配还是怎么分配。再说，天穷走了，天昊又出不来，咱爹在原来那家里也需要照顾，这个三居室对我没有一点作用了，我在里面反而感觉空空荡荡的。我准备搬回去，跟老人在一起。

嗯，嫂子我明白了，谢谢你想得周到，也很高兴你能住回去。孟雪说话间，转头一看窗外，看到了一个人，小声对戴欣嫚说，嫂子，你看那谁来了。

戴欣嫚看到了，我也看到了，一个男人，头发高高地吹起来，一丝不苟，一身名牌西装，领带赫然。他正在窗外张望，办公室的窗户正好临街，能清楚看到行人。

嫂子，你忙，我得走了，有事电话联系啊。

孟雪显然知道这个男人是谁，她不失时机地告辞，而我，完全不认识这个男人。

这个男人径自走进了戴欣嫚的办公室，欣嫚，这几天你都去哪了？电话老是打不通，我每天都来这里看。今天终于看到你了。

找我有事吗？戴欣嫚无精打采，表情很漠然。我忽然想起来，他就是那次我在楼上看见的那个开着一辆黑色现代来接戴欣嫚一起去车市看车的男人。不过，当时他戴着一副墨镜。

我想跟你谈谈。那男人自己坐在了戴欣嫚对面的沙发上。

谈什么。

欣嫚，咱俩还能谈什么，谈我们的事啊。我知道，你最近心情不好……

知道我心情不好还来烦我？我们没什么可谈的。

欣嫚，你看，我都离婚一年多了，孩子也出国了，要说以前你有顾虑，我可以理解。现在你不是也……我们可以开始我们的新生活啊，这不是顺理成章的事吗？

我看到这个男人一脸焦躁，丝毫没有顾及戴欣嫚已然烦躁的情绪。戴欣嫚依旧把脸面向窗外，良久，叹息了一声，你走吧。我不会接受你，很感谢几年来你对我的帮助，特别是在我开这个女子馆之初，方方面面的关系都要走、一团乱麻的时候你给了我莫大的帮助，是的，天穹是走了，可是我分明感觉到的是他回来了。从前我觉得没有他，我一点都感觉不到他，现在我很深切地感觉到他回来了，真的回来了，那么真实那么具体地陪着我。

你在说什么，我不明白，欣嫚，人死不能复生，你要振作，要向前看，我们还有未来。那男人满眼的疑惑。

是，你不懂，你不会明白的。你相信吗，此时此刻，我感觉天穹就在这里，我能看得到他，他就那么静静地望着我，当然也望着你。

我浑身激灵了一下，我觉得我的灵魂在跳动。是的，你能看到我，我也能看到你，可是欣嫚，他说得对，你还有很长的路，你还有未来，我虽然有一万分的不舍、嫉妒、恨，但是有一个替我照顾你的人，也很难得。

一滴泪，跌落在了地板上，正好落在那个男人锃亮的皮鞋旁。不知是戴欣嫚的话，还是这滴眼泪，那个男人有些惊慌，他四下里望望，惴惴地说，欣嫚，这大白天的，你别吓我。

我说了你不会明白的。真正爱着的人是灵魂相通的，他们可以超越距离，甚至超越生死。很抱歉，我不能接受你，因为他还在。

那男人有些讪讪，浓重的失落爬满了他的面容。这时候，桌上戴欣嫚的手机响了。戴欣嫚拿起手机。那男人站起来，你先忙，我告辞了。

戴欣嫚冲他摆摆手，就顾自接起了电话：

妈妈，咋回事，电话老关机。爸爸也是的，我都打了好几天了，你们都在干吗呢？是邝欢，她很少打电话来，说你们打个电话就说个不停，太浪费时间了。邝欢上了大学后，一下子变得像个大人了。懂事好像就在一瞬间。

戴欣嫚拿着电话，半天不说话。我看到她的眼泪又要下来了。我听到了久违的女儿的声音，觉得自己身体越发地软，我是瘫软在地上了，还是化成了水，我不知道，总之完全没有了人形。

妈妈，你听见了我说话吗？为什么不说话？是不是家里出事了？我上午把电话打到了爸爸单位，他们口气不太好，支支吾吾半天，也没说清楚爸爸去哪了。我给小叔打，也没人接。妈妈，爸爸失眠好多年了，我看我们宿舍的一个同学熬一种偏方中药吃，说治失眠，我问有作用吗，她说长期吃，有效果。她上了高三就开始失眠，已经三年多了，药吃了一年，一晚上都能睡四五个小时了……

欢欢，你回来趟吧，你爸爸他不在了。

6

邝欢回韩阳的那天，正好孟雪在省城请的专家要为我做法医鉴定，女儿亲眼看见了还在地下室的我。

真不该让她看见,虽然我看上去平静如常,可是我再也抚摸不到她的脸蛋,再也不能拍拍她的肩说,不要怕,有爸爸。时光的流转在一个孩子身上表现得再明显不过,不到一年的时间,她就变得不像从前的她了。也许是从高中的禁锢中解放了,她不用整天穿着宽大的校服,不用把所有的精力和时间都用在应对考试上,开始留意打扮和交际,总之,女儿长大了,看着她满脸惊愕地走向我,我忽然像是看见了当年的戴欣嫚。

一看见我,她一下子就扑在我身上,使劲摇晃着我。她的哭声让我心疼。我的离去无法抗拒地摆在了她的面前。这对于一个刚刚成年的孩子来说,不啻晴天霹雳。要是能回头,孩子,我真想留在你身边,看着你一天天幸福快乐地生活,可是生活永远按照它注定的程序前行,你只能服从和领受,无力扭转。

戴欣嫚把邝欢从我身上拉开,几乎是半拖着,带她离开了地下室。她们回到父亲那儿。

孟雪也在父亲身边。邝野从医院出来之后,还是卧床不起,生活不能自理,他的嘴里一直念叨着骂:子孙虽愚,经书不可不读。读了经书可以开智慧,了解做人处世的道理与应尽的责任。若是中途寻短,使白发人送黑发人,让儿女顿失依怙、乏人教养,真是情何以堪!倘若认为自杀就能一死百了,这完全是逃避责任的心态,罪业非常地重,将来到了枉死城,那真要受苦无量,岂能轻易给自己的身体造成那么大的伤害!……大夫说父亲因为过度伤心引起脑部血管淤塞,形成阻梗,压迫神经,导致半边身子处于偏瘫状态。他寻死觅活不想待在医院,他说他和我在一起住了两年,回去就能看到我。他的脾气大家都清楚,孟雪和戴欣嫚商量了一下,就把他拉回了家里。

果然,回到家里的父亲情形比在医院要好得多,精神、饮食、情绪有了很大改变。只要有人在,他就开始一天不停地说话，全说的我的事。从刚生下说到在他土坯讲桌上爬，从我抱住山羊奶头喝羊奶，说到我识的第一个字、念的第一篇课文、写的第一篇作文，最后就说到他在我读大学的时候给我写信，工作后给我介绍对象，给我买书让我考干部……老人的记忆力突然那么惊人，特别是后来我记事之后的好多事，我都忘记了，他竟然讲得如在昨日。在说到我和戴欣嫚的婚事时，他还给戴欣嫚说，这孩子从小不会说软话，明明内心已经很愧疚了，但就是不跟你说。所以，他不是无情无义，也不是不讲夫妻情分，这个毛病让你受了委屈。戴欣嫚赶紧说，我知道，是我不好，他的内心已经非常痛苦，都自己硬扛。我应该多谅解他，顺着他，也许他就不至于离去。

邝欢回到家就开始振振有词地批判大家，作为邝家在场的唯一继承人，她有这个权力，但是我们都没有想到，她的一席话竟然让所有的人都瞠目结舌，无言以对。她首先拿爷爷开刀，她说，爷爷，你一直给爸爸讲那些"天行健，君子自强不息""自古忠孝不能两全""宁在直中取，不向曲中求"等等陈词滥调，把爸爸的世界填满，让他始终把自己捆绑在人为制造的悲悯与忧患之中，除了奋不顾身别无选择。想想看，爸爸的一生毫无快乐可言。人活着没有了快乐，生命有再多的价值，有用吗？

戴欣嫚几次要打断她，被父亲拒绝了，别，让孩子说，她这样说，我心里能好受许多。没想到，说完她爷爷，她又把矛头对准了戴欣嫚，妈妈，你是有罪的，你要是不爱爸爸，就该和爸爸离婚，让爸爸重新选择一个爱他的人，去关心照顾他，为他遮风挡雨，而不是不顾不管他，却又不放开他。在这个世界上，他是孤苦伶仃的。妈妈，有句非洲谚语说，如果你想走得快，就独自行动，如果你想走得远，就结伴而行。

慢慢地，邝欢的声音弱了下来，她的头也垂了下来，教育完爷爷妈妈，她竟然说起了自己，其实，最不该的是我，他唯一的女儿。我是最自私的人。这些年，我虽然在这个家里吃着你们的，喝着你们的，衣来伸手饭来张口，心里只有学习学习学习，成绩成绩成绩，名次名次名次，从来不过问不关心家里的任何事，包括你们的心里在想什么。高中三年去了交大附中，更是把自己封闭起来，满脑子加减乘除和元素周期表，这三年原来是爸爸最痛苦最抓狂的时候，他一个人在暗夜里爬行，他的亲人都哪里去了？直到高考结束，在家里这段时间，我才发现了这个家庭面临着巨大的悲剧。我在爸爸的床上，确切说是在爸爸床边的墙上发现了无数指甲划下的印痕，还带有点点血迹，他的枕头下面压满了安眠药……看到这些，我哭了。清楚记得那天爸爸把我送上火车，我在窗子里看到他憔悴的面容，硬是把眼泪逼回去，你们知道那时候我有多后悔，我不要什么大学，我不要读书，我只要爸爸在我身边，好好地在我身边。网上有句话说，人生就像迷宫，我们用上半生寻找入口，用下半生寻找出口，不断进去不断出来，这样折腾我们到底是为了什么？

欢欢，我的孩子，你还是那个趴在我肩膀上的你吗？你还是那个饭桌上不好好吃饭只顾拨弄手机的你吗？你还是那个跟我犟嘴说周杰伦就是比雷锋有魅力的你吗？你还是那个嘲笑我连菜鸟都不知道太 out 了的你吗？你不是了，孩子，我很欣慰，我可以很放心地离开了。我不求你大富大贵，不求你高官厚禄，我只要你快乐一生，平安一生。

一家人都不说话了，天黑了，谁也没有起身去开灯。这个夜晚被巨大的阴影笼罩着，我无能为力。

第十六章

1

没有风,彻骨冰凉。尽管我全身的骨头都已经碎成了无数块,或者不能叫块,就跟那电脑上删除一个顽固文件一样,怎么也删不掉,然后电脑提示你,先利用粉碎机粉碎。粉碎之后,果然就删掉了。我已经被粉碎了,时光之机,不断旋转、压榨,如今,我已经站不起来了,多么硬的骨头都支撑不起我的血肉之躯,我需要快点回家去。回到我生命之初的地方,完成我生命的轮回。

我已经等不及了。

地下室的凉气一点点耗光了我的体温,我日渐萎缩坚硬。入土才安,我不能再这样游荡了,母亲还在远方等我,她早已经为我留下了最安静的一角。

终于,孟雪带着律师和法医的取证来到看守所,在孔小东的陪同下,见到了邝天昊。律师说,你能详细给我谈谈当时的情况吗?邝天昊说,我脑子乱得很,我想不起来,总之我哥是因情绪激动、精神失常跌下楼顶的。

律师打开笔记本电脑,你看一下这个模拟图像,根据死者创伤的勘验和凶器上面的指纹对比分析,我们还原了当时的场景。死者双手举起棒子,朝自己的头部猛烈敲击,这是你,抢夺棒子,棒子抢回来,死者倒退几步,突然纵身跃下楼顶。

邝天昊的脸色突然有了一丝异样的亮光,他的眼睛快速地眨动。邝先生,你是不是想起了什么?死者头部正面额头部位有一处四至八厘米斜前向下的挫擦伤,这说明是死者自己手握木棒打击自己头部留下的,如果对方用力,那么伤痕起码应该在左颞顶部,而且是斜后向上的走向。所以,根据伤口勘验和指纹分析足以证明,死者自己手持木棒击打头部,导致颅脑功能严重障碍,加之死者当时情绪反常,有医学鉴定证明,死者还有长期医治的重度抑郁症,这一切导致死者为摆脱不堪痛苦,跳楼自杀。

孔小东被律师有据有理的分析说服,他说,我们起初也认定是自杀,但是邝天昊一直说,是他杀了他哥哥。他认罪伏法,而且,木棒上也有他的指纹。

邝天昊终于开口讲述了那日发生在我们之间的我一直想说而没人听到的故事……

我哥是他自己打的自己。我感觉他完全疯了。是的,天昊,是我举起地上的木棒,迎头就是一下,那一下我就已经感到天空倾斜、世界移位了。

我看到他抓起地上的木棒朝自己的头上打去,嘴里不停地嚷:天昊,天昊,父亲说得对,责人不必苛尽,苛尽则众远,哥对不起你,哥一直走不出儿时的阴影,这些年哥把你逼到了公司关门的地步……我怕极了,撑上去要抢夺他手里的木棒,他却向后退,我终于抢过了木棒,把它扔得远远,一眨眼的工夫,他就像云一样从楼上飘了下去……是的,天昊,那一刻,我感觉世界完全坍塌了,有一股硬硬的风刮着我,我侧向楼沿,倾斜下去,瞬间,我看到你的嘴张成一个巨大的句号。其实这段时间，那种一跃而下的念头，总在我脑子里挥之不去。我的死真的与任何人无关。

邝天昊擦了一把眼泪，继续说，我奔到楼沿处，往下看，什么都看不到了。我吓傻了，一屁股坐在楼顶上，半天回不过神。强烈的负罪感弥漫着我，折磨着我，小时候跟哥哥抢奶水，上学后跟哥哥抢地位，长大跟哥哥抢生存，直到这一次，又眼睁睁把哥哥送上了不归路。我觉得只有以死谢罪，才能对得起死去的母亲和多年陪伴我们、抚育我们的父亲。

天昊，无论你怎么自责，真相就是真相，你要是走了，我怎么办？刚刚怎么办？还有父亲，他刚失去一个儿子，还要失去另一个吗？你是要他的命啊。孟雪哭了。

孔小东说，那你是怎么去的天星大厦？你为什么会出现在那里？

邝天昊的思维开始清晰起来，他向孔小东要了一根烟，点燃，吸着：那天正是我焦头烂额的时候，民工和水泥厂的人把我堵在了家里，都是来要钱的。我跟他们一直纠缠到晚上，我告诉他们，我老婆在银行，正在想办法贷款，等第一笔款子出来，第一时间就给他们结账。他们还不依不饶，我就做出承诺，给我一天时间，明天这时候在厂子里，如果那时候我还拿不出钱，我任你们处置。可能是他们饿了，也累了，终于向我松了口。领头的那个汉子说如果明天我还没有钱给他们，再要推三阻四，他们就要我的命。

好不容易打发走他们，哥哥邝天穷的电话就来了，我听出他的声音不对，像喝了酒的样子。我当时很纳闷，因为在我的印象里，从来没见过他有这样的状态。他在电话里说，天昊啊，这几年，哥真是对不起你，父亲说得好，这个世界上就剩下我们父子仨，我也没几天了，你们兄弟一定要相亲相爱，互帮互衬。现在我终于看明白了，公家的事再大也大不过亲情……

我越听越不对，这样的话从他的嘴里说出来，简直不像是他了。我问，哥，你在哪，你咋啦？出什么事了吗？他说，天昊，你来，我想见你，我有话对你说，你不来就永远也听不到了。我在天星大厦的天台上……

我担心极了，容不得多想，出门，飞快打车，直奔天星大厦。气喘吁吁地攀上大楼时，我的双腿都软了。我看到他攥着一个酒瓶子，酒气冲天。

天昊，谢谢你能来，谢谢。鬼使神差，我们殊途同归都做了建筑这一行，不同的是，你靠这个吃饭，我靠这个实现理想。你别笑我跟你谈理想，的确，理想是个屁，甚至还不如个屁，屁还有个响，理想有什么，天昊你告诉我，理想有什么？这些年，我们都不容易，你带着一帮子人四处打拼，不算轰轰烈烈，也是事业有成，你比我早住上楼房，比我早当上经理，比我早有私家车……但是我不比你付出的少，我的全部都献给了工作，我忽略了老婆孩子，得罪了我的亲弟弟，就像你说的，小时候你抢我的奶，长大了我断你的奶。可是，你知道吗，天昊！我付出的不比你少，真的不比你少。你不信，我问你个问题，你给我回答。就说墙，你说一二墙一个平方需要多少块标准砖？一八墙呢？四九墙呢？不知道吧，我告诉你，一二墙一个平方需要六十四块标准砖，一八墙一个平方需要九十六块标准砖，四九墙一个平方需要二百五十六块标准砖。好，我再问你，一个高层酒店式公寓，假如它是二十八层九十米，你知道一个平方面需要多少钢筋，多少混凝土吗？怎么样，不知道吧，那我告诉你，需要钢筋量在六十到七十公斤，混凝土半立方……

哥，我知道你善于钻研学习，这点我不如你，你跟我回家吧，你喝多了。

没有，天昊，我没有喝多，我清醒得很呢。哥今天叫你来，是想见你一面，最后见你一面，以后我想你会看清楚，我做的那些都是对的，阻拦你申报一级资质升级，不要你借资质参与竞标，也不要你花钱买通关系……这些乱象不会长久了，大乱之后有大治，你等着看吧，今天哥给你说这些都是掏心窝的话，哥还想告诉你的是，一定要把人认清，不要让表象蒙蔽了你的眼睛……

哥，话说到这里，有一件事我必须让你清楚，不是你想的那样。何光荣是什么鸟我最清楚，我不可能跟他一起来迫害你，我不过表面在应付着他，不想得罪他而已，我真的跟他什么都没做。我之所以这样，那是因为雍阳，他们利用我，我也利用他们，我知道，他们一直要拿我来做你的文章，这些我都明白，我不会被当枪使，我有我的底线。一切不是你想的那样，哥，你一定要相信我。

这时候，我哥他突然浑身如筛糠，连脸都扭曲起来，可怕极了。他挥动双手，在空中舞动，口里不停大喊：庞俊杰是贪官，他何光荣也不是什么好东西！

你说什么呢？你疯了吗？

是，我疯了。

这时候，我才看见他的旁边有一根施工搭脚手架留下来的木棒，我哥突然弯腰抓起了木棒，天昊，你说这个世界上还有好人，还有可以信赖的人吗？我怎么就想不明白呢。你说我善于钻研，我这脑子咋就这么笨，咋就想不明白呢？

突然，哥哥双手举起棒子，朝自己的头上砸去……我扑过去，他却一直往楼边上退，我终于过去抢夺了木棒，顺手扔得远远的，但他已经很快跑到楼边缘了。我往前撵了两步，他就跳了下去。

我趴在楼边上大喊：哥——

2

一则报道出现在当日的《韩阳晚报》上——

昨天，韩阳市公安局对韩阳市原建设局局长邝天穷坠楼一案做出回应。10月11日，韩阳市原建设局局长邝天穷在天星大厦天台坠楼身亡。经警方多方调查取证，认定为跳楼自杀，已排除他杀可能。死者生前患有抑郁症，自杀原因与抑郁症有关。

紧接着，全国各大网站、媒体就这一事件展开了热评，我突然成了网络红人。因为我，网上又浮出了近几年几位自杀身亡官员的新闻。有报告显示，近两年，内地官员自杀个案呈上升之势，今年一个月内就有八名官员自杀。其中有四名留遗书自称抑郁，两名曾收受贿赂。官员自杀的方式虽然不同，或跳楼，或自缢，但是公诸报端的官员自杀原因却无一例外地以"抑郁症"居多。某市检察院原检察长跳楼死亡，因身体原因，感到郁闷而寻死。某县县长自缢死亡，该同志平时性格内向，近期其岳母去世，加上工作压力较大，表现出抑郁症状。某省高级法院副院长在办公室自缢死亡，据了解，生前已患抑郁症。某市人大副主任服大量安眠药自杀，据悉，其罹患抑郁症多年，不堪其苦，以死解脱……

大家开始纷纷发言，有的说，官员的长期压抑导致自杀，不应成为费解之事，不必闻自杀就想到腐败。也有人发言说，若是官员得了会导致自杀的抑郁症，则事先为什么不采取相应的举措？一到官员自杀死亡之时，还未做调查，有关报道就立即声称"抑郁症"是其自杀的原因。今后还有没有官员自杀？若还有官员自杀，什么原因？不用多问，八九不离十是置人于死地的"抑郁症"吗？

这些问题的焦点再明显不过，涉嫌贪腐的官员，在听闻纪委要调查或正在调查中自杀，或者在检察机关侦查过程中、法院判决前自杀，这样就能够一了百了。我的死毫无疑问也被贴上了这样的标签：我必是涉嫌职务犯罪畏罪自杀，以死保住自己的政治声誉和财产安全。这不奇怪，因为我的确被调查过。这是真的，还是去年夏天的时候，陶清波和李文斐在雍阳的秘密指使下，搜集了我大量材料，他们翻遍了我经手的所有项目的审批资料，特别是针对周朝天、邝天昊公司实施的项目，翻来覆去找问题，我签字的每一笔资金走向都进行了跟踪调查。

这些都是办公室的小蔡告诉我的。小蔡不敢来见我，通过网络给我发了一封邮件，她把雍阳如何私底下安排陶清波、李文斐和她搜集有关我经济问题的证据，详细写在了邮件里，甚至还说到，他们也在找有关我和陈小婷不正当关系的证据，提醒我做好思想准备。他们看来不达目的不罢休。我并不害怕，倒是非常感谢这个小蔡在关键时刻帮助我，回想看，我跟小蔡的交往，也不过就是正常上下级关系，第一次见，就是因为她负责给我打扫办公室卫生，我没让她来，让她专心干好本分工作。也许就是这一件事让她对我产生了深深的好感，之后她主动要求到指挥部来，跟着卞新生，她话语不多，工作勤奋，给我留下的都是好印象。我能看得出她对我的敬重和爱戴，就像她在邮件里说的，邝局长，你跟他们不一样，你是个难得的好人,也是难得的好领导,我敬重你,也要尽力维护你的清白,因为有你,让我觉得还有希望……她在邮件里说,雍阳让她把有关我和陈小婷的不正当交往写出来,并承诺提拔她当科长。相比之下,我一手培养的陶清波就太让人心寒了,我想不明白这样对他有什么好处?父亲常说,清者自清。他们折腾了大半年,即使在我坠楼身亡之后,他们也没有找到关于我行贿受贿、徇私舞弊、滥用职权和生活作风不良的任何证据。庆幸的是郭金鹏虽然卑劣之极,却没有跟雍阳他们搅在一起。那个让我惶恐不安的录像始终没有放出来,后来被孔小东收缴了。

小蔡写这封信的时候万万没有想到,那时候我已经心如止水,人虽然还在这个世界,灵魂已经开始飘忽在远方。我整日茶饭不思,黑暗像一堵墙压在我的身上,万念俱灰之际,这些对我已经毫无意义,所以她的提醒除了留给我感激之情外,已在我心上没有任何的触动了。说句恶心自己的话,一个已经把自己变成了一泡屎的人,还会惧怕别人的脚再踩上来吗?所以,看完小蔡的邮件,我回复了俩字:谢谢。也许她不会明白,或许还会失落,但是对于我而言,"谢谢"已经包含了极其丰富的内容。

隐藏在背后的那些对手,为了抹黑我,折腾了一段时间,最终徒劳无功,也难免气急败坏。因为一无所获,才让我的清白依旧清清白白。庞俊杰暗示大家,不要听信谣言,天穹没有问题,他是个称职的领导干部。当然,更为重要的是,这证实了他用人没有问题,他所提拔重用的人都是信得过、靠得住的。于是,也为了给媒体和公众一个交代,我无法选择地被推上了郑重的遗体告别仪式,无奈地被告别。

告别仪式就定在医院的太平间门口。弟弟邝天昊、戴欣嫚和孟雪给我换上了我那件唯一值点钱的名牌西装,系上了暗红的领带。戴欣嫚给孟雪说,我从天穹的衣服里实在找不出一件像样的，那些衣服都是我三四年前给他买的，之后，他自己从来没买过一件。这件还是建设局统一给全体职工定做的，也只能这件了。他们给我换衣服的时候颇费了一些周折，这些日子里，我残损的肌肉从一开始的机械刺激下渐渐收缩，直到现在最终停止收缩，全身羊皮纸样的斑一星一点渗出肉体，大面积蔓延。双眼里瞳孔散尽，角膜混浊不堪。腹部的腐败绿斑已经不忍直视。要动一下，就像拿起一张已经开始慢慢脆化的牛皮纸，这边起来那边塌下去，看似简单的穿衣流程却花费了他们近一个小时。那身劲霸西装穿在身上一点也不劲霸，松松垮垮地搭在了我身上。

我被从冰冷的地下室抬出来，像一盆花或者一件文物，摆在中心，供人展览，或者叫瞻仰。这副尊容我实在不想出头露面，可是我又有什么办法呢？组织决定的事，就是真理，除了服从还是服从，这么多年，你逃也逃不掉。不过想起钱疯子给自己居所起的名字，也就有了几分释然。观小居，居高临下，看见那些高楼大厦里的小人们跑进蹿出、奔前忙后。从前羡慕钱疯子，高蹈之上，剥俗见骨，此刻，我也终于做到了，一层迷雾遮挡着我，我分明身处"观小居"之中，眼观小人你方唱罢我登场，静观小人忙。真是人生如戏，全靠演技。尼采说，人类一思考，上帝就发笑。现在我倒成了那个发笑的上帝。

市建设局牵头成立治丧委员会，局长雍阳担任委员会主任，副局长陶清波加班加点，亲自草拟了遗体告别仪式方案和议程安排。这个当初被我调进市委并培养成小政客的年轻人，竟然成了我的墓志铭撰写者。机关里那些老前辈嘴边一直吊着一句话：对这些娃娃们可不敢怠慢的，以后的吃喝拉撒都要在他们脸上看呢，就连将来有一天去了土骨堆，搞个葬礼都要靠他们张罗呢。真是一语成谶，这么快，在我身上就应验了。

规定的时辰一到，全市建设系统大小领导和全体参与者全部就位，在办公室主任严明光的引导下，依照安排好的肃立位置次序一一对应站立，领导及主要来宾纵队站在左侧，家属纵排站于右侧，其他来宾依次站若干排横队。

市委书记庞俊杰，市政府常务副市长、代市长何光荣，市委常委、组织部部长乔玉川，市委秘书长黄腾云莅临悼念。一切都按照实施方案有条不紊地进行，主持人雍阳宣读了由陶清波草拟的讣告，介绍了于百忙之中前来参加告别仪式的领导、主要来宾和到家里慰问过家属的领导，这其中除了庞俊杰、何光荣、乔玉川、黄腾云，还有王向春、郭耀光、张万山、秦素梅、卞新生、董莉、詹得顺、郭金鹏、王得贵、李文斐、曹先圣、左义邦、严明光，等等。之后，宣读了送花圈、花篮、挽联、唁电的单位和个人，几乎涵盖韩阳市所有党政机关、企事业单位。我知道，那不完全是因为我，那是因为决定他们生死大权的人物来了。

就这样，我被无情地淹没于一片白色汪洋之中，欲语无声，欲哭无泪。

主持人雍阳宣布默哀三分钟、奏哀曲。哀曲响起，大地动容，我不得不悲恸。然后宣布行三鞠躬礼。齐刷刷的脑袋，有头发的，没头发的，长头发的，短头发的，红头发的，黄头发的，白头发的，黑头发的一缕向我展示，这样的场面，谁能说不壮观？谁能说不肃穆？于是，我不得不高尚，不得不伟大，不得不光荣。三鞠躬礼之后，庞俊杰向大家介绍我的生平事迹：邝天穷同志，男，生于某年某月，韩阳市周原县人，毕业于西北建筑大学，中共党员，生前系韩阳市逸城区区委书记，历任市委办公室秘书科副科长、科长，市委办公室副主任，市委机关工会主席，韩阳市建设局党组书记、局长，逸城区区委书记等职。邝天穷同志为人正直……

人生就像舞台，不到谢幕，你永远不知道你有多精彩。求求你们，不要贸然评价我，你们只知道我的名字，却不知道我的故事，你们只是听闻了我做了什么，根本不知道我经历过什么。介绍完生平事迹，就开始最后一项仪程：向遗体告别。由庞俊杰带头，人们胸前戴着白花，排成长长的队伍从我面前一一缓步经过。每个人都要向我鞠一个躬。我不得不一一面对他们。

庞俊杰走向了我，他看上去一下子老了，背明显驮了，头发开始些许花白。自从他全力举办了轰轰烈烈的天星大厦主体竣工盛典之后，整个人就像一只奋力上升的气球，升到最高处就再也飞不动而任由风去摆弄了。此时的庞俊杰站在我面前躬身合眼，表情木然，我知道他的心必定是沉痛的，这沉痛不仅仅是因为我。我身上的温度还没有完全消失尽，尸骨未寒之际，省纪委的人就来到韩阳，调查了解关于我的情况，尤其我从市委到市建设局担任局长和调我去逸城区担任区委书记的细枝末节，都了解得非常详细具体。尽管没有任何证据证明我的选拔使用存在买官卖官行为，但是这种带有目的性的调查绝非偶然。我知道，我面前的庞俊杰心中装了太多的东西，我仅仅只是其中很小很小的一部分，他因我而起的悲伤和一时的侥幸被其他的情绪很快冲淡了。戴欣嫚说的何光荣的实名举报，还有他的另一个学生省建设厅的总规划师高力强失去联系已经一个多月，以及对我展开的调查，这一切都隐约指向了庞俊杰。他在悼念我，其实只有他自己知道是在悼念谁？望着他棱角分明的脸，他紧蹙的眉头和眉宇间笼罩着的巨大的秋寒之气，我想问：庞老师，你能告诉我，你心里此刻究竟在想什么吗？你到底做了什么不该做的？你让我心中的大厦倾倒，你让我的整个世界倾倒，你知道吗？

紧接着,何光荣来了,我从他的脸上读到了另外的内容,读到了一种暗流涌动的发力。我想起陈小婷,我的初恋,被他霸占还怀了他孩子的女人。临终我才从戴欣嫚口中知道,他是为了把庞俊杰扳倒,四处搜集与庞俊杰有关的不利证据,包括雍阳对我的暗中调查,都是与此有关,而并不完全是针对我。雍阳当了局长后,市建设局的格局充分表明,凡是对此事出力有功的都得到了应有的回报,陶清波排名迅速上升,成为建设局第一副局长,李文斐重新回到办公室当了主任,而把秦素梅改任为调研员,我亲自操心从周原县选考来的办公室主任严明光被调到了规划科。更让我咂舌的是,跟随庞俊杰一年就被庞俊杰提拔起来的陶清波竟然参与何光荣的阴谋活动,背后向庞书记打黑枪。人非生而知之,指鹿为马也一样,原因无非有四:大人教的,被领导吓得,利益驱使的,社会风气使然。我在悲凉里看到了雍阳,看到了陶清波,也看到了李文斐……记得老局长张万山给我说过一句话,不要小瞧每一个坐在那个显著位置上的人,不管你多瞧不起他,但是你要明白一点,只要能坐到那里去,他必有其过人之处。让我看,过人之处无非几种,不是嘻嘻哈哈装孙子,就是拉帮结派送银子,再就是踩着别人的肩膀往上爬。然而往长远看,自以为爬到了梯子的顶端,在最后却发现梯子架错了墙。

接下来,一些熟悉不熟悉和似曾相识的人,一一按照规定的表情和动作从我面前走过,鞠躬、默哀。每个人都有千百种模样,想真正看透一个人,很难。我想他们肯定在说,快点结束,站得腿都累了。很抱歉,我在的时候浪费了你们好多的时间,我走了,还要继续浪费,真的很抱歉。

没有想到的是,遗体告别已经结束,来宾一一开始散去的时候,卞新生却低头良久,独自守在我旁边不肯离去。这个在单位陪我最多、被我视为心腹爱将的年轻人此刻眼圈红红地对我说出了一番让我心痛至极的话。他说，邝局长，我今天是来告诉你，我要结婚了，是和肖监理。同时有一件事压在我心里很久了，本来早就想告诉你，可是看你身体一直不好，好几次话都到嘴边了，愣是没说出来。现在你走了，我不得不告诉你，向你忏悔，希望求得你的谅解。在天星大厦的项目监理招标中，我背着你收了小肖他们监理公司的好处费，透露了标底，帮助他们公司中了标。邝局长，我知道你是个眼里容不下沙子的人，你又是那么信任我，可是我为了小肖，答应了帮助他们公司，让她在公司创下一份业绩，才换来了她的爱情。邝局长，对不起，我让你失望了……

我并不是没有了感觉，也并不是已经麻木，我腐败的尸体依然在剧烈地抖动。

不过邝局长，雍阳他们想在这事上做文章，想把屎盆子扣在你头上，我和小肖出面作证，主动承担，讲清了事实真相。我马上要去我该去的地方了，不过我不后悔，我要做一个敢作敢当的男人。邝局长，我的好兄长，我的好领导，如果我还有机会，我一定要以你为楷模，做一个像你这样的官。

我闭上了眼睛，也闭上了灵魂，这些对于我而言已经毫无意义了。用我曾写过的无数材料里的套话来说，我的遗体告别仪式圆满完成了各项议程，达到了预期目的，收到了良好的效果。接下来的事，就该按照我笔记本上留的遗言，把我尽快丢进冶炼炉，火化成灰。让这些忙碌不堪的人尽快脱身出去，化悲痛为动力，继续为我们的事业鞠躬尽瘁吧。

卞新生走后，人都走散了，只留下我的家人和白幡掩映下的我。邝天昊胡子黑黑的，一身白孝衣，一言不发地干这干那，忙前忙后。铺张渲染做给别人看的算是进行完了，最实质的事情还要邝家自己人来干。昨天,天昊已经去了殡仪馆,交了钱,排队挂了号,预约了时日,今天要直接送往那里。母亲化作了灰,给我做了最好的榜样,何况像我这样面目全非、尸骨不全之人,只有选择成灰才能维护我最后的一点尊严,这样最好。大厅候烧、排队、亮号。那情形,像极了去机场候机中,是的,我要去远方,去另一个世界,在白云之巅自由飞翔,我不再回来。

我被大家七手八脚装进黄色的裹尸袋,严严实实地拽上拉锁,拖上传送带,缓缓地进入焚尸炉,燃烧,一炉烈火,熊熊燃烧,喷油,再燃烧。我想起《封神榜》的故事里姜子牙火烧琵琶精,也想起《西游记》太上老君火烧美猴王,然而我不是琵琶精,不会有原形出现,我也不是齐天大圣,炼不出火眼金睛。火苗扑闪,巨大的气压把我的身体推了起来,我像一帧剪贴画,站在火葬炉里,哈哈大笑。

被一万五千多个日子熬成的肉体要化成一堆灰却不并是一件容易的事。毕毕剥剥的响声里,我的骨头、肌肤、毛发一点点散落下来。我曾目睹过好多老房子在推土机的强力下轰然倒去,先是散了架子、撤了筋骨,然后粉碎掉整块的残块,最终化作初始的模样,归于泥土。一万五千个日子,赋予我的时光之壳一层一层褪去,我把年龄还给父母,我把学识还给学校和社会,我把粮食还给大地,我把血液还给江河,我把所有爱我的人给予我的爱一一还给他们……我越来越轻,越来越轻,时钟转了一圈,那个散了骨架、血肉模糊的我立时从世界上彻底消失,火化工开始从炉子里往外清扫骨灰。这时,我吃惊地看到,火化工的手里居然拿的是一只烂铁簸箕,锈迹斑斑,毛边残缺,一般家里扫垃圾都看不上。不过,转念一想,不就一把灰吗?就算是用金簸箕、银簸箕装,还能升天去?

现在，我已经避开了一切热闹与繁华，放在这个小小的密封的盒子里，虽然谁也限制和要求不了我，但是我再也见不到和煦的阳光，吸不到新鲜的空气了。

戴欣嫚紧紧地把我抱在她的怀里，生怕我掉在地上摔碎了。她的十个手指牢牢抓住我，然而我却不能够用我的手来握住她，我的手早已经化为粉尘。可是，我能感受她的体温，我甚至有了一丝快慰。我默默地说，欣嫚，我不在了，我才能在你的手上感受到那轻轻的爱抚，我的形象才会一遍遍出现在你眼前，你闭着眼睛的眼睑下才会流着泪水，这泪水啊，就像多年以前我们俩一起看电影《人鬼情未了》时洒下的感动泪水一样。你啊，我亲爱的妻子，你啊，我曾经那样深情温存地爱过的人啊……

3

我要回家。我要到母亲身边去。

然而父亲却要我陪他，他的眼睛告诉我，他在等人。要我一起陪着他一起等。

我被抱回了家，交给父亲。

就如当年被父亲抱上土坯讲台一样，如今我被父亲抱在了床上。这时候我分明如同回到了的襁褓之中，所不同的是，那时候的父亲欢喜，这时候的他悲伤。他用弯曲的手指触摸我，感知我，我相信他一定还能感觉到我的气息，感受到我的温度。父亲从医院出来后，很多事情都不能自理，弟弟邝天昊不在的那段日子，孟雪还要上班，戴欣嫚就给他买了个轮椅。但是从床上移动到轮椅上,要用一个布兜,先塞到父亲屁股底下,把他身体吊起来,然后再放进轮椅里。每到要用布兜吊他的时候,他都不要别人在场,连他喜爱的孙子邝克刚都不要,硬是自己折腾着把自己弄到轮椅里。颜面与尊严对他来说,任何时候都不可损毁。

邝天昊的回家,让父亲脸上多少有了些活色,他开始跟弟弟天昊说起一些家里的事。戴欣嫚把韩园丽景的居室腾出来,钥匙交给孟雪的三天后,孟雪就把房子卖了,加上卖车的钱,凑够了七十多万元,她要在邝天昊回来之前,把公司的债务偿还清,为丈夫重振旗鼓扫清障碍。然而公司债务高达二百万元,要彻底安抚职工和欠债户,就只有卖设备了。可是卖设备只能是下下策,留着设备还可以东山再起,重振旗鼓,没有了它们,再要振兴就难上加难了。

父亲为孟雪的做法感到欣慰,这个儿媳在结婚前等邝天昊出狱就等了七八年,这次又表现出大义与果敢,难怪心一贯很野的天昊,只要孟雪在,就能把脱缰野马的缰绳收回来,以霸道著称的邝天昊,唯一会展露出温顺的对象只有孟雪,因为孟雪确实值得他如此,她不仅仅是他的妻子、生活的伴侣,更多的是他事业的帮手。但孟雪尽管四处奔波,也没能在丈夫回来后把债务偿还清。父亲也不主张卖设备,他试探着说,要不把天穹这房子也卖掉。当然,这话他是趁戴欣嫚不在的时候说的。自然这意思一说出来,邝天昊和孟雪就马上驳回去了。他们同声共气地说,嫂子已经把本已属于她的房子给了我们,帮了这么大的忙,怎么还能再得寸进尺呢?再说,还有欢欢,她暑假还要回来,这还是她的家啊。

正当他们在一起商议着如何想法子解决这些债务的时候,有人按响了门铃。进来的是朝天建筑公司的老板、父亲早年的学生周朝天。

一进门，周朝天就一脸歉意，邝老师，家里出了这么大的事，我早该来了。

问候过父亲，周朝天从包里拿出了一张支票，原来他并不是单单来看看他们，他是雪中送炭来了，他给邝天昊带来了八十万元的支票。

邝野一时不知说什么好，他连连说，我不能拿，不能拿。周朝天把支票放在茶几上，长叹了一口气。天昊，你到了今天这局面，我是有责任的，我知道，你也不容易，为了拿到一个项目，四处跑关系，找路子。盯住一个工程，凡是和这个工程有关系的都得走到请到，找陪标的公司，打点招标单位的各个部门、项目经理和监理经理，这些我都对你帮得很少，对你在管理和市场拓展上帮助不够。现在你回头想想，邝局长当初一再给咱们说的话，那是肺腑之言哪。近年来对工程建设速度的盲目追求，不合理的低价中标，让大批伪劣建材进入市场，工程层层转包，剥削到最终的末端承包者已是没什么利润可言，我们这些资质低、力量单薄的小公司不靠质量和信誉立世，而千方百计钻空子、投门子，甚至也有过以"地条钢"冒充正规钢材、偷工减料的不法行为，落得个今天的结果怪不得别人。邝局长一直说，你们出身农民，但不要一直满足于做个土老板、包工头，要由单位资质管理逐步转向个人职业资质管理，要让资质管理约束个人，实行建造师资格持证上岗。当时，咱们都觉得他是找托词，说官话，现在认真考虑，这是大势所趋啊，他看得比咱们远，比咱们高。所以，我帮你就是帮我，你是朝天公司的人，我们是一荣俱荣一损俱损，这钱都不是啥事，关键我们要吸取教训，从头再来。

周朝天的一席话给了邝天昊极大的动力，他咬咬牙，恨恨地说，周总说得好，咱们不能认输，我会总结经验教训的。有你，我心里踏实多了。

周朝天笑了，这就对了么，面对讨债者，你真不该跑掉躲起来，你躲得过初一能躲得过十五？

周总，不是，我跑也不全是躲债，我是不敢回来，我哥死了，我一个人在场，眼睁睁看着他死去，我害怕极了。要说欠账，也不全是我的过错，就拿沙河小区来说吧，楼房早都盖好了，业主都入住了，可民工工钱却付不了，为什么？这个工程每平方米的施工价格仅仅是二百八十元，竣工后除了人工费基本没有利润，再加上施工期间建设资金不到位，工程多次停工，上百民工清算的欠款里，有一大部分就是他们来回折腾的路费。

咱不说这个了，当下之急咱先把民工工资给结了，我们都是向坡村出来的农民，你也知道，那些钱虽然分到个人手上之后数额也不多，但是对于他们来说，那是救命钱，那些小工辛苦一天挣个八九十块，钢筋工、钢木工也就几百块，我们要尽快先把这笔账清了。哦，对了，我进来的时候，看见那个管工的老黄，在院子里不停地搬砖头呢，一边搬一边嚷得厉害。看来真是病得不轻了，想办法通知一下他的家人给领回去吧。

我没想到，农民出身的周朝天终于思路大开了，我以前给他讲的公司建设思路他竟然记得这么清楚。而且这次他又来帮了这么大的忙，有他，天昊的未来我不发愁了。我看到父亲的眉头也舒展了不少。周朝天提到老黄，我也想起来了，我坠下楼是他先发现的，也是我让他受了刺激，变得疯癫了。世事轮回，历史总在惊人地重复着，那一年，我的弟弟邝天尽，失足坠下完成主体的教学楼，老黄亲眼看到了，这一年，死者的哥哥邝天穷坠下五十层大厦，又被老黄看在了眼里，这难道就是人们常说的宿命吗？老黄的发疯是在问天：他造了什么孽？让弟兄俩在他眼皮子底下摔死？

我跟随周朝天、邝天昊来到院子里，看到这么寒冷的天气里，老黄头发花白，衣衫单薄，抱着一摞摞砖，搬过来搬过去，嘴里说，狗蛋，我不抱砖咋办，我抱起砖头就没法抱你，放下砖头就没法养你，我要养你呀。春节的时候，老黄还在我家喝酒吃饭，还给我们讲他也在外地打工的儿子狗蛋。他之所以一直徘徊逗留在这里，很大程度是因为他在这里过了个春节，他把这里当成了家。像老黄这样的农民工用自己的汗水和辛劳创造着一个个城市奇迹，但是他们永远是城市的寄居者，这里没有他们的家，他们永远发不出自己的声音。我曾在建设工地上偶然听到有个年轻工人抱怨，活是我们干的，受到表扬的却是组长，最后的成果又都变成经理的了，真不公平！旁边一位老工人笑着说：你看表的时候，是不是先看时针，再看分针，可是运转最多的秒针，你却看都不看一眼的？老黄就是他们中的一员，两年了没回家，终了却落得这般模样，真是让人心酸。

我来想办法联系他的家人吧，你们每天给他端点吃的过去。周朝天摇摇头离开了小区。邝天昊返回家，翻箱倒柜找了件黑色羽绒服，拿下去给老黄穿在了身上。老黄回过头，冲着他笑，他掉了一颗门牙，那样子很怪异，邝局长，你回来了？

邝天昊怔了怔，顺着老黄的目光往身后看。我大惊失色。

老黄，你真的看见我了吗？

4

黄叶飘尽、万山突兀的时候，韩阳迎来了又一个冬天。寒冷的季节，楼群里不断有灵棚搭起，哭声嘤嘤。这个冬天寒冷而干燥，成了老人们扎堆故去的时节。

父亲的病情也在这个季节里出现了恶化。他不停地说，我看见天穹了，他在叫我走呢，我怕是真的要走了。但是我分明感到他还在等着什么，他冲着天昊摆摆手，做出要写字的样子。邝天昊说，你要写什么，你说，我帮你写。

父亲喘了会儿气，非常吃力地说，我已经过了八十岁，已经走到了人生的边缘上，人的寿命都是有大限的，我清楚我快"回家"了，我得洗干净这八十年沾染的污秽回家。曾国藩曾经总结他的三耻：天文算学毫无所知，做事治业有始无终，写字不好。我邝野一生也有三耻：一耻情迷无行辱没祖孙，二耻养子不保骨肉分离，三耻读书不进于事无补……

邝天昊在纸上记录着父亲艰难的口述，他显得很吃力，一方面是因为父亲说话已经气若游丝了，一句话要分几次才能说完，另一方面是因为父亲惯用的文言句式让他难以辨听。我是听明白了，父亲开始给自己写一生的人生总结了。他所言三耻，一耻情迷无行辱没祖孙，是指他年轻时候的一段恋情，也就是他跟知青姚清河的初恋乃至不慎让其怀孕，在他来说是件非常丢脸又辱没祖先的事，所以谓之耻。二耻养子不保骨肉分离，是指生养了我们几个，天骄、天穹、天昊和天尽，却都没有尽到责任，天骄杳无音讯，天尽少年早夭，天昊身罹牢狱，天穹白发相送。三耻读书不进于事无补，指的是读了一辈子书，却不能解决好多现实问题，面对矛盾和苦难常常无能为力……

人将去，却读书种子不绝，经纶之心不死，青云之志不坠。父亲最后说完这几句，好像疲倦极了似的，轻轻太息一声，嘴里嘟哝了一句，身边的他们几个都没听清，而我听清了，父亲说了声：我不想坚持了。

父亲要等的人终于来了。

戴欣嫚接到好洁电话的时候已经夜里十点多了。戴欣嫚从我的治疗日记里知道了我的主治医生好洁，也读出了我对她精神上的依恋。好洁的突然而来，让大家无法理解。作为我的主治医生，她没有能挽留住我的生命，大家不约而同地在想，病人都已经去了，她还来干什么？

好洁当然明白他们的心思，她一进门就说，对不起，很抱歉，路上碰上了交通事故，堵车等了四个小时，来晚了，打扰到你们了。

大家面面相觑，听她继续说下去：天穹的事，我很遗憾，我没能挽救他。但是我想这几年，没有人能比我更深入地了解他。我觉得，中国人的情感模式普遍都是在找妈妈。男人找老婆就是在找妈，只要一个女人给他温暖的感觉，让他放低戒备，觉得自己像小孩儿，那他就一定被收服了。而对于天穹来说，在母爱缺失的成长中，那种渴望温暖的欲求也便随着年龄的增长与日俱增。通常我们第一个爱上的都是自己的妈妈，如果与妈妈的亲子关系构筑得不好，成年之后，就很难处理好与另一半的亲密关系。童年的内心模式在成年就会呈现出来，这样就形成一个轮回。当然更大的诱因来自官场的诡变与压力，当个人理想追求与残酷现实发生激烈冲突的时候，精神就一直处于高度紧张之中，内心有两个"自我"在不断地发生斗争……他，唉，主要是错过了最佳的治疗时期，前年我专程回来陪他在邝湾休养治疗，辅以药物，情况好转许多，如果坚持下来，就不会有今天。可是他太在乎、太热爱他的工作了，从邝湾回来，他全身心投入到天星大厦的建设中，对我的话一点都听不进去。由开始的烦我到最后回避我，说我阻碍他追求事业前进的步伐。

不用抱歉，好洁，与你没有关系，该走的迟早要走。上帝安置一个人在任何环境都有他的美意。我想说,春节期间,我专程去省城治疗,你尽了最大所能,十几天时间,先后给我使用了经颅磁刺激治疗、针灸加中药和光疗法……我几乎把你那里所有先进的治疗仪器都用遍了。

好洁说完这些,走到了父亲的身边,她拉住了父亲的手,轻轻抚摸着,父亲的眼神里放射出一种奇异的光芒……

其实我今天来,不是为了天穷,人已去,再说什么都没用。我专程过来,是要告诉你一个真相:父亲,我是你的女儿邝天骄!

屋子里的人全部惊呆了。

你终于承认了。我长长出了一口气,原来父亲说要坚持不走,他就是在等你呀,我的姐姐!

第十七章

1

漫长的夜晚开始一天天变短了。

我感觉很累了,这些时日,我还是不断地从身体里冲出来,又被一种无形的力量拉回去。这种简单的轮回反反复复地折腾着我。当我意外遇到董莉的时候,她说,我知道,你是不甘心。你还在挣扎,你还想改变。我说是吗,不会吧。我已经死心了。董莉苍白的脸上面无表情,她叹了口气说,你跟我不一样,你不想这样离开,你一直希望能收拾残局。

董莉的话让我有灵魂出窍之感,我的离去是无奈?我还心存幻想吗?是的,在我的心灵深处,残存着太多的幻想,它们蠢蠢欲动,不断把我从身体里拉出来,让我面对早已与我无关的现实社会。

不知道从什么时候起,我亲眼看着韩阳人的心态不再单纯,人性的恶之花在这里张扬绽放。从阴暗潮湿的地下太平间里出来,我有点找不着北。可是我看到社会的确在进步,工资一年年在上涨,高楼写字间里的人越来越多,嘴唇越来越红,刷屏、炒股、微博、签约……莺歌燕舞、美女云集、各行各业的领袖出没豪华私人会所与电视荧屏,一派繁忙景象。空气中的欲望慢慢潜生,城市的味道像蒸笼刚刚揭开,热气蒸腾伴着发酵的味道迅速蔓延……

离这个城市远一点,心就可以静一点。

我要回家了,这些真的与我无关了。此刻,我正在回家的路上。

春天来了,漫长的夜晚开始一天天变短了,草坪上泛出可人的嫩绿。我穿过草坪的时候看到一只黄白两色的小狗,从奔跑中停下来,一对乌溜溜的眼睛又圆又亮,异常空灵地盯着我。

我突然从它的眼睛里看到了我的影子。

它走向我,我看到它的脖子上有一个红项圈,显然是长期被人牵在手里勒出的。它叼住了我的裤腿,往一边拽。它是要带我去哪里?

我跟着它,来到了花坛边上。那里坐着一个人。小狗摇动着尾巴走过去,我看到,那是一个女人,长发垂下来,遮住了半个脸。她的双脚竟然是光着的,脚指甲上涂着玫瑰色的指甲油。小狗伸出舌头,舔她的脚丫子。

她看见了我,缓缓抬起头,我吃了一惊。

董莉。

是我,邝局长。

你怎么会在这里?前两天你不是还在……

是,前两天我还在你的葬礼上,命运无常,今天我就来找你了。邝局长,只有你能懂我的痛苦。

不要叫我邝局长,这个世界里没有局长。你,为什么也走这一步?我想起来了,有一次你遭到上级公开批评,曾在办公室里吃过一次安眠药。那这次……

决定了的事,就变不了,人说你别在一棵树上吊死,多找几棵试试，可我还是用安眠药，我自己买的。我反锁了卧室的门，处理好一切，在大家毫无知觉的情况下选择平静离开。好多事，你一定能明白，梦与现实我常常分不清，因为我只要睡着，就全部是梦，梦里一样充满了焦虑、恐惧、愤怒、委屈和失望。醒来的时候，浑身困倦，四肢无力，比一夜没合眼还要难受。

董莉，我知道的，唐兴旺多次跟我说过，我给你介绍过好洁，对了，上周兴旺还去了我家里找好洁。你的病并不严重，应该能看好，我看过那么多的抑郁症病例，大多数都是有希望的，你不能就这么走了啊。唐兴旺是那么爱你。

是的，他虽然是个司机，但是人特别好，脾气好，又勤快，我不在家的时候，他也把家里收拾得井井有条，我周末从周原回来，他就早早做好了饭在家里等我。特别是我最近病情恶化，他就没再去单位，你知道的，雍阳当了局长，再没让他开车，他除了早上烧个锅炉基本也没啥事干。我常常无端地脾气坏，无缘无故地折磨他，我觉得自己这样离开，他也就解脱了，他还可以找个好女人，好好过正常生活。

听着董莉的话，这个唐兴旺倒给了我好多感触，我明白了一个道理，爱上一个人，你需要示爱，娶了一个人，你需要示弱。

唉，他说过你不爱当官，你只想做个普通女人，过普通人的生活。

是啊，其实我根本不适合干这个。以前在市委党校的时候，课不多，一周三四节课，没有课的时候，我喜欢一个人待在家里。我小时候就体弱多病，胃不好，也有心肌炎，特别容易感冒，中药碗几乎一年四季不离手。我生病的时候，就一直处于休眠状态，关掉手机，拔掉电话线，不开灯，不开电视，不见任何人，甚至不说话，就比死人多口气那样躺着，一动不动。

偶尔起来，幽灵一样在没有光线的屋子里晃悠。这样我觉得很自在。结婚前曾经有几年，我几乎不能跟家人待满一个月，每个月我至少要刻意在外边一个人过几天。否则，我就觉得浑身不自在，坐立不安，就感觉不是我在过日子，是别人在过日子。童年时我习惯了寂寞，寂寞成了我的生活常态。少年、青年我独来独往，习惯了一个人，我并不认为上蹿下跳才是精彩的生活，那多么像猴子，一直在追风景，却错过了最美的风景。我从容地坐着，看见地球照样在旋转，阳光从高处洒落下来，时间如小溪流淌，花开花落，似乎从来也没有流逝。要不是突然调我到周原县委当领导，我也不会随你而来。

都一样，我要是不当建设局局长，我也不会这样早早离开人世。我们的性情与做人上的认真注定了我们只能成为悲剧。

也许一切都是命。我到周原任职，完全是因为我的年龄和学历，我当时是韩城市女干部中唯一一个三十五岁以下的研究生。这么几个硬条件，选拔副县长，就像是一个金钟罩，一下子把我罩在了里面。当然，我收获的是别人的羡慕与嫉妒，而我的愁眉苦脸与不情愿被视为虚伪和逆向的炫耀。这就是我们所处的现实，真的没人会相信，作假反而让他们觉得合乎常规。

在周原三年，先是一年副县长，再是县委常委、宣传部部长，你都不知道这三年我是怎么度过的。

顺着董莉的讲述，我的灵魂穿越了三年的时光之雾，看到了董莉参与的一场又一场的饭局，喝酒起哄，身披夜色回到房子里，抱住马桶吐得昏天黑地。董莉在日志中写道：我能，一定能，不要让人瞧不起，不就喝酒嘛，不就吹牛吗，不就听听男人们津津有味地描述那些下半身的事吗，我全当耳旁风不就得了。但是她错了，她的努力致使矛盾逐步升级，要求步步紧逼。喝酒不再是小杯慢饮，而是带有攻击性和目的性的大杯痛饮。

有一次，省广播电视厅的丁副厅长来周原县调研广电大厦设备投资情况，周原县新落成的广电中心因为没钱买设备，迟迟不能搬迁使用，同类情况的县区还有两家，而省上当年只投入一家，其他两个县都在争取，决定权就在丁副厅长手里。董莉白天陪同完调研活动，晚上在周原宾馆，县委牟书记、县长王向春亲自出面接待，几轮敬酒过后，牟书记说，丁厅长，我们宣传部部长小董那可是个女中豪杰，能文能武，项目投资的事能不能落户周原，可就看小董的敬心了。董莉会意，端起高脚杯，让服务员满满倒了一杯酒，她端起酒杯站了起来，丁厅长，欢迎您来周原，周原广电事业的发展全靠您了，我先满饮此杯，然后敬您一满杯，说完，董莉闭着眼睛把一杯酒灌下肚去。

丁厅长说一声好，牟书记所言不虚，果然女中豪杰。服务员分别给厅长和董莉的高脚杯里倒满了酒，两人碰了，一饮而尽。满桌子的人齐声叫好，气氛顿时进入了白热化状态，董莉在大家的怂恿下，又与厅长喝了一杯。当然，敬了省厅的，不能不敬市上的陪同领导，虽然跟他们都不是满杯，但是董莉已经开始头晕目眩了。整个饭局她几乎没吃一口，刚开始是顾不上，等敬完酒，她已经什么都吃不下了。抽空跑到洗手间，想吐却什么也吐不出来。对着镜子一照，她发现自己的脸色泛黄发青，再不能喝了，再不能喝了，她一遍遍叮嘱自己……好不容易熬到酒会结束，董莉一进门衣服都没脱就扑倒在床上，半夜醒来，胃疼得像火烧，她从床上折腾到地板上，喝了一口水，一口吐出了胆汁。第二天一早她又挣扎着爬起来去陪早餐，送他们离开周原。

以命相搏换来了辉煌的战果。董莉给丁厅长留下了深刻的印象，周原广电中心终于搬迁营运，对外宣传的平台更加畅通、快捷、清晰。当年春节前,董莉带了周原的特产酥梨专程去感谢丁副厅长。她去的时候已经快下班了,敲开丁副厅长的办公室,丁副厅长看见她异常惊喜,从宽大的办公桌后面转出来,握住了她的手,小董,没想到你能来。厅长帮了我那么大的忙,我来提前给您拜个年,表示一下我的谢意。坐吧,小董可是越来越漂亮了。他给她冲了杯茶,说实话,自从见过你之后,我就忘不掉你了,你真是个各方面都很优秀的女干部。董莉没多想,她想着来过就算完成任务了,打算赶紧逃离。厅长,下班时间已经过了,不打扰你了,我就先告辞了。她说着站了起来,丁副厅长却走过来,双手按住了她的肩膀,莉莉,说实话,第一次见到你我就被你吸引住了,回来后,我一直很想念你,我发现我是喜欢上你了。董莉的脸红了,厅长,请别开玩笑,我告辞了。说着用手去扳丁副厅长的双手,丁副厅长却把她按在了沙发上,自己屈了腿蹲在董莉跟前,莉莉,我说的是真的,我很喜欢你。今天你就别走了,跟我走,我会很快把你调省城,厅下面的单位多的是,由你挑,我还会想法子解决你的正处……丁副厅长说着脸色有些涨红了。董莉望着这张老脸,觉得从来没有过的恶心。她努力挣脱他的胳膊,站起来,摆脱他的控制,你把我想成什么人了?你是大领导,请注意你的身份,我不是你哄骗惯了的那些傻女孩!董莉又气又羞,快速地离开了这个肮脏的地方。

　　没想到,转过年去,丁副厅长竟然升任省财政厅厅长,这个社会真是搞不懂了。由此,董莉对官场充满了深深的厌恶和失望。厌恶也罢,失望也好,她不得不按照官场的规则行事。原以为这件事就这么过去了,没想到的是,这件事给她造成的伤害和影响远远没有结束。周原争取到一项上千万的农业综合开发项目,农办那边把项目批复了,省财政就是不拨款,牟书记和王向春往省城跑了不下五次。最后一次，在省政府的财政工作会议上，丁厅长给牟占堂暗示，你们的小董还在当部长吗，有日子不见了，这个女子很有个性哦。牟占堂书记心领神会，回来立即找董莉谈话，要派她去趟省城专程拜会一次丁厅长。这次董莉没有表现出温顺来，她态度坚决地说，这不是她分内的工作，她不去。牟占堂没有想到董莉会跟他叫板，不过从董莉的态度里，他看出了她跟丁厅长之间的事。牟占堂没再勉强她，却对她心里生了怨恨。从此董莉在周原的地位一落千丈，甚至有好几次公开场合，因为对外宣传稿里面的一个数字，牟占堂大发雷霆，说她思想观念保守，没有一点开拓精神。

后来牟占堂选了个女乡长亲自带到省城面见丁厅长，落实了那笔项目投资，很快那名女乡长就调到省财政厅投资中心了。县委书记作为县上的集权之大成者，他的导向引导着全体干部职工的风向，牟占堂对她的态度直接导致董莉在周原的孤立和被动。她常常陷在悲伤、阴郁和焦虑之中，慢慢地，她开始打不起精神，食欲下降，体重减轻，失眠，坐立不安，她不断地反省自己，又找不出自己究竟错在哪里。终于，在那次全市精神文明建设工作会上，周原县因为几个硬性指标没完成，受到了市委文明办的点名批评，牟占堂责成董莉在县委常委会上做出深刻检讨。董莉一下子觉得世界漆黑一团，她委屈极了，做完检讨，就在自己办公室里服下了一大把安眠药。可是，她没锁上门，宣传部的一个干部进来送材料，发现了她。

死过一次没死掉，事情反而变得更糟糕了，关于她自杀的消息像流行感冒一样在周原县乃至整个韩阳流传，这让她被动、尴尬乃至抬不起头来。可以说，这只是一次预演和尝试，正是这预演和尝试加速了她离开的步伐。这样的境遇使得她的工作环境一天不如一天。步入官场，每升一级，人情味便减少一分，这成了不争的事实,在内忧外困之中,她不得不请了病假。在家里,很小心地尽量维持正常的饮食和生活日程,每天吃抗抑郁药物,直到最近,幻觉、强迫症状紧紧纠缠着她,老能听见我在对她说,怎么还不走?走吧,快点走,你没有什么可留恋的。

……是我叫的你吗?我从三年前回到了眼前,回到了此时此地,青草茵茵的花坛边上。

是啊,你走后那段时间,我一直能听到你的声音,我虽然觉得自己真的撑不住了,可我还是在屋里大声说:邝天穷,我就不死,我就不死!

这时候,小狗摇着尾巴从我们旁边走过,董莉叫,唐笑笑。小狗真的回了一下它的小脑袋,它停顿了一下,盯着我,很快,就又钻进草坪,啃嫩嫩的绿草叶去了。

你叫它唐笑笑?是。唐兴旺买的,他说,养一只小狗吧,对康复有作用。他还翻出一本书,让我看,你看,书上说,养一只宠物对抑郁病人有好处。他总是雷厉风行,这话说了没多久,就抱回来一只狗,小莉,你一定要开心,我要看你笑,我们就叫它唐笑笑吧。尼采说,孤独有七重皮,任何东西都穿透不了它。有了唐笑笑,我却没有笑起来,反而又多了一层烦恼,很头疼。独自带它出门散步,总会愤怒地骂它,我把这些年的怨与恨都撒泼到了这个小动物身上。即便不出门,我也怕单独去面对唐笑笑,怕伤害它。我愿意跟唐笑笑玩的时候,彼此都很高兴,但是一会儿我就累了,玩不动了。这时候唐笑笑就盯着我,目不转睛地看着我,嘴里发出愤懑的吼吼声。我一下子明白,唐兴旺为什么买它回来,他一定是忍受不了我的残酷和压抑的暴力倾向,替自己找了一个替代品。唉,生气是因为自己不够大度,郁闷是因为自己够不豁达,惆怅是因为自己不够阳光,焦虑是因为自己不够从容,悲伤是因为自己不够坚强……原来每一个苦恼的根源都与别人无关,都在自己身上。

我正听着董莉絮絮叨叨地讲她自己,忽然从哪里飞来一只啤酒瓶子,砸向唐笑笑,随之,有骂声传过来:哪里来的野狗!滚!那是一个戴红袖章管理花坛的人,他有些气急败坏地撵过来,嫌唐笑笑啃了草地里的绿草叶。

啤酒瓶子没砸中唐笑笑,但把它吓坏了,发出一声尖叫,迅疾跑开了。我被那"野狗"二字激怒,俗话说打狗看主人,戴红袖章咋了,戴红袖章也归我管。我迎着那人走去,那人打了个寒噤,奇怪,没风,咋冷飕飕的?董莉拉住了我,你忘了,他看不见你。

董莉的提醒让我回过神来,原来这一切都与我无关了。这是别人的世界,我已经完全管不了人家了。

唐笑笑——

董莉披头散发着撵她的唐笑笑去了。她的背影看上去很轻盈,解脱了,跟我一样,解脱真好。

2

一年之内,韩阳两名官员自杀,这让韩阳官场大为震动。大家都想不明白这究竟是怎么回事。年轻的宣传部部长董莉才三十八岁,年轻漂亮,前途不可限量,大家说起来,都感到惋惜。当然作为一个女人,猜测与传言就更是多了点。有人说,董莉是省上某个领导的情人,那个领导出事了,董莉才自杀的。也有人说,王向春接任县委书记后,肃清政敌,大抽血大换班,抓住了董莉与前任的把柄,逼迫董莉辞职,董莉无奈之下寻了短见。总之女人从政,上不去,干得不好,说你没能力;上去了,说你是用身上的"家具"换下的。自杀一下嘛,又说你陷入高官"情人门",身败名裂无颜活于世。董莉的苦闷是所有女官员的苦闷。

董莉出席过我的告别仪式,虽然我已经无权出现在她的葬礼上,但是作为同类,我还是要送她一程。再说,唐兴旺不仅仅是我的司机,他的父母亲还是我在设计院时的老同事,是我的老前辈。唐兴旺跟着我跑了几年,也没少照顾我。和我相比,董莉的葬礼是安静、简单的仪式,只有极亲近的几个人,不纷不扰,真好。作为直接领导,王向春也来了。牟占堂在董莉请假后不久,退居二线,担任了市人大的调研员,王向春如愿以偿接任了周原县委书记。唐兴旺曾跟我说,王书记对董莉很不错,多次来家里慰问,还让她抓紧治疗,尽快康复,重返岗位,他要推行他的"三年计划",需要董莉。我当时替董莉惋惜,人说一朝天子一朝臣,王向春主政周原,风水轮流转,应该说是到了董莉咸鱼翻身的时候了,可是她却就这么走了。现在我不这么认为了,因为王向春对于权力和政绩的热衷我再清楚不过,董莉作为县委班子成员,挟裹其中必然内忧外患,心力交瘁。

王向春一上任,就强力推进他的"三年计划":用三至五年时间,实现"双五十"目标,把周原建设成区域性中心大城市。所谓"双五十",就是两个"五十",城市建成区面积五十平方公里、城市人口五十万,城镇化率达到60%。为了实现这一目标,城市的框架被不断拉大。北扩东移、西拓南提成为周原县的支撑性工程。周原要建成省内第一条县级城市的外环线。

王向春的宏伟构想得到了市长何光荣、建设局局长雍阳的大力支持。春节前的人代会上,何光荣顺利当选为韩阳市人民政府市长,这个以强拆出名的何光荣在韩阳开始大力推行严格的城市化目标责任制,城镇化率成为政绩考核的内容之一。雍阳在全市住房和城乡工作会议上坚决贯彻何市长的英明决策,他在讲话中说,如果每年每个县城增加几千到一万人,就能确保城镇化率年提高一点五个百分点的目标实现。

作为周原人,我对周原的了解再深入不过,固然如王向春所说,周原县四十万的农村人口中,真正驻守在农村的也就二十万人,有近一半在外地打工,还有十多万农村人挤进了周原县城。而近几年由于一些大中城市农民工收入减少,不少外出务工人员回到家乡后留在了县城。多层因素让周原不断扩容,原本最多只能容纳三十万人口的周原城区,变得异常膨胀。这也就成为王向春的"三年计划"和"双五十"战略提出的现实依据。但我从一个城市建设者和周原人的角度分析,我认为这还是一种城建上的"大跃进",从目前周原城区拉开的骨架来看,周原县城区至少在十年内不能盲目扩城,合理城区规模应当在四十平方公里以内。因为韩阳目前产业集群尚未形成,难以给现在的城区人口以更多的就业机会和幸福指数。所谓的城镇化率应当是一个综合指标,必须考虑进城老百姓的住房、医疗、子女教育、文化生活等等因素。就拿教育而言,我所知道的向坡乡所有学校生源萎缩,邝湾村和它邻近的小学每班人数只有三四十人左右。但在县城里,很多小学却班大人多,拥挤不堪,最多的一个班都超过了九十人,校舍、师资短期内都跟不上去。县城的"野蛮生长"所导致的资源紧张,并不只是体现在教育方面。电力供应、小区供水、城区交通、电梯维护等基础配套都不能适应县城"摊大饼式"的膨胀之需。

我若是还在建设局局长位置上决不容忍这种"有城无市"的城建发展思路。这种想法一冒出来,我一时激愤得不能自已,职业理想和职业良知再次涌上心头,恨不得马上把雍阳从建设局局长位置上拉下来，游说、呼吁政府改变决策，不要搞土地城市化，而要把人的城市化放在首位，千方百计把周原引上良性发展的轨道。

这时候，有人笑了，笑声里带有几分嘲讽。不是别人，是今天的主角董莉，就像她说的，邝局，你真的是心有不甘，你看到了吗？你这样不断从身体里跑出来，就像一个出家人，明明进了庙门，还在操着俗世心。你真的以为他们不懂你说的这些吗？别以为世人独醉而你独醒，把别人都当傻子。何光荣、雍阳他们这样做，除了政绩因素，更深层次的目的是，以此招一些企业来占地圈地，来这儿大搞房地产开发。

她的一席话让我无言以对。聪明的董莉比我更清醒，她既指出了隐秘于他们心底的阴暗心理，道出了问题的实质，又对我自绝于世又不肯离去、眷恋红尘与所谓理想的矛盾纠结一语中的。母亲和父亲对我一生的影响太深了，我的确是不甘心这样做一个失败者。可是我又能怎样？我在这里再义愤填膺也只是自说自话，除了徒增笑柄还有什么意义呢？更多的时候，人们不糊涂，而是装糊涂。就算你邝天穷还在，也不过是螳臂当车。不碰壁才怪。还有，如今这么大的阵势，很有可能你的导师、建筑学专家、韩阳市委书记庞俊杰也是默许，甚至予以肯定的，王向春的"双五十"与天星大厦的建设目的是一样的，一万年太久，只争朝夕，三至五年要以显著于别人的政绩跳到更高的台阶和更加显耀的位置上，只有选择在城市建设上出奇制胜。乘坐上这列快车的人无法停止奔驰的轮子，为此可以不计任何后果。这是为什么？

我终于沉默了。我必将一直沉默下去。的确如董莉所言，何光荣和王向春的大动作给韩阳建筑市场带来了无限商机，也让沉寂了多年的韩阳风起云涌，他们笔锋指处，尘土飞扬，老城摧枯拉朽地拆，新区拔地而起地建，一派竞相生长的繁荣场面。周朝天拉着邝天昊把机械设备、队伍全部集中到了周原，在周原的土地上增砖添瓦，大展身手，他们终于有了大有作为的广阔天地。

董莉，你以为他们是给老百姓、给他们自己造城呢，其实不是，他们是在给咱们造城呢。

咱们？不懂，咱们还有这种资格吗？你有，我可没，你看我这安息地，多幽静，太符合我的性情了，我都要爱死我老公了。

哈哈，你还没死够啊！我说的是真的，你可能不关注这个，作为一个城市建设者，正反的教训都要吸取，你没听过"鬼城"之说吗？这些年，好多地方在房地产的疯狂投资和无节制的扭曲推进之下，一批新建的新城空空荡荡，人烟稀少，白天鸦雀无声，晚上一片漆黑，完全就像是人类勿进的"鬼城"。过度城市化看似在编织一场瑰丽的绮梦，实则是在造就一个个"鬼城"夜影，周原步入它们的后尘，难道不是在造属于你我的城？

鬼城，好啊，我们入驻，那是名副其实啊。

原来轻松的感觉是这样的。

3

董莉埋在了南山公墓。

干净的林间小路，繁盛的小野花一丛丛一簇簇地开放，这里翠柏掩映，深居山谷，向阳背风，驱阴聚气，真是绝好的安息之地。唐兴旺和众人一起把董莉的灵柩轻轻安放进墓道，扬起黄土层层覆盖，黄土落一层，逝者就与生者远一层，直到一座新坟在大家的眼皮子底下竖立起来,从此阴阳相隔,生死两望。

王向春的莅临,让董莉的葬礼多少有了一点官方的色彩。和他共事多年,我清楚,王向春最擅长的就是笼络人心,买他账的不买他账的,他都会恰到好处地讨巧。久而久之,不管买他账的还是不买他账的都说他的好。这一点让他一上任普遍就赢得了要比牟占堂得多的拥护。不能不说,王向春善于驭人,天生是个做官的材料。从他跟何光荣的亲近关系就能窥见他心机之一斑,何光荣在韩阳不知不觉地位上扬,让他嗅到了某种潜在的味道。他与何光荣的走近绝对不是简单的政见一致,也不是一个基层县委书记对上级领导的本能靠近。想想王向春跟我的关系,你说不好吧,那是真好,圈子里人人皆知我们是死党,你说好吧,我又总觉得有些不爽,试想,我一直待在市委机关工会当那个闲职工会主席,我的生活里还会有他吗?

我想当然不会。今天,他于百忙之中来为董莉送行,谁能说他就是真正为了董莉?百忙之中,他确实是忙哪,人在现场,他的手机却一直响个不停,汇报,请示,做指示……也就无非那些事,我是过来人,闭着眼睛都能看得一清二楚,尽管这样,听见电话声响,我还是很生气,我差点一把夺过他的手机抛得远远的。当然这不是因为羡慕,不是因为嫉妒,我是为跟我一样的董莉鸣不平,要么干脆别来,来了你就安心把这桩事做好做完,这是对逝者的尊重。

他走了,终于是走了。

墓前剩下了唐兴旺一个人。不,还有我。

唐兴旺打发掉所有的人,开始仔细地整理董莉的坟包。他把那些飞舞的白幡和烧掉花圈的残烬一一从上面清理掉,把边上塌陷的土和一些脚印抚平了。坟堆在他的双手下,变得整整齐齐,规规整整。他拍了拍手上的土,像审视自己刚出手的作品,左看看,右瞧瞧,直到觉得真的是左右对称、天地齐宽了,才满意地兀自独立,大口呼吸着山间清新的空气,像是找寻着妻子董莉的气息。他的认真让我感慨不已,唐兴旺在单位是个好职工,在家里是个好丈夫,董莉,也算是一个幸福的女人了。

收拾好一切,他坐下来,点了一支烟,望着坟前那一炷香一点点缩短,他轻轻地说:小莉,你生前没有多少走得很近的闺蜜和朋友,你总是喜欢安静,你一点也不像大街上、商场里走过的那些女人,不说闲言碎语,不纠缠鸡毛蒜皮,不斤斤计较,你的与众不同用书里的话说,叫清畅和高贵。你不在了,我尽可能不去想往事,因为路不可能回头。从此以后,我希望你在一个没有纷扰的世界,不再那么深刻,想哭便哭,想笑便笑,随心所欲,自自然然,简简单单……

董莉,你听见了吗?你的爱你的丈夫说给你如此贴心的话,这怕是他一辈子说给你最真切又最深情的情话了吧?我听见了你的哭泣。这哭泣足以打动我,男人有没有权势、有没有金钱、帅不帅气真的都不重要,重要的是能不能暖心。钱财一时,心暖一世。此刻,你是为暖心而泣吧?

此时此景,让我想起了读大学时,看过的顾城的几句诗:草在结它的种子,风在摇它的叶子,我们站着,不说话,就十分美好。

如此清新,如此温暖,如此有爱。董莉,你终于到了你该去的地方,安息吧,我听你的话,钻在身体里再也不出来了,我要走了,在邝湾,有等我的娘。

我要回家。

第十八章

1

回家的路并不平坦。

来自邝湾的风不停向我吹着,召唤我。封闭在小盒子里的我,思绪粉末般吹起。我知道,我在等父亲,二十年前,我把父亲从山清水秀的小村庄带到了城里,二十年后,我要带着他一起回去。父亲就像一株离开泥土的庄稼,无一刻不在疼痛,无一刻不在回望。

无数个晨梦里,我都梦见父亲背着我穿行在皓月之下,他的脊背那么宽大,那么温暖,像深沉的黄土和大地的怀抱。一路的树荫婆娑,沿途的树木和蒿草一点点向我传递着生命的讯息。真的,我就回到了梦里,如今我在父亲的苍老虬曲的大手抚摸下,一点点有了体温的感觉,有了苏醒的记忆。

背着我,父亲,我们回家。

父亲说,我不想坚持了。

其实我知道,他是坚持不住了。他一直认为死亡是他的敌人,一直在战斗。那些风雨如晦的年月,他的腿被人打瘸,身上满是伤痕,可他还是坚持了下来,用一只残腿顽强地走到了今天。当他终于说出他坚持不住了的时候,我知道他是真的不想坚持了，他要追随我而来了。

最近一段时日，天昊不常在，戴欣嫚寸步不离父亲，夜里无法安睡，隔一两小时就要为父亲翻身、吸痰、换尿袋，白天也是同样的流程，欣嫚熬出了黑眼圈，整个人都变了个样子。可谓患难见真情，我内心充满了感激和愧疚，我的生命如果还能再来一次，我一定全心全意好好爱她。离开这个世界，我才知道其实真的不必跟死太较劲，因为斗争到一定程度之后，就没有任何意义了，死亡最后肯定会赢了你的。父亲经历了白发人送黑发人的痛楚，经历了那么多的人世纷扰，算是倾尽了全力。每个人来到这个世界上都是背负着不同的使命，作为父亲，他的使命已经结束了。

而让他坚持到今天的动力，不是别的，是他寻找了一辈子的女儿邝天骄。冥冥之中，他能感知到邝天骄已经与他越来越近，越来越近，他甚至觉得只要自己再坚持一口气，他就能看到他的天骄了。

果然，好洁来了。好洁抓住了父亲的手，说，爸爸，我是你的女儿邝天骄。除了我，别的人都以为他们听错了，愣怔了几分钟后，还是坚定不移地以为好洁要假扮他的女儿邝天骄来善意欺骗父亲，好让父亲无所遗憾地离开这个世界。如果真是那样，他们也会配合把这个戏演足了。这样想着，他们更加确认自己的判断是准确无误的。

父亲听到"邝天骄"三个字，眼睛里闪耀出奇异的光彩。这么多年的寻觅、期盼、梦想，邝天骄在他脑海里一定留下了具体的模样，如今站在他面前的好洁，与他脑子里的邝天骄完全重合了，上苍在他弥留之际，一定是让他认出了自己的女儿。

当戴欣嫚、邝天昊和孟雪正酝酿着怎么帮好洁把戏演圆满的时候，好洁却说了一句让他们更为吃惊的话：爸爸，你坚持住，你一定要坚持住，最迟明天下午，我的妈妈就会回到韩阳，你就能看见她。

她的妈妈？是姚清河吗？我第一个反应就是父亲的初恋，那个知青姚清河。原来她真的还活着，我去天津专门去找她，没有一点她的消息，她怎么突然就出现了呢？

这句话如一股电流，使父亲的身体猛然一激灵，他几乎要坐了起来。好洁握紧了父亲的手，小心地轻抚着他的胸口，尽量让他的情绪稳定下来。她不再说话。戴欣嫚和孟雪的眼里满是疑惑和不解。此刻，她们不得不自问，好洁到底是谁？难道她真的就是邝天骄，这一切的背后究竟有着怎样的谜？

这，当然也是我所急迫想知道的。为了找姐姐邝天骄，我探访很多可能知情的人，并远赴天津，走访姚清河的社会关系，虽然毫无结果，但却坚定了好洁就是邝天骄的想法。尽管好洁一再否认，我还是不肯放弃。现在的事实终于表明我的感觉完全正确。

好洁的电话随时与姚清河保持着联系，我们对姚清河的感知终于逐渐从想象到声音到具象，最终浮出水面，成为一个无法拒绝的存在。

上了火车。

下火车了。

下高速，快进韩阳市了。

打了个出租，正赶过来。

电话里，她越来越近，接完最后一个电话，好洁就忙不迭地跑下楼去迎接姚清河了。

迎着屋里所有人的目光，一个清瘦的老妇人在好洁的带领下走进门来，向大家微微点点头，算是打过招呼。她被好洁领到了床榻上的父亲身边。这就是传说中的姚清河,她看上去不显老,没有人知晓她的具体年龄,仅从外观上判断,也就六十多岁的样子,岁月的利刃虽然在她的脸上留下了深深的痕迹,但是依然掩不住五官的端正和身上流逸出的那种清绝的气质。

父亲挣扎着,打着手势,他是告诉我们,他要起来,他不能这样躺着接待客人。好洁把他扶起来,让他的上半身踏实地斜靠在了床头上。他的双手剧烈抖动着,在枕头边上摸着什么,邝克刚说,爷爷是找眼镜呢。孟雪赶紧从床头柜的水果篮旁边找出了眼镜,给父亲戴上。父亲透过镜片,目不转睛地望着眼前这个从天而降的有着几分陌生又有几分熟悉的女人。你是,你真的是清河吗?是,是,我是姚清河,四十多年前,热爱过你的姚清河。

真的是你,我都不敢认了。

是我,老了,当天骄说她找到你了的时候,我就一直犹豫着要不要来看你。我觉得,一切都过去了,孩子你也见到了,都这个岁数了,我们见不见还有什么意义呢。所以,天骄自己先来了。她不断在电话里给我说你的情况,说你咽不下最后一口气,你在等我。也好,今天我来了,当着你的面给你说一句,对不起,我太自私,在你新婚大喜之时,搅乱了你的生活,让你为难了。

不,不。父亲已经语不成句了。他在邝天骄的怀抱里颤抖着身子剧烈地咳嗽起来。

你别说,听我说,我知道你想说我不那么闹,你打死也不会相信我们有了一个孩子。后来我想通了,我给你留了个字条,带着孩子回天津了。有了孩子,就有了念想,就有了一辈子的牵挂,这种折磨是我给你的。

清河情陷野,女竟不意来。此心若相负,天骄犹可忆。如今你的女儿天骄回来了,你也该放心了。

父亲的眼睛里滚出一颗浊泪,他的身子颤抖得更加厉害,他的右手晃晃地举起来,左右摆动着。嘴里发出含混不清的话语。姚清河抓住了他的手,我知道你要说什么,我还真带来了。

姚清河从她随身带来的盒子里拿出了一把胡琴,你是想听我拉琴是吧?那时候,你看着我拉二胡,会闭上眼睛,轻轻摇晃着头,跟着旋律的节奏进入一种忘我的境地。那些年的天空真蓝啊!

我从很远的地方来看你,要说很多的故事给你听……麦浪滚滚,油菜花飘香,上衣口袋里别着一支钢笔的青年,行走在阡陌上。父亲真的闭上了眼睛……琴声响起,姚清河轻轻哼唱了起来:

> 胡琴对你说,爱是一条河
> 花开花落岁月长
> 从你指尖流过
> 听水水有声,听山山有色
> 风来松涛鸣,雨去珠泪落
> 只因心中有爱,心中有爱
> 酸甜苦辣算什么,算什么
> 只要心中有爱,心中有爱
> 喜怒哀乐都是歌,都是歌……

我看到,父亲回到了邝湾,回到了茂盛的玉米地里,回到了高大的金黄麦垛前,依偎在他身边的是梳着两只长辫子的姚清河……

2

回家了。

父亲终于等到了姚清河,等到了邝天骄。我终于等到了父亲。死亡是生命最后的成长过程。父亲合上眼的时候是安详而从容的,他是在四十多年前的甜蜜回忆里上路的。

邝天昊自己开着一辆小丰田客货两用车,拉着父亲的遗体,带着装有我的木盒子,在戴欣嫚、邝天骄、孟雪、邝克刚的陪同下,翻山越岭向周原方向驶去。

美丽的邝湾,在满世界喧嚣的时候依然保持着他最初的宁静。这里的天永远是瓦蓝瓦蓝的,这里的空气永远是清香清香的,这里的水永远是澄澈澄澈的,这里的孩子永远是笑声清脆清脆的,就连这里的睡眠都是深沉深沉的。迎风涌动的麦浪,又宽又大的天空,又窄又小却四通八达的田埂,这一切是那么熟悉,那么亲切。

父亲曾经告诉我,邝湾人世代以务农为本,连续几年坚持不懈的改土,把大批荒山都改造成了肥沃的良田,年景旺时,一年产下的粮食足可以吃三两年,但是祖祖辈辈的殷实日子却在"大跃进"时代迎来了前所未有的饥荒。我的祖父在旧社会就是教书匠,父亲继承父业一心想办好乡村学校,教化村民,重振村风,但是遭遇这种肚皮贴脊梁的日子,二十多岁的他,还是忍不住背着学生撕下书页塞到嘴里咀嚼下咽充饥。后来村里连树皮都被人剥光了,学校里一个学生都没有了,只有父亲一个坚守学校,看校护院。这就是现实中的农村,在现实的农村之上,是祖先为我们建立的梦幻般的乡村世界,它早已属于我们的文化和精神,供我们仰望和梦想。

到了村口,支书邝长贵带着叔父邝全福、周永定等几个亲戚在村口迎接。父亲的棺材十年前就已经打好，是邝天昊和邝长贵一手置办的，一直寄放在邝长贵家里。

父亲入棺后，在叔父邝全福的主持下，庄子里为我和父亲按照乡间的风俗操办了入土仪式。吹乐鼓手奏起凄恻之乐，年轻的后生抬着棺木，戴欣嫚的怀里抱着我，孟雪、邝天昊和邝克刚一身白衣，跟在后面，一行缓缓向山上走去。那梦一般盘绕在山壑间的小路，路一般扭曲在沟谷底的溪水，水一般流淌在村落上的炊烟，多么美妙。我看到了父亲的学校，我爬过的泥土，我玩过的尿泥，鸡鸣狗吠驴吼牛哞，这一切都从梦境深处翻出来，如此清晰地呈现在我面前。

我和父亲被送到了山间一块开阔的平地上，这里有我的祖父、祖母，也有我的母亲。庄稼一茬一茬一季一季地在土地上生长，我们的身影就这么一辈一辈在这块土地上穿梭着延续，我和我的祖先们都不过是它们的一个魂，我们从这里依次出窍，背负着生活和时光又依次回归了它们，许多年后，我们不过是这块地里相拥相挤的一块泥土，泥土里游移的一颗魂。

母亲没有起坟，虽然找不到母亲，但这里到处都是母亲，父亲当年从山脚下挖出一些新鲜的土，他让母亲在这里安息。我记得父亲挖出来的土就像是从来没有人动过一样，这些依然新鲜的土，它们的颜色有如煮熟的蛋黄。

墓坑打好，落棺下土，层层黄土把父亲送回了大地。这个桃李天下的邝湾的教书匠从此永远活在了他的弟子们的记忆里。树林里摆满了花圈，表明邝湾人对这位老先生的尊重和敬仰。想想看，这些年我为了得到全世界，却丢了自己，很少去陪伴父亲，虽然离他并不远，却常常忙得顾不上回家，偶尔流露出愧疚，父亲却对我说，你只要在外边向上，做个有益于国家和社会的人，就算是大孝了，我会很光彩。这比你天天守在我身边无所事事要让我安心一百倍。父亲极其平和的一句话，让我多年里呕心沥血，忘我工作。

在这到处都是母亲的地方，有我的安息之地，我将和母亲的身体永远的重叠，不再分开。我的身上套着一只小盒子，就像一只树上套袋的苹果，缓缓落入泥土深处，随即起了一个小小的土包。很快，土包上将再次长满野草，而且一定会有更多的荆花和野菊花再次盛开，蝶儿翩翩飞舞。

树的根在土里，人的根在心里。母亲在这里等了我二十多年。草青草黄，我鬓添白发。此刻，我终于平静入睡。我归于黄土，归于父亲和母亲，相伴的日子从此很长，我能与父母亲一起领受黄土的温暖，我可以放下一切了，真好。父亲一直说，人之生也，与忧患俱来。我想，生命的意义到底是什么？据说有个国王要求一位年老的哲学家用一句话回答，这位老哲学家在国王的耳边轻轻地说，生命的意义就是，上帝派遣一个灵魂来到世界上受苦，然后死亡。可是由于这个人的努力，他所受过的苦，后人不必再受。

好了，我和父亲所受过的苦，大家不必再受。如是这样，死对于我们是一件多么有价值的事。

在我们的坟头，姐姐邝天骄点燃了一炷香，在香火袅袅里，她终于给天昊、孟雪和戴欣嫚讲起了我们所不知道的那些往事……

知青姚清河被我母亲遣返，满怀幽怨的她抱着襁褓中的邝天骄搭乘进城的卡车离开了向坡。卡车把她拉到了周原县城。她在长途汽车站的候车室里睡了一夜，第二天一早搭乘了去韩阳的班车。在韩阳转车去了省城，从省城坐火车回到了天津。

在天津一家糖果厂上班的母亲吉玉荷被突然归来的姚清河惊得晕头转向，尤其当她看到女儿怀里已经高烧了几天的孩子，更是急得嘴角生泡。一个插队知青抱个孩子回来,那是了不得的事。

吉玉荷没有过多地质问女儿是怎么回事。那个年代给予人的是寂寞、孤苦与心灵上无边的沙漠,而对这个丈夫撒手人寰、多年单身的女人来说,除了理解中的宽容外,还能对女儿说些什么呢?她安顿好姚清河和孩子,一边尽量对外隐瞒女儿的归来,一边积极想办法让姚清河和孩子以正当的理由出现在公众的视野中。

糖果厂里来了一个劳动改造的右派叫好志杰,据说以前是个中医院的院长,还是个专家。吉玉荷了解到,好志杰的妻子叶倩是文工团的演员,因为好志杰被打倒,为了个人前途,在文工团领导的一再要求下,叶倩跟好志杰离了婚划清了界限。好志杰在厂子里的主要工作是淘粪、拉粪、侍弄菜园,他来的时候还带着刚刚一岁的女儿好洁。他整天戴个大口罩,看到人就远远避开,没有几个人去关注一个臭烘烘的淘粪右派。吉玉荷注意到他拉粪的时候常常把孩子用床单打成包袱绑在背上,她自己一个女人带着姚清河十多年,深知这个男人的不容易。她看不过去,常常偷偷抽空帮好志杰领孩子。身处绝境的好志杰感激涕零,把吉玉荷看作命中的贵人,一来二去,就跟好志杰很熟了,吉玉荷身体不舒服了,好志杰还给她刮痧、开中药吃。

女儿姚清河的回来,让吉玉荷夜不能寐,不知怎么的,好志杰不断地跳进她的脑海。一个大胆的想法在她的心里滋生了,那就是让女儿和好志杰结合。这样,女儿回来是因为结婚顺理成章,再就是两个孩子都有了父母,对大人对孩子都是一件大好事。再说,经过她接触,她发现好志杰是个不错的男人,有文化有手艺,为人忠厚,善良有爱心。这个想法一出来,吉玉荷就睡不着了,她翻起身来认真地盘算这事。她估计,好志杰那边问题不大,因为他的现状迫切需要一个女人,需要一个家。问题估计会出在女儿清河这边,回来这段日子,能看出她还陷在过去的情结中。给谁先说呢,想了半天,她还是决定先给好志杰说。第二天一到厂里,吉玉荷就在菜地边找到了给菜地灌水的好志杰,好志杰听她说完,只是唉声叹气。吉玉荷是个急性子,耐不得他磨蹭,就逼问,行不行给个爽快话。好志杰说,你看我的这情况,能娶到你女儿,当然是好事,我家小洁就不用这么受罪了。可是我是个右派,你就不怕?吉玉荷一听,放了心,右派咋啦,右派也是人,你要没啥意见这事就这么定了。好志杰还在那愣着呢,吉玉荷已经走远了。

果然工作难做的是女儿姚清河。姚清河一口咬定她这一辈子再不嫁人。吉玉荷说你不为自己考虑,也该替孩子考虑,这么长的路,这么混乱的世道,你一个咋行,再说,你拖着孩子,谁还会要你呢?吉玉荷的苦口婆心让姚清河心里有所松动,吉玉荷赶紧带着姚清河悄悄去见了好志杰。好志杰一眼就看上了姚清河,他后来对姚清河说,你长得很像我的前妻叶倩。姚清河却对好志杰感觉一般,但是她答应先处一处,于是好洁就被寄养在了母女俩这儿。好洁和邝天骄是同年出生的,好洁比邝天骄大五个月。好洁在吉玉荷家的这段日子,好志杰就天天过来,早上把孩子抱过来,晚上过来吃完饭把孩子抱回去。姚清河说,是好志杰炒的一手好菜征服了她,在这段日子里,好志杰每天下午下班过来,姚清河和吉玉荷带孩子,他就钻进灶房做饭。常言说,要抓住女人的心,就要先抓住女人的胃。姚清河看到,好志杰做饭时,火焰映射着他的眼睛,闪动着明亮的光泽。就在那一刻,姚清河是那么真切地看到了邝野,邝野腰间系着一条围巾,在厨间旋转、炒菜、烙馍、擀面、炖肉,身上甚至眼镜上都是面粉，邝野啥都能做，做啥都很香。也就是在一瞬间，姚清河的内心深处奇怪地发生了变化，他接受了好志杰。当然也离不开母亲吉玉荷絮絮叨叨的不停劝说。内因外因相互作用，一个月之后，姚清河顺水推舟，终于接纳了好志杰。他们俩登记领了结婚证，并给邝天骄更名好骄。

婚后，好志杰和姚清河的生活出现了短暂的平静与甜蜜。姚清河发现，好志杰不仅能炒菜，照顾人更是细致入微，对两个孩子疼爱有加。好骄和好洁在他们的精心拉养下，渐渐长大了，形影不离，一起进学堂，一起戴红领巾，成了那个弄堂里最惹人瞩目的一对姐妹。人们看到都说，多么漂亮的双胞胎。不知是同样的环境濡染，还是一样的粮食喂养，好骄和好洁真的随着年龄的增长越来越像，就连个头和走路姿势、生活习惯都毫无二致。

可是好景不长，就在她们上中学的时候，好志杰在送她们去学校返回的途中，出了车祸，不幸罹难。母女三个还没从这场变故中回过神来，紧接着更意想不到的事情降临了。好志杰平反了，落实了政策，恢复了名誉，这时候好洁的母亲叶倩找上了门，她已经由市文工团调到市广播电台当主持人了。

是母亲吉玉荷接待的叶倩。叶倩说，老好走了，好洁是她的女儿，她要带孩子走，台里有委培上中专的指标，她给好洁争取了一个。姚清河一时不能接受，她当场就哭了，孩子我辛辛苦苦拉扯这么大，凭什么你说带走就带走。叶倩说，我知道这些年我没有尽到一个做母亲的责任，你这几年对小洁的关照和抚养，我很感激，我可以给你经济补偿。好洁跟了我，会有很好的教育和光明的未来，我是孩子的母亲，我不能不为孩子的前途考虑，你放心，我带走她，不等于不让她跟你再见面。我理解你的心情，以后你可以随时来看她。吉玉荷对叶倩说，这有点太突然了,你说你这么突然来,小洁她能接受吗?我们做大人的,起码也应该为孩子想想吧,你先请回,小洁去学校了,她要接受你,起码得个过程吧,等今天她回来,我们慢慢给她讲她的身世,等到她知道了真相,再慢慢说服她。过十天你再来吧。叶倩觉得吉玉荷说的也很有道理,就放下一盒点心告辞了。

孰不知,吉玉荷已在心里有了一个狸猫换太子的主意。叶倩走后,她对女儿姚清河说,你没听叶倩说有委培指标,能让好洁上中专吗?这么好的机会多难得。姚清河说,你的意思是把天骄给她?姚清河说出口连自己都吃了一惊。之后,她马上坚定地说这不成,这不成。吉玉荷说,其实两个孩子我都舍不得,跟我们长这么大,哪能说让带走就带走,可是话说回来,天骄毕竟是你的亲骨肉,跟着咱们这种家庭,连个饱饭都没的吃,更不敢想工作的事。让她去,还能上中专,委培出来还能进电视台。好洁咱带着,也不会让她吃亏。她不是也说了,咱们还可以找她,还可以见孩子吗。

姚清河到底是被母亲说通了。于是吉玉荷和姚清河就开始给邝天骄讲述她的身世,她们煞有介事地说你本来叫好洁,"文革"中你爸爸遭批斗,为了保护你,你姐姐跟你换了身份。自然,天骄不愿意接受这样的事实,也不愿意离开这个家,弄得大家心里都很难过。叶倩再来的时候,吉玉荷特意把好洁带出了门,家里只有姚清河和邝天骄。邝天骄到底还是被叶倩连拉带扯地领走了,当她的哭声慢慢在弄堂里越来越远的时候,姚清河一头扑在床上号啕大哭。从此,邝天骄成了好洁,好洁成了邝天骄。没有了妹妹的好洁一度变得郁郁寡欢。天骄一走,姚清河就后悔了,几次想去找叶倩把天骄要回来,都被吉玉荷死死拦住。

3

　　我坟前的那一炷香越来越短，火星触到了蒿草，燃到了底部，空气中顿时弥漫着一股蒿香与焚香混合的味道。邝天骄的手里拿着一根狗尾草，一边讲述一边在手指上缠绕着。她的故事远远超出了我的想象，那个年代，那些人，尽管在她的口里轻描淡写，但我还是能感觉到残酷现实下的脉脉温情。这就是她，历练之后的平静与恬然。天昊说，姐，那后来呢，你又回来了，到了姚阿姨身边吗？

　　也不是，一旦离开，茫茫人海，天各一方，相见谈何容易。不管是母亲姚清河，外婆吉玉荷，还是养母叶倩，她们所做的一切都是为了我们姐妹好，都是因为爱我们。后来养母叶倩改嫁了，男的叫唐凡，是个老华侨的儿子。我中专毕业后，一到电视台报道，唐凡就替我缴了电视台的委培费，把我送到了澳洲上大学，读研，读博士。从此与我的母亲、与那个家再无任何联系了。多年里我一直不明白，我和好洁为什么要换名字？母亲说，"文革"中爸爸遭批斗，为了保护我，姐姐跟我换了身份。又说什么测字先生说，我和姐姐好洁的名字根据生辰八字测下来不好，只有把名字换了才能逢凶化吉，还说不要告诉任何人。这些颠来倒去的理由破绽百出，让我满腹狐疑。一段时间我一直觉得怪怪的，叶倩喊我小洁，我常常没反应，我也不肯叫她妈妈。虽然叶倩对我宠爱极了，我要什么就给买什么，我刚到她家，她就给我买了钢琴，请了最好的老师教我。唐凡也没有孩子，把我当作自己的女儿一样，甚至比叶倩还疼爱我，但是我就是怀念那个窄窄的弄堂，怀念和姐姐穿着一样的碎花裙子在弄堂里捉蝴蝶的情景……我在无数夜里梦见妈妈姚清河，也梦见好志杰，醒来泪水把枕头都湿透了，在大学里，我给母亲姚清河写信，一封接一封，可是一直没有回音。

中专毕业后，我专程回天津去找母亲和姐姐，却发现糖果厂已经倒闭了。我们住的那个弄堂已经拆除，成为一片建筑工地，正在建楼房了。我找到弄堂里的老邻居，他们说，外婆吉玉荷一年前已经病逝了。母亲姚清河带着女儿去外地了。至于天穷去天津走访的结果，说姚清河再嫁外籍华人出国，这纯属误听误传。母亲在天津没有多少社会关系，唯一交往比较密切的是在公安系统工作的警察李小华。我曾找过她，跟她说，我母亲改嫁华侨出国了，她可能误解成我说的是生母姚清河了。

就像天穷找我、父亲找姚清河一样，那些年我四处打听她们母女，却是一点消息都没有。如果不是好洁生病，我也许永远也见不到她们母女了。

当我不再抱任何希望的时候，我突然收到了母亲姚清河的信。原来好洁患了白血病，这些年姚清河带着她一直住在北京治疗。因为移植骨髓需要血液配型，万般无奈的姚清河才求助于我。一桩狸猫换太子的往事拨云见日，我才知道我就是邝天骄，是母亲姚清河在周原插队时与一个教书匠所生。当然更无法相信也无法接受的人是叶倩，她对于这长达十年的欺骗怒不可遏。但事实已经如此，而且天骄又跟自己生活了这么多年，学有所成。唐凡对此表现出极大的宽容，他动员叶倩认命并陪同她回国，见到了倾家荡产、愁容满面的姚清河和好洁。叶倩目睹姚清河对好洁的体贴入微和全力以赴，心中的怨气慢慢化解，他和唐凡把好洁带到了澳洲，成功进行了骨髓移植手术。

我心里多年的疙瘩终于舒展开了，从小形影不离的姐妹俩终于能在一起了。这时候，已步入老年的母亲姚清河才开始给我讲述周原县向坡村，讲述邝湾，讲述我的亲生父亲。正是因为父亲，因为我的家乡邝湾，我才回到西部，在省城开了心理慰疗中心。

4

  人世间所有的相遇都是久别重逢。
  顺着姐姐邝天骄的讲述,我想起了我跟她的相识相遇。在省城人流如潮的街上,姐姐邝天骄迎面向我走来。那么多的人与我擦肩而过,而她却在人群中向我投来温馨一瞥,她分明是在看我,没有一丝掩饰,没有一丝避讳,只那一眼,就把亲切和温暖带给了我。
  是她先说的话,我能认识你吗?
  其实她早就认识了我,不仅认识了我,还知道我是她的亲弟弟。这样的久别重逢,只把悬念留给了当时的我,无论是作为医生的她,还是作为姐姐的她,都在我毫不知情的情况下,为我编织了一个温馨的梦。她要让我走进来,走进这个梦,摆脱所有的苦与累,伤与痛。难怪,她会那么关注我的父亲、我的母亲,我的过往生活,还会千里迢迢跟我回到邝湾,跟父亲住在一起,除了疗伤,原来这一切都与她息息相关。
  邝天骄说,受母亲的委托,我回来后就直接去了周原,打听到父亲邝野退休后跟随大儿子邝天穷去了韩阳市,很容易就了解到邝天穷在韩阳市委工作。找到了人,我们本来完全可以正常见面、相识、相认,但是命运总是不断捉弄人,我从天穷的脸上发现了某种积郁之色,出于职业的敏感,我在他去省人民医院做检查的时候,跟随他了解了整个检查过程,随后暗中获取了他留在医院的检查记录。

戴欣嫚感叹了一句，原来你做天骜的特护医生，是有意为之啊，从开始，你就在救他，我还一度误解了你们的关系。

邝天骄继续说，天骜在医院做了生化全套、X光、胃镜、心电图、脑电图、甚至CT和核磁共振，几乎全身上下都看遍了，检查结果是正常的。西医说，他是神经官能症，中医说体虚、肾亏，而凭我的经验，他的确是患了情感性精神障碍中度抑郁症。他的身体不适是真实的，体力下降，无原因的疲乏、失眠、关节酸痛等等，都是存在的，不是像癔症一样想象出来的，内科和神经内科的大夫检查常常忽略这些抑郁症状，说明这种抑郁症具有隐匿性。大家可能觉得不可思议，其实抑郁症就像感冒一样普遍，表现为强烈的抑郁情绪与身心不适，诱因可能是各种各样的压力。我们知道，人的大脑是由无数的神经细胞组成，它们通过神经递质来相互传导各种各样的信息，作用很大，也很多。但是，一旦这个人身心疲劳或者压力巨大，他的大脑的血流量、神经细胞的功能或者神经递质的量就会产生变化，信息传递就会变得不顺畅，特别是调整积极性或者调整情绪功能的神经递质血清素、去甲肾上腺素等，当它们的量减少时，神经细胞间的信息无法顺利传递，就极易引发抑郁症。不瞒大家，因为家庭的混乱、失恋，我不幸也曾患上过抑郁症，而且一度很严重，整整五年，自杀的念头一直笼罩着我，经过多年服药、理疗、休养，现在已经完全恢复。所以，当我从心理学、病理学和一个曾经同患的角度认真研究了天骜的状况后，经过考虑，我决定隐瞒自己的身份，以心理医生的角色出现在他面前。我知道他的心灵世界背负着沉重的关于过去生活的记忆和伤害，突然间冒出一个同父异母的姐姐，势必又让他雪上加霜，让他的病情朝着不好的方向继续发展下去。这样的例子在我多年的从医经历中屡见不鲜。

姐姐，所以你才导演了街头一幕吗？其实，很久以来，我就一直怀疑那次街头的遇见必定隐藏着什么玄机。

天穹，原谅我一直对你隐瞒真相，直到最后你一再盘问我，我也狠心咬紧牙关不承认，这一切都是因为你的治疗需要。如果不是父亲没能藏住这埋藏了四十年的秘密告诉了你我的存在，我是不会在你病未痊愈的时候告诉你一切的。要知道，你抑郁症的治疗正到了最关键的时候，所以尽管你知道了我的存在并做了大量调查和走访工作，直到最后坚持认定我就是你失散的姐姐，我还是一再回避并否认着这一事实。天穹，你能理解我吗？你是那么执拗地认定我就是你的亲姐姐，原来有着血脉相系的亲情的力量是如此强大，我背过你去，被你的执拗与不舍感动得泪流满面又心痛不已。

姐姐，我懂，我不会怪你。只是此刻，我已经和你阴阳相隔，父亲等到了你，我却没有。

天穹，你不是一直是我的弟弟吗，你不是一直在叫姐姐吗？你最早认识我，最早依恋我，除去血缘关系，还有谁能比你更亲近我？让我遗憾和无比痛心的是，我本来满怀信心，精心组织了治疗活动，却没有成功，我的课题彻底失败了。你知道吗，我回来是因为这是我的故乡，我隐瞒身份是为了等到我成功的那一天，我们姐弟相认，共同祝贺新生。当我在省城遇见你，我就把治愈你作为我的使命。后来我觉得越来越艰难，感觉你就像站在一扇门的中央，我在用力把你往我跟前拉，但那一边也有不止一只手在把你往回拉。我虽然用尽全力，但还是感到大汗淋淋、腿脚发软。天穹，你选择了一个有着强大磁场的环境，我们俩联手也敌不过这个磁场的力量。我失败了，当我得知你选择了自绝生命，我的世界顿时坍塌了，我摘掉了好洁慰疗中心的牌子，关了门，我需要面壁思过。

姐姐，你不要这样，我看到过你那里还有那么多的病人，他们都需要你，抑郁的不只我一个。只有我们才能体会他们的痛苦，我死了，是为了活着的人们不再遭受我所受过的苦。你把我的经验告诉大家，告诉所有抑郁的人，让他们一定要好好地活着。你要把慰疗中心开下去，不仅要开下去，还要加强、扩大。我今天走到这一步真的与你无关，你给我按天，甚至按小时制定了周密日程计划，你已经尽了全力，是我冥顽不化，轻视生命，以为世间有比生命更重要的事情。我逃避你，甚至怨恨你，让你的治疗方案落空，让你的良苦用心付诸东流，像我这样，就是神仙下凡也救不了我，那是我命定的悲剧。我的母亲轰轰烈烈了一生，她在向坡这个舞台上尽力展示她的精彩，当谢幕的时候她设计了更大的舞台给我，朝为田舍郎，暮登天子堂，学好文武艺，货与帝王家，让我去实现她未能达到的更加壮丽的人生梦想。我没有别的选择，只有像只陀螺一样，被时光和规则赶着无休止地旋转，直到散了架，再也转不动。躺在这里的母亲根本不知道，时代已经发展得让她目瞪口呆，这个世界早已不是她那个世界。这一点父亲深深体会，只能选择无奈地垂下头独自沉默，不再发出任何声音，因为他的知识和阅历也无法让他看懂世事了。他们把我推上快车，却再也赶不上它的速度了，我只能如盲人摸象般独自摔打，奋力精进，我一直想赢得全世界，最终却连自己都丢失了。这谁都不怪，我的死与任何人都无关，这是必然的谢幕。

邝天骄，我的姐姐，她的童年并不比我好，我耿耿于怀于自己的身世，其实在那个年代，谁又能比谁好到哪里去？此刻，我能想象远离生母寄居养母养父家里，并远离祖国漂泊海外的她怀着怎样的情愫，我终于听懂了那首英文歌曲 *The Book of Secrets*。

那一炷香终于燃尽，天地空旷，万物肃静。暮色四合之时，邝天昊、孟雪、戴欣嫚和邝天骄一行缓慢向山下走去。我的天空回响着一个若有若无的女声，唱着那首英文歌曲。声音舒缓却富有张力，和声伴唱，轻声，混音，纵横交错，丝丝缕缕……倏忽，我看见一只山羊不知道从哪里游荡过来，徘徊在我身边的草丛中，它低下头，嗅了嗅，发出几声咩咩的叫。我看到了它的眼睛，看到了眼睛里有我的影子。我几乎失声叫起来，难道是当年那只喂养过我的羊吗？它到这里是来看我这个它喂养过的孩子吗？

此刻，山羊伸出绵软的舌头，舔着草根，我感到我的脸尽在它的触抚之中。一股液体的香甜，从泥土最深处漫灌而来，我仿佛找到生命的源头活水，也许这时候我才是真正地活了。

第十九章

1

曾经想,我要成为你的药
让你的长夜缩短
谁料想,你竟成了我的药
让我的长夜更长
如今,我们都得了思念的病
无药可医,只好相依为命
请让我,用一生来陪你失眠
一颗无助的心,需要另一颗心的搀扶

哥。我来看你了。

是尹夏。好久没有看到她了,她成熟了,以前印象中的她要么把一头如水的长发披下来,搭在肩膀上,要么在脑后扎一个马尾刷,走起路来一甩一甩。而这时的她已经把一头长发剪成了齐耳的短发,发型的变化透露给人的气息是她已经长大成熟了,不再是那个疯疯癫癫的小丫头了。倒是那一身红白相间的运动服、一双厚底子的运动鞋,依然让她看上去一如从前的干练和洒脱。

小夏,你来了,花儿就开了。一束美丽的香水百合,摆在了我的坟头上，清丽、馥郁，香气怡人。哥，我今天来看你，想和你说说话，我觉得已经很久很久没有和人说话了。我还有一件事要告诉你，经过反复考虑，我做出了一项事关我命运的重大决定，那就是"三离"。我知道在这个世界上没有一个人会支持我这个决定，所以我只能来跟你说。这几年，我终于明白你为什么那么苦了，可是我明白得太晚了。没能留住你，我所做的只能把自己解放出来，寻找真正属于自己的生活。

小夏，你说的"三离"让我很惊讶，我也许能猜到"三离"是什么。你真的想好了？决定了？那么他呢，会答应？你的父母呢，会愿意？你的领导呢，会签字？

我首先想到的是那个瘦小伙，小高。

经人介绍，见面，吃了两顿饭，唱了一次歌，小高就提起结婚的话题了。一切发展得似乎有点快，然而像尹夏这么个年龄，也很正常，正是找对象、谈婚论嫁的时候。看样子小高对她特别上心，天天打电话来，尹夏没看出他有什么特别，也没发现他有什么不好。认识不久，她给我说，天穹哥，这个你替我看看，我听你的。我说，发一张照片过来，于是手机上出现了小高的样子，模样很周正，眼睛不大，但眉毛很浓，有人说眉毛浓的人重情，看上去还不错。我说，看样子还能配得上你，但是这只是看照片，你一定要看人，至于工作、经济和文凭什么的都不要过于考虑，那些是可变数。人的精神世界和心灵境界是很难再变化的了。你说，没感觉怎么办？我说，找一个你爱的不如找一个爱你的。然后你叹了一句：爱我的和我爱的为什么就不是同一个人？我说，每个人一生都会遇到四个人，第一个是你自己，第二个是你最爱的人，第三个是最爱你的人，第四个是你共度一生的人。生活往往是，你最爱的，没有选择你，最爱你的，又不是你最爱，而最终跟你共度一生的，偏偏不是你最爱也不是最爱你的，只是在最适合的时间出现的那个人。

所以，我结婚了，是你让我结婚的。

是，是我，我想让你幸福，像所有女孩子一样找到一个可以依靠和托付的人，就算是替我照顾好你吧。很原谅你的婚礼我没参加。我预感到我的日子已经不多了，所以我一直在加紧处理工作上的好多后续的事，包括天星大厦主体工程落成剪彩的事。但是你的婚期我没忘，我给你的主任谢静安专门打了电话，让他一定把我的祝福带到。

我没想到的是，你竟然因为我的离去，把婚期推迟了整整一个月。你说，你在心里给我筑了一座坟，你要为我守灵一年。小夏，你真傻，家具买了，婚照拍了，请柬发了，你要让大家怎么办，进入到结婚的程序，事实上就已经不是你们两个人的事了。为这事，小高都给你跪下了。终于，面对长辈的压力，你在坚持了一月后，终于很不情愿地穿上了新嫁衣。你特意选了纯白色的婚纱，你的心坟依然坚如磐石。所以，婚期那天，当谢主任带我的祝福给你的时候，我已经只能在天空看着你走进婚姻的殿堂了。谢静安主任一提到我的名字，你就忍不住泪流。

是的，我知道，小夏，我让你结婚，其实我心里并不好受，你知道我是很喜欢你的，很喜欢跟你在一起。你曾问我，我是否爱你。我没有说，那是因为我是没有资格说这个字的。爱意味着责任和担当，还意味着未来。我一直觉得那一个字很重很重，而我很轻很轻。我到死都没有说是对的，我是个没有未来的人。

可是，小夏，我的自私与妒火还是让我内心如烈火般焚烧。柔和的灯光下，鲜红的床榻上，我看到小高在脱你的衣服，嫁衣、衬衣、胸衣、丝袜、内裤,一件件被他扯下来,你一动不动,我看到你眼里噙着泪。你美丽的身体暴露无遗。

我的眼前顿时出现相似的一幕,我的尹夏敞着怀,瘦削的肩胛骨和丰满的胸脯一览无余,骨头的尖锐和肌肤的质感夺人眼目,那一对洁白饱满的乳房呈现出优美的曲线,像夜晚的月亮正散发着幽幽的光,让我的骨头和肌肤瞬间生出青苔。此刻,同样的感觉再次潮涌:扑面而来的露珠的清凉,芳草的香味,水流声穿越我的身体,古老的歌声穿透云层……

这身体我是熟悉的,可是不属于我,我知道只要放开自己,它就属于我,完完全全属于我。我看到他的手在拨弄你,我有些后悔,我竟然有了一些很罪恶很罪恶的想法,当初为什么不放开自己,真真实实地和你在一起一次呢,哪怕只有一次。那么,此生也会少些嫉妒与遗憾。而此时此刻,我不在场,你躺在另一个人的身边。我多么想冲过去,一把将那个男人扯在一边,张开自己的怀抱紧紧抱住眼前这美丽的身体,放任自己贪婪的嘴巴去吻你的唇,你的下巴,你白皙的颈,还有你光滑的肩和惊世骇俗的胸乳……

这样想着,我的灵魂就阴郁起来,原来和好多我所不齿的人一样,我并没有多么高尚和纯洁。原始的欲望与魔鬼一样的冲动同样根植在我的身上,只不过被我一再压制罢了。美丽的尹夏,曾经是那么不可遏制地激活我全身的生命体征,点燃了我那簇即将灭失的火苗。

我看到,小高爬到了你的身体上,我看到你突然一把推开了他,翻过身去,把一个光光的脊背给他。你说,我不想,我很累。小高就像没听见一样,他没有放弃进攻,他俯下头,吻着你的脊背,一只手一遍遍抚摸你圆圆的屁股,试图引起你的回应。此刻,我有些莫名紧张,几乎屏住了呼吸。好在你并没有什么反应，而是很不耐烦了，你一把扯过被子盖住了自己的身体，我说了，我很累，你不要折腾了好不好？小高无奈地望了会儿这个倔强的新娘，十分沮丧地停止了徒劳的努力，他叹了一口气，躺下去，自语道，真搞不懂你。

背对着小高，你的眼睛像是浸泡在一汪水中。我听见了，你在默默地说，天穷哥，你怎么就这么走了呢？我那天真不该丢下你不管，都是我的错。彼时彼刻，我什么都不想做，只想抱着你深吻。我独自垂泪，小夏，你的柔软、温婉、你的怀抱，依然是我的天堂和火把。

婚假满了，第一天上班，小高中午下班从单位回来，突然问小夏，你跟邝天穷是怎么回事？他自杀了，警察找你干什么？我单位的人都私下里嚼舌头说你是他的秘密情人。你告诉我，是不是？

随之一场争吵发生了。

你怎么回事？你说是不是？我说不是你信吗？你的真面目终于暴露了，是谁前几天还说，我不管你的过去，我只负责你的现在和未来？我之前就跟你说得很清楚，我有过一个男朋友，我们刚分手，我暂时还走不出来。是谁说，只要分手了，那你就是我的，说明我比他优秀？你现在听风就是雨，自己的脑子哪去了？

我不想遭人议论，也不想要一个小三。

谁是小三？你把话说清楚，谁是小三？真是以小人之心度君子腹。我看我们结婚真是一个天大的错误，我真后悔嫁给你。

小夏和小高不欢而散，竟然是为了一个死去的人。我想起郭金鹏那个录像，我一直没敢告诉尹夏，但是我想既然有这种东西曾经存在于世上，就不能保证没人听到些风吹草动。

小夏，我猜得没错，你说"三离"之一，是离婚对吗？就因为我？千万别啊，你这样我会很内疚，不到万不得已还是不要走这一步，离婚终究不是什么好事。尤其一个女人，家庭对她很重要。

我一点都不想跟他在一起了，我看着就恶心，结婚了，真面目暴露无遗，我不想给自己找个枷锁戴上。相爱时，男人把女人比作星辰、飞鸟、天使等等与天空有关的事物，恩断情绝时，男人把天空据为己有，把爱过的女人放回到地面上去。这就是我跟他的最终结局。

我叹了口气，你怎么这么悲观？我看你主要还是不爱，如是爱了，终归会接纳，真正的爱是活出来的，幸福不在于找对一个人，而是深深的理解与接纳。

天穹哥，你说的对，还是不爱。跟他在一起一点没有跟你在一起的那种愉悦感。跟你，一句话，一个短信，哪怕只看到你一眼，我都会浑身发热，内心激动。还有，你抱我，拉一下我的手，我身体就会感到潮湿，你别笑话我，我说这个是想说，爱与不爱那是真的不一样，不管你承认不承认，身体会泄露你的秘密。

天穹，不管你活着还是死了，你听见还是听不见，我都要说，我爱你，永远。

2

下雨了。

淅淅沥沥，一点一滴，落在泥土上，打在草叶上，尹夏望望天，西边有一朵乌云正在向这边漂移。

小夏，回去吧。今天不是休息日，还上班呢啊。

天穷哥，这就是我要给讲的"三离"中的第二离：离职。不要吃惊，你听我说。其实还在街道办上班那会儿我就已经觉得很没有意思了。街道社区一起工作的多是些大妈级的人，像我这样的年轻女孩很少，我刚去的时候，几乎就是个门迎和端茶倒水的。好几次为了领导上台的三分钟讲话，天不亮就起来化妆打扮，八点赶到现场，迎宾一直到中午剪彩，炎热酷暑里站上一上午。更无聊的是迎接检查，一到年终各种各样的检查纷至沓来，一年工作成绩好坏和排名，这些检查就确定了。所以我写汇报材料，写总结，资料越齐全、材料越长、总结越全面就越加分。问题是这些检查一天几拨，应付不及，每晚的加班我恨不得浑身是手。可是到了最后，这个不行，那个不行，学习笔记不够字数，宣传版面内容不全，数据缺乏系统性，没有资料佐证你们的工作内容……一到年底，我差不多每天要写两万字，每项材料少说五万字，二十多本材料装订成册，堆起来山一样高。我一直想，难道衡量我们工作的，就是这一堆纸吗？第二年，我不再这样下功夫了，照搬前一年，只改改换换数据和时间。搬着搬着我自己都觉得无聊至极了。

小雨下了一小会儿就停了，尹夏滔滔不绝的讲述道出了好多机关的工作现状和实际情况。这样的问题太普遍了，我也有过思考和批判。让她考公务员到周原县政府，虽然并不是有多适合她，但还是想让她更上一层楼，更快地进步。不想公务员的工作同样让她厌烦和无奈。

天穷哥，我一直不想把大好年华消耗在这些毫无意义的所谓大事情上，机关上一些圆滑世故的老干部让我很害怕，我想他们的今天就是我的明天。我产生离职的念头其实已经很有一段日子了，我知道我的父母、舅舅老田、舅妈王小四，甚至所有亲朋好友都是会坚决反对的，多少人挤破头往里钻，我却说辞职就辞职。而且，在政府办熬了三年，我已经有了一定资历，明年就可以进入副科级后备干部的序列，但只有我知道自己三年来承受的心理和精神压力有多大，我觉得我也要抑郁了，一直想跟你说，又怕你担心。和我同一批进入政府办的三个年轻人刚进来个个意气风发，大有挥斥方遒之势，但很快就消沉、淡定，后来都一个个融入、蜕变、分化掉了。所谓改变不了现状就改变自己，这成了基本的生存法则。死亡无疑是痛苦的，然而还有比死亡更痛苦的，那就是等待死。为了不等待死，我必须做出选择。

谢静安主任是个合格的办公室主任，话少、腿勤、小心谨慎，极善于揣摩县长心思，王向春县长在的时候很信任他，有人说，谢主任比副县长还有权威。他对我很好，也发现了我的不适应，还专门找了一本小说《沧浪之水》给我看，他说，这本书写了一位普通医生通过个人奋斗一步步当上省卫生厅长的故事。他陪王县长吃饭，会有意叫上我，还会给我讲几个县长的脾性和喜好。遗憾的是，王向春县长提升为县委书记后，他在政府办的地位就大不如前，好像县长们都有意避着他，我因此也明显感到被冷落许多。我知道我不主动出击，再尽快贴近一个领导，就必然会被边缘化。机关有好多被边缘化的人，他们基本上只是天天做分内的工作，不交际不应酬，关闭在自己的世界里，也有的消极颓废，精神萎靡……可是我实在不愿做违逆自己心愿的事，所以始终和这个圈子格格不入。用我舅舅老田的话说，我脾气太倔，自己不喜欢什么就坚决不做什么，那样怎么行？不适应也要适应嘛，还不都是为了活着。

正如小高质问我的一样，天穷哥，你的突然离去把我推上了风口浪尖，我走在街上，总感觉到背后有人指指点点，交头接耳，江副主任还话里有话地说，小尹，别怕，不寂寞，局长不在了,还有主任么。天穷哥,活着我没有成为你的人,你走了,我却"被成为"你的人了。

尹夏抬眸望望迷蒙的天色,表情坚定地说,我已经交了辞呈,从今天开始我就是个自由的人。

3

尹夏面向我的坟头,深深作了一个揖,然后转身离去。

她毅然决然地离婚、离职之后,选择了离家。

我在讶然之后,不禁对小夏肃然起敬。一直记得小夏被她的舅妈王小四带到我家里的情景。人都说,人与人相见,最美的境界是,人生若只如初见。那是因为,初次见面因为不熟悉而产生无限的想象空间和探寻欲望,后面一切的疏离都是因为太过熟悉。尹夏,一个内向而腼腆的女孩子,怎么也想不到三年后的今天,她会以这么大的勇气选择离职并离开家乡去闯荡世界。

邝天骄曾经多次对我说,大不了辞职吧,那些困扰你的问题其实都不是问题,跳出来你就轻松了。人生天地间,道路九曲弯,水能直至大海,就是因为它能巧妙地避开各种障碍,不断拐弯前进。许多聪明人没能走上成功之路,不少是因为撞了南墙不回头。而我,无法理解一个忠诚于事业的人怎么能把自己所从事的事业当作包袱和负担呢,但恰恰是我所谓的事业压垮和吞噬了我。

尹夏说,我终于尝到了失眠的滋味,整夜整夜睁着个空洞的眼睛,身体翻来覆去,思绪乱飞,脑子静不下来,眼睛闭不上,天总是不亮,好不容易黑夜过去了,眼睛却生涩,头沉沉的。我终于可以用一生陪你失眠的时候,你却长眠地下了。我在QQ的个性签名上这样写:心啊,你下半夜的疼痛到底什么时候才能停止?有一个网友评论说,到你被推进火葬场为止。看到这样的话,我先是微微一笑,而后悄然落泪,生时何需久睡,死后自会长眠。我说我压力大得睡不着觉,几次检查身体,大夫说内分泌失调,长期下去会影响生育。父亲忧虑地问,那怎么办?我说,我想换个环境,这些年经常加班,黑白颠倒,失眠严重,换个环境就好了。父母亲曾经因为我进了县政府大院而自豪,四处炫耀并享受着无限荣光,他们虽然不能理解我随便放弃这个有上千人争不来的岗位,但是他们怜惜我的身体,关心我的心情。豁达的父亲最后说了一句,只要你身体好、心情好,你的事你做主,有困难给爸爸说。

  我听着爸爸的话,眼眶一热,眼泪涌了出来。父母的理解更加鼓足了我的勇气。只是舅舅老田憋了一肚子气。老田说是我的舅舅,其实不亚于我的父亲,我考上韩阳二中读高中,周末一直是在舅舅家吃住。我从韩阳二中考上省师范大学,生活费用也是舅舅一家出的。应该说,舅舅和舅妈对我是有恩的。

  我知道,也正是尹夏舅妈的引荐,让她认识了我,并得到了我的帮助,顺利通过面试,考上了周原的公务员。特别是后来那么短的时间,她就由乡镇调到了县政府,这让老田有了好多的猜测和世俗化的判断。

  我舅舅老田比我父母更讲究实际,更知道社会关系的重要,自从他当上了金山集团第二房产公司的副总经理,就开始忙碌起来,一打电话,不是在酒桌上就是在去酒桌的路上,他开始有意结交政府官员,为自己揽工程铺路搭桥。他曾几次要我牵线,让我把某某主任介绍给他。他说,集团每年都有考核任务,承接工程的数量也直接决定着年终考核分数，不请客吃饭、不送礼就拿不到工程，你不做，也会有其他的人去做。结果都被我拒绝了。

我很喜欢尹夏的这种个性，她不媚俗、有主见的做法让我很欣赏。尽管老田就住在我家的楼下，偶尔有事会上楼来。尽管他的老婆王小四是戴欣嫚的朋友，但是他们还是囿于地位身份差异，不敢过多套近乎。这就是人们说的，人的层次的差异。

尹夏告诉我，她一调进县政府，老田就深感他的机遇已经降临，想尽一切办法跟她套磁，她准备结婚的房子，他亲自带人给他们装修。特别是周原县全面拉开城镇化建设大会战，这里成为主战场后，他就不断地向尹夏施压，恩威兼施，他要尹夏帮助他给县上有关方面说话，他要在周原揽一些零碎活干。他说，一个亿的项目，工程利润在25%，也就是两千伍佰万元左右，你给我联系好一个上亿元的工程，我会给信息费三百万元。这是行价，百分之三，签了施工合同，进场施工马上兑现。她的舅妈王小四也在后面不失时机煽火，让尹夏无力招架。要说打招呼吧，这点事尹夏还是办得到，俗话说，上房的老鼠比猫大。尹夏在办公室这个中枢机构，经常与各部门的头头脑脑打交道，有时候他们要见某个县长，还要事先讨好她，在她跟前了解县长的日程和去向以及一些生活琐事。利益都是可以交换的，这是这个圈子里基本的潜规则。所以，尹夏完全可以帮助舅舅揽一点活儿，回报舅舅对她多年的关爱。然而尹夏就是尹夏，她没有答应舅舅老田的请求，老田以为她怀疑自己的诚信，还连夜把一纸箱子人民币拉尹夏家里来了，把尹夏吓得晚上连觉都睡不着，把舅舅连人带箱子推出了门。小高看不过去了，他说，咱结婚那房子装修可全是舅舅找人干的，算下来也有三四万元呢。尹夏说，我说了迟早我会还他的。

先是离婚，再是离职，接着离家，尹夏很有主意地一步一步推进，一件一件落实，让她的亲人、同事、朋友陷入在一连串接踵而至的惊愕中。离婚与离职需要手续，稍微麻烦一些，离家则很简单，告知一下家人就可以打起背包走人。她觉得自己已经是成人了，完全可以决定自己的命运，没有太多的顾虑和羁绊。这也许就是她这个年龄跟我的不同，比我潇洒，比我自由，更比我注重个体和自我。

去街道办和小高办完离婚手续，交回结婚证，领了离婚证，尹夏把房子钥匙交给小高，我的东西我都装箱子搬出来了，钥匙给你，以后找个爱你的好好过，我们没有缘分。本来这一套两居室就是小高家给他们结婚买的，装修活儿全是舅舅无偿做的。尹夏离婚的决定是和离职、离家同时做出的，房子对她毫无意义。这类闪婚事件在这个年代不是什么怪事情，人们早就已经习以为常，大家共同认定，这一切都是因为我，没有我，她当不了公务员，没有我，她进不了县政府。如今她想通过离职来告诉人们：我尹夏是个自立自强的人。但是她的离职又被世俗的人们理解为，靠山死了，待不下去了，只能选择离开。面对这样的揣测，你只有苦笑，争辩不得，解释不得。官员的桃色事件总是人们津津乐道的话题，真假往往无法澄清。遗憾的是，小高这个新婚不久的枕边人也用一种怀疑的眼光探询她。她知道，他也是因为不堪忍受顶着这样一顶帽子才同意离婚的。除了房子，一年的婚姻没有什么可以牵扯的，尹夏潇洒地转身而去，头都没有回一下，她听到小高在身后呜呜哭泣的声音。在这个玫瑰泛滥的时代，爱情之花虽然遍地开放，看似美丽，其实是一种荒凉。

小夏，你在周原县创造了一个传说。一大批年轻人狂顶你，说你炒了县政府的鱿鱼，做出了他们都想做却没有勇气做的事情,你回复大家道:不要迷恋姐,姐会让你流鼻血。

　　谢静安把尹夏的辞职报告压了好几天,他后来说,年轻人嘛,难免头脑一时发热,过几天想明白了就会来拿回去的。可是这次他的经验失灵了,尹夏找上门去,要求签字,并说不管你签不签,我明天就走人。谢静安这才看出这个小姑娘是铁了心要走了。他按程序签了字,当日下午,谢静安专门请她吃饭,他说,是不是我对你太苛刻,逼你走的?如果这样,我向你道歉。尹夏看着这个头发稀疏、眼睛里布满血丝的中年男人,心里不由有些难过。谢主任,你一直对我很好,真的,你不要这样想,我是真的不喜欢这份工作。我想干点实实在在的事。她的这个话题引发了谢静安的无限感慨,他说,能有自己喜欢的事干是人生莫大的幸福,我参加工作就在院里,十八年时间,熬成了个主任,前途也不知在哪里。去年王县长在的时候,组织部都已经提名安排我去教育局任局长,王县长说,你现在不能走,你是我的一条腿啊,等我走了,你再走吧。他倒是高升当书记了,我的事又没人过问了。你也看得见,新县长对我有戒备,一直在用小江呢。

　　小江,人渣!尹夏小声骂了一句。谢静安说,你说什么?尹夏吐了一下舌头,没有什么,听你一席话,更加坚定了我自己的选择。随着我们这一代人的成长成熟,无忧无虑的日子就像小时候玩过的那些玩具,在不知不觉中被我们扔掉,而那些人生的责任和担当所伴生的压力与烦忧,却如影随形。这样的时候,总想着离开,去远方。谢静安说,去远方也是逃避,难免也会遇上高山峡谷,险滩激流,放弃需要勇气,重新选择更面临着凶险,你要是还想回来,我会想办法。小夏笑,感谢谢主任,我不会再回来,我知道你担心什么,你放心,我有事干呢,去远方是逃避,但不是去享福,我会在独处中安静审察自己的内心，借此纠正错误，调整偏差，规划新的蓝图。给你透个底吧，师大几个同学联手在上海一个工人聚集社区创办了一家名叫"朝阳"的农民工子弟小学，领头的是个网络写手，他用自己第一本书的版税八万元创办的，动员我过去好几次了。

谢静安听了不禁动容，他叹了口气说，那真好，在我们这个行道里，大家都说，能写的往往不如跑腿的，能干的往往不如能吹的，能说的往往不如会送的，踏实本分的往往不如擅长张扬的，遵守制度的往往不如听领导话的。你离开也好，农民工子弟上学难是一个很大的社会问题，有你们这么一批富有理想、有社会责任感和奉献精神的青年真的是难得，我很佩服。说句实在话，你走了，也是我的损失。尹夏端起酒杯，说，谢主任，你是我在周原唯一带给我温暖、让我感到亲切的人，我敬你一杯，我会一直记着你的。

吉卜赛人说，时间是用来流浪的，身躯是用来相爱的，生命是用来遗忘的，而灵魂是用来歌唱的。亲爱的周原，亲爱的韩阳，亲爱的天穹，亲爱的曾经一起熬过夜、K过歌、开过会的朋友们，再见了，我会记得你们！

一个潇洒的背影，留给了周原。

我默默为她祝福：愿春风吹度玉门关外，愿你我看到繁华锦树，愿不再听到暗处的哭泣。

第二十章

1

一声又一声钻机的声音穿透寂静的夜空,山川为之痉挛,溪流为之抖动。我常常被惊醒。周原不平静了,向坡也不平静了,昔日宁静的邝湾,山峁峁上黄土开始不停地簌簌往下滑落,山坡上牛羊的眼睛里写满了惊悸与不安。

韩阳市城镇化建设现场会议在周原县召开。

我从虚无中出生,同时世界从虚无中显现,我分分秒秒地长大,世界分分秒秒地拓展。周原迎来了大发展、快增容的战略机遇期,王向春兴致勃勃,摩拳擦掌,市长何光荣推波助澜,时隔十年,自何光荣在任上让老城容量扩大了两倍之后,新一轮城市建设又拉开了序幕。市委书记庞俊杰亲临指导。会上,三辆豪华大巴拉着各县区委书记、县区长和建设局局长参观了周原"三年计划"和"双五十"战略规划的巨型展牌,展望了周原无限开阔的美好未来,深入施工现场观摩了工程建设情况。周原大地,到处是脚手架耸立,到处是推土机轰鸣,到处是尘土飞扬。大会由市长何光荣主持,周原县委书记王向春介绍了经验,县区分别做了表态发言,市委书记庞俊杰发表了鼓舞人心的讲话,不愧是专家型领导,引经据典、旁征博引,把周原城区的现状弊端和未来需求讲得头头是道,并对周原县工作思路的前瞻性、开拓性和科学性给予了充分的肯定。

然而会议期间，县政府门口的上访者却堵满了大门出口。县政府办公室主任谢静安进进出出，忙乎会务的事，就像没有看见一样。对他来说，这样的上访自从他到县政府工作以来，就没有间断过。王向春的说法是，只要强力推进工作，就会有矛盾，有矛盾就会有上访。这句经典名言被他在各种场合发表，谢静安想，这是什么悖论，难道工作的目的不是维护群众利益？当然这话他不能说出来。

最近的上访恰恰就是王向春所言强力推进、努力工作的结果，他所说的"强力推进"不是工作，是推土机。周原"三年计划"和"双五十"部署全面推开后不久，上访者就堵满了县政府大门。县长们上下班都从后门出去，把门口留给保安和信访室。这些上访者是周原县老城区的住户，老城区砖瓦房、平板房和一些旧楼房混杂，特别是那些平房，寿命都在二十年以上，破破烂烂，灰头土脸，这些房子里的人一听拆迁高兴极了，但他们跟那些楼房的住户一样对拆迁补偿方案和标准不满意，也来上访。王向春说，人心不足蛇吞象，你就是把整个周原城给他，他还是不满足，还是要上访。所以我们的问题是按既定原则推进，做好群众的解释和宣传工作，原来确定的不给地段补偿、不给装潢补偿，不区分原住房层次和朝向的"三不政策"不能变，而且为了赶进度，实行先拆迁后安置的办法。对于轰轰烈烈的"双十五"战略来说，这些上访者不过是些螳臂当车，他们弱小的身躯难以阻挡历史进步的滚滚车轮，要么被辗得粉碎，要么心甘情愿地献出自己，搭载这趟时代列车为社会进步做出应有的牺牲。他们上访了好多天，只是淌了些汗水而已，会议照样轰轰烈烈地开，推土机照样肆无忌惮地推进。好像这些上访跟他们毫无关系一样。

会议开了两天，雍阳跑前跑后一直跟着何光荣，下午会后，他专门带着何光荣去了鳌湖品尝新鲜鹿肉去了。邝天昊、周朝天这几天一直在忙观摩点的事，事实上从接到通知到今天迎接观摩，一直是处于停工状态的。因为要制作观摩牌，清扫现场卫生，培训监理员，疏散外围群众，如果这样的观摩一年按两次算，也几乎要停一个月工。这次会上，邝天昊意外听到周原来的一个同行说，金大中跑路了，金山集团被查封，正在接受调查。这在韩阳将是一件惊天动地的大事，金大中是韩阳的财柱子，他的出事将给韩阳政治、经济带来颠覆性的打击。人人皆知，金大中与历届主政者都是共荣关系，地产项目改变城市面貌，为主政者带来政绩，也为金山集团带来不菲的收入。当然，不仅仅是共荣，还有大家心知肚明的互惠。坊间传言，何光荣掌握了庞俊杰和金大中的利益输送证据。金大中的跑路与上级纪委的突然秘密抵达韩阳有关。

我有些替庞俊杰担心了，尽管我相信他是清白的。

也许是我的念想被庞俊杰感应到了吧，他竟然在王向春的陪同下来邝湾看我了。

庞俊杰脸色真的很不好，精神不振，眉宇间凝结着一股股浓重的阴郁之色。由相而知心，这是姐姐天骄教给我的。庞俊杰的心上压了巨大的承重，他来看我，是凭吊我，更多的是凭吊他自己。他的到来让我意识到不好的结局正在步步逼近。

天穹，我让你做逸城区委书记，你都看不上，让我想起你当年，让你留校，你也看不上。区委书记，那可是晋级副市长的必然台阶，你宁肯来这里看山，也不当那个区委书记，也许你是对的。有人谈起你，说你软弱，我不这么认为，我恰恰以为你了不起，一个连死都不怕的人是不能小瞧的。做了多年师生，我能明白你，我的内心其实和你一样，充满了无奈、悲观和绝望，我所做的，看起来光鲜、高人一等，其实只有我自己心里清楚，心理上的不平衡、精神的疲劳，还有极度的压抑都是常人难以想象的。你能放弃一切，包括生命，让我很佩服，说实话，我做不到。

庞老师，你怎么也会悲观和绝望？我看到你的事业蒸蒸日上呢。你是我的老师，在学业上是，在仕途上更是。在学业上，我自以为是跟着你学到了不少知识，可是，这些知识在现实中和工作中我又发挥了多少，运用了多少呢，我觉得一点都没用上，你在给我上中国建筑史这门课的时候，几乎是含着泪给我们讲，从一九三〇年到一九四五年的十五年里，著名的建筑家林徽因跟着丈夫梁思成走了十五个省、一百九十多个县，考察古建筑两千七百多处。一九四〇年的一个深夜，在一所破旧的农舍里，在老鼠和臭虫的围攻下，一个身患肺病而不断咳血的女人在油灯下搜集整理资料，最终完成了十一万字的《中国建筑史》。可是我们呢，我们拥有这么好的平台，拥有不一般的学识，可是我们给这个社会、给人类都留下了什么？如此这般，我们的身后只能留下无休无止的骂名。老师，我觉得太快了，什么都太快了，一点都不像在学校的时候，那时候时光多么缓慢，多么宁静，在那样的时光里，心灵多么安宁。我记得你给我讲过一个人，当时我们在操场上散步，你说，社会发展到今天，应该说我们继承并发展了前人的好多经验和成果，可是偏偏有时候我们就很不如古人。我国古代云南曾出了个木匠叫高应美，这个高木匠很伟大，他打一套八扇的格子门，当然是雕梁画栋的那种，整整用了十二年，据说他的薪水是用刨花的重量换的金子，你想想有多贵。我们今天的人能做到吗？

天穹，我知道你要说什么。历史有好多经验，也有好多教训，遗憾的是我们总是走不出历史的怪圈。

庞老师，作为我在仕途上的老师，至今我依然认为你是不称职的，我不相信政绩永远大于实际需求，官位永远大于百姓福祉和人类长远利益。城镇化不是去乡村化，也不是要消灭农村，如果农村文明消失了，那么城镇化将是单调的，我们可能在乡村，也可能在城市，而且，不管是在乡村还是在城市，让每个人都能回到属于自己的故乡，才是我们追逐的未来，也是一个社会和一个国家的未来。请允许我直言，就周原而言，经济发展乏力，教育、社会保障、支柱产业培育等等基础都跟不上。单纯地去追求城镇化，是不负责任的，这种跟风跃进、盲目大拆大建势必让市民成为流民，说穿了，这就是一种政绩狂躁病，就像一个红了眼的赌徒，拿着纳税人的钱，用一个城市数十万人的命运去赌自己的政治前途。老师，你我都是重视理论和科学的人，你曾说过，城市是一部永不会完成的交响乐，我们每个人都要以高度的历史责任感去谱写城市交响乐中的新篇章。但是现在，你的所作所为让我简直无法接受，我很遗憾，我感觉我的恩师庞教授简直是疯了。

唉。庞俊杰脸涨得通红，被一个学生这样毫无顾忌地攻击，也许他无论是作为老师还是领导都从来没有过吧。一个被人捧惯了、尊敬惯了的人，他的头脑还是清醒的吗？

然而我的怀疑错了，他的一番话让我陷入了另一种思考，到底是谁错了？

天穹，你说得好，你这些话需要一个人说出来，这些我何尝又不懂呢，可是你站在我这个位置想想，你看看周边的情况，三至五年的发展增点在哪里？我也知道要慢一点，再慢一点，但由于城市之间竞争压力等原因，大家都憋着一股劲，想着快一点，再快一点，要知道我的任期只有五年，我也不想被一票否决，落得个不好的结局。本来我们知识分子从政，就被质疑书呆子气，我更要打破常规和惯性，既对上负责，也给自己一个交代，你看看周边市都在抓 GDP，因为大家都清楚，只有它才能一俊遮百丑，三年五年就大变样，只能借助推土机，因为只有它，才能旧貌换新颜，我不这么干就要被淘汰。每个城市的领导人都会不断推动城市竞争力的提升，以投资作为手段解决城市发展问题，这是在短期内将经济水平提高的最有效的方式，你要是在这个位置上，你也会这么考虑。你看看，这就像一列火车，上来了你只能往前奔驰，由不得你，是大家在逼你啊。群众慢得起，可我们等不起啊。有些事你不知道，有些话，作为老师，实在对你难以启齿。

庞俊杰道出了他的苦衷，面对这张曾经熟悉亲切的棱角分明的脸，我从他的眼睛里第一次读出了焦虑与颓废。

果然，庞俊杰是来向我告别的，他可能早就意识到他的政治生命已经走到了尽头。周原城镇化建设现场会结束，庞俊杰一回到韩阳，就被上级纪委的叫去宾馆喝茶了。

2

一场淅沥的夜雨，让韩阳城区笼罩在无限愁绪之中。

庞俊杰进了金山宾馆，就再也没有回来。这是一个毫无特征的子夜，除了绵绵无声的细雨，一切并没有表现什么异常，用钢筋水泥加强砖一层层加盖上去的天星大厦，在黑夜里就像一座外观漂亮豪华的穴洞，它所占的面积越大，洞内的范围就越宽广，对人的拘囿力就愈强。比起燧人氏钻木取火时代人们居住的山洞，离太阳太远，想看看月亮却也不知在哪个方向，要吸取自然空气来增加体温更是困难得多。这样一层一层向天空伸展的生活，是怎样兴起的呢？

也许是我的意念起了作用，也许是二氧化碳排放不出去，新鲜氧气又透不进来，窒闷的环境终于被迫发出了反击，子夜时分的一场细雨里，天空一股浓烟升起，天星大厦突然升腾起了蓝色的火苗。

着火了！对面电力大厦里的人被骤然出现的亮光惊起，他手忙脚乱地抓起电话马上报了警。当消防车呼喊着赶到的时候，火苗已经蹿起一丈多高，广场顿时笼罩在一片浓烟之中。接到消防队报告，市长何光荣带领公安、建设、安监和逸城区区长等迅速赶到事发现场，疏散人群，组织抢险救火。好在这是一幢空楼，室内装修工作正在进行，晚上刚刚休息歇工，装修工人全部离去，没有人员伤亡。消防员很快搭起三台云梯车、铺设起三百多米的水袋，经过四个小时的努力，天星大厦火灾成功被扑灭。何光荣和现场所有人悬着的一颗心终于放了下来。

韩阳公安消防支队对天星大厦火灾事故情况向全社会进行了通报。通报称，正在装修中的天星大厦是帷幕式，各楼层的地板与帷幕墙间留有空隙，虽然有填充材料，但是采用的是易燃胶质，装修过程中因为设备线路老化漏电点燃了胶质，引发装修材料燃烧。由于大楼防火分隔墙设置不到位，致使烟和热气流迅速扩散，塑料材料全部引燃，火势蔓延很快，大面积起火，并伴有大量有毒气体产生，对周边空气和环境造成很大污染。这一恶性事件，让已经进驻韩阳的上级纪委更为重视，他们把目光从庞俊杰案的案子投向了天星大厦，为此，围绕天星大厦的装修工程招标的调查迅速展开。与此同时，跑路已久的金山集团董事长金大中在广州白云山机场被抓获，这只传说中的隐形手终于出现在公众的视野里，庞俊杰涉嫌的贪腐问题也逐渐浮出水面。

　　城市就像梦想一样，是由渴望和恐惧组成的。庞俊杰的出事和天星大厦的意外起火，两个看似毫无关系的事件让人们觉得其中暗藏某种玄机。天星大厦是俊杰大厦，也是天穷大厦，是他们那个时代的辉煌。邝天穷坠楼身亡，庞俊杰被抓，天星大厦意外自燃，这一切预示着韩阳一个时代的即将消亡。人们惶恐不安地关注着事态的发展，已经火化入土一年多的我却始终无法得到安宁，接二连三的事情再次将我翻出泥土，被议论，被咀嚼，被传说。我真想立刻出现在韩阳城的上空，举着一只巨大的喇叭向世人宣布：请你们忘了我吧，彻底忘了我，好吗，拜托了。

　　黑魆魆的天星大厦，像是戴上了一条黑色的围巾，不伦不类地伫立在那儿，落寞、孤单、忧伤。曾经我为它倾注了太多的精力，血汗、时光与那些钢筋水泥一起浇筑进楼体，于是我的生命和它的生命合二为一，我的离去并没有能挽救它的命运。很快，纪委对外公布消息，原韩阳市委书记庞俊杰涉嫌利用职务之便为房地产开发商等谋取利益，收受巨额贿赂。省委研究决定，对庞俊杰开除党籍、公职，移送司法机关处理。同时涉案的还有韩阳金山房地产有限集团公司董事长、总经理金大中、副总经理詹得顺和省建设厅总规划师高力强等。

　　一年后，韩阳市长何光荣升任韩阳市委书记，踌躇满志地开启了何氏经营韩阳的新篇章。在雍阳、陶清波的陪同下，何光荣悄悄去了趟天逸山。他们此行不是游山玩水，而是心愿得遂，特意来法轮寺还愿的。何光荣一上任就兑现了给法轮寺的回报，拨出一百万元专款，为这座香火旺盛的法轮寺修了条水泥大路。他当场向法轮寺功德箱塞进红包十万元。钱疯子常说，无生而无不生，无形而无不形，寂寂空门淡吾身。天道轮回，报应不爽。随后的事实证明，那一百万元也没能保住他，何光荣在市委书记的位置上连两年都没有坐满，就踏着庞俊杰的步子与庞俊杰走进了同一处天地。真是殊途同归，输赢难测。

何光荣入驻市委，很快就天星大厦的处置问题主持召开市委常委会议专题进行研究。会议认为，天星大厦的火灾事故，致使大厦形象严重受损，装修企业受到处理，装修工程停顿之后，工程已经无人问津。而且经对火灾事故全面排查分析，可以肯定地说，大厦不仅存在更大的消防隐患，还会形成生态污染灾难，过多的玻璃墙，对城市造成视觉污染，给候鸟带来伤害。更为致命的是其投资方金山集团停业整顿，大厦未能交付使用，成为韩阳最大的烂尾楼工程。虽然大厦内装修还没有结束，尚未投入使用，但是市建设局不断打报告，大厦玻璃幕墙的定期检查、维护和更换的费用已经高达六十万元，他们已经不堪重负。更为严峻的现状是，由于火灾原因，原定的招商入驻企业全部放弃进驻，天星成为"鬼楼"已成不争的事实。会议决定，为了维护城市形象，回应群众呼应，避免不必要的财力浪费，彻底清除庞俊杰腐败案给韩阳带来的负面影响，对天星大厦烂尾工程予以拆除。

何光荣亲自主持，组织实施了对天星大厦的爆破拆除。为了确保爆破万无一失，不影响周围的居民住宅，爆破采用非电式爆破技术，并组织工队对即将灭亡的天星大厦内墙做了五层防护，外墙做了八层防护，还在大厦预定倒下位置附近用黄泥筑起高高的五道减震土堤，加铺大量石粉，以缓冲和吸收震动能量。一个月的前期准备工作结束，何光荣与雍阳一起敲定了实施爆破的具体日期。

这是一个让我揪心的日子，这一天距离天星大厦开工整整二千天。这天清晨，爆破企业的工作人员就在现场搭起帐篷，多辆警车、特种车开进现场待命。五、四、三、二、一，起爆！上午十点，爆破总指挥何光荣一声令下，安置于韩阳火车站广场西侧山顶花园内的两千多公斤的炸药瞬间引爆，连续十八声轰鸣，伴随着连续巨响，大楼中部石砾飞溅，四秒之后，这幢高二百米、地面四十七层的大厦突然下蹲，又猛然向西边空地扑倒，激起的浓烈的粉尘白烟飘散数公里远。三台大功率消防车不失时机洒水消尘。至此，素有"拆楼高手"之称的何光荣成功完成了对天星大厦的爆破，此后，为期两个月的拆除清理工作即将全面开展。

人员散去后，以周朝天为首的朝天建筑公司开始进驻清场，走进现场他们方才清楚地看到，大厦已炸成了三段，其中一截子长长的笨重的墙体侧卧在西边的减震墙上，像是一个病入膏肓的老者，再也支不起腰了。周朝天戴着口罩走进现场，正要指挥人员机械清场，突然看见烟雾中走出来一个老头，他的腰几乎弯成了九十度，全身粉灰，看不清面目。他一边在瓦砾中兀自翻寻着什么，一边嘴里念念有词。周朝天吃了一惊，一时不知道这人是从哪里钻出来的，爆破现场封闭得滴水不漏，连一个苍蝇都飞不进去啊。

周朝天担心他是不是受了伤，就撵到跟前，去问，却发现这人不是别人，是老黄。周朝天喊了一声，老黄，你咋在这儿？你不要命了？当初就是周朝天亲自送老黄回老家向坡乡的。

老黄没有搭理他，继续执着地弯着腰身在瓦砾中翻寻，周朝天这才听清他嘴里的念叨：邝局长，邝局长，你出来啊……

3

当高力强的名字突然出现在媒体上的时候,我大为震惊。起初以为自己眼花了,接着盯住那三个字使劲看了几遍,我终于确认了是他,高力强,庞俊杰的高足,我的同学。去年他就从我身边消失了,原来他跟庞俊杰案有牵扯,是庞俊杰案子外围的涉案者。

我更没想到的是,他竟然和我做了一样的选择。

或许有些事情还在不断地纠缠着我的灵魂,无法让我安生。他,高力强,就那么悠悠荡荡、飘飘忽忽地出现在了我的眼前。我能感觉到,是他在找我,他是有事要告诉我。

搞不清是在一个什么样的地方,黑乎乎的,没有一星灯光,像在是一幢烂尾楼里,又像是在一个山洞里,反正不是正常人来的地方。我看不见他的面目,只看见他的影子,那影子就像一张变形的黑白人物剪纸一样,贴在墙上,风一吹,忽闪忽闪。

天穹,我是高力强,我也来了,我们又见面了。

是你吗,力强,你咋啦?

天穹,我知道你是跳楼的,我听说了,全省乃至全国人都听说了,说你不堪抑郁症的折磨,从五十层楼上跳下去了。有关部门在全国各地开始调查摸底官员们的心理状况,收集的调查表中在"死亡原因"一栏里填写的自杀原因排在前面的是涉嫌违纪违法、患有抑郁症等精神疾病和工作压力大。最近已经下发了《关于关心干部心理健康,提高干部心理素质的意见》,你的死是有价值的,你会挽救一批人。而我就不同了,我是畏罪自决。你知道吗,我是一脚油门,把车子直接开下了山沟。你还有个尸首,你看我,直接燃烧化成浓烟了,那真的是死无葬身之地。

啊？你，这是为什么？

天穷，庞老师出事，连带出了厅里的一些事，纪委着手调查我。只有死能让我解脱，一死了之，一了百了。

我能感觉，庞老师是有很大问题的。应该说，是庞老师让我彻底绝望的，他一直是我的精神支柱，连他都未能洁身自好，真是无法想象，这个世界简直太可怕了。

记得我给你说过，为什么庞老师本来任的是市长，最后直接改任市委书记吗？

嗯，我记得，你说他找了他在部委的某个大学同学。

是的，后来的事你可能没有想到，金大中走通了他这个同学，他同学又给庞老师说了话。天星大厦其实是庞老师给金大中的一块蛋糕，而站在后面的其实是他的同学，同学许诺，天星大厦修成后，他来运作，调庞老师回省城任副省长。

这一切都是真的吗？怎么会这样？原来我不过是在为他的晋升之阶做着砖石。同学这么美好的情谊，也夹杂了利益交换，他毁在了他的同学手里。

怪不得别人，谁要是毁灭都是毁在自己手里。你说要怪罪他的同学，那应该说他从一开始就错了，祸根起于他的改任。他的到来，让干了多年的韩阳市长如鲠在喉，市长把何光荣当了一杆威力巨大的枪，利用何光荣的手拿掉了庞老师。天穷，在整个布局中，你我都不过是一个小小的棋子。

高力强说完就不见了，我看到一股浓烟弥漫在我头顶，我剧烈地咳嗽了几声，不知身上的哪里又感到了锥心的疼痛。顷刻间，我什么都不知道了。

清醒之后，我看到自己坐在一个能看见蓝天白云，能感受时光流转、四季更替的建筑物里。头顶是木屋架，微微可见漂亮的木质纹理，呈现出古旧的沧桑。铝条做成的高窗，让光线直接从高处流淌下来。墙壁是用含蓄的微锈钢板包裹，空气流通的大空间里，相应配套着可以拖动、拼接、任意组合的站台或家具，这里没有叠床架屋的设置，看不到狭长的灯管，统一使用的是 DIY 水管灯，水管里不再流淌水，而是流淌着光。

忽然一个声音，响在耀眼的阳光里：天穷，这才是我们想要的生活。熟悉的声音，是高力强，还是庞俊杰？还是大学里那些曾经孜孜以求的同学？依照内心愿望而设计，这是我的理念。如果我能重生，我一定为更多的人设计出这样一个写字楼，让他们坐在这样的写字楼里，看日出日落，四季更替，花开花谢，阳光流转……

尾　声

　　这年秋天的雨总是下个不停。
　　一片赶早的落叶，在秋雨深处滑落，窸窣声穿越耳鼓。寒露过了，暮秋来了，雨如注。母亲赤身裸体站在雨中。大雨哗哗，从她的头顶浇灌下来，她的满身流淌着水花，她的脸看不清楚，但是迷茫的神情却从水气中浮现出来，隐约可以辨识。父亲跛着一条腿，裸露着满身的肋骨，手里握着一支毛笔，在雨幕里挥毫书写。
　　这是邝湾，一个大雨瓢泼的夜晚，我像一缕水汽，匆匆游走在雨水之间，一会儿飘浮到母亲的头顶上，一会儿又悬浮在父亲的头顶，我左挡右拦，拼命为父亲和母亲挡风遮雨，可是我怎么也拦不住头顶上哗哗流淌的雨。我们一起都被罩在雨幕里。
　　那一天，我被一阵聒噪的机器声吵醒。我万分惊愕地看到一辆张牙舞爪的推土机像一头巨型怪物，四肢横行，头冒浓烟，一路号叫着、践踏着冲进了邝湾这个平静的小山村。那一排排旧房子在尘烟滚滚里倒下，漫山遍野的青草连根拔起，门前场院上的树木弯折在怀里。拆走的门窗、磕坏的墙，露出了凋敝的底色。很快，那两条乡间小路不复存在，水泥马路爬满了山坡，车行道和人行道空旷寂寥地被城里搬来的绿化带隔开，路两侧一律是太阳能路灯，守着空旷的大道。原来长满茂密庄稼的地方开挖了一个个大坑，一幢幢楼房从那里生长出来。

邝湾的老年就这样被阉割着，拄着棍子颤巍巍等着一个时辰的来临。我看到我的叔父邝全福，顶着一头雪白的头发守在路边一间没有了门窗的门洞里。那里包裹着他八十年的岁月。他浑浊却深邃的眼睛对望着门前荒芜的宽阔大路，目光呆滞，不明所以，就像一个和尚守着他的破庙，守着他的年轮，还有他无法言说的淡定。看来，叔父邝全福要在这里守着他剩下的时光，直到合上他那看不清世事的双眼。在他的破屋子里，看起来并没有什么值得他去守护的，角落处有一口敞口的大缸，里间是一张黑黝黝、光溜溜的睡炕，还有一个短板粗糙的矮凳子，几片灰突突、脏兮兮的破布，四壁上是些生锈的钉子，挂着一些陈旧落寞的种子袋子。在他眼里，最大的财富就是锄头、钉耙、铁锹、粪桶和木锨。房前屋后、左右隔壁留守下来为数不多的年轻人隔三岔五地搬到了那一模一样的新居里去了。这不能打扰到邝全福守护的心情，他就像没看见一样，任凭那些庄院变得空空荡荡，渐渐被鸟筑了巢，被蛛网纠结在旧日子里。世事再变，日子终究是要人过的，他不去听喇叭上一天一个强调的声音，他只管翻他的地，种他的菜，架他的豆子，按他的意愿生活着，唯一令他头疼、令他觉得愧疚的是没有一块名正言顺的土地可以拿得出手，虽然他的农具一直留着。

露水浸湿青草，阳光打下来，我看到叔父邝全福扛着锄头走到了被征地的边缘，熟练地瞄着沟渠的边，盯住地块的交角，抓住地洼处的零头，举起锄头开始构建属于他自己的田园人生。春耕秋播、牛羊繁殖，那是叔父所有的人生大计。此时，他的眼前，是玉米的叶子迎风招展，是豆芽拱出地面，求人不如求土，是叔父作为一个人的尊严与本分。此刻，在这样忠诚的一幕里，我要向我的叔父，邝湾大地最后的守望者致敬！

这时候，村头巷尾蜂窝一样遍布的小喇叭又开始响了，是支书邝长贵在说话。他用浓重的向坡话念着韩阳市副市长王向春关于进一步深化城镇化建设、让村民变成市民的重要讲话，给邝湾人勾画着美好的城市梦：让农民上楼，用宅基地换楼房。之后，邝支书发布了一项重要通知，向坡乡政府决定，要在邝湾村北山修建一个农家乐餐饮中心，从村口到山顶将修建一条水泥路，即日起开始放线，红线内所有农田、院落、祖坟予以搬迁，实行先搬迁后补偿的办法，按照规定付给搬迁费、苗木费。

邝长贵把电话打给了邝天昊，说你父母的坟要搬迁。邝天昊回了一趟邝湾，跟邝长贵交涉。长贵，你也知道，这不能搬，穷不改门，富不迁坟，当时选址你也在场，阴阳还是你请的，再说作为后辈，怎么能让先人到了地底下都不得安生呢？你们能不能绕过，改变一下线路？工程增加的所有费用我邝天昊全包了。邝长贵面有难色，天昊兄弟，这事我还真做不了主，没办法，你去找找乡长吧。乡长是个娃娃，刚从县上提拔下来，正踌躇满志、指点江山，哪里听得进去邝天昊的话，一连串地摆手，极不耐烦地说我还有个会议，你走吧，没啥说的。邝天昊的自尊受到了极大的伤害，一股无名火上来，他一把揪住了乡长的领子，把瘦小的乡长提溜了起来，少他妈给老子打官腔，老子啥样的官没见过，你是绕开还是不绕开？乡长人长得小，胆子却不小，他一边挣扎一边喊人，你这个土匪，到乡政府来撒野，你敢动我一个指头，来人啊。邝天昊不由分说，挥拳就是一下，乡长被打出去，碰到了身后面的办公桌上，眼镜碎了，眼眶乌青。邝天昊上前一步，正准备把他再次提溜起来，这时候有四五个人进来，把邝天昊扭住，紧接着，乡派出所的民警来了，把邝天昊带走拘留了。

鼻青脸肿的乡长恼羞成怒，牙根恨恨的，连夜冒着大雨带人去邝湾拆坟了。顷刻间，三四个墓冢被推平了一半，一条机耕路穿越而过。我们的灵魂全部暴露在风雨之中。

我们终于无家可归。

一路上，我们在山野间游走，树影之间，我看到了我的曾祖父、曾祖母、祖父、祖母和好多他们的兄弟姐妹。忽然，母亲说，你看，那是天尽啊。我看到了，一棵大柳树上，一个小男孩，赤身裸体，通体透明，他把自己吊在一根草绳子上，飞来飞去荡着秋千，他的笑容天真无邪，他的身体轻捷如燕，妈妈，哥哥，一起来玩啊。真好，弟弟邝天尽的生命凝固在那一年，凝固在永远的六岁。那时候他从三层未完工的教学楼上坠落而下，三十年后，我从五十层的天星大厦坠落而下，这难道就是我们的宿命和最终的归宿吗？

时光逆退，父母依然年轻，我快速走向曾经的年华，钻过篱笆墙，拉着邝天尽的小手，在山花烂漫的田野里奔跑，我的手里拎着一件白衬衣，扬起来，在风中飘着，招惹着彩蝶翩翩……哥哥，哥哥，等等我，等等我……邝天尽跑得气喘吁吁，满脸通红，我停住，等他跑近，又撒腿就跑，一不小心绊倒在田埂上，邝天尽跑到我跟前，笑得前俯后仰。

蓦然，一颗星子落下来，大柳树不见了，天尽不见了，曾祖父、曾祖母、祖父、祖母和好多他们的兄弟姐妹一个个都不见了。大雨如晦，邝湾陷入在一种从未有过的黑暗和阴郁里。尘归尘，土归土，云归楼。

爸，我死后，请火化我。
保留好我的骨灰，别建坟。
万一哪一天要建房子，用本属于我的位置。

给你和妈妈的晚年做一块坚硬的地基。

天不亮,邝长贵把我的骨灰盒从混沌的水渠里捞上来,精心擦洗干净,摆在他家的桌子上。

四十三年前,省城一个下放到向坡的女医生用吸筒把我硬生生地拽到这个世界,从此开始了我多姿多彩又艰难的一生……如今,我变成一把念想,回到了这里,回到故乡,回到已经醒来的和永远不再醒来的梦中。终点又回到起点,我把梦的碎片带回故乡,我渴望我残存的灵魂能接受不期而至的暖暖阳光。

邝长贵表情凝重地躬身为我燃着了一炷香,那样子就像小时候他把我扛在他的肩膀上,牵着他家的奶羊挤奶给我喝。

那炷香终于燃尽,我的灵魂熄灭了,我再也不会从身体里出来。那扇门即将关上的时候,我对大家说:

亲爱的,我不要你瞬间的灿烂,我要你长久的快乐!

2011 年 11 月—2014 年 9 月初稿;
2015 年 5—6 月二稿;
2016 年 12 月改定

图书在版编目(CIP)数据

云归楼/马宇龙著.—杭州:浙江文艺出版社,2021.10
ISBN 978-7-5339-6477-1

Ⅰ.①云… Ⅱ.①马… Ⅲ.①长篇小说-中国-当代 Ⅳ.
①I247.5

中国版本图书馆 CIP 数据核字(2021)第 065760 号

策划统筹　曹元勇
责任编辑　王丽荣
营销编辑　睢静静　耿德加
责任印制　吴春娟
装帧设计　@Mlimt_Design
书名题字　李世恩

云归楼

马宇龙 著

出版发行	浙江文艺出版社
地　　址	杭州市体育场路 347 号
邮　　编	310006
电　　话	0571-85176953(总编办)
	0571-85152727(市场部)
印　　刷	上海盛通时代印刷有限公司
开　　本	880 毫米×1230 毫米　1/32
字　　数	370 千字
印　　张	15.625
插　　页	2
版　　次	2021 年 10 月第 1 版
印　　次	2021 年 10 月第 1 次印刷
书　　号	ISBN 978-7-5339-6477-1
定　　价	59.00 元

版权所有　侵权必究
(如有印装质量问题,影响阅读,请与市场部联系调换)

一本书打开一个世界

欢迎订购、合作

订购电话：0571-85153371

服务热线：0571-85152727

KEY-可以文化

浙江文艺出版社

天猫旗舰店

关注KEY-可以文化、浙江文艺出版社公众号，及浙江文艺出版社天猫旗舰店，随时获取最新图书资讯，享受最优购书福利以及意想不到的作家惊喜